晴朗海月 —— 著

# 冤家皇后

上

花山文艺出版社

河北·石家庄

### 图书在版编目（CIP）数据

无冕皇后：全二册 / 晴朗海月著. -- 石家庄：花山文艺出版社，2019.11
ISBN 978-7-5511-4761-3

Ⅰ.①无… Ⅱ.①晴… Ⅲ.①长篇小说－中国－当代 Ⅳ.①I247.5

中国版本图书馆CIP数据核字（2019）第131065号

书　　名：**无冕皇后（全二册）**
　　　　　WU MIAN HUANGHOU
著　　者：晴朗海月

责任编辑：温学蕾
责任校对：李　伟
美术编辑：陈　淼
出版发行：花山文艺出版社（邮政编码：050061）
　　　　　（河北省石家庄市友谊北大街330号）
销售热线：0311-88643221/29/31/32/26
传　　真：0311-88643225
印　　刷：涿州汇美亿浓印刷有限公司
经　　销：新华书店
开　　本：620×889　1/16
印　　张：36
字　　数：540千字
版　　次：2019年11月第1版
　　　　　2019年11月第1次印刷
书　　号：978-7-5511-4761-3
定　　价：68.00元（全二册）

（版权所有　翻印必究·印装有误　负责调换）

# 目 录

## 上册

第一章 祸兮福兮 /001

第二章 明月映春心 /011

第三章 与君同行 /022

第四章 一诺定情 /033

第五章 不舍别离 /042

第六章 黄袍加身 /052

第七章 日日与君好 /068

第八章 帝王之母 /080

第九章 亦正亦邪赵光义 /091

第十章 缘浅情深 /107

第十一章　飞来横祸 /123

第十二章　相爱终相知 /142

第十三章　皇子帝姬 /155

第十四章　俊美公子 /170

第十五章　杀机初现 /187

第十六章　绝处逢生 /199

第十七章　寿宴初见 /208

第十八章　自还清白 /221

第十九章　金匮之盟 /231

第二十章　横插一脚 /248

第二十一章　阴魂不散 /264

# 下册

第二十二章　害人害己 /285

第二十三章　雪中温情 /306

第二十四章　花灯满城 /320

第二十五章　公主出嫁 /335

第二十六章　皇后之死 /350

第二十七章　牢狱之灾 /364

第二十八章　开刀问斩 /373

第二十九章　重回紫云 /385

第三十章　观内来客 /395

第三十一章　开封府 /411

第三十二章　花蕊夫人 /426

第三十三章　血溅宫廷 /442

第三十四章　立谁为后 /455

第三十五章　华山修行 /469

第三十六章　韩玘遇险 /481

第三十七章　千里追妻 /497

第三十八章　重回帝京 /511

第三十九章　相思如海 /522

第四十章　恶有恶报 /533

第四十一章　烛影斧声 /544

第四十二章　功遂身退 /558

# 第一章

## 祸兮福兮

　　初夏的悬瓮山是极美的,无比晴和的天空下,满山碧莹莹的苍松翠柏间点缀着姹紫嫣红的奇花异草,端的是绿肥红瘦、嫩叶初成,空气纯净得如同纤尘不染的水玉。山峰间白云缭绕处庙宇浮立、仙气飘飘。置身其中,宛如身在超凡脱俗的仙界灵境一般。

　　"此处真是个山明水秀的好地方,出来游走一番可比每日待在闺阁里绣花缝衣快意多了!"

　　赵家小姐赵京娘一边提着千褶百叠的裙裾在山道上盈盈走着,一边纵目欣赏绮丽的山景,脸上绽出海棠花一般烂漫的笑颜。一双剪水明眸蕴满笑意,在阳光下波光流转、神采奕奕,忽闪忽闪地透出妙龄闺秀特有的灵动和纯真。

　　她身材苗条,透明丝绦束起纤腰,身着一袭水红色纱罗襦裙,胸前是粉色锦缎抹胸,外罩一件白玉兰散花披帛。耳垂上一对红宝镶金耳坠在阳光下流光溢彩,泠泠晃动。整个人显得飘逸灵动、光彩照人,如同一位初离瑶池盈盈下凡、对人世间充满了新奇感的小仙姝一般。

　　"京儿,小心看路,别光顾着贪看风景,姑娘家走路要端庄,不然惹人笑话。"走在她身旁的玄衣老者温和地提醒道。

　　"爹爹——您多虑了,女儿我端庄着呢!再说这山道上也没几个路人,放肆些也无妨。倒是您身子骨一向不大好,走路慢着点儿,不要摔了。"京娘愉悦地回道。

　　赵吉辉看着花枝一般美艳动人的女儿,笑吟吟地点点头。

此次带女儿来悬瓮山，其目的是到山下的清油观中还愿的。

两个月前，刚过完十六岁生辰的京娘患了一种奇怪的病，全身水肿青紫，还发烧呕吐，每日躺在床上人事不省，请了多名大夫诊治都不见好。京娘的双亲为此心急如焚。

京娘可是两位老人的掌上明珠，她不仅模样生得极美，堪称天姿国色，而且自小聪慧异常，又勤奋好学，女红、厨艺、歌舞、琴棋书画几乎样样精通，还读了不少书，性格也活泼开朗、惹人喜爱。比他们那位好吃懒做、不学无术的儿子强了不知多少倍。老两口正想着给女儿挑个出色的如意郎君将她风风光光嫁出去，没想到女儿竟患了这样的怪病，这可如何是好？

后来赵吉辉到太原公干，听说悬瓮山麓晋祠附近有一座清油观，里面的神仙很灵验，而且观主医术高妙，曾治好了不少疑难杂症，便抱着试试看的心态来到清油观为女儿请愿祈福，并向观主求了一服丹药。回家后给女儿服了，不出几日女儿的病便见好了，半个月后竟然痊愈。老两口大喜，赵吉辉便决定带女儿一起到清油观去烧香还愿，并当面感谢那位神医观主。

本来两人是乘坐马车来的，但京娘见山上景色实在是美，便决定徒步去往观中，以便更好地欣赏沿途风景。赵吉辉怕女儿累着，一开始不同意，却禁不住女儿苦求，只好依从了她。

一路兴致勃勃地走着，大约两个时辰便翻过了山岭，很快就要到山脚下了，这里风光更加绮丽美好。只见一片野百合粲然盛开着，散发出浓郁醉人的甜香，往下面是一片红艳艳的杜鹃，开得热烈妖娆、如锦似霞。鲜花引来了无数的蝴蝶、蜜蜂和飞鸟，绕着花儿曼舞轻歌、跳跃欢唱。

平日一直在闺房中待着，过着单调乏味的日子，如今到了山林之中，看到眼前活色生香、群鸟齐鸣的旖旎景象，真感觉如同被放出笼子的鸟雀，好不畅快自在！京娘一喜，便将手臂展开，宽宽的蝶袖迎风招展，在山道上呼啦啦转了个圈，欢叫一声："我变成一只雀儿啦！我要飞！我要飞！我要张开翅膀飞起来喽！"

赵吉辉看着小鹿一般尽情撒欢的女儿，笑着嗔道："真是个疯丫头，成何体统！好好走路，可别摔了！"

"无妨无妨，爹爹，来，京娘我舞一个给您看！"说着一旋身子，两只玉足腾空而起，水红色裙袂和白玉兰散花披帛飘飞如鸾凤的翅羽，整个人在阳光下如同一位身披云霓的凌波仙子，旋转着飘飘然坠落，把赵吉辉看得呆住了。

"这是谁家的小娘子，舞得如此好看！"

突然，一个阴森森的声音凭空响起。

二人陡地怔住，须臾便见两名男子忽地从树后蹿出，挡住了二人的去路。

其中一名男子身材魁梧、满脸胡须，眼中满是阴森戾气，手持一把银光闪闪的利刃。另一名男子身材精瘦矮小，空着手，目光阴鸷凶狠，令人见之不寒而栗！

赵吉辉心中一凛，不好，八成是遇到山匪了！早听说此处有山匪活跃，乱世期间，山匪更是横行，自己一高兴竟疏忽大意了！

京娘也吓了一跳，知道来者不善，便沉下脸，瞪着他们。

身材魁梧、满脸胡须的男子走到京娘面前，逼近了她，突然狂笑一声："哈哈，竟是个绝色美人儿！大哥，老天爷送压寨夫人给咱们啦！"

那瘦小的男子注目打量了一下京娘，也狞笑道："不错不错，还真是个尤物！"接着上前来伸手捏住京娘的下颌，仔细看着她，喜得眉开眼笑："美，真美！香，真香！太他娘的妙啦！这不是仙女下凡吗？小娘子，跟我们兄弟走吧，保证你一辈子吃香喝辣，快活似神仙！"

京娘狠狠瞪他一眼，"啪"一下打掉他的手，怒道："别碰我！"

赵吉辉连忙冲着两个男子深施一礼："好汉，好汉，求你们放过我家小女！老夫把身上的银两都给你们！只求你们放过我女儿！"

说着，赵吉辉便从衣袋里将钱袋掏出，双手捧着送到那瘦小男子手中。

男子将钱袋接过来，掂了掂，阴沉一笑，啪地将钱袋掷到赵吉辉脸上，厉声道："不，我们不要钱，我们今日只要你女儿！"

另一名男子提着刀来到赵吉辉面前，将明晃晃的利刃架到他脖子上，凶巴巴恶狠狠看着他，道："我大哥看中了你女儿，要娶她当压寨夫人，老东西，你还是识相点儿，滚吧！否则，我就一刀结果了你！"

"不不不，求你们放过我女儿吧！老夫不能没有女儿啊！"赵吉辉颤声哀求道。

"不识相是吧，那好，休怪我不客气！"说罢，那男子举刀便要砍向赵吉辉的脖子！

"住手！放了我爹爹！"京娘脆声喊道，"放了我爹爹，我跟你们走！"俏丽的脸上是果决无畏的表情。

"不，不！京儿，你不能跟他们走！"赵吉辉高声大叫道，满脸的惊恐和哀痛。

满面胡须的男子对着赵吉辉飞起一脚："去你娘的，老东西，去死吧！"

赵吉辉跌倒在地，捂着生疼的肚子，仍然哀声叫着："京儿，京儿，你不能跟他们走！"

另一个男子一弯腰将京娘扛起来便走。京娘手脚乱舞着嘶声喊叫："爹爹——爹爹——救命啊，来人啊——山匪抢人啦——"

这条山路本就人烟稀少，此时更是方圆一里不见半点儿人影，哪里会有人施救。京娘不甘心地扯着嗓子拼命呼救，尖尖的指甲对着山匪的后背狠狠掐拧，痛得山匪惊叫一声。满脸胡须的男子伸出拳头对着京娘后脑"啪"地一击，京娘便昏了过去……

"施主，醒醒，醒醒！"京娘听到一个男子的声音，猛地睁开眼睛，只见一个面目清秀的少年立在自己面前，只见他身着灰色道袍，头顶盘着圆形发髻，十四五岁模样，看样子是个小道士。

再看看自己，躺在一张带有素色幔帐的床上，房间里有三面墙是装有满满经卷的书柜，另一面墙上绘着"松下问童子"的壁画，墙角还堆着些装丹药用的层层叠叠的木匣子，空气中弥漫着一股浓郁刺鼻的香火气息。

"这是在道观里吗？我怎么会在这儿？"京娘惊问，慌忙坐起身来，感觉后脑一阵剧痛。

小道士看了她一眼，板着一张小脸道："这里是清油观的藏经阁，施主是被两个山匪劫持来的，施主不记得了吗？"

京娘忽然忆起自己和父亲在山道上遭遇山匪的事,便急急问道:"我爹爹呢?你见我爹爹了没有?他在何方?"

小道士摇摇头:"不知道,贫道没见过你爹爹,只有两个山匪将你扛过来,他们说要到山外去办事,便将你暂时存放在这里,说是等办完事就回来接你到山寨里成亲。"

"啊?要我到山寨里同山匪成亲?不,不行,打死也不从!"京娘脸色煞白道,接着对小道士拱手哀求,"放了我吧,小兄弟!求求你行行好吧!"

"不行啊姐姐,那两个山匪武艺奇高,十分厉害,听说官府都拿他们没办法,我们观主更是不敢得罪他们,于是命我前来看着你。我若放了你,观主会打死我的!姐姐还是在这里乖乖待着吧!"

说罢,小道士转身出去,将门关紧并"咔嗒"一声将那铁锁扣上。

京娘呆呆怔了半晌,心想,一定要想办法离开这里。她来到门前试图将门打开,可那门是生铁做的,锁得牢牢的,凭自己的力气打开是不可能的。京娘又来到窗前,见那窗子甚小,而且装有铁栏杆,同样是难以逃脱。

她只好冲着门缝大声叫喊:"来人啊——救命啊——来人啊——救命啊——"喊到天黑,嗓子都要喊哑了,也没有一个人前来理她。

京娘筋疲力尽地躺到床上,心想:"要不先歇下吧,可能明日爹爹就会带人来救我了。"

第二日早上,那名小道士从门缝里将一碟饭菜和一壶水送进来,便又匆匆走了。

京娘的确已是饥肠辘辘、口干舌燥,便将那饭菜吃了,又喝了些水,身上有了力气,便又冲着门外大声呼喊:"来人啊——救命啊——来人啊——救命啊——"如此喊了三日,并无一人前来救她,只有那小道士每日来给她送两次饭,有次还笑嘻嘻地对她说:"别喊了,喊也没用,不会有人来救你的,小心将狼招了来!"气得京娘将饭菜向他脸上掷去,小道士冲她扮个鬼脸跑走了。

这日午后,京娘正在冲着门缝呼喊救命,突然门锁一响,房门洞开,有人大跨步走了进来。

京娘一惊,倒退几步抬头看去,却并非小道士,而是那个满脸胡须的山匪。此人还带着一名小厮,手上捧着一件大红色衣物,另有一个鎏金镂花的首饰盒子。

山匪盯着京娘看了一会儿,目光中满是色眯眯的淫欲,开口说道:"让美人儿久等了!我家大哥派我前来通知你,明日就是你与大哥的大喜之日,他会骑着五花马前来迎娶你,今日你且好好梳洗打扮一番,准备明日进山做压寨夫人吧!"

说完,一旁的小厮便将手上的衣物和首饰盒子放于床上。

山匪又色眯眯地盯着京娘看了一阵子,咕噜噜吞了几下口水,才挥挥手,同那小厮一起转身走了。一瞬间门又被锁上。

京娘大叫道:"回来,放我出去!"

哪里还有人影。

京娘叹口气,摸了摸自己的嗓子,嗓子已经红肿疼痛,再喊就真的哑掉了,还是歇会儿吧!

于是她坐到床上,把那大红衣物展开一瞧,原来是一件红艳艳的喜服。上好的锦缎料子,用金丝银线绣着大朵雍容的牡丹和戏水鸳鸯,还缀有熠熠生辉的红蓝宝石。再看那盒子里,是几件华丽丽的首饰——镂花盘草碧玉簪、孔雀顶珠金钗、凤凰展翅金步摇、珍珠耳坠子等。

看样子这些衣服和首饰都十分贵重精美,京娘却一点儿也高兴不起来,心中一阵阵闷堵发慌。天哪,难道自己真的要去给山匪做压寨夫人不成?

"爹爹,你怎么还不带人来营救我呢,难道你不要女儿了吗?"京娘悲伤地想道。

这时,那名小道士开门进来,见了喜服和首饰便开口笑道:"贫道恭喜姐姐了!姐姐明日就自由了!"

"恭喜你个狗头!"京娘冲着那小道士骂道,随后抓起首饰盒子向着他的脸部掷去。吓得小道士慌忙闪身躲开,嘴里惊叫:"姐姐,好好的这是怎么了?"

京娘猛地站起来,冲着门口跑去:"放我走,我才不会去做什么压寨夫人!"

小道士冲上前去将京娘死死拽住:"姐姐莫走,莫走!你若走了,不但师父会打死我,山匪也不会放过我们,他们说过,若是放你走的话,就会血洗清油观啊姐姐!"

京娘心软了,也实在拽不过那小道士,又被那小道士拽回到床边,推倒在床上。然后小道士飞快地转身跑掉,又将门"咔嗒"一声锁上了。

京娘丧气而无奈地歪倒在床上,看着对面书柜里那一卷卷经书呆呆发愣,不知如何是好。她捂着脸哭道:"苍天啊,救救京娘吧!爹——娘——你们在哪里啊?救救女儿吧!呜呜呜……"

哭了半晌,她停下来,用手狠狠抹了一下脸,自言自语道:"京娘,别哭了!出了事哭有什么用?还是冷静下来,见机行事吧。哼,我就不信,本姑娘过不了这道鬼门关!"

傍晚时分,只听到门锁响动,京娘想一定是那小道士送饭来了,便躺在床上动也不动。没想到来人却不是小道士,而是午后出现的那个山匪。

原来他给京娘送完喜服后并没有马上离开,而是在附近的一家酒楼里喝了一通酒。不知为何,京娘的花容月貌一直在他眼前晃动,搞得他意乱神迷、痛苦不堪。随着体内酒力的发作,他心中越发骚动不安。"不行,我一定要先得到她,尝尝她的滋味,这么美的小娇娘凭什么让大哥一人独占!"他打定了主意,便起身返回道观,命小道士将门打开,然后闯了进来。

山匪见那小娇娘正软绵绵地躺在床上,便龇牙咧嘴道:"小娘子,哥哥怕你等得心焦,特意返回来陪你!"说完便淫笑着向京娘扑了过去。

京娘吓得花容失色,惊叫一声:"滚开!救命啊——"

那山匪张开一只大手捂住京娘的嘴,另一只手伸向京娘丰满的胸部,狞笑着:"嘿嘿,小娘子,莫怕,哥哥我会让你舒服的!你就乖乖等着爽吧!"

京娘拼命挣扎,尖声叫喊,两只脚乱踢乱蹬,身子却被那山匪死死压住,反抗不得。

那山匪对着京娘一阵乱摸乱啃，一只魔爪正要伸向京娘的两腿之间，京娘心中闪过一片黑云压顶般的绝望！她悲愤而无奈地闭上双眸……

就在此时，却见房门外腾地闪进一人，举起手中大棒猛地向那山匪的头颅砸去。山匪当即昏了过去，身体松松垮垮地伏到床边。

京娘慌忙坐起，一脚将那山匪踹到床下，下床站定，定睛看那来人。

只见来人是个身姿英挺高大如山岳的男子，双十年纪，生得剑眉星眸、五官端正，远山般高挺的鼻梁透着一股逼人的勃勃英气。身着一袭半旧的青色襕衫，漆黑的长发随意地披垂腰间，显得洒脱而不羁。手持齐眉棒，腰佩赤霄剑，一身的英武侠气，自带一股的王者风范。他看着京娘，目光却是温泉水一般温暖清澈，透出心底的仁爱纯善。

京娘呆呆地看着他，许是被他的气度惊住了——如此英气逼人、气质不凡的男子她还是第一次遇见！

那男子亦呆呆地看着京娘——如此美丽绝尘的女子，他也是生平第一次见到！

只见眼前的女子有着一双波光流转、灵气满满的眸子，美目中含着几丝幼鹿般的惊慌。肤若阳春白雪，唇如初夏樱桃，腮飞一抹红霞，鬓垂两绺青丝，妩媚中带着英气，娇艳中透着清雅。漆黑如瀑的长发微微凌乱，白嫩如玉的胸部稍稍袒露，身着一袭水红色半透明纱裙，显得娇美清丽、迷离惝恍而惹人怜爱，恍若传说中自云端下凡的仙子一般，美得令人惊心动魄、目瞪口呆。

两个人的心跳都漏掉了半拍，呆呆看着对方，如在梦中入定了一般……

还是京娘先清醒过来，忙整理了一下衣衫，站起身来，向他屈膝行了个礼，用温柔婉转的声音清晰说道："小女子不幸遭遇歹人，多谢公子相救，敢问公子尊姓大名？"

男子这才回过神儿来，忙向京娘抱了抱拳，用沉稳好听的男中音说道："姑娘受惊了！在下姓赵，名匡胤。敢问姑娘姓甚名谁，因何在这清油观中？"

他叫赵匡胤，竟与我同姓呢！京娘心中一阵惊喜，心跳怦然，脸倏地绯红，忙莲花般微微低下头来，娇羞地一笑，将自己的姓名和来历向赵公子娓娓道来。

两人正说着，那小道士和观主一起进来了。

原来那小道士见山匪进了京娘房间，心想大事不好，小姐姐真要遭殃了，正不知如何是好，焦急间，却见一名高个男子拎着一支齐眉棒向他走来，说是路过此地，口中干渴，特向他讨一杯水喝。

小道士打量了他一眼，见他剑眉星眸、英挺帅气，腰间赤霄宝剑在夜色中熠熠生辉，心想这人肯定是个练家子，没准儿能够打得过那山匪。便告知男子说这房间里有位良家女子正被山匪欺负，请他前去搭救。赵匡胤听到里面确有女子的呼救声，便提棒进来，举棒打昏了正在欺辱女子的山匪。

另一边小道士见事不寻常，则急忙跑去请来了观主过来。

赵匡胤听完京娘诉说，又见观主前来，心中生出怒火，便沉下脸质问观主："出家人应该行善积德，你这道人怎么给山匪做帮凶，将这女子关押于观中，是何道理？"

观主忙向赵匡胤行了一礼，道："这位壮士说得极是，贫道有过，只是那山匪武艺高强，十分厉害，贫道得罪不起，这才关押了姑娘，实在是无奈之举，还请壮士见谅！"

京娘眨了眨美丽清澈的大眼睛道："公子莫怪观主了，观主这么做的确是出于无奈。小女子不想在此多留，想马上返回家乡去见爹娘。"

赵匡胤关切地问："姑娘家乡在何方？离此地有多远？"

京娘面露忧愁："小女子家在蒲州解梁县，离此地有千里之远。"

赵匡胤微皱眉宇，思忖片刻，道："千里之远，如今正逢乱世，四处兵荒马乱，姑娘只身前往很是危险。"

京娘低头含悲，有些犹豫道："公子说得极是，敢问公子可愿……可愿把好事做到底，将京娘送回家乡去？"

赵匡胤略有迟疑，但还是欣然答应了："好，在下保证，定会将姑娘安全送到你爹娘身边。"

京娘俊美的面庞浮出一道光芒，又有些抱歉地行礼道："多谢公子，可是这样会不会耽误公子的正务？"

"无妨，赵某这次出来也没甚正务，我不过是浪子一个，离家闯荡江湖，想做一些有益于百姓的事情，帮助姑娘返家也算是善事一桩，是赵某应该做的。"赵匡胤爽快道。

观主拍手笑道："如此甚好，这样姑娘就安全了。只是此地不宜久留，我看你二人还是收拾一下，速速上路吧！"

赵匡胤果断道："观主说得是，我二人是当速速离去，若是那山匪醒来向你要人，你就说是赵匡胤打了他并将人带走，让他去寻我便是！"

观主说："赵公子乃真英雄也。好吧，这里有些银两给你二人做盘缠，你二人速去吧！"

京娘接过银两，向观主道了谢，又匆匆整理了一个包裹带在身上，便与赵匡胤一起离开道观，踏上了返回家乡的路途。

# 第二章

## 明月映春心

借着星月之光，二人在山道上一前一后匆匆行走。赵匡胤健步如飞，走在前面；京娘快移莲步，紧随其后。

京娘望着前面那身披银辉疾走的高大如山岳般的身影，抿嘴一笑，心情格外恬然。不禁暗想，戏文里常有"英雄救美"的事情发生，原以为那都是些文人墨客编撰的，断不会在平日里遇到，想不到今日竟在自己身上活生生上演了，还真是盎然有趣！只不过……英雄救美之后呢？

京娘望着赵匡胤的背影，一次次地出神，唇畔含着浓郁笑意。轻纱般的光晕笼罩在她皎洁如月的面庞上，一双大眼睛晶亮晶亮，如同璀璨的星子嵌入她的眼眸。

而此时的赵匡胤，心情也未能平静。在深更半夜同一位妙龄女子一起出行，而且要同行千里，孤男寡女待上数十日，这在他的人生经历中还属首例，真是有点儿不可思议！这若是被他那位传统严苛的老母亲知道了定要严惩他的，还有他那贤良淑德又有些古板的妻子，若是听说此事，恐怕难免要伤怀一番吧！唉，都怪自己当时头脑一热答应了那位姑娘，我还是应当检点一些，同那位姑娘保持距离，省得生出些乌七八糟的误会。想到此处，赵匡胤不觉迈开大步，加快速度向前疾走，一时之间竟把京娘甩下丈余远的距离。

京娘紧迈莲步追得娇喘吁吁，实在跟不上前面那一位的步履，只好一边小跑一边喊道："赵公子——等等我！您走那么快，小女子跟不上啊！"

前面的那一位稍稍放慢了脚步，但没等她跟上来，又迈开长腿向前疾行。

京娘实在跟不上了，便大眼睛一转，灵机一动，尖着嗓子高声喊道："何物？啊，有狼——有狼——赵公子救命！"

前面的那位听到呼喊声急忙转身，冲着她飞奔过来，一边惊道："狼？在哪里？姑娘莫怕，有赵某在呢！"

京娘心中暗笑，却装出一副惊慌失色的样子，指着前面的树影说道："有一只身形很大的动物刚才跑到那边去了，看样子像是狼，吓死小女子了！拜托赵公子您别走那么快好吗？您离我那么远，我若是被狼吃掉你都来不及救我。您既是大英雄，就当好事做到底对不对？"

说得赵匡胤有点愧然，忙向京娘抱拳拱手道："抱歉，是在下疏忽了！以后在下多注意便是。"说罢便老老实实跟在京娘旁边，小心翼翼地做她的护花使者。

京娘心中乐开了花，表面却装出一副一本正经的样子，目不斜视地同赵匡胤一起迈步前行。

夜半时分，二人出山，进入一片野草丛生的旷野。疾走了三四个时辰，京娘实在筋疲力尽，便提高声音脆声道："赵公子，小女子实在走不动了，歇息一下如何？"

赵匡胤停下脚步，回头看了看京娘，微微颔首道："好吧，暂且歇息一下，不过不可耽搁太久，恐那山匪追上来。"

京娘眨眨晶亮的大眼睛，笑道："好吧好吧，就休息一小会儿，半个时辰后就走。"说罢，双腿一软坐到草地上，将双手搭在膝头，仰头望向夜空。

只见漫天星斗密集璀璨，颗颗都如稀世珍宝一般，那轮皎月更是明亮异常，在空中放射出美玉般的灼灼光华。"星河灿烂，若出其里。""便觉天低人在上，可将吾足濯银河。"京娘的脑中立刻蹦出如此诗句。

几粒星辰映入她美丽的眼眸，她目光炯炯地望着夜空叹道："真是美哉妙哉，如此美妙的星空本姑娘还是首次得见呢！"都怪父母平时对她管束得紧，一入夜便不许她出门，哪里有机会坐在这旷野里看星星。何况身边还有这样一位天神般的英俊公子相伴，看来自己这次还真算因祸得福了！

赵匡胤在离她两米远的地方坐下,也举头望向天际,见那满天星辰的确美轮美奂,妙不可言,便也勾起唇角微笑起来。他微笑的样子真是迷人极了!京娘微微侧目偷窥他,禁不住有些春心荡漾。都说是女儿家应当矜持些,奈何她偏偏生性活泼,不拘小节。

"哎,我说赵公子,你能不能坐得离本姑娘近点儿啊?离我那么远干吗?我又不是老虎,难道还会吃了你不成?"

赵匡胤看看她,再看看自己,有点儿尴尬:"男女授受不亲,在下怎敢逾矩?"

"真是个老古板。"京娘小声嘀咕道,她一向是个大方女子,从小跟着哥哥在男孩子堆里厮混大的,所以才不会顾忌什么男女授受不亲,只觉得眼前的男子分外可爱,对她有着莫名的吸引力,心里很想亲近他,大眼睛转了转便提高声音脆生生道:"我说赵公子,这深更半夜的只有你我二人,就不必那么拘束了吧?再说,咱俩都姓赵,不如……不如……"她故意停顿下来,大眼睛滴溜溜转着看着他卖关子。

"不如怎样?姑娘有话请讲。"赵匡胤一本正经道。

"不如你我二人结为兄妹,这样不就没那么多顾虑了吗?不知赵公子意下如何?"

"结为兄妹?"赵匡胤微微一怔,继而笑道,"好啊,是个好主意!如果姑娘不嫌弃我这个哥哥粗陋,那在下就认了你这个妹妹!能有个神仙一样的妹妹,赵某也算是三生有幸!"赵匡胤欣然笑着。他的笑容在星辉下格外灿烂,仿佛一道艳阳般的光芒乍然浮现。

京娘心中一阵狂喜,蓦地起身,小鹿一般欢快地跳跃着跑到赵匡胤身边,脆声叫道:"匡胤哥哥!"一边紧挨着他坐下来。

"好,京娘妹妹。"陡然碰触到她柔软的香肩,赵匡胤心中一阵慌乱,暗暗笑自己一个大男人竟不如女子大方。

京娘倒没想那么多,只觉能这样靠近他便感到欢喜。于是转头望向他,见他侧颜也是曲线秀挺、轮廓俊朗,一头青丝在月华下微泛光芒。君子灼灼其华,美如冠玉。若是有朝一日他能入庙堂,披锦衣,定会是个风流人物吧!

赵匡胤也侧目看她，二人目光交会，看到了彼此眸中似有柔软旖旎的星光一闪，心中皆是一惊，赵匡胤慌忙看向别处。

京娘的心"扑通通"乱跳着，暗想，他倒真是个正人君子，又救了自己性命，爹娘正想着给自己张罗如意郎君，我看他倒正合适！转念又一想，自己好歹是个未出闺阁的姑娘家，怎的竟生出如此不知羞耻的想法呢！不妥不妥，矜持，矜持！想着便把玉面沉下，蹙起蛾眉，对着那玉玦般的明月叹息了一声。

赵匡胤见身边的妹妹刚刚还春风满面、喜气洋洋的，突然间就沉寂下来，对着月亮唉声叹气的，似乎有些不悦，便关切地问："妹妹怎么了，因何叹息？可是身子不舒服吗？"

京娘慌忙摇摇头："没有没有，我只是有点儿……有点儿冷。"

五月初的深夜，夜风的确是清凉沁人的，身下的草叶也带着露水，湿润阴冷。

赵匡胤剑眉微蹙，想起衣袋里装有火石，便去周围的树下捡了些干草和枯树枝，用火石将它们点燃。

篝火旺旺地燃烧起来，空气中弥漫起一股浓郁的松油香气。

京娘烤着火，身上很快暖和起来。松香绵绵地在鼻端荡漾，身畔一护花使者殷勤地添柴布火，此情此景竟是这般舒适惬意，令人陶然缱绻忘乎所以。

赵匡胤是个木讷正经的人，一直对着火焰默不作声。为避免尴尬，京娘没话找话道："匡胤哥哥，你家中有些什么亲眷？双亲可安在？可有亲妹妹吗？"

"愚兄家中双亲健在，有一小妹，已出嫁了，不常回家。我家中还有两个弟弟，年岁尚小。"赵匡胤一边向火堆添着松枝，一边回道，正想接着说家中还有妻子女儿，京娘却乐呵呵接过话茬儿："哦？匡胤哥哥竟有这多兄弟姊妹呢！京娘家中只有一位兄长，他不学无术，是个混吃等死的，小时候还欺负过我，我不喜欢他。这回好了，我有了另外一个好哥哥，可以保护我，再不会有人欺负京娘了！"

京娘笑吟吟说着，身上一暖，倦意便袭来。疾走了半夜，此刻当真是又困又乏，便伸了个懒腰、打着哈欠道："好困啊，真想美美睡一觉。"

赵匡胤含笑看她一眼，温和道："困了就睡一会儿吧，妹妹放心歇下，我来为妹妹守夜就是。"

京娘打量了一下黑乎乎、湿漉漉的地面,皱着眉头:"可是在哪儿睡呢,躺在地上吗?又潮又冷,如何使得?"

赵匡胤沉吟一下,将捡来的枝叶铺到地上,又将身上的外袍脱下来铺到上面,对京娘道:"妹妹将就一下吧,只能如此了。"

"谢谢匡胤哥哥,那小妹就不客气了。"京娘说完,大大方方躺了上去,须臾便闭目睡去。

不一会儿京娘却忽地睁开眼睛,用手"啪"地拍了自己脖颈一下,看了看手掌心,"呀——"地惊叫一声弹跳起来,受惊般瞪大了眼睛。

赵匡胤吓了一跳,忙问:"妹妹怎么了?"

"呸,有虫子!居然爬到我脖子里了,好恶心!"京娘道。

"妹妹没受伤吧?"赵匡胤关切道。

"没有没有,就是有点儿痒,好像被咬了一口。唉,这可如何是好?我可不敢再躺着喂虫子了。"

"要不然妹妹坐着歇息一会儿吧!"赵匡胤有些木讷地说道。

"坐着歇息,那怎么睡?"京娘愁眉不展,大眼睛骨碌碌转了转,看了看一旁端坐着的赵匡胤,便道:"匡胤哥哥,要不然你帮我个忙,给我当枕头用一用吧?"

"给你当枕头?此话怎讲?"赵匡胤没有听懂,一时有些发蒙。

京娘大大方方坐到赵匡胤身边,将头歪靠到他肩膀上:"就这样,借我肩膀靠一下。你也可以靠着我小睡一会儿,这样我们就都能休息了。就如此吧,我困了,先睡了啊!"说罢便靠在他肩膀上兀自睡去。搞得赵匡胤好生紧张,心里突突跳着,又无法拒绝,只好坐直身子任她靠着,全身神经绷得紧紧的,一动也不敢动。

脖颈处的皮肤被她的青丝碰触着,痒痒的,麻酥酥的。她身上散发出的丝丝缕缕、若有若无的香气,仿佛百合花般清醇幽香。

天哪,这神仙般的女子居然大半夜靠在自己肩膀上睡着了,这是在做梦吗?赵匡胤用力掐了一下自己的腿部,很疼。美人依肩头,娇喘在耳畔。这场景也太诡异、太离奇、太不可思议了吧！赵匡胤的心一边怦怦狂跳着，一边暗自思绪纷然。

他轻轻转过头，看着那睡梦中的女子，竟如此之美！美丽的眼眸安静地闭着，长长的睫毛放松地垂下，凝脂般的肌肤，樱桃般的秀口，嘴角微微上翘，似在梦中浅笑。这小巧红润的嘴唇，如此精美、如此芳香、如此诱人，真想把它含在口中，尝尝它的滋味……

赵匡胤，你这是怎么了？怎么会生出如此卑劣猥琐的想法！你这样，这样与那山匪何异？

想到此，赵匡胤攥起拳头，狠狠捶了一下自己的额头。

肩头的女子动了动，眼睛微微眨了几下，又甜甜地睡着了。赵匡胤伸出一只手，将自己长衫的一角抻了抻撩起来轻轻给她盖在身上。能有一个如此美丽如仙的妹妹，也算是今生一大幸事了！他温和地微笑着，正襟危坐，闭上眼睛……

夜色深浓，万籁俱静。

突然，一阵混乱的脚步声打破了这朦胧安谧的寂静，接着是一片刺耳嘈杂的嘶喊声传来："在那里！别让他们跑了！抓住他们！"

须臾，一群猛兽般的黑衣男子向着赵匡胤和京娘呼啦围拢上来。这些人个个手持刀剑，面露凶光，为首的男人正是那个满脸胡须的山匪。

赵匡胤一个激灵清醒过来，京娘也被惊醒，二人忙站了起来。

赵匡胤一边镇定地对京娘道："是山匪追上来了，别怕，躲在我身后！"一边"呛啷"一声拔出腰间宝剑，对着山匪摆出应战架势。

京娘见对方大概有百十号人，个个持刀拿剑，凶神恶煞一般，心想好汉难敌四手，恶虎也怕群狼，这赵匡胤真的能打过他们吗？不觉悬起一颗心，绷紧神经站在赵匡胤身后。见脚下有根齐眉棒，忙弯身将棒子拾起，也对着山匪摆出应战架势。

只见那山匪头子拿刀指着赵匡胤叫骂："大胆狂徒，竟敢将本王打昏，还将我家大哥的新娘子抢走，真是吃了熊心豹子胆！今日若将小娘子还回，还可饶尔不死，如若不然，定将尔碎尸万段！"

赵匡胤一脸镇定，持剑指着山匪道："你这山贼，强抢民女，为非作歹，才应该被碎尸万段！"

那山匪头子一声冷笑，冲着手下人一挥手："少听他废话，小的们，上！"

那些山匪便"呼啦"一下蹿上来，将赵匡胤和京娘团团围住，挥舞手中武器向着赵匡胤杀来。

只见赵匡胤挥起手中宝剑，将宝剑舞出一圈银光，剑头所触之处，山匪纷纷仆地。片刻工夫，地上已是死伤一片。

赵匡胤转守为攻，几个箭步便跃到那山匪头子跟前，银剑一闪，便听"噗"的一声，山匪头子胸部便喷出一股鲜红的血水。那山匪"咕咚"一声跪在地上连连讨饶："好汉饶命！好汉饶命！"

众山匪全部停止了打斗，无比惊骇地望着赵匡胤。

赵匡胤抬手将宝剑拔出，然后将滴着鲜血的剑头指着那山匪头子，厉声道："我本是不忍杀生之人，今日且饶你性命，日后若再做歹事被我遇到，一定要你狗命！滚！"

那山匪急忙爬起来，带着众手下屁滚尿流地跑掉了。

京娘大喜，扔掉棒子，拍手笑道："匡胤哥哥好厉害！今日小妹算是开眼了，哥哥真是武艺高强的大英雄！"

赵匡胤将剑收起，对京娘微笑着，声音浑厚道："几个小蟊贼不足挂齿，倒是让妹妹受惊了，妹妹还好吗，没伤到吧？"

京娘忙说："没有没有，在哥哥身边是最安全的，哪里会伤到！哥哥你呢，有没有受伤？"

"没有，那几个小蟊贼还不足以伤到我。"赵匡胤朗笑着说。

此时已是清晨时分，旭日初升，绚丽的彩霞铺满东方天宇。

二人歇息片刻，喝了些泉水，吃了些野果，便又向前行去。

疾走了一日，到了傍晚，二人终于走出密林，到了一个镇上。此时京娘已是筋疲力尽、饥肠辘辘。赵匡胤不时停下来等她，对娇喘微微的她道："妹妹再坚持一会儿吧,马上就到客栈了,等到了客栈,再好好休息。"

京娘累得直想就此躺倒地上,呼呼大睡一场。还好,又行了一个时辰,终于看到了一块明黄色的招牌:清风客栈。

二人走进客栈,向店内伙计要两个房间,伙计却拱拱手说:"抱歉,二位客官,只剩一间客房了。"

"一间客房?我们两人可怎么住?"赵匡胤一听为难起来。

京娘大大方方说:"一间就一间吧,快去给本姑娘开房,本姑娘快累死了!"

伙计应了一声弯腰引二人去到二楼的一间客房,简单招呼了几句便识相地出去了。

一进房间,京娘便扑到了床上:"哎呀呀,累死了,累死了,终于见到床啦!"

赵匡胤见她一副三百年没见过床的样子,觉得这妹妹可真有意思,自己则微笑着坐到床边的地板上,打算今晚就先这样暂且休息一下。反正他也没觉得太累,只是感到饥肠辘辘,很想大吃一顿。

京娘一个人香香大睡了两个时辰,一睁眼,见赵匡胤居然坐在地板上闭目养神,便呼一下坐了起来,瞪着一双天真无邪的大眼睛道:"哥哥怎么不上床休息?你不累吗?"

赵匡胤睁开眼睛,心想:一张床,怎么可以男女同睡?这妹妹也太大胆了些,就不怕我生出歹心吗?于是微笑着摇摇头道:"我不累,就是有些饿了,想出去吃点儿东西,妹妹可愿同去?"

京娘笑着颔首:"嗯,我也有些饿了,我与你同去。"

二人下楼,点了一桌丰盛饭菜,又要了一坛老酒,一通猛吃豪饮。

赵匡胤很喜欢喝酒,酒量也大,总是一次干一大碗。京娘仿佛受了感染,也学着赵匡胤的样子一次次将碗中酒一饮而尽。

赵匡胤看着她饮酒的样子有点儿惊讶,心想这小女子酒量倒是不小,看她一副娇娇弱弱的样子,想不到还有如此豪爽的一面,这点倒真像是我亲妹妹!

很快二人喝完了一坛老酒，便向店家又要了一坛。

"哥哥好酒量！"京娘眨着一双春水般的大眼睛道，"一般武艺高强的人都是海量。"

"妹妹酒量也不小啊！"赵匡胤开怀笑着，"像妹妹这样能喝的女子赵某还是第一次见到。"

"哦？是吗？可能我是遗传了家父吧，我爹爹就特别能喝酒，号称'千杯不醉'！"

"妹妹还真是虎父无犬女啊！"赵匡胤赞道，越发有了兴致，举起酒碗，"来，来，来，人生得意须尽欢，莫使金樽空对月！"

京娘也笑着举起酒碗，与赵匡胤的酒碗"叮"地一碰："天生我材必有用，千金散尽还复来！"

二人俱将碗中酒一口气饮尽，然后相对哈哈大笑。

京娘想起一事，便敛起笑容，道："我这一路一直想问哥哥，昨夜为何放过那山匪，留他继续害人呢？"

赵匡胤也敛起笑容，正色道："赵某虽然从小好武，却不忍杀生，想那山匪也许本性并不坏，只是如今世道混乱，官兵横行，百姓没有活路，被逼无奈才走上邪路。也许有了机会，他会改邪归正。"

京娘心中一暖，心悦诚服地道："哥哥真是天性仁慈、宅心仁厚，又武艺高强，将来定能做一番拯救天下苍生的大事业！"

赵匡胤朗声一笑道："平定天下，拯救苍生，乃是我今生梦想，借妹妹吉言，但愿能够得偿所愿！"

"会的，哥哥一定能实现梦想，平定天下，拯救百姓！来，再干一杯！"京娘笑着举起酒碗。

二人又干了一碗老酒。赵匡胤兴致更是高昂，举着满满一碗酒道："妹妹真是我知己也，酒逢知己千杯少，我们今晚来个一醉方休，如何？"

"好啊，一醉方休！"京娘说罢，将碗中的酒豪爽地饮下。

二人就这样一碗接一碗地喝酒，一直喝到酩酊大醉。

最后是京娘扶着赵匡胤，两人歪歪斜斜、你拉我拽地回到客栈房间，双双扑倒在床上，赵匡胤的一只胳膊钩住京娘的脖子，京娘的一条腿压在赵匡胤的身上，二人却浑然不觉，很快一对"醉人"便双双沉睡过去。

翌日将近午时，京娘才蓦地醒来，一睁眼看到这乱七八糟不成体统的场景，心下一惊，方才想起昨夜醉酒的事。仔细看了看身边那个依旧沉睡着的赵公子的俊脸，偷偷一笑，轻轻吻了一下他缠在自己脖子上的胳膊，又大着胆子屏住呼吸吻了一下他那好看的轮廓分明的嘴唇，然后调皮地一笑，又重新闭上眼睛。

正午时分，赵匡胤终于醒来。一睁眼，见到躺在自己身边被自己的一条胳膊紧紧环住的女子，吓得险些惊叫，忙坐起来，将胳膊轻轻抽出，又悄悄地猫着身子下地，拎起鞋子，轻轻将门打开，飞快地逃了出去……

床上装睡的京娘偷偷看着他的窘态，简直乐不可支……

京娘笑嘻嘻哼着小曲梳洗完毕，便下楼吃饭，见赵匡胤正坐在靠窗的一张桌边等她，见她笑着前来，不禁窘得满脸通红。

京娘装作若无其事的样子，在他面前落落大方地坐下，道："哥哥早，昨夜睡得可好？"

赵匡胤仍旧有些脸红心跳，不敢直视京娘那盈满笑意的大眼睛，只是颔首轻声道："还好还好，妹妹呢，还好吧？"

京娘微笑道："我也还好，只是昨晚酒喝得太多，现在还有些头痛。"

赵匡胤听罢一脸内疚的表情："都怪愚兄不好，不该让妹妹喝那么多酒，都怪我都怪我，没有照顾好妹妹。"

京娘忙道："没事没事，以前我也同哥哥到酒肆一起喝过酒，也喝多过，第二天就没事了，匡胤哥哥不必自责。"

"怎么，京娘的哥哥也喜欢喝酒吗？"

京娘颔首："是啊，不过我这个哥哥可没有匡胤哥哥酒量好，而且好吃懒做又不学无术，还总欺负我。"

"妹妹放心，以后有我这个义兄在，他不会再欺负你了。他若再欺负你，我便找他算账去！"赵匡胤笑道。

"好啊好啊！我就知道匡胤哥哥比我亲哥哥还疼我。"京娘拍手笑道，旋即又滴溜溜转着眼睛道:"匡胤哥哥,其实,京娘不缺哥哥的,京娘缺的是……如意郎君。"最后四个字的声音极低,京娘说完便脸一红,低下头去。

赵匡胤也有些不好意思,装作没听到的样子说道:"啊,我已经让店家做了醒酒汤,待会儿妹妹喝下,想必就会好些了。"

京娘想,他竟还是个体贴细心的,便粲然笑着道:"醒酒汤好,昨晚哥哥也喝多了吧,是不是也挺难受的?以后,哥哥莫再喝酒贪杯了!"

"好好好,赵某以后一定谨遵妹妹教诲,不再贪杯。"

"这样才好,来,点菜吃饭吧!"

二人点了一桌饭菜,一边聊着天儿,一边有滋有味地吃起来,却未察觉在酒楼的一角,两个头戴斗笠的男人正目光诡异地盯着赵匡胤和京娘。他们正是那伙山匪其中的两名。

那两个男人盯着赵匡胤和京娘看了一阵子,又交头接耳合计了一番,其中一人便偷偷溜进后厨,装出一副催菜的样子,问了一句菜好了没有,便趁厨子不注意,从怀中取出一个纸包,将里面的白色粉末悄悄撒进了醒酒汤中,然后迅速溜出后厨。

店小二将那碗醒酒汤端到了赵匡胤和京娘的桌上,躬身道:"两位客官,你们要的醒酒汤来了,请二位慢用。"

京娘冲店小二点点头,小二退下。京娘便将醒酒汤用汤匙盛到两只碗里,两人端起汤碗一人一碗将汤饮下。

须臾,京娘和赵匡胤便感觉周身异常困乏,睁不开眼睛,很快便双双伏倒在桌上昏睡过去。

那两个头戴斗笠的男人见京娘和赵匡胤双双昏倒,阴险地相视一笑,迅速走上前去,将二人背起便走……

# 第三章

## 与君同行

京娘醒来的时候，发现自己被五花大绑在一个房间的柱子上，赵匡胤也已醒来，同样被缚了手脚用粗绳捆绑在另一根柱子上。房间里点着两排碗口粗的蜡烛，灯火通明。二人面前站着两个男人，一个满脸胡须的正是那个曾与赵匡胤交过手的山匪头子，另一个是个手持皮鞭的打手。房间里摆满刀枪剑戟以及各种刑具，气氛阴森恐怖，令人不寒而栗。

那山匪头子见二人醒了过来，便阴森一笑，冲着二人道："没想到吧二位，睡了一觉就被捉到了山寨里！哈哈哈哈！"他狂笑一阵，用手指着赵匡胤，凶狠地说："你小子不是能耐吗？我今天就看看你这骨头到底有多硬！"说罢向一旁的打手挥挥手，"给我打，狠狠地打！"

那打手举起皮鞭，瞪眼咬牙，对着赵匡胤一阵猛抽。赵匡胤的衣服很快被打烂，身上也被打出一道道血淋淋的伤痕。赵匡胤咬紧牙关忍耐着，一声不哼。

京娘看着被狠狠鞭打的赵匡胤，心中剧痛，仿佛那鞭子一下一下抽打在自己身上，忙大声叫喊："住手！你们凭什么打人？"

那山匪头子对打手挥了挥手，打手停止了抽打。

山匪走到京娘面前，伸出一只手捏住京娘的下巴，狞笑着说："小美人儿，怎么着，打他你心疼了？你和他什么关系？他是你情哥哥对不对？你们是不是早就睡过了？他把你弄得很爽是不是？"

"呸！无耻之徒！"京娘怒视着山匪，使劲儿摇晃脑袋，摆脱了那山匪的爪子,又冲着他的脸"呸"的一声吐了口唾沫。

那山匪不急不恼地用手抹了抹脸,对着京娘狞笑道:"小美人儿,你护着他也没用,我大哥说了,今天晚上就要和你入洞房,你若从了呢,就放了那小子,饶他不死;你若是不从,就把他活活打死,送他到阎王爷那儿喝酒去!"

接着对一旁的打手一挥手,打手举起皮鞭对着赵匡胤又狠狠抽打起来。赵匡胤身上的衣服已经被抽得稀烂,周身伤痕累累、鲜血淋淋。但是赵匡胤仍咬牙忍耐着,对京娘道:"京娘,不要理他,不要管我,我挺得住!"

京娘看着被毒打得鲜血淋淋、皮开肉绽的赵匡胤,心中被撕裂了一般剧痛,她边哭边喊着:"别打啦,别打啦,不要打啦!"

山匪对着打手挥了挥手,打手停止了鞭打。

山匪恶狠狠对京娘道:"怎么样,你是从还是不从?"

京娘瞪着山匪沉默不语,一双大眼睛里怒火汹涌,恨不能一口咬死这些恶人!

山匪冷哼一声,伸手抄起一把寒光四射的利剑,剑尖抵着赵匡胤的胸膛,目露凶光,狠戾道:"还是不从是吗?那我就让他多见点儿血!"说罢将那剑尖在赵匡胤的胸前横着一划,一股血水便溪流般汩汩冒出,鲜血淋漓地洒了一地。

赵匡胤痛得脸色苍白,额头上冷汗直冒。

京娘心惊胆战地看着他,一颗心要疼碎了!大颗的泪水迷了双眼,嘶声叫着:"匡胤哥哥,匡胤哥哥,不——不——不要啊!"

山匪恶狠狠看着京娘,又要将那剑尖在赵匡胤胸前竖着划下。

骇得京娘大叫一声:"住手!"她流着眼泪看了一眼被折磨得鲜血淋漓、面色煞白的赵匡胤,无奈地咬了咬银牙道:"我从了你们便是!只要你们别再伤害他,放了他!"

赵匡胤痛心地瞪着京娘,拼尽全身力气喊道:"不要!京娘,不要答应他们,不要管我——不要管我——不要答应他们——"

京娘流着眼泪看他一眼,对山匪道:"放了他,我就从了你们!"

山匪哈哈大笑："放心，等你和我大哥入了洞房，把我大哥侍候舒服了，我自然会放他走！"

说罢对着打手做了个手势，道："带小娘子去见大哥。"

打手应了声是，便动手将京娘的绳索解开，然后押着京娘走出房间。

赵匡胤对着京娘的背影嘶声大喊："京娘，不要，不要去！不要去——"他感到自己的心痛得要裂成碎片了，拼命摆动着身子，想挣脱绳索的束缚。无奈那粗大的麻绳却死死地束缚着他。

京娘硬起心肠抹了下眼泪，转身对着赵匡胤努力露出一个凄楚笑容，便猛地回头，随着打手走出房间，来到另一间屋子。

这间屋子里张灯结彩、喜气洋洋，墙上贴着大红喜字，床上挂着朱红色的幔帐，旁边的桌子上点着几支粗大的红烛，一个身着绯红色锦袍的男子立在房间中央。此人正是那山匪口中的大哥。

京娘见此男子虽身材瘦小，样貌却并不丑陋，甚至有几分帅气，只是目光阴鸷得骇人。见到京娘出现，阴森一笑道："娘子终于来了，让夫君等得好苦！"

京娘冷着脸，不理会他。

山匪大王走上前来，伸手捏住京娘的下巴，迫使她的脸颊抬起，见她玉面上挂着道道泪痕，如同梨花带雨，又是阴森一笑："夫人这是怎么了？这洞房花烛夜的，怎么还哭上了？来，小美人儿，给本王笑一个！"

京娘瞪圆眼睛怒视着他，冲他狠狠吐出两个字："无耻！"

"无耻？哈哈哈！"那山匪狂笑一声，又阴狠狠地说道，"我马上叫你领教一下什么叫更无耻！"

说罢低下头，将自己的嘴送到京娘的唇边，再用胳膊紧紧箍住京娘，狠狠地吻住她的樱唇。

京娘差一点儿窒息，只觉得自己的唇被狠狠地吸吮，随后一条舌头硬生生地将她的双唇抵开，探入她的口中横冲直撞。

京娘上下牙齿用力一咬，险些将那舌头咬断，痛得那山匪惊叫一声，收回了舌头。两人嘴里俱是鲜血的腥气。

山匪伸手将嘴边血丝一抹:"真他娘的辣!是瓶烈酒,本王喜欢!来吧,本王倒要看看你这女人能有多辣!"

接着便伸手抓住京娘胳膊,用力将京娘甩到床上,然后恶狼一般猛扑到京娘身上,死死压住她的身子。

山匪毒蛇般阴森冰凉的目光死死看着京娘的眼睛,京娘的心一点点下沉,简直要绝望了,心想,难道自己真的要栽在这山匪手中不成?难道这便是自己的命吗?她的大脑飞快地旋转着:"不不不,不能认命!怎么办,怎么办,怎么办?"

就在那魔爪即将探入她身体时,京娘突然急中生智,伸出一只手拔下头上插着的发簪,将簪子的尖头对着山匪的后颈狠狠地扎了下去。

这陡然间的剧痛让山匪身子一震,闷哼一声,便失去了知觉。

京娘翻身坐起,将那山匪的身子一脚踹到床下。然后迅速下床,将房间里的蜡烛拔起,拿在手中,又飞快地用烛火将床幔和房间里所有的可燃物都点燃,最后将蜡烛扔到了山匪身上。房间里刹那间火光四起,大火越燃越旺。

京娘扯着嗓子大喊几声:"着火啦,快救火呀!着火啦!"

外面的山匪见到房间里火光冲天,也跟着大喊:"着火啦!着火啦!"纷纷赶过来救火,山寨里顿时乱作一团。

京娘趁乱跑了出来,飞奔到原先待过的房间,将赵匡胤的绳索解开,拉上他的手说:"快跑!"二人便迅速跑出闹哄哄的山寨。在寨门口见到一匹骏马,赵匡胤抬手快速地将马缰绳解开,翻身上马,然后一用力将京娘拽上马背,二人乘着骏马飞驰而去⋯⋯

纵马驰骋到黎明时分,来到一处平缓的草坡,想那山匪再也不可能追赶上来,赵匡胤这才将马勒住。京娘本是不会骑马的,在马背上一直紧紧搂住赵匡胤的后腰,见他要下马,这才放松自己的胳膊。赵匡胤翻身下马,又伸出一只胳膊将京娘抱下马来。

京娘见他一身血淋淋的伤痕,不禁心疼得流出眼泪,低头哭泣道:"你的伤……哥哥受苦了,都是小妹不好,连累了哥哥。"

赵匡胤见京娘流泪,忙伸出双手握住她的双肩,安慰她道:"妹妹莫哭莫哭,这点儿伤算不了什么,很快就会好的,妹妹别担心了。"

京娘情不自禁地拥抱住他,将头轻轻埋进他怀抱里,仍旧抽抽噎噎哭泣着。

赵匡胤胸中一阵热潮涌过,也情不自禁地抱住京娘,二人紧紧拥抱了好一阵子。

赵匡胤笑着道:"妹妹莫再哭了,也莫再抱我了,你这一哭一抱,我这伤口更疼了。"

京娘忙松开他,抬起头来,面颊如同带着雨珠儿的百合花,不好意思地道:"都怪我,没有忍住,我们先去前面找一家客栈歇下,然后我去买药给你疗伤。"

"好。"赵匡胤点点头,牵起马向前走去。

很快看到了一家名叫"仙客来"的客栈,二人进到房间,京娘嘱咐赵匡胤自己先把伤口擦洗一下,自己则出去到附近的一家药铺买了一大包治疗外伤的药粉回来。

京娘要把赵匡胤身上破烂的衣服脱下,赵匡胤却有些不好意思,坚持要自己来,让京娘先回避一下。

京娘大眼睛一瞪,有些生气道:"都伤成这样了,还顾及那么多干吗?我一个女子都不怕,你一个大男人怕什么?"

赵匡胤只好不再推辞,赤裸着上身,乖乖让京娘给自己处理伤口。京娘把药粉仔细地敷到一道道殷红的伤口上。见他胸前那道长长的被利剑划破的伤口仍在淋淋地冒着血水,便禁不住心痛,两汪眼泪又涌了出来。

赵匡胤笑道:"妹妹怎么又哭了?这点儿皮肉伤真的不妨事,很快就会好的,妹妹莫再担心了。"

京娘抹着眼泪:"都是京娘连累了哥哥,让哥哥遭遇如此险情,受这么重的伤,真是罪过。"

"不是妹妹连累了我,而是妹妹救了我,赵某应该感谢妹妹才对。"赵匡胤温和笑着,"快和我说说,你是如何摆脱那山匪的?"

京娘便将自己用发簪刺死山匪头子，并放火烧了山匪房间趁乱跑出的事向他诉说了一遍。

赵匡胤听后哈哈大笑道："妹妹真是机智又勇敢，是个女英雄，在下佩服！"

京娘也笑了，说："哥哥才是真英雄，妹妹只是一时急中生智而已。"

"好个急中生智。"赵匡胤粲然笑着凝视她，目光中满是钦佩，心中想道，原以为她只是个娇娇弱弱的小姐，没想到她竟有这般过人的聪慧和胆量，真是个今世罕见的奇女子！

京娘见赵匡胤出神地望着自己，不觉羞红了粉面，低下头来，接着给他上药，包扎伤口。

处理好伤口，京娘提议在这家客栈小住几日，等他的伤好些之后再走，赵匡胤同意了。二人便在此处暂住下来。

原先携带的包裹和行李都已丢失，好在银两一直被京娘带在身上。京娘去集市上购买了新衣和日常用品，将一件簇新的月白色葛衣交给赵匡胤，让他换上，又买了些鱼肉菜蔬，到客栈的后厨，亲自为赵匡胤做些吃的。

京娘自小和母亲学着做饭，厨艺还是蛮不错的。这天，她做了一种小巧玲珑的包子，端到赵匡胤房间让他品尝。赵匡胤见了这小包子眼睛一亮，他从未见过这么精美的包子。这包子只有核桃一般大小，外皮晶莹剔透，透出里面金黄色的馅儿料来。赵匡胤夹起一个品尝，顿感满口生香，味道真是鲜美无比。

"真是太好吃了！哥哥我从未吃过这么好吃的食物。京娘，这是你亲手做的吗？怎么如此可口，这食物叫什么名字？"赵匡胤问道。

"这个嘛，叫作……水晶黄金包。"京娘精灵般歪头古灵精怪地说道。其实这东西就叫小包子，是她娘亲教她做的拿手好饭。透明的皮是用一种薯粉做的，里面金黄色的馅儿料是用蟹肉、蛋黄和蔬菜做的。

"水晶黄金包？"赵匡胤细细品着，不住地颔首称赞，"嗯，好吃，好吃！"

京娘看他吃得津津有味，满口生香，自己很是开心舒爽。

第二日，她又做了些五颜六色的小卷子让赵匡胤品尝。

这小卷子也是娘亲教她做的,是用糯米放了白糖和山楂还有花生碎,外面再用各种颜色的蔬菜叶子包裹后蒸成的。吃起来酸甜软糯,十分可口。

赵匡胤眼睛又是一亮:"这又是什么食物,好奇怪?"

"这叫七彩长寿卷,吃了可以长生不老!"京娘古灵精怪地笑着说。

"七彩长寿卷,这名字真有意思,这样子也甚是可爱。"赵匡胤笑道。

"哥哥尝一个!"京娘说着,用玉指夹起一个小卷子送到赵匡胤嘴边。

"自己来,自己来!"赵匡胤忙伸手将小卷子接过,塞进嘴里,细细咀嚼。

"这味道真是堪称珍馐!"赵匡胤由衷地赞道。

"哥哥真的爱吃?"京娘道,"那以后我经常做给哥哥吃如何?"

"那可再好不过。"赵匡胤道,"愚兄何德何能,遇到你这般心灵手巧的妹妹!妹妹可真是个兰心蕙质的奇女子!"

"哥哥谬赞了!"京娘有些不好意思,面带娇羞地低头一笑,"哥哥的伤可好些了吗?"

"嗯,好多了,好多了。"赵匡胤道,"我们明日就离开客栈启程吧,抓紧时间赶路,也好快些见到你爹娘。"

京娘本想在此多住些日子,好尽心尽意照顾他一番,可听他如此一说,也不好再耽搁,便点头道:"好吧,就听哥哥的。那哥哥吃完就好好歇息吧,明日一早我们便启程。"

说罢,京娘起身,欲离开赵匡胤的房间,却又恋恋不舍地回头看他,目光中是满满的依恋。赵匡胤心下惊动,不觉说道:"等一下。"

京娘心中乍喜,目光晶亮地期待道:"哥哥可还有事?"

赵匡胤愣了一下,道:"我看你身上穿的这件裙子已破旧了,不如明日我陪你去街上置办一件新衣吧,我们迟一天上路也未尝不可。"

"好啊!"京娘欣喜万分,奔过来欲牵起赵匡胤的手,赵匡胤却慌忙闪身躲开。

京娘扑了个空,手停在那里有些不知所措,片刻后拉下脸来,转身进了自己房间,坐到床边愣怔了好一会儿,叹了口气,自言自语道:"京娘,你是不是太不自重了?说不定人家已有妻室了呢?你这样自作多情又何苦呢?"她一个人嘀嘀咕咕地坐到大半夜,才躺到床上,却是翻来覆去难以入眠。

同样难以入眠的还有隔壁房间里的那一位。自京娘离开后,赵匡胤也是躺在床上辗转反侧、思虑万千。

唉,好好的,怎么会惹她不高兴呢?她这些日子对自己百般照顾,又是为自己疗伤,又是变着花样做好吃的,还给自己买新衣服,她自己却一直穿着旧衣裙。她这样好的一个女子,换作旁人珍惜还来不及呢怎么自己竟忍心惹她生气?可是……

京娘对赵匡胤的感情明眼人都看得出来,赵匡胤自己又怎可能不知。事实上,他对京娘又岂止是单单的兄妹之情?无奈他早有妻室,又有一女,像京娘这么好的姑娘,他又怎敢因自己一时的意乱情迷而误了人家姑娘的终身?还是该对她保持些距离的好。

赵匡胤打定主意,压制自己的感情。可说来也怪,他越是压抑,胸中就越是有一团火一阵阵地往上翻涌,他甚至恨不能即刻起身,冲出去敲开她的房门,将她紧紧抱在怀中……

就这样,赵匡胤不断地坐起又躺下,反反复复折腾了数次,直到天亮时分才头痛欲裂地昏睡过去。

翌日上午,赵匡胤信守诺言,陪京娘一起逛街购买新衣。

京娘是个心大的,早已忘了昨天的事,兴致勃勃地在街边的店铺里逛着,一件一件地试穿,还笑着问他这一件是否好看,那一件是否合体。赵匡胤含笑看着她,耐心地给出意见,最后帮她挑了一件艳红色石榴长裙,她当即换上,二人兴高采烈地走在街头,继续游逛。

两个人皆是相貌出众,又都穿着簇新的服装,神采奕奕、亲亲密密地并肩行走,路人们很快注意到他俩,皆以为二人是一对小夫妻,纷纷注目看着二人,不时有人啧啧称赞:"啧啧啧,真是金童玉女呢!男的英武帅气,女的貌美如仙,两个人真是般配呢!"

"是啊是啊,郎才女貌,这一对小夫妻真是太美啦,是异乡人吧,以前没见过，真是一对神仙眷侣呢！"

京娘听了虽有些羞赧，却也受用，心里还甜滋滋的，故意伸手挽住赵匡胤的胳膊，做出一副亲密状。

赵匡胤却表现出一副极不自然的窘态，慌忙将她的手甩开，还故意紧走几步同她保持距离。京娘一下子兴致全无，沉下脸来，郁郁地跟在后面慢腾腾向前走，边走边向他不满地翻白眼，接着一脸痛苦地嘟起嘴巴、皱起眉头。

一位老妪见到娇美的小娘子落单心疼了，紧走几步拦住赵匡胤，道："你这年轻人怎么不知心疼自己的娘子，把她甩到后面。至少要挽着她走嘛！娶了这么貌美的娘子要懂得心疼啊！"

赵匡胤向老妪抱拳道："大娘，您误会了，她不是我娘子，我们是兄妹。"

"兄妹？长得不像啊？"老妪脱口道。

"是义兄义妹。"赵匡胤老实解释道。

"噢，怪不得如此生分呢，原来是义兄义妹。不过义兄义妹没有血缘关系，也可以结为夫妻嘛！瞧你们俩多般配，不成眷侣真是可惜了。大娘我可是做媒做了半辈子了，如此天造地设的一对还是第一次见呢！今日算我老太婆多管闲事，给你们俩保个媒吧，要不然啊我这心里不舒坦。"

赵匡胤窘得险些鼻血喷出。京娘也是窘得满脸通红，呆呆看着那位老妪，又将目光转向赵匡胤，看他做何反应。

只见赵匡胤对着老妪深施一礼，道："多谢大娘关心，此事万万使不得！"

"因何使不得？"

"因为，因为在下已有妻室，我义妹是神仙样的人物，怎可被我这浊物玷污。"

京娘听了这话，心中如同被狠狠扎了一刀。

老妪道："噢，原来如此，真是可惜了。不过没关系，我认识不少富家公子，要不然我为你这神仙妹妹寻一个如意郎君如何？保证不会亏了她的。"

"这……"赵匡胤一时语结，不知该如何作答。

京娘转向老妪，向其福了一福，道："多谢老人家关心，小女子年岁尚幼，并不想嫁人，就不劳烦大娘了。"说罢，扭头气呼呼瞪了赵匡胤一眼，转身便走。

赵匡胤见她脸色不对，便在后面追她："京娘妹妹，等等我，再逛一会儿吧，你的发簪不是没了吗？买一支新的吧！"

京娘也不理会他，飞跑着回到客栈，打开房门，扑到床上便嘤嘤哭泣起来。

赵匡胤吓坏了，慌忙上前立在床边问道："妹妹这是怎么了？因何哭泣？"

京娘不睬他，坐了起来，继续哭泣。

赵匡胤向她抱拳道："妹妹到底是怎么了？是愚兄说错话了吗？赵某愚笨，若是说错了什么，请妹妹千万不要见怪！"

京娘抹了一把眼泪，道："是我愚笨，相处了多日，竟不知哥哥原是个有妻室的，还厚着脸皮不知廉耻地去牵人家的胳膊，结果惹人家厌烦，我是气自己太愚钝、太轻贱了！"

赵匡胤笑道："原来妹妹真的是怪我呢！我是应该早些告诉妹妹我已有妻室的，是愚兄错了。今日之事也怪我太粗鲁，不应该甩开妹妹的手，还请妹妹不要怪罪。"

京娘眼睛通红地睨他一眼，赌气道："你有无妻室关我何事？谁要你告诉！男女授受不亲，你当众甩开我的手也是应该，是我自己自寻其辱罢了！你休要在这里自责，分明是在奚落我不自重。算了算了，你也不必非要将我送回家乡去，省得一路生出些枝节，惹别人说闲话，玷污了哥哥的清誉。你去吧，明日一早我们便各奔东西、分道扬镳好了！"

赵匡胤一听此话便也有些气郁，沉下脸道："妹妹闹得有些过分了。不过是区区小事，何至于如此？我赵匡胤做事一向光明磊落，言出必行，岂会在乎别人的几句闲言碎语？我看你是累了，早些歇息吧。明日一早，我们继续赶路。"说罢，转身走出，回自己房间歇着去了。

京娘又独自流了一通眼泪，心里乱成一团，搞不清自己为何会如此使性子，心里又为何这般堵塞痛楚。是因为他已有妻室？可是这也不是他的错，何况他因此而拒绝自己不正是证明了他是一个正人君子吗？自己闹成这样，当真是没道理。他今日既已明白告诉自己他是有妇之夫，让自己对他断了那些杂七杂八的念想,她更应当克己复礼,不能再纵性使气了。再闹下去,恐怕连兄妹也做不成。男女之间,即使有情分也不一定非要做夫妻,能做朋友也是好的。

她渐渐地想开,决定明日起同他还是保持着兄妹之谊,再不无理取闹。

# 第四章

## 一诺定情

翌日清晨,京娘一睁眼,感觉有些异样,因为房间的门竟是半开着的,原本叠放整齐的衣服也凌乱地堆在床边。京娘向那衣服的袖袋里一摸,心里"咯噔"一下,原本放在袖袋里的银两竟然全没了。

坏了,肯定是夜里进了小偷,将袖袋里的钱全部盗走了。这可如何是好?这几日住客栈的钱还没付,以后路上的吃住问题又如何解决?

这时,赵匡胤也已起床,来喊京娘下楼用早膳。

京娘大声说:"哥哥,不好啦,咱们的银两都被小偷偷走了!"

"啊?"赵匡胤一愣,"怎么会发生这样的事?"

"是啊,可真倒霉!现在咱们是身无分文了,这可如何是好?"京娘一脸忧愁地说。

"先下楼吧,会有办法的!"赵匡胤道。

二人带着行李下了楼,赵匡胤对客栈老板说明了情况,请求老板允许他们把这几日的住宿费先欠着。

老板却说:"那绝对不行,没有这个先例,必须将住宿费付清方可走人!"

京娘俊脸一沉道:"你这老板好不通情理!我们的银两可是在你们客栈房间被盗的,难道你们客栈就没有责任吗?"

老板沉下脸道:"你说你们的银两被盗可有什么证据?谁知道是不是你们根本就没钱,想赖账就浑说什么银两被盗。"

京娘一听不由得愠怒起来,指着那老板的鼻子说道:"你这老板胡说什么？把我们说成什么人了？你这是侮辱我们的人格知不知道？"

老板一翻白眼不屑地道："人格，没有钱还讲什么人格？"

"你……"京娘一听这话，火更大了，正想与老板认真理论一番，一旁的赵匡胤却止住了她："京娘，算了算了，休再跟他理论。"

说罢，将腰间的赤霄剑摘下，丢到客栈柜台上，道："拿此宝剑抵账，总可以了吧？"

"不可！"京娘上前将宝剑取回，"哥哥是习武之人，身边怎么可以没有宝剑？"说完伸手摘下自己耳垂上的一对红宝石镶金的耳坠子，扔给老板："用这对耳坠子抵账，可以了吧？"

老板见那耳坠子金光闪烁、晶莹璀璨，知道是件值钱的东西，便笑着颔首："可以了，可以了，二位客官慢走！"

出了客栈，赵匡胤牵来马匹，二人准备启程。

赵匡胤见京娘的耳垂上空空的，心中不忍，便道："京娘，都是哥哥不好，哥哥太穷，没有钱，害得你连耳坠子都赔上了，日后等哥哥发达了，一定要买好多漂亮首饰给妹妹佩戴！"

京娘一听这话高兴了，露出灿烂笑容："好啊好啊，那我就等着哥哥的漂亮首饰了！"

"好，一言为定！"赵匡胤也笑道，"那妹妹就上马吧，你坐前面！"说罢伸出一只胳膊将京娘抱起，又一用力将她送上马背，自己也一跃纵身上了马。

京娘这一路几乎是偎在赵匡胤那宽大温暖的怀抱里的，感觉好不惬意。

骏马跑得飞快，日行百里。休息的时候，京娘请求赵匡胤教她骑马，有了几日的马上经验，再加上赵匡胤耐心教导，京娘很快学会了骑马。

于是她兴冲冲地手执缰绳，驾驭骏马。赵匡胤则坐在后面，轻轻搂抱着她。

京娘觉得这样的感觉美好极了，简直如飘在天上一般。她这一生最大的梦想，便是像这样与心爱的男子一起骑马走天涯，逍遥看天下。这真是浪漫至死的感觉！

身下的这匹马也是可爱至极，毛色通红，在阳光下火烧云一般惊艳好看。

京娘给它起了个名字叫"骏儿"。休息的时候,他给骏儿喂草饮水,她则给骏儿梳理毛发。这段时光亦是如此浪漫美好。

只是没有钱买吃的,两人的肚子都饿得咕咕直叫。

这日,二人驭马经过一个闹市,便放慢速度。只见市场上有不少卖食品的摊点,有热腾腾新出锅的大白馒头,还有香喷喷的肉包子和各种造型的点心。

赵匡胤连着几天没有正经吃过东西了,看了这些散发着诱人香气的面食,简直馋得口水直冒,腹中越发饥肠辘辘。可是又实在无钱购买,只得忍耐着,悄悄咽着口水。

京娘也是同感,恨不得拿起那白花花、香喷喷的馒头塞进嘴里,一口气吃它三五个!可是没有银子啊,只能眼巴巴望着啦!

不过,这也难不倒她,只见她水汪汪、清灵灵的大眼睛悠然一转,便计上心来。正巧路过一间卖衣服的店铺,她便下了马,让赵匡胤等她一下。随后便进了那衣装店,不知和店家说了什么,须臾,竟穿了一件红艳艳的舞衣出来。

这件舞衣十分美艳亮丽,玫瑰红色的云锦缎面上镶嵌着数百颗红、绿、蓝三色宝石,在阳光下熠熠生辉、艳光四射,舞衣上还挂着许多银色的小铃铛,一动就发出丁丁零零的悦耳声音。穿了舞衣的京娘更是美得如同仙子下凡一般,一下子就吸引了众多过往行人的目光。

只见红裙翩翩的她轻扭腰肢、脚尖踮起,身体便旋风一般旋转起来,旋了大概有几十圈,突然腾空一跃,来了一个极美的旋空舞步。那舞姿轻盈而飘逸,美得如同天上飞仙一般。一头青丝也跟着轻舞飞扬。艳红的舞裙随着她的起舞旋转掀起层层波浪,三色宝石发出绚丽光彩。她时而如凤凰般展翅飞翔,时而如天鹅般轻盈浮动,一会儿一个漂亮的回身下腰,一会儿又一个完美的旋空舞步。随着她的翩然起舞,舞衣上的小铃铛发出清脆悦耳的伴奏声……

行人们都看呆了,须臾有人清醒过来,大声地鼓掌叫好,还有人扔银子给她。

赵匡胤也被京娘的舞姿惊得目瞪口呆。真是此舞只应天上有，人间哪得几回见！

他愣了半晌，突然明白过来，将腰间的赤霄剑拔出，来到京娘旁边，兴冲冲舞起剑来。二人一起旋转腾跳，裙剑齐舞，裙裾飘飘配着剑光闪闪，合作了一曲美妙无比的剑舞，居然配合得十分和谐，又异常惊艳。

观众们都被陶醉了，不断地爆发出热烈的喝彩声和鼓掌声，很多人都向他们扔来闪闪发光的银子。

舞蹈结束后，赵匡胤收起宝剑，向大家拱手道谢。

他们终于有钱了！二人高高兴兴地捡起一地银子，来到一家酒楼，要了一桌丰盛饭菜，大快朵颐，吃了个痛快！

吃饭的时候，赵匡胤一直目不转睛地盯着京娘看，她真是太令人惊讶、太不同凡响了！她怎么会跳出那般奇异好看的舞蹈呢？那件舞衣又是如何得来的呢？

京娘忽闪着那对波光潋滟的大眼睛，笑呵呵地回答了他的问题："京娘从小就喜欢跳舞，爹娘见我有这方面的天资，便把我送到一个歌舞坊学了几年的舞蹈，自然跳得像模像样了。至于那件舞衣嘛，是我向店主赊来的，我跟他说一个时辰后就还钱给他，他见我穿了舞衣很是漂亮，能为他吸引来顾客，便同意了！"

"哦，原来如此！妹妹可真是多才多艺，冰雪聪明！哥哥我在妹妹面前真是自愧不如！"赵匡胤由衷赞叹道。

"不，哥哥一点儿也不差啊，刚才那剑舞得也好精彩，与我的《飞天舞》刚柔并济，配合得恰到好处。我看不如我们的舞就叫《飞天剑舞》吧！"京娘笑着说。

"好，就叫《飞天剑舞》！"赵匡胤高兴地道。

就这样，两个人一路走来，缺银子了，就在闹市表演一支《飞天剑舞》，卖艺赚些银两以做盘缠。又走了十多日，终于快到京娘的家乡了。

这日，二人启程颇早，沿着一条大河行走。东方旭日即将升起。赵匡胤牵着马步行，京娘坐在马上。赵匡胤看着远山处河水中那轮光灿灿升起一半的旭日，忽然诗兴大发，大声吟道："欲出未出光辣达，千山万山如火发。须臾走向天上来，逐却残星赶却月。"

京娘听罢，拍手赞道："好诗！好诗！"

中午时分，二人行至一个闹市，下了马，准备找一家饭店吃午饭。二人正牵马走着，突然间街上行人一阵骚乱，接着传来一阵叫喊声："交税交税，赶紧的！少啰唆！"

二人注目看去，只见十几个身穿兵服的男子正在向路边一个经营珠宝的店家要钱。那店主对着兵头苦苦哀求："兵爷，您就饶了小的吧！今天都来三拨要钱的了，实在是没有钱给你们了！"

那兵头瞪着店主道："没钱那就拿东西抵！"说罢，手一挥，那十几个当兵的便动手抢起了珠宝，很快将店里的珠宝抢得精光。

店主"扑通"一声跪下来求告："兵爷，兵爷！求求你们了，别抢了，别抢了！给小的留点儿活命钱吧！"

那些当兵的哪里肯听他的，各自抢了一堆珠宝便走。

店主上前抱住兵头的腿，继续哀求："兵爷，兵爷，您就留些活命钱给小的吧！否则小的全家会饿死的！"

"去你娘的！别在这儿烦我！"那兵头暴躁地大喝一声，对着那店主的脸抬脚便踹。店主倒在地上，鼻血流出。

那兵头对店主鄙夷地哼了一声，恶狠狠威胁道："你再缠着我，我就弄死你！"

说完这帮家伙又去下一家商铺要钱。

一旁的赵匡胤早已看得怒不可遏，拔出腰间宝剑就要上前与那些当兵的理论。

京娘忙用力拽住他："哥哥，不可！这些人惹不得！"说罢，将赵匡胤拽到一个僻静处。

赵匡胤气咻咻地道："那些当兵的太可恶，光天化日之下竟然抢掠商家，还动手打人，真是一帮强盗！我非去教训教训他们不可，妹妹为何阻拦我？"

京娘道："我知道哥哥侠义心肠，见不得百姓受欺负，见他们横行霸道我也很生气，恨不能暴打他们一通，可是那些当兵的是官家人，数量庞大，又有武器，哥哥你现在身单力薄，实在惹不起他们，又何必自找麻烦呢？再说，如今天下大乱，兵匪横行，这样的事情几乎每天都在发生，哥哥又如何管得过来？"

"这……"一席话说得赵匡胤冷静下来，沉吟了一会儿，道："妹妹说得对，我如今身单力薄，的确没有能力制止这样的事情发生。不过，我不能永远这样无所作为、袖手旁观下去，定要寻找机会平定天下，拯救苍生！否则，赵某枉活一生！"

"嗯，哥哥说得极是，我支持哥哥！"京娘颔首道，又问，"哥哥今后可有打算？"

赵匡胤道："将你送回家乡后，我会去从军。我听说郭威将军军纪严明、英勇善战，早就有心投奔于他。"

京娘颔首道："好，哥哥胸有大志，又武艺高强、宅心仁厚，定会前途无量，得偿所愿！"

"怎么，妹妹竟对我如此有信心？"赵匡胤笑道。

京娘郑重颔首道："正是，我相信哥哥日后定能马到成功，壮志得酬。我从小就看人特准，就是觉得哥哥与众不同，定非凡夫俗子！"

赵匡胤微怔，一双星眸深深看住她的一对美目，她的目中炯炯发亮，光彩照人，似乎对他有着无穷无尽的信心，她的眼眸深处仿佛有一道灵光，能够照彻人的心魂。

"多谢妹妹对我如此信任，我日后定会发愤图强，尽我所能去做一番事业，不辜负妹妹对赵某的信任！"赵匡胤认真道。

"好啦好啦，不说这个了，时辰不早了，我们去用午膳吧！"京娘微笑道。


第二日下午，二人到达了蒲州解梁县郊区的湖边。

京娘似乎并不急着回家，心底里更愿意和她的匡胤哥哥多待些时日，刚来到湖边，京娘便说累了，要在此歇息一下再走。

骏儿也似乎有些疲乏，在湖边卧下身子闭目养神。赵匡胤拎了些水给骏儿喝。京娘坐在湖边梳理长发。

清澈的湖水倒映着蔚蓝的天宇，阳光洒在水面，泛起粼粼金波，宛如彩色琉璃。周围是依依垂柳和盛放的芙蓉花，垂柳、鲜花、阳光、蓝宇倒映在湖面，形成一幅五彩斑斓的旖旎画卷。景色清幽，分外怡人。

已近六月，天气有些燥热。望着那清幽湖水，京娘突然有了下水游泳的欲望，便腾地站起来，麻利地脱掉外面的纱裙，"扑通"一声跳入湖中。

一旁的赵匡胤吓了一跳，忙向着湖面大声喊道："妹妹，你这是怎么了？妹妹，妹妹！京娘，京娘……"

连喊数声却不见京娘的影子，赵匡胤急了，也将外衣一脱扑通跳下水去，急匆匆划着湖水寻找京娘。

突然水浪一翻，京娘从水波中冒出，满头满脸亮晶晶的水花，"嘻嘻哈哈"地冲着赵匡胤傻笑起来。

赵匡胤松了口气，嗔道："这鬼丫头，吓死我啦！"

京娘在水中哈哈大笑着，撩起波浪浇向赵匡胤，赵匡胤放松下来，也撩起水波来向京娘袭击，两个人如同天真烂漫的孩童一般嬉笑着打起了水仗。

突然间，京娘立在水中停止了动作，只呆呆地望着赵匡胤的眼睛，赵匡胤也蓦地怔住，迎着京娘的目光看过去。二人在水中对视着，目光胶着在一起。两对同样含情脉脉的眼睛，彼此凝视着、探寻着、期待着……像是灵魂与灵魂的对视，星辰与星辰的对视……

时光在这一刻停止了流动。

世界变得如此安静，如水晶般透明……

她向他伸出手去，他接过了这只手，将她轻轻拉进自己的怀抱。她在他温暖的怀抱中闭上眼睛……

期盼中的身体温润如玉，摸上去光滑如缎，散发着清雅的芳香，令人迷恋不已。他情不自禁地送上自己的唇，在她的樱唇半寸远的地方轻轻一掠，又倏地闪开了，如同飞鸟掠过盈盈水面……

她睁开眼睛，眸子里漫起一层浅浅泪光，疑惑地望着他。

他轻轻叹息一声，神色转为忧悒，伸出双手握住她赤裸的双肩，低声道："京娘，抱歉，我不能，不能害你！"

她紧紧地拥抱住他，伏在他耳边伤感地道："怎么是害我呢？匡胤哥哥，你不喜欢我吗？"

他轻轻抱住她，在她耳边喃喃道："不，匡胤很喜欢京娘，很喜欢很喜欢，可正因为喜欢，我才不能害你！你知道我已有妻室……连女儿也有了。"

又是因为这个。

京娘心中抽痛。略一思忖，抬头执拗地说道："其实我也曾想过，你如此优秀，怎么可能至今还无妻子呢？可，如果我不在乎呢？"

"可我在乎！我不能让我心爱的女人做妾。况且我现在一无所成，前途未卜，我拿什么给你幸福？"赵匡胤从京娘的拥抱里挣脱出来，恢复了理性，一双星眸冷静地看住她的眼睛，"京娘，谅解我好吗？"

京娘眨了眨眼睛，抹了一下面颊，强迫自己平静下来，又强迫自己对他微微一笑："好，我理解你。闭上眼睛好吗？"

赵匡胤犹豫了一下，听话地将眼睛闭上。

京娘脉脉含情地看了他一阵子，蓦地上前，玲珑娇美的樱唇轻轻在他的面颊上印上滚烫的一吻。

赵匡胤一个激灵，一颗心猛地一颤，周身仿佛有雷电淌过。说实话，这还是他平生接受的第一个年轻女子的香吻。他的妻子是一个中规中矩到近乎古板的女人，从来没有这般风情地吻过他。这个美酒般的亲吻真是让他醉了晕了！

脑子里的血液"轰轰"地响着，赵匡胤感觉自己的心一阵怦怦乱跳，浑身的骨头都酥软了，甚至有了明显的生理反应。

他在心里拼命令自己："冷静冷静，不可造次！不可造次！"

倘若京娘再进一步撩拨他，赵匡胤一定就会崩溃掉，不过幸好，她适可而止了，没有进一步挑战他的极限。

"好啦，可以睁开眼睛啦！"京娘灿烂地笑着，深深望着他微微迷幻的眸子,"匡胤哥哥,你是个真君子,我理解你。可是匡胤哥哥,你能不能答应我,等日后你事业有成时,就让我在你身边,做你的女人?"

赵匡胤颔首道:"京娘,若真有一日我有所成就,而京娘你还未婚配,那我定来娶你!"

京娘高兴起来,笑容灿如夏花,欣然拍手道:"那好那好,那我们就说定了,不许反悔!若是你日后事业有成,就让我在你身边,和你永不分离!可是,可是怎么样才算是有所成就呢,难道要当上皇帝才算不成?"

"哈哈,看样子京娘是盼着哥哥我当皇帝了。若是日后哥哥我真当了皇帝,定封你做贵妃!哈哈哈!"赵匡胤开玩笑道。

"好,那我们拉钩,不许反悔!"

"你这丫头!哥哥只是同你玩笑的,怎么可能真当皇帝呢?你可别犯傻,真等我到白头,遇到个好男人就嫁了吧,我可不想耽误你终身。"赵匡胤一本正经道。

"哼!嫁不嫁那是我自己说了算的,你管我呢!"京娘歪头嗔道。

"好啦好啦,好妹妹,别再闹啦!时候不早了,上岸去吧,你爹娘还在家里盼着你回去呢!"

赵匡胤不由分说拽着京娘上了岸。

二人各自换上干爽的衣服,骑上马,不出一个时辰,便到了京娘的家。京娘指着前面不远处的一栋白墙灰瓦的院落,脆声道:"瞧,那就是我家。"

赵匡胤下了马,将她轻轻抱下来,温声道:"好啦,我已将你安全送到家门口,我便走了,妹妹自己进去吧,咱们就此别过。"

京娘依依不舍,扯着他的袍袖道:"都到家门口了,就进去坐坐吧,也认识一下我爹娘,进去喝杯茶再走嘛!"

赵匡胤拗不过还是同意了。

京娘一边笑着上前拍门,一边喊着:"爹——娘——京儿回来啦!"

# 第五章

## 不舍别离

前来开门的是京娘的嫂子孙氏，一见京娘便惊喜道："天哪，小妹，你可回来啦！快进来，快进来！"随后回头冲房内高喊："娘，您的宝贝女儿回来啦！"

须臾，便见一位满头银发的老妇人走出房门，见到京娘，面露惊喜，快步迎了上来："京儿，真的是京儿回来了吗？"

京娘忙迎上前去，屈膝给老妇人行礼："娘，真的是京儿回来了，您老人家还好吧？"

老妇人激动地满眼泪水，一把将京娘搂进怀中："还好，还好，只是日夜担心你，还以为今生再也见不到京儿了呢！"说着，泪水潸然而下。

京娘忙劝道："娘，莫伤心了，女儿这不是回来了嘛！瞧，我好着呢！"

这时，京娘的哥哥赵子兴听到动静，也从房间里走出来，看到京娘，立刻笑逐颜开地高声喊道："妹妹，你回来啦！"

京娘上前给哥哥行礼："京娘见过哥哥。"

赵子兴忙说："妹妹免礼。妹妹回来就好，娘和哥哥，还有你嫂子都日日夜夜为你悬着心，还以为你落入那山匪之手，再也回不来了呢！妹妹是如何脱险的？"

京娘指指一旁立着的赵匡胤道："是这位赵公子救了我，又不远千里送我回家。"

京娘母亲忙对赵匡胤深深施了一礼，道："多谢公子救了小女！赵公子快请屋里坐吧!"

大家进到屋内,孙氏沏了茶,端给赵匡胤。

京娘见家中独不见父亲,便问道:"娘,怎么不见爹爹,爹爹呢?是公干去了吗?"

一听这话,老妇人的眼泪又"唰"地流下来,叹道:"你爹爹他半个月前去世了。"

"啊?"京娘惊问,"怎么回事?爹爹他身体不是一向很好的吗?"

"唉!"老妇人抹着眼泪叹道:"自你被山匪劫去后你爹爹就急火攻心,当天就报了官,苦求官府派人去营救你,可官府却置之不理,你爹爹只好回家来,回来后因为日夜担心你,吃不下睡不好,又感染了肺病,就病倒了,服了药也不见好,病得越发厉害。半个月前的夜里……你爹爹他,睡下后就再没有醒过来……"

京娘听了这话,一阵钻心地伤痛,眼泪"唰"地流了一脸,掩面大哭道:"爹爹,都是女儿害了你!爹爹,爹爹……"一阵窒息,哭倒在地。

"呜呜呜,都是女儿不好,害苦了爹娘。"京娘跪在地上哭得死去活来。

京娘的母亲和哥嫂都劝京娘节哀,赵匡胤也担心地看着她。

大家劝了好一阵子,她才止住眼泪,平静下来,进里间沐浴更衣,又帮着嫂嫂一起备饭。

赵匡胤喝了两杯茶后,便告辞要走,遭到了一家人的极力挽留。

"赵公子救了小女,救命之恩尚未回报,怎能就这样让公子走了。左右今日天色已晚,赵公子不妨用了晚膳在此歇息一夜,明日再启程吧!"

赵子兴也说:"娘说得是,等会儿在下还要陪着赵公子喝两盏,以表谢意呢!"

孙氏也笑道:"就是嘛,赵公子莫急着走,你这么快就走咱家小妹还舍不得你呢!"

京娘的脸突地绯红,对嫂子道:"嫂子说什么呢?我怎么会舍不得赵公子走!"又转头对赵匡胤道:"只是今日的确天色已晚,匡胤哥哥千里迢迢而来,一路很是辛苦,还是歇息一晚再走吧!"

赵匡胤见京娘一家诚心挽留自己，也不好拒绝，只好抱拳道："那好吧，恭敬不如从命，在下明日再走便是。有劳各位了！"

厨房里，孙氏一边洗菜，一边对京娘道："妹妹，你是如何脱险的？那赵公子又是如何救你的？你把经过跟嫂子说说。"

京娘便将自己前一段的经历大致向嫂子诉说了一遍。

孙氏听后笑道："这可真是英雄救美呢！都能唱一出戏了！我看那赵公子器宇轩昂、一表人才，和妹妹还真是般配呢，不如把他留下，你们俩凑一对儿算了！"

京娘的脸又倏地绯红，对嫂子嗔道："嫂嫂浑说什么呢？那赵公子已有妻室，我和他一路只是以兄妹相待，并未有任何私情，嫂嫂莫再乱说了！"

孙氏满不在乎地笑道："已有妻室算什么，如今好男儿哪个不是三妻四妾，妹妹又非千金小姐，嫁他做个侧室也不算委屈。再说爹爹去世后，家中缺少男子，就让那赵公子留下来做个上门女婿，与你哥哥一起做生意挣钱养家，岂不正好！就这么定了吧，晚上我就同你哥哥商量此事！"

京娘听罢此话真的急了，绷起小脸对孙氏道："嫂嫂莫再浑说了！妹妹的婚事由妹妹自己做主，不必哥嫂操心！"

孙氏一听这话也绷起脸来，蹙眉道："你这丫头怎么出了趟门后就改了性子，以前何其温顺，怎么如今竟敢违逆哥嫂？"

京娘说："分明是你干涉我的婚姻，还不许我反抗吗？"

孙氏气得涨红了脸："干涉你的婚姻？自古以来女儿家的婚事都是听从家长之命、媒妁之言，爹爹不在了，长兄为父，你哥的话你怎敢不听？我这媒人的话你怎敢不从？"

京娘没好气地说："我和你个不识字的婆娘说不明白！不理你，我做饭了！"说罢便埋头切菜。

孙氏不依不饶道："你个死丫头，竟敢骂我是不识字的婆娘，你识几个字怎的啦，就敢如此嚣张吗？"

京娘不屑理她，低头做自己的事。

孙氏在一旁气咻咻地咕哝："死丫头，出了一趟门竟变得性子这么坏，定是和那山匪学坏了！哼，看我不告诉你哥，让你哥好好教训你！"

晚饭时间，饭桌上，赵子兴一个劲儿地向赵匡胤敬酒，赵匡胤亦回敬他，二人推杯换盏，喝得热火朝天。只是那赵子兴虽然贪杯，酒量却并不大，半坛老酒之后，就醉意醺然了，赵匡胤却依旧清醒。

京娘劝哥哥和赵匡胤吃了些下酒菜，便去里屋为赵匡胤收拾行李。

将他的几件干净衣服叠好放进包裹，又放进一些银两，想了想又将自己的一柄玉梳放了进去。将要系上包裹时京娘犹豫了一下，将他的一件竹青色葛麻长衫取出，抱在怀中，又低头嗅了嗅。长衫上有他身体的味道，仿佛是月光和青草混合的气息。

这件长衫就留下吧，也好做个念想。

她的一系列动作被立在门外的孙氏悉数看进眼里，孙氏撇撇嘴，心里道："死蹄子，明明心里喜欢人家，还在我面前装正经！"

翌日，赵匡胤收拾好一切便起身向京娘一家告辞。

赵子兴伸手拦住赵匡胤道："匡胤兄弟莫走！昨夜浑家和愚兄商议了一事，愚兄觉得浑家的建议甚好。匡胤兄弟和小妹年岁相当，英雄美人，很是相配。你二人又相伴了许多日，想必已是情投意合。匡胤兄弟不如留下来，与我家小妹结为夫妻，与愚兄一起做生意过活如何？"

赵匡胤听罢，看了京娘一眼，目光中有了明显的不悦之色。

京娘听了哥哥的话，又见赵匡胤不悦的表情，心中一沉，忙对哥哥道："哥哥休要浑说，赵公子已有妻室，怎可再娶？况且赵公子乃胸怀天下的英雄人物，怎么可以停留在此处荒废生命？"说完将手中包裹递给赵匡胤，"匡胤哥哥休要计较我家哥哥的胡言乱语，请速去吧！山高水长，还请保重！"

赵匡胤向她抱了抱拳道："知我者妹妹也！匡胤去了，妹妹保重，各位保重！"

说完，深深看了京娘一眼，便出门将马牵上，跨上马背，打马飞驰而去。京娘在后面痴痴地望着他和骏儿远去的身影，突然心中一阵绞痛……

这一别不知何时才能与他再相见，更不知还有没有机会与他再见。一双美目忽地盈满泪水,眼前茫然一片,仿佛漫着云雾一般……

"悲莫悲兮生别离,乐莫乐兮新相知。"

世间最无奈不过刚刚新相知,便要生别离……

"死蹄子,哭什么哭!现在知道哭了,刚才为何不把他留下?"嫂子孙氏在一旁恨恨地看着京娘道。

京娘不理会她,兀自伤心落泪。

孙氏不依不饶、恶声恶气地接着奚落道:"瞧你这贱样,八成是被人家占了便宜又不被人家待见,所以才害了单相思吧!你说你一个未出阁的大姑娘怎么就不知道检点呢?还让人家千里迢迢给送回来,一起待了那么多时日,不发生丑事才怪!你又是被山匪糟蹋,又是被男人占便宜的,名声都臭了,以后谁还肯要你?你若嫁不出去,岂不是还得待在家里让你哥哥养着你吗?你哥哥养活全家已经够累了,如今又多了你这么个吃白饭的,真不知羞耻!"

一席话说得京娘胸中火起,瞪着孙氏道:"你胡说什么!谁不知羞耻了?我做错什么了?你凭什么如此说我?我嫁不出去也不会连累别人,倒是你成天在家吃白饭吧?"

孙氏一听这话,便跳脚骂道:"你这个大逆不道的死蹄子、骚蹄子,怎么和嫂子说话呢?啊?"又转向一旁的赵子兴,"瞧瞧你的好妹妹,出了一趟门就变成这副德行,你这当哥哥的还管不管啦?"

赵子兴本就是个惧内的,一听此话,便一边上前劈手给了京娘一个大耳光,一边气咻咻教训道:"死丫头,怎么和嫂子说话呢!快给你嫂子道歉!"

京娘愤怒地瞪着他,倔强地说:"就不道歉,我没错!"

赵子兴还要发作,一旁的老母亲忙走上前来劝道:"兴儿,她嫂子,算了吧,别跟你妹妹一般见识。许是她遭遇山匪,受了惊吓,还没恢复过来,回头为娘说她就是。"又转向京娘,道:"京儿,随娘回屋去吧,你离家了这些日子,是该好好休养休养。"

京娘不忍心让母亲为难,便忍气吞声随母亲回房去了。

接下来的日子,京娘一天比一天难过。爹爹在世的时候,去县府公干可以挣到一份月俸,全家的生活还算过得去,可爹爹去世后,家中的顶梁柱倒了,日子便越来越拮据。赵子兴又是个好吃懒做、不善经营的,连做几次药材生意都赔得血本无归。眼看着家中即将断粮断油,一家人都愁得唉声叹气。

京娘要出去做工挣钱,母亲和哥嫂却死活不同意,说是一个未出阁的大姑娘去外面抛头露面,会被全县城的人耻笑。再说那个年代,女人也找不到什么好活计,无非就是到大户人家去做奴婢。不到万不得已,谁家也不会愿意女儿去卖身为奴。于是,穷苦人家的女孩子要想寻一条活路,也只能去嫁人生娃了。可京娘该怎么办呢?她死也不愿就这样草草嫁与他人!

哥嫂和母亲都催着京娘嫁人,而且要寻一个有钱的大户人家嫁,便张罗着求亲戚朋友和媒婆为她寻找如意郎君。京娘模样出众,是全县城出了名的美人,所以一时之间上门求亲的媒婆便接踵而至,几乎踏破门槛。其中不乏有钱有势的大户人家。京娘却一概拒绝,声称自己宁愿卖身为奴也不要嫁人。这可把哥嫂给气坏了,他们时不时地对京娘又骂又打又教训。好在有老母亲护着,京娘才没有被打成重伤。

实在没办法了,这一日京娘手持一把剪刀,将锋利的一头对着自己雪白的脖颈,瞪着眼睛对哥嫂说,如果再逼她嫁人的话,她就一死了之。这才唬得哥嫂再不敢逼她太紧。

嫂子时不常对着京娘翻白眼,小声嘀咕:"这骚蹄子八成是对那赵匡胤铁了心了,让人睡了又让人给甩了,还这么想着人家,你说你贱不贱?你是不是被他弄得太舒服了,就不肯让别人弄了?其实嘛,这天下男人都一样,跟谁睡不是睡,何不找个有钱人睡?真是想不开,都傻到家了,白瞎了这花容月貌!"

京娘对嫂子的话只当作狗吠,不理会她。

只是家中的四张嘴总要吃饭,怎么办?京娘想要出来帮哥哥打点生意,可是赵子兴这个死要面子的坚决不同意,说是哪有女孩子出门做生意的,让亲戚朋友知道了还不笑掉大牙。后来,他又借了一笔高利贷去做木材生意,结果又一次赔得血本无归。

债主带着几个打手找上门来,催他还钱。原本只是借了纹银二百两,如今利滚利变成了一千两。债主气势汹汹地叫嚣,说是如果三日后不还钱的话,就让赵子兴以命抵债。

哥哥嫂子吓得面如土色,老母亲险些昏倒在地,京娘忙上前扶住她。

老母亲双腿一软跪倒在地,含着眼泪冲着京娘哀求道:"京儿,救救你哥哥吧,现如今也只有你能救你哥、救咱们全家了!"

京娘连忙躬身将母亲扶起:"娘,您这是做什么?快起来说话!来来,坐到床上去。"

京娘将母亲扶到床上:"娘,您别急,有话慢慢讲。"

老母亲抹了一把眼泪道:"前几日有个媒人来给京儿你提亲,说是有个姓贾的公子听闻京儿美貌异常又多才多艺,愿意娶你为妻。那贾家乃本县有名的商贾大户,如果你同意的话,他们愿以丰厚聘礼将你娶进贾府,并且保你一生荣华富贵,咱全家也会从此衣食无忧。京儿,为了你哥哥,为了咱们全家,不如你就应了这门亲事吧!"

"这……"京娘听后,皱紧眉头,面露为难之色。看着眼前苦苦相求的老母亲,京娘如何忍心拒绝?可是,她又实在不想嫁给一个陌生男子,因为心中早已被另一个男子满满占据,再无法容下他人了。

正犹豫间,只见哥哥、嫂子"扑通,扑通"双双跪倒在京娘面前,哀求道:"妹妹,好妹妹,救救你哥哥吧!"

京娘再也抵抗不住,银牙一咬颔首道:"好吧,就依娘的话吧。"

哥嫂立刻面露喜色,起身就去找那媒人会面。

第二日,一笔丰厚的聘礼便送了过来:纹银两千两,另有贵重首饰、绫罗绸缎、珠光宝气,五光十色地摆满了房间,把哥嫂给喜得差点儿手舞足蹈起来。

京娘却是愁眉不展。这难道真的是自己的命数不成?有情的无缘,无情的却结了姻缘。匡胤哥哥,你真的不管我了吗?我真的就要这样稀里糊涂地嫁给一个陌生男子不成?不,我不甘心!若是不能嫁给自己深爱的人,我宁愿一死!

以身殉情，以前她在书中读到过这样的故事，还觉得特别不可思议，如今终于理解了，之所以选择死，是因为还有比死更令人难以忍受的事情，那就是无爱的婚姻。那分明就是令人窒息的人间地狱！与其在这人间地狱中活受罪，还不如身赴黄泉喝了那孟婆汤，也好早日托生。说不定，这个肉身死掉后，自己的魂魄反而能够得以解脱，去到匡胤哥哥身边呢。

当然，她不能死在赵家，那样会连累到老母亲和哥嫂。那还能去哪儿呢？一时间，京娘心中思绪万端、愁肠百结……

很快便到了京娘和贾公子的成亲之日。大喜的日子，一顶大红花轿将凤冠霞帔的美丽新娘接到了贾府，一路吹吹打打，唢呐声声，热闹非凡。经过一系列繁缛的拜堂仪式，京娘终于被手执彩球绸带的新郎牵入了洞房。

大红盖头被掀开，一张如花似玉、天姿国色的脸蛋儿令贾公子欢喜异常。京娘见这贾公子其貌不扬、气质欠佳，一副凡夫俗子相，便觉大倒胃口，沉下玉面，蹙起蛾眉，冷冷对着贾公子。

贾公子却是喜上眉梢，兴冲冲地展开双臂欲将新娘抱入怀中。

京娘一个闪身躲开，不悦地道："贾公子切勿造次！"

"娘子怎么了？你既已嫁入贾府，我便是你夫君，你不让我碰你又是何故？"贾公子看着她的一双美目不解地问。

京娘低头道："抱歉贾公子，京娘对这新环境尚未适应，而且我这几日身体很不舒服，想独自歇息一下。外面还有众多亲友要招待，贾公子何不先出去敬酒作陪？"

贾公子颔首道："那好，你身体不爽就歇着吧，为夫先出去了。"说罢，转身出洞房给众亲友敬酒去了。

贾家前来贺喜的亲朋好友众多，一直到入夜时分，贾公子才将客人们一一送走。

贾公子喝了不少酒，醉醺醺地回到洞房，见那如花似玉的美娇娘仍旧端坐在床头，用一双清水美目冷冷睨着他。

贾公子醉眼迷离地看着她，笑嘻嘻地道："娘子，等急了吧，为夫来啦！"

边说边醉醺醺地扑过来，一把将京娘搂进怀中，对着她的樱唇就要吻上去。

京娘用力将他推开，闪身站到一旁，微微一笑："公子莫急，我们还没有喝合卺酒呢！来，你我二人共饮两杯！"

"好，好，好！"贾公子兴奋地拍手道。

京娘将早已备好的酒壶拎起，倒了满满两大杯酒，二人一起饮下。京娘又多次向贾公子敬酒，贾公子都爽快地一饮而尽。一壶喜酒将尽时，贾公子终于支撑不住，浑身瘫软，"扑通"一声醉倒在地板上。

"贾公子，贾公子。"京娘压低嗓音呼唤几声，见他毫无反应，便迅速行动起来。

她先将头上沉重的喜冠摘下扔到一旁，再将身上的喜服脱下，换上一身利落的素色便装，简单地打了个包裹，将包裹背到肩上，拎起喜服，蹑手蹑脚地走出洞房。好在府中所有人都已歇息，并没有人注意到她的行踪。她提心吊胆、小心翼翼地闪出了贾府大门，便撒开长腿飞跑起来。

前面不远处便是护城河。河水湍急，在月光下泛着银光。京娘将手中的喜服丢到岸边，又将脚上的那双金红绣鞋脱下，压到喜服上，从包裹里取一双硬底布鞋穿在脚上，然后背起包裹沿着东方的一条碎石小路飞奔而去。

京娘从家乡蒲州一路奔走，日夜兼程，徒步行走了两个月，终于来到汴京。

她打听到汴京是郭威将军常居的地方，因此猜想赵匡胤很可能便在此处。可他具体在哪里，她并不知晓，也不想现在就去找他。因为她明白，此时自己与他在一起的话，只能给他增添负担，帮不了他任何忙。她记得《道德经》里面的一句话："事善能，动善时。"意思是说，做事情要善于发挥特长，行动要善于把握时机。对于男女之情来说，时机尤其重要。现在还不到他们相见的时机。

所以，她此时是绝不会去见他的，尽管心中对他日夜思念。但思念很多时候是用来忍受的，并不是用来表达的。她懂得这个道理。对他的思念已成为她在这个乱纷纷的世界上艰辛存活下去的唯一动力。否则，她早已在饥寒交迫、疲惫不堪的奔波中死掉了。

此时已是隆冬，天上飘起了鹅毛大雪，刮起呼啸的北风。很快地上便堆起了厚厚一层积雪，踩上去咯吱作响，奇寒彻骨。

京娘在汴京城中孤孤单单晃悠了一整日，却不知道何去何从。包裹中的银两早已用得精光，她身上衣衫单薄，腹中又饥又渴，在风雪中冻得瑟瑟发抖，感觉身上的血液都要结冰了似的。京娘不禁心里苦笑：自己简直就是个可怜兮兮的乞丐，恐怕就要被冻死街头了吧！

好在天无绝人之路，行走间，京娘见前面出现一座风格别致的建筑，白墙灰瓦，飞檐翘角，半圆的紫红大门上悬着写有"紫云观"字样的牌匾。

不如到道观里暂避一下风雪，讨一口热水喝吧，她想。于是抬手拍门："有人吗？有人吗？"

许是风雪声太大，京娘叫了半天的门，并无人前来理会她。她的整个身体几乎被冻僵，实在支撑不住了，只觉一阵头晕目眩、金星乱闪，便无声倒在地上。身体很快被大雪掩埋成一尊卧着的白色雕像……

# 第六章

## 黄袍加身

京娘醒来的时候,已是身在道观之中。是女观主紫虚道长救了她。

京娘起身向紫虚道了谢。只见那紫虚道长生得秀眉朗目、冰肌雪肤、仙风道骨,有着神仙一般的清雅风韵,京娘一见便对她心生喜欢。于是跪倒在地,求道长收她为徒。

虚紫道长细细打量京娘,见这位姑娘虽然衣衫褴褛,却是天生丽质,且眉宇间透着一股非凡清韵,一双大眼睛充满灵秀之气,心下便断定她并非一般俗类,于是温和地问起她的姓名及来历。

京娘如实告知自己名叫赵京娘,是山西蒲州人氏,因不满家中安排的婚事出逃,来到此地,举目无亲,没有活路,有意出家修道,求道长一定收下她。

虚紫看着她一双微微含愁的清水美目,淡然一笑道:"贫道见你目中凝情,想必是俗情未了,但你气宇非凡、相貌清奇,确与道家有缘,就容你暂且在此清修吧!日后若有机缘,可随你心意还俗就是。"

道长的一番话说得京娘又惊又喜,京娘心想:"这回还真是遇到高人了!"

从此京娘便在紫云观住了下来,法名清心。每日身着道袍随着师父和众位师姐妹一同在观中静心修行,这一修便是九年。

九年里,她每日跟着紫虚和同道们诵经读书,研制丹药,有时也学习琴棋书画、刺绣制衣。京娘本就底子好,再加上苦修勤学,变得越发多才多艺。紫虚对她这个徒弟很是宠爱,也乐得将自己的专长传授于她。

原来紫虚道长出家前就是一位医术高妙的女中医,且长于推拿术。出家后又研制了一种养颜驻龄的丹药,名为"香雪美颜丹",女子经常服用这种丹药,便可以容颜不衰,青春永驻,而且身体会散发出一种若有若无的花香。这也是为什么紫虚道长虽已年届不惑,看起来却仍是二十余岁的样子,冰肌雪肤,一丝皱纹也无,且走近她的人都能嗅到隐隐约约的芳香。

紫虚将自己擅长的推拿术和香雪美颜丹的秘制方法全部传授给京娘。京娘很是欢喜,苦练多年,终于成为一名推拿高手。同道们有腰背肩处筋骨不舒的,或是患一些小病的,都会来求她按上一按。师父有时也会带她去民间医病,一来可以救济苍生,二来也能赚些银两,维持道观里众弟子的生计。

至于香雪美颜丹的秘制,京娘不出半年便学会了。只是师父告诫她说,此丹虽好却不可随意服用,因为它含有麝香成分,可导致女子不孕。京娘想自己已是出家之人,将来命运如何还不知晓,谈什么生育?况且即便是有幸嫁了那心上人,可他早已有了孩子,大概也不需要自己再为他生儿育女吧。如此想着京娘便同师父一起服用这香雪美颜丹。

京娘在道观的日子过得平静如水、从容而悠然,只是心中仍是常常想念起他。

夜深人静的时候她常将他的那件竹青色葛麻长衫抱在怀中,贴在脸上,又低头轻嗅。长衫上仿佛有月光和青草混合的气息,那是他身体的味道。这味道令她着迷沉醉,她总是一边享受着他的气息,一边幻想着他这段时间在做些什么,经常会想到心中隐隐作痛。她同师父和同道一起出门办事时,两只耳朵也是情不自禁地搜集着他的消息。令她没想到的是,他竟越来越有名气,街头巷尾、茶楼酒肆时不常就会有百姓谈论起他,人们津津有味地传播着有关他的英勇事迹。

这一年听说他随着已当了皇帝的郭威在争战之中,因为他作战勇猛,得到后周皇帝赏识,被提拔为禁军首领。

另一年又听说他在随着后周世宗柴荣南征北战,屡立战功,得到世宗提拔，成为后周禁军的高级将领，并被委以整顿禁军的重任，开始在军队中形成自己的势力。

几年后，又听说他已经做到了殿前都点检的位子，实实在在掌控了后周的兵权。

到了显德六年（959年）六月，她竟在街头听到"点检做天子"的传闻，心中不禁一震。

想起他和她当年在湖水里的戏言，她想，难道他真的要做皇帝了吗？可是会不会有什么危险？这皇帝岂是好当的，这些年来朝代频繁更迭，那些粉墨登场称帝称王的，不是被杀便是被废，哪个有好结果了？他赵匡胤虽然胸有大志，勇冠三军，可是若要登上帝位，必要经历千难万险，那无异于在刀刃上行走，万一有个闪失，他可就完了！她虽然盼望着他能成就大业，也对他满怀信心，可是心底里却更希望他能平平安安，远离危险，不愿他为了任何原因而赴汤蹈火，置身险境。

匡胤哥哥，你不会有什么危险吧？

这样想着，京娘忍不住又在夜间悄悄拿出那件竹青色葛麻长衫，抱着它流起泪来。恰被师父紫虚撞见，紫虚问她怎么了，为何抱着一件男式长衫痛哭不止。

她不想再隐瞒师父，便将自己与赵匡胤如何相识相知的往事对师父和盘讲出。她以为师父会责怪她，没想到师父听完后便笑了，温和道："原来如此。怪不得我一直觉得你不是俗类，原来竟是天子的枕边人。"

京娘怔住，瞪大眼睛道："师父，您说什么？难道您也认为匡胤哥哥他能当皇帝？"

紫虚微笑颔首，缓缓道："正是天将降大任于斯人也。自唐代以后这天下便不得安定，如今乱世已久，应该有个人站出来结束这局面了！目前看来，也只有此人能够胜任。现在街头巷尾都在流传'点检做天子'，这并非空穴来风，更像是天意和民意。天意与民意二者皆不可违。徒儿你既然与他有情，也必有一段缘分，只是这段情缘会比较曲折苦痛，你可能承受？"

京娘点点头，一双大眼睛里似有柔软而执着的星光，认真道："师父，我可以承受，无论多苦多难，我情愿与他相伴！"

"既然如此，如今你便可以动手为他做一件东西了。"紫虚微笑道。

"什么东西？"京娘不解。

"你是个极聪明的女子，用心想一下便会知晓。"紫虚说罢，看了一眼她怀中的那件长衫。

京娘忽地明白了，粲然笑道："徒儿知道了，多谢师父提点。"

这一年夏天，京娘便开始着手制作一件特别的服装——龙袍。

她在汴京最高档的商铺买了质地最好的明黄色蚕丝绸缎，又买了湖丝金线和五色彩线等，利用夜晚的时间悄悄做起了衣服。三个月后，龙袍的雏形已完成，她又在其上一针一针绣出九条飞龙图案，以及繁复富丽的盘龙花纹间以五色云彩。一件金光闪闪、精美无比的龙袍便完成了。

京娘眼中含着柔情蜜意，抚摩着这件她一针一线亲手绣制而成的龙袍，心中思绪纷纭，想着如何才能使他将它穿在身上呢？

正想着，紫虚道长走进房间，见她手里抱着件龙袍，再看那龙袍的精细程度，可见她对那男人有多上心。

"还不将它收起来，莫让别人看见！"

私制龙袍是灭门的大罪，弄不好整个道观百十号人的性命都会被这龙袍毁了去。京娘也知道自己犯了禁，忙将那龙袍藏起，起身跪倒在地，低头道："师父恕罪！徒儿不孝，做出了禁忌之事，还请师父责罚！"

紫虚看着她那如春晓之花般的俊脸，沉吟了一下，道："天下大道，法乎自然，这自然既指宇宙运行规律，也指人性，此物既是出自你本心所成，必有它存在的道理，为师怎会责罚于你？只是你情缘已至，怕是不宜再在这道观之中，你还是出观入世去吧！"

京娘闻听此言，心中一阵悲伤，她对赵匡胤的思念是真，舍不得离开师父和同道们也是真。在此居住九年，师父和同道们对她十分关爱，相处得如同亲人一般，突然要走，心中怎能不痛？她不禁两眼泛起泪光，抬头对着紫虚喊道："师父，您这是要赶我走吗？"

紫虚微微一笑:"不是贫道赶你走,是你应该走了!收拾东西,速去吧!"

"可是,师父叫我去向哪里呢?"

"去你该去的地方!你是个聪慧女子,心中自有去处!"说罢,紫虚一甩袍袖,转身便要离开。

京娘上前抱住师父双腿,哭着道:"师父,徒儿愚钝,还请师父指点。"

紫虚低头看看她,叹了口气,道:"好吧。你此去可先投奔赵普,他是赵匡胤的谋士。"

京娘点点头:"多谢师父。"

"另外,徒儿还有一事相求。"京娘仍旧跪在地上,"徒儿知道师父乃得道高人,平日里虽鲜理俗事却对这世上之事了如指掌,徒儿恳请师父告知,匡胤此次所行之事可有凶险?"

紫虚看着她苦笑道:"看来你对他还真是用情颇深啊!为师哪有你说得那么厉害,不过你既问起,为师不妨便将自己所感说与你听罢了。其实为师注意此人也已许久了,要说当今世上能统一天下救百姓于火海之人,恐怕也非他莫属了。只是他虽有帝王之命却难以长久,以为师推断,左不过十六七年。"

"十六七年……敢问师父,可是天灾?"

"非也,以为师之见,怕是人祸,而且是他至亲之人。"

京娘听罢脸色大变:"害他之人是谁?可有方法化解?"

紫虚摇摇头:"此乃天意,恐难化解。但你与他命中有缘,兴许能为之挡上一挡。不过为师也要提醒你,爱一个人,能为他尽心便算了无遗憾,缘分一事,切不可强求。"

"多谢师父提点!"京娘弯下腰,趴在地上深深行了个大礼。师徒一场,紫虚对她来说可算是亦师亦母,如今要分别了,还对她如此提点,此恩此德京娘真是毕生都难以为报。

"好了,为师也只能说到这个地步了,具体的路还要你自己走。你速去吧!"说完,紫虚转身飘然离去。

京娘独自悲悲切切哭泣了一会儿,便收拾起行囊,拜别了师父及同道们,连夜离开了道观。

除夕那天上午，赵普府中。

时任后周掌书记的赵普正在书房中静静独坐，手握毛笔在宣纸上慢慢写下几个水墨大字：陈桥驿。

又一遍接一遍地重复写下去。字写得龙飞凤舞，颇有气势。他边写边微蹙眉头，似在苦苦思索着什么。

须臾，有下人前来禀报："大人，门口有一位女道士要求见大人。"

"女道士？"赵普微怔，停下笔，略一思忖道，"不见！告诉她我在忙，让她走吧！"

下人应声出去。不一会儿，却又回来，对赵普躬身道："那位女道士说，有要事求见大人，正跪在门口苦求，还说她本名叫赵京娘，是赵匡胤大人的结义妹妹。"

"赵京娘？"赵普闻听此名，心中一惊，他的确听赵匡胤说起过这个名字，是在一次醉酒之后，当时他神色格外忧伤，一遍遍地呼唤着"京娘"，似乎对这个京娘十分想念。赵普待他清醒后曾问起京娘是何许人，赵匡胤只说是旧时认下的一个结义妹妹，多年未见，很是挂念。

赵普想到此，便缓和脸色，对下人吩咐道："请她进来吧。"

下人再次应声出去。须臾，便引了那位女道士前来。

赵普举目细看，只见那女道士体态婀娜、美貌异常，尤其是一双大眼睛，忽闪忽闪的充满灵气，令人见之惊心。若是穿了女儿装，肯定是个倾国倾城、闭月羞花的大美人！怪不得匡胤对她那般挂怀，原来竟是个神仙样的妹妹！

女道士盈盈走上前来，向赵普躬身行礼："贫道见过赵大人。"

赵普摆摆手道："道长免礼，请坐吧。不知道长如何称呼？"

女道士立在一旁，拱手道："贫道法名清心，俗名赵京娘，曾在紫云观修道多年。"

"哦，原来是清心道长。不知道长前来求见在下，所为何事？"

"清心今日前来是为了向赵大人敬献一物。"京娘说着,将肩上的包裹摘下来,慢慢打开,从里面取出一件黄灿灿的衣物,递到赵普面前。

赵普伸手接过衣物,将那衣物展开,不禁大吃一惊,此衣竟是一件做工精美、金光闪闪的龙袍!

只见这龙袍上九条飞龙栩栩如生,盘龙花纹、五色祥云繁复华丽,算得上是一件精美无比的艺术品。这是赵普今生见过的最为华美富丽的龙袍!

赵普立时变了脸色,冲着京娘大怒道:"大胆!你怎敢私藏龙袍,还将这等谋逆之物献于赵某,你这是要谋害于我吗?"

京娘忙跪下,道:"赵大人请息怒,此龙袍并非谋逆之物,而是有来历的,且听清心慢慢道来。"

"讲!"赵普余怒未消。

京娘不慌不忙地娓娓道来:"清心在紫云观向师父学习过天文占星术,昨日午时,清心惊见天有异象,竟看到天上日下复有一日,两日相撞,日光重叠交映久之。心想两日争辉,莫不是人间要有新君出现?昨日黄昏时分,清心走到护城河边,竟在地上捡到此衣,心想此事定不简单。"

赵普听得一阵阵心惊,道:"那你又为何要将此衣献于本官?难道说你疑心本官要当皇帝不成?"

京娘垂下眼帘,微微一笑,道:"非也。是因为百姓中这几日疯传一句话,'点检做天子'。想那点检不正是京娘的结义哥哥赵匡胤吗?只是贫道此时不便去见哥哥,听闻赵大人与匡胤哥哥关系亲密,所以斗胆前来将此衣献与赵大人,想着也许关键时刻兴许能派上用场。还请赵大人恕罪并收下此衣。"

赵普听后更是心惊,看着跪在面前的女子,简直要疑心她是不是上天派来的神仙前来襄助自己和匡胤成就大业的。这几日,他的确是与赵匡胤以及他的弟弟赵匡义在谋划兵变之事。可以说万事俱备,只欠龙袍了。只是准备龙袍之事不敢声张,只好交由赵匡义的夫人来准备,可是由于时间仓促,心中又胆怯,所以那龙袍做得甚是粗糙,看起来不过是一件普通黄袍上绣了几条小蛇而已,实在无法与面前这件精湛华丽的龙袍相媲美。此龙袍难道真的是老天所赐？难道真的有二日当空之异象出现？如果真是如此，那赵匡胤当皇帝就真的是天意了！

赵普沉吟了半晌，面色缓和下来，低头向京娘道："姑娘请起吧。也许一切果真是天意，那在下便领受了这份天意！"说着，将那龙袍叠起，用一块素锦包了，令下人将其收好。

赵普又命人将妻子和氏唤来，介绍给京娘认识，并令和氏将京娘带至客房歇息。

京娘临走前叮嘱赵普，请赵普暂且不要在匡胤面前提起自己，因为她不想在此时惹他分心。赵普颔首同意。

京娘随和氏走后，赵普便匆匆出门去找赵匡胤兄弟，一起谋划他们的大事去了。

此时和氏正怀着九个多月的身孕，行动不便。府中下人不多，节前需要做的家务却甚多，京娘便主动帮着下人做事，炒菜做饭，收拾卫生，一应事做得爽快利落，让和氏不免对京娘心生好感，常叫她坐下来陪自己喝茶聊天儿。

京娘见和氏不时捶打腰部，便问她是否腰痛。和氏颔首说自己腰痛已经许久了，也请医生看过，却并不见效。

京娘便主动提及自己曾与师父学过推拿术，不妨让她试上一试。和氏欣然同意，京娘便为和氏做了两次推拿，和氏腰部的痛感果然大大减轻！和氏大喜，并将此事告知了赵普，赵普也很是喜悦，连声向京娘道谢。

和氏留京娘在府上多住些日子，这样自己分娩的时候也好多个人照应。京娘想自己在汴京除了赵匡胤之外举目无亲，正愁没有去处，便答应下来。

于是，这个新年，京娘便在赵普家度过。

正月初一一大早，赵普上朝去了。这一天满朝文武大臣要向8岁的小皇帝柴宗训跪拜朝贺。朝贺的过程中北方边境镇州定州送来军事急报：契丹举兵南侵，北汉引兵东下，两军联合，直奔京都杀来。小皇帝和皇后惊慌失措，急急下令，令检校太尉、殿前都点检赵匡胤率领宿卫禁军前往迎敌。

这日下午,赵普下朝回家后,便令和氏给他准备战服和行李,说是过两日便要随军出征。和氏问他出了何事,赵普便将契丹与北汉向京都举兵,赵匡胤要前去迎敌的事讲了。

京娘上前在赵普面前跪下,道:"小女子有一事烦请大人帮忙。"

赵普道:"姑娘快快请起,有什么话慢慢说,赵某能帮上的一定相帮就是!"

京娘仍旧跪在地上,道:"京娘想随军出征。"

赵普一怔,笑道:"随军出征?你乃一介女流,这怎么能行!"

京娘大眼睛一转,道:"我可以女扮男装,骑在马上混入出征队伍。大人请放心,我会骑马。"

"哦?"赵普看着她那张娇美白嫩的俊脸,有些不敢相信。

"是真的,当初还是匡胤哥哥教会我骑马的。赵大人请稍等,我去化装。"说完京娘从地上立起,转身走入内室。

半个时辰后京娘出来,赵普一看,不禁扑哧笑了。只见这京娘已实实在在变成一个男子形象。身着一身玄色戎装,长发绾起,雪白的俊脸用颜料涂成了黝黑色,嘴上还多了一圈黑油油的胡须,一个十足的小武生形象。

赵普笑道:"你这姑娘还真是会变脸术,可你会武功吗?到战场上可是要持刀杀敌的,姑娘不怕吗?"

京娘爽声说道:"不怕,当年我可是亲手杀死过山匪的!再说……依小女子之见,大人此次出征恐怕并不需要浴血沙场。"

赵普听此话又是一愣,瞬间敛了笑容:"好吧,你既如此说,赵某成全你便是!"

京娘高兴地道:"多谢赵大人成全!不过,京娘还请大人为我保密,此事你知我知,不可告知他人!"

"这是自然,姑娘大可放心。"

大年初三这天,京娘女扮男装,骑在马上,混在队伍中,随着赵匡胤率领的大队人马向城外出发。

队伍浩浩荡荡，如长龙一般，京娘行在队伍中间，只能隐隐约约见到最前方的赵匡胤骑在马上的背影，那背影依旧高大英挺，令京娘怦然心动。

队伍从汴京爱景门出城，沿途站满观望的老百姓，不时有人说一句"将以出军之日，策点检为天子""点检做天子"之类的话，这些话一阵阵传入将士们耳中。将士们佯作未曾听到，继续浩浩荡荡向前行进。

出京城后，大军停下来休息。京娘便听到禁军中有人在小声说："大家知道吗，通晓天文占星的军校苗训说，除夕那天，他看到天上出现异象，有两个太阳在相互碰撞，日光重叠交映久之。想必要有新君出现了！"

听到此话的兵士皆表示震惊，纷纷将此话在队伍中传播开来。不出一个时辰，此事便传得人尽皆知。京娘在队伍中低着头暗自发笑。

黄昏时分，队伍到达汴京东北二十公里处的陈桥驿，并在那里驻扎下来。将士们聚到一起，还在纷纷议论"天上现二日"的传言。

京娘侧耳细听，只听有个将士提高声音道："当今皇上年幼无知，不懂朝政，又不能亲征，我们提着脑袋为国家抵御外敌，却没人知道我们的功劳，也得不到相应回报。倒不如顺应天命，先立点检为天子，然后再去北伐。大家觉得如何？"

此话一出竟是一呼百应，将士们纷纷表示同意，并一起高呼："同意立点检为天子！立点检为天子！点检为天子！"

如同干草被火种点燃，须臾，数万名将士便集中到赵匡胤的营帐外，一起高声呼喊："拥立点检为天子！愿奉赵匡胤为天子！"

有人拔出长剑，举剑嘶声喊道："若有不同意者，立斩！"

一时间"拥立点检为天子"的呼喊声四起，声震原野。

赵普和赵匡义走出帐外，举手示意大家安静下来。

赵普对将士们严厉地说："赵匡胤大人是位忠义之士，绝不会听任你们举行兵变，他已表示绝不背叛朝廷，请大家休要再喧哗，散开休息去吧！"

京娘注目细看那赵匡义，只见他身材修长、面白如玉，很是年轻俊朗，模样与其兄赵匡胤有七分相似，只是气质更多几分儒雅文气，目光中也似乎多了几分狡黠和心机。

将士们听了赵普的话，纷纷表示不从，定要立赵匡胤为天子，否则就坚决不再前行。

赵匡义镇定一笑，对大家抱拳拱手开口道："诸位将士，你们的心意点检大人很是明白，也很感谢大家，可他实在是一位忠臣良将，世宗对他恩重如山，他岂肯轻易背叛周室？今夜点检大人心情不佳，多饮了几杯，已经睡下了。还请大家莫急，待我与赵普大人进去缓缓规劝，明日一早定给大家一个交代，大家先散去吧！"

众人这才稍稍安静下来，有人高声说："那就拜托两位大人了，一定劝说点检大人同意，若他不做天子，我们也不再给那小皇帝卖命，大家都各自回家算了！"

赵匡义笑道："好好好，赵某一定力劝，一定！"

众人这才散去，回到各自营帐休息。

京娘也随着大家回到自己的营帐歇下。

翌日天刚蒙蒙亮，京娘便听到一阵喧哗声，原来又有许多将士聚到赵匡胤大帐外，跪请呼喊要立他为天子。

京娘忙起身来到外面，见赵匡胤帐外已跪了黑压压一片，忙寻了一处地方也跟着跪下。

将士们像昨晚那样声震四野地呼喊起来，并要求面见点检大人。无论赵普和赵匡义如何规劝，众人也不答应。

众人扯着嗓子高喊了约半个时辰，赵匡胤终于出帐。

京娘心里"咯噔"一下，定睛细看，见她的匡胤哥哥面容比九年前沧桑成熟了些，但仍旧是剑眉星眸、高大挺拔。

匡胤哥哥，我的匡胤哥哥，京娘终于又见到你了！

京娘目不转睛地痴痴看着他，几乎要流下泪来，心里波涛起伏，百般滋味在胸中流转。

险些就要冲上去，将他紧紧拥住！意识到自己的失态，她忙按住胸口，告诉自己要冷静淡定。

只见赵匡胤一双星眸放射出道道冷光，默默看着众将士，并不开口。

将士们高声喊道:"诸军无主,愿奉赵匡胤大人为天子!"

赵匡胤向将士们抱了抱拳,开口道:"诸位将士如此看重赵某,是赵某三生有幸,赵某感恩于心,可是要赵某背叛周室,自立为君,这是陷赵某于不忠不义,赵某恕难从命!"

将士们高喊起来:"赵大人就答应了吧,小皇帝年幼无知,又有奸臣当道,若无明君率领,百姓亦无活路,就请赵大人答应了吧!"

众人纷纷叩首相求。赵匡胤却再三拒绝,坚决不从。

正在此时,突然传来一声:"圣旨到——"

众人回首,只见有宫人打扮的两名男子前来,其中一人手中持着一壶酒和一只酒杯。

宫人高声道:"皇上口谕,为鼓舞士气,嘉奖忠臣,特赐检校太尉赵匡胤御酒一壶!"说罢,抬手持壶将酒杯满上,将御酒送至赵匡胤面前。

赵匡胤双手接过酒杯,犹豫地看着那酒。

大家皆紧张地看着赵匡胤,京娘的心更是猛地揪起,绷紧神经、目不转睛地看着他。

就在此时,赵匡胤身边的赵匡义一把将酒杯夺过来,说道:"哥哥昨夜已饮酒太多,不如让小弟代饮了这杯酒吧!"说罢,举头欲饮。

"不可!"那宫人上前,劈手将酒杯夺了下来,"这是御赐之酒,岂能旁人代饮!"重又将那酒杯塞到赵匡胤手中。

赵匡胤双手端着那杯酒,咬咬牙,似下了决心,举头便要饮下。

京娘突然大声喊道:"不要喝,酒里有毒!"

赵匡胤一惊,手一抖,将那酒洒到地上,地上顿时冒起一股白烟。果然有毒!

赵匡胤登时怒容满面,瞪着那宫人,道:"我赵某诚心诚意为皇室卖命,没想到竟遭如此毒害!罢罢罢,赵某今日已彻底心寒!"

众将士更是群情激愤,大声道:"如此昏君保他何用?反了吧!即刻拥立赵匡胤大人为新君!"

有人上前将那两名宫人制住,押了下去。

又有几人上前，不由分说将一件金灿灿的龙袍系在了赵匡胤身上。

然后众人跪地山呼："吾皇万岁万岁万万岁！吾皇万岁万岁万万岁！……"

呼声震撼天宇。

京娘激动地看着身披龙袍的赵匡胤，只见七彩霞光恰好映照在那龙袍上，令他周身笼罩着一团神圣光芒，晶莹璀璨，气象万千！看起来竟如天神一般气宇轩昂、英姿勃发，一派十足的王者风范！

京娘不禁在心中欢呼道："匡胤哥哥，你的大事成了！成了！你终于得偿所愿了！"

一颗心激动得快要跳出胸膛，欢喜的眼泪再也忍不住，从眼窝里汩汩冒出。

赵匡胤的眼眸里似闪烁着七彩光华，兴奋地看着大家，又不乏冷静地开口说道："诸位将士执意要立赵某为帝，赵某无法推辞，若是大家能听从赵某命令，我便答应你们；若是不从，我亦不能答应做你们新君！"

众人齐声高喊道："愿听从命令！"

赵匡胤义正词严道："我有三个要求：第一，周朝太后和皇上，我曾以臣下的身份侍奉，尔等不许惊扰和冒犯；第二，原公卿大臣，都曾是与我地位相等的亲近之人，不许侵犯欺凌；第三，城中百姓及其财产，不许侵扰掠夺。执行命令者，重赏；违犯命令者，严惩不贷，决不饶恕！"

众人都高声应道："是！我等谨记于心！"

"好！集合队伍，返回汴京！"

队伍浩浩荡荡返回了汴京城，一路秩序井然，没有任何滋扰百姓的事件发生。

京娘本想随着赵匡胤进入皇宫，亲眼看着他登上皇帝宝座，却被禁军拦下了。只有一部分将士可以随着新君入内，其余均被挡在外面。

赵普派人通知她尽快回到赵府去，因为和氏这几日就要分娩，赵普请她回去好好照料夫人。

京娘回到赵府，正赶上和氏分娩，而且正处于难产之中。

京娘急忙更换衣服，清洗手脸，进到房中，帮着稳婆助和氏生产。

忙活了半日，和氏终于生下一女，却又出血不止。

京娘想起自己出紫云观时师父曾给过她一些止血丹药，忙将丹药找出，给和氏服下，这才止住了流血。

母女平安，和氏向京娘连连致谢："多亏了妹妹，才保住我们母女性命，救命之恩无以回报，以后京娘就将我当作亲姐姐，将这里作为自己的娘家，在此长住吧！"

京娘也十分欢喜，因为数日相处下来，已确定和氏是个温柔敦厚的女子，能有幸做她的妹妹当然求之不得，于是便颔首同意，照顾她歇下。又去帮着照看婴儿。

赵普在朝中一直忙到第二日下午才回，回来后就听说夫人生下一位千金，而且母女平安，不禁大喜。他与和氏已生有一位公子，正盼着再生一个女儿，如今心愿得偿，拥立新君之事也顺利完成，这可真是双喜临门！又听和氏说这次多亏了京娘相助，才得以母女安好，赵普便一迭声地向京娘致谢，又令下人摆了一桌丰盛酒席来款待京娘。

京娘也不客气，坐下来一边大口吃着酒菜，一边向赵普问起赵匡胤登基之事是否顺利。

赵普笑道："十分顺利，如有神助！进京后只有个别老臣负隅顽抗，其余官员皆识时务地表示拥戴新君。就连小皇帝也当即同意了退位让贤，禅让大典已于昨日下午顺利举行。如今你那匡胤哥哥已正式成为大宋朝开国皇帝，坐到了至高无上的宝座上！"

京娘听后心中大悦，举杯灿然笑道："恭喜匡胤哥哥荣登大宝！也恭喜赵大人成为开国元勋，喜得千金！"

京娘将杯中酒一饮而尽。

赵普朗声笑道："好好好，姑娘果真女中豪杰！这次兵变成功，姑娘亦是立下了汗马功劳，明日赵某便引你去见陛下，你二人分离多年，彼此思念，也该相见了！"

京娘却敛笑摇头道："不不不，匡胤哥哥刚刚登基，需要烦劳的事情太多，京娘不想即刻便去打扰他，还是等过些时日待他安定一番再去见他吧！"

"姑娘真是善解人意又聪明通透！那就遂你心意，且在本府住下吧，过些时日我再寻一个适当机会将你引入宫中与陛下相见，如何？"

京娘颔首微笑道："好，全听大人安排。"

至此，京娘便在赵普府中长住了下来，每日帮着照顾和氏与婴儿，与和氏相处得越发融洽，情同姐妹。

只是心中那份思念仍旧不时地折腾发威，用尖锐的利齿一下一下啮咬着她的五脏六腑，折磨得她彻夜难眠、头痛欲裂！

她一遍遍地将那件竹青色葛麻长衫抱在怀里，贴在脸上，又低头深嗅、亲吻。

长衫上有他身体的味道，仿佛是月光和青草混合的气息。

这气息令她沉醉不已，又令她泪水长流。一串串相思泪打湿青衣。她恨不能下一秒钟便能与他相会。

一颗心既期待又胆怯的，千回百转，纠结不已。

还是再忍耐些时日吧！

又或者……自己该归去了。他早有妻室，如今又登上大位，后宫佳丽繁多，他身边再也不会缺少女人，说不定早已将自己忘记，自己如此苦苦寻他又有何意思……

京娘坐起身来，披衣下床，望着窗外那幽凉清淡的月光，脑中倏然掠过一首古诗：

　　明月何皎皎，照我罗床帏。
　　忧愁不能寐，揽衣起徘徊。
　　客行虽云乐，不如早旋归。
　　出户独彷徨，愁思当告谁。
　　引领还入房，泪下沾裳衣。

珠子般的泪水自眼眸一滴一滴滚落下来……

匡胤哥哥，此时此刻，你是否还会记起那个当年被你护送千里的赵京娘呢？

## 第七章

# 日日与君好

一个月后的夜晚,大宋皇宫勤政殿后殿里,赵匡胤刚刚批阅完奏折,身边的宫人正在为他宽衣解带侍奉他睡下。

子时已过,赵匡胤躺在龙床上却了无睡意,脑海中反反复复出现一个女子的身影。此女身姿窈窕、花容月貌,长着一双波光流转、灵气四溢的大眼睛,笑起来如同明媚阳光下的一朵迎春花一般……

今日早朝时,他刚刚按照母亲杜太后的意思册封妻子王氏为皇后,追封已故的前妻贺氏为上谥孝惠皇后,又册封了后宫的几名妃子。恍惚间他记起自己曾经说过的一句话:

"若是日后哥哥我真当了皇帝,就封你为贵妃!"

当时只道是戏言,不料今日自己竟真的成了皇帝!所谓君无戏言,当年许下的诺言理应兑现才是。只是不知如今的京娘是否还待字闺中,算算年龄,她已有二十五岁,怕是早就嫁人了吧?

事实上,这九年来,他无时无刻不在心底思念着她。每日清晨,他都会用她赠予的那柄玉梳梳头,一遍遍地回忆着当年他们一起经历的一幕幕,上面的卷草涡纹早已被他用手磨得发亮。

他还记得他与她坐在旷野的草地上一起举头望着满天星辰,那些星辰密集璀璨、美轮美奂,如同幻境一般。夜里,她靠在他肩膀上睡着了,睡梦中的女子那样美,安静垂下的睫毛,凝脂温玉般的肌肤,熟透樱桃般的小口,害得他一颗心怦怦跳着,想去亲一亲那小巧甜美的嘴唇……

在清风客栈，她与他举着大碗老酒豪饮，他说："来，来，来，人生得意须尽欢，莫使金樽空对月！"她笑着接道："天生我材必有用，千金散尽还复来！"……

二人被山匪下药劫入山寨，他被打得遍体鳞伤，她却临危不惧，用发簪杀了山匪，火烧山寨将他救出……

盘缠被盗，为了付住宿费，她将自己的红宝石耳坠子抵给老板，保住了他的赤霄宝剑……

他记得他们合作的《飞天剑舞》，也记得在那清澈柔美的湖水中，她给了他甜蜜的一吻。当时的阳光正好，她的笑颜那般甜美烂漫，就如同明媚阳光下怒放的迎春花一般……

这些场景如今再次一幕幕闪过脑际，清晰仿如昨日，他不由得感慨万千，胸口中更是传来阵阵绞痛。

明日朕一定要派人去寻找京娘！

一定要找到她，实现当初诺言！

翌日早朝，赵匡胤便派人骑快马去京娘的老家寻访京娘，嘱他一定要将京娘带回。

十日后，派出的人返回，带回的消息却是京娘已不在人世！

"赵京娘的家人说，九年前赵京娘曾嫁入贾府，不料她竟为了逃婚，在成亲当晚跳河自尽了。"

听此噩耗后，赵匡胤惊得脸色煞白，眼前忽地一黑，险些从龙椅上跌下去。

一颗心顿时悲怆得要裂开，星眸中泪光闪烁，嘶声喊道："苍天，你为何如此狠心，收了我那妹妹！妹妹，京娘妹妹，你为何不能等朕……"说罢，身子一软，几欲昏厥。

宫人急忙上前扶住他。

赵匡胤强忍剧痛，宣布散朝。满朝文武百官唏嘘着散去。赵普看着悲痛欲绝的皇帝，嘴角露出一抹微微的笑意。

皇帝被扶到寝宫歇下，感觉一阵阵头痛欲裂，胸中也闷痛不止。侍奉他的宫人王继恩见他脸色难看，便问他是否请太医瞧瞧，他摆摆手，道："给朕备一壶酒来。"

王继恩应声而去，须臾将酒奉上。

皇帝挥挥手令宫人退下，独自饮起酒来。

酒入愁肠愁更愁，赵匡胤满脑子翻腾着她的音容笑貌，那倩影如鬼魅一般缠绕着他，挥之不去。他眼中含泪，凝望着她……望着她花朵一般的笑颜，望着她翩若惊鸿的舞姿，仿佛看到她眨着那双美丽的大眼睛，笑嘻嘻对自己说："我相信哥哥日后定能马到成功，壮志得酬！""若是你日后事业有成，就让我在你身边，和你永不分离！"……

满满盈盈的泪水中，他凝视着她恍恍惚惚的身影，哀声说道："京娘，你怎能如此想不开呢！如今哥哥真的当了皇帝，可你怎么就不在了……"

正悲悲切切地自言自语着，有宫人来报，赵普大人前来探望。

皇帝有气无力地道："让他进来吧。"

须臾，珠帘一挑，赵普乐呵呵地走进寝宫，见皇帝后跪下行礼："赵普见过陛下。"

皇帝皱着浓眉抬手道："免礼吧，爱卿来得正好，陪朕喝一杯吧。"

赵普起身上前，道："皇上这是怎么了？一个人愁容满面地喝闷酒，可是为了那位叫京娘的姑娘？"

皇帝颔首，叹息一声："唉，正是。都是朕害了她。当初如果我能同意把她留在身边，她就不会遭难了！如今真是后悔，为何我当初那般绝情？京娘对我很是深情，我却不知珍惜，如今再如何后悔也来不及了！"

赵普微微一笑道："皇上不必太过自责，皇上对京娘姑娘的一片痴心京娘若是地下有知也会感到安慰的。"

皇帝摇摇头，仰头饮下一杯苦酒："不，京娘不会原谅我的，是我辜负了她。爱卿不必劝了，来，坐下，陪朕喝酒！"

赵普笑道："微臣酒量不高，恐怕陪不了陛下。微臣带来一个女子，酒量奇高，不如让她陪陛下痛饮一番。"

"女子？哼，再好的女子也比不上她分毫。朕今天不想见任何人！"

"依臣之见，陛下还是见上一见吧！"

不等赵匡胤开口，赵普便冲着外面高声喊道："姑娘，请进吧！"

旋即，一位身着水红色长裙的女子款款走了进来，走到皇帝面前盈盈低头跪拜："小女子见过陛下。"

皇帝听到她的声音心中一凛，忙望向她，道："抬起头来。"

女子将头抬起，用一双水汪汪的大眼睛看住赵匡胤。

赵匡胤登时傻住，天哪！这不正是……正是自己心中日思夜想的那个女子吗？

"你是……京娘？"赵匡胤惊讶万分地看着她，简直怀疑自己是在做梦。

他使劲儿揉揉双眼，仔细看去，没错，那双波光流转的大眼睛，那凝脂温玉般的肌肤，那樱桃般诱人的秀口，那一头垂至腰间的如瀑青丝，那飘飘柔柔的水红色罗裙，那仙姝似的美丽女子，不是京娘是谁？

"京娘，真的是你吗？告诉我，你是不是京娘？"赵匡胤激动得声音都颤抖了。

京娘笑吟吟看着他，颔首道："没错，正是京娘！"

"可你不是投河自尽了吗？"赵匡胤仍是不敢置信地看着她。

"京娘没有投河自尽，京娘一直在等陛下！"

"陛下，你与京娘多年未见，如今终于重逢，理应坐下来好好聊聊。微臣还有事，就先退下了。"说罢，赵普向皇帝躬身抱抱拳，转身出去了。

赵匡胤上前猛地将京娘抱住，双眼放出两道耀目晶光，无限惊喜道："京娘，原来真的是你，你没有死！没有死！你还活着，太好了！太好了！"

京娘将头埋进他宽大温暖的怀抱中，眼中含着热泪，脸上却是笑着："匡胤哥哥，京娘没有死，京娘一直在等着哥哥！"

"京娘，好妹妹！你活着就好……活着就好……"赵匡胤激动得有些语无伦次，只知道紧紧抱着京娘。

二人就这样相拥了许久许久。此时的寝殿内极静，时光仿佛凝住的琥珀一般。周围的一切仿佛都不存在了，偌大的天地间，只有这紧紧相拥的一对璧人。

四目相对时，二人皆是满脸泪水。许多年积蓄的思念在此刻终于有了出口，如泉水一般"哗啦啦"倾泻而出。

"京娘，答应我，再也不要离开我了！"赵匡胤深深看住京娘的眼睛，在她唇边喃喃恳求道。

"京娘再也不离开哥哥了！再也不离开！"京娘含泪笑望着他的眼睛，笑颜如同一朵带露盛开的海棠花。

赵匡胤俯下高大英挺的身躯，在她光洁如玉的额头上轻轻一吻。这个吻如此温存、如此深情、如此甜蜜，京娘只觉周身一阵电流麻酥酥淌过，立时四肢酥软，身子如在云里雾里。

赵匡胤毫不犹豫地顺势吻住她的樱唇，深深地亲吻她。这个吻是霸气、果决而热烈的。

她再也把持不住自己的理性，也深深地、热烈地、甜蜜地回吻他。

寝殿的金色地面上，二人的衣服一件件飘然落下……

他深深陷入她爱的沼泽，她也深深卷入了他激情的旋涡。

二人几乎彻夜缠绵、辗转深情地狂吻着彼此周身的每一寸肌肤，尽情尽性。又说了许多缠缠绵绵的悄悄话，到天蒙蒙亮时，才稍稍平静下来。

赵匡胤温存地将京娘抱在怀中，轻轻抚摩着她微湿的青丝："京儿，闭上眼睛，好好睡一觉。"

"嗯。"京娘微笑着闭上眼睛，在他温暖宽厚的怀抱中沉入甜美梦乡。

赵匡胤看着她安详美丽的睡颜，不禁感谢上苍，终于把他的神仙妹妹交还给他了。

一觉醒来，他已不在身旁，枕边留有一张字条："我早朝去了，等我回来。"在她面前，他竟不用"朕"这个字，可见即使是做了皇帝，他依旧是她的匡胤哥哥。她微笑，笑颜如灿烂阳光下的海棠花，带着醉人的红晕。

两名身着翠绿色褙子的宫女端着铜盆、持着白巾等洗漱用品款款进来，屈膝向她行礼道："主子醒了，请主子洗漱后用早膳吧！"

京娘颔首道："好，谢谢，你们把水盆放下，我自己洗就好。还有，我不是什么主子，你们喊我姐姐就是。"

其中一个面色白皙、眼睛细长的宫女微笑道："主子不必客气，这些都是陛下交代过的，陛下宠幸过的自然就是主子，以后就由我们两个奴婢来服侍主子了。我叫琉璃。"宫女又指了指一旁柳眉杏眼的那个，接着道，"她叫翠晶，以后姐姐有什么需要的，尽管吩咐我们两个奴婢就是。"

京娘看着这两个宫女笑道："琉璃、翠晶，蛮好听的名字。好吧，以后我有事招呼你们就是。不过，我真不是什么主子，你们还是叫我姐姐吧。"

"这……"琉璃有点儿为难地犹豫着。

"还是称您为主子吧！"一旁的翠晶板着脸道，"被陛下宠幸过的女人，我们哪敢直呼姐姐，若是让陛下知道了，还不得怪罪我们对主子不敬吗？主子莫要客气了。"

京娘笑道："皇上不会与你们这般计较的，你们只管叫我姐姐就是。"

琉璃道："那好，姐姐，您先洗漱吧，我们这就去给您传早膳。"两位宫女毕恭毕敬地侍奉京娘洗漱完毕，转身又出去了。

京娘随着来到门口，本想透透气，却听到那宫女道："哼，矫情什么，不就是陪皇上睡了一觉吗？一个来历不明的贱女人，太后那里容得下她才怪！没准儿几天就得让她滚蛋！"

是翠晶的声音。

京娘听罢心中一惊，看来这书上说的什么后宫女人争宠之事还真非虚构，小小宫女就已如此，何况那些正统的皇妃们。以后自己还是注意点儿吧，免得成为众矢之的。

早膳过后，京娘一个人在寝殿里转了转，见这寝殿并不奢华阔气，只有简单的几样红木家具，连床帐也是普通的素罗制成，门口挂着的珠帘也并非珠玉，而是极普通的白琉璃制成。墙壁上悬有一幅水墨字迹，"见素抱朴，少私寡欲"，整个装修风格简洁淡雅，与历朝历代皇宫的奢华铺张、富丽堂皇迥然不同。不禁在心中叹服，这匡胤哥哥果真是体恤民间疾苦，能做到身体力行的一代圣君。

左右无什么事做,京娘见床边立着一个书柜,里面摆满书籍,便从里面抽出一卷《诸子百家文集》来静静翻阅。

正午时分,赵匡胤下朝回来,见京娘正在翻书,便微笑着上前,将她揽进怀中,高大的身躯微微俯下,在她光洁的额头上轻轻一吻,温存问道:"休息得可好?早膳可曾用过了?"

京娘绽出如花笑靥,道:"回陛下,京娘休息得很好,早膳也用过了。陛下早朝辛苦,快坐下歇息一下吧!"

赵匡胤松开她,道:"怎么生疏起来,不叫我匡胤哥哥了?以后无旁人在的时候,还是叫我匡胤就是。"

京娘低头浅笑道:"还是叫陛下吧,省得让别人听到无礼的话,说我恃宠而骄什么的!京娘可不想多事。"

赵匡胤笑道:"呵呵,你这丫头想得总是周全,好吧,随你,不过,我还是喜欢京儿叫我匡胤哥哥。"

京娘微笑不语。

赵匡胤道:"饿了吧?我马上叫宫人传膳。今日一起喝上两杯,庆祝我们二人重逢如何?"

京娘颔首说好。

片刻后,一桌酒席摆上。赵匡胤命宫人退下,房间里只剩他们二人。

京娘将两杯酒满满斟上。

赵匡胤举樽道:"来来来,人生得意须尽欢,莫使金樽空对月!"

京娘一怔,接着举杯笑道:"天生我材必有用,千金散尽还复来!"

二人将杯中酒一饮而尽。

赵匡胤兴高采烈道:"此情此景,又让我想起当年在清风客栈你我二人举着大碗豪饮老酒的事,妹妹那时真是豪爽!"

京娘笑道:"是匡胤哥哥英雄海量!不过,我们喝了那酒可就倒霉了,竟被那山匪绑了去,害得我差点儿成了压寨夫人!哈哈哈!"

赵匡胤也哈哈大笑起来。

二人笑了一阵子,赵匡胤敛起笑容:"那时候真是年轻,初生牛犊不怕虎,天不怕地不怕，以为自己真的是千杯不醉。现在不行了，老了，知道畏惧了，酒也不敢多喝，怕误了朝政，也怕天下人耻笑我是酒色之徒。"

京娘也正色道："陛下不过三十余岁，怎么会老呢？不过是变得更成熟懂得节制了，这是好事，京娘正想请求陛下答应京娘以后万不可贪杯，以免损伤龙体，如今听陛下这么一说，京娘算是放心了。"

"是，京娘提醒得好。以后有京娘在我身边，时时警醒于赵某，时刻保持清正廉洁、朴素节制，便不怕赵某成为庸碌昏君了！"

京娘微笑不语，不停地夹菜到他碗碟里。

二人吃喝了一阵子，赵匡胤又道："今日清晨我已决定，待请示过太后之后，便封你为贵妃，兑现我当日诺言。"

京娘听罢此话，停箸道："不可，那不过是一时戏言，岂能当真？京娘不要当什么贵妃，能够陪在陛下身边当一个普通宫女，京娘就知足了！"

"怎么，京娘不想当贵妃？"赵匡胤认真看着她，诚恳道，"匡胤知道京儿不是虚荣之人，也不在乎那些虚名，但这是我应做之事。我既然爱你惜你，就当给你名分，再说君无戏言，岂能说了不算？"

京娘起身下拜，款款道："京娘多谢皇帝哥哥恩宠，只是京娘真的不想受封什么贵妃，常言道树大招风，恩宠过盛未必是好事，再说皇后娘娘一向贤惠，你夫妻二人也一直恩爱，京娘若是封妃，必惹皇后娘娘心痛。京娘也是女人，天下没有哪个女人看到自己心爱的男人被别的女人分享而不痛心的。京娘实在不想伤害皇后。何况京娘本也不喜招摇，只想静静待在心爱的人身边，做个婢女便好，能够侍奉龙体，守候挚爱，便是京娘一生所幸！"

一席话说得赵匡胤心下震惊，自古以来，后宫女子哪个不是争着抢着费尽心机想得到显赫位分，以便享受荣华富贵和帝王恩宠。这京娘真是与众不同。

皇帝思忖了一下，说道："京儿真个旷古鲜有的奇女子，竟是体恤他人、淡泊名利到如此地步，那就依你，封妃之事暂且搁下，过一段时间再说。你就先住进迩芙宫中吧，回头我就吩咐宫人去收拾，一应待遇等同贵妃，名义上就算是我的贴身女官，如何？"

京娘颔首道:"就依陛下所言。"

三日后,京娘便入住了迩芙宫。本来皇上的意思是由琉璃和翠晶再加个把小太监一同入迩芙宫侍奉京娘的,但京娘坚持说一切她都可自理,不必任何人侍奉。皇帝拗不过,却又怕她一人打理日常事务过于劳累,一定要留下琉璃和翠晶两个宫女服侍她。京娘无奈只好同意。于是,迩芙宫中便住下三位女子。京娘住最宽敞的正房,琉璃和翠晶合住东面的厢房。

京娘的寝房布置得温馨而精致。浅金色墙壁上印有粉色盛开的桃花,彩色的床幔,花梨木的家具,可谓"玳瑁玉匣之雕琴。七彩芙蓉之羽帐,九华蒲萄之锦衾",日常用品丰富而华美。镂空的雕花窗棂中射入细碎阳光,淡淡的龙涎香在房间飘荡。果然是贵妃待遇。

入住迩芙宫的当日下午,京娘便收到皇帝赏赐的一应物品:贵重首饰六件、凤冠霞帔一套、绫罗绸缎四匹,以及夜明珠一颗。送赏品的宫人王继恩(大家都称他为王大官)告诉京娘,皇上今晚要来迩芙宫,因为有诸多政务要处理,可能会稍晚一些,让京娘耐心等候圣驾。

送走王大官,京娘细看那赏赐的首饰,分别是海棠花碧玉簪一对、银丝流苏金步摇一对、红宝石镶金耳坠子一对。旁的也就罢了,那对晶光闪烁的红宝石耳坠子倒是叫京娘不禁想起了当年与匡胤住在客栈里的往事,不免心中一动。那日盘缠被盗,为了付清住宿费,她将自己的红宝石耳坠子扔给店家,保住了他的那把赤霄宝剑。眼前的这对耳坠子竟与当年的那对一模一样!京娘微笑起来,将这对耳坠戴在耳上。坠子上那对宝石的红光将她的面庞衬托得更加妩媚如花。

京娘将那海棠花碧玉簪和金步摇各拿出一支,分别送给琉璃和翠晶。琉璃欢喜地接受了,翠晶却板着面孔拒绝道:"这是皇上赏赐给主子的,奴婢哪里敢要这么贵重的东西,就是要了也消受不起,主子还是自个儿留着吧!"

京娘微微一怔,继而笑道:"翠晶妹妹生分了,不是说过吗,我不是什么主子,你们也不是奴婢,我和你们一样就是个普通宫女而已,大家都是侍候皇上的,就别再这样见外了,一点儿小礼物,是姐姐的一点儿心意,以后还要请二位妹妹多关照呢，还是收下吧！"

翠晶仍板着面孔不接受，一旁的琉璃将那金步摇接过来塞进翠晶手中，笑道："翠晶，既是姐姐的一番心意，就收下吧。多谢姐姐了，姐姐以后有任何事吩咐我二人便是。"

京娘道："好，眼下没什么事了，你们二人先回去歇息吧！"

琉璃道了声是，拉着翠晶转身出去。

二人回到寝房，翠晶将那金步摇"当啷"扔到地上，不悦地道："你要她东西做什么？她这是在小恩小惠收买人心，琉璃你还不明白吗？"

琉璃弯腰将那步摇捡起，眯起细长眼睛笑道："翠晶你这是怎么了？我看京娘姐姐挺好的啊，对咱们说话很是谦卑和气，今日又这么大方，赏了如此贵重的首饰给咱们，姐姐又何苦往坏处想她呢？"

翠晶一脸鄙夷地啐道："呸！什么谦卑和气，还不是装出来的！她就是只狐狸精，专门媚惑皇上的，不就是长得漂亮点儿吗？有什么了不起！听说她都嫁过人了，一个让男人搞过的二手货，还在皇上面前装纯，我呸！看我哪天在太后面前揭穿了她，让她连个宫女也做不成，哼！"

琉璃敛起笑容，正色道："姐姐快别浑说了，咱们不过是个小小宫女，在这皇宫里当谨言慎行才是，不应背后说主子坏话，姐姐还是不要多事为好！"

"呸，她算什么主子，不过和我们一样是个宫女而已！仗着皇上宠她一时得意罢了，等皇上玩儿腻了她，冷落了她，说不定还得给我洗脚呢！"

"听姐姐的口气……姐姐也想受皇上雨露恩惠？"

翠晶挑挑柳眉，道："怎么，我翠晶长得哪里比她差，凭什么就不能当娘娘？"

"当娘娘？"琉璃差点儿惊掉下巴，"姐姐你可真敢想！"

"有什么不敢想的，大家都是女人，都在皇上眼皮子底下混的，凭什么我就该一辈子给人当贱婢侍候别人。琉璃你看着吧，总有一天，我会把皇上弄到我床上来的！"翠晶咬牙切齿道，大眼睛骨碌一转，又说，"琉璃你知道吗，我有许多次梦到皇上宠幸我呢！我真是太喜欢皇上了，他那么高大那么威严还那么仁慈，哪怕今生只和他有一次我也甘心了！"

"姐姐还真是野心不小呢，琉璃劝姐姐还是别再想入非非了吧！咱们还是安分守己的好，省得到最后没个好结果，自讨苦吃！"

翠晶不屑道："哼，安分守己，我倒是想安分，可这颗心却安分不下来嘛！琉璃你就真的安分吗？还不是时不常偷偷去和你那位青梅竹马的邻家哥哥约会去吗？不过话说回来，你们俩的事怎么样了，你和他那个了没有？"

琉璃小脸一红，嗔道："姐姐又浑说什么，我和他什么事也没有！"

翠晶嘻嘻一笑道："真的没有吗？我不信，看哪天我偷偷跟在你后面，将你们两个捉奸在床！"

琉璃小脸涨得绯红，拿手拍她："胡说八道，谁像你那么骚了，整天窝在被子里想男人！哼！"

翠晶也伸手拍打琉璃，佯装生气道："你才一天到晚在被窝里想男人呢！"

两个人嬉笑着在房间里追打起来……

这边京娘独自坐在房中，满脑子都是她的匡胤哥哥。她左右看了看，将那凤冠霞帔穿戴起来，又对着菱花铜镜化了个飞霞妆，镜中瞬间映出一位美轮美奂的绝代佳人——簪花披红，璎珞垂旒，"虹裳霞帔步摇冠，钿璎累累佩珊珊"，眼波流盼间闪烁着夺目光彩，微微一笑更是芳华绝代。直到黄昏时分，天色暗了下来，京娘将那对蟠龙青铜烛台上的红烛点燃，在荧荧融融的烛光中端坐于贵妃榻上，等待着御驾前来。

晚膳之后，不过多时，水晶珠帘一晃，那皇帝便出现了，竟也着了一身红彤彤的喜袍，如同披了一身霞光一般，更显得英俊异常，神采飞扬。见到端坐在贵妃榻上那位貌若天仙、美妙绝伦的佳人，不禁喜上眉梢，笑逐颜开地上前，轻轻将她揽入怀中，道："娘子，为夫来了！"

京娘笑靥灿如夏花："看样子，匡胤哥哥是要给我一个洞房花烛夜了？"

赵匡胤开怀笑道："正是，我就是要给京娘一个正儿八经的洞房花烛夜！从此后，我赵匡胤便是京娘的夫君，京娘便是匡胤的妻子，我们俩永结同心，执子之手,与子偕老,永不相弃,可好?"

"好,永结同心,永不相弃!"京娘紧紧拥抱住他,深情说道。

赵匡胤手上一用力,将京娘抱到自己膝上,仔细看着她那张娇美醉人的脸庞,笑道:"这红宝石耳坠配你的花容正好,好比朝霞辉映在海棠花上!"

京娘甜蜜地一笑,在他耳畔喃喃道:"谢谢你还记得这耳坠子,谢谢你送我的首饰。京娘知道哥哥是个节俭的人,其实京娘也并不喜奢华,以后哥哥不必再送贵重东西给我。"

赵匡胤微笑道:"当年我曾说过日后会送好多首饰给妹妹,自然要兑现诺言。哥哥我作为一国之君力行节俭是应该的,但绝不会让我的女人太过清苦,以后你有什么需要的尽管开口向我要就是,千万不要委屈了自己!"

京娘感动地吻住他的双唇,他的唇甜美而温存,让京娘觉得自己仿佛置身于天堂之上。

二人在贵妃榻上躺倒,缠绵缱绻……

朱红的蜡烛悠悠燃着,将萤红暖光洒向榻上那幸福痴缠的一对儿……

一连十余日,皇帝夜夜在京娘的寝宫中度过。两个人如胶似漆,真正是"晨昏常相伴,日日与君好"。

这些日子京娘虽然满心欢喜,但心底却渐渐生出一丝不安。温言劝皇上不要日日来此,皇后那里也是要顾的,否则,自己心里实在过意不去。

皇帝便听她话,去了王皇后寝宫一次,之后仍是夜夜来京娘这里,说是一天见不到她,便会心中忐忑、怅然若失,必须见到她才会心下安宁。

这一日晚间,二人正在迩芙宫中相拥着说笑,水晶帘子一挑,却见王皇后来了。

皇后见皇上正和一女子亲亲密密地拥在一起说笑,猛地怔住,二人的笑容也登时僵在脸上。

# 第八章

## 帝王之母

皇后王月虹是位笃信佛教的女子,自封后以来,每日除了做些女红、照顾孩子之外,便是在佛堂里诵经念佛。端庄的面庞上惯常一副清冷表情。但她对丈夫的深爱是毋庸置疑的。自嫁入赵家以来,她勤劳贤德,上奉公婆,中侍郎君,下抚丈夫亡妻留下的三个孩子。赵匡胤当了皇帝后,她也顺理成章地被封为后,位居中宫,母仪天下。赵匡胤和太后对她都很好,她自己也很是满足,唯一的遗憾便是尚无自己的子嗣。其实她以前生过两个孩子,只是都在不满一岁的时候夭折了。所以,她很希望能够再次为赵匡胤诞下一位皇子或公主。

可是最近一段时间,王皇后却是极少见到赵匡胤的影子,想是他这阵子政务过于繁忙、无暇顾及后宫了吧。正好这天晚上,她为他做的一件春衫完工,就想着给他送去。于是,便拎上春衫,带着一名侍女挑着一盏琉璃绣球灯去了勤政殿,不承想扑了个空。她问殿中当值的宫人陛下去了哪里,那个小太监却支支吾吾说不明白。直到她沉下脸来,厉声质问,那小太监才说,皇上兴许去了迩芙宫。

迩芙宫?皇后心中疑惑,他为何去那个地方?难道那里新住了一位妃子?她怎么不知。而且,匡胤一向是个专情的男子,虽然后宫有几个女子被封了妃,但那都是太后的意思,匡胤对她们一向不感兴趣,除了在太后的逼迫下临幸过一次韩妃之外,他并未碰过其他女子。迩芙宫是怎么一回事呢?莫不是他图那里清静,到那儿批阅折子去了吧?想到此,皇后便转身朝迩芙宫走去。

那当儿琉璃恰好望着窗外，忽见王皇后和侍女挑着灯笼向这边走来，心道一声不好，正要去通报皇上。翠晶却一把将她拽住说："别管，且等着看好戏吧！"

既无人通报，皇后见正室内灯火通明，便挑起珠帘走了进去，恰看到赵匡胤与一女子抱在一处亲密谈笑。皇后震惊地看着二人，二人也是满脸的尴尬。

皇上忙松开京娘，冲着皇后道："月虹，你怎么来了？"

皇后沉下脸："臣妾是给官家送春衫来了。不料来得不是时候，撞破了皇上的好事，还请皇上恕罪，臣妾这就告退。"

皇上脸色恢复平静，道："无妨，本来也是要告诉皇后一声的，今日既然遇到，就认识一下吧。"说罢用手指指京娘道，"这是京娘，是朕的结义妹妹，前几日才来到宫中与朕重逢，朕心中甚爱于她，便将她留在迩芙宫中长居。"

皇后面色忽地蜡黄，定睛细看那女子，见那女子冰肌雪肤、花容月貌，一双水灵灵的大眼睛美得令人吃惊。皇后见对方模样气韵都在自己之上，心中更是针刺一般痛楚不已。

京娘大窘，上前跪拜道："小女子京娘见过圣人，圣人万福金安！"（圣人是北宋时对皇后的尊称）

皇后忍住眼泪，强打起精神道："姑娘请起吧。既是皇上看中的人，那便依从皇上的意思好了。"

皇上道："皇后贤德，受委屈了。只是朕还想请皇后同意册封京娘为贵妃。"

皇后面色忽地转作死灰。自登基以来，这还是皇上头一次主动提出要封妃。贵妃……难不成皇上竟真的对她如此深情吗？

"既是皇上的意思，臣妾没有不从之理，只是封贵妃一事，还应请示太后才是，不知太后那里是否知晓？"

"皇后放心，太后那里朕自会去禀告，皇后若无什么事，便先回去歇息吧，明日朕再去看你，如何？"

皇后神色黯然，低头跪了安，便将那春衫留下，静静退出去，带着侍女回福宁宫去了。

皇后一路都是忍住泪水，回到福宁宫后才许那一腔泪水汩汩流出。

迩芙宫的厢房中，翠晶一直竖着耳朵偷听正房的动静，见那皇后不多时竟面无表情地退出去了，便有些失望地对琉璃道："还以为皇后会大闹一场呢，没想到她竟不声不响地就走开了，真没意思！这皇后太过软弱，是个不中用的，我还是找机会去向太后透露点儿风声吧，想那太后可不是好惹的！"

琉璃躺在床上，慵懒地道："你可真是唯恐天下不乱，快过来睡吧，管那闲事干吗？京娘姐姐又没得罪过你，你这是何苦呢？"

翠晶恨恨地咬牙道："哼，她霸占了我心爱的男人就是得罪我了！看我不整死这个贱人！"

自从那日好事被皇后撞破之后，京娘一直心中惴惴难安。虽然听说王皇后是个善心人，断不会为难于她，但她仍是心怀愧疚，仿佛自己是小偷，偷了人家男人一般。京娘恳请皇上这段时间先不要来迩芙宫，一定要多去福宁宫抚慰皇后，并且再也不要提什么封妃之事，她真的不想当什么贵妃，只求能平平安安待在他身边就好。

赵匡胤却笑她过于胆怯了："难道朕身为皇帝想封一个贵妃都不行吗？皇后不是个小心眼儿的女人，再说，既然要母仪天下，那她就应该担得起委屈，容得下后宫嫔妃才是。"他一再嘱咐京娘莫怕，有什么事一律由他担当。京娘心里这才稍稍安定了些。

这日上午，京娘正待在寝宫中独自练字，一位小宫女前来通知她："皇后娘娘请姑娘去御花园中叙话。"

京娘心中一凛，忙换了件素色衣裙，带上琉璃速速去往御花园。

彼时已是初春，御花园中的迎春花和春梅开得极好，西府海棠和三色堇也结了珠玉般的花苞，看上去金黄粉红、团团簇簇，煞是可爱。

京娘却无任何心思赏花，一颗心惴惴的，不知那皇后娘娘找自己会说些什么。

一进御花园，京娘远远地就看见皇后穿一件雪白刺绣青色莲花的素锦襦裙,外披暗绿滚毛边斗篷,坐在园中一个八角亭子下,以手支颐,静静望着不远处那一树盛开的春梅,端庄的脸上一副令人不寒而栗的清冷表情。

来到亭子附近,京娘令琉璃止步,自己独自上前向皇后跪拜:"京娘见过圣人,圣人万福金安。"

皇后将头转向京娘,微微一笑,道:"免礼,起来坐吧。"又顺手指指对面的石凳。

京娘起身,在那石凳上坐下,微微低头,等待皇后开口。

皇后再次将目光转向那一树盛开得花团锦簇的宫粉春梅,轻叹一口气,道:"这梅花开得极美,待会儿可令琉璃折下两枝,插到皇上寝宫里去,添几分春意,或许皇上也能心情放松些。他终日为国事操劳,是太累了。"

京娘忙起身福了福:"奴婢遵命。"

皇后浅浅笑道:"坐吧,你我二人不必拘礼。"

京娘复又坐下。

皇后看着京娘的面孔,道:"眉如远山含黛,目似春水横波,面若鲜花一朵,姑娘长得是真美,本宫若是男子,见了姑娘也会爱上。"

京娘羞愧地深低下头,讷讷说道:"圣人过奖了,京娘不过是个凡俗女子,断不及圣人倾国倾城。"

京娘并未夸张,王皇后的确也是位超凡脱俗的美人,只是脸上积了些中年人的沧桑和冷漠,如同一层阴云将那光华遮住了。

皇后叹息一声,道:"长得再美也难敌岁月,本宫已经老了,如今只一心向佛。况且本宫又一向体弱多病,故此不想再多理会尘俗之事,以后照顾皇上的事就拜托京娘姑娘了。"

京娘不知该如何应答,只垂首听着。

片刻后,皇后又缓缓道:"皇上已向本宫详细讲述过你和他的事,本宫亦很感动,也是真心愿意你留在皇上身边,彼此照顾,只是封妃一事……怕是没有那样简单,太后那里未必能通得过。"

京娘终于明白了皇后的意思,忙诚恳说道:"圣人的意思京娘明白了,多谢圣人提醒。京娘生于穷乡僻壤,出身低贱,没有任何攀龙附凤的想法,能在宫中做一个普通宫女，已是莫大的福分了，京娘断不会有非分之想。"

"你能如此想便好。在这宫中，若想安全长存下去，只能是低调不争。你曾入过道观，当知《道德经》里有一句话叫'上善若水，水善利万物而不争，处众人之所恶，故几于道。夫唯不争，故无尤'，佛家也说'贪爱为苦，淫心不除，尘不可出'，这些话都是极好的，本宫希望京娘能记之，思之，处之。"

京娘颔首道："圣人说得极是，京娘很是受教，日后定会谨遵圣人教诲，低调不争，照顾好皇上。"

"好。"皇后道，"陛下他勤政爱民，常常批阅折子到深夜，以后京娘要多提醒他早些安睡。他喜饮龙凤团茶，饮食上好食清淡微甜之物，京娘若有心可下厨为他做些，还有……"

皇后将皇上的日常喜好一一道给京娘，桩桩件件，如数家珍，竟如同交代后事一般。

京娘听得有些心惊，又不知说什么好，只得频频颔首称是。

终于皇后交代完毕，京娘见她脸色有些煞白，问道："圣人可是凤体抱恙？京娘在道观中曾向师父学过一点儿医术，或许能为圣人减缓一二。"

皇后轻轻摇首："不必了。本宫的病是年轻时就落下的，太医看了不少，药也吃了许多，都没什么好转，还是听天由命吧！从明日起，我将入佛堂专心念经祈福，静心修养，兴许这身子就能好些了。"

"还请圣人千万多保重身体，礼佛念经也不要太过劳累。"京娘道。

"好了，今日竟同你啰唆了这许多，本宫也有些乏了，这便回去，你且与琉璃在这儿折些梅花吧。"皇后说罢，抬手将不远处的宫女招来，由宫女扶着回寝宫去了。

京娘望着皇后那端然远去的背影，长舒一口气。

京娘叫琉璃折了几枝梅花，选了两枝开得最盛的送入勤政殿，将梅花插入一对青釉弦纹天球瓶中，寝殿内果然多了些春意，且有清雅梅香若隐若现。京娘将剩下的两枝梅带入迤芙宫中，插进一对白釉粉彩双龙耳盘口瓶中。素白瓷瓶与粉红梅花相映成趣，晶莹葳蕤，可爱至极，叫人看了心情也会好上几分。

傍晚时分，皇上来到迩芙宫，特意俯身嗅了嗅那梅花，一脸笑意道："好香，京儿真是有心，竟折了这梅来。"

京娘微笑道："是皇后娘娘吩咐的。"

"哦？今日皇后召见你了？可说了些什么？"

"皇后并未多说什么，只嘱我好好照顾皇上身体。"京娘双手奉上热茶，"皇上辛苦了，喝杯茶解解乏吧！"

皇上将茶接过来，慢慢呷了一口，道："好茶，是我爱喝的龙凤团茶。"

"皇上喜欢就好。"京娘微笑道，又提高声音向外喊了一声，"来人！"

须臾，便见琉璃双手提着一只红木食盒进来，并将那食盒放到案几上。京娘轻声对她说："无事了，你下去吧。"琉璃应声退下。

京娘将食盒打开，里面是一屉小巧玲珑的包子，只有核桃一般大小，外皮晶莹剔透，透出里面金黄色的馅儿料。京娘将那小包子的一层取出，下面还有一层，是些五颜六色的小卷子。

见到这些精美食物，皇上眼中星光一闪，灿然笑道："这不是京娘的拿手美食吗？叫水晶黄金包和七彩长寿卷，对吧？"

"皇上竟还记着呢！"京娘难掩欢喜。

"当然了，自从当年在仙客来客栈吃过这两样美食之后，我便时常会想念其滋味，奈何后宫之中竟无人会做，如今好了，又可以大饱口福了！"皇帝边吃边道。

京娘看着他吃得津津有味的样子，心中觉得很是满足。

接下来的日子，京娘便隔三岔五下到御膳房中做些美食给他吃，还不时为他按摩腰背，从各方面悉心照顾他。

皇帝对她很是满意，只要见到她便觉周身舒爽，对她说："能结识京娘真乃今生第一得意事！"

对京娘来说，这段日子算是过得比较安生和美的。

这年四月，昭义军节度使兼中书令李筠谋反，赵匡胤政务更加繁忙起来，不时在崇元殿召见文臣武将商议讨伐李筠之事。夜里还要看一堆奏折，经常忙到三五更才睡。他心疼京娘，不舍她陪在身边，令她早早回迩芙宫歇息。只是如此京娘便很少在迩芙宫见到皇上了。京娘知道他此时处于紧张备战状态，不敢去打扰他，只尽心尽力侍奉他的日常饮食，得空便独自在寝宫中读书练字、作画弹琴。

这段时日，皇太后杜氏亦是很少见到皇上。赵匡胤是个极孝敬的人，以前每隔两三天便到太后的慈宁宫中请安，如今竟是一连十余日未见到他的影子。太后便命人去请来翠晶，向她询问近日皇上身体可好，下朝后都在忙些什么，可否正常休息。

翠晶原是在太后身边侍奉过的，因太后觉得她乖巧能干，模样又周正，便打发她去了勤政殿做御前侍女，偶尔也会将她召回来问话，了解一下皇上的日常动向。

太后杜氏是个很不寻常的女人，赵匡胤能当上皇帝，与自小母亲对他的教导有很大关系。杜氏是个格局很大的人，这一点对赵匡胤也是颇有影响。当然除了治国以外，杜氏还认为一个男人如何发展，与他身边的女人也有很大关系。所以，对皇帝身边的女人，太后一向是很在意的。后宫中所有可能接近皇帝的女子，太后必亲自过问其来历，观察其品性，绝不允许任何狐媚之女迷惑为害皇帝。

翠晶见太后向自己问起皇帝的事，心中大喜，想着终于有机会向太后揭发那个狐狸精了，便跪拜在太后面前，开口道："近来皇上的动向奴婢也不太清楚。太后还不知道吗？皇上已命奴婢去迩芙宫侍奉新主，奴婢每日都在忙于服侍那位京娘姑娘，故而无法时时留意皇上。"

"新主？怎么回事，哀家为何不知？"

"许是皇上还没来得及向太后请示吧，皇上那样子似乎对那女子格外上心，一应待遇等同于嫔妃，说是不日就要将她正式册封为贵妃呢！"

"竟有此事？"太后脸上不无愠色，"那女子是何来头？"

"听说是皇上年轻时结识的一个义妹，模样极为妖媚，已经许过人家了，是诈死逃婚出来的。那女子一入宫就把皇上给迷住了，这段日子，皇上几乎夜夜都宿在迩芙宫中，两个人如胶似漆的，皇上的心思都在她一个人身上，就连皇后也被冷落了呢！"

此话听得太后大怒，恍然明白了皇后为何这段时日一直将自己关在佛堂中不肯出来，连那韩妃也前来向自己哭诉，说是皇上临幸过她一次之后便再也未去过她那里，即使知道她怀了龙嗣也是对她不闻不问，不想皇上竟是有了新宠，还对那新宠如此痴迷，居然连她这个母亲也瞒着！

想到此，太后不禁气冲丹田，沉下脸道："竟有这等荒唐事？你速去将那女子找来见我！"

翠晶应了声是，便站起身来迅速向迩芙宫走去，心里不免暗自偷笑。

不多时，京娘便匆匆赶来了，却见皇上也在这里。

太后令皇上坐在一旁，对低头跪在地上的京娘道："抬起头来，让哀家瞧瞧！"

京娘将头抬起。

太后仔细看了看她，此女果然美貌非凡，肤若凝脂，面如春花，一双清水美目勾魂摄魄，灵气逼人。再看一旁的皇帝，竟是面色憔悴，眼中布满血丝，似乎越发消瘦了。果然是个吸男人精血的狐媚子！太后顿时将京娘归入了妹喜、妲己、褒姒之流。

京娘也仔细看了几眼这位太后。只见这位当朝皇家最尊贵的女人打扮得并不雍容华贵，一身青色宫装清清爽爽，纹饰简洁大气，头发上只以一支镶珍珠玉钗装饰，脸上也只是素净妆容，面色稍显严厉端肃，又带着些许憔悴病容。

太后沉着脸对皇上道："这便是皇儿的新宠吗？听说你将她置于迩芙宫中，待遇等同嫔妃，还欲将她封为贵妃，可有此事？"

皇上起身向母亲躬身抱拳道："确有此事。"

太后面色转愠，道："自皇帝登基以来，一直是哀家掌管后宫，皇帝为何要将此事隐瞒哀家？"

"母后息怒，且听儿子向母亲详细回禀此事。此女京娘乃是朕九年前游走江湖时结识的一位义妹，曾救过朕的命，不久前又在陈桥兵变中献过龙袍，所以进宫后我便厚待于她，我与京娘彼此真心爱慕，京娘又对我情深义重、照顾周全，所以儿子有意将她封为贵妃，正想着这几日便前来向母亲禀明此事，不料因为政务繁忙而耽搁了，还望母亲恕罪。"

太后冷冷道："既然她是你义妹，又救驾有功，你就该将她封为公主，岂有与义妹成亲之理？况且哀家听说她曾经许过人家，是诈死逃婚，可有此事？"

皇上道："京娘的确嫁过人，可那是被逼无奈的，而且她与那男人并未圆房，不作数的！"

太后厉声道："既拜过花堂入过洞房就已是他人之妻，怎能不作数？若是皇上执意将她纳为妃子，便是霸占百姓之妻，这一点你可曾想过？"

皇上一怔，冷汗冒出，讷讷道："这……是儿子疏忽了。"

太后冷哼一声，利箭般的目光射向京娘："作为一个已婚女子竟诈死逃婚，欺瞒夫家，还大胆前来宫中媚惑皇上，如此行为不端，怎可留在宫中？来人呀，将此女杖责五十，驱出宫去！"

京娘吓得身子发抖，脸色煞白，以头叩地，伏在地上。

皇帝心头一紧，忙上前跪倒在地，向太后叩首求饶道："母后息怒，儿子恳请母后开恩！京娘虽有错，但念在她曾救过朕又献过龙袍的分儿上，就饶了她吧！她身子弱，经不起打的。何况她已经是朕的女人，朕如何能将她赶出宫去！母后，儿子求您了。"说罢，以头叩地，苦苦哀求。

太后却沉默不语，态度坚决。

正在僵持中，宫人传报说赵光义（为避皇帝名号，赵匡义已更名为赵光义）大人前来向太后请安。

太后道："让他进来。"

须臾，赵光义走进殿中，只见母亲坐在堂前，面呈怒色，皇帝与一女子双双跪在地上，低头不语。赵光义吃了一惊，忙向母亲躬身行礼，道："母后，这是怎么了，发生什么事了吗？"

太后冷眼扫过双双跪在地上的皇帝和京娘："你皇兄新宠了一个女子，名唤京娘，可这女子竟是个嫁过人的，诈死逃婚来到宫中，如此荒唐，你皇兄竟不许哀家处置她，真是岂有此理！"

赵光义曾听赵普说起过京娘与皇上的事，听说京娘是个貌若天仙又冰雪聪明的女子，早已对那京娘心生好奇，只是一直未有机会见她真容，今日正好撞见，不觉便仔细看了那跪在地上的女子几眼，心下蓦地一惊，此女果然是美貌非凡、气质不俗，竟如同天人一般，怪不得皇上对她如此上心。

赵光义思忖片刻，微微一笑，对母亲躬身抱拳道："母后，此女美貌出众、气度非凡，听说还曾与皇兄互救过性命，又敬献过龙袍，皇兄对她心生喜爱也在情理之中。太后一向仁慈，又怎么忍心责打这样一个弱女子。儿臣也为这女子向母亲求个情，请母亲高抬贵手，饶过她吧！"

太后对自己的二儿子一向宠爱，赵光义的一番话多少令她消了些怒火。

太后看了看跪在地上的皇帝，叹息一声，面色略缓，向京娘道："既然皇上和他皇弟都为你求情，哀家便不再责罚你，不过你也断不可再留在宫中，还是回到你夫家去吧！"

皇上听说此言面露决绝之色："母后，京娘不能出宫，更不可将她送回夫家去！若是母后执意要驱她出宫，那儿子便也随她去了！"

"你……"太后没想到儿子竟被这女子迷惑到如此地步，连国事也可抛下不管。于是勃然大怒，指着皇帝道："你竟说出如此混账话来！难道她比国事还重要不成？陛下如此沉迷女色，又怎配当这皇帝！"

赵匡胤咬了咬牙，面色更加决绝，抬手将头上的王冠摘下，放到地上："儿子不孝，也不是一个好皇帝，如果儿子不做这皇帝了，母亲肯放过京娘吗？"

"你……"太后被气得脸色紫青，说不出话来，突然"哇"的一声，一口鲜血蓦地喷出。

这太后身子一向不好，常年身患重病，生不得气，又如何担得起这暴怒。

见太后喷血，众人皆是大惊。赵匡胤更是惊骇万分，忙跪爬到母亲跟前，慌道："母后，您这是怎么了？是儿子错了，您千万别再生气！快，快传太医！"

太后摆摆手，有气无力道："不必传太医，我喘口气就好。"

赵匡胤和赵光义忙为她轻抚后背，两个宫女也上前来拿着帕子擦拭血迹。

京娘见此景，深感自己罪孽深重，跪在地上，含泪道："太后，京娘错了，京娘甘受责罚，这就出宫去，再不会惹太后生气。"

赵匡胤也不敢再说什么，只能在一旁垂手而立。

太后喘息了一阵子，缓和口气道："京娘，非是哀家心狠，实是为顾及皇家颜面才如此。你一个姑娘家，走到这一步的确不易。唉，哀家也不再责罚于你，你且领些银两，速速出宫回夫家去吧！"又转向一旁的赵光义，"光义，哀家派你带上一队护卫亲自将京娘安全送回夫家去，即刻动身！"

赵光义躬身抱拳："是，儿子遵命。"

太后又转向赵匡胤："皇儿，你今日便去那韩妃处看看吧，她是你一起长大的表妹，你应该多多关照她。何况她已怀了你的骨肉，最近身体不适，你该多去抚慰她才是。"

赵匡胤忙躬身抱拳称是，胸腔里却如烈火烹心般煎熬疼痛。

随后京娘便随着赵光义一同退下了，太后留下赵匡胤，对他又是一番谆谆教诲。

一个时辰后，京娘已经坐进马车，随着赵光义和一队护卫启程出宫，前往她的家乡。

赵匡胤心内如同油煎火烹一般，又实在是无可奈何，不敢不顺从母亲心意。只能在心里默默祈求着老天帮忙，让京娘躲过这一劫，重新回到自己身边。

# 第九章

## 亦正亦邪赵光义

皇家的青帷马车挂着五彩琉璃珠串成的绣带，粉红色锦缎坐垫上绣着大朵富丽的牡丹花，车内装饰还算精致华丽，透过车厢的小窗，可以欣赏到窗外一路的青葱春色。

京娘坐在车里却无半点儿欣赏景致的心思。

离开太后宫中时，她望了一眼赵匡胤，他也正望向自己，布满血丝的眼中满是忧伤、无奈甚至是绝望，那目光、那一脸的憔悴和浓愁令她的心一阵刺痛。他是皇帝，却也有身不由己的时候，面对自己的母亲，他又能如何呢？所以她不怨他，只怪命运对自己太过残酷。

费了这么多年的心思、历尽了这些磨难才来到他身边，如今却又要被送回贾府那烂泥塘中。若真入了贾府，做了那贾家媳妇儿，不但前功尽弃，而且她的人生无异于全盘被毁，除了一死将别无出路。

怎么办？怎么办呢？难道真要安之若命吗？

不！

多年的历练与苦修告诉她，命运是可以改变的，只要充分发挥才智，就可以使命运发生逆转。所谓否极泰来、祸福相生，万象万物都在发生变化，人的命运同样也会改变！

所以现在她最应该做的是努力让自己镇定下来。出了问题，伤心闹情绪是没有用的，关键是要动用理智想出对策。《道德经》里不是说过，"重为轻根，静为躁君""轻则失根，躁则失君"。

于是她将目光望向窗外，翠绿的春景使她的心慢慢平静下来。无意间扫过斜后方，见那赵光义正骑在马上面无表情地行进着，目光望向远处，似乎若有所思。

这位皇弟大人此时在想些什么呢？若想度过这一场劫难，恐怕必须有他相助才行。可他肯不肯帮自己呢？听说他和匡胤一样也是个大孝子，太后的命令他会违抗吗？

正左思右想着，忽见那赵光义在马上侧过脸，朝她这边望过来，二人的目光陡然相遇。京娘从对方的目光中似读出些火辣暧昧来，忙惊慌地收回目光，转过头，在车里面正襟端坐。

赵光义挑起嘴角微微一笑，心中暗想：这丫头倒是沉得住气，还以为会在车里哭得死去活来呢，想不到竟是一副气定神闲的样子，此女果然与众不同，还是一个仙女般的尤物。母亲将这样一块烫手山芋丢给自己，自己该如何处置呢？若是听了母亲的话，将她送回夫家，那无异于将一颗明珠投入了烂泥坑中，也太暴殄天物了！再说这样做也难免会得罪了皇兄。可若是违背母亲命令，母亲那里又将如何交代呢？这真让人头疼。

算了，还是莫多想了，先与这美人相处几日再说吧，说不定，她会对自己发生好感，从了自己也未可知。若是如此，倒也不失为一桩美事。凭什么皇帝就可以三宫六院，身边美女如云，而自己府中却只有那符氏一个，还老虎般对自己处处管制。我赵光义好歹也生得仪表堂堂，又战功赫赫，与那皇帝相比又差在哪里？

想起他那兄长赵光义便心中一寒，这么多年自己拼了命地在维护他，多次跟随他驰骋沙场，为他出谋划策，他能荣登大宝自己这个弟弟是立下汗马功劳的，可是如今他登上帝王宝座后却并不给自己相应回报，只封了自己一个殿前都虞候的小官，连个王爷也不封，又不赏赐美妾豪宅，这让他如何甘心？如今这样一个绝色美人落在我手中，有太后阻挠，想必皇帝与她再在一起是不可能了，如若能够得到此美人的青睐，也算是老天开眼，奖赏我的一个礼物吧。

想到此处，赵光义不免嘴角上扬，频频看向马车车窗，那美人艳若桃李的侧脸亦是如此姣好，令他怦然心动。

几个时辰后，队伍行至一片桃林中，赵光义令人马停下来稍事歇息。

京娘从车中下来，盈盈漫步至桃树前，抬首观赏那开得粲然一片、宛若云霞的桃花。

赵光义站在她身后数米远的地方凝视着她的背影，觉得她身着水红色曳地长裙的样子真像是一位飘然下凡的花仙子，世间竟有如此美妙绝伦的女子，怕不是那绽满枝头的桃花幻化而成的吧！

赵光义悄然走到她身后，笑道："姑娘好兴致！"

京娘微微一怔，转过头来，见是赵光义，忙屈膝行礼："京娘见过赵大人。"

"免礼吧！"赵光义道，"姑娘还真是心大，出了这样的事竟不知道愁吗？还有心思在这里赏花？"

京娘淡淡一笑道："愁有何用？能换来转机吗？一切听天由命吧！"

"听天由命？我看姑娘倒不像个听天由命的。"赵光义目光灼灼地看着她的眼睛道。

京娘也认真打量了他几眼，见他身姿高大英挺、面如冠玉，身着富丽华贵的黝紫色公服，也是一个极富魅力的翩翩俊公子，只是那眼底似总有一丝邪魅的幽光在浮动，与赵匡胤的一身正气不尽相同。

京娘正色道："赵大人何出此言？"

赵光义道："若姑娘真是个听天由命的，当初就不会诈死逃婚，又费尽心机地去到皇宫里同你那情哥哥相会了！"

京娘面色一红，颔首道："赵大人说得很对，京娘的确是个不信命的，只是像我这样一个无依无靠的弱女子若想自己决定命运实在是难如登天，倒不如听天由命来得洒脱。"

赵光义冷然一笑："姑娘既如此想，那赵某也无话可说了，本来还想着帮姑娘一把的。"

京娘眼睛一亮："怎么，赵大人真的有心帮助京娘？"

赵光义看看她美丽晶亮的大眼睛，缓缓说道："能帮到姑娘是赵某的荣幸，不过赵某也实在不敢违逆太后,只怕也实在做不了什么。"

京娘道:"京娘知道赵大人是个孝子,不过,孝敬一词在京娘这里却有异于寻常的解释。"

"哦?愿闻其详。"赵光义感兴趣地说。

"我认为的孝敬是指对长辈要尊重敬爱,但并非一味顺从。长辈有长辈的局限,晚辈对长辈的话对的要听,错的可以不必听从,这并非不孝,而是更合于大道。"

"这说法的确新鲜,说下去。"赵光义专注地看着她道。

"京娘在紫云观修道时,曾听师父常说一句话,天下大道,法乎自然,这自然既指宇宙自然规律,也指人性,凡是符合人性的,便是大道,凡不符合人性的,便不合于道。长辈的话若是不合于道,便不必听,应该按照合于道的做法来行事,这样才是真的孝敬。"

赵光义心中震惊,暗想:这丫头还真是不简单,思维也不同于寻常,真是不可小觑。便微笑道:"姑娘的话令赵某茅塞顿开,赵某愿尽全力帮助姑娘。只是不知姑娘可已想好脱身妙计?"

"妙计谈不上,京娘倒是有个大胆的想法,只是需要赵大人承担些风险,不知道赵大人可否愿意相帮?"

"哦?不妨说来听听。"赵光义对她越发感兴趣,走近几步来到她面前,做出一副洗耳恭听的样子。

京娘压低声音,忽闪着一双大眼睛向赵光义娓娓道出。

赵光义听后,沉吟片刻,心下想道:这女子果然是个冰雪聪明又胆大包天的,是个做大事的人,我若能得到她的一颗芳心,日后势必可以助我成就一番大业。

想到此处,便正色道:"姑娘的办法确实不错,只是太过冒险,搞不好,在下的这颗脑袋就得搬家了。不过,赵某愿意帮助姑娘玉成此事。"

京娘听此话面露喜色,躬身便拜:"京娘多谢赵大人冒险相助。"

赵光义上前将她扶起:"姑娘先别忙着谢我,听我把话讲完。我这个人跟哥哥不同,做事情是讲回报的。我不像他,当了皇帝还非要见素抱朴,把日子过得苦兮兮的,我喜欢荣华富贵,更喜欢美人相伴的逍遥生活,所有付出都是为了回报。姑娘且想想,若是赵某帮姑娘渡过此劫,姑娘将如何报答于我?"

"这……"京娘不料他会说出这样一番话,而且如此直接。不过他倒是个爽快的。其实做事讲求回报本就是人之天性,这世间的芸芸众生,有几个是做事不讲回报的?又有几个不喜爱荣华富贵、奢侈生活的?像匡胤哥哥那样高风亮节的毕竟是极少数。

想到此处,京娘回道:"赵大人想要京娘如何报答,不妨直接说出来吧。只要京娘能办到,哪怕是为你做牛做马,京娘也在所不惜。"

赵光义笑笑,看了看四周。这天还亮着,周围还有一些兵士在把守,他不便说出,也怕她会拒绝,于是便道:"我还没想好,等我想好了会告诉你的。天色不早了,我们还是抓紧赶路吧!"

京娘转身向马车走去,上了车,一行人继续向前疾行。

傍晚,一行人在路边一家酒楼用了晚膳后,又在附近的一家客栈下榻。

赵光义特意将自己的客房安排在京娘的隔壁,他倒也没什么恶意,只是想保护好她。这一日的接触,他的心已为她深深吸引,她是一颗难得的宝珠,美丽聪颖又兰心蕙质,绝不可以有任何闪失!

不知不觉间,他似乎已爱恋上了她。那一夜他躺在床上彻夜难眠,总是忍不住侧耳谛听着隔壁房间的动静,闭上眼睛眼前也都是她的身影笑颜在晃动。那一双波光流转、灵气四溢的大眼睛,当真是勾魂摄魄。还有那樱桃小口,笑起来甜甜的,唇角翘翘的,闪着诱人的红润光泽。赵光义真的好想不顾一切地吻上去,尽情地与之缠绵融合、沉迷陶醉……

三更时分,赵光义心中火烧火燎,欲望如同千万只小虫般啃咬着他的神经,他再也忍受不住,便腾地坐起身,出了客房,在她的房门口焦躁不安地转悠徘徊。一刻钟后,终于忍不住举起手来叩门……

手指触到微凉的木门上,停了须臾,却又垂手放弃。他竟不敢打扰她,怕她厌烦自己。

她会喜欢自己吗,像喜欢大哥那样?想到大哥,他心中又是一紧。自己怎么可以抢大哥的心上人呢？更何况他是皇帝啊！他一颗心隐隐作痛着，默默回到自己房间，重新躺到床上，整颗头剧烈地疼痛起来……

此时，更加头痛的是皇帝赵匡胤。

当日晚间，他遵照太后的意思去到韩妃的寝宫中，韩妃正在对着满桌的丰盛饭菜犯恶心。近来她总是孕吐得很厉害，又许久没有见到皇帝身影，那韩妃正在郁闷之中，见到皇帝前来，立刻现出笑脸，跪倒在地行礼。皇帝让她起来坐下，问了她几句身体情况，嘱咐她好好调养身子，便推说政务繁忙，还有很多折子要看，起身走出她的寝宫。

韩妃大失所望，眼中含了泪水，气咻咻地喊一声："来人！"

须臾一位小宫女跑着过来，向韩妃福了一福，道："娘娘有何吩咐？"

"仲珠，把这些饭菜都给本宫撤掉，本宫没胃口！"韩妃怒气冲冲地说。

仲珠怯怯看一眼韩妃，道："娘娘可是心情不好？是不是因为皇上……"

"哼！"韩妃冷哼一声，"才刚来一会儿，屁股还没坐热就走，还把本宫放在眼里吗？可怜本宫还怀着他的孩子！"

"娘娘莫怪皇上对娘娘薄情，奴婢听说皇上之所以会如此，是因为一个叫京娘的新宠。"

"新宠？"韩妃心中一紧。

"是的，奴婢听说这京娘曾是皇上年轻时结交的一位义妹，不久前来到宫中，皇上对她很是宠爱，安置在迩芙宫中宠幸了将近一个月，还欲将她封为贵妃，幸亏太后没答应，觉得她是个成过婚的女人，不宜留在宫中，就命人把她送回她老家去了。今日上午刚走，想必皇上还对她念念不忘，心中伤情也是有的。"

"有这等事？"韩妃惊讶道，心下便想：京娘？好一个狐媚子，竟然将皇上迷得失魂落魄一般，幸亏有太后挡着，否则说不定自己会被冷落到什么地步呢！

又一想，便担忧道："仲珠，你说，皇上会不会又想法子把那京娘弄回宫里来呢？"

仲珠道："这个……应该不会吧！皇上是个大孝子，从来是不会忤逆太后的。"

"哼，难说。"韩妃翻翻眼皮道，"男人若是被狐狸精给迷惑了，是会昏了头的，哪里还会顾及爹娘的感受。"

仲珠听此言不知该说什么好，只得低头。

"哼，若是那个狐狸精胆敢回来，本宫就揭了她的皮！"韩妃咬牙切齿道。

皇帝回到自己的寝殿，越发地魂不守舍，便吩咐王继恩派人去将京娘追回来。王继恩却劝他冷静些，还是谨慎行事，若是让太后知道了，再气坏身子怎么办？

皇帝听他说得有理，便长叹一声，不再坚持。独自躺在龙床上唉声叹气，感觉头疼得如同针刺刀割一般。

不一会儿，宫女翠晶轻手轻脚地进来，手中拎着一个食盒，跪倒在龙床边，道："陛下，您还未用晚膳呢，好歹吃一口吧！"

"朕不想吃，你且放下吧。"皇帝心烦地说。

那翠晶却不肯走，抬手将那食盒打开，竟是一盒七彩长寿卷。

皇帝见了这食物眼睛顿时一亮，蓦地坐起身来，道："这是谁做的？"

翠晶殷勤笑着说："是奴婢做的，奴婢知道陛下爱吃这一口，特意向京娘姐姐苦学了数日，才学会了做这七彩长寿卷，陛下就尝一口吧！"

说着伸手取了一只红色的小卷子，送到皇帝嘴边。

皇帝张口咬了一小下，却感觉这食物味道怪怪的，且甜得腻人，哪里有以前吃过的清甜可口，便怒道："呸！这是什么味道？简直东施效颦！滚出去！"

翠晶讨个没趣，只得战战兢兢拎着那食盒退出去了。

皇帝气呼呼地躺倒，翻来覆去难以入眠，满脑子都是京娘的脸庞和身影。一直折腾到凌晨时分才蒙眬睡去，却又噩梦连连，梦到京娘对着自己责问："你不是说出了任何事都会为我担着吗？为何你今日竟不管我了？你是个懦夫，我恨你！"

皇帝猛地醒来，头疼得简直要裂开，一身的冷汗，只能支撑着起身去早朝。毕竟还有诸多国家大事等着他处理。

京娘这边，一路上这几日，赵光义对她竟是照顾有加、呵护周全。每隔两个时辰，就令马车停下来歇息一会儿，还命兵士去买了新鲜果子和茶水，由他亲手递给她吃喝，并不时对她嘘寒问暖，搞得京娘心里惴惴的。

这日晚间，一行人在一家名叫金福居的客栈下榻。京娘用过晚膳后，回到自己客房，洗了一个热水澡，便欲睡下。

约半个时辰后，忽听到叩门声。

京娘坐起，轻问："谁？"

"是我，赵光义。"

京娘微微一惊，道："我已睡下了，赵大人有什么事明日再谈如何？"

"有重要的事和你商议，开门吧！"赵光义说。

"那好吧，请稍等。"京娘只好将衣裙穿起，下地开门。

赵光义站在门口，目光直愣愣地看向她。很快地闪进房间，将门关上，二话不说，上前将京娘紧紧拥住，俯下身，对着她的樱唇便吻了上去。

京娘大骇，只觉唇上一烫，心中一凛，周身打了个寒战，便用力推他。

他却不肯放开她，用双臂紧紧锁住她的娇躯，狠狠地吻住她的樱唇，贪婪地吮吸着，还将舌头探入她口中，弄得她喘不过气来。

她抬起膝盖狠狠顶了他的小腹一下，他突然吃痛，这才将她放开。

她脸颊涨得绯红，一双美目愤怒地瞪着他："这便是你想要的回报吗？原以为你是个正人君子，却不想你竟是个登徒子！你若对我用强，我一个弱女子也没办法，你尽可以取了我这身子去，不过，我京娘这一生都会怨恨你！鄙视你！"

赵光义眼睛微红地看着她，英俊的脸庞略微扭曲，冷笑道："不，你错了，我赵光义虽不是什么正人君子，却也不是什么登徒子，我想要的不是你的身子，而是你的心，还有与你的长相厮守！"

"与你长相厮守？呵，这怎么可能！"京娘对他冷笑道，"你不觉得你的想法太荒唐了吗？我可是你皇兄的女人！"

赵光义定定地看着她的眼睛，一字一句道："京娘，我劝你还是接受现实吧，有太后在，你以为你和他还能在一起吗？"

京娘也定定看着他，语气决然："即使不能和他在一起，我的心亦是他的，别人休想得到半分！"

赵光义哈哈大笑几声，敛起笑容，狠狠看着她的眼睛，眼中闪烁着狂野不羁的光芒，一步一步逼近京娘："为什么，就因为他是皇帝吗？做皇帝的女人就那么好吗？他身边三宫六院，女人几百个，他会珍惜你吗？"他将她逼至床侧，伸手捏住她的下巴，接着道，"而我，早晚会被封王，我只有一个夫人，日后若你愿意，我让你做王妃如何？"

京娘用力将他的手打掉，正色道："别做梦了，我京娘是个死心眼儿的人，认定了那个人便一生都是那个人，我是不会背叛自己的心的！你的交易我做不了，大不了一死，我京娘不怕，你莫再痴心妄想了！"

赵光义失望地看着她，眼中闪动的狂野光芒慢慢消失，脸色也变得黯然，换了一副恳求的口吻："京娘，你好好想想，给我个机会好吗？我比他年轻，比他有才华，也会比他待你更好！你再考虑一下，好吗？"

京娘冷若寒冰，道："不必了，没什么好考虑的，赵大人也不必多说什么了，请回吧，我要休息了！"

赵光义又盯着她看了好一会儿，泄气道："好吧，你且好好休息，我走了。"说罢转身退了出去。

京娘赶忙将门关紧，倚在门上，大口喘着气。心想，这个赵光义果然是个道貌岸然又心怀鬼胎的人，这样的人最不好对付，自己以后真要小心了。

又有些怅然地想道，自己如此得罪了他，他必是不肯帮自己了，看来自己真的要坠入无间地狱了。

"罢罢罢，这便是我的命运吧，我京娘认命就是。毕竟是爱了一场的，也没什么好遗憾的了！"想及此，便心下一横，躺到床上，闭上眼睛，强迫自己入睡。

接下来的几日，京娘除了吃饭睡觉之外便是待在马车中，放下窗帘，有意与那赵光义回避。赵光义也一直冷着脸,不再像前几日那般对她热情照顾。休息的时候,只与手下兵士说话,吩咐他们做一些事情。

几日后,便到了京娘的家乡蒲州,那贾府也渐渐近在眼前。京娘的心一点点下沉着,她强迫自己稳住心神,不要面露惊慌。

这日午后,一行人抵达贾府。

那贾义明早已又娶了一房夫人,生下两个孩子,小日子过得还算不错。这日贾义明正在与父亲商议做生意的事,突然有下人来报,说有一队人马停在了府门口,看样子像是皇家禁军,领头的像是个王爷,还有一乘马车,不知所载何人。

贾义明听后一惊,忙来到府门前,果然见一队人马,气宇轩昂的,一排卫士个个手持兵器,真的像是皇家禁军。领头的男子骑在马上,威武英俊。后面的青帷马车停下,车厢门帘一掀,一个女子婷婷走下车来。

贾义明定睛看那女子,不禁惊得目瞪口呆。天哪,这不是那一位吗?九年前已死去的赵京娘!怎么会是她,难道自己是见鬼了不成?

他怔怔望着京娘,吓得脸色煞白,一句话也说不出来。京娘也默然看着他。

只见最前面那个威武英俊的男子开口道:"这位可是贾义明贾公子?"

贾义明这才恍过神来,心里仍是战战兢兢的,抱拳道:"正是在下,敢问你们是?"

赵光义后面的一个兵士道:"我们是皇家御林军!"又指指赵光义道,"这位是禁军首领赵光义大人!"

贾义明哪里见过这阵势,慌忙跪倒在地:"小的贾义明见过赵大人!"

赵光义指指一旁立着的女子,道:"贾义明,你看清楚,此女你可认识?"

贾义明再一次看向京娘,惊慌地道:"认识认识,她很像是小的曾娶过的一房夫人,名叫赵京娘。可是那京娘已于九年前投河自尽了,怎么……"

赵光义微微一笑道:"的确,她没有死成,投河后被一位路人救了。后来辗转到了汴京,又进了皇宫。你可知你的这位夫人竟是当今皇上的义妹吗?"

贾义明道:"是,小的听她娘家人说起过,京娘确是皇帝陛下的义妹。"

"好。"赵光义提高声音道,"圣上有口谕给你,贾义明听旨——"

贾义明骇得忙跪在地上低下头去,恭敬听旨。

只听赵光义大声道:"圣上口谕,民女赵京娘已被封为燕国长公主,令贾义明与长公主解除婚约,贾义明即刻写下休书一封给赵京娘,还赵京娘一世自由。如若不然,便追究当年逼迫长公主自尽之罪,将其逮捕入狱。钦此——"

贾义明忙叩首,战战兢兢道:"小的遵旨!小的遵旨!"

一旁的京娘听了赵光义的话,一惊,紧接着心头一喜,以感激的目光望向赵光义。

那贾义明慌忙吩咐家丁从书房取来笔墨纸砚,很快便将休书写完,双手呈给赵光义。

赵光义将那休书仔细看罢,笑道:"很好,从此你与京娘便无任何干系了。来人,赏他纹银两千两!"

手下兵士将一张银票丢给了贾义明。贾义明慌忙拜谢。

赵光义又道:"此事关乎皇家,不可向外人言说,否则严惩不贷!"

贾义明连连颔首称是。

赵光义见事情已办妥,便挥挥手对身后的人道:"启程,回京!"

于是,京娘便又上了马车,一行人离开了贾府,向汴京方向行去。


一路上,京娘很是开心,心想,这一次劫难算是渡过去了,没想到那赵光义竟真的帮了自己的忙,依着原来她讲出的计策行事了,而且还给了那姓贾的两千银票,这样一来,便是堵住了那贾义明的嘴,假传圣谕一事便轻易不会败露了。可这次欠了他这么大一个人情,自己当如何还他呢?

趁中途休息的时候,她便走到他身边,屈膝行礼道:"京娘多谢赵大人相帮!赵大人的恩情京娘记在心上了。"

赵光义冲他一笑道:"那你可想好要如何回报我?"

京娘心中一紧,道:"京娘真的不知该如何回报赵大人,希望日后有机会能帮到赵大人,还了这个人情。"说完,将身上佩戴的几样首饰——簪子、耳坠子、银戒指等摘下，递到赵光义面前，说，"我听一位兵士说，那两千两银票是赵大人从自己家中带出来的，还把自己的玉佩当掉换了钱，京娘身上也没带什么值钱的东西，只有这几件首饰还值几个银子，不如赵大人先拿去换些钱吧，剩下的钱京娘日后再还给你，如何？"

赵光义看着她手上那几样首饰，笑笑，伸手将那对红宝石耳坠子取了，握于掌中，道："那钱不必你还，是赵某心甘情愿付出的，我只留下这对耳坠子，就算是你还过了。"

京娘又向他道了一番谢。

赵光义看着她的眼睛道："你且回车上去吧，我还得思量一下回宫后如何向太后汇报此事，太后是否同意你回宫还不一定呢！"

京娘道："我已想到这一层了，心中已有主张，若是太后不许我进宫，我便回那紫云观当道姑去。"

"你宁愿出家当道姑也不愿入我府中当王妃吗？"赵光义看着她冷笑道。

京娘板起脸，低头认真道："的确如此。"

"那好吧。"赵光义道，"等到了宫中，我向太后尽力为你求情便是，争取让你回宫，回到你那情哥哥身边，如何？"

"只要能回宫便好，有劳赵大人了！"京娘又俯身行了个礼，便回到马车之中。

赵光义看着她盈盈而去的背影，心下暗想：我就不信，凭我赵光义，会收服不了你这小女子！

他将那对红宝石耳坠在指间把玩了一会儿，便将之放入袖袋中。


几日后的傍晚，一行人回到汴京。

赵光义对京娘说，天色已晚，不便进宫去惊扰太后，不如先去他的府中住上一晚，明日他再进宫向太后复命。

京娘不同意，坚持要去客栈里住。

赵光义却说，如果她去客栈的话，他同这些兵士也得一同去住客栈，因为要保证她的安全，可是这十余天来，兵士们也都累了，又急着回家，不如就成全他们吧，她还是随他去家中暂住一夜为好。

京娘听他说得有理，心想他府上有他夫人在，他断不会将自己怎样，便同意了，随赵光义来到他的府中。

赵光义先领她见过他的夫人符蓉。

京娘见这位赵夫人一身的绫罗绸缎、珠光宝气，派头极是雍容华贵，两弯尖俏的柳叶眉，一双凌厉的丹凤眼，眼角眉梢流露几分盛气凌人，便知这是位厉害角色，自己应处处小心才是。便屈膝向符蓉行礼："小女子京娘见过赵夫人。"

符蓉用两道凌厉的目光上下打量着眼前的女子，见她竟是个花容月貌的大美人，立刻有些不悦，抬了抬精致的下巴，对着京娘冷哼一声，道："免礼吧。"

赵光义令家中侍女将京娘引至客房用膳、歇息。

符蓉沉着脸对赵光义道："这美人是什么来头？你这外出公干十余日就是为她？"

赵光义漫不经心地脱着外衣，道："她是皇兄的义妹，也是皇兄宠爱的女人，太后却容不下她，让我送她回她从前的夫家去，可她夫家却不想要她，一纸休书将她给休了，我只好把她给带回来了。"

符蓉狐疑道："这什么乱七八糟的事，我怎么听不大明白。这么个大美人她那夫君居然会不要？那你把她带回来打算如何安置她？"

赵光义疲惫地躺到床上，不耐烦道："你个妇道人家哪来这么多问题！我也不知道该如何安置她，明日进宫去请示过太后再说。我这些天日夜兼程，快累死了，你闭上嘴让我歇会儿吧！"说完，闭目睡去，不再理会符蓉。

符蓉看着对她一脸冰霜的丈夫直生闷气，心想：以前他对我可不是这态度啊！他该不是被那美人迷了心窍吧？

第二日一早，赵光义便匆匆进宫去了。符蓉令下人将那京娘叫来，对她一通盘问。不料京娘却是和赵光义说得一样简单含糊而又滴水不漏。只说自己是九年前与皇上相识结为义兄妹的，不久前辗转来到宫中，太后觉得她是嫁过人的，便命她回家乡去，但她那夫君已经娶妻生子，便写下休书一封，她无处可去，便又跟着赵大人回到汴京。再问其他细节，京娘就低头不语，问急了，就要么说涉及皇家，不便详说，要么就说时日已久记不清了。气得符蓉恨不能踢她几脚。

慈宁宫正厅里，太后坐在堂前，皇帝和赵光义分坐在堂下左右。

赵光义已对太后陈述过送京娘回家的事，只说是那贾义明早已娶妻生子，不想再要京娘，便写下一纸休书给了京娘，京娘无处可去，便又跟着回到汴京，目前在他府中候旨。

对面坐着的皇帝听后心中一喜，暗自松了口气，想道：老天果然帮我，让她回来了！

太后将那休书细细看过，狐疑道："即便那贾义明已经娶妻生子，可他就真愿意放过这样一个如花似玉的美娇娘？好歹那贾家也算一商贾大户，贾义明为何不将她收为侧室，反而将她休出家门？此事不合常理啊！"

赵光义心下有些紧张，仍故作镇定地一笑道："许是那姓贾的觉得京娘太过美貌又不安分，是个红颜祸水，怕她日后再自尽惹事，所以干脆就不要了吧！"

"嗯，这话还有些道理。那丫头的确像是个红颜祸水，实在不宜留在宫中。哀家该如何安置她呢？"

一听这话，皇帝的一颗心又猛地悬起，忙离座跪拜道："母后，京娘是朕的义妹，朕是了解她品性的，她是个善良无争的好女子，断不是什么红颜祸水！恳请太后允许她回宫，哪怕只令她做个婢女也好。"

太后沉下脸道："哀家也没说她肯定就是个红颜祸水，只是皇儿你前一阵子对她太过宠爱，这样会伤着皇后和其他嫔妃，令后宫不得安宁。再者，她既是你义妹，就应该将她封为公主，寻个驸马嫁了才对，这样不明不白地留在宫里算怎么一回事！"

"这……"皇帝不知如何应对，感觉自己的一颗心被狠狠拧着。

见此情景，赵光义也离座跪拜道："母后，儿臣以为，那京娘既已侍过寝，再封为公主恐怕会遭人耻笑，不如就让她做个婢女吧，若是母后不放心她回宫，就让她在我府上做个婢女如何？"

"这……"太后陷入沉思。

"不可!"皇帝语气决然地道,"她既然已经侍过寝,就是朕的女人,岂可住在外面?母后,皇儿恳请母后同意让京娘回宫,皇儿保证以后不再对她专宠就是!"

太后冷笑道:"一个貌美又不安分的女人,若是有心对男人施展媚术,男人如何可能不被其所惑,到那时,皇帝如何还有心思治理国家、平定天下?皇儿,你别忘了夏有妹喜、商有妲己、周有褒姒,这些可都是前车之鉴啊,为娘不得不替你警惕着!"

赵光义道:"母后说得甚是有理,母后还是允许京娘住在我府上吧,符蓉是个厉害女子,必能将京娘管束得安分守己。"

"不可!京娘必须回宫!"皇帝斩钉截铁地道。

"皇兄,我如此提议也是为皇兄好!"赵光义一脸诚意地对皇帝道,"请皇兄放心,我定会将京娘照顾好!"

"不行!"皇帝涨红了脸,语气更加坚决,"朕说不可便不可!京娘必须回宫!"

"大哥——"

"你二人莫再争了!"太后厉声道,"你们两个一个是皇上,一个是皇弟,竟为一个女子相争,传出去岂不被人耻笑?算了,就让那京娘回宫吧,不过,她不可再回到皇上身边,就将她留在哀家身边做个婢女吧!就这么定了,若是你二人再相争,本宫便将她赐死!"

闻听此言,皇帝和赵光义都噤了声,不敢再多言。于是太后便命人将京娘带回宫中见她。

不多时京娘便被人引着来向太后跪拜。

一旁的皇帝睁大眼睛望向她,拼命抑制住心中想要拥抱她的冲动,默然凝视着她。

太后看着京娘道:"既然你前夫已经写下休书与你,你一个女子孤苦无依无处可去,甚是可怜,你又曾是皇帝义妹,哀家断不会亏待于你。正好哀家身边缺个可心的宫女,哀家已与皇上商议过了,以后你便留在哀家身边侍奉哀家，你可愿意？"

京娘恭顺道："京娘愿意，太后愿意收留，京娘感激涕零！"

"嗯，如此便好。"太后缓和了口气道，"你是个身份特殊、经历复杂的女子，哀家希望你能忘记从前。过去种种，譬如昨日死；以后种种，譬如今日生。不如你便从此改名换姓，重新做人，在宫中安分度日。至于叫什么新名字，由你自己来定，如何？"

京娘略一思忖，便道："奴婢从前在紫云观中修行，曾得师父赐名'清心'，如今奴婢想换回这个名字，太后觉得可好？"

太后微笑道："清心，这名字不错，很合哀家的心意。那哀家以后就唤你心儿吧，从此这世间再无京娘一人，以后这宫中谁也不许再提起'京娘'二字！"

堂前的几个人皆颔首称是。

心儿，从此她便是心儿了。

京娘的心放松下来，终于还是回宫了。虽然不能日日守在他身边与他恩爱，可终是可以隔三岔五见到他了。能够与他生活在同一片殿宇下，能够时不常地见到他，京娘便已经很满足了。

# 第十章

## 缘浅情深

自此,心儿便留在慈宁宫做了太后的贴身侍女。

太后身边原有两名侍女,一个叫露儿,一个叫晴儿。她与露儿、晴儿合住一间寝房,一起轮流当值。露儿和晴儿年龄都还小,只有十六七岁,正是贪玩又贪睡的时候,所以大部分时间都是心儿在陪伴和服侍太后。

心儿任劳任怨,对太后殷勤体贴。她真的一点儿也不怨恨太后,反而从内心里对太后十分敬重。因为是她培养出了一个优秀的皇帝,养育了她心爱的人,即便她对自己刻薄了些,可那毕竟也是出于对儿子的爱惜,对江山社稷的考虑。所以她不恨太后,只想尽心尽力服侍太后。她私心想着自己这样也算是为他分忧了,这也是她爱他的一种方式。两情若是久长时,又岂在朝朝暮暮。风物长宜放眼量,她与他往后的日子还长着呢!

其实,她之所以不顾一切地想要留在宫中,还有另外一个原因——她想为他挡灾。师父曾说过将来令赵匡胤遭受生死之劫的是他身边的至亲之人,她隐隐觉得那劫难会与太后和赵光义有关。想那赵光义心思诡异难猜,太后又是个强势的,对自己的二儿子又偏爱有加,实在难保他们以后会不会危害到赵匡胤。她在太后身边正好可以盯住赵光义,掌握一些信息,也好及时提醒他防着点儿。师父说过她与他有缘,那么她就一定要尽自己所能为他挡住灾难!

心儿在慈宁宫的生活平静无澜,每日晨起为太后她穿衣梳洗,侍候她一日三餐,为她请医煎药,晚上再侍奉她睡下,很多时候还要守在寝宫门口值夜。有时亲自下厨，做一些美食给太后吃。太后对她做的水晶黄金包和七彩长寿卷非常喜欢，对她的推拿术也十分受用。每次心儿为太后做过全身按摩，太后便会感觉周身舒爽，面色也会比往常好上许多。所以，慢慢地太后竟有些依赖上心儿，觉得她实在是个心灵手巧又任劳任怨的好姑娘，自己以前也许的确是误会她了。

只是对于皇帝，心儿的态度却是冷淡了许多。每次见到前来给太后请安的赵匡胤，她总是低首垂目礼数周全，连一个与他目光交流的机会也不肯给他。

皇帝有些失落，心想，她可能是因为前一阵子的事情还在怨恨他吧，于是便想找个机会与她深谈一次，向她道歉，求得她的原谅。因为，他是如此思念她，几乎夜夜想她想到失眠，无数次对着窗外那清朗月光，一遍遍在心里念着"京儿，京儿，京儿"，想到她已经改了名字，又在心里一遍遍念着"心儿，心儿……"。

每次在太后那里见到她，他总是一边和太后说着话，一边偷偷凝视着她，用目光向她诉说着自己心底的万千思念。可是，她竟看也不看他一眼，她是对自己心寒了吗？

这日黄昏时分，心儿去太医院为太后取药回来，行至慈宁宫门口，恰遇到从里面走出来的皇帝。他是来向太后请安的，见心儿没在，便对太后问候几句就退出来了，不想刚出宫门却迎头撞见了她。

心儿心中一惊，忙低下头，从他身边匆匆掠过。

"站住！"皇帝低声命令道。

她停下来，转向他，屈膝向皇帝请安："陛下万安！奴婢急着去给太后煎药，所以忘了礼数，还请陛下见谅。"

"你随我过来！"皇帝不由分说将她拽至墙壁后的僻静处。

一双星眸深深看住她的清水美目。

"对不起，心儿，是我应该求得你的原谅。"皇帝深深看住她，一字一句地说。

她淡然一笑，回避着他的灼灼目光，道："皇上能有什么错？皇上做事永远是正确的，没必要求我这个婢女原谅。"

"你说的是气话，心儿，你还在生我气吗？"

"皇上多想了，我哪里敢生皇上的气？"她仍是淡淡地说。

他深深看着她的眼睛，心中突然有了抱住她亲吻她的冲动。

看了她好一阵子，他又对她低声命令道："今晚到迩芙宫来！"

"奴婢没空，奴婢晚上还要陪伴太后。"她冷声道。

"太后那里我让别人替你，今晚我在迩芙宫等你！"他不容置疑地道。

"皇上是在对我下圣旨吗？"她说，嘴边现出几分讥讽。

"不，我是在恳求你！"

她看了他一眼，淡然一笑："抱歉，我们不能再私会了，奴婢不想惹太后生气。"说罢，抽身便走。

皇帝看着她迅速隐去的倩影，一颗心隐隐作痛。

这天晚上，皇帝早早便去了迩芙宫。迩芙宫自她出宫后就一直空着，仍旧保持着原来的样子。浅金色墙壁上有着粉色盛开的桃花，彩色的床幔、罗帐和锦被，镂空的雕花窗棂中射入细碎月光，淡淡的龙涎香在房间飘荡。贵妃榻上还留有她身上特有的淡淡花香，仿佛就是在昨夜，这寝宫里红烛高燃，他与她在烛光中缠绵悱恻、激情四溢……可是如今，夜已深了，却仍旧不见她的倩影出现……

三更时分，皇帝依旧在等待着她，雕花长窗上映出他清冷孤单的身影。此时，心儿正在太后身边值守。本来今夜应该晴儿当值的，是她自己坚持要与晴儿换班。

自己这是在逃避吗？是真的伤透了心，还是只是害怕了那些伤痛纠葛？自己真的能控制不再想他吗？

答案当然是否定的。事实上她早已有些魂不守舍了。若是真有灵魂，她的灵魂一定是在那迩芙宫里他的身侧徘徊着……

可是她不能，她不想再生是非。她已知道有些事他是承担不起的，作为皇帝，他其实有着比平常人更多的无奈。

知足不辱，知止不殆。情爱方面，尤其如此。

她是他的知己，她深深地理解他，这一点从未变过。

他是她最爱的人，是她每时每刻都在思念的人，这一点也从未变过。

只是，这世间许多情爱，只可在心底存放，容不得放肆。

几日后，皇帝又来太后宫中向母亲请安，并且说起自己三日后要亲征至泽州去平定李筠之乱，说这话时他注目看向心儿。心儿正跪在地上为太后捶腿，听到此话后，微微一怔，忍不住抬头看了皇帝一眼，正撞上皇帝看向她的目光。心中忽地一惊，忙垂下头去。

太后听说儿子要去亲征，不停地嘱咐他战场上刀剑无眼，千万要小心保重龙体。

心儿依旧低着头，一脸淡然地为太后捶腿。

皇帝见她始终对自己如此冷淡，仿佛没听见一般，心下一阵凄然。

和太后说了一阵子话，皇帝便告辞要走。太后道："你且等一下，我去内室拿一件战袍给你，前些日子特地让心儿做好的。"

心儿忙道："太后莫劳神了，让奴婢去取吧！"

"也好。你去吧，正好让皇帝试一下。"又转头对皇帝道，"你随她去内室试穿一下，不合适的话也好叫心儿再改。"

于是，心儿与皇帝便一前一后进了内室。

将内室门关上，皇帝猛然上前握住她的双肩，低声道："这两日晚上我都会在迩芙宫等你，你一定要来，我有话和你说！"

心儿却是未听到一般，脸色淡淡的，只顾转身将那战袍从衣架上取下，帮他套在身上。

就这样，一连两夜，皇帝都在迩芙宫痴痴等她，可她仍未出现。

皇帝一个人大口大口喝着酒，心中无限凄楚。至三更时分，已经醉意醺然。

朦胧中但见一女子出现，穿着心儿常穿的水红色曳地长裙，戴着她曾戴过的红宝石镶金耳坠子，向他甜甜笑着，款款走来。

皇帝忽地一喜，道："心儿，你来了！"

"是，匡胤哥哥，心儿来了！"那女子来至他面前柔声说道。

他醉眼蒙眬地看着她，一把将她紧紧拥住……

此女实乃翠晶，她故意穿了心儿常穿的衣服，佩戴了她常戴的首饰，趁着皇帝醉酒乘虚而入，上了向往已久的龙床，与皇帝欢爱了一夜。

翌日清晨，皇帝从睡梦中清醒过来，看到身边的女子竟变成翠晶，猛地一惊，坐起身来惊问："怎么是你？心儿呢？"

翠晶不慌不忙地坐起身来，妩媚一笑道："心儿姐姐？她一直在太后那边并没过来，昨夜是陛下命奴婢侍寝的啊！"

"是朕？朕怎么不记得了？"皇帝狐疑道。

"是您喝醉了酒，所以不记得了。"翠晶殷勤笑着说，"来，让奴婢为您更衣吧！"

皇帝忽然觉得一阵反胃，沉下脸道："不必了，你出去吧，朕自己来！"

翠晶只好脸色讪讪地出去。

皇帝愣了愣，抬起手来，对着自己的脸颊就是一耳光。

第二日，皇帝便亲征去了泽州。朝堂国事暂交于赵光义代为处理。

赵光义一直是皇太后最宠爱的儿子，三个儿子中，他是最为乖巧恭顺的一个，从小又爱读书，模样也俊美。太后常对别人讲，光义日后必有出息，建树一定不会次于他大哥。

赵匡胤对这个小他八岁的弟弟，也是一向极疼爱的。自小对他百般呵护，若是有人欺负他，他这个哥哥定同对方拼命。赵光义十六岁时害过一场风寒，当时郎中用艾灸为他治疗，赵光义嫌疼不肯就医，赵匡胤便让郎中用艾灸在自己的腹部给他弟弟做示范。此事太后经常会向身边的人讲起，很是自豪。

赵光义每隔几日便来太后处请安，自从太后身边多了个心儿后，他来慈宁宫里更勤，皇帝亲征赴外地后，他更是日日来给太后请安，陪着太后坐一阵子，说一会儿话，目光却常常在心儿身上扫来扫去。心儿装作不知，埋头做自己的事。

这日，赵光义又来到太后寝宫，给太后讲了一阵子笑话，把太后哄得眉开眼笑。

太后说："听我儿讲笑话，我这身子舒爽多了，比吃药还管用。"

赵光义道："那以后儿子就常来给母后讲笑话，儿子看母后最近气色好了许多，您那老寒腿还痛不痛了？"

太后道："不痛了，说起来多亏心儿这丫头，她给老身做了几次推拿，居然当真好多了。"

心儿正在一旁收拾太后的衣物。

赵光义看了她一眼，笑道："心儿还会治病呢，真是没想到！"

太后道："可不是吗，这丫头灵光得很呢，说是跟她以前的师父紫虚道长学的。"

"哦？如此正好，儿子这几日不知怎的总是膝盖疼痛，可能是受风了，听母后如此夸赞心儿，不知儿子有没有这个荣幸，也请心儿姑娘为儿子按摩一番？"

"当然可以。"太后转头对一旁的心儿道，"心儿，你去给光义也按一按，你俩去内室，那张榻子最宜按摩。"

心儿心中老大不情愿，可碍于太后命令，只得颔首称是。

二人来到内室。赵光义在榻子上躺下，目光灼灼地看着心儿。

心儿面无表情，伸出双手给他按摩膝部。

按了一会儿，赵光义大呼舒服，竟伸出一只大手将心儿的玉手捉住。

心儿用力欲将自己的手抽出，赵光义却紧紧捉住不放。

赵光义抚摩着她光滑如玉的手背，笑道："好灵巧的一双小手，可真是撩人啊，哥哥我都要被你撩得受不了啦，怎么办呢？"

心儿涨红了脸，猛地将手抽回，正色道："赵大人请自重！若再轻薄，我便告诉太后去！"

赵光义不屑地一笑，道："好啊，你告诉太后去啊，那我就说是你挑逗我在先，看太后相信谁！"

"卑鄙！"心儿低声骂道。

"哈哈,不过是跟你开个玩笑罢了,看把你给吓的,好啦!其实我是想送你一样东西。"说着,从怀中掏出一个物件,是一只颜色亮丽、闪着耀目光泽的翠玉缠金手镯。他伸出另一只手再次将心儿的手捉住,不由分说便将那手镯套在了心儿手腕上。

"我不要!"心儿感觉手腕上凉凉的,像是被一只花蛇缠住,伸手就要摘掉那只手镯,那手镯却如同魔鬼一般缠在了她腕上,怎么都摘不下去。

"别摘了,手镯有暗扣的,戴上了就摘不掉,除非砍了这只手!"赵光义冷笑着说。

"你……究竟安的什么心?"心儿气恼地瞪着他。

"放心吧,我没安什么坏心,不过是因为你按摩得舒服,赏你一个小礼物罢了,别想那么多了!"赵光义漫不经心地道。

心儿仍气咻咻瞪着他。

"你瞪着我干吗?不过眼睛瞪那么大,倒是越发好看了,你这是真要勾引我吗?"赵光义轻薄地笑着,身体慢慢地靠近她,"那好,来吧,光义也正想你想得寝食难安呢,不如今日就将好事做了,以解心头相思之苦……"

心儿气得扭头便走。

赵光义看着她的背影得意地邪魅一笑。

一个月后,太后收到皇帝从泽州寄来的书信一封。太后近来眼睛有些发花,便令心儿为她念信。信写得很简单,只说平定叛乱之事进展顺利,不日就会凯旋,最后嘱咐太后保重圣体。

见到信笺上那一行行遒劲有力的字迹,心儿已然平静的心湖再次泛起丝丝波澜。那些字迹竟如鱼儿一般在心湖里游荡跳跃着,搅得她神思恍惚起来。

晚上,她正独自一人待在寝房里望着天花板发呆,忽然听到几下叩门声。她喊一声"进来"。只见一位姑娘推门而入,笑盈盈望着她,竟是多日不见的琉璃。

"琉璃,你怎么来了?"她惊喜道。

"心儿姐姐,我给你送东西来了!"琉璃笑眯眯地说。

"什么东西？谁给的？"

琉璃伸出背在后面的一只手，将一封书信递到她面前："是书信，皇上给你的信，是皇上让我转交给你的！"

心儿心中一震，忙将书信接过来仔细看着。

琉璃说："心儿姐姐，我是偷偷溜出来给姐姐送信的，若是让翠晶知道了会骂我的，所以姐姐若有回信的话就紧着写吧，我好快些回去交给信差。"

心儿忙颔首道："好好好，我马上看马上写，琉璃你先等会儿。"

她给琉璃拿了些果子和瓜子让她坐在一旁吃着，然后撕开那信仔细阅读。洁白的信笺上只有一首古诗，是《诗经》上的一首《子衿》：

青青子衿，悠悠我心。
纵我不往，子宁不嗣音？
青青子佩，悠悠我思。
纵我不往，子宁不来？
挑兮达兮，在城阙兮。
一日不见，如三月兮。

看完这首小诗，心儿立刻甜蜜地微笑起来，只觉心中多日积下的冰块竟在瞬间融化成一池融融春水。真想不到，他那样一个驰骋沙场的大英雄竟有着如此细腻的情感，就是在战场上也挂念着自己呢！

心儿喜滋滋地想着，便摆出笔墨纸砚，蘸了墨汁提笔写道：

今夕何夕兮，搴舟中流。
今日何日兮，得与王子同舟。
蒙羞被好兮，不訾诟耻。
心几烦而不绝兮，得知王子。
山有木兮木有枝，心悦君兮君不知。

想了想，又在结尾处添了李白的一句："乘风破浪会有时，直挂云帆济沧海。"

将信封好后，写上"皇帝陛下收"，便将书信交给了一旁等待的琉璃。

琉璃拿着书信很快便走了。

心儿独自怔了半天，脸上仍旧挂着傻兮兮的笑。直至半夜，才平静下来，冷下脸对自己说："你啊，男人给你句好听的，你便瞬间变傻了吧？可怜古今痴情女，竟是一个傻模样！"

琉璃拿着书信回到勤政殿后殿，刚想把书信找个地方藏起来，好明天交给信使，不料恰被从外面进来的翠晶看到。

"琉璃，你手上拿的是何物？"翠晶道。

琉璃神色一慌，忙把书信藏到背后去，一边支支吾吾道："没，没什么。"

翠晶二话不说便冲上去，一把将她的胳膊反转过来，又忽地将那书信抢了过去，看着那信封，脸色大变，瞪圆了一双杏眼，道："是给皇上的信，谁写的？"

"这……"琉璃嗫嚅着不肯说。

"快说！谁写的，是你吗？"翠晶逼视着琉璃道。

"不，不是我写的，是……是心儿姐姐写的。"琉璃只好实话实说。

"心儿？以前那个京娘？哼，原来她还贼心不死，竟与皇上有书信来往！"翠晶咬着牙，心中恨意顿生。想了想，便缓和下脸色，对琉璃说："你把信交给我吧，明天我把它交给信使。刚才王大官唤你去前殿收拾东西呢，你快去吧！"

"好好，我这就去。"琉璃说，"可是，姐姐，你一定要把它交给信使啊！"

"放心吧，一定会的。你快去吧，别让王大官等急了。"翠晶哄她道。

琉璃便匆忙去前殿了。

翠晶见四下无人，将那信封撕开，将里面内容看了一遍，却没怎么看懂，只觉得应该是一封情书，便要将它撕个粉碎。又一想，还是留着吧，不如找个机会交给太后去。这样想着，便又将那书信藏到自己的衣袋里去。

这日午后，心儿正跪在地上为歪在榻上的太后捶腿，露儿拿着鸡毛掸子在一旁拂拭古玩家具上的尘土，却见赵光义的夫人符蓉来了。符蓉是不常来此处的，一般每个月只来给太后请安一次。

此时的符蓉似乎脸色不大好，眼睛红红的，像是刚刚哭过。

太后见了便问道："蓉儿，哀家看你脸色不大好，这是怎么了，发生什么事了吗？"

符蓉一双凌厉的丹凤眼死死盯着心儿的手腕，突然跪倒在太后面前，带着哭腔道："太后，太后，请太后给媳妇儿做主啊！媳妇儿被您儿子欺负……"

太后一怔，忙坐正身子道："到底是怎么了，是光义吗？他怎么欺负你了，你说出来，母后为你做主。"

符蓉便道："光义他自从将心儿带回来之后对我的态度就变了，每天冷冰冰的，不肯碰我一下。前几日，我听到他说梦话，嘴里喊着'心儿，心儿'，今日早上我发现我的一只压在箱底的翠玉缠金手镯不见了，问他见过没有，他便说送人了，我问送给谁了，他竟不理会我。刚才我来此处才发现，那只手镯竟戴在心儿手腕上！母后，您说，这不明摆着吗，光义被心儿这小贱人勾引了！"

听罢此话，一旁的心儿心中一凛，想道：这只手镯果然为我带来了麻烦。

太后听符蓉如此说，便低头认真看了心儿手腕上的镯子一眼，道："镯子的事哀家是知道的，是前些日子心儿为光义做了一次推拿，光义高兴赏了心儿的，这点儿小事怎么能说明心儿勾引了光义呢？是媳妇儿你多心了吧？"

"非是媳妇儿多心，媳妇儿还有其他证据。"说着，抬手从袖袋里取出一样东西，竟是那对红宝石镶金耳坠子。

"太后，这是我前几天从光义袖袋里翻出来的，这是女人之物，定是那心儿的。"符蓉红着眼睛拎着那耳坠道。

太后便转向心儿问道："心儿，这红宝石耳坠可是你的？"

心儿看着那在阳光下鲜红如血滴般的耳坠子，心中忐忑起来，一时没了主张，只好颔首道："的确是心儿的。"

"那怎么落到了光义袖袋里？"太后厉声质问。

"是……是心儿赠给赵大人的。"心儿低声道。

"这样的东西为何送与他？"

"这……"心儿哪敢说出真实原因，唯恐那假传圣谕之事败露，想想便说，"是因为赵大人将心儿带回京城，一路辛苦，心儿为了向他表示谢意，才赠给他这个的。"

"一派胡言！"太后怒道，"表示谢意就将自己的首饰赠给男人吗？岂有此理！这分明是私下传情之举，还不从实招来！"

心儿跪在地上，沉默不语。

正在此时，翠晶来了，对太后说有事情要向她禀报。

太后问何事，翠晶便将心儿写给皇帝的那封书信呈给了太后。

太后看罢，立刻脸色大变，盛怒道："心儿，你果然是个红颜祸水，竟屡教不改，将哀家的两个儿子都迷惑了，真是胆大包天！我看这宫里真是容不下你了，来人呀，将心儿拖出去杖责五十，撵出宫去！"

两个太监应声前来，架起心儿便走。

一直在一旁跪听的露儿急忙上前为心儿求情："太后息怒，太后息怒，看在心儿姐姐素日尽心尽力服侍太后的分儿上，您就饶她这一回吧！千万别把她赶出宫去啊太后！"

太后缓了缓脸色，道："心儿素日侍奉哀家的确有功，那就暂且将她留在宫中吧，不过这五十大板还是要打的，让她长长记性！"

一旁的符蓉撇撇嘴道："母后，犯了这么大的错就责打五十板子，这也太轻了吧？"

太后略一思忖："那就打她一百大板，绝不可手下留情，去吧！"

心儿便被两个太监拖出去行刑。

板子噼里啪啦一下接一下落到心儿身上，每一下都是钻心蚀骨地疼。心儿从小到大都是被父母娇生惯养的，哪里受过这样的重刑。不出十下，心儿就被打得皮开肉绽、鲜血迸出，却只能咬紧牙关，趴在刑凳上一动不动。心想这一百大板下去，自己的小命恐怕要保不住了。老天，你为何要对心儿如此残忍？匡胤，你在哪里呢，为何你也不管心儿了？一下接一下挨着，悲悲切切地想着，不禁流出一脸泪水。

在一旁观望的露儿吓得心惊胆战，心里急急想着：怎么办，怎么办呢？心儿姐姐素日对自己和晴儿都是很好的，一定要想个法子救她呀！可是，去找谁求情呢？

正焦急着，只见王皇后由一名宫女扶着向这边袅袅婷婷走过来。王皇后是个超脱的人，一心向佛，素日是很少来此处的，这次正巧来请安，也想着问一下皇上那边有没有书信给太后，却不料撞见这热闹场景。

露儿知道皇后是个善心的，忙飞跑着上前，在皇后面前跪倒求告："圣人，圣人，求求您救救心儿姐姐吧，太后要打死她呢！"

皇后吃了一惊，果然见两名执刑兵士正手执大杖狠狠地毒打着心儿姑娘，心儿趴在刑凳上，下身已是血肉模糊，脸色煞白一动不动，像是已昏死过去。便走上前，大喊一声："不要再打了！"

两名执刑兵士见是皇后，便停了下来。

皇后对二人道："别再打了，本宫这就去向太后求情。"说罢，便向太后的寝宫走去。

一见了太后，皇后便跪倒向太后求情："母后，儿媳斗胆向母后求个人情，求求您放过心儿姑娘。母后一向是个善心人，不管丫头们犯了什么错，您都莫和她们计较，小心气坏了自个的身子！"

太后见皇后来和自己求情，心下有些软了，摆摆手道："罢了，既然皇后都来给那丫头求情，哀家就放过她吧。露儿，你去将心儿扶到寝房去，给她上点儿药，让她养伤。"

露儿应声前去。

心儿被打了三十大板，下身剧痛，气息奄奄，哪里还能走路。露儿便求了两名小太监将心儿用春凳抬回到寝房里，又抬到床上去。

心儿的大腿和臀部皆是伤痕，下身还在淌着血。她只能趴在床上，紧咬着牙关，强忍剧痛。

晴儿见了血肉模糊的心儿吓得哭起来。露儿含着眼泪对晴儿道："你先别哭,去请个太医来,我把她身上的血迹擦一下。"

晴儿忙去请太医。

露儿拿了条干净毛巾,浸了热水,小心翼翼擦拭着她身上的血迹。

不一会儿工夫,晴儿引着一位太医进来了。太医见了下体满是伤痕的心儿,也吃一惊。因为当今皇上皇后都是极仁慈的,极少对宫里人动用刑罚,被打成这样的还真是少见。便将她的伤口细细瞧了,又拿了些治疗外伤的药给她敷上,临走时留下一些药物,嘱咐露儿、晴儿细心照顾着。

直到傍晚时分心儿终于清醒过来,睁开眼睛扭头看着自己的惨样子,苦苦一笑道:"我今儿算是到阎王爷门口转过一圈了。"

晴儿红着眼圈道:"心儿姐姐,你都伤成这样了还笑得出来!"又小声咕哝道,"这太后娘娘心也太狠了,犯了点错就要往死里打,可真够吓人的!"

露儿听她说到太后娘娘,忙正色道:"晴儿,不许胡说!让人听了去,咱们的小命就别想要了。"

晴儿忙掩了口。

心儿再次苦笑道:"是啊是啊,咱们这些奴婢简直就是些小蚂蚁,说被人踩死就被人踩死,这是什么世道啊!"

露儿急道:"心儿姐姐,求求你别再抱怨了,太后已经够慈悲了,今日若是依了那符夫人,非要了姐姐的命不可!"

心儿疼得直冒冷汗,吸着冷气道:"那符氏是何来头,为何连太后也像是惧她三分?"

露儿压低声音道:"姐姐还不知道吗,那符氏的父亲是周朝的国公,两个女儿先后做了周朝的皇后。听说当今皇上当初在周朝做禁军首领时,那周世宗曾因为害怕他会功高盖主,图谋皇位,便想杀了他,是符国公在周世宗面前极力说情,才使当今皇上躲过一劫。这符国公也算是救过当今皇上的性命,对皇上一家有大恩的,而且一直手握重兵、德高望重,就连皇上也得罪不起呢!所以太后才对那符氏忍让三分。"

原来如此,怪不得符氏那般嚣张。

看了看自己手腕上的镯子,心想,都是这破镯子惹的祸,干脆让露儿出去找块石头将它砸碎算了。转念又一想，万一日后那符氏要起可当如何，还是想办法将它摘下来，还给那符氏吧！

赵光义下朝后来到太后处，听说了心儿被打一事，回到自己府上，对着符蓉就是一耳光。

符蓉委屈地捂着脸道："好好的你打我作甚？"

赵光义怒气冲冲道："你这婆娘真是多事，为何一点儿事就跑到太后跟前去闹？把人家姑娘打成那样，你怎么一点儿仁慈之心都没有？"

符蓉涨红了脸，瞪着眼睛道："我还不是被你们给逼的吗？那小贱人仗着自己长了副好模样就勾引完皇上又勾引你，不给她点颜色看看她不得上天哪！太后不过命人打了她几下，看把你给心疼的，要真把她给打死了你还得休了我不成？"

赵光义黑下脸道："告诉你符蓉，你以后给我老实点儿，再无事生非瞎折腾，小心我真休了你！"

一听此话符蓉真的急了，叉起腰喊道："你敢！你休我一个试试，看我不把你赵家的皇宫掀翻了！"

赵光义气笑了，看着她道："我说你可真有本事，还能把皇宫掀翻？你说你怎么就这么小心眼儿呢，为夫身为皇弟，在外边喜欢个把女人怎么啦？就是娶上几房妾也不过分吧，你怎么就如此容不下呢？"

符蓉对他翻了个白眼道："还皇弟呢，至今连个王爷都不是，每月就那么点儿俸银，你再娶妾养得起吗？你想娶小老婆行啊，那你也当皇上啊，当了皇上三宫六院七十二嫔妃，后宫佳丽三千人，到时候谁管得了你？"

这话倒像点醒了赵光义，他怔了怔，认真道："夫人这话倒像说得在理，若是我赵光义真当了皇帝，这天下美女还不得争着抢着对我投怀送抱，哪个还敢拒绝我？"

心儿她如此偏爱皇兄，只怕也是为了那"皇帝"二字吧！

"呸，你为了个小贱人才兴了这当皇帝的心，以前我那么催你帮我圆了这当圣人的梦，你怎么就没往心里去呢？说来说去，还是那小贱人比我厉害是不是？"

赵光义笑道："要说厉害，自然还是夫人你厉害。你想啊，你符蓉是我明媒正娶的夫人，等我当了皇帝，你自然就是皇后，而她嘛，充其量也就是个妃子！"

一听这话，符蓉高兴了，绽开笑颜道："怎么，你真的有办法让我当上圣人？"

"虽然没有十足把握，但为夫愿意试上一试！叫皇兄死后把帝位传于我也不是没可能，这叫'兄终弟及'，历史上也是有过先例的。不过，这话千万不能对外人讲，若是传到皇兄耳朵里，那你我的脑袋可就……"赵光义说着伸手做了个砍头的动作。

"明白明白，夫君放心，符蓉一定会尽全力助夫君完成大业！"符蓉攥起拳头宣誓般地说道。

"唉，这就对了嘛，以后别去太后那儿瞎闹了，你若太闲可以去她老人家那里多走动走动，陪着她说笑说笑，讨好一下她。太后可是个说了算的，若是她肯替我说句话，事情说不定就成了。"赵光义闪着狡黠的目光道。

符蓉眼睛一亮，道："有道理，皇兄事事听太后的，太后的话可比圣旨还管用。"眼珠一转，又道，"光义你说，太后真会同意让你当太子吗？会不会更宠爱那个皇子赵德昭呢？不成，我看这事还得从德昭身上想想法子……"

"夫人真是越来越聪明了！"赵光义轻轻拥住她，笑着说，"不错，是要找机会打压一下德昭。还有，以后你对心儿客气点儿，别总把她当敌人，她毕竟是太后的人，又是皇上的心头爱，得罪了她没咱好果子吃。你若是真想帮我，就和她搞好关系，让她成为咱们的一颗棋子！"

"夫君说的是。"符蓉连连颔首道，"欲成大事者，必先有大忍。以后，我尽量忍耐就是。"

"好，这才是我的贤夫人！"赵光义笑着紧紧拥住符蓉，双眸现出邪魅贪婪的幽光。

符蓉踮起脚尖，将自己的红唇送上，温柔而火辣地吻住自己的夫君，口中喃喃道:"陛下,我的陛下,让臣妾好好侍候您吧!"

"哈哈,好!我的好皇后……"赵光义开怀大笑着,忽地一个翻身,将光滑热烫的夫人压到身下,闭上眼睛,动作起来……心底却狂喊着:"心儿,你是我的,你是我的!我一定会让你成为我的女人!"

## 第十一章

## 飞来横祸

第二日,赵光义下朝后便去看望心儿。

心儿躺在床上,闭着眼睛不理睬他。

一旁的露儿道:"心儿姐姐,赵大人来看你了。"

心儿闭着眼睛一声不吭。

赵光义对露儿道:"露儿,你先出去吧,我跟心儿说几句话。"

露儿对他福了一福,说了声是,便转身出去了。

赵光义冲着心儿笑笑:"心儿,我是来给你道歉的,让你受委屈了,都怪我那浑家多事,我替她向你赔礼道歉了!"说罢,向着心儿深鞠一躬。

心儿这才睁开眼睛,脸色淡淡地说:"不必道歉了,你是皇弟,岂能给我这婢女行礼?我并没有计较什么,只希望以后与大人你划清界限,切莫再生是非。若是再被打一次,我这小命就没了!大人你自然是不怕什么的,可我却怕了,我同你玩耍不起,请你放过我吧!"

赵光义正色道:"姑娘说得有理,以后我会注意的,不再同姑娘玩笑了。不过,我也想让你明白,我是真心喜欢姑娘的,我赵光义有生以来还是第一次对一个女人如此上心。符蓉说得没错,自从上次同你一起远行,我便深深迷恋上你了,不止一次在梦里与你相会,我……"

"别说了!"心儿厉声打断他的话,蹙起眉头扭过脸去,不悦地道,"我不想听!你喜欢谁那是你自己的事,跟我没关系!我说过我喜欢的人不是你。你走吧!"

赵光义见心儿情绪如此激动也不敢再说什么，想了想，便温声道："那好，我这就走，你好好养伤吧，回头我派个太医过来给你看看，有什么需要的就让露儿跟我说。"

"不必了，太医已来过了。我什么也不需要。赵大人慢走，不送！"心儿冷冷地说。

赵光义向她抱抱拳，转身欲走。

"等一下！"心儿忽然想起一事。

赵光义回转身子，道："姑娘还有何事？"

心儿将自己那只戴着镯子的手腕伸出来，冷声冷气道："这只镯子请你收回去吧！"

赵光义看了看那只镯子，道："这镯子送给你就是你的了，断没有收回的道理。你放心，符蓉那里不会再闹了。"说完，扭头便走。

"你若不收回，我便砸了它！"心儿厉声说。

"随你！"赵光义边向外走边说。

心儿真想把它砸掉，动了动身子，却感觉一阵剧痛，只得重新躺下。心想，算了，过些日子再处理它吧，还是想办法摘下来，还给那符氏为好。

露儿怕太后那边有事，便趁赵光义看望心儿时来到太后寝宫。

太后见了露儿便问道："露儿，心儿的伤可好些了吗？请太医看过了没有？"

露儿道："回太后，昨个儿已经请太医瞧过了，太医给上了药，现在心儿姐姐好些了，只是还不能下床，太医说伤到了筋骨，怕是得卧床几个月才能好利索。"

太后叹息一声："唉，哀家下手是狠了些，也是没法子的事。露儿你这些天就留在寝房专心照顾心儿吧，回头让膳房多做些好的给她补补身子，就说是我说的。"

露儿福身称是。

正说着，宫人来报韩妃娘娘前来请安。

韩妃自从怀上龙嗣后就很少来太后这里了，昨日听仲珠说原来那个曾得皇上盛宠的京娘被太后责打了，打得皮开肉绽，弄出很大动静，心下得意了一番，想着这两日来太后处请个安，讨好一下太后。

韩妃向太后行过礼，坐到软椅上，道："听说母后昨个儿被身边的婢女给气着了，今日可好些了？"

太后道："已没事了。你这几日身子如何，还闹着吗？"

韩妃答："托母后的福，已经不闹了，这几日总想着吃东西呢！"

太后颔首："嗯，如此便好。想吃什么尽管跟膳房要去，可不能亏待了腹中的龙嗣。"

韩妃笑道："多谢母后关心。母后也应保重圣体，少跟下人生闲气才是……"

两个人说了一阵子话，符蓉便来了，还带了一个婢女过来。

韩妃见符蓉过来，便同她打了个招呼，告辞退出。

符蓉对太后笑道："媳妇儿今日来是给母后道歉的。昨个儿都是我不好，不应因为一点儿小事就跟母后闹，惹得母后生气，还把好端端一个婢女给打了，都怪我都怪我。以后我再也不会犯这样的错儿了，就请母后原谅媳妇儿吧！"

太后一听这话，便笑道："嗯，这才是我的好媳妇儿。"

符蓉指指身边立着的女孩子，道："她叫周倩，是媳妇儿府上的婢女，母后就叫她倩儿吧！媳妇儿想着那心儿伤得不轻，这些日子也不能来侍奉太后，露儿和晴儿又不大懂事，太后身边没个伶俐的可不行，所以就挑了个素日最可心的婢女带来了，以后就留在您这儿供您使唤吧！"又转头对倩儿道，"倩儿，还不跪下见过太后。"

倩儿忙跪拜太后。

太后见这姑娘长相俏丽又低眉顺眼，像是个伶俐的，便笑道："好，这丫头我一见便喜欢，就留在我跟前儿吧。媳妇儿的一片孝心为娘领了，媳妇儿有心了！"

符蓉忙谦虚道："哪里哪里，媳妇儿做得还不够好，以后会全力对母后尽孝心的，母后，不如我讲个笑话给您听吧！俗话说笑一笑，百病消，您常笑笑，就什么病都没了。"

太后眉开眼笑道："好好好，哀家最喜欢听笑话了！"

韩妃回到自己寝宫，仲珠给她倒了盏茶，韩妃呷了口茶水，思忖一下，道："不行，我得看看她去。"

仲珠问："娘娘这是又要看谁去？"

韩妃道："去看看那位被打伤的美人儿去。看到她一身伤半死不活地躺在床上，本宫这心里才叫痛快。"

"有这个必要吗？"仲珠小声道。

"当然有必要了！她怎么也算是太后的人，本宫去看看她也是给太后面子。再说，本宫也想趁机整治整治她，看她以后再敢在皇上面前发骚！"

"本宫可不能空手去。"韩妃阴险一笑，道，"仲珠，我教你做一种好吃的，叫青果海鲜糕，多加点儿好料！你做好了给本宫拿来，再随本宫去看看那小贱人去。"

"娘娘这是要……下毒吗？"仲珠脸色有变。

韩妃阴恻恻一笑："下毒？我才没那么蠢！不过，这东西吃下去可比砒霜厉害，还验不出来！即使把她弄死，也没咱什么事儿！"

仲珠脸都绿了，只能诺诺道："是是是，娘娘真是高明！可是，娘娘，真要把她弄死吗？要不留她一条小命吧？"

"放肆！"韩妃一声怒喝，"留她一条小命，她日后不得要了老娘的命吗？有她没我，有我没她！即使我今日弄不死她，也得弄残了她！看她还怎么勾引皇上！"

这日午后，心儿正躺在床上闭目养神，有宫人来报说是韩妃娘娘到。心儿一怔，心想，这韩娘娘只在太后处见过一次，和自己并无任何来往，为何会来这里？

须臾便见那韩妃带着一名侍女进来了，一身的珠光宝气，翠色撒花洋绉曳地长裙拖出层层叠叠的五彩裙摆，鬓边一支凤凰展翅金步摇闪着炫目光彩。

稍显丰腴的下巴微微翘起，眼睛里带着目空一切的傲气，仿佛她才是宫中母仪天下的皇后一般。

心儿欠了欠身，道："心儿见过韩娘娘。"

韩妃微微一笑，道："姑娘身子不好，就不要行礼了。本宫听说心儿姑娘被打成重伤，心下不忍，特意来看望姑娘，姑娘可好些了吗？"

心儿说："奴婢好多了，多谢娘娘挂念。"

韩妃从一旁的仲珠手中取过一个红檀木精美食盒，道："本宫特意做了些糕点给姑娘吃，此糕叫作青果海鲜糕，海鲜还是以前皇上赏给我的，我这身子眼下也吃不了腥的，就留给姑娘补身子吧！"

心儿看着那食盒，淡声道："娘娘费心了，心儿多谢娘娘。心儿听说娘娘怀了龙嗣，这阵子身子可还好吗？"

韩妃将食盒放到一旁的案几上，摸摸还没鼓起来的肚子，得意地笑道："好着呢，有皇上关照着，我这龙儿越来越可人疼了，已经有胎动了。皇上说等他回来就给我这龙儿起名字呢，还说只要本宫将龙儿平安生下，就将本宫加封为贵妃（她目前的封号是贤妃）！唉，也不知道这皇上何时才能回来，姑娘可知道吗？"

原来她是来我这显摆皇上对她的恩宠的，这可真叫落井下石。心儿想着便淡然一笑道："皇上的事奴婢怎么会知道。奴婢恭喜娘娘了，不过娘娘这阵子可得当心，别不小心动了胎气滑了胎，皇上回来就不好交代了。"

韩妃的笑容僵在脸上，脸色倏地一沉道："怎么会滑胎呢！你这丫头说话真是难听，怪不得被太后责打呢！被打成这样也未长记性，我看还真是打得轻了！"

心儿冷笑道："若是娘娘觉得打得轻不够解恨，那就命人再将心儿打上几板子好了，什么时候娘娘解恨了什么时候停下来，还不成吗？"

"你，你这丫头怎么跟本宫说话呢，本宫是那意思吗？你是说本宫在记恨你吗，你有什么好让本宫记恨的，就因为你曾给皇上侍过几次寝吗？"韩妃急赤白脸道。

一旁的露儿忙跑过来向韩妃行礼："韩娘娘息怒，心儿不是那意思，心儿身子不舒服才一时说错了话，得罪了娘娘，还请娘娘多包涵。"

仲珠也道："是啊，娘娘何必因为个奴婢就动气呢，若是气坏身子就不好了。娘娘还是随奴婢回宫吧！"

韩妃气哼哼瞪了心儿一眼，转身随着仲珠走掉了。

"什么人啊这是！哪里是来看望我的，分明是来捅刀子的。"心儿愤然道。

"是啊，没想到这韩娘娘这般小心眼儿。"露儿说，"心儿姐姐别睬她就是，她亦是个惹不起的主儿。姐姐不晓得，她是太后的外甥女，皇上的表妹，咱们这小人物哪里惹得起啊！"

心儿叹口气道："是啊，这宫里没几个咱能惹得起的，以后我注意就是了。我这直性子，有时候还真是忍不住。"

不一会儿，晴儿从太后处回来了。见案几上有个精美食盒，便咕哝着肚子饿了，打开要吃那糕点。

"别吃！"心儿喊道，"小心有毒，还是先用银簪试一下吧。"

露儿将头上的银簪拔下来，向那糕上插了一会儿，拔出来细看，没见簪子有变化。

心儿不禁苦笑，心想：我这是以小人之心度妃子之腹，草木皆兵了。便对晴儿道："吃吧，没事了。"

晴儿便津津有味吃了起来，边吃边说："嗯，好吃好吃，露儿你也来一块吧！"

露儿也取出一块尝了，颔首道："味道还真不错，心儿姐姐你也来一块尝尝呗。"说完便取了一块糕点递给心儿。

心儿接过糕点，塞进嘴里，咬了一口。感觉味道有些怪异，便吐了出来，摇摇头道："我不想吃这东西，你们吃吧，我先睡会儿。"她把糕点随手放下，便歪着身子闭上眼睛休息。

到了傍晚醒来，一睁眼便看到晴儿和露儿两个人都弯腰捂着肚子喊痛，脸色煞白。

心儿心中忽悠一下：坏了，那糕点里果然有毒！怎么办？

"露儿晴儿，你们俩快去太医那里，就说吃了有毒的东西，叫太医想法子救你们！"心儿急急地说。

露儿和晴儿却疼得弯着腰，根本走不动路，只皱着眉头大声喊痛。

心儿正急得想大声喊人，门一开，太医竟来了。

董太医是来给心儿换药的，从门外听到里面有异样动静，便推门进来了。

心儿忙说："太医，她俩可能是吃东西中毒了，是吃了那糕点。"一边指指放在案几上的食盒，里面还有吃剩的半盒糕点。

董太医看了看二人的症状，又拿起一块糕点，放在鼻下嗅了嗅，颔首道："的确是中毒了。"

"那怎么办呢？严重吗？可有法子治？"心儿焦急道。

"不是很严重，放心吧，不会致命，不过得腹痛几日，拉几回肚子，将毒排出来就好了。幸亏心儿你没吃，否则就更惨了。"董太医道。

心儿不明白："这到底是怎么回事啊董太医？那糕点吃之前明明是验过毒的，怎么没验出来呢？还有，为何我吃了就会更惨？"

董太医手拿一块糕点道："这糕点是用两种材料做的，一种是猕猴桃，一种是虾蟹粉，这两种食物本身并无毒性，所以验不出来，但这两种食物相克，被人吃入腹中后，两种食物融在一起就会产生毒性。身子健壮的人吃下去会导致腹痛腹泻，若是身体虚弱的就会有更严重的反应。像姑娘这种身上有重伤的若是吃了，那伤口就会发炎溃烂，多日不好，最后导致残废，甚至有可能毙命！"

三个人都惊得目瞪口呆。

心儿更是听得一头冷汗，心中暗想：今日自己算是逃过一劫，这宫里的女人真是不可小觑，居然还有这样的投毒高手！看来自己日后得万分小心才能保住这条小命。

太医走后，晴儿道："那韩妃真是阴毒，要不将此事禀告太后吧，好让那韩妃受些惩罚。"

露儿道："我看还是算了吧，那韩妃是太后的亲戚，又怀着皇上的孩子，她若推说此事是无心之举，谁又能把她怎么样呢？"

心儿听露儿说得有理，便道："露儿说得不错，还是不要理那韩妃了，她能把毒下得这般高明，也算是个人才了！且留着她吧，以后外人再送来吃的东西，一律扔出去就是。"

接下来的一段日子，心儿便终日待在床上，睡觉或是读书。宫里有个藏书阁，藏书甚多。皇帝倡导以文治国，极重读书，规定藏书阁内的书籍宫人可以随时借阅。心儿便拜托露儿借来一摞书放于床头，每每睡醒后翻阅。心儿以为看书最可以使内心安静下来，"以书养伤"最好不过。

这日午后，晴儿去太后处当值了，露儿去太医局为她取药，心儿一个人半卧于床头，翻阅一本东汉赵晔的《吴越春秋》。刚看了半页，便听到有叩门声。

"哪一位？"心儿盯着书卷上的蝇头小楷问道。

"是琉璃，还有翠晶，我们俩来看望心儿姐姐了。"是琉璃的声音。

心儿微微一怔，心想，那琉璃是个单纯的，应该是真心来看望自己，可那个翠晶，该不会又是个落井下石的吧？一边想着一边道："进来吧。"

须臾，琉璃同着翠晶推门而入。

琉璃手中拎着一兜红橙青绿的果子，见了心儿便道："心儿姐姐，听说你被打伤了，伤得如何，如今好些了没有？"

心儿欠欠身，道："嗯，好多了，一点儿小伤，不妨事。有劳二位妹妹了。"指指一旁的两把木椅道，"琉璃、翠晶，你们俩坐下说话吧。"

翠晶睨了一眼心儿，不客气地坐下来。琉璃也将果子放到一旁的案几上，在椅子上坐下，静静看着心儿。

翠晶挑起一边嘴角笑了笑，道："听说心儿因为勾引皇弟被太后责打了，我们这做姐妹的听说了还真是心疼得很呢！"

心儿听了这话，便想，果然来者不善，是个来捅刀子的，便冷冷一笑道："心儿被打那天翠晶不是在场吗？不是你为太后添了一把火，让太后大怒的吗？"又沉下脸对琉璃道，"琉璃，我让你转给皇上的那封信你为何交给旁人，让她拿来加害于我？"

琉璃对此事还不知晓，一听此话，便讶然地看向翠晶，道："怎么那书信你竟没有交给信使吗？你怎么骗我呢？难道……你竟将它交给了太后吗？"

翠晶的脸有些变色，道："琉璃，你不明白，那信是她用来勾引陛下的，太后禁止她做那些媚惑君主之事，我也是奉太后之命才如此做的。"

心儿冷哼道："真是太后的好奴才！却不知皇上回来后该如何处理此事。那书信可是皇上先写给我的，我回他一封怎么竟成罪过了？是对是错且等皇上回来以后评判吧！"

琉璃一听此话便胆怯了，额上冒出细细冷汗，忙站起来向心儿行礼道："心儿姐姐恕罪，此事琉璃真不知晓，还以为翠晶把书信交给信使了呢。请心儿姐姐恕罪！"

心儿向琉璃道："琉璃，此事与你无关，我不会怪你的，你坐吧。"

琉璃仍是怯怯地立于一旁，不敢坐。

翠晶伸手将琉璃拽回，一边按着她肩膀令她重新坐下，一边满不在乎地撇撇嘴，道："琉璃，休听她的，拿皇上来吓唬人，谁怕呀，真是狐假虎威！让她跟皇上告状去吧，到时候，看看皇上是向着她这个当奴才的，还是向着我这个怀了龙嗣的。"她边说，边摸着自己肚子，一脸得意地笑着。

心儿听了这话，不觉一怔，讥讽道："哟，又来一个怀着龙嗣的，敢问翠晶姑娘这是何时侍过寝的，该不会是想皇上想疯了出现幻觉了吧！"

"不信是吧，本姑娘可是今日午膳时出现孕吐便请太医诊过脉的，已经确诊是有喜了。不信的话，你问琉璃！"翠晶得意地轻晃着脑袋说。

一旁的琉璃颔首道："是真的，太医的确是说翠晶姐姐怀上了，刚才翠晶已经去禀报过太后，太后大喜，说是等皇上回来后就册封她为妃嫔呢！"

心儿的脸陡然变了颜色，看来这翠晶不但是来给她往伤口上捅刀子的，还是来恶心她的！可又一想，不对呀，皇帝已外出亲征一个多月了，临行前还对自己情意绵绵的，约自己到那涟芙宫中去相会，怎么会令她怀上孩子呢，别是她和别的男人的吧？

想到此，便一笑道："皇上已走了月余，又何时与你亲近过？你该不会是和别的男人乱搞怀上了孩子，就胡说是皇上的吧，这可是杀头之罪啊！"

翠晶瞪圆一双杏眼道："心儿你莫胡说八道，皇上就是在临走之前的那个晚上令我侍寝的，就在迩芙宫中！瞧，皇上那夜对我很是满意，还特意赏了我这个呢！"说着，指指自己耳上挂着的耳坠子。

心儿仔细一瞧，见翠晶耳上戴的是一副红宝石镶金耳坠，竟与之前皇帝送自己的那副一模一样！又听说皇帝和她是在迩芙宫中做的，不觉心中忽地一沉，胸腔一阵发堵作呕。她强打起精神对翠晶道："既然如此，那心儿便恭喜姑娘了！"又对琉璃道，"琉璃，日后你便对翠晶小心侍候着吧，人家很快便是主子了，咱一个小奴婢可得罪不起！"

琉璃立刻颔首称是。

翠晶听出心儿这是在讥讽自己，便起身讪讪笑道："心儿姑娘谦虚了，你才是皇上的心头爱，虽说只令你做个奴婢，可皇上心心念念的还是心儿你呢！否则，也不会在战场上还想着给你寄信了。你就等着皇上回来宠幸吧，我这命苦的虽然偶尔侍个了寝，怀上了龙嗣，也未必就能得到皇上待见呢！琉璃，咱们还是走吧，别再打扰姑娘养伤了，只求姑娘等皇上回来后别再告我们状便是！"

心儿懒得再同她斗嘴皮子，便道："放心吧，心儿不会告什么状的，您都是主子了，心儿哪里敢呢！我也真是累了，想睡一会儿，就不留二位妹妹多待了，二位妹妹慢走。"

翠晶摇晃着那对晶光闪烁的耳坠子，头也不回地走出门去。

琉璃也起身向外走，又回头道："心儿姐姐，你想开些，好好养伤吧！千万别和任何人生闲气，小心气坏身子！"

心儿冲她微笑颔首。

翠晶和琉璃走后，心儿独自发了一阵子呆，不知不觉扑簌簌流下泪来。

这颗心终是被重重地伤着了。

明明那夜，皇帝口口声声说是要她心儿去迩芙宫里相会的，为何却让别的女人上了他的床，又偏偏要在迩芙宫中他们曾经欢爱过的那张床上！如今那翠晶连孩子都有了，能是假的吗？

这便是帝王之爱吗？移情竟是如此之迅疾，只管自己寻欢作乐竟全然不顾及她的感受！

自己这般苦巴巴地在宫里熬着又是为了什么呢？难道只是为了能时不常地看他一眼吗？只是为了给他挡住灾难好让他安安稳稳地坐在皇帝的宝座上吗？若他不再珍爱自己，他便是个与自己半点儿关系也没有的陌生男人，他的安危生死与自己又有什么关系？

可怜自己还曾想着在这皇宫大内之中做小伏低、忍辱负重，好有机会帮他避过命定的那一场劫难，如今看来自己真的是既自作多情又不自量力，居然妄想自己能够博得君王的专宠！自己真是太可悲、太可笑了！如今落得如此身心俱伤的结果也真是活该！是自作自受！

胸腔里只是堵得难受，却又呕不出来，连呼吸都觉得困难起来，嗓子像是肿了，身上的伤口撕裂一般疼痛起来，心头似是在流血，一滴接着一滴……

这时门口有响动声，是露儿取药回来了，心儿不敢让她看到自己泪水涟涟的样子，便侧过身子，将脸对着墙壁，佯装睡去。

一连几日，心儿都是不吃不喝的，连那汤药喝下去也是即刻吐出来，一张小脸日渐憔悴，脸色煞白，眼窝深陷，活脱脱一位病西施。露儿多次苦劝她吃些东西，她只是蹙眉摇头。露儿心下焦急，请了太医来看，太医也不明白她为何会如此。

眼看着心儿气息奄奄的，越来越虚弱下去，露儿没了主张，心里终日慌慌的，只盼着皇帝能早些回来，或许还能救她一命。

终于在七日后，听到了皇帝凯旋的消息。

皇帝是在平定了李筠之乱后便日夜兼程、风尘仆仆赶回宫中的。连口水也未喝便来至慈宁宫中向太后请安。问候过太后，便将目光转向一旁侍奉的宫女，心中只想尽快见到她，自己曾写过一封书信给她，却未曾收到她回复一个字，不知道她到底如何想的，原谅了自己没有。然而望向那两个侍女，却只见到晴儿在，还有一名侍女是陌生面孔，便向太后问道："母后，怎么未见心儿，她去了何处？"

太后面色平静道："心儿她身子有些不舒服，在自己寝房里歇着呢！"

皇帝一怔："心儿她怎么了？是病了吗？"

太后道："不是，是前些日子她犯了点儿错，哀家便责罚了她，打了她几下，伤了点儿皮肉，这些日子便一直歇着养身子呢！"

皇帝心中一紧，沉下脸道："什么？心儿被打了？伤得严重吗？到底因为何事？"

太后呷了口茶，淡然道："皇上莫慌，她伤得并不严重，哀家责打她是因为前些日子符蓉来哀家跟前闹，说是光义与心儿有了私情，心儿在那次出宫返家时便勾引了光义，赠了光义一副耳坠子，后来光义又赠了他一只翠玉缠金镯子。证据确凿，哀家也不得不信，便责打了她几下。"

皇帝听后十分狐疑，皱眉道："心儿勾引光义，这怎么会？不可能！心儿不是那样的人！一定是那符蓉误会了，母后怎么能不分青红皂白便责打她呢？"

"非是哀家是非不分、轻易责打下人，而是证据确凿，不信的话，皇上自己看。"边说边将那对红宝石耳坠扔到皇帝面前。

皇帝弯腰将那耳坠捡起细看，没错，果然是自己曾送与她的那对耳坠子。

"这是符蓉从光义袖袋中翻出来的，她自己已承认是她亲手赠予光义的。一个姑娘家竟将自己的贴身饰物赠予男人，不是传递私情又是什么？还有，光义赠了她一只镯子，若是她对光义没有情，又为何日日戴着那镯子片刻不肯摘下呢？"太后缓缓而严厉地道。

说得皇帝心中一阵骇然，脸色大变，却仍是不相信地摇头道："不，朕还是不相信！她不会的，光义也不会！"

正说着，赵光义来了，拜见过太后之后，又向皇帝叩首："臣弟拜见皇兄，皇兄为国亲征辛苦了。"

皇帝顾不上说别的，只向光义道："光义你起来，去到偏厅，朕有几句话想和你说。"

二人来到偏厅，皇帝直截了当地问道："光义，朕且问你，心儿对你有情可是真的？你二人互赠信物可是真的？"

赵光义见皇帝脸色铁青、目光凌厉地瞪着自己，便"扑通"一声跪倒，以头碰地，道："皇兄恕罪！心儿她的确似乎对光义有情，曾将自己的耳坠子赠予了我。臣弟开始也是甚感惊慌，不知是不是因为那次她被赶出宫去，皇兄伤了她的心呢？"

皇帝脸色黑得要滴出墨来，沉声道："那你呢，你也喜欢她吗？"

赵光义颤抖着身子，低头却是肯定地道："是，臣弟也喜欢她。臣弟知道自己罪该万死，不该觊觎皇兄的女人，可就是忍不住喜欢她，还斗胆赠了一只镯子给她。臣弟知道错了，请皇兄责罚！"说罢，以头触地，额上冷汗直冒。

皇帝已是怒火中烧，狠狠瞪着赵光义，真想用力甩他几十个耳光。却努力忍住怒气，盯着他看了半晌，道："你起来吧。的确是朕伤了她的心，不怪她对朕绝望，她一时不冷静做出赌气之事也是有的。至于你，一个正常男人，见了她那般出色女子心生喜欢也是人之常情。朕今日就不责罚于你，只是此事到此为止，以后不许你们再有来往，可能做到？"

赵光义忙道："光义能做到，能做到，多谢皇兄开恩！"

皇帝道："平身吧。"说完转身拂袖而去。

赵光义抬头看着皇帝离去的背影，长舒一口气，嘴角泛起一丝不易察觉的冷笑。

皇帝来至心儿的寝房，见露儿正坐在床前给心儿喂汤。心儿吃了两口，便摇头表示吃不下了。

露儿见皇帝前来，慌忙站起身将汤碗放到案几上，跪倒在地："陛下，您来了，露儿见过陛下。"

皇帝向她摆摆手："起来吧。"便向床上卧着的心儿看去，心下猛地一惊，不过是一个多月的时间未见，心儿竟憔悴得不成样子，原先的鹅蛋脸瘦成了一条，脸色煞白毫无血色，连嘴唇也是苍白的，唇上还有几个血泡，有气无力地卧在枕上，似乎连睁开眼睛的力气也没有。

"心儿，你这是怎么了？"皇帝心中一紧，忙奔至床前，伸手握住心儿的一只手，只觉那只小手冰凉冰凉，似乎了无生气。

"不是说就打了几下吗？怎么竟伤成这样？"皇帝紧蹙眉头道。

露儿跪在地上,眼中含着泪水道:"哪里是打了几下,是打了整整三十大板,被打得皮开肉绽,筋骨都伤到了,本来太后是要打她一百大板的,幸亏皇后求情,才放过了她。否则,心儿姐姐非被打死不可!"

"胡闹!"皇帝怒吼一声,心中气母后对心儿太过狠心,又不好发作,只好问道,"请太医治过没有,为何看着如此不好?"

露儿眼泪汪汪道:"太医已来过多次了,外治内服的药也用了不少,前些日子本来是见好的,可不知为何这几日又恶化了,不吃不喝,连口汤都喝不下,整个人像是垮掉了,求陛下快想个法子救救姐姐吧。"

皇帝听得一阵揪心,对着憔悴不堪的心儿长叹一声,又对露儿道:"朕知道了,朕一定会想办法让她好起来的,你先出去吧,朕陪她一会儿。"

露儿点点头,起身出去了。

皇帝将放在案几上的那半碗汤端起,用汤匙舀了送到心儿嘴边,温声说道:"心儿,心儿,匡胤来看你了,你喝口汤吧。"

心儿慢慢睁开眼睛,淡漠地看了他一眼,摇了摇头。

"不吃不喝怎么行?连说话的力气都没有,来,把汤喝了,你有什么委屈跟我说,你若不喝,那我就一直端着这汤,今日就不走了。"皇帝执拗地说。

心儿看了他一阵子,撑着身子半坐起来,靠在枕垫上,张开嘴慢慢喝了那汤,连喝了小半碗,身上似乎有了力气,开口小声道:"多谢陛下,心儿不喝了。"

皇帝见她脸上有了点儿血色,便将那汤碗放下,对着她看了一会儿,一脸心疼地道:"心儿,对不起,我替太后向你道歉,让你受委屈了。我保证,以后类似的事情再不会发生。"

心儿冷得像是脸上敷了一层薄冰,缓缓道:"陛下不必如此,心儿不过是个奴婢,被太后责打几下有什么好委屈的。"

皇帝将她的一只手紧紧握住,看住她的眼睛道:"不,心儿,你不是奴婢,你是我的女人,是我赵匡胤心爱的女人!我有责任保护好你,以前是我错了,我没有尽到责任,以后我不会再软弱了!若是连自己的女人都保护不好,还当这个皇帝做什么?"

心儿听后淡漠地一笑,将自己的手从他手中抽出,皇帝这才注意到这只手的腕子上果然如太后所说戴着一只翠玉缠金手镯,这镯子以及她淡漠的表情令他的心越发沉重。

只听心儿淡淡地笑着道:"皇上何必说这些个话来哄心儿高兴呢?皇上是个大忙人,政务繁多,日理万机,又刚刚征战回来,与其来我这不相干的人这里浪费时间,不如去陪陪你那些爱妃去。那韩妃、翠妃都怀着皇上孩子呢,皇上很快就会儿女满堂的。至于心儿,就是个孤独命,我认命就是,不劳皇上挂念了。"

一席话说得皇帝有些莫名其妙,怔了一下道:"什么韩妃、翠妃的,你这是说谁呢?你是因为翠晶侍寝的事生气吗?那件事是有原因的,你且听我和你解释……"

"不必解释,我不想听!"心儿沉下脸扭过头去,心中暗想:做都做了,还解释什么?难不成那翠晶还能强迫你不成?敢做不敢当,好个没劲的男人!

皇帝见她扭过头对着墙壁,一副冷冰冰的样子,只好道:"那好,你不想听,我便不说了。你好好养身子吧,明日我再来看你!"

心儿冷冷道:"皇上不必来了,心儿不想见您!"

皇帝有些不悦,道:"那心儿想见谁?可是送你手镯的那位吗?"

心儿听罢气不打一处来,气咻咻道:"我想见谁与你何干?"

皇帝忍住气,沉声道:"心儿,你身子不好,朕不与你计较。你说得没错,你想见谁,你心里想着谁的确与朕无关,以后朕再也不会干涉你了。只请你保重自己身子,好好的,别再作践自己了!"

心儿冷笑道:"我被人打成这样,竟是自己作践自己?好好,你走吧,我知你也并不是真心想见我的,明日我便出宫去,从此你我也不必相见了!烦请皇上将那出宫的腰牌派人送过来吧!"

皇帝忽地起身瞪着她道:"心儿,你到底是怎么了,因何变得如此不可理喻!是因为身子不舒服心情不好吗?好吧,朕不与你计较了,你若非要出宫,也等身子好了再说。朕走了,你好好歇着吧。"说完,转身便走。

"等一下。"心儿将头扭过来,对着他的背影道。

皇帝停下,转过身来,期待地看着她。

"陛下,心儿想劝陛下去皇后那里看看,皇后她是个好人,不应该被夫君冷落。"心儿平静而真诚地说道。

皇帝叹口气,道:"朕知道了。"说完,便转身出去,脚步迟缓而沉重,高大身影也有些颓萎。


皇帝心情凝重,缓缓来至皇后寝宫,刚一进门,便觉眼前陡地一黑,身子晃了晃,晕倒在地。骇得皇后忙奔过来,抱住他的头喊道:"官家,官家,你这是怎么了?"

皇帝病倒了,太医诊脉过后说是因为连日奔波劳累又受了些风寒,再加上心情焦虑不安造成的,需静心调养一阵子。皇帝怕太后担心自己,也怕文武大臣们纷纷前来探病,便令宫人及太医封锁了自己生病的消息,只说是亲征后有些劳累,需要休养几日。

心儿见皇帝真的不再前来看望自己,以为他真的是不再在乎自己了,越发觉得留在此地没甚意思,便真的生了离去的心。

离宫是需要力气的,总要先让自己的身体好起来,她便强迫自己多吃些东西,按时服药。

过了几日,身体略好了些,可以起床慢慢走一会儿了,她便求露儿向皇上去要出宫腰牌。露儿苦劝了半日,心儿仍坚持要走,露儿只好去到勤政殿求见陛下。

有个内监告诉她陛下不在勤政殿,已几日未来了,八成是在皇后那边。露儿便转身前往福宁宫,顺着那绿荫花岗石小道走到半路,恰见琉璃手里拎着一个纸包从对面婷婷地走过来,琉璃见了露儿便道:"露儿姐姐,你这是要去哪里?"

露儿见是琉璃,便站住道:"琉璃,你可见过皇上吗?"

"皇上在皇后那边歇着呢,身子有些不爽,这些日子都不见外人,你找皇上所为何事?"

"怎么，皇上病了？露儿是找他要出宫腰牌的。"

"出宫腰牌？姐姐要出宫去吗？"

"不是我要出宫，是心儿姐姐要走，我劝了半日死活拦不住，非要走不可呢！"

"啊？"琉璃吃惊道，"心儿姐姐是想出宫去不再回来了吗？"

"看样子是。"露儿愁着一张脸道，"许是对这宫里的人绝望了吧？那日皇上去看过她，皇上走后她硬是独自愣了半日，一声接一声叹气，嘴里还念着'哀莫大于心死'之类的话，想是真的伤心了吧。"

琉璃思忖了一下，道："不行，我得去劝劝心儿姐姐去，可不能让她离开啊！"又晃了晃手中拎着的那包东西道，"正好，皇上派我给心儿姐姐送东西去，说是吴越国进贡的灵芝草，泡水喝对身体好着呢！"

于是，琉璃便随了露儿来至心儿寝房。

心儿已收拾好包裹，就等着腰牌到手后走人了。

琉璃见了心儿就将她的包裹夺过来扔到一旁，道："心儿姐姐莫急着走，听琉璃把话说完再做决定如何？"

心儿淡然道："琉璃你有什么话要说便说吧，反正以后再见面就难了。"

琉璃拉着心儿的手坐在床边，道："姐姐，琉璃是一直在皇上跟前侍候的，皇上和姐姐之间的情谊琉璃是心知肚明的，琉璃也知道姐姐要走定是对皇上失望了。其实姐姐有所不知，皇上对姐姐的心思从未变过呢！姐姐可知道皇上刚刚亲征回来，水也没顾得上喝一口就来看姐姐了吗？在姐姐这儿走后，皇上便病倒了。至今还躺在福宁宫里养病呢，前两日发起烧来，嘴里喊的可都是姐姐的名字。"

心儿一怔："琉璃你说的可是真的，皇上他真的是病倒了吗？现在好些了没有？"

"今日刚刚好些，便又惦记着心儿姐姐你，特地命我拿了灵芝草来看望你呢。"说着指指一旁的纸包。

心儿心中一暖，低头不语。

琉璃接着说："我也知道心儿姐姐是被那翠晶气着了。翠晶她做得是太过分，可这事不能全怪皇上。出征前那几夜，皇上夜夜在迩芙宫里等待心儿姐姐你，你没去，他便一个人饮了许多酒，喝醉了。是翠晶打扮成姐姐的样子去了皇上跟前，许是皇上将她当成了姐姐，才有了那一次侍寝。还有那对红宝石耳坠子根本不是皇上赏给她的，是她自己依着姐姐那副的样子做的，她那么说不过是想气你。你若是走了，翠晶便真得意了呢！"

心儿眼中有了亮光，抬头对琉璃道："你说的可是真的？"

琉璃颔首道："千真万确，我和翠晶住在一处，她那点儿鬼把戏怎能瞒得过我！姐姐放心，皇上对她并无半点儿爱意，就连听说她怀了龙嗣也是对她淡淡的，封妃的事提也没提，只令她以后莫再干重活，好好养身子。皇上若是心里没有心儿姐姐，为何在战场上还给你写信？为何在病中还念着姐姐的名字？琉璃将话说到这里，姐姐还是不相信皇上，还是要走吗？"

心儿低下头思忖道：看样子我的确是误会他了。只是这是走是留，还真是个难题。若真如琉璃所讲，他对我有情，我自然乐意留下来。可是这样是不是会伤了皇后的心呢？我因那翠晶犯恶心，皇后怎么不会因我犯恶心？大家都是女人，女人何苦为难女人？再说皇后对我可是有救命之恩的，又是那样一个心地良善的人，我怎么忍心再给她添堵呢？不如还是走吧。

想到此，便抬头对琉璃道："琉璃妹妹，心儿要走是有一些其他原因的，不是因为翠晶，也不关皇上的事。我已经做好决定了，还请妹妹再帮我一次，去向皇上讨了那出宫腰牌来吧。就算姐姐求你了。"

"妹妹求你了，姐姐还是留下来吧！"琉璃恳求道。

心儿摇摇头："妹妹别再劝我了，没用的，这里不是我该待的地方，我要去我该去之处。"

琉璃见自己如何苦劝也没用，只好道："好吧，我去告知皇上，让他亲自来劝你。"

"不不不，你千万别让他来，他不是还病着吗？你让他安心养病吧。算了，琉璃你莫去找他要腰牌了，我想起来，太后那里也是有出宫腰牌的，不如我去向太后讨吧。还有，你等一下。"说着，心儿站起身来，走到那写字用的红木桌案旁，将桌案上的砚台拾起，又将那只戴着镯子的手腕放到花岗石案几上,另一手将砚台举起,对着自己的手腕便砸了下去,只听"哗啦"一声脆响,那只翠玉缠金手镯瞬间便变成了一堆碎玉金箔,手腕上也被砸得血红紫青了一片。把琉璃和露儿都吓了一跳,不知道心儿这是怎么了。

心儿将那碎玉金箔用一块帕子包了,交给琉璃,道:"你把这个交给皇上,告诉他我这儿好好的,身子已经好多了,别的什么也别说,去吧。"

琉璃忙颔首说好,拿着那包碎玉出去了。

心儿刚要去见太后,觉得一阵头晕眼花,身子晃了晃,险些栽倒。

露儿忙扶住她,劝道:"姐姐劳了这会子神想是累着了,身子还没好利索呢,还是上床歇着吧,那腰牌回头我帮你向太后去讨就是。"

心儿觉得胸中确实难受异常,便上床去歪着了,她在心里想道:这次说什么也要离开了,匡胤,看来你我当真是无缘相守了……

# 第十二章

## 相爱终相知

琉璃来到福宁宫中,见到皇上皇后,皇上下身盖着素色锦衾,半卧于榻上问:"你可见过心儿了?她好些没有?"

琉璃跪在地上,道:"回陛下,心儿姐姐身子是好些了,可她闹着要离宫,皇上快想个法子留下心儿姐姐吧!"

皇帝心中一紧,蓦地坐起,双眸急切望向琉璃:"怎么,她真要离宫?"

"是啊!"琉璃激动地道,"任凭奴婢怎么苦劝都没用,姐姐非要走,看样子是铁了心,一开始请求奴婢来向皇上讨要出宫腰牌,后来听说皇上病了,就说她自己向太后讨腰牌去,还让奴婢把这个交给皇上。"说完将手中那包东西呈给皇帝。

皇帝接过那包东西,见是一方绣着金色雏菊和翠绿飞鸟的绢子,里面似乎包裹着什么,打开那绢子,只见里面是一小堆碎玉和金箔,在疏落阳光下闪着微微刺目的光芒。

皇帝疑惑道:"这是何物?"

"是心儿姐姐把自己手腕上的镯子砸碎了,奴婢也不晓得是什么意思。"琉璃道。

皇帝恍然明白了:她这是在告诉自己她与光义并无牵扯。如此看来,她要走八成是和自己前几日对她说的那番话有关,定是那话刺伤了她的心。唉,自己真是糊涂,怎么会怀疑她和光义呢?真是亵渎了她对自己的一片真情!

想着皇帝便欲起身:"不行,朕得去劝劝她,绝不能让她走!"

一旁观望的皇后连忙上前扶住皇帝："官家，你身子还未好呢，就不要去了吧。不如将此事交给月虹去处理，官家放心，月虹有办法使心儿姑娘留在宫中。"

皇帝犹豫片刻，道："你当真有办法使她留下来吗？"

皇后微微一笑，道："是，官家放心，且躺着吧，月虹去去就来！"

皇帝思忖片刻道："也好，那此事就交给皇后了。"说完，复又躺下，一边对仍旧跪在地上的琉璃道："你随皇后再走一趟吧！"

琉璃忙颔首称是。

皇后换了件月白色银纹绣莲花的长裙，挽了个简单的桃心髻，只戴几星乳白珍珠璎珞。宽大裙幅逶迤身后，显得优雅而清丽。

琉璃搀扶着皇后，很快便来至心儿寝房。

心儿见皇后来此，忙翻身欲下床，一边道："圣人怎么来了，心儿见过圣人。"

皇后上前扶住她，微笑道："姑娘身子不好，就不必动了，且在床上歪着说话吧。"

皇后欠身在床边坐下，又转头对一旁的琉璃和露儿道："你二人出去走走吧，本宫与心儿姑娘说一会儿话。"

琉璃和露儿躬身称是，随即退出将门关上。

皇后温和如水的目光在心儿面上悠悠拂过，温声道："姑娘的身子好些了没有？"

心儿挑起嘴角一笑道："多谢圣人垂爱，心儿近日好多了。心儿一直想找个机会当面感谢圣人，那天若不是圣人求情，心儿恐怕就不在人世了。心儿在此谢过圣人救命之恩。"

皇后浅浅笑道："姑娘言重了，那日本宫也不过是开口向太后求了个情而已，何谈救命之恩。"说着伸出玉手将心儿的一只手轻轻拉起，温和看着她的眼睛道，"本宫听说心儿要走，可是因为太后吗？太后并非狠心之人，那日只是一时急切罢了。姑娘放心，太后那里本宫找个机会再去劝劝，求她日后勿再责打姑娘便是。"

心儿低头垂目道:"多谢圣人怜爱。心儿要离开此处,并非因为太后。太后是个极好的人,心儿并不怨恨太后。心儿只是觉得这里并非我该来的地方,来此地是个错误,心儿离开只是想纠正这个错误而已。"

皇后看了她半晌,轻叹一声,将心儿的手轻轻握住,道:"姑娘的心思本宫是明白几分的。官家曾与我说起过姑娘多次。姑娘与皇上互救过性命,还曾冒险献过龙袍,姑娘与皇上之间的情分非同一般,这一点本宫是理解的。在本宫心里姑娘也不是一般俗类。本宫从心底里是不愿姑娘走的,皇上更是希望姑娘能长留宫中。姑娘是皇上心里的一片光,皇上日日想的都是家国天下,还要不停征战,思虑万千,不知道有多苦多累。你若走了,他心里的光熄灭了,只会更苦更累!我是皇上的结发妻子,也是最疼他惜他的人,我情愿有个人能为他分忧解愁,情愿他能活得畅快如意些。"

一番话说得心儿内心大为感动,险些流下泪来。她心想,如此贤惠至极的女子还真是古今鲜有!便抬头道:"圣人言重了,心儿对皇上哪有如此重要,圣人才是皇上身边最重要的人。心儿知道圣人也深爱着皇上,心儿是不该来此夺人所爱的,心儿有罪。"说罢,绯红了脸颊,低下头去。

皇后淡淡一笑道:"本宫的确深爱官家,只是也明白,爱一个人就要替他考虑,让他舒心,这才是真爱。"

"可是如果爱一个人爱到委屈自己,那这爱还有什么意义?"心儿低头咕哝道。

皇后又是浅浅一笑,道:"当然有意义,看着他舒心我便舒心了。"

皇后的话令心儿不免心生敬佩。她敬佩皇后对陛下的深情,敬佩她的大度,更是敬佩她的洒脱。她真的是位贤德仁爱的皇后!只可惜她身子太弱,终日病恹恹的,为人又清心寡欲,只怕任何男人都不会对这样的女子有兴趣吧?唉,也是一个苦命女人。

皇后见她低头不语,脸色略略转冷,接着劝下去:"这后宫里佳丽几百个,有几个是真心为皇上好的?那两个怀着龙嗣的女人是什么德行,本宫是心知肚明的,不过是碍于太后面子,又因怀着龙嗣,拿她们没办法而已。其实本宫希望留下姑娘也是存了份私心的,这后宫里的争斗不用我说想必姑娘也清楚,那些个不怀好意的,指不定哪天就把冷箭射向我。我又是个心肠软的,又天生愚钝,哪里斗得过那虎狼之心?所以心里便希望有个硬气又聪慧的姐妹能帮帮我。姑娘若真心感激我,那便答应了本宫留下来吧!"

皇后双目恳切看着心儿。话说到这个份儿上,心儿哪里还能坚持下去,便在床上跪了,道:"皇后,心儿何德何能,能得到皇后如此看重,心儿不走便是了。皇后放心,心儿日后定会尽我所能维护皇后娘娘。"

皇后粲然一笑,伸手扶住心儿道:"姑娘别跪了,当心身子。姑娘答应便好,本宫也放心了。"略想一下,又温声道,"若是姑娘不想再待在太后这里,那本宫便与皇上商量,要你去做个司籍吧,姑娘是个博学多才的,只做奴婢当真是埋没了。"

心儿迟疑片刻,心想司籍应该就是掌管经籍图书、笔札案几之事的宫女吧,这职务对自己倒挺合适。只是……她又突然想到要为皇上挡灾的事,心想若是离开了太后,不就得不到那些有用的消息了,思前想后,还是决定继续留在太后身边。

"多谢圣人好意,不必麻烦圣人了,等我身子好些后,还是去太后身边侍奉吧。太后已经习惯了心儿,怕是换了人太后也会不适应。再说,心儿若是要求去做别的,怕是太后会觉得心儿是因为一次责打便怨恨了她。心儿知道,太后是个善心的人,只是从前对心儿有些误会。日久见人心,心儿相信太后会明白心儿是个什么人的,请圣人放心吧!"

皇后笑容明亮,颔首婉声道:"姑娘能如此想便好。"

送走皇后,心儿歪在床头独自发呆。

自己终究是没能放下。

是心中的这份情太过执着了吗?情爱一旦执着,便会变成折磨。看来,这世间最难之事,不是别的,正是"放下"二字。

皇帝听说心儿已回心转意,不再闹着离宫,一颗悬着的心这才放下来。在皇后的精心照料下休养了几日,龙体康复,便去垂拱殿上朝。白天会见文武大臣处理政务,夜晚宿在勤政殿,往往要看折子至深夜才肯就寝。

这日，皇帝又看折子到子夜时分，琉璃前来奉茶，将一盏龙凤团茶轻轻置于案几之上，低声说了句："陛下请用茶。"

皇帝抬眼看了看琉璃，道："这几日你去看心儿了没有，她身子恢复得如何了？"

琉璃跪下道："回陛下，奴婢今日午后去看了心儿姐姐，她气色比前几日好多了，也能吃下东西了。"

皇帝道："那便好。朕那日去看她，觉得她住的地方有些阴冷，你明日同着王大官一起去给她调换一间朝阳的寝房，要宽敞些的，房内布置得舒适一些，就按迩芙宫里的样式布置吧，让她单独住。再到御膳房打个招呼，要他们每日做一些清淡可口的给心儿送去。"

琉璃俯首称是。

皇帝向她摆摆手："去吧，无事了。"

琉璃起身正要退出，皇帝却道："等一下，朕还有一事想问问你。"

琉璃复又跪下道："陛下请讲。"

皇帝端起茶盏，呷了一口茶道："前些日子朕在外地亲征时曾让你给心儿转交了一封书信，你转给她了没有？"

琉璃心中一紧，期期艾艾道："转给……转给心儿姐姐了。"

"那她看后有何反应，没有回信给朕吗？"

琉璃心中一阵恐慌，额上冒出冷汗，战战兢兢道："回，回了。"

"哦？那为何朕没有收到回信？"

琉璃骇得身子一颤，支支吾吾道："是……是因为……因为……"她心里想着：完了，皇上果然追问起此事，怎么办呢？此事太后那里向她交代过，书信的事莫要告诉皇上。那她现在是说还是不说呢？

皇帝见琉璃吞吞吐吐，欲言又止，便猛地一拍案几大声道："快说！"

琉璃吓得一个机灵，只得大着胆子实话实说："是，奴婢这就说，奴婢按照陛下的意思将那书信交给了心儿，心儿姐姐其实马上就给陛下写了一封回信，要奴婢转交给信使。可是……"

"可是怎样？"皇帝一双星眸逼视着琉璃。

"可是那信被翠晶强行夺了去,竟交给太后了,太后看到那信便动了大怒,当时又有符夫人在太后跟前告状,所以太后才责打了心儿姐姐。"琉璃胆战心惊地说着,额上渗出一层冷汗。

"大胆!竟有此事!"皇帝果然龙颜震怒,猛地一拍案几,"竟敢将给朕的回信私自转交别人,是活腻了不成?"

琉璃吓得几乎瘫倒,只听皇帝怒冲冲道:"你去,将那不知死活的贱婢给朕叫来,朕要好好审审她!"

琉璃心中恐惧异常,忙叩首道:"陛下息怒,陛下息怒,翠晶怀着龙嗣,这几日害喜身子不爽,早早歇下了,要不明日再审她吧!"

皇帝怒道:"就因为怀着龙嗣便要胡作非为,目无君王吗?你马上去,速速将她传来见朕!"

琉璃只好应了声是,起身迈着小碎步迅速奔了出去。边跑边想,这下完了,自己多言多语闯祸了!私转给皇帝的书信可是大罪,搞不好脑袋就得搬家了,这可如何是好呢?事到如今,只能让那翠晶去苦求皇上开恩了。

翠晶与琉璃合住在勤政殿偏殿的一间厢房里,这些日子,翠晶凭着自己怀上了龙嗣便以皇上的宠妃自居,每日懒洋洋歪在床上,好吃懒做,害喜之后更是摆着贵妃架子,把所有的活儿都推给琉璃做,还动不动就斥骂宫女和小太监们。这天晚上骂人骂得有些疲倦,早早便睡下了,睡得正香,却觉得有人在使劲儿摇晃她,并听到一迭声的呼喊:"翠晶,别睡了,快起来!快起来!"

翠晶睁开眼睛,见是琉璃在喊她,心中气恼,睡眼蒙眬地道:"不许打扰本宫,没见本宫在睡着吗?"

"别本宫了,快起来吧,出大事了!"琉璃大声喊道,"皇上要你去见他!"

"啊?皇上要见我?"翠晶一听这话来了精神,忽地坐起,惊喜地拍手道,"皇上终于肯见我了,一定是要给我封妃了!"

"封什么妃,没准儿是要赏你三尺白绫呢,你能保住小命就不错了!"琉璃一脸肃然道。

"啊?怎么回事?"翠晶见琉璃不像是在开玩笑,也敛起笑容惊问道。

"刚才皇上追问起心儿给他回信的事,我没办法全招了,皇上龙颜大怒,要治你的罪呢!"

翠晶大惊失色,一边慌忙起身穿好衣服,一边埋怨着琉璃:"你这死丫头,怎么把这事告诉皇上了,太后不是吩咐过不许将此事告诉皇上吗?你怎么背后告密啊你,你想害死我吗?"

琉璃沉着脸道:"哪里是我想要告密,是皇上逼问我的,我能跟皇上说谎吗,若是被拆穿那不还是个死吗?"

翠晶慌道:"那怎么办?一会儿皇上非揭了我的皮不可!要不,你赶紧去告诉太后一声吧,要太后救我!"

"算了吧,若是告诉了太后,这事就更闹大了,皇上那儿不得更气,一剑结果了你都有可能!现在最好的办法就是你去苦求皇上,争取让皇上饶恕你,皇上是个仁慈的人,只要诚心认错,他一定会放过你的,何况你还怀着他的孩子呢!"

"对对对,我怀着龙嗣呢,皇上不会把我怎么样的。"翠晶这才不再那么惊慌,还故意穿了件宽大的孕妇装,同着琉璃一起去见皇帝。

翠晶来至皇帝跟前,"扑通"跪倒在地,琉璃也在一旁跪下。

翠晶叩头道:"奴婢翠晶叩见陛下。"

皇帝浓眉紧蹙,一双星眸闪着寒光,瞪着翠晶怒道:"大胆奴婢,竟敢私转心儿给朕的回信,你是不想活了吗?"

翠晶浑身发抖,小声狡辩道:"奴婢知罪,奴婢知罪!奴婢不知道那是回信,还以为心儿写了情诗勾引皇上呢,奴婢怕皇上在征战之中分心,所以才私自将那信交与了太后,奴婢也是为皇上好,是太后交代奴婢要照顾好皇上的。"

"大胆奴婢,做了错事还狡辩,竟搬出太后来压朕,是想让朕一剑结果了你吗?"说罢,"噌"地拔出挂于墙壁上的赤霄宝剑,用闪着银光的剑头指着翠晶的脖颈,星眸之中寒光闪闪。

翠晶吓得瘫软在地,险些魂飞魄散,哆嗦着道:"皇上饶命,皇上饶命,奴婢不是那个意思,奴婢是真心为皇上考虑才那么做的啊!"

一旁的琉璃也吓得连连叩头道:"皇上息怒,皇上息怒,皇上病后初愈,小心气坏了身子。翠晶她真的不知道是您先写了信给心儿姐姐的,您就念在她怀着龙嗣的分儿上饶了她这一回吧,皇上!"

皇帝冷哼一声,将剑缓缓收起,对着翠晶怒道:"若不是看你怀有龙嗣,朕今日绝不轻饶你!罚你掌嘴二十,以后勿再去太后处搬弄是非、兴风作浪,否则,定将你重重治罪!"

翠晶低伏于地上,哆嗦着道:"谢陛下开恩,奴婢再也不敢了!"

"是你自己掌嘴还是叫内监来?"皇帝沉着脸道。

"我自己,我自己!"翠晶一边忙说,一边抬起头来,伸出手掌对着自己的脸颊狠狠扇了二十下。一张脸青红肿胀,头上的发簪摇摇欲坠,几缕发丝散落下来,乱蓬蓬的,狼狈不堪。

皇帝却不放过她,接着道:"你既有胆子将信交给太后,你就想办法将信从太后那里要回来吧,你若拿回那信,朕便饶了你,否则便将你关入暴室。"

翠晶一听,更害怕了,心想:我若去向太后要信,太后不得将我毒打一通吗?一个是皇帝,一个是皇帝之母,两边都得罪不起啊!便抬头大着胆子道:"陛下,那信很可能已经被太后毁掉了。不过,奴婢看过那信,记得那信的内容,也没写什么,就是几句古诗,让奴婢背给皇上听吧。"

"几句古诗?那好,你背吧。"皇帝压下怒气,口气略略缓和道。

"今夕何夕兮,搴舟……什么什么……"翠晶一边蹙眉苦思着,一边磕磕巴巴背着。

"搴舟中流?"皇帝问道。

"对,是搴舟中流。然后是今日何日兮,得与王子什么什么……"

"得与王子同舟?"

"对,就是得与王子同舟。下面,下面……奴婢就不记得了。皇上恕罪!"翠晶连连叩首。

"下面可是蒙羞被好兮,不訾诟耻。心几烦而不绝兮,得知王子。山有木兮木有枝,心悦君兮君不知?"皇帝流畅地背下去。

"对对对,正是这几句。后面还有两句,是什么乘风破浪什么什么……的。"

"是乘风破浪会有时,直挂云帆济沧海吗?"皇帝苦笑着接道。

"对对对,正是这句。"翠晶点头如捣蒜。

"山有木兮木有枝,心悦君兮君不知。乘风破浪会有时,直挂云帆济沧海。"皇帝低声吟咏着,一颗心暗暗喜悦起来,面色舒缓了许多。

片刻后,皇帝对翠晶道:"今日之事到此为止,你下去吧,以后勿再生邪念,做错事。"

"是是是,奴婢谢皇上开恩。"说罢,翠晶爬起身来,战战兢兢退出去了。

一旁跪着的琉璃见这场风波已平息,便也准备向皇帝告辞。

皇帝却说:"琉璃,你且等一下再走。"

说完,来至书案旁,铺起一方洁白信笺,提起一管狼毫,饱蘸了水墨,略一思忖,手腕舞动,写下几行龙飞凤舞的行草:

山有木兮木有枝,心悦君兮君已知。

佳人且居水穷处,守得云开月明时。

写罢,他将信笺小心折起,放入一个皮纸信封中,将信口封好后递与琉璃:"琉璃,明日你将此信亲手交与心儿,不许再有任何闪失!"

琉璃双手接过那信,一边颔首称是,一边将信小心装入自己衣袋之中,道:"皇上放心,这次琉璃一定不负君命。"

随后琉璃退下。

皇帝独自微笑着在室内徘徊,低声一遍遍吟咏着:"山有木兮木有枝,心悦君兮君不知。乘风破浪会有时,直挂云帆济沧海。"面上是朗朗如明月般的笑意。

两日后,心儿搬入新的寝房。新居就在原住处的对面,是一间向阳的厢房,比原来的敞亮了不少,也舒适了许多。寝房布置得温馨而精致。淡金色墙壁上印有粉色盛开的桃花,彩色的床幔、罗帐和锦被,花梨木的家具,日常用品齐全华美,还备有一架古琴,一张作画写字用的阔大桌案,还有装满百余种书籍的书橱。镂空的雕花窗棂中射入大片阳光,淡淡的龙涎香在房间飘荡。令她恍然以为又回到了那曾与他甜蜜欢爱过的迩芙宫中。

这皇妃级别的待遇在婢女之中是罕有的,皇上的意思是要她单独住,好静养身体,但她怕引来别人妒忌,便邀来露儿同住,说是方便露儿照顾她。其实这样更是为了控制一下自己与他的欲望,毕竟有别人同住,他不方便频频来此,更不好意思同她过于亲密。这欲望是必须要节制的,否则,一旦放纵,说不定就会给自己和他带来麻烦和祸事。这一点他应是理解的。

"山有木兮木有枝,心悦君兮君已知。佳人且居水穷处,守得云开月明时。"他赠她的这首小诗令她结冰的心湖化成温暖甜蜜的海洋。琉璃送她信时,向她讲述了翠晶被皇帝训斥和掌嘴的事,她听了心中真是畅快淋漓。心儿将那小诗在心中吟了一遍又一遍,一股股甜蜜的汁液在胸中翻腾,令她情不自禁地微笑。虽然吃了这许多苦,他终究是理解了自己的苦心,终究是如自己一样地痴爱着。身无彩凤双飞翼,心有灵犀一点通。虽不能朝夕相伴,但却是心心相印。为了这份痴爱,她愿意忍,愿意等,愿意守到那"云开见月明"的朗朗时日。

心情好了,营养又跟得上,再加上露儿的悉心照料,心儿的身体恢复得很快。一个月后,便可以行走自如了。整日在室内待得心烦,心儿便常常到御花园中走走。

六月的御花园里各色鲜花都盛开了,粉白的蔷薇、艳红的月季、嫣红的大朵美人蕉、雍容富丽的大团牡丹,还有一串一串蔓延开来的紫藤、甜香醉人的丁香、清香淡雅的栀子……当真是繁花似锦、叠金流翠、芬芳鲜美,令人心情大好。

心儿与露儿正在兴冲冲赏花,忽见一株垂柳后出现一位身姿高大如山岳般的男子,正是皇帝同着两个内监在悠悠漫步。皇帝着一袭金灿灿绛丝龙袍,戴一顶镶玉王冠,像是刚刚下朝回来,向着心儿这边越走越近。心儿的心怦然一跳,透过一丛月季定睛望去,见两只星眸炯炯放射着光芒,正含笑望向自己,立刻心如撞鹿,周身好似一束电流掠过,竟是有些微微眩晕。

皇帝的一双星眸在午后的阳光中熠熠生辉，静静凝望着她。她也凝望着他，站在鲜花丛中。甜蜜的汁液与神秘的波光在两颗心之间交流回旋，竟有了一种别样的眩晕感！

仅仅是一次目光的对接，竟有着如此微妙的感觉，这便是所谓的"心心相通"吗？

皇帝终于走到她面前，连周围的时间仿佛都变慢了。

她屈膝行礼，微笑垂目："心儿见过陛下，陛下万福。"

皇帝朗然一笑："免礼吧，身子可好些了吗？"

"多谢陛下垂怜，回陛下，心儿近日好多了，明日便可去太后处当值。"她婉声道。

"不急，再将养些日子，等身子好利索了再去即可。"皇帝看着她的气色越来越好，立于花丛之中，那微微羞红的脸庞越发像迎着阳光盛开的鲜花一朵，水汪汪的眼睛里又有了从前的灵气，她终于又恢复成水灵鲜活的佳人一个！看着心儿好起来，皇帝心中异常畅快。

"是。"她福了一福，道，"陛下若无事，奴婢便退下了。"

皇帝挥挥手道："去吧，接着赏赏花走一走，这园子景色颇好，空气也新鲜，时常来走走，对你的身子有好处。"

说完，皇帝便同着内监向着太后的慈宁宫方向走去。

她凝视着他金光闪闪的背影，一时有些失神，那背影如此高大，如此迷人，散发着天然的王者风范、英雄气概，无论时光如何流转，他仍是她迷恋的、深爱的、一不留神就会沦陷进去以致难以自拔的那个男人……

"喂，看什么呢？眼睛都直了，没想到姐姐还有这样娇羞痴傻的时候！"一旁的露儿见心儿梦游一般失神地看着远去的皇帝，便走上前来笑着在她眼前晃了晃手。

她这才清醒过来，羞赧地一笑，轻轻拍了露儿一下，道："谁痴傻了啊我在看那片紫藤花呢！你瞧，那上面有只蝴蝶，白色的，可好看呢！"

心儿嘴硬，露儿又不服，两人竟在这花园内打闹起来，好一幅欢快景象！

又过了十日，心儿才去太后那里当值了。既然身体已基本康复，她也不想整日闲待着，那样很无聊的，倒不如做些事情有意思。

当值的第一日，便遇到前来给太后请安的赵光义。当时恰好太后由两个宫女扶着出恭去了，只有心儿一个人在正厅。赵光义见到心儿，眼睛倏地一亮，冲着心儿笑道："心儿姑娘大好了吗？怎么不多歇些日子？"

心儿向赵光义行了个礼道："多谢赵大人关心，心儿身子已大好，不必再歇着了。"

赵光义一双眼睛贪婪地瞄着心儿，那张脸庞依旧是艳若桃李、秀色诱人，身段似乎更加窈窕，只是，她手腕上那只镯子怎么竟不存在了，他心下一沉，便道："我赏你那镯子怎么不见了？难不成姑娘当真砸了不成？"

心儿冷下脸道："砸了。"

赵光义上前一步，猛地将她的手腕握住，逼视着她的眼睛，压低声音狠狠地说道："你倒真是个绝情的，可我却偏偏做不到像你这般绝情，我也不许你对我绝情！"

心儿抬头瞪视着他，不示弱地诘问道："你想怎样？"

赵光义再上前一步，低下头逼视着她，嘴里呵出的气息几乎喷到她脸上，一边扭着她的手腕，一边狞笑着道："光义初衷未改，势必要得到你，与你长相厮守！"

"呸，做梦！"心儿对着他的脸呸了一口，猛地用力抽回自己的手。

赵光义有些恼，正想再次捉住她的手，符蓉却来了，见到两人似乎正在拉扯，立刻沉下脸道："你们俩在做什么？"

赵光义见是夫人，立即换了张面孔，风轻云淡地笑道："没什么，我正在问候心儿姑娘呢，看看心儿姑娘胳膊上的伤好了没有。"

符蓉咬咬牙，讥讽地笑道："你对心儿姑娘倒是体贴入微啊！这大白天的拉拉扯扯也不知道避一避，你是个风月老手了不怕什么，人家心儿可是个清清白白的大姑娘，别再败坏人家名声了行不行？"

"哼，妇人醋意，本官不和你这妇人一般见识！"赵光义讪讪道。

符蓉上前拉过心儿的手，笑容满面道："心儿姑娘，莫和他计较，男人都是一个德行，见了美人就扑上去，跟猫儿见了腥似的，不理他们就是了。让姐姐看看你身子好利索了没？"

正说着，太后回来了，见儿子儿媳都在，立刻笑逐颜开道："光义、蓉儿，你们俩都来啦！"

赵光义和符蓉忙上前给太后请安。

问候了几句，符蓉便说："太后，符蓉想和您说件事，以前是符蓉不好，误会了心儿姑娘，让心儿姑娘白白吃了一顿板子，如今心儿姑娘身子好些了，还请太后多关照一下，这阵子先别让心儿干重活，等她身子好利索了再说。"

太后乐呵呵道："我这媳妇儿就是心善，这事哀家也想着呢，必不会让心儿累着，只让她做些轻活儿，夜里也不必当值，只在白天来此处转转就是。"

心儿向太后躬身道："心儿谢太后照应。"又向符蓉行礼道："心儿也谢谢符夫人关心。"

符蓉笑道："都是自家人，不必客气，以后心儿姑娘有什么需要的，尽管和姐姐我说就是，姐姐会像对自己亲妹妹一样关照你的。"

符蓉这一番无端示好令心儿好生莫名其妙，不明白她为何突然对自己这般友爱起来，只得再次躬身向符夫人致谢。

## 第十三章

## 皇子帝姬

太后对自己责打心儿也真心有悔意,这段时间对心儿确实比较照顾,不让她干重活,也不让她在夜里当值,只派些轻省活让她做。再说太后身边已有了露儿、晴儿、倩儿三名侍女,另有两名内监侍奉,人手已足够用,太后便令心儿闲下来时去辅导一下皇子和公主。

皇子德昭和公主德媖、德婷都已长成少年,德昭十岁,德媖十三岁,妹妹德婷小姐姐一岁,正是读书的好时候。太后很重视孙儿们的读书教育,便令德昭和德媖搬到自己这边住,也好亲自监管(二公主德婷不愿离开皇后,仍留在福宁宫中,由皇后亲自教授)。两个孩子的学堂设在慈宁宫的偏殿,上午由一位姓辛的老先生教授"四书""五经"和书法,下午由心儿教他们弹琴、作画、下棋,有时给他们讲一些故事,心儿很快便和两个孩子混得稔熟。德媖尤其喜欢黏着心儿,经常追着心儿姑姑让她给自己讲《山海经》上的神话故事。

德昭从小喜欢舞枪弄棒的,不喜读书,背那"四书""五经"时总是磕磕巴巴的,不胜其烦的样子,辛老先生因此多次严厉训斥过他,却并不见有任何起色。

这一日,是两个孩子的休息日(他们每十天休息一日),太后令心儿将德媖和德昭传至自己跟前。符蓉也坐在太后身边。太后便令两个孩子各背一段《诗经》。德媖很流利地背了一首《蒹葭》,得到太后赞许。轮到德昭背时,德昭说要给祖母背一首《关雎》,可是却背得结结巴巴,错误连连:"关关……

九九,在河……在河之头……窈窕……窈窕粗女,君子……君子什么什么球,噢,是君子踢球……"

气得太后猛一拍案几,怒道:"德昭,你是怎么学的!脑子里整天想的什么?怎么学了半月连一首小诗都背不过?"

符蓉在一旁煽凉风道:"你说这孩子如此愚钝,将来可怎么继承大统?皇上不是说了吗,打天下要靠武功,治天下要靠学问。这孩子如此贪玩不好学,可怎么是好?"

太后颔首道:"你婶娘说得极是!德昭,今日哀家一定要严惩于你,如此你才会长记性,把手伸出来!"太后边说边操起了放在案几上的戒尺。

小德昭吓得一个激灵,脸色"唰"地变白,下意识地将手背到身后去。

一旁的心儿心中一紧,忙跪下求情:"太后息怒,今日就饶了德昭吧,心儿一会儿就教德昭背去,保证他一个时辰后背过还不行吗?"

太后沉着脸道:"今日谁求情也不行,哀家非好好教训教训他不可!德昭,把手伸出来!"

德昭无奈,只得战战兢兢地将左手伸出,太后将戒尺高高举起,对着德昭的手掌狠狠打了三下。

德昭痛得紧咬牙关,泪水在眼眶里打转。

太后举着戒尺严厉地说道:"到院子里站着背书去,什么时候背熟什么时候去做别的!"

德昭低头用袖子抹着眼泪跑了出去,心儿忙追了出去。

符蓉仍在一旁说着风凉话:"一个男孩子怎么如此不禁打,打几下就哭鼻子,将来能有什么出息!"

太后叹气道:"唉,这孩子资质是差了些,比他父亲当年差远了!"

心儿追上德昭,见德昭立在院中托着自己的左手小声啜泣,便拉起他的手,仔细一看,不禁吃了一惊,只见德昭的左手居然肿得和发糕一般,便问道:"德昭,你这手是怎么弄的?怎么肿成这样?"

这时,德媖也跑了出来,站在心儿身边道:"是被辛先生打的,德昭不肯好好背书,辛先生几乎天天用戒尺打他手呢!"

"有这等事？"心儿听罢吸了口凉气，心想，那辛先生怎么可以如此狠毒地责打一个十岁的孩子呢？真是不像话！不行，自己得和他谈谈去！

这时，倩儿也围了过来，见到德昭的手肿得老高，便拉住德昭道："德昭，刚才你婶娘和我交代过了，让我给你的手上些药去，你随我来！"说着，便牵起德昭的手拉着他向自己寝房走去。

心儿见德昭有人照顾，便向辛先生的住处走去。

倩儿将德昭拉进自己寝房，小心地为他的手上了些消肿药，又包了纱布。德昭对倩儿道谢。倩儿便俯在德昭耳边小声道："德昭，那辛老头天天打你，你恨不恨他？"

德昭点点头。

倩儿又神色诡秘地道："那你想不想整治整治他？"

"如何整治？"德昭瞪着一双天真的大眼睛不解地问。

倩儿便咬着德昭耳朵嘀咕了几句，又将一个小纸包塞进德昭手中。

这边厢，心儿来至辛老先生住处，辛老先生正在写大字，见心儿来，忙给她沏茶。

心儿道："辛先生莫忙了，心儿说几句话便走。"

辛先生对着心儿施了一礼道："心儿姑娘有何赐教尽管道来便是，老夫洗耳恭听。"

心儿也对着辛老先生深施一礼，道："心儿今日见德昭左手肿得老高，听说是被先生打的，可有此事？"

辛先生颔首道："正是，皇子他生性顽劣，不喜读书，老夫便责打了他几下，怎么，心儿姑娘有何异议吗？"

心儿道："孔子主张对学生要因材施教、循循善诱，不可急躁动怒打骂孩子。心儿认为辛先生常常责打皇子有违圣人的教育原则，而且效果也不好，心儿因此斗胆请辛老先生日后对德昭多些耐心，莫再责打于他了。"

辛先生一听此话便涨红了脸，道："心儿姑娘今日是来指责老夫的吗？古语道，玉不琢不成器，老夫责打皇子还不是为了皇子好吗？莫说是皇子，连皇上小时候也是挨过我戒尺的,今日我责打皇子几下难道不可以吗?"

心儿道:"此一时彼一时也,并不是所有孩子都可以被打成材的,打人终是不对的,教育孩子应该采用符合孩子天性的方法才对!"

辛老先生将手一背,沉下脸道:"如何是符合孩子天性的教育方法?老夫不懂这个,既然皇上将我请来教授他的子女,老夫便用自己的方法,用不着你一介女流之辈来对老夫指指点点!若你对老夫存有异议,可找皇上去,皇上若是撤了老夫,老夫无话可说!"

心儿见这位老先生对自己的话是油盐不进,便不再多说什么,躬身告辞后出来了。

心儿来到德昭这边,指导他背那首《关雎》。先是耐心地给他讲解了一遍那首古诗的意思,又按照诗里的意境画了一张彩画让他仔细看。德昭一边饶有兴趣地看着画里身着金色长袍的男子和水红色长裙的美人,还有河边飞着的翠色小鸟,一边嘴里背着"关关雎鸠,在河之洲。窈窕淑女,君子好逑"。不出半个时辰,便背得滚瓜烂熟了。

心儿抚摸了一下德昭黑油油的头发,笑着夸赞道:"背得好,真是个聪明的好孩子!"

德昭对着心儿甜甜地笑起来。一旁的德媖也喜悦地笑道:"心儿姑姑教得真有意思。从前听那辛老先生上课每次都昏昏欲睡的,若是姑姑能全天教我们读书就好了!"

心儿正色道:"不可乱说,辛老先生曾是你们父皇的老师,是很有学问的,以后你们要认真听他讲学才是,记住了没?"

德昭和德媖都乖乖颔首称是。

翌日,德昭和德媖坐在学堂上听辛先生授课。辛先生令德昭背那首《关雎》,德昭站起来摇头晃脑背得十分流利。完全出乎辛老先生的意料。

"嗯,今日你这诗背得尚可,怎么突然背得如此流利,是昨晚用功了吗?"

德昭得意地回答道:"是心儿姑姑教我的,她给我讲解了古诗的意思,还画了彩画给我,所以德昭很快就背熟了。"

一听此话,辛先生的脸立时拉长,道:"哼,背会一首小诗算什么,写字,将这诗默写十遍！若是写得不好，看为师不责打你！"

德昭和德媖忙铺开宣纸，持笔写字。

辛老先生便坐在台上打起瞌睡来。

德昭悄悄走到台前，在老先生的茶杯中放入了什么东西，然后又蹑手蹑脚回到座位上。

德媖在专注写字，并未注意。

德昭一边装作写字，一边偷眼窥视老先生。只见老先生蓦地被一只落于鼻头的苍蝇惊醒，端起面前的茶杯将茶水喝了下去。不一会儿，老先生便捂着肚子，满脸痛苦不堪的表情，踢踢踏踏跑了出去。

德昭见状拍掌大笑起来。德媖莫名其妙道："老先生他怎么了？德昭你又笑什么？"

德昭笑得弯腰道："我向他茶水里放了泻药！哈哈哈，真是太好玩儿啦！"

"啊？"德媖惊得捂住自己嘴巴。

德昭正在前仰后合笑着，却见那老先生出现在门口，一脸怒火地望着德昭，气咻咻指着他道："孺子不可教也！竟敢给老夫下药，气煞老夫！去，将你们父皇叫来！"

德媖知道弟弟闯了大祸，便胆战心惊道："我父皇在……在朝堂之上，不便打扰。"

"那就去把太后叫来！快去！今日老夫定要讨个说法！"辛老先生黑着一张脸大声道。

德媖吓得一溜烟儿跑出学堂，很快便到慈宁宫找来了太后，心儿也跟着一起来了。符蓉听说后也跟着来看热闹，露儿、晴儿、倩儿也随着太后一起赶来，一时间学堂里站满了人。

德昭立在学堂中央的地上低头不语。辛老先生愤怒地控诉德昭在自己的茶水中下药一事。

太后听明白了事情原委，勃然大怒道："德昭，你真是胆大包天、品行败坏！居然敢谋害辛老先生，不怕你父皇揭了你的皮吗？还不跪下，给辛老先生赔礼道歉！"

德昭吓得"扑通"跪倒，哆嗦着嘴唇说不出话来。

辛老先生气冲冲道："太后明鉴，一个孩子怕是生不了这坏心思，必是有人背后唆使的！"说罢，一双怒目瞪向心儿。

太后略一思忖，道："辛先生说得不错，德昭还是个孩子，肯定是有人背后唆使，德昭，你说，是谁教你如此干的？"

德昭却闭紧了嘴巴一言不发。

太后更加愤怒，从案几上抄起那把大戒尺对着德昭劈头盖脸一通猛打。

心儿慌忙扑上前去抱住太后胳膊，道："太后息怒，太后息怒，莫再打了，皇子还小，会打坏的！"

太后冲着跪在地上抱头缩作一团的德昭呼呼运气。

一旁的符蓉翻着白眼煽火道："这等不肖之子是该打，这么小就敢给自己先生下毒，长大了还不得杀君弑父！不好好教训一番怎么得了？"

心儿急道："符夫人，求您别再添火了好吗？劝劝太后吧，非要看着孩子被打死才甘心吗？"

符蓉一听此话翻脸道："心儿你这丫头说什么呢？我怎么添火了？这孩子做下这等错事不应该教训一下吗？你在这里装什么好人，我看德昭犯坏八成就是你教的，你不是整日和他混在一起吗？"

"你……"心儿不料符蓉竟说出这番话，一时气结，愤怒地看着她。

辛老先生也将矛头指向心儿："我看符夫人说得有理。昨日你不是还跑来指责老夫不该责打皇子吗？这宫里只有你对老夫不满，这皇子对老夫使坏不是你教的还能是谁？"

心儿正想为自己分辩，太后却对着心儿怒道："大胆奴婢，谁让你跑来指责辛老先生了？辛老先生乃是皇上的师父，岂是你个奴婢能指责的？"

唬得心儿慌忙"扑通"跪倒在地，对着太后叩首道："太后息怒，奴婢知错了，奴婢这就给辛老先生赔礼道歉！"接着对辛先生叩首道："辛老先生，心儿知错了，心儿不应该对您的做法提出异议，求您原谅心儿，也原谅德昭吧，他还是个孩子呢，您莫和他一般见识！"

辛老先生对着她冷哼一声，仍旧黑着脸不肯原谅。

太后气咻咻道:"若不是念在你身子刚好的份儿上,今日哀家定不轻饶于你!你同德昭一起到院子里跪着反省去,辛老先生何时肚子不痛了,你俩何时跪安。速去!"

心儿说一声遵命,从地上爬起来,上前拖起德昭,二人来到院子正中,跪下低头受罚。

太后又安抚了一阵辛老先生,派人去请了太医,众人这才散去。

正是将近七月的天气,日头毒毒地晒着,不出半个时辰,心儿和德昭便都被晒得周身热汗涔涔直冒。心儿一双伤腿刚刚好些,跪了一个时辰便麻得几乎失去知觉。但她也咬牙挺住,心里只是心疼一旁的小德昭。小德昭脸色煞白,满头虚汗,低头紧紧咬着牙关跪在青石地板上。

二人跪了三个多时辰,心儿实在撑不住了,只觉胸中一窒,眼前金星乱闪,身子晃晃就要栽倒。

恰在此时,皇帝来了。

皇帝飞跑着冲上前来,一把抱住心儿,将她抱到一旁的肩舆上。

皇帝是被露儿叫来的,从学堂出来后露儿就一直在朝堂之外转悠,见皇帝下朝出来,便忙奔上前去,将事情的原委说与了皇帝。

皇帝怔了一下,忙坐上肩舆命人速速抬至慈宁宫辛老先生处。

皇帝命人将心儿抬至房中救治,又对着跪在地上的德昭狠狠踢了一脚,怒道:"滚回去!以后再敢闯祸看我不揭了你的皮!"

一旁的侍卫忙扶起皇子,搀着他退出去了。

皇帝又去安抚了一番辛老先生,便来到心儿寝房。见她已喝了解暑汤药歇下,脸色也已恢复如常,吩咐露儿好好照料她,又急急来至太后处。

太后余怒未消:"你这儿子不知如何教的,竟做出这等大逆不道之事!这般恶劣品行将来怎当大任?子不教,父之过,今日之事皇儿你也难辞其咎!"

皇帝躬身道:"母后教训得极是,都怪儿子平日只顾忙于朝堂之事,对德昭疏于管教,以后儿子定会对他加强管教,决不姑息!"

太后又对皇帝谆谆教诲了一番,这才罢休。

这天晚间，赵光义府中。赵光义一边脱着外袍一边笑着对一旁的符蓉道："今日这事你设计得不错，想必太后已对那德昭心生厌恶，德昭想被立为太子可就难了！我夫人可真聪明，竟把事情做得滴水不漏！"

符蓉一边接过外袍一边得意地笑道："那当然，我是谁，未来的圣人！没点儿心计能够母仪天下吗？"

"那是！不过……"赵光义眉头微蹙道，"今日又苦了心儿，她身子刚刚好，又在地上跪了那么久……"

"你看看你，又心疼那小妖精了是吧？"符蓉斜睨着他，酸溜溜道，"用不着你心疼，自有心疼她的人，听说今天是皇上把她抱到肩舆上抬走的。皇上对她可比对太后还上心呢！"

"皇上对她竟还未死心？"赵光义嘀咕道。

"那是当然，皇上对她上心着呢，不过是碍于太后无奈而已，等太后薨逝，皇上非把她封为贵妃不可，她会变成凤凰飞上九重天的！"符蓉撇撇嘴道，"她现在做小伏低就等着飞黄腾达那一日呢，你以为她心里会有你吗？"

"哼！"赵光义内心升起一团焦灼的恨意，暗自咬牙道，"有朝一日，我定会让她心里全是我！"

符蓉将锦被铺好，思忖一番，道："不行，我还得再导演一出戏，让太后对那德昭彻底嫌恶！"


几日后的早上，德昭刚出寝房便见到一只金毛小狗伏在门口，德昭眼睛一亮，惊喜地看着那小狗，小狗也用一双黑黝黝的大眼睛看着他。德昭笑了，慢慢走上前去将那小狗捉住抱在怀里。

正准备抱着小狗返回房间，忽听到有人大喊道："德昭，快将小狗给我杀了去，太后有令，慈宁宫中不可养狗！"

德昭抬头一看，见是太后的侍女倩儿，听她说要杀了小狗，这怎么可以？他将小狗紧紧抱住道："不能杀了狗狗，它好可爱，我要养着它！"

倩儿一边上前来抢夺小狗，一边冲着经过的内监喊道："小栓子，把小狗抢过来打死去！"

德昭更是急了，死死护住小狗不放，撒腿便跑，一边跑一边喊："不可杀了狗狗，我去求太后，让太后允许我养这狗狗。"

倩儿在他身后猛追，一边喊着："皇子，快将那狗交我杀了去！"

德昭抱着小狗猛跑，一溜烟儿跑进太后寝房。

心儿正立在太后床前，用小匙喂太后喝一碗肉糜汤。

小狗已被饿了数日，嗅到肉糜汤扑鼻的香味竟发疯一般从德昭的怀中挣出，箭打一样冲着心儿手中的肉糜汤扑了过去。吓得心儿手一抖，一碗热烫的肉糜汤便全部扣到了太后腿上，痛得太后惊叫一声。

心儿也吓一大跳，慌忙喊着太后恕罪，并给太后擦身子换衣服。一旁的露儿、晴儿、符蓉也纷纷上前侍候抚慰太后。两名小内监听到动静也忙赶过来捉狗，一时寝房内乱作一团。

太后震怒道："哪里来的小畜生！不知道哀家怕狗吗？"

德昭见自己闯了大祸，吓得"扑通"一声跪倒在地。

倩儿随后赶来，也跪倒在地，道："是皇子非要抱养小狗，奴婢要把小狗抢下杀死，他不肯，说要前来求太后让他养着这狗。"

太后大怒道："又是你德昭，你是要害死哀家吗？哀家怕狗，严令慈宁宫中不可养狗你不知道吗？"

德昭跪在地上吓得浑身哆嗦。

符蓉气冲冲走上前去，"啪"地给了德昭一个大耳光，厉声厉色训斥道："真是个不肖之子，把太后都给烫伤了，太后本来身子就不好，你却又拿着一只小畜生惊吓她，你是想害死祖母不成？怎么一点儿孝心都没有，亏你还是皇子！"

太后恼怒地摆摆手道："德昭你滚吧，滚出慈宁宫去，从此哀家再不要看到你！"

德昭哇地大哭起来，内监上前将他拖走了。众人纷纷抚慰太后。心儿拿来烫伤药给太后敷上。

符蓉又气咻咻转向心儿："心儿你也是，老大个人了竟端不住一碗肉糜汤，你是不是同那德昭合谋要谋害太后？"

唬得心儿慌忙跪倒向太后请罪。

太后烦恼地摆摆手，道："算了蓉儿，此事不关心儿的事，都怪那德昭顽劣不肖，真让哀家心寒，哀家白疼了他这十年。"

心儿忙向太后谢恩，只是有些心疼皇子。

皇帝知道此事后，不免对德昭又是一通训斥，还要动用家法，幸亏有皇后拦着，才免了一顿毒打。

德昭委屈得呜呜痛哭，不吃不喝，还把自己房间里的笔墨纸砚、玩具等统统摔到地上，送进去的饭菜也被扔了出来，皇后怎么劝也劝不好。

皇后正不知如何是好，心儿来了。皇后忙道："心儿姑娘来得正好，去劝劝德昭吧，他都哭了一整天了，粒米未进，还把房间东西都摔了，本宫拿他真没法子了。"

心儿道："圣人莫急，我这就进去劝劝他。"

心儿进到德昭房间，见德昭正趴在书案上流眼泪，房间里乱七八糟，狼藉一片。

"德昭，你好些没有？"心儿来到德昭面前，伸手摸摸他的头道。

德昭一双泪汪汪的大眼睛看了看她，冷着一张小脸不理会她。

心儿微笑道："德昭，心儿知道你虽然犯了错，却并不是有意的对吗？"

德昭又看了她一眼，仍是不吭声。

心儿又婉声道："德昭喜欢小狗没有错，心儿姑姑小时候也很喜欢小狗，还曾收养过三只流浪狗呢！"

德昭一听这话来了精神，腾地坐起身子，道："真的吗？心儿姑姑真的养过小狗吗？"

心儿点点头，笑道："是真的。"

"那你祖母不怕狗吗，她不因此责罚你吗？"德昭忽闪着一双哭红的大眼睛道。

心儿微笑道："不，我祖母不怕狗，她也喜欢小动物，还帮着心儿一起养狗呢！"

"你祖母可真好！"德昭羡慕道。

"其实德昭的祖母也不是不好，只是天生怕狗，所以不让人在自己宫里养狗。现在德昭回到了皇后这边，就可以养狗了。"

一听这话，德昭高兴起来，眼睛里顿时有了光泽，道："真的吗？以后我可以养狗了吗？"

"嗯，是真的，过几天姑姑就送一只小狗来给你养着，不过，你得先吃饭，不要再闹了，否则怎么有力气养小狗呢？"心儿循循善诱着。

"嗯，好，我吃。"德昭乖乖点头道。

心儿便出去令宫人将饭菜端进德昭房间。

心儿看着德昭香香地吃着饭，又问他道："德昭，你能不能和姑姑说句实话，那日你给辛先生茶水中放了泻药，那泻药是谁给你的，又是谁教你做那事的？"

德昭停止吃饭，低下头，思忖一会儿，轻声道："姑姑我告诉你，你不要告诉太后好吗？因为我已经答应那人此事不告诉别人了。"

心儿颔首道："好，我保证不会将此事告诉太后。"

德昭便低声道："是倩儿。"

心儿一怔，想了想便说："好吧，姑姑知道了。德昭你先吃饭吧，吃完好好休息，姑姑过几日再来看你。"说完，便退出房间。

皇后见德昭情绪稳定下来，肯吃饭了，很是欣慰，一迭声向心儿道谢。

心儿道："圣人不必如此客气，德昭是我的学生，我素日也很喜欢他。他不是个坏孩子，只是被人利用了，太后那里误会了他。估计过段时间就会好的。德昭喜欢小动物，我过几日会送一只小狗来给他养着，圣人可允许吗？"

皇后微笑道："允许允许，本宫也喜欢小动物，有只小狗陪着，德昭便不会寂寞了，姑娘尽管送过来吧！"

心儿便告辞出了福宁宫。

第二日，心儿悄悄去走访了宫中不少人，才将那只金毛小狗寻到了，又拜托了宫门侍卫暂时养在门房内。傍晚时分，估计着皇帝已下朝回到勤政殿，便去了勤政殿拜见皇帝。

皇帝见心儿突然前来，十分高兴，忙令她在软椅上落座，又命宫人上茶。

前来上茶的正是翠晶，她见心儿在此，心中暗恨。咬着牙狠狠剜了心儿一眼，恨不能剜出她三碗血来，上完茶她沉着脸退下了。

心儿没有注意翠晶，只垂目看着那浅金色的花岗石地面，若有所思。

皇帝笑道："心儿，朕有好久没有单独同你说说话了，你今日来此所为何事？"

心儿笑笑，开门见山道："我今日来是想和你谈谈德昭。"

"德昭？"皇帝眉头微蹙，"这孩子近日不知怎么回事，竟连连惹事，昨日又冲撞了太后，真是令人头疼。"

心儿道："其实不怪德昭。小男孩喜欢小动物不是什么错，在学堂上淘气使坏也算不得太过分。皇上小时候难道没有淘过气吗？"

皇帝思忖一下，笑着颔首道："你这么一说我还真想起来了，我小时候也很淘气，在学堂上也整治过先生，记得有一次还向先生的桌案上放过一条小黑蛇呢，把先生吓得差点儿背过气去！"

心儿扑哧笑出声来，道："这便是了，小男孩偶尔淘气犯错很正常，不必对他太过严厉，又打又骂效果反而不好。再说……"心儿停顿一下，正色道，"我私下问过德昭了，那泻药是倩儿给他的，也是倩儿怂恿他做的那事。昨日，也是倩儿喊着要杀了小狗，才激得德昭抱着狗去冲撞太后的。"

"倩儿？她为何如此？"皇帝疑惑道。

"倩儿是符夫人的人。我问过晴儿，晴儿说她多次见过符夫人同倩儿私下密谈。而且，今日上午我悄悄问过皇宫大门侍卫，侍卫说昨日曾见符氏进宫时似乎用衣物包着一个物什携带进来，侍卫还听到几声狗吠的声音。想必那狗是符氏带入宫中，又令人故意放在德昭寝房门口的。"心儿低声正色道。

"原来如此。"皇帝恍然明白了，"这两件事原来都是那符氏一手设计的，她这是要在太后面前败坏皇子形象。此女好生可怕！我早就听闻此女野心不小，没想到她竟如此阴毒！"

"皇上心中清楚此人，以后小心防备便是。"心儿道。

"心儿，多谢你提醒。"皇帝冲动地捉住她的双手，紧紧握住，深深看住她的眼睛，动情地道："我知道你一心为着我好。其实，其实，我也是日日思念着你！"

心儿脸颊腾地绯红，用力将双手抽出，低头正色道："今日不是说这个的时候，皇上还是去抚慰一下德昭吧，这孩子还心痛着呢！"

这天晚上，德昭又在耍脾气。本来，皇后见德昭安静了一个白天，晚上又吃了晚膳，以为他没事了，便送了几卷书到他房间，要他温一下功课。德昭却将书掼到地上，生气地叫喊："先生不要我了，太后也不要我，他们都说我是不肖之子，我还读书做什么！"边说边哭了起来，"都说我是坏孩子，都嫌弃我，先生不要我，太后讨厌我，父皇也不喜欢我……没有人喜欢我，没有人相信我……"

皇后焦急地劝道："怎么没有人喜欢你相信你呢，母后喜欢你、相信你呀！"

德昭哭着道："不，你不是我娘亲，我娘亲死了！你们都欺负我、都嫌弃我，都说我是不肖之子！"

"父皇喜欢你，父皇相信你！"

突然传来皇帝慈厚高亢的声音。

德昭蓦地怔住，只见皇帝笑吟吟走了进来，怀中还抱着那条金毛小狗！

"父皇！"德昭惊喜地看着父亲。

皇帝走到德昭身边，将那金毛小狗递到他手中，笑道："这小狗归你了，喜不喜欢？"

"喜欢！喜欢！"德昭破涕为笑，欢喜地将小狗紧紧抱在怀中。

皇帝抚摩着德昭的头，慈祥地道："德昭，父皇知道你不是个坏孩子，你善良聪慧，又喜欢练武，长大了定会有所作为。这宫里很多人都是爱你的，父皇、母后，还有心儿姑姑，都很疼爱你，也都相信你，以后莫再自暴自弃了好吗？"

德昭乖乖点点头。

皇帝又温和道:"过几日,父皇会为你请一位新的先生,找个年轻些、脾气好又博学的来给你上课,再请一位武艺高强的先生专门教你练武,心儿姑姑也会每隔几日便来给你辅导功课,如何?"

德昭绽开笑容,高兴道:"好啊好啊,父皇放心,德昭这次定会用功习文,刻苦练武的!"

"好,这才是父皇的好儿子!"皇帝欣慰地笑道。

自此,皇子德昭的情绪才算彻底安好起来。

只是从此太后心中对德昭产生了阴影,至死都未待见过德昭。赵普前来探视时曾向太后数次提议过立德昭为太子,太后都摇头否决。

符蓉见自己的阴谋得逞,心下暗喜,又思谋着进行下一步动作。眼见着太后对心儿越来越依赖信任,每隔几日就让她做一次全身按摩,习惯听着她的琴声入睡,喜欢看她跳舞,听她唱歌,喜欢吃她做的各种各样稀奇古怪的饭菜,太后竟是一日也离不开心儿,慢慢将她作为自己心腹,有什么心里话都愿意和她念叨。符蓉便想着讨好拉拢心儿。

这日午后,趁太后睡着,符蓉便将心儿约至偏殿,从衣袋里掏出几样金光闪闪的首饰,要塞给心儿。心儿见这几样首饰镶金嵌玉、价格不菲,便执意拒绝接收。符蓉却执意要她收下。

心儿便沉下脸来,冷声道:"符夫人不必破费了,夫人的意思心儿明白,恐怕心儿会令夫人失望了。心儿不想做对不起皇上的任何事。皇上宅心仁厚,却并非痴傻,符夫人做下的那些事,皇上心里明镜似的,心儿劝夫人还是收敛些吧,别再挑弄是非了。"

一席话说得符蓉心中一凛,脸色大变,道:"你这丫头把话说明白,我做什么事了,挑弄什么是非了?"

心儿冷笑道:"既然夫人非要心儿把话说明白,那好吧。德昭向辛先生茶水中放泻药,是倩儿教唆的,泻药也是倩儿给的,那只金毛狗是被人抱入宫中故意放到德昭寝房门口的。还要我说得更明白吗?是谁做的皇上心里都清楚,不过是念着亲情给大家留面子,不在太后面前揭穿罢了。所以,心儿劝夫人还是收敛些吧,做人要厚道,多行不义必自毙!"

符蓉听得呆在原地，心中直打战，那几样首饰从她手中跌落。

心儿面无表情看了她一眼，转身走开。

晚上，赵光义回到府中，见符蓉愣愣地坐在床边，一副失魂落魄的样子，便道："符蓉你这是怎么啦？怎么跟丢了魂似的。"

符蓉两眼发直看着前方，嘴里讷讷道："完了，完了，皇上都知道了！这下大祸要临头了！"

"什么完了，你说什么呢？"赵光义奇怪地问。

"咱们设计陷害德昭的事，皇上他都知道了！"符蓉声音颤抖地说。

"皇上知道了？他……他是如何知道的？"赵光义也害怕了，脸色忽地转白。

"不知道啊，兴许是那心儿告诉他的，今日也是她警告我的。"

"嗯，想来也只能是心儿……"赵光义思谋着道。

"完了，这下真完了，谋害皇子可是大罪，说不定哪天咱俩这脑袋就搬家了，这可如何是好？早知如此，就不兴那野心，只求过个安稳日子就好！光义，我错了，不该闹着当什么圣人。要不，你去向皇兄请罪得了。"符蓉心惊胆战道。

赵光义也吓出一头冷汗，勉强安慰夫人道："莫急莫急，皇兄他是仁慈的，不至于如此计较。以后咱们还是收敛些吧，尤其在心儿那里，不可再造次。那女子太厉害了，听说她曾入道观修行多年，说不定真是个大仙什么的，能够识破人心，以后你不许再得罪她！"

"知道了，知道了，以后再不敢了。其实今日我去也只是想讨好拉拢她的，想送些首饰给她，她却不买账。"符蓉苦着脸道。

"你呀，那心儿岂是你能小恩小惠拉拢住的，你要想拉拢，也找些好拉拢的，比如太后身边的晴儿、露儿，还有皇上身边的侍女、太监什么的……"赵光义狡黠地说道。

"夫君说得是。"符蓉明白了夫君的意思连连颔首。

第十四章

## 俊美公子

　　话说太后这段时间觉得精神不错,便出宫去参加了一次宰相魏仁浦夫人的生辰宴会。在宴会上见到了魏仁浦的公子魏咸信,见那魏公子一表人才、彬彬有礼,便对他心生喜欢,想着自己孙女德媄已十余岁,与魏公子年龄相当,相貌家世各方面也般配得很,便与魏夫人商定了两个孩子的婚事。

　　回到宫中与德媄一说,不料德媄却一脸不悦,坚决不同意:"我不嫁!我死也不嫁他!"太后便有些生气道:"媄儿,那魏公子生得一表人才,家世又好,你为何不嫁?"

　　德媄沉着小脸道:"我与他没有情爱,为何要嫁?"

　　"没有情爱?没有情爱就不嫁了吗?"太后不解道。

　　"当然啦!男女之间有真感情才可以生活在一起,否则是不会幸福的。"德媄眨着一双晶明澄澈的大眼睛说。

　　"这话是谁和你说的?"太后沉下脸问。

　　"是心儿姑姑说的。我觉得心儿姑姑说得对,男女之间连面都没见过,怎么可以谈婚论嫁呢?只有两情相悦才可以!就像梁山伯与祝英台那样。"德媄说。

　　"梁山伯与祝英台?他们是什么人,你又如何知道的?"太后莫名其妙道。

　　"哈哈,祖母竟然不知!梁山伯与祝英台是故事里的人物,是心儿姑姑讲给我听的,可有意思了,要不我讲给祖母听吧!"德媄瞪着一双天真无邪的大眼睛，竟真的讲开了。

"从前在一个学堂里有一对同窗，一个叫梁山伯，一个叫祝英台，二人皆是俊美多才之人，可祝英台是女扮男装的，她其实是个姑娘家，为了读书上学才女扮男装的，她深深爱上了梁山伯，二人约好一生都要在一起。可是祝英台的父亲却坚决不同意女儿嫁给一个穷小子，硬逼着女儿嫁给一个富家公子，祝英台为爱坚守，便自尽了，梁山伯听说后也心疼地死了过去，最后二人双双化蝶，终于幸福地在一起了……"

太后听着听着，脸色越来越难看，突然大喝一声："不要讲了！这都什么乱七八糟的事！作为女孩子居然不听父亲的话，非要嫁给一个穷小子，还自尽，还什么双双化蝶？简直荒唐至极！一派胡言！心儿居然讲如此荒唐的故事给你听，这是要教唆公主学坏吗？看等她回来哀家不狠狠责罚她！"

此时的心儿正在皇后宫中给德昭辅导功课。德媖见太后震怒，还说要责罚姑姑，吓得忙掩住嘴巴，什么也不敢说了，找了个借口溜出去。先是跑到福宁宫里给心儿姑姑报信，叫她先不要回去。接着又跑到勤政殿找到父皇。

皇帝正在埋头看折子，见是心爱的大公主来了，便笑道："媖儿，你怎么来了，你找父皇所为何事？"

德媖苦着一张小脸道："父皇，媖儿来请父皇劝劝太后，太后祖母非要将媖儿许配什么姓魏的公子，媖儿不同意，太后便要责罚心儿姑姑。"

皇帝一怔，不解道："媖儿你说什么呢？父皇怎么听不懂。你不同意婚事为何太后就要责罚心儿姑姑？"

德媖道："是因为太后听了心儿姑姑给我讲的梁山伯与祝英台的故事。"

"什么梁山伯与祝英台的故事，你能给父皇再讲一遍吗？"皇帝温和道。

德媖点点头，便将那故事绘声绘色给皇帝讲了一遍。

皇帝听得出了神，奇怪道："这故事倒有意思，为爱坚持，双双化蝶，真是心儿姑姑讲给你的吗？"

德媖颔首道："是。心儿姑姑说她是从书里看来的，有人还把故事排了一出戏呢！心儿姑姑还说女孩子就是要勇敢追求自己的爱情，像祝英台那样，在婚姻大事上一味听父母之命、媒妁之言是不对的，女孩子的婚姻就应该自己做主，这样才符合人性。"

皇帝惊得目瞪口呆，沉吟半晌才开口道："这观念是够新奇的，倒像是她说的话。只是这话却万不可被太后听到。"

想到此，便肃然对德媖道："媖儿，以后心儿姑姑和你说什么话，切莫再对太后说起，记住了吗？"

"为什么？"德媖瞪着晶莹的大眼睛不解地道。

"因为心儿姑姑思想太与众不同了，她是个超凡脱俗的人物，你祖母年纪大了，比较保守，听了会不高兴的，明白了吗？"

"嗯，明白了！"德媖颔首道。

随后，皇帝便同德媖一起来到太后寝宫。皇帝只说媖儿现在年岁尚小，不急着婚嫁，订婚的事不如过几年再说，便将此事暂时压了下去。太后碍于皇帝的面子，也未责备心儿太甚，只是令她以后对媖儿讲故事要注意些，不能再给她讲那些荒唐叛逆的事。心儿唯唯称是，如此才又躲过一劫。

许是太后出宫参加宴会时着了凉伤了身子，几日后突然生了重病，胸闷、头痛，还咯血不止，骇得侍女们忙请了众位太医过来诊治。太医诊脉过后却纷纷摇头，说是太后身患绝症已久，怕是要油尽灯枯，能挺过年底就不错了。

皇帝听后心中大为悲痛，日日夜夜守护在太后病榻前。赵光义与符蓉知晓后更是一副悲痛欲绝的样子，亦是日夜守候在病榻前，须臾不肯离开。很少前来的皇后闻讯也前来侍疾。

心儿忽然想起自己的师父紫虚道长，想着她医术高明，治愈过不少顽疾，兴许可以救治太后，便有意出宫去紫云观请她前来。心儿将这想法向皇帝说了，皇帝立刻同意，令心儿带上侍卫骑快马前往紫云观请那紫虚。

心儿很快来至紫云观，见到了紫虚道长。二人已是半年多未见，紫虚见到心儿分外欢愉，雪白光滑的面颊露出清浅笑容，眼眶微微潮红。心儿也心潮起伏，眼中含泪，与师父细述了自己这半年多的经历，紫虚很是感慨。心儿向师父说了太后病重的事，恳求师父进宫去为太后医治。

紫虚沉吟道："当今圣上是一代明君，因为他百姓才能安居乐业，贫道愿意替他分忧。"于是，紫虚很快便随心儿来到宫中。

紫虚为太后诊过脉象，给她使用了针灸，又令她服下几粒丹药，便同心儿来至偏厅。

心儿问道："师父，太后的病究竟如何？严重吗？还能不能治愈？"

紫虚摇摇头，道："太后的病是绝症晚期，恐怕已无法治愈，只能尽量拖延，但最多不过一年。"

心儿心中一沉。紫虚将一个装有丹药的青瓷小瓶交与心儿，嘱咐她按时给太后服用，便起身告辞。

心儿挽留她在宫中住上几日，师父说观中事务繁多，离不开，另外还要去山中采药，炼制丹药，实在没有时间。心儿便不再挽留。

送走师父后，心儿将师父说过的太后病情转述给皇帝，皇帝泪水盈眶，悲泣半晌，道："既然如此，那就尽量拖延吧！心儿，能否请你师父住进宫里来，这样更方便为太后医病。你与道长说，朕会不惜重金给予酬谢。"

心儿思忖一下，摇头道："恐怕师父不会答应，一是紫云观事务繁多，离不开；二是师父还要在观中炼制丹药。师父说过这丹药需要几百种草药配制，炼起来需要特殊设备和大量时间，在宫中恐怕是不行的。"

皇帝便道："好吧，那就先看看太后的情况再说。若有好转，你再去请你师父过来。朕准你随时出宫去见你师父。"

心儿颔首称是。

过了几日，太后的病情果然见好，不再咯血，脸色也好了些许，可以坐起来说说话了，每顿也可以吃下半碗粥汤。众人这才松了一口气。

太后说自己感觉好多了，催促两个儿子去朝堂打理政务，不必一直在她跟前候着，两个儿子遵命散去。

一个月后，太后病情稳住，饮食基本正常，可以下地走动，看起来好了许多。太后心情大好，赏了心儿不少名贵首饰和衣物。还令心儿带上赏银去紫云观拜谢紫虚道长，顺便再求些丹药来。

心儿领命。德姨也闹着要和姑姑一起去，太后想这孩子平时极少出宫，出去长长见识也好，便准了。

德媖便同心儿一起乘上马车，随着几名侍卫出宫前往紫云观。

久未出宫，德媖对市面街景分外感兴趣，不时掀起车帘向外观望。

紫云观前面不远便是一条商业街，适逢集市，货商云集，人声鼎沸。德媖觉得各种各样的货物分外新鲜，特想下车去逛一逛。便求心儿姑姑让她下车去走一会儿，心儿怕她一个小姑娘出事，只是不准。德媖便扭着身子苦求："心儿姑姑，好姑姑，你就让我下车去逛一会儿嘛！我保证不乱跑还不行吗？"

心儿仍是不许。过了一会儿，路过一家叫作"馨香居"的酒楼，酒楼里飘出一股股烤鸭的香气。德媖馋得直流口水，肚子也在咕咕叫，便又请求心儿："姑姑，我肚子好饿啊，要不咱先吃了饭再去紫云观如何？"

心儿见确已到了晌午，自己也有些饿了，便颔首同意。

二人下了马车，几名侍卫相随，进了酒楼，点了一桌丰盛饭菜，香喷喷地吃完。心儿便结账要走，德媖却说想在街上逛一会儿，不如心儿姑姑自己去紫云观，等办完事还在这家酒楼门口集合吧！

心儿想小女孩都是极喜欢逛街的，这小公主整日拘在宫里的确憋闷，不如今日就让她逛一逛开开心吧，便颔首同意了，她令那几名侍卫好好守护公主，然后独自乘车去了紫云观。

心儿来到观中见过师父，将赏银奉上，又与师父聊了一会儿太后的病，再向师父求取一些丹药。师父说丹药正在炉中炼制，还需几个时辰，让她耐心等候一下。

她便继续同师父说些话，又到书房看了两个时辰的书，这才拿到一小瓶丹药。将丹药揣进怀中，谢过师父，心儿便出了紫云观，来到约好的那家酒楼门口，却不见德媖和侍卫的影子。

她想着德媖没准儿还在逛街，便站在酒楼门口又耐心等了两个时辰，可仍是不见德媖和侍卫的踪影。眼看着天就要黑了，她有些不安起来，心想别是这孩子出事了吧？便沿着大街一通寻找，她走遍了整条街，每个店铺都进去看了，还打听了不少人，仍是不见德媖和侍卫。这下她真的急了，把公主弄丢这还得了！便沿着大街大声呼喊德媖的名字，把嗓子都喊哑了，也没有人答应她。

赶车的师傅建议说不如先回宫去，将情况向皇帝禀报，让他派一队禁军来四处搜寻。

心儿思忖一下颔首同意了，乘上马车急急回宫，将德姨和侍卫失踪的事向皇帝禀报了。皇帝一听也急了，亲自带上一队禁军骑快马赶到那条大街上搜寻。

折腾了一夜，仍是一无所获。心儿心急如焚，眼睛里布满血丝。皇帝也是急得快要崩溃，下令禁军深入大街附近的巷子之中，挨家挨户搜寻。

一干人正折腾着，却见德姨从一栋民居之中缓缓走了出来，身后跟着那几名侍卫和一名陌生男子。

一干人慌忙拥了上去，心儿和皇帝喊着德姨的名字冲上前去，两个人不约而同将德姨紧紧抱住。心儿激动得几乎要哭出来："德姨，德姨，你吓死姑姑了，你这是去哪儿了？怎么消失了这么久？"

皇帝将女儿松开，沉下脸道："德姨，你到底是怎么回事？害得父皇和姑姑都快急疯了，怎么如此不懂事？"

心儿抹了一下眼睛，笑道："找到就好，陛下莫急，让姨儿慢慢说。"

德姨咬了咬嘴唇，回头看了一下身后的那名男子。大家这才注意到那名男子。只见他生得俊美异常，身材高健，一身玄衣，满头青丝束成一束垂至腰间，长身玉立在公主身后，竟是仿若天人一般。气质也是超凡脱俗，虽然穿着素朴，却是带着天生贵气。一双眼睛明亮澄澈，如同两汪清流。这眼神与公主倒有几分相似，只是这双眼睛目光一落在皇帝身上便陡然生出几道寒光，利刃一般，一只手也伸向腰间宝剑，面露杀气，令人心惊。

那俊美公子见大家都在望向自己，便来至皇帝面前，冷冷看了他一眼，板着面孔道："是在下扣住了公主，不让她回去的。"

"大胆！"皇帝一双星眸中喷出怒火，"你竟敢扣押公主，不知道这是死罪吗？"

公子却毫无畏色，冷冷一笑，道："在下不怕死！我本来还想杀了她的！"

在场的人都蓦地怔住。

皇帝也是大吃一惊，稳了稳心神，道："公主与你何冤何仇，你为何要杀她？"

俊美公子咬咬牙，道："公主是与我无冤无仇，可陛下你却与我有仇，是杀父之仇！"

皇帝心中又是一惊："哦？你是谁？你父亲又是谁？"

"在下韩珪，陛下可能不知道我，但我父亲你却是熟悉的，我父名叫韩通。"

皇帝心中忽悠一下，终于明白了。那韩通曾是后周朝的一名老臣，与他共侍过周世宗，陈桥兵变后，他带着兵马返回汴京，基本上是兵不血刃就成功进行了改朝换代，但他的部下却杀了一名负隅顽抗、痛骂新主的旧臣，那人便是韩通。当时他听说韩通被杀之后十分生气，还重罚了那名部下。后来听说韩通有个儿子，还有位老母亲，在事变当天失踪了。此事过去多年，他早已忘怀，没想到今日竟遇上了韩通的儿子韩珪。细想来，他对韩通确是有愧的，他的确不该杀他。

皇帝怔怔看着韩珪，一时不知如何应对。

当年韩通被杀的事心儿也是听说过的，见皇帝怔在那里无语，便沉下脸对韩珪道："韩公子，你父亲当年被杀并非皇上的意思，是他的一个部下擅自所为，皇上已经重重责罚过那名部下。你不应该将这笔账算到皇上头上，更不应该报复到公主身上。你扣押公主是重罪，来人，将他拿下，押至宫中候审。"

"不要！"公主突然大喊一声，接着急切道，"父皇，心儿姑姑，你们切莫怪罪韩公子，事情不是你们想的那样。且听我将事情经过向你们道来。"接着公主便将自己失踪的经过向皇帝和心儿详细讲述了一遍。

原来，昨日下午心儿走后，德媖便在街上闲逛。正逛得兴致勃勃，却见对面驶来一辆马车，马车驶得飞快，德媖慌忙向旁边一躲，马车躲了过去，却将附近一名老婆婆撞倒在地。老婆婆看上去已年逾古稀，颤颤巍巍爬不起来。德媖忙上前将老婆婆扶起，老婆婆的腿似乎摔坏了，走不动路，德媖便叫来身后的几名侍卫，让其中一名侍卫背起老婆婆，一起将老婆婆送回家中。

按照老婆婆的指引，德姨几人来至一个深巷民房门口叩门，前来开门的是一位俊美公子。德姨一见到这位公子就对他莫名心生好感，忙向他道歉，说是不小心将这位老婆婆撞倒了，特地将她送了回来。公子将他们让进房中，说老婆婆是他祖母，已八十三岁了，腿脚本来就不好，平时不让她出门的，今日是趁他出去做事自己偷偷出去的，还感谢德姨将老人送回。

德姨见那房中陈设简朴，没有几件像样的家具，只有一摞一摞的书堆在墙边，还有刀枪剑戟等各样武器，怕他无钱给老婆婆看病，便将兜里所有的银子都掏出来赠给那位公子。又将自己的名字和身份告诉了公子，说如果老婆婆病得厉害需要钱，可去皇宫里找她。

谁料那公子一听眼前的女孩子竟是当今皇帝赵匡胤的女儿，当即就变了脸，"噌"地一下拔出挂在墙上的宝剑，将宝剑架到公主脖子上，咬着牙说道："没想到仇人的女儿竟送上门来，这真是苍天有眼！父亲，今日儿子便为你报仇！"

这莫名的举动使德姨陡然愣住，站在一旁的几名侍卫见那公子突然间拔剑袭击公主，便冲上前来，要将公子拿下。不料那公子却是个武艺高强的练家子，三拳两脚就将几名侍卫打翻在地爬不起来。德姨暗想，那几名侍卫个个都是大内高手，这公子竟能将他们轻易打败，可见是个高手中的高手，心下对他越发爱慕，只是不明白他为何一听说自己是公主便发作了。

那公子再次手执利剑对准德姨的脖颈，德姨却并不害怕，神色淡定道："公子你能将话说明白吗，因何要杀我？我与你之间并无仇恨啊！"

韩珪瞪着一双凌厉的眼睛道："你父亲杀了我父亲，我便要杀了仇人的女儿为我父亲报仇！"

"原来如此。"德姨淡然一笑道，"如果你觉得杀了我便能为你父亲报仇的话，那么你便杀吧！只是你既杀了我，便不要再去向我父亲寻仇了。一命抵一命，这仇恨便就此了结了吧！"说罢，闭上眼睛，等待着他的剑刺过来。

韩珪却愣在了那里，没想到一个小女孩面对杀戮竟如此镇定，况且面对那花苞一般娇嫩的脸庞，他怎么忍心下手？怔了半响，他将剑"当啷"一声扔到地上,沉声道:"你走吧,我不杀你!冤有头债有主,该死的是你父亲!"

德媖松了口气,笑道:"我就知道你不会杀我的!我看你的眼睛就知道你是好人,你不会滥杀无辜的!"德媖自信地道。

"哼!"韩珪冷哼一声,"你还是赶紧走吧,省得我一会儿改变主意又要杀你!"

德媖却一下坐到床上,两手撑着床沿儿,晃悠着两条腿,笑靥如花道:"不急,我想和你谈谈。"

"谈什么?"韩珪沉着脸道。

"你是如何过活的,你平日都做些什么?"德媖歪头看着他道。

"在武馆当师父,教几个孩子习武,混口饭吃。"韩珪说。

"哇,太好啦!"德媖拍手笑道。

"什么太好了?"韩珪莫名其妙。

"我弟弟德昭正缺一名文武双全的师父教他呢,不如你进宫去教我弟弟吧!"德媖道。

"呸,想得美!我才不会进宫!"韩珪冷着脸拒绝道。

"你若不同我去,我便不走了,什么时候你答应了,我便同你一起走!"德媖笑着说。

"你这女娃娃真是个怪人!你爱走不走!我去别的房间睡觉便是!"说罢,韩珪转身离开,独自去了另一个房间,真的睡下了。

德媖想了想,一边在床上躺下,一边令那几个侍卫就在地板上歇着,谁也不许走。

侍卫们见公主不走,自己哪里敢走,便当真在地板上睡了一夜。

第二日,那韩珪起床后见公主当真没走,吓了一跳,冲着公主嚷道:"你怎么还不走?你一个小姑娘消失了一夜,你双亲不得急死吗?快回去,快回去!"

"我说过了,你若同我一起走我便回去!"德媖笑吟吟道。

韩珪皱眉道:"你这女娃娃,真拿你没办法!罢了罢了,我送你回去便是!"

于是，德媖便带领着韩珪与侍卫们出了那民房，却正赶上皇帝和心儿带着人马前来寻找她。

德媖将事情的经过一五一十讲述完毕，皇帝的脸色缓和下来，对韩珪抱拳道："韩公子，是朕误会你了，你没有扣押公主，不是你的错。放心，朕也不会因为与你父亲的恩怨迁怒于你。当年你父亲之死的确不是朕本意，但朕也有责任。若是你非要为父报仇的话，便来吧！我赵匡胤今日任由你处置！"

说罢，将双手垂下，目光淡然地看着韩珪。

心儿的一颗心揪了起来，紧张地看向韩珪。

韩珪没料到赵匡胤会对他来这一招，一时之间愣住，竟不知如何是好。他对着赵匡胤举起剑来，赵匡胤竟面不改色，淡定地看着他。

德媖在一旁紧张得快要窒息了。

只见那韩珪咬了咬牙，将剑撤回，冷声道："都说当今圣上是一代明君，将这天下治理得井然有序，令百姓安居乐业，既如此，韩珪便暂且不杀你！若是有一日你变作昏君，使百姓受苦，那便证明我父亲当年反对你是对的，到那时韩珪必要报那杀父之仇！"

"多谢韩公子饶朕一命。如此也好，有你在，正可时时警醒于朕，让朕时刻保持清醒，不至于昏庸。"皇帝欣然道。

"父皇，那便让韩公子进宫去吧，正好可以教德昭习文练武，韩公子可是个文武全双的人才呢！"德媖急切道。

"这……"皇帝有些犹豫，转向一旁的心儿，询问道，"心儿，你意下如何？"

心儿点点头："我觉得可以。"

"那好吧，如果韩公子没有异议，便请韩公子进宫做小儿的师父吧！还有你那老祖母，你也一起带上进宫吧！她也算是朕的长辈，朕会给她老人家养老送终的。"皇帝诚恳道。

韩珪本想拒绝，但转念一想，自己能够进宫接近他倒是个报仇的好机会，若日后发现他不是个好皇帝,便正好找机会一剑结果了他为父报仇,为民除害。想到此,韩珏便抱拳道:"既然陛下如此大度,又如此瞧得起在下,韩珏便也不再计较什么,愿遵圣命!不过韩珏丑话说在前头,若日后让我发现你昏庸无道,可休怪我韩某不客气!"

皇帝道:"好,朕答应你,若是日后朕做了对不起百姓之事,变得昏庸无道,你尽可对朕挥剑,朕绝不拦你!"

德媖高兴地拍手道:"太好了!太好了!"

于是,一干人便回去接上老婆婆,一起回到宫中。

有了一个文武双全的新师父,皇子德昭十分欣喜。不过月余,不仅武艺大增,而且也喜爱读书了,与韩珏也相处融洽。两个人学业之余经常在一起玩耍,骑马、射箭、蹴鞠、遛狗,玩得不亦乐乎。

自从韩珏进宫后,德媖便经常找借口到福宁宫去,同德昭一起上课玩耍,还经常缠着韩珏问这问那。韩珏觉得她是女孩子,又是公主,不应该与她走得太亲密,便经常找借口躲着她。两个人跟玩捉迷藏似的,不时打打闹闹、吵来吵去的,心儿见了只想笑。

韩珏只当德媖是个不懂事的小妹妹,对她爱答不理的,却对心儿分外感兴趣。初见那日,他见皇帝居然征求心儿的意见才决定令他入宫,便知道这心儿在皇帝心目中是个有分量的。她究竟是什么来历呢?看她生得花容月貌,气质清丽出尘,作画弹琴的样子更是美得令人心醉,唱起歌来也是如同夜莺一般婉转动听,天下竟有这般神奇美好的女子,莫非真是神女下凡不成?

心儿还像以前那样,每隔几日便到福宁宫里给德昭上课,教他作画、弹琴、下棋,偶尔也会和德昭、韩珏一起逗逗小狗,玩玩蹴鞠。韩珏见心儿多才多艺,玩耍起来竟如女童一般活泼天真,便对心儿越发好奇。试着向德媖问起心儿的来历,德媖却神秘一笑,道:"我这姑姑的来历吗,说起来话可就长了,我且不告诉你,除非你能教会我骑马射箭。"

心儿觉得韩珏虽然身材高大,却不过是个天真的男孩子。偶尔和他开开玩笑,逗一逗他,韩珏居然脸红,让心儿更觉得他是个可爱的小弟弟。

这段日子时不常和几个孩子混在一起玩耍谈笑，心儿感觉自己仿佛也变回了以前那个烂漫活泼的少女，内心里很是愉悦放松。

皇帝那边却是过得有些沉重，因为继李筠叛乱之后，淮南军节度使李重进又起兵叛乱。皇帝先派了石守信等四名大将率领禁军前去讨伐，又决定亲征南方，以鼓舞士气，早日平定叛军。

出征前一日，皇帝到太后处辞行，嘱太后安心养病，不必担心自己，说了一些话，太后便睡下了，皇帝示意心儿去至偏殿。

偏殿里，西斜的日光透过淡绿色窗纱软软地洒进来，照得那案几上一只纯白玉壶春瓶呈现出淡淡的红色光晕。

皇帝一双星眸含着幽红夕光，深深看向她桃花般的美目，温和道："心儿，我每次离京，最不放心的就是你。我不在的这段日子，你要小心行事，若是有哪个敢故意欺侮你，你且忍耐着，等我回来。我已向韩珪打过招呼，令他用心保护着你，若有难事，可向他求助。"

心儿抬眸看他一眼，微笑颔首："心儿知道了，皇上放心去吧，在外面千万小心。"

见到她如春花般的笑靥，皇帝有些忍不住，猛地上前握住她的手，送到自己唇边，轻轻吻了一吻。

心儿心中一阵慌乱，旋即满面潮红，忽地将自己的手收回，低声道："这里人多眼杂，不可造次，明日还要出征，皇上速速准备去吧，心儿回去了。"说完，躬身行了个礼，转身回至太后寝房，一颗心仍在怦怦跳着。

皇帝盯着她娉娉婷婷的倩影转瞬间消失，呆呆愣了半晌，偏殿房间里似乎氤氲着淡淡的花香，这是她身上特有的气息。皇帝深吸一口气，苦笑一下，迈开步履默然离去。

晚上，皇帝整理好自己的作战思路，又命宫人打理出征用品后，便独自踱出勤政殿，情不自禁踱到迩芙宫前。犹豫片刻后，将宫门推开，走了进去。

将寝房中的烛火一一点燃，皇帝独自坐在贵妃榻上，打量着空空的房间。房间里的一切都没有变，淡金色墙壁上印有粉色盛开的桃花，彩色的床幔、罗帐和锦被，花梨木的家具……镂空的雕花窗棂射入细碎月光，淡淡的龙涎香在房间飘荡。床头还放着那颗幽幽散发清冷辉光的夜明珠,烛台上那两颗粗大红烛已燃到一半,烛泪滴下凝固如缩小的珊瑚一般……

一切都没有变,她会回来的,一定回来的!

正思念着,珠帘轻晃,似乎有人进来。

她来了!皇帝心中一喜,抬头看去,却是见翠晶盈盈晃了进来,立刻失望地沉下脸来,冷声道:"怎么是你?你来这里作甚?"

翠晶一脸媚笑,殷勤道:"听说皇上明日就要出征,翠晶不放心皇上,催皇上早点儿回去歇息呢!"

翠晶的小腹已经微微隆起,在太后的坚持下,她已被册封为正五品才人,好歹算是主子了,所以也越发关心起皇上来。

皇帝冷着脸道:"你先回去吧,朕一会儿便走。"

翠晶柔媚笑道:"妾身听说皇上要亲征,便特意赶制了一件战袍给皇上,不如皇上今晚去我的水逸阁中歇下吧,正好试一试那战袍,明日带上,如何?"

皇帝蹙眉道:"不必了,朕不缺战袍。待会儿朕还要去皇后那里,你且退下吧。你身子不方便就早点回去歇着,勿乱跑了。"

翠晶福了福身子,道:"是,妾身一会儿便走。妾身只想再多陪陪皇上,不如让妾身给皇上沏一壶茶吧,侍候皇上喝口茶,等会子与皇上一起回去。"说罢,转身出去到小厨房烧水去了。

正巧此时心儿也情不自禁地踱到了迩芙宫门口。她的心情复杂,不知道为何自己出来转转便转到了这里。透过那半开的宫门望去,竟见到那宫内烛火通明,窗上似有人影在晃动。莫非是他在此不成?竟与自己心有灵犀、不约而同吗?心下一喜,正想推门进去,却听到里面似有动静,像是有人走出。心儿忙闪身躲到附近的一株粗大梧桐树后。

只见宫门一开,两个人一前一后走出来,透过那昏黄月光定睛看去,竟是翠晶陪同着皇帝。那翠晶隆着小腹,迈着碎步紧走几步,挽起皇帝的胳膊,二人居然亲亲密密地在月下并肩走着。

心儿只觉一阵胸闷,胃里有些作呕,一颗心如同冷不丁被一根针锥狠狠刺了一下,倏地痛了起来……

翌日，皇帝出发时，皇后与几位嫔妃将皇帝送至皇宫门口，太后吩咐心儿代表自己去送一下皇帝，心儿却推说自己身子不适，让露儿去了。皇帝的目光在花团锦簇的女眷处寻觅了一番，却并未见到那位最牵怀的女子身影，不禁有些失望，咬咬牙关挥鞭策马带领禁军奔赴扬州。

皇帝走后，心儿终日心情沉闷，不再同韩珪、德昭他们玩耍说笑，只待在慈宁宫中闷头做事，一门心思侍奉太后。韩珪有些担心她，不明白她为何突然变得郁郁起来，又不好意思多问什么，只得时不常同着德昭在慈宁宫外转悠，希望能多些机会遇到她。

这日，因太后想吃心儿做的水晶黄金包，心儿便亲自下到御膳房中，动手做了几屉小笼包，用食盒拎回慈宁宫来。正走到慈宁宫附近石道的拐角处，迎面走来两名女子，险些同心儿撞上。心儿一怔，抬头见是翠晶，正由一名小宫女搀着，急匆匆不知要去往何处。心儿忙向一旁闪开。

"站住！"翠晶却向心儿大喝一声，怒道，"大胆奴婢，怎么见了本主子竟直撞上来，礼也不行一个，如此无礼，该当何罪？"

心儿这才想起，那翠晶已被封为才人，如今好赖也算是个主子了，自己是应该向她行礼的。忙躬身向翠晶施了一礼，笑道："心儿见过吴才人，吴才人万安！刚才心儿急着给太后送吃的，竟忘了给才人行礼了，还请才人恕罪。"

"哼！"翠晶冷哼一声，杏眼睨了一下心儿手中拎着的食盒，道："拎的什么好吃的，让本主子看看。"

"这……"心儿有些犹豫，"是水晶黄金包，是太后要吃的，给别人看不好吧？"

"有什么不好的，本主子肚子里的小皇子饿了，还不过来让他吃一个！"说罢，翠晶伸手便将食盒盖子打开，又用另一只手抓起一个小包子放进嘴里咀嚼起来，一边吃一边道："嗯，好吃，好吃！"吃完一个，又要伸手拿。

心儿忙一边闪身躲开，一边道："别再吃了，太后知道了会生气的！"翠晶却不管不顾地与她抢那食盒，心儿一扭身不小心撞了翠晶肚子一下，翠晶马上变了脸,捂着肚子,大喝道:"大胆奴婢,竟敢冲撞龙嗣,是不想活了吗?"

骇得心儿"扑通"一声跪倒:"心儿不是有意的,还望才人恕罪。"

翠晶哪里肯轻易饶她,瞪圆了一双杏眼道:"你这贱婢,今日我若不好好教训教训你,你竟不知道本才人的厉害!夏樱,给我掌嘴,狠狠打她!"

一旁的小宫女却是个胆怯的,怯生生道:"主子,她是太后的人,奴婢,奴婢不敢打她。"

"太后的人怎么了,不过是个奴婢,有什么不敢的!那行,你不敢,我自己来!"翠晶瞪着眼睛说完,便撸起袖子,伸开那套有三寸长鎏金护甲的五指,对着心儿的脸狠狠掴去。

她左右开弓,一连掴了十几下,心儿那张艳若桃李的脸颊上布满了血红手印。

翠晶仍不解恨,用手指轻轻托着心儿的下巴,狞笑道:"这脸蛋真是漂亮,怪不得能迷住皇帝!我若是在上面抓几下,让你破了相,皇帝还能不能迷恋你呢?"

说罢,将那长长的鎏金护甲放在心儿的脸颊上,就要狠狠刮下去。

就在此时,突然之间,一只蹴鞠飞来,"啪"地一下打在翠晶手腕上,翠晶手腕猛地一痛,惊叫一声,紧接着,一只金毛小狗箭打一般狂吠着扑了过来,径直扑向翠晶。翠晶吓得大声惊叫着后退,一只脚恰好踩上那蹴鞠,一个站立不稳,便重重摔在地上。翠晶只觉腹部一阵剧痛,慌忙双手捂住肚子,一边扭动着身子一边哭喊着:"天哪,我的肚子,我的肚子……来人哪,有人要谋害皇嗣……"

心儿吓出一身冷汗,急忙同小宫女将翠晶扶起,又喊了两个小太监来,将翠晶抬回水逸阁中。又急忙差人请了太医来,太医诊过之后说恐怕是动了胎气,令翠晶服了安胎药,说是还要观察两日,能否保住胎儿还说不定。

心儿提着一颗心在翠晶床前不吃不喝守了两日两夜,太医说没事了,胎儿算是保住了,只需调养一段时日便会安好。心儿这才松了一口气。

太后也知晓了这件事,听说龙嗣危险,便让宫女搀着自己来到水逸阁亲自探望翠晶。

翠晶哪里肯放过心儿，又哭又闹地请求太后处罚她，说心儿是蓄意冲撞她想谋害龙嗣，还暗中伙同别人向她放冷箭伤她。

太后当然是勃然大怒，问明了当时情况后，便命人彻查肇事者。

原来，那蹴鞠是韩珪踢过去的，金毛小狗是德昭放出去的。心儿被翠晶掌掴时，二人正在附近玩耍，眼见心儿被毒打，又要被翠晶毁容，韩珪便将蹴鞠对着翠晶的手腕狠狠踢过去，德昭又将那小狗放出。

事情很快查明，虽然心儿苦苦哀求太后放过韩珪和德昭，太后仍是大怒，命人将韩珪重打五十大板，心儿、德昭各掌嘴二十，并将那金毛小狗杖毙。德昭更是被禁足在福宁宫中两个月。

德昭心疼那小狗，抱着小狗的尸体号啕大哭，简直伤心欲绝，众人苦劝了一阵子，才将他劝回福宁宫去。

心儿的脸部被打得青紫肿胀，疼痛不已。她自己倒觉得没什么，若不是皇帝走之前对太后请求过，无论心儿犯了什么错，都请太后手下留情不要重罚的话，恐怕她这一次会被处罚得更厉害。

只是她很是担心韩珪，五十大板下去，即使是身体强健的男子恐怕也吃不消，便拿了一些治疗外伤的药，同着德媖一起去他寝房看望他。

韩珪果然被打得下体重伤，屁股部位血肉模糊。德媖一见便呜呜哭起来，韩珪冷着脸对她道："哭什么？我这身板被打两下伤不到什么的，别在这儿烦我了！"

心儿要给他脱下被打烂的衣服上药，韩珪红着脸道："不用不用，我自己来吧！"

心儿便道："那好，我去给你请太医。"

韩珪道："行啦行啦，请什么太医，我哪有那般娇气？不过是伤了点儿皮肉而已，不出几日便会好，倒是你这脸，应该让太医好好治治，女孩子脸最重要，千万别留下什么伤痕。"

心儿微微一笑，道："关心你自己吧，我没事。"

德媖用丝帕拭了拭眼睛，上前猛地将韩珪的外裤向下一扯，露出里面血淋淋的伤痕，接着俯下身去，用丝帕轻轻擦拭血水。

韩珪吃了一惊，道："德媖你做什么？你个小姑娘家怎么不知羞，竟脱男人的衣服！"

德媖绷着一张小脸道："不脱你衣服怎么给你治伤？你闭嘴，不许再出声！"

心儿在一旁忍不住"扑哧"笑出了声，心情好了些许。

符蓉听说了翠晶摔倒一事，又听说德昭和心儿惹怒了太后被责罚了，心下暗喜，回府后笑着向赵光义把"故事"绘声绘色讲述了一遍。

赵光义听说皇子德昭被罚也面露喜色，又马上担心地道："心儿又被打了，她身子还吃得消吗？不行，改天我得去看看她。"

一听此话符蓉脸色沉下，咬着牙关恨恨想道："心儿，又是心儿，他心里关心的只有那小贱人！不行，我得想个法子，趁着皇帝不在家，将那小贱人弄死算了！"

## 第十五章

## 杀机初现

翌日，赵光义吃过早膳便来到太后处请安，说了几句话后告辞来至心儿寝房。露儿一见是赵光义来了，便向他行礼问安后去了太后处，心儿冷着脸向他行了个礼，也欲转身出去。

赵光义一把将她拽住："站住！我是来看你的，你躲我作甚？"

心儿低眉冷声道："谢谢赵大人来看我，我挺好的，马上要到太后那儿去，今日我当值。"

"脸都伤成这样了还挺好的？你不必去当值了，我已经跟太后说过了，准你休假一个月养伤。"赵光义沉着脸道。

"谢谢赵大人关心，真的不必，这点儿小伤几日就会好。"心儿垂着目光道。

赵光义盯着她看了须臾，叹口气道："你说你这是何苦呢？非要在这儿做这个奴婢，今日被这个欺负，明日又被那个责打，若是做了我的女人，我肯定不会让你吃这苦受这罪，我会把你当神仙一样供起来！我已被皇兄封为殿前都虞侯，成为王爷指日可待，你到我府上当个王妃岂不甚好！怎么样，只要你点头，我马上跟太后请旨赐婚去！"

心儿将头抬起，两道冷冷目光直直对准他的双眸，决绝道："赵大人，我不是告诉过你嘛，别动这心思了，这是妄念！我不再同你废话，我还有事，先走了！"说完转身便走。

"回来！"赵光义死死揪住她的胳膊，用力一拽，将她拽至自己胸前，用手臂将她紧紧箍住，一双眸子里微微燃起怒火，狠狠盯住她的一双美目："心儿，你到底想要什么？你告诉我！权力、金钱、地位，还有专一的感情，这些，我都可以给你！这些皇上能给你吗？他在乎的只有他的江山、他的皇位，他只会让你做奴婢，只会让你受苦，只会让你成为很多女人的敌人，他不可能给你真正想要的，你还不明白吗？你醒醒吧，心儿，别再对他抱有幻想了！即便是日后太后不在了，他也不可能只爱你一个。只有我可以，只有我赵光义才是真心爱你的！"

赵光义逼视着她的眼睛，一口气说了一串话，神情十分真诚。

心儿只是冷冷看着他，仿佛与他隔着一层千年寒冰。

她如梦游般又像是异常清醒地缓缓道："也许你说得对，他并不十分爱我，至少他不可能只爱我一个，可是他爱不爱我又有什么关系，我爱他就可以了。"

"愚蠢！"他对着她的脸狠狠吐出两个字，放开了她，咬牙切齿道，"我看你是不撞南墙不回头，总有一天你会后悔，我就等着你后悔的那一天！"

说罢，转身拂袖而去。

心儿有气无力地蹲下来，大口喘息着，心里乱得如同被一阵狂风刮过似的。

她想，有几句话赵光义说得也许没错，即使是太后不在了，他也不可能只爱她一个，他不可能完全属于她，他只属于他的江山、他的百姓，还有他后宫中诸多女人。也许跟他在一起只能让她受罪，让她成为很多女人的敌人，成为她们的残害对象，她内心里真正想要的他不可能给她。

而她真正想要的无非就是"愿得一心人，白头不相离"罢了！可这么个简单的要求，他却不能够满足她。既然如此，还有什么可留恋的呢？只是因为自己心里还爱恋着他吗？无论如何也放不下吗？自己可真够痴傻的！

"我就是个傻子，就是个呆子！他说得一点儿也没错！"她流着泪苦笑着自言自语。

这下当真是没有力气去侍奉太后了，她歪在床榻上，心有戚戚地昏睡过去。

浑浑噩噩过了十余日，琉璃却义来给她打了一针"强心剂"——皇帝寄给她的礼物。那是一个描金雕花的精致小盒子，里面赫然是一枚带有金色丝绦的朱红色同心结，同心结纹路盘曲回旋，环环相扣，十分精美。旁边一张薄绢上写着几个小楷：赠给心儿。

"是同心结！皇上是要与心儿姐姐永结同心呢！"琉璃欣喜道，一双细眼笑成了一对月牙儿。

"是吗？"心儿心中也一阵狂喜，脸上却佯作淡定地说道。脑中浮现出两句古诗，"腰中双绮带，梦为同心结"，这是梁武帝萧衍《有所思》一诗中的两句。

"可不是吗？皇上的心思姐姐还能不懂吗？皇上是在外思念心儿了呢！好啦好啦，别装啦，想笑就笑出来吧！"琉璃道。

心儿真想笑，又怕琉璃取笑自己，便咬了咬嘴唇，道："什么呀，这都是些男人的小把戏，说句好听的，再送件小礼物，就让女人心甘情愿为他做奴婢，等你有了男人就知道了！"

琉璃眨眨细长眼睛道："真的吗？我怎么不知道？"

"咦，难道你已经有了男人？"心儿逗她道。

琉璃小脸一红，道："姐姐净瞎说，我哪里会有男人！好啦好啦，你要不要给皇上回信，我给捎过去交给信使。放心，这次绝不会再让信落到别人手里！"

心儿想了想，便拿出前些日子紫虚道长送她的一枚鎏金平安符交给琉璃："就把这个寄给皇上吧！"

琉璃瞪着眼睛看着手中那金灿灿的平安符，道："就这个吗？不写点儿什么吗？"

"什么也不必写，只祝他平安即可。"心儿道。

琉璃走后，心儿将那同心结握在掌心，含笑呆坐了半日。

第二天，她便到太后处当值了。

脸部已基本消肿，只有个别地方还有一点儿瘀青，她用桃花玫瑰露润了脸，又用脂粉敷了一层，瘀青便显不出来了。看上去，又是冰肌雪肤、月貌花容的美人一个。

赵光义见心儿恢复如常，分外高兴，向太后这边跑得更勤，不时向心儿送上秋波和笑脸，心儿佯作不觉，埋头做事。

符蓉看在眼里，恨得牙根直痒，心里暗自转着坏主意，表面上装作没事人一样，仍旧经常来太后处陪伴说笑，把太后哄得眉开眼笑。

翠晶这段时间心情郁郁的，打不起精神来，虽说腹中胎儿没什么事，可是心儿那贱人却只被太后轻轻责罚了一下，未免太便宜她了，看样子太后也是偏向她的，想扳倒那骚货靠太后是不行了，还是去求别人帮忙吧，可找谁呢？她一双杏眼骨碌碌转了几回，计上心来。便吩咐侍女夏樱带上一包燕窝随她到坤宁宫去看望另一位孕妇韩妃娘娘。

韩妃娘娘已怀孕近8个月，一副大腹便便的慵懒模样，见了翠晶，在贵妃榻上歪着，仰了仰下巴道："吴才人，想不到你会来看望本宫，还带了东西来，才人有心了！坐吧！"

翠晶道过谢，在花梨木锦垫软椅上落座，媚笑道："不过是一点儿燕窝而已，前些日子差了夏樱去宫外药材铺子里买的，买多了些，想着娘娘也正怀着龙嗣，需要补身子，便给娘娘送来了。"

韩妃娘娘睨她一眼，道："那就多谢妹妹了。听说前些日子妹妹被那太后的婢女心儿给冲撞了，险些伤到胎儿，如今可大好了吗？"

翠晶点头道："回娘娘，翠晶今日好多了。那心儿真是可恶，仗着皇上宠爱她就无法无天，那贱婢是个极阴险的，看样子是故意要残害龙嗣呢，韩妃娘娘也小心防着她吧！"

这话令韩妃一惊，道："怎么，她都做太后的奴婢这么久了，皇上还宠爱她吗？"

"可不是嘛！韩妃娘娘久在深宫有所不知，翠晶是一直在皇上身边侍候着的，亲眼见到那贱婢不时勾引了皇上在迩芙宫中私会呢！那贱婢就是个狐狸精，一直在用媚术迷惑着皇上。二人一直如胶似漆，不过是碍于太后才没有明着在一起，一旦太后薨逝，估计皇上会立马将她封为贵妃，那个时候她可就更恃宠而骄、无法无天了！咱们姐妹指不定会被欺负成什么样呢！"翠晶摇头叹气道。

一番话说得韩妃一阵心惊肉跳，丰腴的面庞渐渐沉下来。

翠晶偷眼看着韩妃的反应，叹着气继续挑拨道："唉，本来翠晶想着，韩妃娘娘贤惠温良，等着生下小皇子后没准儿就会被晋为贵妃，如今看来，只要有那心儿在……"翠晶轻轻摇摇头，闭上嘴巴不说话了。

韩妃听罢此话果然动了气，咬了咬牙道："心儿，想不到你竟欺负到本宫头上来，看本宫怎么整治你！"

翠晶见目的已达到，便只闲话了一会儿，就告辞走人了。

翠晶刚走，符蓉又来了。

符蓉拎了一包老山参过来，对着韩妃笑道："这山参是太后赏的，符蓉吃不惯这东西，便想着韩妃娘娘怀着龙嗣，正需要将养身子，便给娘娘送过来了。"

韩妃道："弟妹有心了，快坐吧！难为弟妹还想着我这不中用的，本宫多谢了！"

符蓉坐下后笑道："娘娘谦虚了，娘娘怎么成了不中用的，这小皇子一降生，皇上一高兴还不得晋您为贵妃吗？我们这帮子人赶着巴结还来不及呢！"

韩妃垂头叹气道："唉，什么晋为贵妃，不被打入冷宫就不错了！"

符蓉奇怪道："咦，娘娘这是何出此言？"

韩妃道："有那心儿在，本宫怕是没有出头之日了。"

符蓉沉吟了一下，皱眉道："娘娘也知道心儿的事吗？其实妹妹今日前来，也是想着要提醒娘娘当心那心儿呢！前些日子，她恶意冲撞翠晶，害得翠晶险些小产，太后却只掌了她几下嘴，据说是皇上在背后为她撑腰呢！皇上半年前就闹着要将她封为贵妃，不过是太后挡着才没有让她得逞，若是太后一走，她不得飞上九重天吗？唉，妹妹也是为娘娘不忿，才说了这些闲话的，还望娘娘恕罪。"

韩妃道："妹妹哪里有罪，的确是心儿那贱婢太恶毒了！她一进宫，姐妹们都没活路了。不瞒妹妹说，本宫有心整治一下那贱婢，可又怕皇上那里怪罪下来，若是惹恼了皇上，就不好了。"

符蓉沉吟一下，道："娘娘莫怕，皇上如今在南边征战，怕是一时回不来，恰是整治那贱婢的好时机，再说有太后在，凭你和太后的关系，你又怀着龙嗣，皇上能把你怎么样？若是娘娘心慈手软错过了这时机，等到太后一旦薨逝，谁还能庇佑娘娘，您说是不是？"

韩妃颔首："的确如此，可是该如何整治她呢？妹妹可有什么好主意吗？"

符蓉狡黠一笑，站起身来，道："这主意妹妹可想不出来，妹妹就是好心来提醒一下娘娘的。具体究竟该如何办，娘娘还是自己拿主意吧！妹妹还想说一句话，打蛇就要将那蛇打死，否则，蛇一旦醒过来，还是会咬人的！"说罢，告辞离开。

符蓉走后，韩妃独自苦思了许久，最后牙关一咬，猛一抬手将案几上那只红釉绿彩盘龙瓶掼到地上，"哗啦"一声脆响，瓶子摔了个粉碎。惊得宫女仲珠和内监王栋急急忙忙跑过来，仲珠问道："娘娘您这是怎么了？"

韩妃恶狠狠一笑，招手令仲珠来至跟前，低声吩咐道："仲珠，明日你去太后那里，如此说……"

这日午后，心儿正在太后寝房中侍候着，仲珠来求见太后，对太后道："我家娘娘这几日不知道是怎么了，肚子直疼，疼得寝食难安，请太医诊治过也没见好，娘娘听说心儿姑娘擅长推拿，便想请心儿姑娘前去给娘娘做一下按摩，不知太后可否允许？"

太后一听此话，便道："怎么好好的肚子疼起来，可别伤到龙嗣，既然如此，心儿，那你就同仲珠走一趟吧，到韩妃那里好好给她按摩一下。"

心儿知道韩妃素日的为人，多少有些不情愿。可是太后已经下了命令，她也只得点头称是，随着仲珠来到坤宁宫，见过韩妃娘娘。

韩妃躺在贵妃榻上，身上搭着石榴红绣金银花的锦被，懒洋洋地对屈膝行礼的心儿哼了一声，道："起来吧，快给本宫好好按一按。"

心儿小心翼翼给她按摩，不时问一下是哪个部位痛，力道如何。本来一切还都好好的，可按了一会儿，那韩妃却皱眉道："你这丫头是怎么回事，怎么越按越痛了，你是成心要谋害本宫吗？"

心儿只得停下，道："心儿不敢，心儿并非大夫，怕是治不了娘娘这病。"

韩妃忽地坐起，一脸怒气，指着心儿鼻子大声呵斥道："贱婢，我看你是故意的！怎么给别人你就按得那么好，到本宫这里就不行了？分明是你藐视本宫，不怀好意！"

心儿明白了，这韩妃今日是故意和她找碴儿要整治她的，便含笑道："韩妃娘娘息怒，气大伤身，对您肚子里的孩子也不好。您消消气，如果您觉得我按得不好，那我便退下了，心儿医术不精，您还是另请高明吧！"说罢，转身要走。

"站住！"韩妃喊道，"想走，没那么容易！"

"韩娘娘还有何吩咐？"心儿转过身问。

"听说心儿姑娘琴弹得不错，歌也唱得动听，何况琴声歌声可以安神催眠，本宫已经连着几夜不曾好好入睡了，想请姑娘为本宫弹唱几曲如何？"韩妃收起怒容，嘴边含着一丝诡笑，缓缓道。

心儿思索片刻，颔首道："好吧，心儿从命就是。"

于是心儿便坐到琴边，弹唱了一曲《迢迢牵牛星》。

韩妃听后苦着脸道："这曲子怎么听起来苦兮兮的，都快把本宫听哭了，能不能弹唱几曲欢快的？"

心儿便又弹唱了《西洲曲》《春晓》《丽人行》等曲子，把韩妃听得目瞪口呆，似乎听上了瘾，竟没完没了地要求心儿弹唱下去。

心儿从午后一直弹唱到傍晚，唱得口干舌燥，嗓子都快哑了，指尖也弹得发烫红肿，韩妃这才让她停下来。

"不错不错，弹唱得真是好听。"韩妃换了一张笑脸，提高声音道，"仲珠，给心儿姑娘上茶。"

须臾，便见仲珠捧着一盏香茶来到心儿面前。

心儿正口干舌燥、嗓子冒烟，便将那茶接过来，正要饮下，突然想起前些日子韩妃给自己送青果海鲜糕的事，便将那茶盏放在一旁的案几上，微微一笑道:"心儿并不口渴,如果娘娘没别的事,心儿便告退了。"

韩妃却道:"唱了这半天,怎么能不口渴呢?还是将那茶喝了再走吧,你若连口水都不喝便走,太后不得怪罪本宫怠慢姑娘吗?"一边说着,一边走到心儿跟前,双手端起那茶盏送到心儿嘴边,"来,本宫敬你!"

心儿越发不敢喝了,向后躲着,一边连连摆手:"不不不,心儿真的不渴。"

韩妃沉下脸道:"贱婢,别给脸不要脸!这茶你必须喝下去,否则就是违逆本宫!"

心儿仍是不肯喝。

韩妃大喝一声:"来人——"

内监王栋应声前来。

韩妃阴沉着脸命令道:"将这盏茶给这贱婢灌下去!"

心儿扭头便跑,可是房门却"砰"的一声紧紧关闭。

王栋上前扭住心儿双手,使心儿跪在地上,动弹不得。韩妃便端着那盏茶,缓缓走过去,面上带着扭曲的冷笑,伸出一只手将心儿的嘴巴用力捏开,另一只手将那茶水徐徐倒入心儿口中。

心儿使出全身力气挣扎,却是徒劳,那杯茶水被强行灌入她胃中,不一会儿工夫,她便直挺挺躺倒在地,不省人事。

"娘娘,她昏过去了,该如何处置她?"王栋俯身请示道,有些心惊胆战。

韩妃嘴边带着一丝狞笑,扭了扭肥圆的腰身,道:"她不过是服下了迷药,还没死,等一下天黑之后,你把她扔到御园池里去,记住要装进麻袋,再装上几块石头,沉到水底去,可别让她冒上来。"

"是,娘娘!"王栋躬着身冒着冷汗道。

正在此时,仲珠惊慌地跑进来,道:"不好了,娘娘,露儿向这边走过来了,怕是来要人的!"

韩妃变了脸,道:"快,将她拖到内室床下去!"

王栋和仲珠急忙上前手忙脚乱地将心儿抬到内室去。

片刻后,露儿便进来了,向韩妃躬身行礼后,道:"娘娘,我是来接心儿回去的,太后等着她捶腿呢!"

韩妃一颗心脏"扑通、扑通"乱跳着,故作镇定道:"心儿姑娘已经走了有一个时辰了,怎么,她没回太后那边去吗?许是回寝房了吧?要不姑娘再回去找找?"

露儿道:"是吗?我是直接从太后那边过来的,没见她回去,既如此,我便回寝房找她。"说罢,福了福转身走了。

入夜时分,月亮隐在厚厚的云层里,星子只有寥寥几粒在空中闪着若有若无的几点昏光,宫灯已经次第熄灭了,御花园中黑魆魆一片,初冬的冷风呼呼吹着,气氛有些诡异森冷。

身着黑色夜行衣的王栋肩上扛着一个鼓鼓囊囊的麻袋,鬼鬼祟祟来到御园池边,用力将那麻袋抛入池水中,池水发出"扑通"一声闷响,转瞬间麻袋便沉入了水底,无影无踪,只有那漆黑如墨的池水在幽幽打着漩涡。王栋一闪身,人便不见了。

心儿失踪了,遍寻不见,露儿和晴儿找了一整夜也没见她的踪影。太后也急了,派了禁军在宫中四处寻找,各个宫殿所有角落都找了个遍,仍是不见她的影子。

露儿心急如焚:"心儿姐姐,你到底去了何处?你是不是被人害了?"

露儿觉得韩妃娘娘最为可疑,便将这想法对太后讲了。太后也觉得此事不对劲儿,怎么心儿去了一趟韩妃那里,就消失了呢?便命人将韩妃传唤到慈宁宫中,沉下脸道:"韩妃,你说心儿昨日是何时离开你宫中的?你可曾对她说了些什么?"

韩妃"扑通"跪下,道:"回太后,心儿姑娘是大约酉时走的,本宫并未对她说什么,只是一开始让她给本宫按摩,然后又让她弹唱了几首歌曲,心儿说累了想回去,本宫就让她走了。她走时仲珠和王栋都亲眼见过的,不信,太后可以问他们二人。"

太后便传唤了仲珠和王栋,二人都说的确亲眼见过心儿姑娘傍晚时分走出坤宁宫。

太后也没了主张，只得令韩妃等人退下，又命禁军接着寻找心儿。

赵光义听说心儿失踪，心中一紧，也派了禁军到皇宫外面去寻找她。晚上回到府中，见符蓉正对着铜镜笑吟吟地向腮上拍着花露，便沉下脸道："心儿失踪了，是不是你干的？"

符蓉转过脸，正色道："你想到哪里去了，心儿失踪和我有什么关系？你怎么会怀疑到我头上呢？"

赵光义狠狠盯着她的眸子，目光中闪出丝丝怀疑："真的不是你干的？"

"当然不是！我没事把她藏起来干吗？她跟我有什么关系？切！"符蓉装成没事人一般，翻着白眼道。

"若是让我知道此事与你有关，看我怎么收拾你！"赵光义咬着牙凶巴巴瞪着她道。

一连十余日过去，仍是没有心儿的任何消息。

赵光义心急如焚，几乎无心理会朝堂之事。太后也急得寝食难安，皇帝临走前曾嘱咐过她，要她对心儿好些，若是犯了错，千万不可重罚，可见皇帝对心儿有多心重。如今心儿莫名失踪，她如何向皇帝交代呢？虽说她是太后，可他毕竟是皇帝，自己内心里也是惧他三分的，这可如何是好？

露儿也是终日心神不宁，想着心儿姐姐到底在哪里？不禁感叹这宫中也太过恐怖了吧，一个大活人怎么会突然人间蒸发了呢？

一干人正急着，皇帝回宫了。

这次平定叛乱十分顺利，皇帝亲赴扬州后，宋军士气大增，很快攻破扬州，李重进率领全家赴火自焚，其党羽也被悉数消灭。皇帝下令赈济扬州百姓，埋葬战亡者，又任命了新官接管扬州，打理好一切事务后，便匆匆率军回京。

不料一回宫便听到心儿失踪的消息。皇帝大惊，一颗心忽地悬起。问明情况后，命人将那韩妃唤来，瞪着韩妃，星眸中烈烈怒火一闪一闪："快说，你将心儿弄到哪里去了？"

韩妃跪在堂前，打着哆嗦道："皇上，臣妾真的不知道啊！心儿就在臣妾那里待了几个时辰，傍晚时分就走了，臣妾真的不知道心儿去了哪里啊！"

皇帝瞪着她看了片刻，"唰"地将腰间宝刀拔出，将寒光闪闪的利刃架到韩妃脖颈上，眼中杀气腾腾，逼视着她道："你在说谎！若是不说真话，朕现在就杀了你！"

韩妃吓得瘫在地上，不停叩首，浑身如筛糠般颤抖着："皇上饶命，皇上饶命，臣妾说的是真话，皇上就是杀了臣妾，臣妾也不知道啊！"

正说着，太后被两名宫女搀扶着来了。太后见韩妃大着肚子跪在地上，皇帝怒气冲冲举刀对着她，吓了一跳，忙道："皇儿息怒，韩妃肚子里还怀着你的子嗣呢，你莫惊着她！"

皇帝无奈将刀收起，叹口气道："母后，心儿失踪肯定与韩妃有关，您莫再袒护她了！"

太后道："你又无凭据，怎么就断定是她令心儿失踪的？她宫里的侍女仲珠与内监王栋都亲眼见到心儿从坤宁宫离开了，此事还能有假吗？"

"母后，她的贴身侍女同内监与她是一伙的，当然会向着主子说话，那二人的话岂可相信？来人，将仲珠与王栋拿下，交与暴室审问！此事定要查个水落石出！"

一旁的侍卫正要应声而去，却听到韩妃"哎哟"一声大叫，接着见她捧腹跪在地上，一脸痛苦不堪的表情，嘴里不停叫道："哎哟哎哟，本宫肚子疼，要疼死了，疼死了，疼死本宫了……"眼见她脸色惨白，额头上冷汗直冒，太后同皇帝都吃了一惊。

太后慌道："别是受惊动了胎气吧，来人啊，快把韩妃扶到寝宫里去，传太医仔细瞧瞧！"

韩妃却哀哀哭泣道："太后，求您别让皇上抓走我那两个身边人吧，我怀着小皇子身子不好，平日多亏那两个奴才精心侍候，如果臣妾身边没个可心人使唤，我这身子恐怕是更不好了，小皇子也会跟着遭殃的！"

太后忙道："皇儿，你看韩妃都这个样子了，你就饶过那两个奴才吧，算哀家求你了行吗？若是小皇子真出了事，哀家也不想活了！"

皇帝只好冲侍卫摆摆手道："你们先扶韩妃回宫吧，别的事以后再说。"

于是，韩妃被扶回宫去，传了太医诊治。太医看后说韩妃果然是受惊动了胎气，服了安胎药已无大碍，以后切要静养安胎，不可再受惊扰。

于是，太后便下令任何人都不可再去惊扰韩妃，连她宫里的奴才也不可惊动，皇帝也不例外。心儿失踪一案便失了头绪。

## 第十六章

## 绝处逢生

皇帝虽知此事八成是韩妃捣的鬼,但她有小皇子和太后护身,一时拿她无奈。想到心儿多日不见踪影,又无一丝线索,心中不禁焦急如焚。连上朝时也是心不在焉、神思恍惚。可一时又想不出办法,只得派出禁军在宫内宫外四处搜寻。

皇帝急得嘴上起泡,嗓子冒烟,一夜夜难以入眠,私下里招来赵普密谋商议。赵普听完事情的原委后分析道,心儿八成是遭遇不测了,此事必同韩妃有关,还是应该从韩妃处下手。皇帝也是如此想的,可是太后有令,不可惊扰韩妃,再说韩妃也的确怀有身孕,不宜惊动,得想个万全之策才行。正商议时宫门外突然传来一阵阵女子的哭声,哭声又大又乱,像是有一群女子在哭。皇帝本就心烦,听到哭声后黑下脸来一拍桌案:"大胆,谁在外面啼哭?"

王继恩慌忙上前来报:"启禀陛下,是德娛公主带着露儿、晴儿还有德昭皇子来了,说是心儿遇害了,她们悲痛不已,要圣上想办法为心儿申冤,正跪在外面哭呢!"

皇帝更气,大声道:"真是胡闹,让他们进来!"

须臾,德娛带着露儿、晴儿还有德昭进来了,几个人皆面带泪水、悲痛难禁的样子,跪倒在皇帝面前,扯着嗓子大哭不止,德娛的哭声最为响亮。

皇帝气咻咻道:"住口,不许再闹!你们一个个这是怎么了?因何大哭不止?德娛你先说。"

德娛抹了一把眼泪,抬起头来看着皇帝道:"父皇,我们是为心儿姑姑面圣请愿来了。心儿姑姑已莫名失踪了十余日，八成是遇害了，我们几个素日跟心儿姑姑最是交好的，想到她下落不明就悲痛不已，所以今日斗胆前来恳请皇上想办法寻找心儿，活要见人，死要见尸啊！"

露儿也道："是啊，陛下，虽然心儿跟我们一样只是个奴婢，可是奴婢的命也是命啊，怎么可以不明不白地就消失了呢？"

皇帝看着她们几个沉声道："德媖、露儿，你们的心情朕是明白的，心儿不见了，朕同你们一样焦急不安，正想办法寻找心儿，你们不必担心，朕肯定不会坐视不管的。你们先下去吧！"

德媖道："父皇，心儿是被韩妃请去后失踪的，此事同韩妃必有干系，可韩妃仗着自己怀有您的子嗣以及太后的庇佑便大肆抵赖，如此下去，心儿一案何时才能水落石出？"

皇帝越听越气，一拍桌案道："大胆！德媖，你这是在指责朕不作为吗？此事该如何处理朕比你清楚，不用你来指点！还不快带她们几个下去！"

德媖的倔脾气上来了，低头跪在地上纹丝不动，大声而坚决地道："不，父皇，您若是不答应审问韩妃，尽快找到心儿姑姑下落，我是不会回去的！"

皇帝怒不可遏，瞪起眼珠怒道："德媖，你是想找打吗？"

德媖跪在地上仍不动，其他几人虽然心中惶恐，可也只好随着德媖跪地不动。

皇帝怒冲冲看着女儿直喘粗气，恨不能上前将德媖狠狠揍一通。

这时，一旁坐着的赵普一看气氛不对，急忙打圆场："皇上息怒，息怒，公主殿下还是个孩子，一时为心儿姑娘的事情心急，行事说话的确有失体统，但她不是有意冲撞陛下的，请陛下谅解。"又转向德媖："公主殿下，你这般逼迫你父皇就不合适了，心儿的事你父皇比你还急，刚才我们俩正在商议如何解决这件事。你放心，这件事肯定会解决的，你还是带着他们几个回去吧，再僵持下去，也于事无补。请殿下带着他们几个速速退下吧！"

露儿、晴儿、德昭听后不敢再坚持下去，站起来转身退了出去，德媖无奈，也只好起身含着眼泪退了出去。

德媖一行走后，皇帝心情更加沉郁，思虑了一番，咬咬牙对赵普道："看来我不能再顾虑那么多了,德媖和露儿说得没错,小皇子的命是命,心儿的命就不是命吗?心儿不能就这么不明不白地失踪了,我要马上行动!"

赵普点头道:"微臣明白!既然陛下想清楚了,那我们便行动吧!"

当夜,坤宁宫里,韩妃娘娘睡得正香甜,突然听到外面一片乱纷纷的声音,急忙坐了起来,呼道:"仲珠,怎么回事?"

须臾,一个小宫女慌慌张张跑进来,急道:"娘娘不好了,刚才冲进来几名禁军,把仲珠和王栋都给带走了!"

"啊?"韩妃大吃一惊,急忙道,"快快扶我下床换衣服,我要去见太后。"

小宫女道:"不行啊娘娘,坤宁宫已经被一队禁军围上了,说是不许任何人出去呢!"

韩妃一阵心惊肉跳,心下明白,这肯定是皇上为了心儿有所行动了。他还真是狠心,居然为了那个贱婢置她母子的安全于不顾,太后的话也敢违逆!他真以为撬开了他们两个的嘴就可以真相大白了?哼,你也太小瞧我韩芝芬了吧?那两个奴才可是我的心腹,他们的嘴是不会被轻易撬开的,我早就叮嘱过他们,只要咬紧牙关什么也不说,我再找机会去向太后求援,一切都会安然无恙的。

想到此处,韩妃虽然心下仍是忐忑,却也没有太过担心,依旧躺回到贵妃榻上睡去。

当夜,皇帝亲自审问了仲珠和王栋,可是直到天亮,也没问出个所以然。这两个奴才一口咬定心儿出事同他们没任何干系。即使受了板子,被打得皮开肉绽,二人依旧咬紧牙关不吐半字。皇帝又不忍对他们俩动用酷刑,正无奈时,韩珪前来面圣,要求由他审问二人,并保证可以问出结果。皇帝准了,但嘱咐韩珪,不可对二人动用酷刑。

韩珪将二人带到一间密室秘密审问,不出一个时辰,王栋和仲珠果然都招了。并将整个谋害心儿的过程写在供述纸上按了手印。

韩珪将供纸呈给皇帝,皇帝看完后脸色大变,惊道:"这么说,心儿果真是遇害了!真是可恶!心儿,心儿啊……"他一阵心内绞痛,眼前一黑,险些昏厥过去。

韩珪忙上前扶住皇帝，又伏在他耳畔低语了一番，皇帝的脸色这才缓和下来，二人又低语密谋了一番，韩珪才退下。

韩珪走后，皇帝猛地一拍桌案，大声道："来人！"

内监王继恩应声前来，躬身道："皇上有何吩咐？"

"去将韩妃传来，把太后也请来。"

"是！"王继恩应声出去。

不一会儿，大腹便便的韩妃由小宫女搀扶着到了，太后也由侍女们扶着来到堂前。

韩妃一见太后，便愁眉苦脸带着哭腔道："太后，昨夜本来好好的，不知怎的我宫里的奴才王栋和仲珠就被禁军抓走了，害得本宫身边没了人侍候，这会子肚子又开始疼了。"

太后惊道："什么？你的奴才被禁军抓走了？是谁干的？"

"是朕干的！"不待韩妃说什么，坐在堂前的皇帝声音洪亮道。

太后变了脸色，道："皇儿，你这是为何？哀家不是说过吗，任何人都不要去惊扰韩妃，小皇子比一切都重要，怎么你连为娘的话也不听了吗？"

"母后，非是儿子有意忤逆母后，只是儿子觉得小皇子的安全固然重要，可是别人的命同样重要，难道心儿的命就不是命了吗？"

"这……皇儿你什么意思？"

"母后，您少安毋躁，等一下您就明白了。"

皇帝请太后坐在一旁的软椅上，自己端坐在堂前，面色沉下，瞪着韩妃看了一阵子，把韩妃看得心里直发虚，只好跪在地上，深深低着头。

皇帝猛地一拍桌案："韩芝芬，朕再问你一次，心儿的失踪和你有无干系！若是讲实话，朕还可以原谅你，若是仍旧说谎，朕绝不饶你！"

韩妃虽然吓得心里直哆嗦，但她咬紧牙关，强硬道："臣妾……臣妾没有撒谎，心儿的失踪同臣妾没有关系。"

"好。"皇帝道，"我看你是不见棺材不落泪，朕便成全你。来人，把那两个狗奴才带上来。"

须臾,王栋和仲珠被侍卫押上堂来。王栋跪在地上,战战兢兢看一眼韩妃,埋下头去。仲珠头发散乱地低着头。

皇帝沉声道:"王栋、仲珠,当着大家的面,把你们干的好事再仔细交代一遍吧!"

王栋战战兢兢道:"是,陛下。那……那天,心儿姑娘被叫到坤宁宫后,韩妃娘娘故意对心儿姑娘折腾了一番,先是让她按摩,后又让她弹唱,到了傍晚时分,娘娘令心儿姑娘喝茶,心儿不肯喝,娘娘就命奴才控制住心儿姑娘,硬把茶灌了下去。那茶里放了迷药,不久,心儿姑娘就昏迷了。娘娘就对奴才说要奴才天黑之后,把她扔到御园池里去,要装进麻袋,再放进几块石头,沉到水底去。奴才正要动手,这时仲珠跑进来说露儿向这边走过来了,怕是来寻心儿的。韩娘娘就命我和仲珠把心儿拖到内室床下去,然后娘娘就支走了露儿。等到天黑透了,奴才便扛着装有心儿姑娘和石头的麻袋来到御园池边,把麻袋投进池子里去了……皇上,这些都是韩妃娘娘逼着奴才干的呀!皇上,饶命呀!"

一旁的仲珠也叫道:"是啊,皇上,这些的确是韩妃娘娘逼着奴婢干的,奴婢是无辜的!皇上饶了奴婢吧!"

韩妃听得心惊胆战,几乎倒在地上。太后也脸色大变,震惊至极。

皇帝狠狠盯着韩妃,怒道:"韩芝芬,事到如今你还不肯承认吗?"

韩妃捂着肚子,死命抵赖道:"皇上,分明是那两个狗奴才在诬陷臣妾,可能是因为臣妾平日里对他们太过严厉,他们就记恨臣妾,私下里串通一气编出些事端来坑害臣妾!皇上,您可不能听这两个奴才的一面之词就给臣妾定罪呀!太后、太后,救救芝芬吧,芝芬是冤枉的!"边说边对着太后以首叩地,一边捂着肚子,故技重演,"啊,臣妾的肚子……好痛,好痛……"

太后担心小皇子,忙道:"是啊,皇上,怎么能只凭两个奴才的一面之词就给韩妃定罪呢!说不定真是两个奴才要陷害主子呢!我看今日还是算了吧,先把韩妃扶回去医治,可别惊着我那小皇孙啊!"

皇帝厉色道:"韩芝芬,别再演了,你那肚子怎么疼得总是那么是时候,再忍一忍吧,你还不肯承认是吗?朕便让你见一个人,你看那是谁?"说罢,皇帝抬手指向殿门口。

韩妃同众人皆向门口望去。

须臾，只见一位身着水红色素罗衣裙的女子从殿堂门口盈盈而入，此女不是别人，正是心儿。

韩妃登时目瞪口呆，众人也都愕然怔住。

韩妃本以为那心儿被沉入池中必死无疑，没想到她竟盈盈笑着向自己走来。天哪，这是见鬼了吗？她骇得险些背过气去，一头冷汗涔涔冒出，浑身哆嗦着道："怎么你……你……你是人还是鬼？"

心儿冲她甜甜一笑，开口道："心儿是个大活人啊！怎么，韩妃娘娘以为心儿已被你害死了吗？"

韩妃周身筋骨如同被抽走一般瘫在地上，胆战心惊道："不，你不是本宫害死的，我没有害你，我没有，没有！"

心儿冷冷一笑，逼视着韩妃道："韩娘娘，你记性真不好，那天不是你将心儿叫到你宫中去的吗？你让心儿给你按摩，又让心儿给你不停地弹琴唱歌，将我百般折磨，然后又强迫我喝下毒茶，令你的内监王栋将我装入麻袋里，沉入御园池中……"

韩妃简直快要吓死了，哆嗦成一团，仍在拼命抵赖："你……你……你分明是在诬陷本宫，你既喝下毒茶，怎么未死，怎么知道之后的事？"

心儿又一笑，道："是有一位好心人救了心儿，将心儿从水中捞出。说起来心儿也算因祸得福，呛了好多水，竟带着那毒茶一起吐了出来，这才捡回一条命！那好心人就是韩珪，是他亲眼看到王栋将一个大麻袋掷入了御园池中！"

此时，韩珪也进来了，冲众人点点头，恳切说道："的确如此，当时我正在御花园中独自练剑，听到动静，便躲到假山后观看，亲眼见到王栋将一个麻袋掷入池水之中，我便跳入水中，将麻袋捞起，打开一看，竟是心儿姑娘。当时心儿昏迷不醒，是我及时施了急救，她才苏醒过来。心儿姑娘说是有人谋害她，我怕心儿姑娘再度被害，便征得皇后同意，将心儿藏到福宁宫的一间密室之中，待到皇上回宫，我本想即刻放她出来，但心儿姑娘不同意，她是对这皇宫寒了心，想借此机会干脆离了宫，从此消失，是皇后和我苦苦劝说，又见皇帝放下顾虑真心真意寻她，她才答应留下来不走的。今日我审问王栋和仲珠时，二人先是百般抵赖，后来是我告知他心儿并没有死，又将自己所见叙述一番，他见证据确凿无从抵赖，才不得不承认了。这一切全部是韩妃娘娘指使的，是她对心儿嫉恨在心，怕心儿日后得皇帝宠而令自己失宠，才下狠手要除掉心儿的。"

众人听罢皆唏嘘不已，纷纷将愤怒的目光投向韩妃。韩妃吓得几乎魂飞魄散、面如死灰，趴在地上喘着气，说不出话来。

皇帝一拍桌案："王栋！"

王栋早已吓得半死，跪在地上，胆战心惊道："皇上饶命——皇上饶命——是韩娘娘让奴才做的，奴才也是奉命行事啊皇上！"

"哼！奉命行事？好个狗奴才，拉下去杖责一百，关入死囚牢！将宫女仲珠杖责五十，同主子一起禁足思过！"皇上怒冲冲下令道。

王栋惨叫着，仲珠哭喊着，两人一同被侍卫拉了出去。

皇帝冷冷看向韩妃，怒道："韩芝芬，没想到你贵为贤妃，竟如此阴毒，胆敢谋害宫人性命！朕无法再轻饶于你，念你怀有皇嗣，且饶你一命，褫夺你贤妃封号，降为才人，这段时间先禁足于碎玉阁，待诞下龙嗣后即刻打入冷宫！"

韩氏大哭，爬到太后脚边，抱住太后的袍角哀求道："太后，救救我，救救我，我可是您亲外甥女啊，太后！"

太后低头叹息道："唉，你这是自作孽，不可活，让哀家如何救你？"

韩氏仍大哭着哀求不止。

皇帝挥挥手，道："把她拉下去。"

一旁的侍卫旋即上前，将大哭大叫的韩氏拉走了。

众人退去后，堂中只剩皇帝同心儿二人。

皇帝一双星眸看向心儿，心儿也正微笑看向他。二人目光相碰，空气中似燃起一串银亮火花……

一缕阳光透过雕花窗格映在她面上,她美丽得不带一丝烟尘。

皇帝上前握住她一双玉手,目光灼灼地看着她晶亮亮的眸子,猛地将她紧紧拥住,伏在她耳畔喃喃说道:"心儿,对不起,让你受苦了。都是我的错,是我的疏忽,是我没有保护好你!以后,我再不会轻易离宫,我要在你身边时刻保护着你,不再让你受一丝伤害。"

心儿从她怀中挣出来,笑望着他道:"别担心,陛下,心儿是属猫的,有九条命,轻易害不死的!皇上你还好吗,这次出征顺利吗?"

"我还好,一切顺利。"皇帝畅快笑着,将目光深深探入她眸子深处,正色道,"只是很担心你,有诸多事情牵扯着不能回来,我……"

"不必说了,心儿明白。"心儿脉脉看着他。仍是那双含情脉脉波光流转的大眼睛,一切都没有变。

皇帝再次紧紧地拥抱住她,热烈地亲吻着她的额头、鼻子、眼睛和嘴巴。

她也激动地吻着他,缠咬着他的唇舌,与他疯狂热吻……

二人激吻了好一通,几乎无法自持。她面色潮红,一颗心怦怦狂跳着,甜蜜幸福又折磨的感觉在胸中翻腾。他亦是身体里激情澎湃浪潮狂涌,理智险到崩溃边缘,恨不能马上与怀中的美人融为一体如胶似漆再不分离。

恰在此时,有太监在门口通报道:"皇上,赵光义大人求见。"

皇帝怔了怔,微微窘迫,提高声音道:"让他稍等片刻。"

二人恋恋不舍地分开,各自强迫自己平静下来。皇帝又深深看了她一会儿,从颈项上取下一枚挂件,轻轻挂到她脖颈上。

是一块玉佩,新月形的白玉,玉质纯粹而精美,看上去清雅温润,如同美人的肌肤一般圆润光滑,带着他的体温和气息。

心儿惊喜地抚摸着它,知道这必是皇帝的心爱之物,看样子是戴了许久,心儿刚要开口婉拒,皇帝伸出一根手指点住她的口,道:"这是护心玉,可以保你平安。我已经有了你送的护身符,不需要它了,送给你,一定戴着。"

心儿不再拒绝。二人又拥抱了片刻,心儿便微笑着退下了。

心儿走出殿堂,在门口遇到赵光义,向他微微福了福身。赵光义已听说了心儿的事,其实到这里来就是为了看她一眼的,见她微微红着脸从殿中出来，便关切地问:"心儿,你还好吗?有没有受伤?"

心儿微笑颔首道:"谢赵大人关心,心儿挺好的,并未受伤。皇上在等你,赵大人快请进去吧!"说罢便盈盈离去。

赵光义目光痴痴地看着心儿袅袅远去的背影,心中五味杂陈。

韩珪回到自己房中,正要换衣服,德媖突然推门进来,叉着腰怒冲冲道:"韩珪,你也太没良心了吧!"

韩珪一愣,莫名其妙道:"我怎么了?"

"你早就知道心儿姑姑没死,为何不早点儿告诉我,瞒了我这么久,害得我日日为她担心,为何不把实情早些透露给我?"

韩珪道:"这是秘密,皇后娘娘吩咐过,不许向任何人透露,为何要告诉你?"

"哼,我是公主,又和心儿姑姑最为要好,难道我会害她不成?你分明是不信任我,不把我当朋友!"德媖不依不饶道。

韩珪冷下脸道:"我为何要把你当朋友?我们并非朋友啊!公主殿下,您身份尊贵,而我不过是罪臣之子,我们两个做朋友不合适。公主您还是走吧,我要换衣服了。"韩珪不由分说地将德媖推至门外,"砰"地将门关上。

德媖气得够呛,恨不能将那门踹上几脚。

## 第十七章

## 寿宴初见

晚上，赵光义府中。赵光义正坐在桌案旁若有所思地饮着茶。符蓉歪在雕花大床上，膝头盖着翠绿云丝锦被，眉头微蹙，一脸的不可思议，嘴里嘟囔着："你说那贱婢命怎么那么硬呢！沉到水池子里居然还没死成？那韩妃也真够笨的，若是下手再利落些何至于落到这步田地呢！我就说嘛，打蛇要将蛇打死，否则等蛇缓过来，它还是会咬人的！怎么就不听老娘的话呢！"

赵光义蓦地变了脸，将手中的白瓷青花茶盏"啪"地摔到地上，破碎的瓷片和茶水溅了符蓉一脸，吓得符蓉一个激灵，瞪大了一双丹凤眼，大声道："你……你这是干吗？大晚上的发什么疯？"

赵光义站起身来怒冲冲瞪着符蓉，指着她的鼻子道："原来真的是你怂恿的！我就说嘛，那韩氏哪来那么大胆子，居然敢谋害太后的人，原来是你这多事婆娘在背后撺掇的！你还想不想活了？"

"我……我……我不过就是说了句话嘛，又不是我让她去害人的！瞧你气急败坏的样子，是心疼那贱婢了吧？"符蓉强词夺理道。

"你还嘴硬，你做的那事若是被皇兄知道了，你还能坐在这里吗？你这是作死知道吗？"赵光义气呼呼训斥道。

"哼，少拿你皇兄来吓唬我！我还不知道你吗，成天满脑子想的都是那贱蹄子，你怎么不怕你皇兄治你的罪？我就说了句话你便冲我这样，有能耐你把她给夺过来呀，把她弄到你床上来当娘娘供着呀！你行吗你？看你那灰样，成天就知道拿我撒气！"

"你……"赵光义指着她,气得手指直颤,脸色铁青,一脚将旁边的木凳踢飞,然后转身摔门而去。

"大晚上的你干吗去?"符蓉在房间里扯着嗓子喊。

赵光义不理会她,自顾自地离去,径直出了府,竟是一夜未归。害得符蓉气呼呼地坐在床头等了他一宿,一边咬牙切齿地骂着:"心儿,你这个贱货,狐狸精!竟把我夫君的魂儿勾了去,我若不弄死你,我就不姓符我!"

接下来的一段日子,心儿过得很是轻松,有皇上庇护着,没有人再敢找她的麻烦,太后对她也比较照顾,每日除了在太后跟前侍奉几个时辰,就是隔几日去给德媖、德昭上上课,其余的时间要么待在寝房里看书,要么就在皇宫里四处走走,散散步活动一下身体。

她在皇宫里走动的时候,隐隐约约感觉总有个影子跟着自己,转身去看时,却又不见任何人的踪迹,心下便有些疑惑。这天,她在御花园里走着,故意转到一座假山后面,绕着假山转了几圈,猛地一回头,终于看清了不远处跟着自己的那个人,原来是韩珪。他见心儿似乎发现了自己,忙闪身躲到一株大树后面。

"韩珪,出来吧!"心儿冲着大树喊道。

韩珪从树后闪出来,慢腾腾走到她面前。

"韩珪,你总跟着我干吗?"心儿奇怪地问。

"我是在保护你啊!"韩珪眼神清亮地看着她道。

心儿这才想起来,韩珪因为救了自己有功,已被皇帝封为宫廷一等护卫,皇帝另请了一名先生给德昭上课,韩珪每日的任务便是在皇宫里四处转悠,以确保宫里所有人的安全。

"那你也不用总跟着我一个人嘛,这宫里所有人的安全你都要负责啊,是不是?"心儿看着他认真地说,见他有些发窘,便绽出笑容,道,"好啦好啦,姐姐不教训你啦!姐姐这些日子一直想着找个时间向你当面致谢呢!你对姐姐可是有救命之恩的,姐姐在这里向你致谢了!"说着弯下腰向他深深鞠了一躬。

韩珪"扑哧"一声笑了，又故意绷起一张俊脸，道："韩某对姐姐可是有救命之恩的，姐姐鞠个躬就算报答了吗？这也太便宜姐姐了吧？"

"那，你要怎样？"心儿笑吟吟看着他道。

"要你抱我一下！"韩珪小声道，样子好像个对着大人撒娇要糖吃的小男孩。

"啊？"心儿为难了，脸微微有些涨红。心想，这小破孩儿还真是放肆，虽说是救命之恩，可毕竟是男女有别啊！

"哈哈，逗你的！瞧把你给紧张的。韩珪并不想要姐姐报答什么，算啦算啦，那件事姐姐就此忘掉吧，只要姐姐每日平平安安的就好！"韩珪绽开一脸春日阳光般明朗的笑容说道。

"你这小家伙还会跟姐姐开玩笑呢！"心儿上前轻轻拍了一下韩珪的头，也愉快地笑起来。

心儿注目打量了他一下，见他身上的袍子有些旧了，便道："你说得也没错，救命之恩的确没那么便宜就能报的。这样吧，姐姐就做一身新袍子送给你，以后，你身上的衣服姐姐就全包了，如何？"

"姐姐当真？那可再好不过了，听说姐姐生得一双巧手，做出的衣服巧夺天工，韩珪若是能穿上姐姐亲手做的衣服，那可真是三生有幸，韩珪在此谢过姐姐了！"韩珪喜出望外，对着心儿就要施礼。

心儿忙拽住他："好啦好啦，别那么客气了！以后啊，你就把心儿当成自己的亲姐姐，有什么需要尽管和姐姐说，只要姐姐能做到的姐姐一定会满足你！"

韩珪激动地握住心儿的双手，两只清澈如琉璃的眼睛里居然泛起了泪光："自从父母过世以后，就再没有人如此关心韩珪了。如今心儿姐姐待韩珪如此之好，韩珪当真感动至极。"

心儿紧紧握住他的手，笑道："好啦好啦，男儿有泪不轻弹，这些都是姐姐应该做的。"说罢，伸出手掌抚摩了一下他的头发。他的一头青丝披在腰间，光滑柔软，如同上好的绸缎一般，令她想起年轻时候的赵匡胤，一时竟望着他失了神。

此时，德媖正站在不远处一棵大树后面，默默望着他们俩，圆圆的俊脸上是喜忧参半的复杂表情。

此后的几日，心儿有空便待在寝房里为韩珪做衣服。她为他缝制了一件靛蓝色织锦长袍，衣襟和袖口处用极细致的银丝绣上云海仙鹤翱翔图，再配上一条青色祥云宽边锦带，一件精美长袍就要完工。

德媖偷空来到心儿房中，闹着要心儿姑姑教她做衣服，还要求教她绣帕子。

心儿笑道："这小丫头真是长大了，居然主动学着做女红了。那好，姑姑这便教你。"于是手把手教她如何裁衣，如何缝制，如何在衣服、帕子上绣出各种五颜六色的好看图样。

德媖学得十分用心，不出几日便将活计做得有模有样，帮着心儿缝了袍子边儿，还亲手绣了一条鸳鸯戏水的锦帕。那鸳鸯是金丝加上五彩丝线绣成的，水是微红半透明的西湖水色，在阳光下鲜灵灵金灿灿十分可爱。

心儿本以为那帕子是德媖自己绣着玩儿的，德媖却趁着心儿不注意将锦帕塞入了那件长袍口袋里。

心儿将长袍做好后，便给韩珪送去。韩珪穿上一试，大小正合适，而且衬得他更加潇洒英俊、气宇非凡。韩珪高兴极了，整整一天脸上都是乐呵呵的。晚间入睡前，无意中将手伸进衣袋里，发觉里面似有什么物件，掏出一看，竟是一方绣着鸳鸯戏水的锦帕。

韩珪心中忽悠一下，心儿姐姐怎么会送这样的东西给自己？难道她……韩珪惊得张大嘴巴，不敢再想下去，原本洁白如玉的脸颊突然间涨得通红……

以后他便总是躲着心儿，因为一颗心不知为何，见了她竟莫名其妙紧张起来，只想偷偷跟在她身后，悄悄地保护着她，看着她窈窕美好的背影便开心了。心儿却浑然不觉，见了韩珪仍旧笑嘻嘻地同他打招呼，与他说这说那，偶尔开开玩笑。韩珪竟有些窘迫，想躲开她，心里又似乎很喜欢和她在一起。偏偏德媖那小丫头总爱有事没事黏着他，像块儿橡皮糖似的用不掉，真让他烦恼，两个人少不了吵吵闹闹、你追我躲的，心儿看了抿嘴直笑……

日子便这样悠悠过着，转眼到了年关。年底，韩氏生下一位小皇子，取名赵德芳。一个月后，翠晶也生下一位小公主，取名赵德玲。

真是双喜临门！

太后乐得合不拢嘴，皇帝也分外欢喜。又至年节，皇帝大宴群臣和众亲眷，阖宫上下喜气洋洋。

太后建议皇上赦免韩氏的罪过，同时加封翠晶。皇帝同意了，传下口谕，免了韩氏打入冷宫之处罚，并解除禁足，仍住在碎玉阁中。还加封翠晶吴氏为正三品婕妤，移入昌宁宫居住。吴婕妤与韩才人皆大欢喜，各自谢主隆恩。每日抱着白白胖胖的婴儿笑着，心中得意扬扬的。

心儿心里却有一丝不痛快，那韩氏明明犯了杀人未遂之罪，居然生了个孩子便被赦免了，成了没事人，真够荒唐的！不过这似乎也在情理之中，从古至今，皇宫里一向是母凭子贵的，给皇帝诞下皇子公主，那就是立了大功一件，得到奖赏是应该的，自己这般计较也是没什么意义。这样一想，便又开心起来，每日尽量快快乐乐地过自己的日子。

很快到了太后的生辰，是太后六十大寿。虽然太后一向是素简寡欲的人，不主张奢侈铺排，但皇帝知道这个生辰有可能是太后生命中最后一个生辰了，因此格外重视。多次劝说太后无论如何要办一个像样的万寿宴，还特意请来赵普当说客，说这样也是为了在举国上下弘扬孝道，太后这才勉强同意。皇帝便下令内务府拨出重金，为万寿宴做足准备，还特意嘱咐心儿，要她和德媖、德昭等准备一些歌舞助兴。心儿便同几个年轻人一起悉心排练起来。

太后的万寿宴设在御花园的一片草坪上。时值三月小阳春，芳草萋萋，桃红柳绿，御花园中姹紫嫣红，景色美不胜收。在绿油油的草地中央铺了块极大的彩色地毯，毯上绣着亮金色百花图案和银白色祥云花纹。东西各放几十张客席，席上坐满了皇家的诸位亲属、文武百官及其家眷，还有后宫嫔妃等。北首的主席上中间坐着太后，皇帝、皇后、赵光义、符蓉分列两旁作陪。

太后一改平日只穿素淡青衣的风格，着了一袭深红绸缎宫袍，袍上绣着大朵大朵金灿灿的牡丹花，缀有七彩琉璃小珠的袍脚软软坠地。一头银发高高挽起，用象牙雕花梳子梳成松松的飞星逐月髻，再插上两支赤金掐丝暖玉火凤含珠钗，垂下细细的羊脂白玉流苏。耳上戴着一对绿玉团蝠镶金珠耳环，在春风中微微飘荡，环佩"叮当"轻响。整个人显得富丽高贵，精神焕发。

心儿注意到今日皇帝身上穿的竟是那件"陈桥兵变"时她献上的龙袍！那件龙袍他一直珍藏着，极少穿在身上，除非是在重大节日里。心儿一直在忙碌着指挥诸位宫人传菜上酒，迎接照顾宾客，偷空向北面主席上看时，恰看到皇帝正唇畔含笑向她注目，她也向他会心一笑，转身又忙碌去了。

赵普携着夫人也出现了，赵普夫人和氏与心儿久未谋面，二人相见，分外亲热，和氏拉着心儿的手不停地寒暄……

寿宴开始，诸位亲属宾客纷纷向太后敬酒祝寿，并各自献上金银玉器、名家字画等贺礼，气氛喜庆热烈。

酒至半酣时，德昭和韩珪一起为大家舞剑助兴，两柄银剑挥舞得时而如两条银龙，在全场上下翻飞、蜿蜒游走，时而如道道闪电，飞入半空之中，瞬间又呈螺旋形坠到二人手中，令人眼花缭乱、目不暇接，引来宾客们阵阵热烈掌声与喝彩声。

接着，由心儿、露儿、晴儿、倩儿、德媖组成的一个戏剧组合，身着水红、金黄、翠绿、天蓝、淡紫五种颜色的戏服，甩着水袖唱了一曲《五女拜寿》，那唱词是心儿编的，婉转动听、十分美妙，五位美女也宛若天仙一般，将五彩水袖甩得如同飞霞云霓，片片落向太后和皇帝，逗得太后笑得合不拢嘴，宾客们也纷纷喝彩拍掌。

接着心儿与德媖又同奏古琴，为大家弹唱了几首古典歌曲。琴音婉转连绵，变幻莫测，时而如山间清泉涓涓流淌，时而如瀑布飞流急下，时而又如沙场万马奔腾；歌声悠扬清越、婉转欢畅，把众人听得目瞪口呆，神游天外，一曲终了还意犹未尽，好半天才惊叹着喝起彩来。

下一个节目是心儿献上的一支舞，由德媖弹琴伴奏。一段优美的前奏过后，只见身着红艳艳舞衣的心儿款款现身。舞衣十分美艳亮丽，宝石红色的云锦缎面上镶嵌着数百颗红绿蓝三色宝石，在阳光下熠熠生辉、艳光四射，舞衣上还挂着许多银色的小铃铛，一动就发出叮叮咚咚的音乐般的声音。穿了舞衣的心儿美得如同仙子下凡一般，一下子就将众人的目光牢牢地吸引住。

只见红裙翩翩的心儿随着音乐的节拍轻扭腰肢、脚尖踮起，身体旋风一般旋转起来，旋了大概有几十个圈子，突然腾空一跃，来了一个极美的旋空舞步。那舞姿轻盈而飘逸，美得如同天上飞仙一般。一头青丝也跟着轻舞飞扬。艳红的舞裙随着她的起舞旋转掀起层层波浪，三色宝石发出绚丽光彩。她时而如凤凰般展翅飞翔，时而如天鹅般轻盈浮动，一会儿一个漂亮的回身下腰，一会儿又一个完美的旋空舞步。随着她的翩然起舞，舞衣上的小铃铛发出清脆悦耳的玉石相碰般的声音……

众人看得目瞪口呆，只是举着两只手，却忘记了鼓掌。

皇帝看着翩然舞动的心儿，激动无比，脑中浮现出十年前她在街头跳舞的场景，竟与眼前的景象几乎一模一样。那段最艰难的日子里，全靠她与他在街头跳舞卖艺，才没有饿死街头，那时候二人真是相濡以沫。他眼中一热，险些流下泪来，只觉身体里热血沸腾，突然一个冲动，站起身来，从一旁的侍卫身上抽出一把银剑，跳跃着来到心儿身边，兴冲冲舞起剑来。二人一起旋转腾跳，裙剑齐舞，裙裾飘飘配着剑光闪闪，合作了一曲美妙无比的《飞天剑舞》。居然配合得十分和谐，又异常惊艳！

把众人惊得呆若木鸡，这是平日那个威严静穆的皇上吗？这是那个低调温顺的婢女心儿吗？这明明是一对来自天宫的金男玉女啊！他们配合得这般和谐，各方面又是如此般配，连皇后看了心中都不免酸溜溜热辣辣的。再看席间的吴婕妤与韩才人，竟是气得脸色铁青、眼睛通红，嘴唇险些咬出血来。

坐在太后身边的赵光义瞪大了眼睛盯着美若天仙、艳光四射的心儿，一颗心激动得简直要跳出胸膛。她真的是太美太美了！就连大哥舞起剑来竟也是如此年轻生动，活力四射。见他们二人如此默契，赵光义简直嫉妒得发狂！符蓉在一旁扫到了赵光义死死盯住心儿的眼神，恨得牙根儿痒痒，心里骂着："这小贱人，真是不得了，简直是狐狸精附体！"

一直立在酒席旁维持秩序的韩珪也看得傻住了，没想到往日一直文静娴雅的心儿跳起舞来竟是这般灵动火辣！这样美妙的女子今生还是第一次见到，一双清澈如水的眼睛竟激动得蒙上一层薄泪，在阳光下晶莹闪烁、熠熠生辉。

一时之间，众人的脸上呈现出各种不同的表情——惊喜的、羡慕的、激动的、暗恨的、愠怒的……

剑舞结束后，众人好半天才回过神来，接着便疯狂地拍掌、跺脚、叫好，现场气氛推至最高潮。

接下来，一些大臣官员的公子千金们也纷纷登场，献上了自己的才艺表演，或弹唱，或跳舞，或现场作画，或变戏法，把大家逗得笑逐颜开、喜不自胜。

太后一直眉开眼笑地欣赏着众位年轻人的表演，不时饮一口香茶，吃几口美食。

皇帝也很开心，一直笑吟吟观望着，偶尔喝一口美酒，吃一口佳肴。

他注意到一名唱祝寿歌的女孩子歌声十分悠婉动听，样子也生得俊俏可爱。这名女孩子看起来十二三岁模样，唱完歌后笑吟吟冲着太后这边走来，大大方方举起酒杯来向太后敬了一杯酒。又冲着皇帝深施一礼，脆生生道："小女子宋华洋见过陛下，陛下万福金安！"

皇帝见她灿烂一笑间双颊酒窝隐隐闪现，眉清目秀、脸若桃心，样子十分可爱，便朗声笑道："好好好，你是谁家女子，竟如此大方伶俐？"

女孩子又是一笑，脆生生道："回禀皇上，小女父亲是左卫上将军、忠武军节度使宋偓，母亲乃后汉永宁公主。"

"噢，原来是宋将军和永宁公主之女，不错不错，真是名门出玉女！是你双亲要你来见朕的吗？"皇帝和颜悦色道。

小华洋笑道："非也。是华洋自己想来近处瞧瞧皇上的！"

"哦？你为何要来近处看朕？"皇帝饶有兴趣地问道。

"华洋素日听说皇上是个极威严的，今日一见却觉得并非那般威严，竟是和蔼可亲呢！心下有些不相信，便特意上前来细看，果然是威严中兼有和蔼，竟是慈父一般可亲呢！"

皇帝哈哈大笑起来，慈爱地抚摩了一下小华洋的头。

心儿正上前来给太后送上一条新帕子，见皇帝同着一名小女孩说笑，便也认真看了那小女孩一眼,只一眼,便已觉出那小女孩的非同寻常。符蓉和赵光义也注意到了那个小姑娘,只觉得她气质非凡、伶俐异常,不由得也是心下一惊。

此时此刻的在场众人不过是觉得眼前的小姑娘模样俊俏、聪明伶俐,可谁也未曾料到,正是这个叫宋华洋的小女孩,六年之后,竟成了皇帝赵匡胤的第二任皇后。不过这是后话,暂不细说。

过了几日,吴婕妤带了一副婴儿赤金长命锁去碎玉阁拜访韩才人。

韩才人热情相迎,堆出一脸笑意道:"吴婕妤快快请坐,我如今不过是个小小才人,怎敢烦劳婕妤妹妹前来看我,还带了这么贵重的东西,姐姐真是受之有愧呢!"

吴婕妤淡然一笑:"姐姐不必如此谦卑,若不是心儿那贱婢,如今姐姐必是贵妃无疑了,何至于屈居翠晶之下呢!唉,都是那贱婢害的,妹妹心里一直为姐姐鸣不平呢!"

这话说到了韩才人的痛处,她咬牙切齿道:"妹妹说得极是,都怪姐姐我一时心软,才没有当即弄死那贱蹄子,留了她一口气,竟让她缓了过来。如今她越发得宠了,皇上居然同她一起舞蹈,真是恶心死了!"

"可不是吗,看得人头皮都要发麻了!那贱婢简直就是狐狸精转世啊,怎么那么骚呢,恨不能把天底下男人的目光全吸引了去!哼,有她在,就没咱姐妹的活路了!即使辛辛苦苦为皇上诞下皇子公主,皇上对咱们也不肯多看一眼呢!倒是她轻轻松松唱个歌跳个舞的,就把皇上迷得晕头转向。姐姐你知道吗,这几日,皇上夜夜同她宿在迩芙宫里,两个人彻夜欢爱、如胶似漆,好得蜜里调油呢!"吴婕妤添油加醋挑拨道。

"我呸!这个不要脸的贱货!"韩才人气得脸色铁青,牙齿差点咬碎,恨恨地道,"若不亲手将她弄死,我便一头碰死算了!这样委委屈屈活着又有什么意思?"

吴婕妤阴暗一笑,道:"姐姐真的有心让她死吗?"

"她若不死,我如何痛快活着!只是这贱婢命太硬,又有皇上撑腰,怕是很难伤及她性命。"韩才人苦着脸皱眉道。

吴婕妤又是阴险一笑:"姐姐若是真下了这份决心,妹妹这里倒有一计,保证她小命不保。不过,只是这计策会伤及姐姐,说到底是要以命搏命。"

"以命搏命?"

"是啊,不以命搏命的话恐怕难以伤到那贱人筋骨。不过呢,姐姐不会真的伤及性命的,不过是一场苦肉计罢了。"

"苦肉计?"韩才人思忖片刻,点点头,"舍不得孩子套不着狼,这次姐姐我便豁出去了,说什么也要将那贱人弄死!妹妹有什么妙计,尽管说来!"

吴婕妤便趴到韩才人耳边,神色诡秘地小声嘀咕了一番。

这日,太后正在榻上歪着身子闭目养神,心儿跪在地上为太后轻轻捶腿。

晴儿进来通报:"太后,韩才人来了,还抱着小皇子,说是来给您请安的。"

太后睁开眼睛道:"请她进来。"

须臾,韩才人便抱着白白胖胖的小皇子进来了,屈膝行礼道:"太后万安。"

"起来吧!"太后眼睛盯着小皇子,笑道,"快过来,让哀家看看这小皇子。"

韩才人将小皇子送到太后面前,太后的脸立刻笑成一朵菊花:"哎呀呀,这小宝宝真可爱哟!"她伸出手掌轻轻拍着襁褓中的婴儿。

心儿和晴儿也凑了过去,见那小皇子一张小脸胖乎乎的,粉雕玉琢一般煞是可人,心儿和晴儿也都微笑着轻轻拍拍他。

小婴儿瞪着一双黑水晶一般的大眼睛望着心儿,心儿向他灿烂一笑,笑容如同一朵迎着春风绽放的海棠花。

看了一会儿婴儿,太后令韩才人抱着宝宝坐到一旁的软椅上。

韩才人微笑道:"太后,这几日身子还好吗?过生辰那日太过热闹,妾身生怕太后身子受不住,特地来看看太后。"

太后道:"才人有心了,这阵子哀家觉着身子骨还行,没有不舒服。才人你呢,身子还好吗?刚出月子不久还得注意些呢!我怎么觉得你好像瘦了不少,是吃不下东西吗?"

韩才人恭敬道:"回太后,妾身这阵子的确吃不下东西,总觉得恹恹的没胃口。"

"请太医看了没有?"太后关切地问。

"请太医瞧过了,太医说没什么大问题,平时多吃些爱吃的就可以了。"韩才人道。

"那便吃些顺口的吧,你想吃什么,可以令御厨们做了送过去。"太后说。

韩才人羞赧一笑,道:"妾身的确有一样东西是极想吃的,只是那御厨们说是做不了,只有太后宫里的心儿姑娘会做呢!就是那水晶黄金包,以前见太后吃过那东西,光是闻那香气就令妾身垂涎欲滴了,这阵子不知为何总想吃一口那东西,又不好意思烦劳心儿姑娘。"

太后听了此话便道:"哎,这有什么烦劳的,小事一桩,哀家这就令心儿做一屉小包子给你送过去,你且回碎玉阁等上两个时辰。"说着转头吩咐心儿:"心儿,你即刻去御膳房做一屉水晶黄金包给韩才人送过去。"

心儿点头称是,转身向御膳房走去。一边心里嘀咕着:那韩氏怎么忽然想起吃那东西,该不是又要耍什么花招来坑害自己吧?只是她若是有心害我,我还真是防不胜防呢!

一个时辰后,水晶黄金包就做好了。心儿长了个心眼,约了露儿一起拎着食盒将小包子送到碎玉阁中。这次韩才人对两位姑娘倒是热情得很,对着她俩一迭声说"谢谢",还要她们坐下来喝茶吃点心。两位姑娘哪里敢吃喝她的东西,将食盒放下后便告辞回到慈宁宫中。

不料,两个时辰后,便有宫女仲珠慌慌张张跑来向太后禀报:"太后,不好了不好了!奴婢的主子韩才人吃下水晶黄金包不久,便口吐鲜血,脸色乌青,还浑身痉挛,看样子是中了剧毒!韩才人吃过包子后给小皇子喂了奶,现在小皇子也口吐白沫,昏迷过去了!"

太后脸色大变,道:"怎么会这样!心儿、露儿,快扶我去看看!"又令太监小喜子:"你速去禀报皇上,令他马上到碎玉阁去。"

心儿和露儿忙搀扶着太后去了碎玉阁。

只见韩才人果然正俯身在榻边口里吐着鲜血,面呈菜色,披头散发,四肢痉挛着,快要死去的样子。小皇子躺在一旁,嘴边挂着白沫,脸色也是乌青,已昏迷过去。

几位太医匆匆赶来,给才人和小皇子把脉。

太后惊得脸色煞白,身子晃了晃险些晕倒,心儿和露儿忙扶住她。

心儿心中暗暗叫苦:这韩才人要吃小包子果然是有阴谋的,自己这次怕是在劫难逃了!

此时皇帝也赶了过来,见此情景大为惊骇,急急问道:"这是怎么回事,为何如此?"

仲珠扑通跪倒在地,道:"回禀皇上,我家主子原本好好的,吃了心儿姑娘送来的水晶黄金包后,给小皇子喂了奶,很快就变成这样了。"

"水晶黄金包?"皇帝皱紧眉头狐疑道,将目光"唰"地转向心儿。

心儿有些心惊肉跳,见皇帝目光锐利地看着自己,便垂下眼睛,沉默不语。

皇帝看了她一会儿,将目光转向太医,道:"太医,可诊断出结果了吗?"

太医躬身道:"回陛下,韩才人和小皇子看样子是中了一种叫作金沙兰的毒,此草产自深山之中,得山川瘴气而生,花含剧毒,名兰花瘴,中毒者头痛吐血,或痉挛或昏迷,毒发后很难救治。"

"可有方法解毒?"皇帝急问。

太医道:"只有一药可解,取其根捣汁,令中毒者服用后,毒便可大部分解除,但余毒要彻底解除还需要服用解药数月,否则仍会有性命之忧。此解药宫中没有,微臣这就派人去宫外采购。"

皇帝忙道:"速去速回!"

太医称是后转身快步离去。

众人担忧地看向榻上的韩才人和小皇子。只见韩才人嘴唇滴着鲜血,面色乌青,披头散发,鬼魅一般有气无力却是恨恨地指向心儿道:"都是你,你这个阴险毒辣的贱婢!你记恨我曾经将你丢入池中,便在那小包子里下毒,要害死本才人,还要害死小皇子!可怜我那无辜的小皇子,为娘死了倒没什么,可你才这么小!皇上、太后,你们可要为我做主啊,不能再袒护那贱婢了啊！"

太后已是怒不可遏，对心儿喝道："心儿！哀家本以为你是个心地善良的好丫头，没想到你竟如此歹毒，竟敢投毒谋害才人和小皇子！来人呀，将她拿下！"

皇帝将手一摆："慢着！母后，且听心儿怎么说。"他转向心儿问道："心儿，你有何话讲？这毒真的是你下的吗？"

心儿跪下，清晰说道："不，心儿没有下毒。心儿只是奉太后之命将那小包子做了送给韩才人。韩才人和小皇子突然中毒，心儿不知道是怎么回事。"

"事到如今你竟还狡辩！"韩才人怒指心儿道，"难不成是我自己下的毒不成？我再怎么样也不会毒害自己的亲生孩儿吧？"

太后点头道："才人说得对，才人身为小皇子的亲生母亲，怎么可能给亲生孩儿下毒呢！心儿，你说毒不是你下的，可有证据？"

心儿思忖片刻，赌气道："目前尚无证据，若是太后皇上真觉得是心儿下的毒，便将心儿绑了正法吧！"

太后气冲冲道："你既无证据，便别怪哀家不客气了！来人，将她绑了，押到暴室审问！"便有侍卫上前要将心儿押出去。

皇帝大手一挥道："且慢！朕觉得此事太过蹊跷，不应如此武断。朕恳请母后给心儿三天时间，三天之后，她若拿不出证据证明自己没有下毒，那时再将她正法也不迟，母后您看如何？"

太后沉思片刻，道："好吧，就依皇上之言，三日过后，心儿若拿不出证据，即刻正法！"

"陛下，千万派人看牢了她，小心她畏罪潜逃。"韩才人红着眼睛道。

"才人尽管放心，心儿这几日只在宫中待着，哪儿也不会去的。"心儿冷冷道。

# 第十八章

## 自还清白

当晚，心儿寝房中，露儿、德媖、韩珏立在心儿身边，你一句我一句地为心儿鸣不平。

露儿气咻咻道："我看分明是韩才人自己下的毒，使了苦肉计来诬陷心儿你的，太后竟然相信了她，真是太气人了！"

德媖也沉着小脸道："就是嘛，又不是没有先例的，唐代武则天为了争宠夺权还不是亲手杀死了自己的女儿吗？韩才人给自己孩儿下毒又有什么不可能的！"

韩珏认真道："心儿，韩珏也觉得就是那韩才人自己做的，为的就是要让你有口难辩，好让皇上下决心除掉你。放心吧，我们都支持你，需要我们做什么，心儿你尽管开口吧！"

心儿向几人笑笑，施了一礼道："心儿谢过几位了，多谢你们信任我。今日突然发生这样的事，我心里有些乱，让我好好想想，若是需要几位帮忙的话，我会开口的，请你们先回去歇着吧！"

几个人无奈，只好叹息着散去了。

第二日一早，心儿便到太医局去拜访了昨日给韩才人诊治的董太医。董太医曾在"青果海鲜糕事件"中为露儿、晴儿诊治过，与心儿也一向关系不错。心儿向他询问韩才人和小皇子的情况，董太医答道："昨夜我拿到解药后又去看过韩才人和小皇子，见二人竟已经好多了，又给二人服了解药，二人已无生命危险。"

心儿松了口气，又问："太医可知那种叫作金沙兰的毒药哪几家药店有售？"

董太医道："这种药物虽然剧毒，但是取其少量入药可用来医治一些顽疾，因此很多药店中都有出售，购买此药的人也不少，所以若想查出什么人在哪家药店买了此药用来下毒，恐怕很难。不过，此药在宫中是没有的，定是那下毒之人从外面买进来的。心儿姑娘可以去宫门守卫那里查一查，近日都有哪些宫人出过宫。不过，每日出宫办事的宫人众多，恐怕也很难查出线索。"

"心儿知道了，多谢董太医提醒。"想想又说，"刚才您是说昨夜韩才人和小皇子在服下解药之前就情况见好了吗？"

太医点头："的确如此，这种情况却是少见。"

心儿道："心儿明白了，多谢太医，心儿告辞。"说罢，向董太医福了福身，转身走了。

又过了一日，皇帝见心儿没有动静，心下焦急，便悄悄将她约至偏殿，问道："心儿，你找到证据没有？此事到底与你有无关系？"

心儿冷着脸道："还没有证据。有没有下毒心儿已经明确讲过了，再没什么好说的。皇上若是也认为是心儿做的，那明日你便将心儿正法吧！"

皇帝眼中满是焦虑，盯住她道："非是朕不相信你，只是此事的确诡异，朕也是无奈。"

心儿暗想，连德媖、韩珪都相信自己是清白的，皇上他却怀疑自己，还真是让人心寒！

心儿沉下脸，冷冷道："心儿明白皇上难处，放心吧，心儿不会让皇上为难的，明日皇上该怎么办就怎么办吧！心儿先退下了。"说罢转身便走。

"心儿，心儿！"皇帝在她背后喊着，一脸的无可奈何和焦虑不安，一颗心如同被一把刀子狠狠绞着，剧烈疼痛起来。

傍晚时分，赵光义也悄悄将心儿约至僻静处，关切地对她道："心儿，我知道下毒一事定是那韩才人有意陷害于你，你若是无法择清自己，恐怕会有性命之忧。不如这样吧，今晚我助你逃出宫去，将你藏身于一个安全之处，如何？"

心儿平静道："多谢赵大人关心，心儿不走，心儿也不怕有性命之忧。若无别的事，心儿退下了。"说罢，转身便要走。

赵光义上前一把将她拽住，真诚道："心儿，我说的都是真的，我是真心想要救你！你非要留在这里等死吗？"

心儿淡然一笑道："心儿是死是活全凭天意，不必劳赵大人操心了！"说罢，转身离去。

赵光义看着她决然离去的背影，长长叹了口气，一颗心隐隐作痛起来。

三日期限已到，这天下午，相关人等又聚集到碎玉阁中。韩才人同小皇子躺在榻上，小皇子看起来已经好多了，韩才人仍旧脸色苍白、嘴唇发青、披头散发，一副半死不活的憔悴模样。

太后与皇帝坐在床边的椅子上，心儿等一些宫人跪于一旁。皇帝不时看向心儿，面呈焦虑之色。

太后沉着脸道："心儿，三日期限已到，你可有证据能证明自己的清白？"

心儿跪拜道："回太后，心儿已派人去寻找证据，只是找到证据需要时间，心儿恳请太后和皇上再宽限我两日，两日后心儿定会将证据呈上。"

未等太后发话，韩才人厉声道："不可！太后，分明是心儿没有证据心虚，想拖延时间以便逃之夭夭！太后、皇上，您二位可是亲口说过只给她三天时间寻找证据的，皇上金口玉言，可要说话算话啊！"

太后点头道："皇上当然说话算话，来人，把心儿拿下，押到暴室审问！"

皇帝一时也无语了，只得眼睁睁看着心儿被押入暴室。

皇帝本打算差人向暴室总管说一声，不要对心儿用刑，岂料韩才人先发制人，哭求太后道："太后，芝芬和小皇子被心儿害成那样，可见心儿是个心狠手辣的，仗着皇上素日里看重她，她便有恃无恐，如今犯下如此重罪，肯定不会轻易招供，说不定背地里又会苦求皇上对她开恩，还请太后劝皇上回避，以便暴室主事秉公处理为好。"

太后思忖一下，以为韩才人的话有理，便道："哀家准了！皇儿，你请回避一下吧，你素日对心儿过于溺爱，此时就避一下嫌吧，勿要让你的手下进入暴室干预，否则，难以服众。"

皇帝只好口中称是，默然退下，心中却是忐忑不安。

暴室里，无论总管内监如何审问，心儿坚决不招，只说自己冤枉，未做任何伤天害理之事。被打了三十大板后仍是如此，正手脚捆绑在椅子上受审，韩才人突然进来，被两名小宫女搀扶着，还浓妆艳抹的，精神似乎好了许多。依照规矩，暴室是不可以随便进的，韩才人花重金买通了看门人，竟大摇大摆地进来了。

总管内监急忙向她躬身行礼："韩才人，您怎么来了？这儿可是不干净的地方，小心冲撞了才人，您还是出去吧！"

韩才人冷哼一声道："怎么你想撵我走？我不过是来看个热闹，不会妨碍你审问的。"接着从长袖中取出一锭金子，悄悄塞与总管。总管接了金子，立刻笑逐颜开，点头哈腰道："奴才怎么敢撵主子走呢？您请坐请坐。"说完命人拉来一把椅子，请韩才人坐下。

韩才人在心儿面前落座，盯着心儿看了一阵子，阴阴地一笑道："心儿姑娘还是不肯招吗？做都做了，有什么不肯承认的？"

心儿愤怒地瞪着她，冲着她的脸呸了一口："呸！阴险小人，到底是谁下的毒，你心里明白！你一次次害我，天理难容，你不会有好结果的！"

"贱婢，真是嘴硬！"韩才人一声怒喝，"我看不用重刑你是不会服软的，总管大人，给她用刑没有？"

总管忙道："用了用了，刚打了她三十大板，屁股都开花了，可她还是不肯招。"

"那就上重刑，先把她的十根玉指夹断！再给她全身插针，再不行就赏她一丈红，打她个半死不活痛不欲生，看她招还是不招！"韩才人恶狠狠命令道。

总管慌道："不行啊才人，皇上早就有令，宫内不可施重刑，尤其是对宫女，最多打打板子就够了，若是弄出人命来，奴才可担待不起。"

"真是废物！走开走开，我自己审她吧！"韩才人不耐烦道。

"您可得手下留情，这宫女花容月貌细皮嫩肉的，可不禁打呢！"总管赔着小心道。

"行了行了,我知道轻重,你退下吧!"韩才人挥了挥手,总管躲到一旁去了。

韩才人抬手"啪啪啪"给了心儿十几个大耳光,心儿的脸颊上顿时现出一道道血红印子,嘴角渗出血来。心儿瞪着她,一言不发,咬牙硬挺着。

韩才人看着心儿阴阴一笑,抬手捏住心儿小巧的下巴:"还真是细皮嫩肉的,你这张狐狸脸迷晕了多少男人?皇上不就是被你这张脸迷得晕头转向吗?后宫佳丽众多,他却专宠你一人,真是红颜祸水啊!我倒要看看,要是把你这张脸给毁了,你还有什么能耐迷惑男人!"说完,从头上拔下一支纯金簪子,用尖头在心儿的面颊上轻轻点着。

心儿毫无惧色,对着韩才人轻蔑一笑:"你不就是嫉妒我得皇上宠才一次次下毒手害我的吗?你这样的阴险毒妇,怎么配得到皇上的爱!你尽管毁我容貌吧,这样皇上太后就会明白你对我的嫉妒之心,你想害我的心思也昭然若揭了!"

"你……真是伶牙俐齿,可恶至极!"韩才人将簪子高高举起,恨恨说道,"别以为你如此说我便怕了你,下不了手,即使不毁你容貌我也能让你生不如死!"说完便拿出银针向着心儿的头顶狠狠地扎去,一下接着一下。这一招简直阴毒!那银针扎出的伤口本就细小,又有头发挡着,从外面根本看不出伤来,只是那受刑之人却定会痛得死去活来。

心儿只觉得头皮处一下一下钻心地疼痛,她咬紧牙关闭上眼睛苦苦忍受着,几欲昏厥。

韩才人一边扎一边魔鬼般地狞笑:"不是人人都说你除了美貌还冰雪聪明吗?我今日就把你弄成傻子,看哪个还喜爱你!哈哈哈!"

她正发疯般地笑着,突然传来一声呐喊:"住手!"

韩才人吓得一个激灵,手一抖,银针掉到了地上。她注目看去,竟是皇帝出现在门口,正怒火中烧地瞪着她,大声斥责道:"韩芝芬,好一个毒妇!"

皇帝身后除了侍卫还站着韩珪。心儿强打起精神抬了抬眼,蒙眬中见韩珪陪在皇上身边,心里便有了底,伤痕累累的脸上艰难地露出微微笑意。

韩才人猛地跪倒在地，声音哆嗦着道："皇上，芝芬错了！芝芬是因为心儿下毒手谋害小皇子，气不过才对她打了几下的，是芝芬爱子心切，太冲动了，还请皇上谅解。"

皇帝厌恶地看着她，强压怒火道："是谁下毒手谋害皇子，等一会儿就会真相大白，韩珪已经把心儿需要的证据带过来了。"

韩才人大吃一惊，身子突地一震："证据，什么证据？"

皇帝摆摆手道："此处不是讲话之地，还是到太后那里说清楚吧！你不是一直仰仗太后这棵大树吗？今日就让太后明白明白你到底是个什么东西！走吧，所有相关人等一起去到慈宁宫！"

慈宁宫宽敞的厅堂里，皇帝与太后并肩坐在堂前，堂下跪着心儿、韩珪以及韩才人。

太后刚才在歇息，此时还有些迷糊，看着皇帝问道："皇儿，这是怎么回事？"

皇帝道："母后，是韩珪已将心儿需要的证据带过来了。这证据能证明心儿的清白无辜，还能证明到底是谁给韩才人和小皇子下的毒。"

"哦？什么证据？"太后问道。

韩珪抬头淡定道："我已帮心儿查出是谁购买了毒药，又是谁下了毒。"

"真相究竟如何，你且细细讲来。"皇上说道。

"请皇上下令将吴婕妤同她的侍女夏樱请来，此事与她们有关。"

皇帝立即命宫人将二人召来。须臾，吴婕妤同夏樱便到了。

韩珪指着夏樱道："买毒药的人就是她，夏樱！是吴婕妤指使她干的。"又一指旁边的韩才人，"而那下毒之人便是她，韩才人！"

夏樱、吴婕妤和韩才人都忽地变了脸。吴婕妤惊慌地说道："皇上，他在胡说！韩珪，你凭什么如此说？你这不是血口喷人吗？心儿给了你什么好处，你竟如此帮她？"

韩才人也愤愤道："就是，你这贱人怎么可以在太后和皇上面前胡言乱语，你这么说有何证据？"

韩珪淡定一笑，道："别急，证据马上就到！"说完，看向门口。

只见一名穿着破衣烂衫的男子从门口走进来，看样子像是一名乞丐，接着又有一名身着青色长袍的男子走进来。

那名乞丐凝神看了看房间里的人，突然伸手指着夏樱道："就是她，就是这位姑娘，给了我十两银子，让我去药店里买一种叫作金沙兰的药，还同时买了解药，我买完药后将药交给了这位姑娘，她又给我了十两银子，要我闭嘴，不要将此事告诉别人。本来我也只想图财，根本不愿多事。可就在前日，这位姑娘居然又来找我，还带来几个人，说是要将我送到别处躲躲。我不肯，她就让那几个人强行把我捆了，用马车拉着，也不知道把我扔到了哪里。好在是韩公子找到了我，韩公子对我说，此事关乎人命，有人买了药下毒害人的。我虽是个乞丐，却也是有良心的，懂得'知恩图报'四个字，又听这位公子说有人用这药害人，我便不能再闭口了。"说完又指指那位穿青色长袍的男子，道，"毒药和解药便是从他的店里买的。"

青袍男子点了点头道："那药的确是他从我的店中买的。"

皇帝将震怒的目光看向夏樱，喝道："大胆奴婢，快说，谁支使你买的毒药？"

夏樱吓得"扑通"跪倒，以头叩地，声音哆嗦着道："是……是……是……"

"不说是吗？拉出去，给我狠狠地打！"皇帝怒道。

"我说，我说！"夏樱都快吓死了，瘫在地上道，"是我家主子吴婕妤让奴婢去买药的，婕妤怕我被人指认出来，便令奴婢托了药店附近一个陌生人去买的药。"

皇帝将盛怒的目光忽地对准吴婕妤，怒道："翠晶，快说，你买那毒药做何用，是不是将药交给了韩才人？"

翠晶吓得一个激灵，"扑通"跪倒在地，周身哆嗦着道："不是的，妾身没有，妾身买药是为了……是为了毒耗子用的。"

皇帝怒不可遏，腾地站起身来，瞪着翠晶道："胡说八道！这皇宫里哪来的耗子？若不说实话，便将你拖出去乱棍打死！来人呀——"

两名侍卫上前，将翠晶架起便走。唬得翠晶忙嘶声大喊道："陛下饶命——我说我说！"

皇帝挥挥手,两名侍卫退下。皇帝瞪着翠晶道:"讲!"

翠晶头上滴着豆大的冷汗,战战兢兢道:"翠晶的确将毒药同解药交给了韩才人。韩才人说心儿是个小贱人,总是勾引皇上,所以恨透了她!我也恨透了她,想置她于死地,所以便买了那毒药交给韩才人,教她施苦肉计去陷害心儿。皇上,是翠晶一时糊涂才犯下了大错,求皇上看在小公主的面子上饶了翠晶这一回吧,皇上。"说着,叩头如捣蒜,额头很快磕出血来。

皇帝暂不理她,转向韩才人道:"韩才人,你还有何话讲?"

韩才人面如死灰,将仇恨的目光瞪向心儿,恶狠狠道:"你这贱婢真是命硬,想不到我韩芝芬豁出性命还是没有扳倒你!罢了,这一次算我输,只是我不明白,你们是如何找到那家药店的?那种药可是全京城的药店都在卖,你怎么就锁定了那一家?"

心儿淡淡一笑,道:"没错,单去打听有没有人在近日购买了那毒药的话,的确很难锁定目标。可是,若去打听有没有人在近日购买了那种毒药并同时购买了解药的话,就不难了。心儿曾问过太医,得知当天夜里,韩才人同小皇子在服下太医送去的解药之前,情况就已好转,便知道定是才人抢先服下了解药,便明白那毒药和解药是同时购买的。单买那毒药的人不少,但毒药同解药一起购买的便稀有了。我便派韩珏去京城的药店一家一家打听,有没有人在近日同时购买了金沙兰及其解药,终于打听到一家药店。店主说前几日有一名穿着破烂的男子前来购买了此种毒药和解药。我又去皇宫大门守卫那里打听了十日内出宫的宫人名字,锁定了几名可疑的宫人,画了他们的像,令韩珏拿着画像去药店里确认。但都没有人被指认出是买药者。我便猜到那名穿着破烂的男子很可能是药店附近的一个乞丐,受人所托去买的药,便派韩珏在那家药店附近寻找买药乞丐。"

韩珏接着补充道:"本来要在这偌大的京城里寻找一名乞丐无异于大海捞针,好在是夏樱帮了我,她命人捆了那乞丐时,恰被我看见,我便一路跟着他们,总算是找到了人。那乞丐也指认了夏樱的画像,证实就是她买通了乞丐拿到了这药。于是臣便带着乞丐和药铺老板一同进宫做证。"

心儿努力保持平静，对韩才人道："韩才人，我没想到你竟如此心狠手辣，你同翠晶居然要如此阴狠地置我于死地！不过你们千算万算，定没想到是自己多行不义，反倒帮我们寻到了证人！"

韩才人眼睛血红，恨恨地道："好好好，心儿，算你命大，我韩芝芬又一次栽在你心儿手上，我认罪便是！"

一直在静静观望的太后终于忍无可忍，对韩才人怒声指责道："好一个毒妇！你居然为了争宠下此毒手，你自己施苦肉计便罢了，竟然对自己的亲生孩儿下手！可怜我那小皇孙，才几个月大，竟遭此大罪！韩芝芬，你真是罪大恶极，罪无可赦！皇上，韩氏便交与你发落吧，哀家再也不会包庇她了！"

皇帝也早已怒不可遏，瞪着韩氏看了半天，道："韩芝芬，你如此歹毒，朕真是没想到。朕本应该杀了你，但念在你生了小皇子的分儿上，且留你一条性命。即刻打入冷宫，朕与你永不相见！"说罢，又转向翠晶，道："吴翠晶身为婕妤，心术不正，伙同韩氏一起谋害宫人，同样罪无可赦，即刻同韩氏一起打入冷宫，你二人也好做个伴！夏樱等相关宫人一并随主子打入冷宫！"

翠晶额上带着血迹，重重叩首道："皇上开恩，皇上开恩，看在小公主的面子上就饶了翠晶这一回吧，公主还小，不能没有亲娘在身边照顾啊皇上！"

皇帝瞪她一眼道："你还有脸提起小公主，她有你这样的娘亲在身边反倒不好！你放心吧，小公主同小皇子一并交给皇后抚养，有皇后同奶娘照顾着不会受委屈的，你就不必再操心了！"

说罢，挥了挥手道："带下去！"

一旁的侍卫上前，将韩氏同翠晶拖走了。

太后看向心儿，面呈愧色道："心儿，这回哀家又冤枉你了，哀家向你道歉！"

皇帝也道："心儿，这次的确是冤枉了你，朕也向你道歉！"

心儿冷冷看了皇帝一眼，转头朝向太后跪拜，正欲开口，却恍惚着晕了过去。

韩才人伙同吴婕妤设下苦肉计谋害心儿不成，反被心儿斗败坠入冷宫，此消息很快传到赵光义府中。赵光义同符蓉皆吃了一惊。

赵光义不禁夸赞道："想不到心儿那丫头竟如此厉害，遭遇如此阴毒陷害，眼看着已成死局却依然能反败为胜，不得了，真是不得了！"

符蓉气得险些鼻血喷出，一脸鄙夷道："我呸！贱人命硬罢了！不过是有些狐媚子的手腕罢了，连韩珪那小子都帮她，指不定背地里有什么勾当呢！人尽可夫的贱人一个，出身卑微如同蝼蚁，我呸呸呸！"

"哎，我说你这婆娘怎么这么喜欢乱嚼舌根！还有，以后不许你再去怂恿着那些愚蠢的嫔妃欺负心儿，心儿的厉害你也见识到了，再执迷不悟下去可没你好果子吃！"

"我何时怂恿着嫔妃欺负心儿了？你才真的是执迷不悟好不好？"

"行行行，我不跟你这妇人斗嘴，有没有害人之心你自己知道，好自为之吧你！"赵光义不耐烦地背过身去，不再理会符蓉。心中暗想："皇兄啊皇兄，你可真有艳福，有心儿这么个佳人对你钟情，只可惜你并不珍惜她。心儿啊心儿，你究竟要受多少回委屈才能想清楚，才肯来到我的身边呢……"

太后这边见心儿伤得不轻，便准她这两个月都不必前来侍奉，叫她安心养伤。只是心儿是个闲不住的人，身子稍稍康复了些，便吵着又去太后处当值了。

这段时间，皇帝不时就会抽空去探望心儿，心儿一直对皇帝保持着不冷不热的态度。皇帝心下明白，她这是还在生自己的气呢，气他在上次的毒包子事件中没有表现出对她的充分信任，使她吃了苦头，险些命丧奸人之手。

皇帝自知理亏，也不同她计较，派了最好的太医为她医伤，又派了几名小宫女精心服侍她，还赏赐了她不少贵重衣饰。心里想着找机会弥补她，或者干脆将她调到自己身边算了。私下里将此想法向太后透露，无奈太后坚决不同意，说是她已离不开心儿，并要他离心儿远些，省得引起其他嫔妃的醋意，再闹得后宫大乱。皇帝只好先将那亲近心儿的念头放到一边。

# 第十九章

## 金匮之盟

韩才人与吴婕妤被打入冷宫后,消停了一阵子。心儿本以为这场"毒包子风波"便这么结束了,没想到两个月后,一名宫人慌慌张张地跑来向太后禀报,说是韩才人因为体内余毒发作,竟身亡了!

太后与心儿听后皆是大惊。据宫人讲,韩才人被打入冷宫之后,太医因为没有接到继续为韩才人诊治的圣令,又因为公务繁忙,便没有继续为韩才人清除体内余毒,又兼冷宫内阴冷潮湿、环境恶劣、条件简陋、宫人怠慢等原因,导致韩才人被体内余毒戕害,不治身亡。

太后一阵伤心,不禁流下泪来。韩氏虽是自作自受,但毕竟是她的外甥女,太后看着她长大的,平日对太后也算是孝敬,才二十八岁,便这样死去了,怎么不令她老人家伤怀?

皇帝听此消息后,也心中郁郁。那韩氏虽然无德,但毕竟为他生下了小皇子,又是同他一起长大青梅竹马的表妹,如此年轻便故去了,实在是令人悲伤痛惜。于是,竟多日不见笑容,见了心儿也是淡淡的。

过了些日子,又传来噩耗,翠晶因为受不了冷宫里的寂寞清苦,竟悬梁自尽了!太后、皇帝以及心儿等得知此消息后都不禁大惊失色。皇帝心中更是郁闷,脸上也如同结了厚厚一层冰,不见半丝笑容。看心儿的目光更是冰冷空洞。

太后念着翠晶曾是她宫里的侍女,在她身边尽心尽力服侍过多年,又生下了小公主,虽然犯了错,但罪不至死,所以免不了又伤心落泪。

心儿也是胸中郁堵，觉得韩氏与翠晶之死皆是因她而起，虽然自己并没有任何过失，但是很明显，太后与皇帝对她已然心生芥蒂。太后如何看她她是不在乎的，但是皇帝……他的两个女人，他孩子的两个母亲先后因她而死，想来他心里也难免会不舒服吧！自此，她便感觉与皇帝之间有了一层隔膜，似乎二人再不会像从前那般心有灵犀、息息相通了。

心儿对翠晶之死有些狐疑，因为她与翠晶虽然接触不多，但她却知道翠晶是个好死不如赖活着的主儿，不会轻易便自寻短见。她悄悄去冷宫里询问过几名当事的宫人，却查不出任何破绽。

这日，她又独自在冷宫附近转悠，迎面遇上赵光义。

赵光义冲她一笑，道："心儿姑娘，你怎么到这儿来了，这里阴气重，小心冲撞了姑娘，姑娘快回去吧！"

心儿对他福了福身，道："多谢赵大人关心，心儿这就回去。"

赵光义冲她又是一笑："等等！我怎么见你好像瘦了，脸色也不大好，心儿姑娘应该高兴才对啊！"

心儿没好气地道："我有什么可高兴的？"

"你的两个对手都死掉了啊，这还不值得开心吗？"

"这有什么好开心的，她们俩虽然一次次害我，我却并没想要她们死。人死了终归不是什么开心事吧？"

"哦？心儿姑娘说的是真心话吗？"赵光义盯着她的眼睛说。

心儿板着脸道："当然。"

"那我岂不是又做了一番无用功。"赵光义笑吟吟道。

心儿心中一凛，脸色大变，瞪着他道："是你，是你害死了翠晶？"

"说得那么严重干吗？我没有害她，不过是让宫人做了点儿手脚，早点送她去投胎转世罢了！她这样的坏女人，留在世上何用？若是日后皇上心一软再将她放出来，她不还得害你吗？符蓉说得没错，打蛇要将蛇打死，否则等它缓过来，还是会咬人的。"赵光义满不在乎地道。

"你……你真是太可怕了！翠晶她与你何冤何仇，你因何非要将她置于死地？"心儿涨红了脸质问道。

"你心儿的仇人便是我赵光义的仇人,谁要害你,我便要她死!"赵光义咬着牙狠狠地说,然后一步步逼近了她,紧紧抓住她的手,逼视着她的眼睛,道,"心儿,我对你的心你还不明白吗?我什么都可以为你做,哪怕去杀人放火!心儿,嫁给我吧,我马上去向太后要你,求她为你我二人赐婚,如何?"

"你……你简直不可理喻!我死也不会同意的!"心儿气急败坏地说道,然后转身飞快地跑开了。

"哈哈哈哈……"赵光义冲着她的背影发出一阵狂笑,笑声阴森而恐怖,俊美邪魅的脸颊扭曲着。

许是这段时间伤心过度,情绪波动得太过激烈,太后的病突然重了起来,又出现咳血昏厥等现象,吓得众人急忙请了太医诊治,太医们诊过脉后只是摇头。皇帝又命心儿出宫去请了紫虚道长前来给太后诊病。紫虚给太后把过脉后亦是摇头叹息,低声对皇帝和心儿道:"贫道真的是无能为力了!"

皇帝苦求紫虚再给太后一些丹药,紫虚摇头道:"丹药倒是有,不过恐怕起不了任何作用。"紫虚沉吟了片刻,又道,"若是我师父扶摇子在的话,或许可以令太后寿命再延长些。"

皇帝一听,惊喜道:"你是说陈抟老祖吗?怎么他竟是你师父?"

紫虚微微一笑,颔首道:"正是,贫道自幼在华山与陈抟老祖学道,师父教了我医术和炼丹术,但我的医术远远在他之下。三年前,师父出华山云游去了,临行前令我出山到民间传道行医,自此我便再也没有见过他老人家。"

"原来如此。"皇帝道,"陈抟老祖亦是匡胤故人,匡胤十多年前闯荡江湖时,曾在华山与他老人家结识,那时我们常在一起下棋,每次都是我输他赢,当时老祖还与我玩笑说若是日后我得了天下,便将华山赠给他。临别前,他还赠了我一柄玉斧镇纸,说是让我警诫自己。这柄玉斧我一直珍藏着,心中时时想念他老人家,也曾派人到华山寻访过他,但没有寻到他踪影。不想今日却遇到了他老人家的高徒,真是幸会!听说他老人家医术奇高,道法绝妙,所制丹药可起死回生,道长可有办法寻到他老人家吗?"

紫虚摇了摇头:"恐怕很难,我师父游走天下,行踪不定,闲云野鹤一般,极难寻到他踪迹。这样吧,我即刻派人去打听,一有他老人家消息,便即刻通知陛下。"

皇帝连连向紫虚道谢。

紫虚告辞,走之前还是将一小瓶丹药交给了心儿,但太后服用几日后并不见好转。

皇帝忧心忡忡,赵光义也沉着脸一副悲痛欲绝的模样。皇后与符蓉亦长伴在太后身侧,两个儿子和两个儿媳轮流在太后身边侍疾,心儿和露儿等几名侍女更是日日夜夜分外小心殷勤地侍奉着太后。

这日晚间赵光义同符蓉身着明黄色洒花锦缎寝衣半躺在床上,赵光义两眼盯着浅金色半透明的床幔,若有所思。符蓉用胳膊肘轻轻碰了碰他,道:"想什么呢?"

赵光义怔了一下,道:"没想什么,怎么啦,有事吗?"

符蓉道:"这太后眼看着就不行了,能不能想办法让她老人家留一道遗诏啊?"

赵光义漫不经心道:"遗诏,什么遗诏?"

符蓉又用胳膊肘碰了他一下,嗔道:"傻啊你,兄终弟及的遗诏啊!"

赵光义恍然大悟,想了想又道:"可我该如何向太后开口呢?这事只怕难成,皇兄若是知道了不得杀了咱俩啊!"

"办法是人想出来的,不要泄气嘛!"符蓉不甘心道,"哎,我有个办法,不如让我爹去劝一下太后,如何?"

"你爹,能行吗?"

"怎么不行,我爹可是符国公啊,年轻的时候就与太后谈得来,我爹又对赵家有恩,我爹的话在太后那里还是有分量的,不如求他去劝劝太后。"

"这……"赵光义面露犹豫之色,"这不妥吧,若是事情办砸了,你爹说不定就得受连累。觊觎皇位,那可是死罪呀!"

"哎呀呀,哪来那么严重,就是求我爹去敲敲边鼓嘛!不冒一冒险大事怎么能成?趁着太后还有一口气抓紧时间搏一搏嘛!太后若是断了这口气,还有谁帮你说话?"符蓉振振有词道。

"好吧好吧,那就求你爹去试试,还过话说得一定要委婉含蓄,万不可触怒太后。"赵光义勉强同意了。

"知道啦,我的官家!"符蓉将头偎到他肩膀上,笑着说。

赵光义皱了皱眉,厌烦地一闪身躲开了。

第二日,符蓉便差下人将符国公接到自己府上。赵光义去朝堂了,家中只有她一个主人在。

符蓉端着一盏香茶敬给父亲:"爹爹先喝杯茶润润嗓子吧!"

符国公将茶盏接过,呷了一口,笑道:"好茶,是地道的龙凤团茶,味道真是香醇。"

符蓉笑道:"当然,这可是皇兄赏赐的呢,皇宫里的极品好茶,是女儿特意留给爹爹的。"

符国公笑道:"蓉儿有心了。"

又敛起笑容道:"你今日叫为父过来所为何事?"

符蓉道:"爹爹可听说太后病重一事了吗?今日女儿就是想要提醒爹爹去宫里探望一下太后。"

符国公点头:"蓉儿提醒得对,为父的确是应该探望一下太后去,为父准备一下,明日便进宫去见太后。"

符蓉道:"女儿还有一事恳请爹爹相助。"

"还有何事尽管说来。"

"爹爹,此次进宫,您能不能在太后面前替光义说几句话?"符蓉看着父亲的脸色小心翼翼道。

"替光义说什么话?"符国公有些摸不着头脑。

"就是……就是……兄终弟及,不知爹爹听说过没有?"

"什么兄终弟及?"符国公一怔。

"就是……唉,爹爹,蓉儿把话说明白了吧,就是想请您劝说一下太后让光义做太子,皇兄百年之后让光义来继承皇位!"符蓉把心一横,将心里话一吐而出。

一听此话，符国公脸色大变，腾地站了起来，端着茶盏的手紧张得直颤抖，大声喝道："大胆，你……你怎么竟生起了这心思，觊觎皇位，不知道这是死罪吗？你还有脸撺掇为父去说这话，这岂不是要为父去送命吗？"

符蓉吓得急忙跪倒在父亲面前，带着哭腔道："爹爹——蓉儿有这心思是不对，可是，您也体谅一下蓉儿好吗？蓉儿的两个姐姐都是圣人，蓉儿的品貌并不比两个姐姐差，怎么我就只能做一辈子的平庸妇人？若是当不了圣人，蓉儿死也不会瞑目的，爹爹！"

符国公睨了女儿一眼，气冲冲道："哼，你说这话甚无道理，那当圣人是天意，岂是你想当就能当的！"

符蓉哭泣起来，一边泪如雨下，一边道："爹爹，三女儿的命真的就这么贱吗？怎么就当不成圣人了？只要太后那里下一道遗诏，太子不就是光义的了吗？光义为皇兄鞍前马后这些年，怎么就比不上那无德无能的小德昭呢？怎么就不能当太子呢？皇兄他对光义一向不好，至今连个王爷也不肯封，若是太后一旦薨逝，皇兄对光义指不定如何处置呢！到时候，女儿也会跟着倒霉的，爹爹您忍心吗？"

符国公低头看看女儿，见女儿哭得梨花带雨、泣不成声，一颗心不禁软了下来，叹口气道："好吧，你既然苦求为父，为父便答应了你吧，到太后面前略说几句，你也别抱太大希望，还是低调知足为好，不可野心太盛。记着，人往往是被自己的欲望害死的！"

符蓉见父亲答应了，便立刻破涕为笑："爹爹说得极是，女儿记下了。爹爹只在太后面前略略渗透一下即可，太后会听您话的。"

翌日上午，符国公果然拎着礼物进宫去探望了太后。

太后很是高兴，前些天自己过生辰时，符国公不巧到外地公干去了，因此太后已有一年多没见符国公了，以前二人可是经常见面聊天话家常的。所以太后今日见了符国公便倍感亲切，笑着请他坐到塌前的软椅上，又令一旁的皇后同符蓉先退下，说是要同国公好好说说话。两位儿媳称是后即刻出去了。

符国公关切地问起了太后的病情，问她这几日觉得好些没有。

太后歪在榻上微笑摇头道："不行啦，怕是阎王爷已经对哀家下了请帖，过不了几日，哀家就得去他老人家跟前报到啦！"

符国公笑道："太后说笑啦，太后乃是千岁之躯，一定会福如东海、寿比南山的。"

太后道："唉，那都是些虚词，说来让人高兴罢了，哀家的身子哀家心里明白，真的是撑不了几日啦。不过，哀家这辈子活得也值，生了三个儿子还都不错，死后也能含笑九泉。"

太后还有个小儿子叫赵延美，当时在嘉州任防御使，也是个俊朗而英武的美少年。

符国公连连颔首："的确如此，太后的儿子个个都是英雄豪杰，尤其是大儿子匡胤，真乃一代圣君，天下百姓无不交口称赞呢！"

太后道："匡胤能有今日，也是多亏你符国公对他鼎力相助，否则，他早就被那前朝皇帝给杀死啦，何谈今日的治国平天下。救命之恩，真是无以回报，哀家一直记在心间呢！"

符国公连忙站起身来，弥身行礼道："太后太抬举老夫了，老夫惭愧至极！老夫认为当今皇上能有今日，除了他自身英明以及太后教子有方之外，还有一个原因，不知当讲不当讲。"

太后忙道："符国公坐下说话吧，不必客套，有什么想说的尽管说来便是。"

符国公坐下，看了看四周，见房间里心儿和露儿在一旁侍候着，便有些欲语还休。

太后道："都是自己人，符国公不必顾虑，有什么话尽管说吧！"

符国公便压低声音缓缓道："老夫私下以为，当今皇帝能够有机会荣登大宝，坐稳江山，还有一个原因便是那周世宗让他幼小的儿子坐天下，治理不力，人心不服，这才使别人有了可乘之机。倘若周朝有年长的君主当政，这天下未必会落入他人手中。"

符国公说这话时十分紧张，额头冒出一层冷汗。

太后听罢此话沉吟片刻，微微颔首："符国公说得有理。此话也警醒了哀家，哀家对几个儿子是放心的，可是对那皇子德昭……"太后摇摇头，心中暗想：那德昭缺乏才德，不像是个做大事的，德芳还年幼，匡胤百年之后，若是幼子坐了天下，那前朝悲剧岂不是会重演吗？不行，我得想个法子，保证赵家江山千秋万代。

想到此处，便道："符国公说得甚是有理，前朝悲剧不可重演，国公可有什么好的法子，能使赵家江山千年不朽？"

符国公沉吟半晌，小心翼翼道："老夫确有一想法，只是不敢说出口。"

太后道："咱二人只是闲话，有何不敢说的？无论什么话，哀家恕你无罪，尽管讲来便是。"

符国公站起身来，深施一礼道："谢太后。不知太后可曾听说过兄终弟及？"

"兄终弟及？"太后皱眉沉吟着，"你是说让光义——继任帝位？"

太后脸色有些变了，一旁的心儿听到此话也是心中一凛。

符国公见太后脸色陡变，吓得急忙跪倒在地，声音颤抖着道："太后恕罪，老夫妄言了！老夫并没有抬举光义的意思，老夫只是随口一说罢了，太后千万不要多想！"

太后叹口气，摆摆手道："国公请起吧，哀家并未怪你，只是此话到此为止，不可传入他人耳中，免得引起皇权之争。"

符国公战战兢兢站起来，躬身称是。

太后又转向心儿和露儿，神色严厉地道："今日我与国公所说之话，不许透露给任何人，若是谁敢走漏半点儿风声，休怪哀家不客气！"

心儿和露儿都俯身称是。

符国公又同太后谈了几句家常，便告辞离去。

傍晚时分，赵光义来到太后房中侍疾。太后咳嗽了一阵子，有些气喘，赵光义轻轻为母亲拍着背，温声道："母后，好些没有，要不要喝口水？"

太后脸色发白，摇摇头，低声道："不必，光义你坐下，母后有话问你。"

赵光义扶太后靠在软垫上，又向太后腿部盖了条薄被，才在榻前的椅子上坐下，恭敬道："母后有话请说吧，儿子洗耳恭听。"

太后看着儿子那张冠玉般的英俊脸庞，严厉道："是你让符国公来劝哀家的吗？"

赵光义心中一紧，忙一脸无辜道："没有啊，儿子根本不知晓符国公来看您的事啊母后！他劝您什么了？"

太后看了他片刻，缓和了脸色道："没有就好。他跟哀家提起什么'兄终弟及'，八成是那符蓉撺掇的，与你无关便好。光义，你要记住，皇位虽重要，但兄弟亲情更重要，无论何时都不要忘了兄友弟恭，这话我同你大哥也讲过。"

赵光义心中更是紧张，忽地站了起来，"扑通"一声跪倒在地，真诚地道："儿子谨记母后教诲。请母后相信，儿子真的没有那份野心，儿子若是敢觊觎皇位，便让儿子不得好死！"

太后温和道："母后相信你，起来吧！"

赵光义却跪在地上不肯起来，面露恳切之色："母后，儿子还有一事相求，望母后成全。"

"哦？说说看，你想要母后答应什么？"

"母后，儿子对您房中的婢女心儿已喜爱多时，儿子请求母后为我与心儿赐婚，令她做我的侧室。还请母后成全！"赵光义以头叩地苦求道。

"这个嘛……"太后没料到赵光义会突然提出如此请求，不禁有些发蒙，一时不知如何作答。

此时，房间里婢女都未在，心儿去到御膳房给太后做饭去了，露儿在外间洒扫。

露儿不经意间听到了赵光义的话，心下猛地一惊，忙侧耳细听。

只听太后叹了口气，道："光义，你怎么竟兴起了这心思？你向母后要一个婢女，这虽不是什么大事，可是，你也知道皇上同心儿的关系……那可不是一般的关系。若是将心儿给了你，引起你兄弟相争怎么办？再说，心儿这丫头，虽然的确是个好姑娘，才貌双全的，可她太出色了，很容易引起其他女人的妒忌，芝芬与翠晶便是因她而死的！说到底心儿是个不祥之女，到底该如何安置她，你让母后好好想想……"说着，太后剧烈咳嗽起来，赵光

· 239 ·

义忙上前给她拍背……

心儿拎着一只红木食盒走在通往慈宁宫的石道上，正走着，只见露儿慌慌张张地从对面跑过来，来到心儿跟前急切道："心儿姐姐，不好了不好了！"

心儿忙站住："怎么了露儿，出什么事了？"

"太后……赵光义大人……"露儿气喘吁吁地说着，"赵光义向太后要你，请求太后给他和你赐婚！"

心儿大惊，脸色陡地绿了："啊？真的吗？那，那太后怎么说的？"

"太后还没答应，说是要好好想想再答复他。"露儿道。

心儿长出一口气，抚着胸口："还好，太后若是真答应了，我定三尺白绫结果了自己！"

"你胡说什么呢心儿姐姐，赵大人他，真有那么可怕吗？"露儿担心地看着她说，想了一下将心儿手中的食盒接过来，道，"要不这样，心儿姐姐，你先躲躲吧，躲到寝房里装病，太后见不到你兴许就把这件事给忘了呢！"

心儿思忖一下，咬咬牙，将食盒又拎回来，道："算了，躲过初一躲不过十五，我若一病，那赵光义肯定又跑去缠我！还是听天由命吧！"说罢，拎着食盒迈开长腿便走。

露儿在她身后快移莲步紧随心儿，一颗心忐忑不安地"怦怦怦"乱跳着。

心儿来至太后房中，将食盒放到案几上，打开食盒，一边将里面的饭菜一一取出，一边向太后微笑道："太后，心儿给您做了几样清炒小菜，又熬了一碗小米百合莲子粥，太后趁热吃了吧！"

太后点点头。

心儿用筷子将小菜夹入碗中一些，然后端着青花瓷粥碗用小汤匙喂了太后几口，太后摇摇头，有气无力道："哀家吃不下了，先放着吧！"

心儿劝道："吃得太少了，太后，再吃几口吧！"

太后道："哀家真的吃不下，胸口像有什么东西堵着。心儿你坐，哀家想同你说点儿事。"

心儿的一颗心提起来，面上却不慌不忙地将饭菜收起，放于一旁，然后在榻前的地板上跪下，道："太后有什么话，请对心儿讲吧，心儿恭听。"

太后咳了几下，看着心儿那张娇美如花的脸庞，缓缓道："心儿，你进宫有一年多了吧？"

"是，太后，心儿是去年正月进宫的。"心儿恭敬道。

"这一年多你过得不容易，哀家误会过你也责打过你，你却并未计较什么，仍旧尽心尽力地服侍哀家。哀家心里也明白了，心儿你是个好姑娘……"太后有些气喘，顿了顿，接着说道，"你这年纪也不小了，哀家也眼看着要走了，应该给你个好归宿。刚才，我儿光义已向我要你，他说喜欢你已经许久，想娶你做个侧室，你可愿意？"

心儿顿时脊背一阵发凉，忙以头叩地，道："不，心儿不嫁！心儿情愿一辈子都在太后跟前侍候。太后放心，太后是千寿之躯，会一直一直活下去的，心儿也会一直一直陪在您身边尽心侍奉！"

"你这丫头倒有孝心。"太后一笑，道，"不过哪有女孩子二十六七还不嫁人的，哀家也不会一直活下去。哀家心里明白，我这样子，怕是活不过个把月了。心儿你还是考虑一下自己的归宿吧！"

心儿将头抬起，一双明亮的眼睛里泪水盈盈，向着太后决绝道："不，太后，心儿不愿嫁人！太后若是非要心儿嫁，心儿也不敢抗旨，只好一死以表心意！"说着，大颗泪水一串串滚落，如同断了线的珠子。

太后怔怔看着她，有些生气了，瞪着心儿道："心儿，你这是说的什么话，是要以死抗旨吗？你可知道抗旨不遵的后果？"

心儿将心一横，倔强道："心儿死都不怕，还怕什么后果？"

"你……"太后气结，以手指着心儿，气得说不出话来，脸色青紫，一口老血险些喷出。

一旁呆看的露儿急忙上前为太后抚背，劝道："太后莫生气，小心身子，心儿姐姐不是那个意思，心儿姐姐真的是一心想着孝敬太后，才出语冲撞了太后，太后千万莫动气。"

太后喘了半晌，气平了些，对着跪在地上抹眼泪的心儿，黑着脸道："心儿，哀家明白你的心思，你是对皇上还放不下吧？八成你是在盼着老身一走，你还同皇上在一起重温鸳鸯梦。心儿你要知道，这样的事哀家是绝对不会允许的！你虽然不是个坏女子，可你是不祥之身，我的两个媳妇都因你而死，哀家想起来就心痛。若是你成了皇上爱妃，这后宫之中将会不得安宁。哀家也不会将你嫁于光义，哀家想过了，你若真嫁了光义，那符蓉也是个爱争风吃醋的，心眼子也未必有你多，说不定会挨欺负受委屈。所以，不如在哀家走之前为你找个不相干的男子嫁了，哀家也就放心了！"

太后说了这许多话，已是精疲力竭，气喘作一团。

露儿抚着她的后背劝道："太后您歇歇吧，说这么多话身子怎么受得了！"

太后喘了一会儿，看了看跪在地上哭成泪人一般的心儿，又道："我看那韩珪倒是不错，两次救过你的命，想是对你有情，虽然你比他大些，可也不算什么，不如你就嫁了那韩珪吧！就这么定了，下月月初你二人就举行婚礼，由哀家亲自主婚！"

说完太后便只剩喘息的力气。露儿忙劝着她躺下了。

心儿听了这话却如同被雷劈了一般，自己怎么又同韩珪扯到了一起，这也太荒诞不经了吧！

她还想说什么，露儿冲她使了个眼色，她便噤了声，在地板上默默跪着。

太后闭着眼睛，冲心儿挥挥手。

心儿便站起来，抹着眼泪退出去了。

晚上，露儿回到寝房，见心儿坐在床边，眼睛红红的发愣。露儿便笑着劝她："心儿姐姐，好啦好啦，别伤心啦！韩公子人长得俊美，又武艺超群，是个招人喜欢的翩翩美少年，姐姐嫁给他不吃亏，还有什么好难过的？来，笑一个，准备当新娘子吧！"

心儿皱皱眉心烦地道："别闹啦露儿，我都快烦死啦！太后怎么可以这样，这不是乱点鸳鸯谱嘛！我跟韩珪？简直荒唐至极！太后这么乱来还不如打我一顿板子呢！"

"嘘——别说啦，不可以说太后坏话，让人听到你就死定啦！"露儿把手放到嘴边,小声提醒道。

"死便死,怕什么!心儿我宁死不嫁!"心儿倔强着说道。

心儿一夜无眠,第二日早上感觉头痛欲裂、浑身乏力,便懒洋洋地躺在床上,请露儿代她向太后告几天病假。太后准了。

太后派人将韩珪唤来,仔细看了他一阵子,见他生得真是出众,肌肤如白玉般隐隐透明,眉清目秀,五官混杂了绝色美人特有的柔美和属于男子的刚毅,真是越看越招人喜爱。便笑吟吟对他道:"韩珪,前些日子你救了哀家的婢女心儿,立了大功,哀家准备奖赏你,欲将心儿嫁与你为妻,你是否愿意?"

韩珪听后心里"咯噔"一下,继而是一阵惊喜,忙叩首道:"回太后,韩珪愿意!"

"那好,婚礼便定在下月初一吧,一会儿我便让内务府准备新房和婚礼,所有费用都由哀家来出,哀家会将心儿当作女儿一般嫁与你的。"太后道。

韩珪欣喜地叩谢太后。

心儿要嫁给韩珪的消息很快传遍了整个皇宫,此时离下月初一只还有不到十日了。

皇帝和赵光义得知此事后皆是大惊,心里都火急火燎。二人来至太后面前,都表示反对。

皇帝道:"母后,您现在还病着,正是用人的时候,心儿侍候您都习惯了,这个时候怎么可以让她嫁人呢?不如等太后身子好些再说吧!"

赵光义也附和道:"是啊是啊,皇兄说得对,心儿侍候了您这么久,您怎么舍得这么快便将她嫁出去呢!再说那韩珪也不适合她呀,岁数也太小了吧?"

太后沉下脸道:"你兄弟俩这一唱一和的是在公然反对哀家吗?哀家这么做还不是为了你们兄弟俩吗?你们两兄弟若是为了一个女子相争起来,皇家的颜面何在?"太后拍着床榻,脸色变得很难看。

皇帝也沉下脸道:"母后,儿子知道您如此做是出于一番好意,可您也不能乱点鸳鸯谱啊!您这么做心儿她同意吗?"

太后生起气来，瞪着皇帝气呼呼道："皇儿，你竟为了那丫头指责为娘吗？你眼里还有没有我这个母后！"说罢，一口老血"噗"地喷出，几名侍女急忙上前服侍。

吓得皇帝扑通一声跪到榻前，惊慌失色道："母后，母后，母后莫再动气，一切全听母后的便是！"

心儿很快就要嫁给韩珪的消息传到了公主德媖耳中，德媖又惊又气，差点儿跳起来，撒腿飞跑着去寻韩珪，见到韩珪后红着眼睛指着他的鼻子道："韩珪，你个没良心的！心儿姑姑平日对你么么好，给你做吃做穿，拿你当亲弟弟一样看待，你怎么竟坑害她！"

"我……我怎么坑害她了，是太后要把她嫁与我的！"韩珪对德媖的激烈反应有些莫名其妙。

"太后老糊涂了，你非听她的吗？你为心儿想过没有，她愿意嫁给你吗？是你一厢情愿的吧？"德媖一张小脸涨得通红，怒冲冲连珠炮般质问着。

韩珪道："我以为心儿是愿意的，否则她为何送我这个？"说着，从怀中取出一个物什，是那条绣着鸳鸯戏水的帕子。

德媖劈手将帕子夺过来，仔细一看，更气了，跺着脚噼里啪啦责骂道："你真是个傻瓜！这帕子是我送给你的，是我亲手绣了偷偷塞进你袍子口袋里的！你真是个大傻瓜啊，我平日怎么对你的，你不明白吗？心儿姐姐一直拿你当亲弟弟，她和我父皇才是一对儿，她也是因为我父皇才进的宫，全皇宫的人都知道，你竟不知道吗？你真是个大呆瓜啊！"边说边拿帕子打着他的脸。

韩珪听得目瞪口呆，脸色变得煞白煞白，呆呆地站着，石化了一般。

德媖恨不得踢他几脚，见他一副呆若木鸡的样子，气得"哇"一声哭出来，转身飞跑而去。韩珪这才回过神来，冲着德媖的背影大喊道："德媖——德媖——你倒是帮我想个办法啊，这婚期马上就到了，怎么办啊？"

六月初一婚礼这天上午，心儿仍旧有气无力地躺在床上，两眼望着天花板呆呆发愣。床头放着一件朱红洒金描银的喜服和一堆珠光宝气的首饰。

露儿向她施了一礼道:"我的好姐姐,快起来梳洗打扮吧,迎亲队伍马上就到了,再晚就来不及了!"

心儿睨她一眼,没好气地道:"说了,我不嫁!谁爱嫁谁嫁,反正我死也不会出这个房间的!"

露儿满脸焦急:"可是,你若不嫁,太后那边如何交代?太后可是吩咐我一定要把你带上花轿的!这可如何是好?"

她急得在房间里团团转,忽然有个小太监飞跑着来报:"不好了,心儿姑姑,新郎官不见了!"

心儿和露儿都大吃一惊,接着心儿心中一喜,忽地坐起身来。

露儿惊问:"什么,你是说韩珪不见了吗?怎么会不见了呢?何时不见的?皇宫里四处寻过了没有?"

小太监道:"就是今日一大早就发现新郎官不见踪影了,皇宫里各处都找遍了还是没有,已经禀报了太后,太后下令派禁军到宫外去寻找呢!"

心儿拍手笑道:"太好了,他消失得正是时候!"

新郎官失踪,遍寻不见,整个人如同人间蒸发了一般。太后无奈,只得将心儿的婚事暂且搁置。这下心儿病也好了,又到太后身边侍奉。

太后的病越发严重,到了月底,已是奄奄一息。每日连几口稀粥也喝不下,躺在床上只是气喘,人瘦得已经脱形,似乎马上要油尽灯枯了。心儿见了只是心酸,皇帝和赵光义日日夜夜红着眼睛守在母后身边。

这日,太后似乎精神略好了些,睁开眼睛对赵光义轻声道:"光义,你命人将赵普大人叫来,哀家有话想跟他说。"

赵光义说声遵命,出去了。

半个时辰后,赵普便到了。

太后气喘吁吁地道:"赵普大人请坐。皇上你留下,其他人都出去吧!"又对心儿道,"心儿,你和王继恩到内室门口守着,任何人都不准进来。"

须臾,房间内便只剩太后、皇帝以及赵普三人。

朱红雕花的内室木门紧紧关闭，心儿和王继恩立在门外，互相交换了一下眼色，各自凝神谛听着里面的动静。

皇帝对着气息奄奄的母亲忍不住哭泣起来。

太后躺在榻上喘了一阵子，低声缓缓对皇帝道："皇儿莫哭，哀家想问你一个问题——你知道你为何能当上皇帝坐拥天下吗？"

皇帝哭泣着道："儿子知道，儿能有今日都是祖宗与太后积德所致。"

太后看着他，微微一笑，摇了摇头，低声道："此话不全对。皇儿你能坐得江山，是因为周世宗让他幼儿做皇帝，治理不力，人心不服，才让你有了可乘之机。"

皇帝怔了怔，连忙点头："是，母后说得对。"

太后又转向赵普："赵普大人，今日哀家将你叫来，是想问问你，历史上到底有没有兄终弟及这回事？"

赵普怔住，思忖一下，向太后抱拳道："请太后恕罪，赵普才疏学浅，并未曾听说过。"

太后"噢"了一声，又喘息一阵子，缓缓道："皇儿，不管历史上有没有过兄终弟及，为娘都想提醒你一件事，你百年之后，不可将皇位传于幼儿，否则赵家江山难保，'兄终弟及'一事你可考虑考虑……光义是个做大事的……咳咳咳……"说着，太后咳成一团，几乎窒息。

皇帝忙轻抚太后胸口道："母后莫急，有话慢慢讲，皇儿会将母后的话铭记心间。"

一旁的赵普也道："太后勿要急切，如今皇上身体康健，百年之后，小皇子想必也已成年了，太后不必忧心。若是太后实在不放心，赵普便将太后的话记于纸上，装于金匮之中，交于可靠的宫人保管，如何？"

太后摇摇头，缓缓说道："不必了，哀家也只是提个建议，不过是为后人瞎操心罢了，立太子之事还由皇上一人做主吧！"

心儿与王继恩在门外凝神屏气听着，只听到了隐隐约约的几个词，什么"兄终弟及""装于金匮之中""不必"等，正猜测其中意思，忽然听到房间内传来皇帝的声音："王继恩，请光义进来！"

王继恩急忙去传。

须臾，皇帝同赵光义立在太后榻前，太后认真看了看他们二人，伸手握住光义的手，又用另一只手握住皇帝的手，似乎使出全身力气将两只手叠在一起，断断续续、气息奄奄地道："光义……你要……与你皇兄同心同德，你二人都要……都要记着……兄友弟恭……"

说罢，胳膊蓦地下垂，手腕上一只镶金玉镯晃晃荡荡，发出刺目光芒。

建隆二年（961年）六月二十八，杜太后薨。

皇宫之中哭声四起。

# 第二十章

## 横插一脚

宫内所有人都穿上了雪白孝服,宫殿里的帘幕幔帐也都换成了素色,皇宫变成了一片白惨惨的世界。

丧礼之上,皇帝失声痛哭,几度昏厥过去,皇后与心儿侍奉在他左右,不停地安抚照顾他。

赵光义同样大放悲声,只是并不见有多少眼泪流出,他板着一张英俊面孔,不时瞄一眼心儿,心里想着,她为何只在皇帝身侧关照着他,却不曾对自己看上一眼?一颗心不免懊恼灼烧。心儿,你终于要成为他的人了吗?不,你不可以!不可以!他通红着眼睛恨恨地看着他的皇兄,皇兄,你拥有的太多了——至尊权力、荣华富贵、绝世美人……而我呢?同样是一母所生,为何如此不公平?

母后,你真的就这样走了吗,你不再管儿子了吗?我可是你最宠爱的儿子光义啊!

如此想着,泪水才潸潸流下。

符蓉却是个硬心肠的,一双丹凤眼挤了半天,也没挤出几滴眼泪。她干脆不再装了,低头跪在大放悲声的人群后面左顾右盼,见赵普就在附近跪着,便悄悄走了过去,在他身边跪下,压低声音问他道:"赵大人,我问你,太后临终前可留下什么遗言没有?"

赵普一副沉痛的表情,听了她的话后微微一怔,接着轻轻摇首,低声道:"没有。"

"真的没有吗？"一双吊梢凤眼狐疑而凌厉地逼视着赵普，"赵大人，你可不要撒谎糊弄符蓉！"

赵普把头更深地埋下，哼了一声不再理她。

符蓉也对他冷哼一声，忽地站了起来，走到灵堂门外，见王继恩正在指挥着宫人们搬运丧礼上用的物品，便走上前去，一把拽住他的袖子："走，到那边去，我同你有话说！"

王继恩随符蓉来到墙角僻静处。符蓉面色严厉地道："王大官，我问你，太后临终时你可听到她留下什么话吗？"

"这……奴才未曾听到。"王继恩有些犹豫地说。

"哼，连你也糊弄我，你是活得不耐烦了吗？"符蓉目露凶光，看着他的眼睛道。

王继恩脸色有些变，怔怔望着符蓉。

"别忘了，你那胞弟还在我府上当差，我既可以让他活得快活，也可以让他生不如死！"说着，符蓉抬起一只拳头，狠狠地捏紧。

王继恩脸色忽地转白，怯怯对符蓉道："符夫人，手下留情，当时门关得紧，奴才当真什么都没听到，只隐隐听见几个词，什么'兄终弟及''装于金匮之中''兄友弟恭'的，别的，别的就什么也没听到了！"

"兄终弟及？"符蓉眼睛猛地一亮，闪出一束光芒，继而脸上绽出笑意，"太后真的这么说了吗？"

"是，是太后说的。"王继恩点头道。

"哈哈，我就知道，太后不会丢下光义不管的。"符蓉喜形于色。

符蓉急不可耐，又去找心儿求证。将心儿约至偏殿的白色帘幕后，问道："心儿，听说太后临终前留下了遗言，你可曾听到？"

心儿沉着脸，道："没有，奴婢什么也没听到。"

符蓉气哼哼瞪着她道："我就知道你不会告诉我的！心儿，你听着，别以为太后走了你就会麻雀变凤凰，从此飞上九重天，没那么容易！贱婢就是贱婢，永远不会变成贵人！你既如此对我，那咱们就走着瞧，有你哭的时候！"

心儿瞪了她一眼，丝毫也不畏惧："符夫人，太后刚走，您怎么就急着到处打听她的秘密呢？太后说的话是不允许私下相传的，否则就是大罪，您难道不知道吗？"说完，扭头便走。

符蓉气得脸色铁青，对着心儿的背影恨恨地咬牙道："死蹄子，得意什么，看我得了机会不弄死你！"

她重又回到灵堂里，见那太后的胞妹杜姨妈正跪地哀哀痛哭着，一旁她的小女儿韩芝华也在拿着帕子擦眼泪。符蓉心中顿生一计，便走上前去，将杜姨妈扶起来，温声劝道："姨妈，您年纪大了，身子骨不好，可千万要节哀啊！"

杜姨妈哭得上气不接下气，老泪纵横道："我那姐姐身为太后，尽享富贵，寿终正寝，去便去了，老身我倒没什么太伤心的，只是可怜我那女儿芝芬，才不到而立之年，怎么就走了呢！叫老身以后如何活下去——"

这杜姨妈同小女儿芝华本住在洛阳，是前来京城奔丧的。前些日子，她的大女儿芝芬死在冷宫之中，皇帝怕姨妈听到噩耗之后受不了，便隐瞒了死讯，没有通知她的亲属，如今太后薨逝，芝芬之死便没法再瞒住她老人家。但皇帝怕姨妈胡闹个没完，便对她说芝芬是患了重病不治而亡的。姨妈得知大女儿已死，哭得昏天黑地，任人怎么劝都没用。

符蓉同芝华搀扶着老人家在一旁的椅子上坐下，符蓉故意叹口气道："唉，芝芬姐姐死得的确可怜，其实她真是命不当绝，若是没有发生那件事，若不是因为那个人，如今她都已是贵妃了，仍旧好好地活着呢，唉，可怜哪！"

杜姨妈听了这话微微一怔，道："怎么，你是说芝芬她……不是病死的，是因为一个人而死，难道……难道她是被人害死的？"

芝华也是一怔，瞪大眼睛向着符蓉问道："表嫂，我姐姐到底是如何死的？"

"嘘——"符蓉伸出一根手指点着嘴唇嘘了一声，压低声音道，"此事说来话长，此处不便说话，等丧礼之后找个僻静地方，我再与你们细细道来。"

心儿也注意到了这位杜姨妈和韩芝华，杜姨妈的长相同太后几乎一模一样，只是白发和皱纹略少一些，而韩芝华也几乎是韩芝芬的翻版，除了比她姐姐年轻几岁之外，模样几乎一模一样，连那略略丰腴的双下巴也是极像的。

心儿见了这二位,心下不禁有些莫名其妙地忐忑起来。

　　漫长、繁缛的丧礼终于结束了。丧礼之后的晚上,赵光义疲惫不堪地躺到床上,埋怨道:"我的天,快把我累死啦!你说皇兄哪来那么多眼泪,害得我陪着他哭了三天三夜,再哭下去我就得跟着母后她老人家见阎王去了!"

　　符蓉也一屁股坐到床上,苦着脸道:"可不是吗,这丧礼可真要命,饭也不能吃,觉也不能睡,活活把人折腾死。我也累得差一点儿要给母后陪葬去啦!不过,光义你知道吗?母后还是向着你的,她临死前留了话,要皇兄把帝位传于你呢!"

　　"真的吗?"一听此话,赵光义浑身一激灵,腾地坐了起来,瞪大眼睛道,"你听谁说的?"

　　"真的真的,绝非妄言!"符蓉也精神焕发地坐起来,认真地道,"不骗你,我是从王继恩那家伙嘴里套出来的,他说他那天在门外清清楚楚听到太后说过'兄终弟及'这四个字,还说什么装于金匮之中。想必是太后留了什么遗诏,让赵普藏到金匮里了!"

　　"兄终弟及,装于金匮之中?"赵光义凝神咕哝着,然后笑着点点头,"有这个可能,"又蹙眉道,"可是太后为什么要背着我,不告诉我呢?"

　　"当然不能告诉你了,这可是皇家机密,只有皇帝和证人知道,若是被你知道了,提前抢了他的皇位怎么办?太后是怕引起你兄弟二人相争,才没有告诉你的!看来这太后还是没有拿定主意要你做太子,但是很明显她是有这想法的!"符蓉非常肯定地说。

　　"太后有这想法就好,她老人家的亡魂就可以支持我、福佑我了!"赵光义高兴地道,他展开双臂将符蓉揽入怀中,"来吧,贤夫人,今晚我们好好玩玩,庆祝一番!"

　　"死样!哎哟,你轻点儿,弄疼我了!"符蓉嗔怪地抱着他说。

　　二人躺倒在红木雕花大床上,赵光义闭上眼睛动作着,心中兴奋而痛苦地喊着那个名字:"心儿,心儿,我要……我要和你在一起!你是我的,是我的,是我赵光义的!"

此时，心儿正站在龙床边，一脸焦急地看着歪在床上不停流泪的赵匡胤。因为连日来的悲伤过度加劳累，皇帝病倒了。皇后苦劝了半天，他仍然只是伤感，嘴里不停叫着母后，整个人如同失了魂一般。

对于太后的离世，他是真心哀痛的。他想起自己小时候，是母亲一点儿一点儿将他养大，有一次，他患了传染病，别人都远远地躲着，只有母亲日日夜夜守在他身边，给他喂药喂饭，一直到他康复为止；稍稍大些，母亲就为他请来师父教他习武读书，他当时只喜欢舞刀弄棒，一读书就头疼，母亲就不厌其烦地将书上的文章读给他听，再引导着他读给自己听，终于使他对书本发生了兴趣，读了不少书，明白了许多道理。母亲还为他讲了很多忠良报国、明君治国的故事给他听，使他从小就在心里埋下了治国平天下、救济苍生造福百姓的种子，可以说太后是他的第一任启蒙老师。等他长到二十多岁，他想离家去流浪，闯荡江湖增长见识，父亲坚决反对他，只有母亲支持他，还拿出家中仅有的一点儿银两给他做盘缠，让他外出自由行走了三四年，亲眼见识了天下百姓的疾苦，也体验到了生活的艰辛，更磨炼了他的意志，增长了他的智慧。当他生出称帝之心时，又是母亲第一个鼎力支持他。可以说，没有母亲，便没有他赵匡胤的今天，一切都是母亲给自己的，而母亲又跟着自己享了多少福，过了多少好日子呢？她是个极节俭朴素的人，即使当了太后，平日也只是一身素淡青衣，几顿家常便饭而已。多年的含辛茹苦，使她害上一身重病，竟这样不治身亡了！

"母后，您今年才六十岁啊，朕应该让您更长寿的！母后，是儿子不孝，朕没有尽到一个儿子应尽的孝心，朕对不住您！"

赵匡胤一遍遍地咕哝着，陷入一片悲情之中，无法自拔，脸色越来越差，眼睛中布满血丝，嘴上也满是血泡，憔悴不堪，一脸愁容。皇后心疼地看着他，一遍遍地劝他，求他吃点儿东西，他只是不睬，一颗心似乎随着亡人去了。皇后实在无奈，只得让德嫔去叫了心儿姑娘过来，拜托心儿好好劝劝他，自己先出去了。

心儿担忧地看了皇帝一阵子，叹了口气，从衣袋里取出一方雪白绵软的帕子，一边为他轻轻擦拭着泪水，一边说着："皇上，别再伤心了好吗？对于太后你已经尽了心,就别再自怨自艾了好吗?"

软语温言劝了半日,皇帝却只是不理,仍旧流着眼泪苦着一张脸唉声叹气,心儿板起面孔,忽然说道:"皇上,我问你,太后对你最大的心愿是什么?"

赵匡胤微微一怔,沉默不语。

"是希望你好好当皇帝,治国平天下,造福百姓。"心儿厉声说道。

赵匡胤点点头。

"可你这个样子,一味折磨自己,病倒了,如何上朝,如何治理天下造福百姓?"心儿冷冷质问道。

赵匡胤红着眼睛呆呆看着她。

心儿将一杯热茶送到他嘴边,口气温和下来,道:"来,喝口水,莫再悲伤了,太后希望你振作起来,不是吗?"

皇帝乖乖喝了几口茶,心儿又喂了一小碗米粥给他。

他突然将她抱住,将头埋进她怀抱中,无声地流起泪来,样子脆弱得像是一个受伤的孩童。

心儿紧紧抱住他的头,伸手抚摩着他浓密的青丝,一直在他身边寸步不离地侍奉着,直到他渐渐康复,打起精神。

皇帝这一病就是将近一个月,待处理的政务堆积成山,把赵普急坏了,前来后宫探望皇帝,苦求他上朝去处理政事。

皇帝对赵普说,自己夜里做了个奇怪的梦,梦见一群人拥住一个陌生男子,将一件黄袍加在了那人身上,吓得他一身冷汗,还梦到太后指责他,要他无论如何保住赵家江山,否则就是做鬼也不会放过他,把他惊得醒了过来。

赵普听了他的噩梦,便知皇上是在担心藩镇权力太大,便给他出了个主意。两人又是商议了一番,于是便有了史上的"杯酒释兵权"。

当天晚上皇帝就在集英殿摆了一个酒局,解了一些重要将领的兵权,其中还有几位是他当年的结义兄弟。同时任命赵光义为开封府尹加同平章事,权力大增。赵光义心中大喜,暗想:太后的遗言果然奏效了,这开封府尹可是个不得了的官职,看来这次皇兄果然是要重用我了!

心儿见皇帝迟迟不回寝殿，担心他的身体，便到朝堂上找他，朝堂上却不见人影，找了一圈，才在集英殿门口见到他的贴身太监王继恩。心儿急忙问王大官："皇上可在此处吗，何时能回去？"

王继恩素日对心儿印象很好，又知道她是皇帝心上人，便告诉她说皇上此时正和结义兄弟们推杯换盏商谈大事，大概很晚才能回去，又把刚才里面发生的事向心儿简单说了一遍。心儿听得心中忐忑，又不敢打扰皇帝，只得一个人先回了勤政殿等他。

午夜时分，皇帝才醉意醺醺然地回到寝殿，见到心儿便一脸哀戚道："心儿，你说我赵匡胤是不是特没良心，过河拆桥……卸磨杀驴……对不起那帮结义兄弟，不是个好人！"

心儿忙上前扶住他，微微一笑道："皇上何出此言？皇上无论做什么事都是有缘由的，况且你不过是释了他们的兵权，并没有伤害他们，还给了他们良田美宅，让他们颐养天年，享受天伦之乐，这有什么不好的？依奴婢看，皇上倒是应该多些防人之心，包括自己的兄弟……"

皇帝欠身躺到了龙床上，醉眼蒙眬地看着心儿，道："不，你不是奴婢，你是朕心爱的女人！心儿，等过了这段日子，朕就封你为贵妃，这次我说了算！我说了算……"边说边闭上眼睛，竟很快呼呼入睡了，显然心儿说的话他并未听进去。

心儿对着他苦笑一下，为他盖好锦被，悄悄出去了。

自从那日她站在太后寝宫门外，听到太后说"兄终弟及"，再联想到前些日子符国公探望太后时也提到"兄终弟及"一事，便明白此事定是赵光义与符蓉在背后捣的鬼，那将来威胁到匡胤帝位和给他带来致命劫难的，也必定就是他赵光义无疑了！所以，她有心要提醒皇帝当心着自家兄弟，可又不能说得太明白，怕令皇帝以为她是在挑拨是非，引起他兄弟不和。于是，她心下郁郁的，一个人回到住处，坐在床边呆呆发愣。

翌日清晨，心儿早早来到皇帝寝殿，催促太监将早膳传来，准备侍候皇帝起床。

皇帝听到动静后悠悠睁开眼睛，见到心儿，微微一笑，向她伸出右手。

心儿轻轻拉住他的手,浅浅一笑道:"皇上醒了,昨夜喝多了酒,现在感觉好些没有?我让人做了醒酒汤,起来喝一口吧!"

皇帝却不起来,将她的手使劲一拽,竟将她拽倒在自己身侧,轻轻揽住了她。

心儿满脸绯红,道:"皇上,别闹了,快起来吧,时候不早了,还要去早朝呢!"

皇帝道:"就半刻钟,马上就起,让我抱抱你好吗?"

心儿只得闭上眼睛,与他相拥了片刻。两颗心"怦怦怦"狂跳着。皇帝深深吻了她的樱唇一下,然后恋恋不舍地看着她……

她睁开眼睛,一双晶亮的眸子对上他的深情的眼神,似有串串火花荧荧然闪出……

他没有变,他依然是深爱着她的那个男人;她亦没有变,她依然是痴恋着他的那个女子。

她依然美丽绝尘又冰雪聪明,他也依然俊美英挺、温良柔情……岁月辗转而玉质不变,一对璧人终于要如愿以偿了吗?

"起来吧,该去早朝了!若是误了国事,别人该骂我是红颜祸水了!还有,这段日子,皇上可要节制些,还在丁忧期,不能亲近女色,否则就是不孝啊!"她笑嘻嘻道,又恢复了那古灵精怪的可爱少女态。

"好好,起床去上朝,不能接近女色,一切都听你的!"他蓦地起身,穿起衣服。

匆匆梳洗过,简单吃过早膳,他便上朝去了,临走前点着她鼻尖笑呵呵道:"我的好心儿,乖乖等朕回来,哪儿也不许去,听到没?"

"遵命!"她也笑盈盈道。

几日后,皇后在福宁宫召见了心儿。心儿见皇后似乎精神很好,身上穿一袭月白色素罗襦裙,头上戴着几支白色绢花,显得格外清丽素雅。

心儿向皇后屈膝行礼:"奴婢心儿见过圣人。"

皇后温和笑道:"免礼吧心儿,来,这边坐。"

心儿来至皇后身边坐下。

皇后笑吟吟看了心儿一会儿,道:"心儿,你这些日子照顾皇上辛苦了,皇上看来已经缓了过来,这都是你的功劳,本宫要感谢你,待皇上过了三个月守孝期,便封你为贵妃。"

心儿心中一惊,忙起身跪下,道:"心儿感谢圣人恩典,心儿出身贫贱,身为奴婢,岂敢位居高位!"

皇后笑道:"快起来吧心儿,你就不必谦卑了,这也是皇上的意思,此事皇上多次同本宫提起过,要我同意封你为妃,以前是太后阻挠,如今太后已不在了,后宫之事由本宫做主。心儿你就放心吧,不会再有人妨碍你同皇上在一起的。日久见人心,这一年多来,我也看出来了,你是个心地纯良的好姑娘,一心一意为着皇上好,这也是为本宫分忧了,本宫的心意你是明白的,皇上好我便好,皇上忧我便忧,我是为皇上活着的。所以,对本宫你大可放心,本宫不会对你有任何醋意和伤害。"

一席话说得心儿大为感动,几乎流下泪来,忙叩首谢恩:"心儿真心感谢圣人恩典,圣人的大恩大德心儿会铭记心间,没齿不忘!以后,心儿会尽心尽力侍奉皇上和圣人,会将圣人像自己亲姐姐一般相待的!"

皇后落下泪来,轻轻将心儿拉起,要她坐在身边,又与她说了一些话,叮嘱她这些日子先不要同皇上过于亲密,以免被别人看到说闲话。还对她说已经下令内务府着手准备册封贵妃的相关事宜,喜欢什么样的服饰,就自己去同制衣局说去,让他们量体裁衣,按照她的喜好去准备。心儿满心欢喜,想起皇帝曾赠过她的那首小诗:"山有木兮木有枝,心悦君兮君已知。佳人且居水穷处,守得云开月明时。"如今也终于算是"云开月明时"了吧!

她正喜滋滋走在回勤政殿的路上,忽然迎面走来了赵光义。他穿一袭黝紫色云纹官服,腰间系一条绣宝相花锦带,也是一副喜滋滋的样子,见了心儿眼睛一亮,拦住她的去路:"心儿,这是要去哪里?"

心儿见躲不过,便向他福身行礼:"奴婢见过府尹大人。"

赵光义哈哈一笑道:"你倒消息灵通,竟知道本官升了职,怎么,不恭喜本官吗?"

"心儿恭喜赵大人升职！"心儿只得再次屈膝行礼道。

"呵呵，这就对了！走走走，本官有话要同你讲！"赵光义兴冲冲道。

"赵大人要心儿去往何处？"

"去你寝房，那儿僻静，本官想和你说说话！"赵光义道。

"这恐怕不好吧，心儿还要去勤政殿侍奉皇上呢！"心儿实在不想再和他纠缠。

"皇上还在朝堂上同赵普议事，要回后殿还早着呢，走吧，去你寝房！"赵光义不由分说拽起心儿便走。

心儿只得随着他来至自己寝房。

露儿被派去侍奉杜姨妈了，寝房里没有别人。

赵光义拽着心儿进了房间，将门关紧，再将心儿按到床边坐下。

心儿有些害怕，指着他道："大人请自重，有什么话还请快说吧！"

赵光义站在她面前，看住她，敛起笑容，正色道："心儿，我问你个事，你能如实回答我吗？"

心儿道："何事？"

"太后去世那日，把皇兄和赵普叫到跟前，你在门外听到太后说了些什么吗？"

原来是这件事，心儿冷着脸回道："没有，心儿什么也没听到！这个问题你夫人已经问过我了，我也是如此回答她的，怎么，大人不相信？"

赵光义探寻地看了她一阵子，突然哈哈大笑两声，又敛起笑容，道："我相信我相信，好，就算你什么也没听到，可别人却听到了，告诉你吧，太后说过'兄终弟及'一事，你应该知道这是什么意思！"

"奴婢不明白。"心儿冷冷道。

"你不明白那我告诉你，兄终弟及就是说皇兄百年之后会让我做皇帝，我做了皇帝就会让你做皇后！皇后，听明白了吗？我要让你心儿做皇后，而不是什么妃子！他充其量只能让你做贵妃，而我却能让你做皇后！"他把皇后两个字咬得极重。

心儿冰冷一笑，道："你就是能让我做天后也没用，我早告诉你了，我爱的人不是你！能在他身边，就是一辈子只做奴婢我心儿也心甘情愿！你明白了没有？还要我再说什么吗？"

"你——"赵光义气得脸色铁青，怒气冲冲指着她道："他究竟有什么好，让你这般迷恋？他除了比我多一顶皇冠之外，哪一点比我强？你为什么就是不能看看我？"

她闭紧嘴唇，再不想同他废话，只冷冷看着他，两只眼睛如同两面镜子，反射着幽幽冷光，不给他任何进入她内心的机会。

她冰冷拒绝的态度更加激怒了他，他贴上前来，逼紧了她，伸出手握住她的下颌，恨不能将她的骨头捏碎："心儿，你睁大眼睛看一看我好吗？我比他俊美，比他年轻，比他更专情！只要你跟了我，我会比他对你好一千倍，一万倍！心儿，你相信我好吗？"

心儿用力挣扎着，欲将他的手甩开，皱紧蛾眉道："你放开我！你弄疼我了！"

他松手放开她，却猛地将她扑倒在床上，嘴里讷讷说着："不，我不会放开你！永远都不会！"

他将她紧紧压住，发疯般地吻她的脸，吻她的唇，吻她的脖子……

心儿使出全身力气推他、打他、踢他，她拼命喊叫着："放开我，放开我，再不放开，我喊人了！"

赵光义却不放他，只拼命地按住她的四肢，发狂地吻她，用唇舌将她的嘴紧紧堵住。她几乎要窒息过去，晃着脑袋，拼命喊着："来人啊，救命——救命——"

正在此时，门声一响，房门洞开——是露儿回来了！

露儿震惊地看着床上厮打纠缠的两个人，目瞪口呆地愣了片刻，然后大声喊道："放开心儿姐姐！再不放她我告诉皇上去！"

赵光义意识到有人进来了，慌忙停下，忽地坐起身来，一脸懊恼地瞪着露儿。

露儿见是赵光义，吓得慌忙跪倒叩头道："原来是赵大人，露儿不知，还望赵大人恕罪！"

赵光义站起身来，气冲冲对着露儿冷哼一声，低沉着狠狠地道："今日之事不许告诉任何人，否则，我要你小命！"

露儿快吓死了，战战兢兢道："是是是，奴婢什么也没看到！"

"哼！"赵光义又冷哼一声，看了一眼趴在床上一动不动的心儿，一甩袍袖走掉了。

露儿忙站起来，奔到心儿身边，将心儿扶起来，关切问道："心儿姐姐，你没事吧？"

心儿抹了一下眼睛，低声道："没事。"

这日下午，杜姨妈和韩芝华终于将符蓉盼来了。

"符夫人，快快请坐，芝华，去给符夫人倒杯茶来。"杜姨妈满面笑容道。

"不必忙了，我从府里刚喝了茶过来。"符蓉一边在软椅上坐下，一边道，"姨妈，芝华妹妹，你们二位在宫里住得可还好吗？"

杜姨妈道："还好还好，就是想念太后和芝芬，尤其是我那女儿芝芬，老身几乎是夜夜梦到她！唉，我可怜的女儿啊！"

芝华将一个剥了皮的金橘送到符蓉手中，道："娘亲说得是，我姐姐太可怜了。表嫂，我姐姐到底是如何死的，请您讲给我们听好吗？"

符蓉将小金橘捏在手中把玩着，道："我今日前来就是想与姨妈和妹妹说起这事，其实，韩妃娘娘是死在冷宫里的，都是因为一个叫心儿的贱婢……"

勤政殿里，心儿将一杯龙凤团茶端给正在批阅折子的皇帝，皇帝放下折子，接过黑釉茶盏，呷了两口，微笑道："嗯，好茶，清甜中有一股淡淡的菊花香气，可是放了菊花吗？"

心儿微笑点头："正是，茶中放了几朵菊花和冰糖，天气炎热，这两样东西可以消暑解乏，皇上可以多饮几杯。"

皇帝笑道："好，心儿，你也喝些，注意休息，不要老站着，小心中暑。"

"我不累，倒是皇上要多歇着，不要总盯着折子看，会伤眼睛的。"

"唉，不如此不行啊，这阵子折子堆得太多了，总是看不完。"

心儿思忖了一下，道："皇上，不如这样吧，我来帮你把折子归归类，把紧急重要的归一类，次重要的归一类，不重要的小事再归一类，你挑紧急重要的看，不重要的让大臣代为处理，这样可以省时省力，如何？"

皇帝笑道："这样再好不过！我身边正缺这样一个帮手，不如以后就把这差事交给你吧！"

心儿一边动手整理着折子，一边笑着说："那皇上不怕我红颜误国吗？"

"哈哈，不怕不怕，你这样聪明的女子，只会帮着朕治国，怎么可能误国呢！"

二人正说笑着，王继恩前来通报："皇上，有宫女来报说杜姨妈闹着要悬梁自尽，要您过去看看呢！"

皇帝和心儿都吃一惊。

皇帝道："姨妈要悬梁自尽？怎么回事？因为什么？"

王继恩道："具体奴才也不清楚，您还是过去看看吧，别真出什么乱子。"

皇帝忙道："好好好，我这就过去，心儿，你随我一起到慈宁宫看看。"说着，起身便走。

心儿随着皇帝来到慈宁宫大殿，见一帮子人围着杜姨妈正劝解着，杜姨妈眼睛红红的，腮边还挂着泪水。身边有女儿芝华、符蓉、皇后，以及几位宫女，须臾，赵光义也来了。

皇帝同心儿走上前去，皇帝对杜姨妈道："姨妈，好好的，您这是怎么了？出什么事了吗？"

杜姨妈见了皇帝，又见皇帝身边立着个花容月貌、神仙般的美人儿，立刻怒容满面指着心儿道："你就是心儿？"

心儿点点头："是，我是心儿。"

杜姨妈二话不说，冲上前来，对着心儿的脸就是狠狠一巴掌！打得心儿顿时愣住，呆呆看着杜姨妈。

皇帝惊道："姨妈，你这是干什么？因何打她？"

杜姨妈愤怒地指着心儿，瞪圆了眼睛，厉声道："是她，是她害死了我女儿！"又转向皇帝，"皇上，芝芬是死在冷宫里的，对不对？她中了毒，你因何不给她医治？"

皇帝陡然怔住："这……"

"可怜我那女儿，从十几岁就迷恋你，非你不嫁，终于被封了妃，辛辛苦苦给你生下了小皇子，你却如此待她！她虽有错，但罪不至死啊！你竟如此狠心，看着她死在冷宫里！"姨妈痛哭流涕指责道。

皇帝面露愧疚之色，向杜姨妈深施一礼道："姨妈，此事匡胤的确有错。芝芬她做了错事，朕本想着将她关入冷宫教训一下，等过一阵子便将她放出，不料一时疏忽，竟忘了吩咐太医给她祛除余毒，是朕的错，还请姨妈原谅！"

"原谅？我只有两个女儿，大女儿是我的掌上明珠，我养了二十多年将她交到你手上，你竟让她这样便死去了吗？你让老身如何活在这世上？不如我也一头碰死算了！"说着，便向殿中朱红色的柱子上撞去。

众人急忙拽住她。符蓉劝道："姨妈，您莫急莫急，有话好好说嘛！"

皇后也道："姨妈，人死不能复生，皇上他真不是有意要害芝芬的，您老人家就原谅他吧！"

赵光义上前扶住杜姨妈，将她按到椅子上坐下："姨妈，这事您真不能怪皇兄，是您女儿有错在先，她为了要嫁祸他人不惜给自己下毒，还差点害了小皇子。"

"胡说八道！"姨妈对着赵光义大怒道，"她是对她自己下了毒，可还不是被那贱婢给逼的吗？那贱婢与她争宠，令她受尽冷落，她万般无奈才出此下策，她为了什么，还不是为了能让皇上多宠爱她一点儿吗？她这样就该死吗？皇上就是这样对待自己妃子的吗？将来，小皇子长大了向你要亲娘，你如何交代？再说，她可是皇上的亲表妹啊，小时候我是如何疼爱皇上的，你都忘了吗？你就是这样回报姨妈的吗？"杜姨妈不依不饶地数落着。

"好了，姨妈，求求您别再闹了！您要怎么样才肯原谅朕，难道要朕为她偿命不成？"皇帝无奈而烦恼地说。

"你是皇帝，我岂敢让你为我女儿偿命。我只想皇上答应我三个条件，此事便作罢，如若不然，老身就死在这宫里，同我那姐姐和女儿做伴去！"杜姨妈用帕子揩着眼泪道。

"好好好，你且说来听听，朕尽量答应你就是。"皇帝无奈道。

"第一，我和芝华要在宫中长住下去。老身没有儿子，只能靠女儿养老送终，大女儿既然已死，我便只能靠女婿了。"

"好，我答应您，您是我长辈，我理应为您养老送终，以后您与芝华便住在慈宁宫中吧，一应待遇等同太后。还有什么条件，尽管说来。"皇帝慨然应允道。

"第二，我要皇上将我的小女儿芝华封为妃子，代替她姐姐侍奉皇上，这样芝华也算有了终身托付了！"

"什么？"皇帝大惊，连连摆手，道，"这个不妥，芝华她刚刚二十出头，朕岂能误了她！何况匡胤又终日为国事繁忙，顾不上照顾妃子，定会令她终日独守空房，这岂不是害了她吗？"

"怎么会害她呢？皇上才不过三十余岁，正是年富力强的好时候，身边多一个妃子侍奉岂不更好？再说，我这女儿，耽搁到二十余岁尚未嫁人，其实也是因为皇上，她心下里一直崇拜皇上，总是跟我闹着说此生非皇帝不嫁！本来这次我进宫也是有意将芝华托于皇上的，如今正好她可以替她姐姐陪伴君侧。"杜姨妈执意道。

皇帝仍是摇首："不可以，绝对不可以！这宫中被朕冷落的嫔妃已经够多了，朕正想着放一些女子出去，别再让她们活受罪，怎么可以再增添一个独守空房的女子！不行，不行，姨妈还是另挑个好人家将芝华妹妹嫁了吧！"

一旁的芝华却扑通跪倒在地，道："母亲说的是实情，芝华仰慕皇上已久，这颗心早已是皇上的，芝华非皇上不嫁，即使是终生独守空房，只要给我一个妃子名分，让我长居宫中，能时不常看皇上一眼，芝华便满足了，求皇上答应了吧！"说罢，伏在地上重重叩首。

皇帝简直为难死了，长袖一甩，别过脸去，不知如何是好。皇后忙上前要将芝华扶起："芝华姑娘还是起来说话吧！"

芝华倔强地跪着道："皇上若不答应，芝华就跪死在这里！"

皇后无奈，对着皇帝恳求道："官家，我看你就答应了吧，既然芝华姑娘如此执着，后宫再多一个妃子也无妨。"

皇帝看看皇后,叹口气,道:"好吧,好吧,后宫之事皇后做主吧!"

皇后便微笑对芝华道:"好了,皇上已经答应了,芝华,就封你为正一品贤妃吧,如此可以了吗?"

芝华欣喜地叩头谢恩:"多谢皇上皇后恩典!"

皇上皱着眉头向她摆摆手,芝华起来,笑逐颜开地站到母亲身边。

"老身也谢谢皇上收下小女,老身还有第三个条件。"杜姨妈缓缓道。

"姨妈请说吧!"皇上捺着性子听下去。

杜姨妈沉下脸,指着心儿道:"我要这个贱婢给我女儿偿命!"

大家忽地怔住,一起看向心儿。

# 第二十一章

## 阴魂不散

心儿心中忽悠一下,暗自想道:看来今日我是难逃一劫了!这位姨妈真是个狠角色,可比太后更狠上一百倍呢!

皇帝一个激灵,看向心儿,心里一阵愤怒,强压住心头怒火,沉下面孔对姨妈道:"姨妈,您这个要求太过分了!是您女儿自己下毒害自己,她是自作自受,心儿她有什么错,您凭什么要心儿为她偿命?"

"她没有错吗?她不是始作俑者吗?若不是这贱婢与我女儿争宠,我女儿能做下那糊涂事吗?还不是被她给逼的吗?她身为奴婢却不知廉耻、不守本分勾引皇上,如此迷惑君心,祸乱后宫,造成两位嫔妃,你两个孩子的亲生母亲凄惨丧命,怎么能说她没有错呢?"杜姨妈毫不相让地争辩道。

"姨妈,您这么说没道理!心儿她没有勾引朕,她也不是什么奴婢,她是朕的结义妹妹,也是朕心爱的女人,朕马上要将她封为贵妃,怎么可以说处死就处死呢?"皇帝据理力争道。

"什么,你还要将她封为贵妃?哈,看来皇上真是被她迷惑得不轻啊!太后刚刚离世,你便违背她老人家的意愿行事吗?别以为我不知道,太后虽然走了,可她的魂魄还在,她在梦里把什么都告诉我了!"说着,杜姨妈指指挂在墙上的太后画像,"你敢对着太后的画像说这是太后的意思吗?"

"这……"提到太后,皇帝有多少有些心虚,不知该如何作答了,低下头来。

"你不敢了吧,这不是太后的意思吧?太后临终前已经赐婚,将心儿许配给了韩珪,虽然没能行成大礼,可心儿已经是韩珪未过门的妻子,太后的赐婚岂是儿戏?能就这样算了吗?心儿她是别人的妻子,皇上怎么可以将她封为妃子呢?传出去岂不被天下百姓耻笑?你难道想背上一个不忠不孝、不仁不义的恶名吗?你可是一国之君呀皇上,全天下的官员百姓都看着你呢!你这一代圣君的清誉还要不要了?"杜姨妈疾言厉色地质问着。

皇帝眉头紧蹙,头低低地垂下,一只拳头紧紧攥起。

众人也都沉默着,现场静得连心跳声也听不到,一片死寂。

这时,赵光义开口打圆场道:"皇兄,我看姨妈说得也不无道理,心儿的确已经许配给了韩珪,婚约尚未解除,再将她封妃的确是不合适,再说太后的懿旨也不能作废,对吧?心儿封妃的事不如就算了吧!不过,姨妈您想要处死心儿,这个也的确不妥,心儿即便有错,也罪不至死,不如您就饶过她吧,别再让皇上为难了,如何?"

杜姨妈思忖片刻,颔首道:"好吧,既然光义说话了,我便给你这个面子,我与皇上各让一步,我不再要求杀死心儿,皇上也不能再将她封为妃子。可也不能就这么算了,我要心儿做我的婢女,侍奉我和芝华的日常起居,就算是她赎罪了。怎么样,这个条件不过分吧?"

"不行!心儿必须留在朕身边,她即使不封妃,也是朕的御用女官,不可以留在别处!"皇帝态度强硬道。

"那好,你既然舍不得这个贱婢,那老身这就碰死在你面前,看你良心上如何过得去。"说罢,杜姨妈再次瞪起眼睛咬紧牙关向着殿内那朱红色的柱子狂奔着撞去,骇得众人又纷纷上前死死将她拽住,七嘴八舌地劝说着,房间里乱作一团。

皇帝无奈地一甩袍袖,心里如同暴雨将至的天气一般,混沌不堪。

"都别再闹了!杜姨妈,我答应你。"一直沉默不语的心儿突然大声喊道,众人顿时静了下来,纷纷看向心儿。

心儿淡定自若道:"心儿答应姨妈,愿意为您做奴做婢!就算是为自己也为皇上赎罪了,这样总可以了吧?不过,我也有个条件,心儿和皇上并未犯什么大过,所以这赎罪也应该有个期限,就以两年为限,我侍奉姨妈两年,两年后您还我自由身，如何？"

"就两年，这……这也太便宜你了吧？"杜姨妈一脸不满地道。

"两年可以了，我看就这样吧，这样蛮公平的！"赵光义道。

"不可以！心儿，你不要答应她，别说两年，两天也不可以！心儿必须待在朕身边！"皇帝仍不肯让步。

"陛下，"心儿对着皇帝真诚说道，"您就同意心儿的建议吧！您放心，心儿挺得过去。忍过这两年，心儿和您的罪过就算赎完了，我们就不再欠任何人的了！"说罢，心儿上前扶住杜姨妈，柔声道，"姨妈，闹了这半日，您也累了吧，心儿扶您去内室歇息一下吧！"

姨妈见皇帝脸色实在难看，也不敢闹得太过分，便点点头，随着心儿去了内室。

"心儿——"皇帝看着她的背影，痛心地大叫一声，一颗心疼得快要碎了，眼中的泪水颤颤地就要落下……

心儿不见了，众人也纷纷散去。皇帝走到太后的遗像前，两行清泪沿着面颊潸然流下。

母后，这是为何？为何？

为何走了一位严厉的太后，又来了一位更加厉害的姨妈；死了一个韩妃娘娘，又来了个一模一样的小韩妃娘娘。这皇宫之中究竟是怎么了，难道真的是阴魂不散吗？

母后，您为何如此折磨儿子呢？为何就不能成全我和心儿呢？我们不过是想在一起，过天下寻常夫妻一般平平静静守在一起的日子，为何就是不可以呢？母后，母后，您能告诉儿子这是为什么吗？母后，母后……

他颓然跪在地上，嘴里喊着母后，掩面痛哭起来。

皇后走到他身边，眼中含着泪水，无奈地叹口气，一边伸出双手欲将他扶起，一边劝着："官家，莫再伤心了，当心伤了身子，还是随本宫回去歇着吧！"

赵光义和符蓉回到家中，赵光义气冲冲将符蓉拽入内室，关上房门，一下将符蓉推坐到床边，指着她的鼻子大怒道："今日之事又是你挑唆的吧！好你个多事婆娘，我看你这张破嘴是该拿针缝上了！我今日要不狠狠掌你的嘴就不姓赵！"说罢，对着符蓉的脸"噼噼啪啪"就是一阵猛抽！直打得符蓉鼻青脸肿，嘴边现出血丝。

符蓉居然既不还手，也不叫喊，只恨恨地看着他，待他打完，脸色煞白地恶狠狠一笑道："好，打得好，接着打吧！你干脆将我打死算了，这样你就可以把那贱蹄子名正言顺地娶回来了！反正你早就觉得我多余了，你满脑子都是她，她受一点儿委屈你就心疼肝疼，而我就是死了你也不会皱个眉头的！我活着还有什么意思？"说着，一双漂亮的丹凤眼中满是泪水。

气得赵光义举起手来，又无奈地放下，指着她道："你……你……你个浑蛋婆娘，简直气死我了！你非要在姨妈面前说三道四整治她吗？她到底碍你什么事？我是喜欢她，可大不了让她做个侧室，我有说过不要你了吗？"

"你还嘴硬，你整日满脑子都是她，连做梦喊的都是她的名字！可她心里有你吗？我呢，自从嫁给你，就心里只有你一个，处处为你着想，为你将来能登上大宝日日夜夜处心积虑，都快要心力衰竭了，你怎么就不念我一点儿好呢！难道今日不是我帮了你吗？若不是我利用太后的余威压制住她，她很快就会成为你皇兄的贵妃了，你还能有什么机会？我这都是为你好，你不明白吗？"符蓉红着眼睛数落着。

"哼，你哪里是为我好，你是为你自己好，为你自己将来能当上圣人！今日若不是我为心儿求情，心儿恐怕就被那老太婆整治死了，这也是你盼着的结果吧！"赵光义冷笑道。

"放心吧，她死不了，她是属猫的，命硬着呢！"符蓉不屑地翻着白眼说，"你以为皇上会舍得杀她吗？皇上就是拼了命也会保住她的！今日能免了她封妃就够让皇上窝心的了，这不正给了你追求她的好机会吗？你还是偷着乐去吧，还向我发什么邪火？"

赵光义没话说了，坐在一旁的红木玫瑰椅上运气。

符蓉睨了他一眼，道："我劝你对那贱婢的心思还是收一收吧，只要有皇上在，她就不会是你赵光义的女人！你还是多想想日后如何登上大宝的事吧。太后的遗言皇上那里至今提也不提,看来是不准备兑现了,即便是兑现,也不知猴年马月呢!太后说的可是'兄终弟及',你皇兄身体那么好,要真活上个一百年,还能有你什么戏?"

这话说得赵光义心中一动,暗想,她说得没错,只要有皇兄在,心儿就不可能是自己的。还有那所谓的'兄终弟及',他身体那么硬朗,说不定活得比我还长久呢,若是我死在皇兄前面,还能有我什么戏唱?看来是要好好思谋一下如何谋得皇位的事了!等是等不来的,只有主动出击才有希望!开封府尹,有权有势还有银子可捞,我应该抓紧机会笼络人心才是。还有这符蓉也不可得罪,她有一个位高权重的爹和哥哥可以倚仗,我以后还要靠着他们帮我完成大业呢!

想到此处,赵光义转怒为喜,换作一张笑脸对符蓉道:"好啦好啦夫人,今日就算我不对,我不应该动手打你,其实打了你我也心疼呢!要不,你打我吧,来,来,来,你打我打我!"赵光义捉住她的手向自己脸颊上拍着。

"哼,谁稀罕打你,打你我手还疼呢!"符蓉嗔怪地笑道。

赵光义猛地抱住符蓉,将她扑倒在红木雕花大床上……

几日后的晚上,慈宁宫中,心儿将一盏新沏的碧螺春恭恭敬敬端给杜姨妈,杜姨妈板着面孔,呷了一口茶,"呸"地吐了出来,茶水吐了心儿一脸,把心儿吓得一个激灵,忙问:"姨妈,您这是怎么了?这茶有问题吗?"

"这是什么破茶,味道怎么怪怪的,该不是你向茶里放了毒,想要毒死老身吧?"杜姨妈撇着嘴怒道。

"没有啊,您不信的话,我先饮几口。"说着,心儿将茶盏接过来,"咕咚、咕咚"饮了两口,又将茶盏送到杜杜姨妈面前。

杜姨妈伸手"啪"地一下将那茶盏打落在地板上,白瓷青花茶盏"哗啦"一声碎掉了。杜姨妈指着心儿怒冲冲道:"你个贱婢喝过的茶也要给老身喝吗?你就是这样侍奉我的吗?"

心儿咬牙忍耐着,福了福身道:"杜姨妈息怒,要不奴婢再给您重新倒一杯茶吧!"说着,转身欲走。

"回来！"杜姨妈高声喊道，"谁让你走了？这么快就想溜，真是个小滑头！是想赶着同皇上私会去吗？告诉你，别兴这心思！晚上你就跪在内室门外值守吧，到天亮再走！"

"可是，我已经值守整整一个白天了，晚上不该我当值的啊！"心儿小声抗议道。

"怎么，你竟敢与老身顶嘴，是想让我掌你的嘴吗？"杜姨妈厉声厉色道。

心儿忙低下头恭顺道："奴婢不敢，奴婢遵命就是。"

"哼！"杜姨妈冷哼一声，伸手提起心儿的下颌，瞪着她那双漂亮的大眼睛道："啧啧啧，真是张狐狸精的脸，你就是靠着这张脸把皇上迷住的吧？"

一旁观望的韩芝华笑吟吟走上前来，也伸出一根手指轻轻摸着心儿光滑如玉的面颊，笑道："可不是吗？这张脸长得真是精致啊，连女人见了也禁不住想摸一摸、亲一亲呢！"

心儿浑身起了鸡皮疙瘩，瞪大眼睛看着这怪里怪气的母女俩。

韩芝华说着，目光落到了心儿头上插着的玉兰花银簪上，便将那银簪轻轻拔下，用那簪子尖点着心儿的面颊，阴暗笑道："这簪子还挺漂亮，是皇上送你的吧？"

"不，不是，是太后赏我的，娘娘若是喜欢，尽管拿去便是。"

"呵，你倒是大方。"韩芝华用簪子点着心儿的脸，诡异笑道，"可本宫并不稀罕这个，本宫稀罕的是你这张脸，真是天姿国色、倾国倾城啊！我若是将你这花容月貌毁了，你说，皇上他还会喜欢你吗？"

天哪，她的行为同说话时的阴险表情竟同她的姐姐一模一样！心儿绝望地闭上眼睛，心里一片黑暗。

"哈哈，看把你给吓的！跟你开个玩笑罢了，本宫怎么会那般狠心呢！芝华我是个心软的女子，不会害人的！母亲，你放了她吧，她可是皇上的心上人，若是在皇上面前告咱们一状的话，咱们娘俩在这宫里可就待不下去了，还是对这美人儿客气点儿吧！"

姨妈冷哼一声，松了手。心儿也松了口气，睁开眼睛。

芝华将那银簪重新插到心儿发髻上，又注意到心儿脖颈上挂着一块新月形的玉玦，便将那玉玦拿在手中把玩着，只见这块玉光滑细腻如同美人的肌肤，泛着莹莹光泽，便笑道："这块玉倒是不错，舍得送我吗？"

心儿心中一阵紧张，忙道："娘娘，这个不行，这是皇上赏给奴婢的，要奴婢天天戴在身上，奴婢不敢将它送与旁人。"

"哦！原来这才是你与皇上的定情物，果然是个好物件！"芝华把玩着那块美玉，有些爱不释手。

"把手放开！"突然之间，门外响起一个男子洪亮的声音，几个人转头向门口看去，竟是皇帝来了！

韩芝华慌忙放了手，"扑通"一声跪倒在地，心儿也跟着跪下。

韩芝华战兢道："不知皇帝突然驾到，有失远迎，请皇上恕罪。"

皇帝冲她摆摆手，道："起来吧！"又冲心儿温和道："心儿，你也起来。"韩芝华与心儿都站起身来，立于一旁。

皇帝冲杜姨妈笑笑，拱拱手道："姨妈您还好吧？匡胤给您请安来了。"

杜姨妈略一点头，道："谢皇上还惦记着老身，皇上请坐吧！"

皇帝在红木梳背椅上坐下，眼睛关切望着心儿，道："姨妈，这几日心儿侍奉您和芝华可还周到吗？若有不周之处，请多包涵。心儿是太后宠爱的婢女，一向将她如女儿一般疼爱着的，若是有哪个敢欺她伤她，太后一向是不依的。如今太后不在了，心儿若受半点儿委屈，朕定不饶他！"说完，将两道凌厉的目光射向韩芝华。

吓得韩芝华一个激灵，忙拉住心儿的手讪讪笑道："皇上说得是！心儿是个心灵手巧的，又比我大上几岁，我这几日一直拿她当姐姐一般敬着呢，哪里敢让她受委屈。皇上放心吧，心儿在这里待着，一定会舒舒服服的，不会比待在您身边差的。"

皇帝颔首道："这便好。"又转头对杜姨妈道："心儿身子曾受过伤，熬不得夜，姨妈就别让她值夜了，慈宁宫里还有好几个婢女，你就让她们轮流值夜吧！"

杜姨妈心中恨得直痒痒，却也只能微笑道："好好好，就依皇上之言，不让心儿值夜，也不让她做重活，只在白天来这里做点儿轻省活吧！"

皇帝又对心儿道："心儿，你在这里若是受了什么委屈，尽管同朕讲，朕定会为你讨个公平！"

心儿俯身道："谢陛下关照。请陛下放心，这几日姨妈和韩妃娘娘对心儿都挺好的，不会让心儿受委屈的。"

"嗯，你要知道害人之心不可有，防人之心更不可无，心儿，你一定要当心些。"皇帝关切看着心儿道。

心儿也以切切的目光看着皇上，微微一笑道："是，陛下，心儿也请陛下小心些，各方面照顾好自己。"

韩芝华在一旁看得心中醋海翻腾，原以为皇帝是来看自己的，没想到竟是来给心儿撑腰来了，这明明是在警告敲打她和母亲呢，好像她心儿才是尊贵娇宠的娘娘，她韩芝华倒是个无足轻重的婢女。

皇帝又叮嘱了心儿几句，便起身告辞。

杜姨妈道："怎么皇上就要走了吗？要不留下过夜吧，既然芝华已被封为贤妃，皇上也应该同她圆个房吧！"

皇帝冷冷道："她尚未经过封妃仪式，谈不上圆房，朕还有许多折子要看，告辞了。"说完起身便走，又转头对心儿道："心儿，你来送送朕。"

心儿应声跟了出去。

杜姨妈追着皇帝道："那封妃仪式何时举行？"

皇帝头也不回地道："此事全权由皇后做主。"

说罢，便迈出门去，不见踪影。

韩芝华泄气地坐到椅子上，气呼呼道："敢情他是来这里关心心儿来了，竟连个好脸也不给我一个！真是气死我了！"

杜姨妈也气得够呛，只得安慰女儿道："华儿，别生气，咱们从长计议，等你正式封了妃就好了，明天我就找皇后商议去。"

心儿随着皇帝出了慈宁宫，在宫门口站住，对皇帝道："皇上，心儿就送到这里了，皇上慢走。"

皇帝却道："心儿，你随我来，我有话要同你讲。"

心儿有些为难道："皇上，如今我是杜姨妈宫里的婢女，再私下与皇上相会，若是让杜姨妈知道了，恐怕又要说皇上的不是，也让她们抓住心儿把柄，怪罪于我，所以，心儿还是不去了，我们就再忍耐两年吧！"

皇帝略一思忖，叹息一声，一把抓住她的胳膊，将她拽到影壁墙后的僻静处，展开双臂将她紧紧抱住，一边在她耳畔说着："心儿，对不起，又让你为难了！我也没想到会突然冒出这么个情况，姨妈她……唉！"

心儿抬起头来，目光淡定地看着他，道："皇上莫再说了，心儿明白的，她是长辈，皇上拿她没办法，不过是两年心儿就自由了，到那时才真的是云开月明时，这大概是上天安排好的，皇上就再忍忍吧！"

皇帝深深看着她，眼中缓缓冒出清澈泪光，喃喃道："心儿，眼睁睁看你受苦，我却没办法将你救出，我这个皇帝真是没用，连自己心爱的女人也保护不了，不如我不当这个皇帝，同你私奔算了，找一个山清水秀的地方过清静自由的日子去！"

心儿笑了，道："皇上怎么说起傻话来了，全天下的百姓还要靠着皇上过好日子呢，你怎么可以甩手不干呢？若真如此，心儿的罪可就大了！皇上放心吧，她们不敢把我怎么样的，别忘了，心儿是属猫的，九条命，杀不死的！"

皇帝也笑了，点了点她的鼻尖道："调皮！"又正色道，"心儿你一定要小心些，姨妈和芝华都不是省油的灯，指不定耍什么手段来报复你，若是有什么风吹草动，你一定要告诉我，让我来收拾她们！"

心儿笑道："心儿知道了，此处不是久留之地，皇上快回去吧！"

皇帝只是恋恋不舍地抱着她，深情注视着她美丽晶莹的大眼睛……

皇帝刚走，赵光义又来给杜姨妈请安来了。见心儿未在，便问芝华道："怎么，心儿没在这里吗？"

芝华没好气地道："又来一个明着给姨妈请安，实为看美人儿的，光义表哥该不会也喜欢那贱婢吧？告诉你，刚才皇上来把她给叫走了，还没回来呢！"

"哦？皇上来过了？说什么了？"赵光义道。

"还能说什么，来警告母亲和我要对心儿好，不能为难她呗！"芝华撇撇嘴道。

赵光义笑道:"你们是不能为难心儿,她可是皇上的心尖子,你们为难心儿就等于为难皇上,可没有好果子吃。"

杜姨妈气呼呼道:"呦,又来一个威胁老身的!你们哥俩儿到底是怎么回事,居然被同一个狐狸精给迷得神魂颠倒!那贱婢怎么就这么重要,为了她皇上难道六亲不认了吗?我还真不信了,她会为一个贱婢杀了老身不成?"

赵光义乐呵呵道:"姨妈息怒,不瞒您说,若是这心儿真有了闪失,别说皇上不会放过您,我赵光义也会——"

"你会怎样?"姨妈瞪起眼睛叫板道。

"我会——到时姨妈恐怕就会去地下陪太后去了。"赵光义沉下脸道。

"你……"姨妈险些气歪鼻子,指着他说不出话来。

芝华阴险笑道:"呦,敢情光义表哥对那心儿如此上心呢,这事皇上知道吗?你们哥俩若是为一个女人相争起来,这皇宫里可就热闹了!要不,我跟皇上说说去,让他放手相让,成全了心儿跟光义表哥如何?"

"不许胡说!"赵光义脸色有些变,上前紧紧抓住芝华的胳膊,两只眼睛凶光闪闪地看着她道,"若再胡说八道,我就让你在这皇宫之中消失,你信不信?"

芝华感觉胳膊快被他捏断了,又见他目露凶光,心里真的害怕了,皱起眉毛道:"表哥,快放开我,我同你说着玩的,莫当真嘛!"

赵光义这才放开她,换了一副笑脸,轻轻捏住她的下巴,道:"你啊,还是别总想着吃飞醋了,想办法减减肥吧,我皇兄可不喜欢杨贵妃啊!"

"谁杨贵妃了,我胖吗?娘亲,你说我胖吗?"韩芝华不屑地翻着眼睛白着他道。

"华儿,你休听你表哥胡说,我女儿不胖不瘦,恰到好处,是天下第一美人!"杜姨妈扬起下巴自信满满地道。

赵光义哈哈大笑起来,拍拍芝华胖乎乎的脸颊道:"不错不错,手感蛮好的,还真是个美人儿!要不,你跟了我吧,我将来能让你当上贵妃!"

芝华啪地将他的手打掉,嗔道:"死表哥,你怎么竟调戏起表妹来了!

你不是钟情心儿那贱婢吗,说不定她正和皇上亲热着呢,你怎么不去把她抢过来同她亲热啊!有本事你去调戏皇上的女人啊,尿了吧你!"芝华也开心地大笑起来。气得赵光义在一旁直瞪眼。

三个月后,杜姨妈与芝华终于盼来了封妃大典。

本来皇帝主张封妃仪式尽量从简,可杜姨妈三番五次找皇后苦求,说芝华还是个黄花大姑娘,她姐姐又死得不明不白,说什么这封妃仪式也要搞得像样一些。皇后无奈,只得答应了,命内务府花心思和银两准备了一番。

这日上午,庆寿殿里一片忙碌。宫女和太监们捧着大典上专用的物品来往穿梭着,殿前的石道上,铺着长长的大红色绣鸳鸯牡丹的厚地毯,吹鼓手吹奏着喜气洋洋的乐曲。

典礼由司宫仪高声宣布开始后,只见身着大红色盛装的贤妃娘娘由两名宫女搀扶着缓缓走上红毯,她梳着如意高髻,鬓边是孔雀开屏金步摇,镶着精致玉珠串,长长垂下至耳畔,随着步子摇摇晃晃,在碎金般的日光下烁烁闪闪,放射着璀璨光华。云锦广袖双丝鸾裙摆长长拖至地面,织金刺绣妆花的霞帔上垂下华丽流苏,腰间系金红色绶带,又在双臂缠上银红半透明的镜花绫纱巾,真是雍容华贵、美艳无比,如同杨贵妃再世一般。

皇帝同皇后身着盛装肃然坐于殿前。众人的目光都盯着徐徐走来的美艳新妃,唯有皇帝只呆呆看着妃子身边的那名身着淡粉色纱裙的宫女,她正是心儿。

本来心儿是不想陪着韩妃走红毯的,这样的场合她当然心里会发堵,就在三个月前,皇上和皇后还亲口对她许下诺言,要将她封为贵妃,可如今封妃大典的主角却变作别人,她仍是一个侍奉妃子的婢女,还要将那女人亲自送至自己心爱的男人手上,真是一件极难堪的事,让她情何以堪!可小韩妃却偏偏要心儿做她的"绿叶",她就是要让心儿亲眼看着自己登上贤妃的高位,就是要让心儿明白无论皇帝如何宠爱她,她都不过是个侍奉主子的奴婢!

心儿低首垂目,陪着韩妃向着皇帝徐徐走近,来至皇帝跟前,同着韩妃慢慢跪下。皇帝的目光直愣愣看着心儿,一颗心别扭得如同被一只手狠狠绞拧着,恨不能冲上前去,将心儿拽起来不管不顾地逃走……他紧紧盯住心儿,心儿却只顾咬紧牙关,低首垂目忍耐着,心里也是异常别扭,如同被钝刀割肉般地疼。只听皇帝似乎发出一声叹息,心儿猛地一抬头,与皇帝目光相对,四只眼睛里是同样的哀伤无奈,心儿的一颗心陡然揪紧,慌忙低下头去……

皇帝的脑袋里轰地一响,然后耳边就茫茫然一片,听不清周围在说些什么,朦胧中似乎听司宫仪在念四六骈文的贺词,册封礼正副史颁发受封金册等,最后,只听皇后严肃地朗声道:"贤妃韩氏,得天所授,承兆内闱,望今后修德自持,和睦宫闱,勤谨奉上,绵延后嗣……"

韩妃低头郑重拜了三拜,恭顺答道:"承教于皇后,不胜欣喜,谢皇后恩典。"

心儿再次抬头看向皇帝,皇帝仍痴痴呆呆看着她,一双星眸之中似乎满是哀伤,她的心又是一揪,低下头来,目中涌上盈盈泪水……

晚上,按照宫廷惯例,皇帝应该来慈宁宫使新妃始承恩泽,然而韩妃盛装端坐着眼巴巴等到入夜时分,皇帝却没有前来。韩妃失望羞恼得哭泣起来。

杜姨妈也是心急如焚,见女儿哭起来,很是心疼,抓住心儿命令道:"你,去将皇上叫来!速去,半个时辰后若皇上不来,我就……"她看了一眼旁边的露儿,咬牙道,"我就打死她!"

杜姨妈揪过露儿,举手便要打。心儿忙道:"住手!我去叫皇上,你莫打露儿!"

"快去——"姨妈跺脚狂喊一声,又厉声命令一旁的倩儿道,"倩儿,你随她一起去,无论如何要将皇上叫来!"

倩儿答应一声,便匆匆迈开莲步随着心儿赶往勤政殿。

皇帝正在勤政殿埋头看折子,有内监来报,心儿同倩儿求见皇上。皇上心中一阵惊喜,忙道:"让心儿进来。"

须臾,心儿进来,皇帝起身迎上前去,握住心儿双手,笑道:"心儿,你怎么来了?"

心儿将自己的手抽出,正色道:"我是奉了杜姨妈的命请皇上过去的,小韩妃那里又哭又闹地盼着皇上去呢！按理说，今晚皇上是应该去陪新妃的，皇上还是跟我去吧！"

皇帝敛起笑容，微皱眉头道："我不去！早就跟她说过，成为妃子只能独守空房，姨妈和她都是答应了的，如今这样闹没有道理！心儿，不必理她们，你留下来陪我吧！"说完，又一次将她的手紧紧握住，看着她的眼睛诚恳道，"心儿，我真的很想你很想你，我只想和你在一起，今夜你就留下来吧！"

心儿再次将手抽出，向后退了半步，为难地摇摇头："皇上，真的不行，倩儿还在外面等着呢！杜姨妈说了，若是半个时辰后不能叫你过去，她就将露儿打死。"

"她敢！真是岂有此理！"皇帝面上浮起怒意，提高声音冲门外道："让倩儿进来！"

须臾，倩儿进来，拜见皇帝。

皇帝皱眉对倩儿道："你去回禀姨妈，就说是朕的旨意，朕今晚要在勤政殿看奏折，心儿留下来帮朕整理折子。告诉她不许因此责打奴婢，否则的话，抗旨论处！"

"是，倩儿遵命。"倩儿起身回去了。

"这样不好吧，皇上，杜姨妈她不会善罢甘休的。"心儿担忧地说。

"心儿，不必害怕，有朕呢！"皇帝将她按到红木雕花椅上坐下，又冲门外道："王继恩，你让琉璃沏壶新茶过来。"

不大一会儿，琉璃便端着一壶茶进来，笑吟吟看了心儿一眼，斟了两盏茶给皇帝和心儿，又迈着莲步出去了。

皇帝在她对面的龙椅上坐下，看了一眼心儿道："心儿，先喝口茶吧，你同我说说话，我们好久没在一起聊聊了，我这心里一直发堵，只有见了你才会舒心些。"

心儿坐正身体，勉强浅笑道："好吧，皇上想同我说什么呢？心儿恭听就是。"

皇帝将黑釉茶盏端起，呷了一口茶水，道："这阵子我一直在想一个问题，什么叫作孝敬，是否对长辈唯命是从便是孝敬，若是不听从便是不孝？心儿，你怎么看?"

心儿也呷了一口香茶,道:"既然皇上问起,心儿便将自己的想法坦白相告吧!这个问题我也同赵光义大人说起过,孝敬一词在心儿这里有异于寻常的解释。"

"哦?愿闻其详。"皇帝感兴趣地说。

"心儿认为的孝敬是指对长辈要尊重敬爱,但并非一味顺从。长辈有长辈的局限和缺点,晚辈对长辈的话对的要听,错的可以不必听从,这并非不孝,而是更合于大道。"

"这说法的确新鲜,说下去。"皇帝专注地看着她的眼睛。

心儿侃侃而谈:"我在紫云观修道时,曾听师父常说一句话,天下大道,法乎自然,这自然既指宇宙运行规律,也指人性,凡是符合人性的,便是大道,凡不符合人性的,便不合于道。当然这人性是指人性中美好的一面,恶的一面应该抑制。长辈的话若是不合于道,便不必听,应该按照合于道的做法来行事,这样才是真的孝敬。若是一味听从长辈,因循守旧,而没有自己的主张,那便不会有创新和进步,若是人人都如此愚孝的话,历史如何发展,正义如何伸张,大道如何践行?"

"好,说得很是有理!"皇帝拍手笑道,"你这一席话将朕多日的心结解开了,你说得对,所谓孝敬,是首先要敬天,合于天道的,才值得顺从,若是不合天道,违反天地良心,那就不必听从,这不是不孝,乃是大孝。心儿,你真的是个极智慧的女子,总是能一言击中我心头郁结,看来,朕身边是不能缺少你这朵解语花了。"

皇帝笑望着她,伸手将她的手拉住,再一用力将她拉至身边,让她坐在自己膝头上,伸出双臂将她紧紧抱入怀中。

他深情地注视着她的眼睛,这双眼睛实在太美太美了,如同桃花瓣含着两汪盈盈春水,波光流转,灵气满满,就如美酒一般让他沉醉不已。他向她温暖笑着,俯下身去,亲吻着她的樱唇……

这般热烈的亲吻,总是让她无法抵抗,身不由己。她的身子渐渐变得柔软起来,如同甘美的浆果,任他尽情爱抚着、亲吻着、吸吮着……

两个人正在忘情地柔情蜜意着，突然，大殿的门"砰"的一声打开了，只见杜姨妈气呼呼站在门口。王继恩慌里慌张追到她身后，冲皇上躬身道："皇上恕罪，奴才不让她进来惊动圣驾，可杜姨妈她非要闯进来不可，皇上恕罪，皇上恕罪！"

心儿急忙从龙椅上下来，绯红着脸颊低头站在一旁。

皇帝龙颜大怒，道："姨妈，你这是做什么，不知道擅闯圣殿是大罪吗？"

杜姨妈上前几步，怒冲冲对皇帝道："皇上，你尽管将老身治罪好了，可老身前来请你也是没法子的事，芝华刚才闹着要抹脖子，是老身苦苦相劝才使她把刀放下的。老身的大女儿已经殁了，小女儿若是再死了，你让老身怎么活下去？"

皇帝一怔："发生了什么事，芝华竟要自尽？"

姨妈抹着眼泪，上前给皇帝跪下，哭着道："皇上，芝华对你痴爱已久，好容易盼来她的大喜之日，皇帝却对她不管不顾，与别的女人厮混在一起，芝华她能不伤心欲绝吗？老身求求你，你就去略略安抚一下她吧，今晚是你们的洞房花烛夜，你不能弃她于不顾啊皇上……"杜姨妈哭得一把鼻涕一把眼泪，甚是可怜。

皇帝烦恼得眉心蹙成一个疙瘩，看了看一旁的心儿，面露为难之色。

心儿忙跪下道："皇上，您就去看看贤妃娘娘吧，想来她也的确可怜。"

皇帝叹了口气，道："好吧，姨妈，你起来吧，朕随你去就是。"

杜姨妈这才站起来，用帕子擦着眼泪。心儿上前搀扶她，道："走吧，杜姨妈，皇上已经答应了。"

杜姨妈万分憎恨地剜了心儿一眼，恨不能将她那张脸剜个稀烂……

皇帝终于还是来至慈宁宫中，进了韩妃娘娘的房间。

小韩妃正有气无力地歪在贵妃榻上等待着，见皇帝进来，心中一阵惊喜，忽地坐起，道："皇上，您来了！"

皇帝略一点头，道："你好些没有？大半夜的闹什么？还不快快歇下！"

小韩妃低头羞赧一笑，柔声道："臣妾一直盼着皇上能来与我共度良宵，因此不敢独自歇下，终于把皇上盼来了，让臣妾为您宽衣吧！"

皇帝冷冷道："不必了，朕和衣睡一会儿便可。"说完，便躺到床榻一侧，背对着她，闭目睡去。

小韩妃只好在他身侧躺下，不甘心地瞪着眼睛看着他冷冰冰的后背，用手轻轻拍拍他的肩膀，皇帝厌烦地闭着眼睛道："朕累了，快睡吧！"

小韩妃一脸悻悻地望向红绡罗帐，独自气呼呼吐着气……

外室里，杜姨妈一把揪住心儿的胳膊，将她揪至内室门口，低低而狠狠地说一声："跪下！"

心儿只好跪在内室门前。

杜姨妈在她耳边咬牙切齿道："你不是见缝插针地勾引皇上吗，你就在这里跪一夜听着皇上怎么宠爱我女儿吧！不许起来，否则，我就打死露儿！"

说着，将一旁的露儿拽至自己房间，对着心儿呸了一口，自己休息去了。

心儿没办法，她不敢在这个时候打扰皇上，更担心露儿真的被毒打，便只好一动不动地跪在内室门前。

整整跪了一夜，腿都跪麻了，又乏又困，差一点儿晕倒过去。

五更时分，皇帝起床，想着还要去准备早朝，便走出房间，险些撞上什么东西，低头一看，竟见门口昏暗的光线中跪着一个人！吓了一跳，问道："谁？"

心儿抬起头来，低声道："是我，心儿。"

"心儿？你，你怎么……怎么跪在这里？"皇帝大惊道。

"杜姨妈要我跪在这里值夜。"心儿低声道。

"她竟让你在这里跪了一夜？真是岂有此理！"皇帝勃然大怒，伸手去拉心儿，"心儿，快起来！"

心儿的双腿已失去知觉，勉强站起来，却站不住，腿软软的，身子晃晃向一旁歪去。皇帝急忙抱住她，将她抱到房间里的软椅上让她先揉一揉腿，然后提高声音盛怒道："是谁让心儿跪了一夜的？是活腻了吗？"

"是我！"另一侧内室的门开了，杜姨妈板着面孔走出来。

皇帝沉下脸道："朕不是说过不许让心儿值夜的吗？你也答应了，为何又让她跪在门口整整一夜？你如此抗旨不遵，休怪朕不客气了！"

杜姨妈毫不示弱地瞪着皇帝，厉声问道："不客气，你要怎样？"

"来人！"皇帝大喊一声，须臾，两名侍卫应声而入。

皇帝指着杜姨妈道："即刻将她送出宫去，送至洛阳老家，没有朕的允许，不许她再踏入皇宫半步！"

杜姨妈的脸陡地绿了，指着皇帝道："你……你竟敢将老身轰出宫去，你忘了我是你姨妈了吗？你忘了小时候我是如何疼你照顾你了吗？我是你长辈，你眼里还有没有'孝敬'二字？"

皇帝正色道："正因为你是朕的长辈，朕才没有严厉责罚于你，否则，抗旨不遵便是死罪，姨妈难道不知道吗？"

杜姨妈气得浑身哆嗦，指着他道："好好好，好你个大宋天子，你长大当了皇帝便六亲不认，你不怕我到外面宣扬你的事迹吗？难道你想落一个不孝的恶名吗？"

皇帝冷笑一声，道："何为孝敬？何为不孝？我赵匡胤身为天子，首先要对上天孝敬，做事要合于大道，若是长辈明明错了我还对她一味顺从包庇，那才是真正的不孝！再说你女儿还在朕手上，若是姨妈胆敢在外面胡言乱语诽谤朕，朕就要你女儿好看！"

"你……"杜姨妈气得说不出话来，鼻血都要流出来了。

小韩妃在内室听到动静，急忙出来，见母亲气得要发疯，皇帝也面色铁青，忙上前跪下，替母亲求情道："皇上，母亲的确做了错事，回头我劝她别再犯错就是，您看在臣妾的面子上就饶过她吧，母亲年纪大了，她就我这么一个女儿，身边无人侍奉怎么行？您就让她留在宫中养老吧，皇上——"说着，"砰、砰、砰"叩首不已。

皇帝似乎下定了决心，口气坚决道："芝华你不必为她求情，她作为长辈却心存不善，虐待宫女，兴风作浪，不可再留在宫中。芝华你放心，她的生活费用我会让人给她送去，定会让她安度晚年。"又对杜姨妈道："给你一个时辰收拾行李，然后速速出宫，不得有误！"又转头向小韩妃："以后，这宫中再有人虐待伤害婢女，朕定严惩不贷！"说罢，袍袖一甩，冷哼一声，扬长而去。

杜姨妈没有办法，只好哭哭啼啼地收拾东西，随着侍卫离宫回老家去了。

露儿将心儿扶到寝房，让她躺下，开心笑道："这下好了，狠毒的杜姨妈终于出宫了，没了杜姨妈韩妃等于折了翅膀，轻易不会再欺负姐姐了。"

心儿淡淡一笑道："但愿吧，我真的不想再这样斗来斗去，太累了。"说完，疲惫地闭上眼睛，睡着了。

杜姨妈走后，宫里果然清静了许多。韩妃也不敢再欺负心儿，对心儿客气了许多，心儿算是过了一段平和安稳的日子。

不过，这样的日子并未持续多久，小韩妃毕竟不是一盏省油的灯，不得到皇帝的恩宠，不将心儿除掉，她是不会善罢甘休的！

晴朗海月 著

冕后无皇

花山文艺出版社
河北·石家庄

# 第二十二章

## 害人害己

　　皇帝日理万机，政务繁忙，也实在不愿意面对小韩妃，所以很少到慈宁宫里来，偶尔来了也是对她淡淡地点个头，然后同心儿说一阵子话便走。

　　心儿也很检点，尽量避免同皇帝单独相处，以免刺激到小韩妃，让她再对自己生出嫉恨之心。因此，每次见到皇帝前来，都是礼数周全而又态度冷淡，有时候皇帝的话还未说尽，她便找借口去忙别的，把皇帝晾在一旁。皇帝不免有些尴尬和失落，但他也懂得心儿的心思，她是在人前故意和他保持低调，以避免引发敌意，所以他也并不怪她，只是来慈宁宫的次数越来越少。

　　赵光义来看心儿的次数也比以前少多了，他亦是公务繁多，从早到晚忙着开封府上的事情，争取建功立业，得到皇帝更多的青睐和重用，同时加紧修建豪华府邸，以便早日过上与王公贵胄相匹配的奢华生活。

　　心儿在心里暗自庆幸，以为终于摆脱了赵光义那个魔鬼，希望永远不要再见到他，最好他把自己忘光才好。

　　小韩妃却是常常心内熬煎。每日眼巴巴地盼着皇帝前来，终于盼来了，绽出满脸甜腻的笑容殷勤地接待他，可他对自己却只肯淡淡地点个头，然后再也不肯多看她哪怕一眼。皇帝的兴趣和关注点显然都集中到心儿一个人身上，仿佛心儿才是慈宁宫里真正的主子，而她这位名正言顺的贤妃娘娘只是个可有可无的影子！

皇帝每来一次，她便失落一次，心里对心儿的恨意便增加一层。这恨意在心底越积越多，如同滔滔黑水一般翻滚着，日日夜夜折磨着她。可她又实在没有办法，既不能让心儿那贱婢消失，又不能把皇帝的目光吸引到自己身上。这可如何是好？她想起赵光义的话，想着也许皇上是真的只喜欢像心儿那种清瘦窈窕型的吧，索性下定了决心减肥。

就这样，她开始节食。把大鱼大肉都戒了，每餐只吃一点点素食，还偷偷察看心儿每日都吃些什么，并问她有没有可以快速瘦身的丹药。心儿说没有，还劝她说减肥需要慢慢来，不可太迅猛，否则会伤着身子。她却不听，四处打听有没有一种神奇的减肥药，吃了可以立刻变成赵飞燕的。表嫂符蓉便当真给她推荐了一种药物，说是此药瘦身效果明显，但副作用亦很大。她不管不顾地吃了，结果肚子剧烈疼痛起来，连着腹泻了三日，身子倒是当真清瘦了些。于是，她便坚持将这药服用下去，两个月后，终于变成一个体态清瘦的小美人，只是，人也虚弱地爬不起床来了。脸色都绿了，嘴唇也发青，两只眼睛大而无神，细长的脖颈抬不起来，整个人仿佛虚脱了一般有气无力地歪在靠枕上。

皇帝见了突然消瘦憔悴的小韩妃吓了一跳，忙问："芝华，你这是怎么了，是病了吗？"

小韩妃有气无力地笑笑，道："没有，皇上，臣妾没病，臣妾是不是变美了呀？"

皇帝心里说：什么变美了，分明是变成鬼了！便沉下脸问心儿这是怎么一回事。

心儿道："娘娘是为了瘦身，乱吃了丹药，这才把身子伤着了。"

"好好的，吃这药做什么？"皇帝莫名其妙问道。

"当然是为了取悦皇上您了，臣妾想着，您那么喜欢心儿，一定是喜欢像她那样清瘦的女子，所以，臣妾便下决心让自己瘦下来，这样，皇上就会喜欢我了。"小韩妃虚弱地说。

皇帝听了此话哀叹一声，一颗心软了下来，握住小韩妃冰凉的手道：

"你可真是胡闹,以后不要再减什么肥,好好地把身子养好!"

小韩妃第一次被皇帝如此关怀,兴奋的脸上现出两团潮红,含着眼泪说道:"皇上,臣妾只希望皇上能宠幸臣妾一次,让我真正做一回皇上的女人,就是死了也甘心了,可以吗皇上?"

心儿实在看不下去,转身走掉了。

皇帝对着小韩妃十分无奈地再次叹口气,道:"芝华,朕早就与你说过,做我的妃子只能是独守空房,你什么时候后悔了,朕可以随时放你出去,给你自由。你还是别再这样折磨自己了,如果觉得痛苦就走吧,朕不拦你!"

"不,芝华不走,芝华生是皇上的人,死是皇上的鬼!芝华已经是大宋的贤妃,怎么可以走呢!好吧,芝华不再让皇上为难了,只求皇上有空时来这里看看,能让芝华见见皇上的面,我就心满意足了!"说着,将皇帝的手紧紧捉住,贴到自己面颊上。

皇帝无奈地闭上眼睛,坐了片刻,便抽身离开了。

到了外室,对心儿道:"好好侍候她吃点儿东西吧,别再让她做傻事!"

心儿点点头。

皇帝走后,心儿到小厨房做了一碗小米南瓜甜粥送到小韩妃面前。小韩妃正在独自哭泣。心儿端着青瓷粥碗劝道:"娘娘,莫再哭了,吃点儿粥吧,否则身子会垮掉的,来,我喂你。"

小韩妃却忽一下坐了起来,将那粥碗劈手夺过来摔到地上,面目狰狞地嘶喊道:"为何?为何我变瘦了皇上他还是不喜欢我?为何……为何?究竟是为何?"

"娘娘……"心儿吓得心惊胆战地看着她,不知说什么好。

"都是你,都是你这只狐狸精害的!有你在这里,皇上的眼里就不会有别人!你给我滚!滚——你去死,去死,去死——"小韩妃终于声嘶力竭地爆发了,扑上来对着心儿发疯般地厮打起来。

露儿和晴儿听到动静忙奔了过来,将小韩妃紧紧拉住,按到床上,劝着她道:"娘娘,娘娘,您这是怎么了?您消消气,躺下静一静吧!"

心儿躲了出去，一个人在外室蹲下，委屈地掩面啜泣起来。

第二日小韩妃便恢复了正常，主动给心儿道了歉，说是昨日自己心情不好，没有控制好情绪，请她原谅，以后不会再那样发疯了。

心儿淡淡一笑，道："娘娘，心儿并未在意。您还是吃些东西让身子好起来吧，否则，人会受不了的。"

"好好好，我吃我吃。我也明白了，皇上是不是喜欢我同我胖瘦没有关系，如果我能变成你的样子兴许就好了。"小韩妃悻悻道。

心儿淡然一笑，道："不过是一副皮囊罢了，女人是不可能靠皮相长久吸引男人的，若要感情长久还是要看两人的缘分和内在修养。"

小韩妃迷茫地眨着眼睛，思忖了一下道："我与皇上的缘分自然是有的，老天已让我成了他的妃子。至于修养……心儿，你快告诉我，我该如何提高修养，是靠读书吗？"

心儿笑道："读书是一方面，还要看平时的为人处世。女子大美为心净，中美为修寂，小美为体貌。读书能来修心，心纯净了人自然会变美。"

"你说得太深奥了，本宫听不懂，你快告诉我，到底应该读些什么书？"小韩妃有些不耐烦道。

"娘娘可以读读《论语》《道德经》《诗经》之类的书，这些书都是极好的。"心儿道。

"那好，你去给本宫找来吧！"

心儿给小韩妃拿来了不少书。小韩妃翻了几页就看不下去了，她从小就不喜读书，只喜欢穿衣打扮之类，她母亲也常对她说"女子无才便是德"，认为女子只要模样好讨男人喜欢就可以了，所以她并不认识几个字，更读不下那些深奥难懂的经书。便把经书扔到一边，小声嘀咕道："什么破东西，完全看不懂。算了算了，提升修养也不一定非得读书，多向聪明人请教学习不就得了。"可是该请教谁呢？心儿吗，不行不行，她是个可恨的情敌，不可能真心教自己的，想来想去，还是求助符蓉吧，她那人脑子灵光，又心狠手辣的，多跟她在一起，自己也一定能学到东西的。

于是，小韩妃便时不常地邀请符蓉到她寝宫里坐坐聊聊，向她请教，符蓉也乐得教她，给她出一些主意，告诉她要学会"韬光养晦""从长计议""暗下毒手"等，小韩妃听得高兴，对符蓉也是越发信任起来。

这阵子，小韩妃比以前安静了许多，对心儿明显好了起来，还时不常地赏赐她一些衣服首饰，或是花露口脂之类的东西，心儿将这些东西要么扔掉，要么转赠给露儿或晴儿。她不能不对小韩妃保持着防范和警惕之心。

日子平淡而悠然地过着，很快到了秋高气爽的季节，御花园中的枫叶红了大片，在金色阳光下看上去灿烂耀眼，甚是惊艳。

德媖一个人坐在枫树下的石凳上，若有所思地歪着头眺望远方。

不远处草色微黄的草坪上，德昭、德婷还有魏咸信几个少年正在兴高采烈地放风筝。

魏咸信是当朝宰相魏仁浦的公子，比德媖大上两岁，也是太后在世时为德媖定下的未婚夫婿。

前些日子，为了促进德昭更好地读书，皇帝便令才学满腹的魏公子进宫做了皇子德昭的伴读。这样也是为了让德媖与魏咸信多些接触，好培养感情。德媖眼看就到了该出嫁的年龄，魏夫人已经派人向皇后提出让两个孩子成婚的请求，并送来了很多聘礼。皇后没有立刻答应，她知道对于这桩婚事，德媖一向是坚决不接受的，可又不好一口回绝魏夫人，再说是太后定下的亲事，实在是不好反悔，便同皇帝商量了一下，采取了缓和折中的方法，先让两个孩子接触一下，等彼此有了好感，德媖自己心甘情愿了，再谈婚论嫁也不迟。于是，魏公子便以皇子伴读的身份住进了福宁宫中。

自从太后薨逝后，德媖也搬回了福宁宫，每日同德昭、德婷还有魏咸信一起读书玩耍。对于魏咸信这位一表人才、学富五车的翩翩美少年，德媖却表现得冷若冰霜，视他为空气一般，并且尽量与之保持着距离，因为她心心念念只有一个男子，那就是韩珪。

韩珪自从逃婚失踪后，至今没有任何消息。德媖一想起他来便心内煎熬、莫名烦恼，前段时间太后祖母去世，没有顾得上他，这段时间闲下来，心里竟满满的都是他。眼前经常莫名其妙地浮现他的身影，恍恍惚惚看到他那张对自己总是冷冷淡淡却异常俊美的脸庞，那双清水般晶莹剔透的大眼睛，那清澈纯洁的温暖目光……韩珏，你在哪里呢，为什么还不回来，不知道人家一直在苦苦等你吗？

　　她来到他曾住过的房间，他枕过的枕头、盖过的被子、穿过的几件旧衣裳、用过的弓箭都还在，带着他身上淡淡的气息。一切物品都还安在，为何那人竟人间蒸发无影无踪了呢？不，他会回来的，一定会回来的！他的东西还在这里，他的老祖母还在宫中，他怎么可能舍得就这样一走了之？

　　这段时间，德媖曾多次去他老祖母那里看望过她，老婆婆身体越来越衰弱了，终日躺在榻上，日常生活由两名宫女照顾着，多数时候神志不清，无法与她正常交流。德媖将她扶起来，为她梳头，同她说几句话。老婆婆经常嘴里念叨着珏儿……珏儿的，想必是心中十分想念孙子。

　　德媖找借口几次出宫去寻找韩珏，在街上转来转去，汴京城里每条街都转遍了，还到京城内所有的武馆都打听了，却仍是没有他的任何消息。只好一次次失望地回来。又央求父皇派了一队禁军去四处寻找韩珏，仍是一无所获。

　　德媖失望至极，终日唉声叹气，心烦意乱，打不起精神来。

　　偏偏那魏公子对她十分热情，经常有事没事地追着她讨她欢心，快把她给烦死了。在她眼里，那魏公子同德昭、德婷一样，不过是个没长大的小屁孩，一天到晚就知道念书、蹴鞠、放风筝，真是幼稚极了，与成熟稳重、武艺高强又俊美如天神般的韩珏哥哥如何相比呢！

　　此时，魏公子正双手捧着一只大号公主风筝兴冲冲奔跑着来到德媖面前，清秀的脸庞上带着灿烂笑意，将风筝举到德媖面前，道："德媖，瞧我刚扎好的公主风筝，像不像你？"

　　德媖瞥了一眼那只风筝，只见那风筝的确有趣，照着她的样子，大大的双眼皮圆眼睛，弯弯的略带峰头的黛眉，樱桃红的小嘴巴，扎着双蟠髻，穿着绿罗裙，系着金飘带，十分灵动可爱。

德媖却撇撇嘴道："真难看，我有那么难看吗？"

魏公子不好意思地笑笑，挠了挠头，道："要不，我再给你重新做一只吧，你喜欢什么形状的风筝？蝴蝶、金鱼，还是飞鸟、爬虫？只要你说出来，我就能做出来！"

"我想要你做韩珪风筝，你做得出来吗？"德媖没好气地小声嘀咕道。

"什么龟风筝？是乌龟风筝吗？我会做的！"魏公子笑着说。

"什么乌龟风筝！去去去，一边玩儿去，本公主根本不喜欢风筝！"德媖皱起眉头不耐烦地挥挥手道。

"那你喜欢什么呀？"魏公子不急不恼地笑着说。

"我喜欢骑马射箭，你会吗？"德媖冷着小脸道。

"骑马射箭……这个我没有学过，我父亲要我向文官方向发展，说是打天下要靠武，治天下要靠文，这也是你父皇说的。"

"那你同我父皇玩去吧，本公主不陪你了！"德媖没好气地说，站起来扭头便走。

"哎，哎，德媖，你干什么去？我可以陪你骑马射箭，我们一起学好吗？"魏公子不甘心地看着她的倩影喊道。

"不用，你还是玩风筝去吧，我找心儿姑姑说话去！"德媖头也不回地走掉。

"信哥哥，信哥哥——"这时，不远处扎着双环髻、身着红罗裙的小德婷跑了过来，拉住魏公子的手嘻嘻笑着说："信哥哥，我好喜欢你做的小鸟风筝啊，我们一起去放风筝吧！"说着，用力拽着他向草坪中央跑去。魏公子一边随着德婷走着，一边恋恋不舍地看着德媖的背影……

挺长时间没同心儿姑姑好好说说话了，德媖知道，太后去世以后，心儿姑姑一直在马不停蹄地忙着，为太后操办丧事，照顾痛苦生病的父皇，后来又被父皇的姨妈和小韩妃控制在慈宁宫里，日子很不好过，所以德媖不敢再去打扰心儿姑姑。今日实在心烦得不行，才想着让心儿姑姑给出个主意。

德媖来到小韩妃的寝宫里，见心儿正在弯腰洒扫，小韩妃懒洋洋靠在贵妃椅上打哈欠。

德媖上前，清了清嗓子，对小韩妃浅浅行礼道："德媖见过贤妃娘娘。"

小韩妃见是大公主来了，忙坐正身子笑道："是媖儿来了呀！快坐快坐。"

德媖道："不坐了，我找心儿姑姑说点儿事，不知道韩娘娘可准许吗？"

小韩妃哪里敢得罪公主，忙点头道："准许准许！"又转头对心儿道，"心儿，既然公主有事找你，你便去吧！"

心儿向小韩妃道过谢，便冲德媖一笑，二人一前一后来至偏殿。

"媖儿，你怎么来了？好久没见你了，你还好吧？"心儿在偏殿的黄花梨长椅上坐下道。

德媖也在长椅的另一端坐下，苦着小脸说："好什么好！心儿姑姑，我快郁闷死了！"

心儿微微一怔："媖儿，你怎么了？为何郁闷，出什么事了吗？"

德媖垂头丧气道："还不是因为韩珏那个讨厌鬼！"

心儿有点明白了，笑道："哦，我们的大公主是不是因为韩公子害相思病了呀？"

德媖嗔怪地看了心儿一眼道："人家心里难受着呢，姑姑竟还拿人家开玩笑！哼，坏姑姑，不理你了！"说着，生气地别过身子，小嘴巴噘得像一朵石榴花。

"好啦，姑姑不同你玩笑了。"心儿微笑着说，"你找我来到底有什么事？和我要韩珏吗？我也不知道他在哪里啊！他真的没告诉过我，也没给过我任何消息。"

"姑姑，我不是不相信你。"德媖转过身子，十分认真地道，"我是想请姑姑帮我出个主意，怎么样才能找到他呢？我都去宫外找他好几次了,也求父皇派出禁军去寻找他了,可他却一直杳无音信。姑姑,你就替我想个办法吧!韩珪他必须回来,否则,你怎么同他解除婚约,和我父皇在一起呢?"

心儿心中微微一惊,点点头道:"你说得有点儿道理,韩珪是该回来了。让我想想。"说完便低头思忖起来。

须臾,心儿抬起头来道:"媖儿,韩珪的老祖母怎么样了,还好吗?"

德媖道:"她还算不错,我去看过她老人家几次,只是有些病病歪歪地躺在床上,嘴里直叫珪儿,想必是想念孙子了。"

心儿转了转眼睛,道:"有了。咱们就通过他祖母将他引出来吧!写一张寻人告示满大街贴出去,就说韩珪的老祖母病危,让他见告示后火速回宫。韩珪是个极孝敬的,见到这告示肯定会回来的。"

"好好好,这个主意不错!"德媖转忧为喜,拍手笑道。

并即刻拿来笔墨纸砚,将寻人告示写好:"韩珪,你老祖母病危,见告示后火速回宫。"想了想后面又加上一句,"太后已薨逝,恕你无罪。"落款人是:心儿、德媖。

二人一起动手,将告示复写了几百张。直忙到天黑,德媖叫来几名侍卫,吩咐他们出宫到京城街面上去张贴告示,每个显眼之处都贴上。

三天之后,韩珪果然现身了!

原来,韩珪自从得知心儿钟情的人是皇帝之后,便知道自己犯了大错,为了不使自己再错下去,他便于婚礼的前一天晚上悄悄离宫出走了。他沿着京城南下,四处游历,走了不少地方,路上见到不平之事,便拔剑相助,像个独行侠一般过了几个月。心里终是有些放不下,越来越思念起宫里的几个人——他的老祖母、心儿,还有那小丫头德媖、皇子德昭等。便返回了京城,又不敢贸然回宫,怕被太后治罪,便在京城一家客栈住了下来。白天到市郊野外去打猎,晚上回客栈,把猎物交给老板,卖些小钱维持生计。那天回客栈的路上,蓦然见到贴在城墙上的告示,得知了老祖母病危的消息,心中急切,便急急返回皇宫,奔向祖母住处,见祖母安好地躺在床上睡着，这才放下心来。

德媄终于盼到韩珏回来，惊喜得险些跳起来将他紧紧抱住，亏得心儿在一旁小声提醒她："矜持！矜持！"她这才收起一脸灿笑，佯装成生气的样子，瞪圆眼睛指着韩珏道："你还知道回来呀！我还以为你死在外面了呢！"

韩珏也假装生气道："哼，还不是被你骗回来的吗？我祖母好好的，你怎么说她病危呢，你知道我有多着急吗？"

德媄双手叉腰道："不这么说，你能回来吗？你跑什么呀，跑能解决问题吗？你一走了之，心儿姑姑怎么办，她要一直背着你未婚妻的名分不得解脱呢！"

"我……"韩珏没话说了，只得尴尬地挠着头，红着脸看着地面。

心儿笑笑，道："好啦好啦，人回来就好办了，德媄，你先让韩珏回住处歇歇吧，他刚回来，还累着呢！"

德媄小嘴一撇道："哼，他累什么累，一个大男人家！"又对呆立着的韩珏道："走吧，我帮你去收拾收拾你那狗窝去！"

韩珏回过神来，乖乖跟在德媄后面走了。

心儿冲着他俩的背影笑笑，也回慈宁宫去了。

第二日午后，德媄便约上心儿，押着韩珏到皇帝面前请罪。

韩珏跪下叩首道："罪臣韩珏见过陛下，韩珏为逃婚私自离宫，请陛下治罪。"

皇帝看到韩珏回来，心下暗喜，温和对韩珏道："太后安排的那桩婚姻的确有些不妥，你既然已经回来，又已知错，朕便恕你无罪，你还留在宫中做大内护卫吧！只是你与心儿的婚约，你打算如何处理？"

韩珏忙道："韩珏已写下一纸文书，同意与心儿解除婚约。"说罢，将文书呈给皇帝。

皇帝看罢文书，面露喜色，道："如此甚好，韩珏你的确是个明白人，朕不会亏待你的，你且下去吧！"

韩珏谢恩后出去了。德媖向皇帝说："父皇，没什么事的话孩儿也退下了。"皇帝冲她点点头。

德媖便飞奔出去，追着韩珏一起走出大殿。

殿内便只剩了皇帝同心儿。

皇帝含笑看着心儿，道："心儿，你自由了！"

心儿浅淡一笑道："离着自由还差几步，我现在还是慈宁宫中的奴婢呢！"

皇帝正色道："放心吧心儿，你不会一直是奴婢的，匡胤从未将你当作奴婢看待，若是你愿意，我即刻将你从慈宁宫调出，让你重回我身边，如何？"

心儿摇摇头："不，心儿不是那个意思，说好了两年便是两年，如果皇上强行将我调出的话，其他人会不服的，会私下里说皇上出尔反尔的。心儿不愿皇上授人以柄，情愿再忍耐些时日，这样别人就没任何话可说了。"

皇帝心中一阵感动，上前两步，握住她的手，道："心儿，你总是时时处处为我着想、维护我、替我分忧，真是委屈你了！我赵匡胤何德何能，今生能得到你这样好的红颜知己，我真是三生有幸！"

"皇上谦虚了，皇上才是顶天立地安抚天下的英雄人物，能得到皇上垂爱，才是心儿的三生幸事！"心儿甜甜笑着说。

"不许冲我这样笑，你这一笑，朕便受不了了！"皇帝俯下高大身躯，一把将她抱住，再一用力将她横着抱起，走入内室，将她轻轻放于龙床上。

"皇上——不要啊！小韩妃那里还等着我回去呢！让她知道了，不好！"心儿心慌意乱地说。

"管她呢！朕想怎样便怎样！"说罢，皇帝将紫绡幔帐放下，不管不顾地扑过来，热烈亲吻着她……

心儿如同被美酒醉倒一般，情不自禁地闭上眼睛，尽情享受着他狂潮巨浪般的亲吻和爱抚……

一直到黄昏时分，心儿才回到慈宁宫中见过韩妃娘娘。

韩妃的消息非常灵通，已经知道了韩珏回来以及与心儿解除婚约的事，心里一阵恐慌，看来皇帝同心儿之间的一大障碍已经解除，两年期限一到，他俩就可以名正言顺地在一起恩爱甜蜜了，到时候更没自己什么事了，自己还不得在这慈宁宫中望穿秋水独守空房到白头吗？真是悲剧啊！不行，我一定要想办法在两年之内弄死她，有她没我，有我没她，哼，咱们走着瞧吧！

"你干什么去了，混到现在才回来？你这两日频频告假，像什么样子？"小韩妃对着心儿一脸怒容地质问道。闻到她身上一股浓重的龙涎香味，这是皇帝身上特有的气息，小韩妃更是气得脸色煞白，瞪圆眼睛怒视着她，恨不能将她生吞活剥。

"我……"心儿有点心虚，低着头嗫嚅道，"公主找我有事，有些事情要帮她处理，所以耽搁了，请娘娘恕罪。"

"哼！少拿公主说事，你是去私会皇上了吧，一身的臊味，刚亲热完了回来吧！"小韩妃一边冷笑着说，一边伸出尖利的戴着金甲套的指甲，向着心儿的眼睛狠狠戳去，差点把她的眼睛戳瞎，痛得心儿一声尖叫，向后一躲，道："娘娘，你要虐待侍女吗？你难道忘了皇上的圣旨了吗？"

"休拿皇上吓唬我！我韩芝华从不虐待侍女，我只会宠爱你！"小韩妃咬着牙冲着心儿逼近过来，狠狠地命令道，"给我跪下！"

心儿只得跪下。小韩妃上前两步，猛地用一只手揪住心儿的头发，另一只手捏住心儿下巴，两只眼睛直勾勾瞪着她那张酒红色的樱桃小口，道："这小嘴真是诱人啊，本宫也好想尝一尝。"

说罢，俯下身子贴近心儿的脸，将她的樱唇吸住，张开牙齿对着她的嘴唇就是狠狠一口！痛得心儿大叫一声，嘴唇上的鲜血"哗"地流出。

小韩妃阴森森地笑着道："舒服吧，皇上也是这么宠爱你的吧？"

又扯住她的一绺头发，冷笑着道："这青丝真美，真迷人啊，待我拔下一点儿欣赏欣赏。"说罢，一用力，将心儿的一绺秀发拔下，痛得心儿又是一声惨叫，头皮处的鲜血忽地渗出。

小韩妃阴森森看着心儿，慢慢拿出手帕，擦着心儿嘴唇上的血迹道："很好，你的嘴唇很甜很软，青丝又长又美，怪不得皇上那么喜欢你，光义表哥也时常惦记着你。光义表哥还没有得手吧？哪天我把他叫过来，让他也尝尝你的味道如何？"说完，变态地哈哈大笑起来。

"疯子！"心儿瞪着她，心里暗暗骂着。

"今天的事不许告诉皇上，否则，我就真的把光义表哥叫来，到时候叫他们兄弟相残，搞得这皇宫不得安宁！"小韩妃恶狠狠对心儿道。

正说着，忽听门口有内监通报："皇上驾到——"

小韩妃吓得一个激灵，忙指指内室对心儿道："你躲进里面去，不许出声！"

心儿站起身，进了内室。

须臾，皇帝进来了，见房内只有小韩妃在，便问："怎么只你一人，她们呢？"

小韩妃跪下道："回皇上，心儿去御膳房传膳去了，倩儿有事请假了，露儿和晴儿在寝房里，她俩值夜，还没过来呢。"

"哦！"皇帝点点头。心儿走后，他有些不放心，怕小韩妃找碴儿整治她，便特意来慈宁宫看看。

"皇上还没吃晚膳吧，要不等下同臣妾一起吃？天色已晚，不如皇上今日就别走了，在这里歇息一晚，同臣妾共度良宵如何？"小韩妃满面笑容道。

皇帝一听便道："不了，朕已经吃过，就是来这里看看，没什么事的话朕便走了，还有一堆的折子要看呢！"说罢，转身走出宫殿。

"臣妾恭送皇上。"小韩妃暗自松了口气。

过了几日，符蓉来拜见小韩妃。

小韩妃见符蓉打扮得越发雍容华贵，着一袭胭脂红色缂丝泥金如意云纹锦衣，头戴一年景的华丽大花冠，耳垂上一对镶珠银丝流苏金耳环闪闪烁烁，称得她那张脸越发俏丽贵气，也越发气势凌人，竟有种母仪天下的皇后派头。小韩妃心里便有几分惧她，笑着起身将她让到贵妃椅上，道："表嫂来得正好，本宫这几日心里堵得慌，正盼着有人同我说说话呢！"

符蓉不客气地坐到贵妃椅上，也笑道："我这几日也是心中郁闷得很，特想找个明白人说说体己话。"边说边用一双丹凤眼瞟着一旁立着的心儿。

"心儿，你去偏殿收拾一下吧，那案几上都一层灰尘了，你好好擦擦去，再把地板重新擦一遍。"小韩妃找借口将心儿支走。

心儿说了声是，便出去了。

符蓉敛起笑容对小韩妃道："娘娘也听说了吧，那韩珏回来了，皇上竟一丁点儿也没治他的罪，还允许他和心儿把婚约给解除了。那婚事可是太后亲口指下的，竟然说废便废了，你说皇上是不是做得过分了些，他这心里还有太后吗？"

小韩妃脸上现出怒容，点头道："可不是吗？皇上是做得太过分了，他拿太后当什么了，还有一点儿孝心没有？真是的，可气死本宫了！八成又是那心儿鼓动的，皇上早就被那贱婢迷惑得神魂颠倒、六亲不认了！"

"就是就是，那贱蹄子若不除掉，我看皇上是不可能清醒过来的。"符蓉满脸狠戾地道，又装出一副同情的样子拍拍小韩妃那光滑的手背道，"只可怜我这妹子，花样年华却要独守空房，唉，若是真的就这样花颜憔悴老死宫中，该有多可惜啊！"

"唉——"小韩妃也长叹一声，"有什么办法呢？那贱婢深得皇上庇佑，真是不好对付呢！表嫂，你有什么好法子整治那贱婢吗？"

"这害人的法子，我可没有，还是你自己好好想想吧！"符蓉狡猾地摇着手道。

小韩妃垂下头，愁眉紧锁。

符蓉眼睛一转，拉起小韩妃的手，笑道："好啦好啦，娘娘莫烦心啦，我明日要到华严寺祈福去,不如你和我一起去吧,出去走走散散心,没准儿心情能好些。怎么样,去吧?正好,我有个熟人住在华严寺附近,带你见见她,没准儿她能帮上你的忙。"

"熟人,什么熟人?我认识吗?"小韩妃疑惑道。

"去了你就知道了。"符蓉诡秘笑道。

符蓉走后,小韩妃便去勤政殿找皇帝要出宫腰牌。

皇帝听说小韩妃要同符蓉一起到华严寺祈福,便道:"你去寺庙感受一下佛音教化也好,说不定会变得心地慈软些,出去走走也省得每日闷在宫中胡思乱想,朕准了。"便命令内监到内务府为她制作了腰牌。

于是,第二日一大早,小韩妃便带着倩儿出了宫。符蓉的车马已在门口等候,小韩妃上了紫色锦绣车帷的华丽马车,同符蓉一起有说有笑来到华严寺。

二人在寺庙里烧了一炷香,各自祈了福,便出了寺庙。小韩妃随着符蓉走到附近一栋白墙红瓦的民房前,符蓉叩响门环。须臾,有一个中年仆妇模样的人前来开门,客气地将二人让进房间。

房间里的椅子上坐着一个老妇人,见到小韩妃,忙站起身来高兴地笑道:"华儿,真的是你吗华儿?"

小韩妃一怔,见这老妇人不是别人,正是自己的母亲杜氏。

"娘亲,怎么是你?你怎么在这里?"小韩妃惊喜地迎上前去,呆呆望着母亲。

原来,这杜姨妈被皇帝的侍卫送回洛阳老家后,独自住了一段时间,实在是百无聊赖,心中又思念女儿,便雇了辆马车又返回了汴京。托信使给符蓉送了信,符蓉便派下人租了套宅子让杜姨妈住下,又帮她雇了个仆妇侍奉她的日常生活。还非常热心地将她女儿芝华给悄悄带来了。

母女相见后分外亲热。符蓉笑呵呵退到外室,让她们母女单独说话。

杜姨妈含着眼泪望着女儿道:"华儿,几个月不见,你怎么瘦成这样了?是不是皇帝虐待你啊!"

小韩妃笑道:"没有没有,怎么会呢!是女儿自己为了减肥不吃东西的。"

"好好的你减肥干吗?"杜姨妈奇怪地问。

"唉,女为悦己者容嘛,我这么做还不是为了取悦皇上吗?我原以为他喜欢清瘦型的,不喜欢丰腴型的呢!"

"那他现在喜欢你了吗?"

小韩妃低下头去,噘着红唇道:"没,他还是喜欢心儿那贱婢,对我冷若冰霜,碰都不肯碰一下。"

"贱婢!"杜姨妈怒容满面,咬牙切齿地高声骂道,"她可真是我们一家人的克星!她害死了我大女儿,又害得我小女儿终日独守空房,还害得老身孤零零一个人躲在这里。贱人,真是可恶至极,我拼了这条老命也要弄死她!"又对垂头丧气的芝华道,"华儿,别怕,为娘定助你将那贱人除掉!"

"不行啊娘亲,那贱婢一向被皇上呵护宠爱着,若是真害死了她,皇上恐怕不会饶过女儿的。"小韩妃愁眉苦脸道。

"华儿,不必担心,出了事一切有为娘替你担着,我就不信,他为了一个婢女能把我这亲姨妈给杀了!"杜姨妈瞪着眼睛扯着脖子道。

"可是,可是那贱婢是个鬼精灵的,给她什么也不肯吃,有什么好法子呢?"

"华儿,娘告诉你,娘近日结识了一个制毒大师,叫程德玄……"

傍晚时分,小韩妃从外面回到宫中,脸上浮着一层喜色,似乎分外开心。见到心儿,乐呵呵道:"心儿,前几日本宫心情不大好,同你发脾气,伤害了你,我今日到寺庙去反省忏悔,已认识到自己错了,本宫这就给你赔礼道歉。"说罢,冲着心儿躬身施了一礼。

心儿忙对着小韩妃也施了一礼,道:"娘娘不必道歉,心儿并未放在心上。"

小韩妃笑道:"心儿,你可真是个好奴婢,本宫以后会对你好的。"又转头对倩儿道:"倩儿,你把今日在寺庙门口买的桃花露拿来。"

须臾,倩儿将一只精致的葫芦形小琉璃瓶拿来奉上。

小韩妃笑盈盈将小瓶拿在手中,伸出兰花指捏着瓶颈,对心儿道:"这瓶桃花露是本宫今日花了重金在寺庙门口买到的,听说沐浴时使用了这花露,便能使伤口愈合,还能使皮肤变得光滑红润如同少女一般。今日本宫就将它赏了你吧,你回去用它洗头沐浴,头上的伤口便很快会痊愈了。"

心儿道:"多谢娘娘恩典,只是这么贵重的东西奴婢哪里配用,还是娘娘自己留着用吧!"

小韩妃道:"本宫买了好几瓶呢,够本宫用的。你就不要推辞了,拿去用吧!"

心儿只得将那琉璃小瓶接过来,又向娘娘道谢。

晚上,心儿回到寝房,点上蜡烛,将那小瓶子从衣袋里取出,仔细看着,只见那琉璃小瓶在烛光下通体晶莹、幽幽泛红,里面似有些粉色半透明的液体在流淌。将那木塞瓶盖拔开,送到鼻下嗅了嗅,一股奇香扑鼻而来。心儿脸色陡变,眉头皱起,低声自言自语道:"看来不能再忍耐下去了!忍耐也是有限度的,否则就会变成软弱可欺的倒霉鬼。好吧,我便给你来个以其人之道还治其人之身吧。"

第二日清晨,小韩妃起床后梳洗。心儿照例用铜盆端来一盆清水,侍候娘娘洗面。

小韩妃将清水撩起扑到面上,仔细地清洗着。

突然之间,感觉到面部一阵奇痒,接着是一阵火辣辣的剧痛,痛得她大叫一声,用手指不断向脸上挠着、抠着,须臾脸上竟是一片血肉模糊,样子十分恐怖!

"天哪,天哪,痒死我了,痛死我了!"小韩妃哇哇大叫着,手指还在不断地挠着、抠着,一张脸变得越来越吓人,鲜血"哗哗"地从破残的皮肉里向外流淌着。

"你，你在水里放了什么？"小韩妃气急败坏地指着心儿道。

心儿平静地说："我放了昨日娘娘送我的桃花露啊！那东西那么贵重，心儿想着自己不过是个奴婢，怎么舍得用呢，还是让娘娘亲自享用吧，怎么，竟是那花露里有毒吗？"

"你，你——"小韩妃气得直跺脚，却说不出什么来，只得说，"我不知道啊，快，快去给我请太医！"

心儿便跑出去请太医了。她心里暗想着："那花露里果然有毒，只是没想到毒性竟如此剧烈，幸亏自己没用，若是真听她的话，沐浴时用了，那全身溃烂流血的不就是我了吗？她可真是蛇蝎心肠啊！"

不一会儿，太医来了，诊断后对小韩妃道："娘娘是中了一种剧毒，这种毒是从患有恶疾的病人血液里提炼出来的，皮肤只要沾上一点儿就会溃烂流血，而且会不停地溃烂下去。只是……目前，这种毒尚没有办法彻底消解。"

小韩妃看着镜子里如同鬼魅一般的自己，号啕大哭起来。

所有人见了她都被吓一跳，原来的小韩妃娘娘虽不是什么天姿国色的绝色佳人，但也算是个模样周正的美人，怎么突然变成了一个血肉模糊的恶鬼？这模样真能把人活活吓死。

她只得蒙了厚厚的面纱，对别人说是自己误用了一种劣质的花露导致脸部过敏了。

过了几日，脸部仍不见任何好转，反而溃烂得更加厉害，身上散发出一股令人作呕的腐臭味道，所有人见了她都远远地躲着。

她只好借口到华严寺祈福，悄悄来到她母亲那里，哭诉了一番，求母亲将那位制毒大师程德玄叫来，问程大师有没有药可以解她脸部的剧毒。

看着女儿的凄惨模样，杜氏险些心疼而死，跺着脚大骂心儿这贱婢阴险毒辣，并急忙亲自去将程大师请来。

程大师是个小个子尖下巴、留着几根黄色胡须、模样极像黄鼠狼的瘦干巴老头儿，他看着小韩妃那张不堪入目的脸，道："解药倒是有，不过吃了后只能止住脸部的肌肉腐坏，却不能使面颊恢复如初。而且此药是极贵的。"

"快快给我！一千两银子够了吗？"小韩妃急急地从衣袋里掏出一张银票塞到他手里，跺着脚道。

"够了够了！"程大师不慌不忙地将银票揣起来，从药箱里取出一个小白瓷瓶交给小韩妃。

小韩妃回宫后将那解药服用了十多日，脸部的溃烂终于止住，但是面颊上却现出一道道血痂和疤痕，丑陋不堪，仍是如同鬼魅一般。

这位小韩妃娘娘算是从此毁了容，变成了一个不堪入目、令人作呕的丑女人。

这下小韩妃更是恨毒了心儿，恨不能将心儿一把抓起来撕个粉碎，再将她挫骨扬灰，无奈没有理由发作，又生怕送心儿毒花露的事被揭穿了，皇帝将她治罪，只好咬碎牙齿和血吞，暂且忍耐着。

符蓉来看小韩妃，对她表示了一番同情，又悄悄对她说道："要不你求求心儿吧，估计她有法子把你的这张脸治好。听说她师父紫虚道长是位神医，会炼制不少神奇的丹药。还听说心儿经常服用一种美容养颜丹，所以才能快三十岁了还保持着十八岁的容颜。"

小韩妃听了便去找了心儿，跪下哭着求她救救自己，还向她承认错误，说自己不该送她毒花露害她，结果自食其果，以后再也不敢了。

心儿将她扶起来，道："娘娘你求我没用，我真的没有这种药，我师父外出云游去了，不知何时才能回来，要不你等等吧！"

小韩妃不相信，以为心儿是在骗她。便找了个空子，派倩儿偷偷潜入心儿的寝房，当真搜到几瓶丹药。

小韩妃不敢直接服用，将这丹药揣进怀中，悄悄出宫，找到那位程大师，让他看一看这丹药是否适合她服用。

程大师将那丹药仔细检验了一番，道："娘娘不可服用此丹，这的确是美容养颜用的，但是只适合身上没有伤口的人服用，若是身上有伤的人用了，会导致伤口恶化溃烂。因为此丹含有冰红花和麝香成分，长期服用会导致女人不孕，有孕在身的人服用了便会流产的。娘娘千万不可服用。"

说得小韩妃心中一惊，心想，怪不得心儿被皇帝宠幸过多次，却至今没有身孕呢，原来她是在服用这东西，她可真是个怪女人，宁要美貌不要子嗣了吗？

她将这瓶丹药藏了起来，心想，日后可能会派上用场。又给程大师跪下，哭着求他帮帮自己，想个办法使自己的脸恢复如初。

程大师便说，他只有一个办法，就是给她制作一张假皮，贴在脸上，不过，这张假皮也只能短时间用，时间长了会开裂的，脸也会受不了，而且价格极其昂贵，因为成本很高，需用鲛皮来做。

她急忙答应了，将头上插的、身上戴的所有首饰都摘下来交给了程大师，要他尽快为自己制作一张假皮。

过了些日子，假皮真的制作好了，装在一只玲珑的红色锦盒里，薄如蝉翼。她将假皮小心翼翼用特制胶水贴在脸上，对着铜镜一看，不禁大吃一惊，她的脸真的恢复如初了，又变成当初光滑白净的样子！

心儿见小韩妃的脸突然间恢复成原来的样子，吓了一跳，不过，几个时辰后又见她戴上了面纱，便知道了那只不过是张临时的假皮，心中暗自发笑。

这张假皮只能每日戴上几个时辰，否则脸上就会火辣辣地疼，皮肤还会红肿发炎。她便将这张假皮珍藏起来，只等皇帝来了时戴上，也好不使皇帝十分厌恶她。可惜皇帝极少来她这里，即便来了，也只是盯着心儿说话，对她看也不看一眼，她只好整日戴着面纱垂头丧气。

经历过这场毁容风波，小韩妃深刻领教了心儿的厉害，很长时间不敢再对她实施阴谋诡计。只能在心里暗骂心儿，恨不能将她碎尸万段！又私下里偷偷做了个布偶，写上心儿的名字，每日用银针使劲儿扎那布偶，嘴里咒骂着："死蹄子，死蹄子，快快得个怪病死了算了，死了算了！老天爷，快让心儿死掉吧，死掉吧，不要让她来抢我的夫君啦！"

可是心儿依然健健康康地活着，每日淡定从容地同她周旋，小韩妃气得快要吐血！心里暗暗骂着："贱人就是命硬！我就不信你的命能硬得过我！哼，就算我拼不过你，也还有符蓉呢，那女人可是个超级心狠手辣的，她绝不会放过你这贱人！"

# 第二十三章

## 雪中温情

这年冬天，天气似乎分外寒冷，才刚刚立冬，就下了两场纷纷扬扬的大雪。宫中的雪景非常之美，红墙金顶的殿宇楼阁全部变成银装素裹的琼楼玉宇，壮观而肃穆，雪后初霁，朗朗阳光一照，更是洁白妖娆。御花园里玉树琼枝，蜡梅顶着一层雪团团绽放，吐着丝丝缕缕的清冽芳香。白雪红梅的琉璃世界，分外莹洁可爱。

心儿抽空为皇帝做了一件貂皮裘衣，深紫色光滑的皮革，绲了洁白柔软的毛边，再配上绣有祥云瑞兽交织的云气纹腰带，一件华贵而保暖的裘衣便完工了。心儿将这件裘衣试穿在自己身上，只觉暖融融的一团包裹着自己，仿佛被他热烈拥抱着一般，便对着镜子里的自己微笑起来。双颊红红的，如同涂了厚厚的胭脂。耳垂上的滴水珠玉轻轻晃动，闪烁晶亮水光。

德媖也给韩珪做了一件薄棉锦袍，石青色锦缎绘着精致的八团灯笼纹样，腰间是朱红色联珠纹的锦带，袍子既美观又实用。德媖是在心儿的指导下一针一线做成的，做成后当晚便兴致勃勃地抱着袍子给韩珪送了去。韩珪却冷着脸说什么也不肯收，还说自己不怕冷，冬天不用穿棉袍。

德媖气呼呼将袍子向他床上一扔，涨红了小脸道："你必须要！本公主命令你收下！"

韩珪皱眉道："耍什么公主威风，不要就是不要，你扔到这里也没用，我不会穿的！"

"你……"德媖气得不知如何是好,赌气将袍子拿了起来,道,"你真不要是吧?那我送给魏咸信去!"说着,抱着袍子气呼呼跑走了。

她当真将袍子送给了魏公子,魏公子欢天喜地地收下了,还马上将袍子穿在了身上。

第二日,魏公子穿着那件新袍子故意在韩珪面前晃悠,韩珪却好像没看到那件袍子似的,还冲着魏公子点点头,险些把德媖气晕过去。

德媖向心儿哭诉,大骂韩珪是浑蛋,是冰块儿脸,那颗心肯定是冰坨子做的。

心儿笑着劝她:"媖儿,别着急嘛,韩珪曾经受过伤害,所以心肠会比一般的男孩子硬些,你只要坚持不懈地用火去烤他,总有一天他心里的冰块儿会化掉的。"

"可是我对他已经够热情了呀,可他还是对我冰冷冷的,还要我怎么热?"德媖睫毛上挂着亮晶晶的泪珠说。

"要文火慢烤,而不是烈火猛烧,火太炽烈会烤焦的。这男女情爱需要的就是一份耐心,就像树上的苹果一样,你得给它时间生长,时候到了果子自然就熟了。"心儿意味深长地笑着说。

"心儿姑姑,这就是你当初追求我父皇的经验吗?"德媖古灵精怪地对心儿说道。

心儿的脸倏地红了,假装生气道:"小孩子胡说八道什么!谁追你父皇了,是他非要我留下来的好吗?"

德媖哈哈大笑起来,指着心儿道:"你没追他,那你脸红什么呀?"

心儿给了她一巴掌:"谁脸红了,我脸红了吗?"

德媖笑嘻嘻跑开了。

过了几日,心儿又给韩珪做了一件月白色薄鸭绒的锦袍,建议德媖做一只香囊挂在锦袍的腰带上一起送给他。德媖接受了建议,对心儿道:"香囊上绣什么花样子呢?绣上鸳鸯戏水可好?"

心儿说:"鸳鸯戏水固然主题明确,能够表达你的心意,可他一个大男人整天带着一对鸳鸯在宫里到处走不合适,不如绣个老虎嗅蔷薇的花样适合他。"

于是,德媖便做了老虎嗅蔷薇的香囊,系在袍子腰带上,给韩珪送了过去。扬扬眉对他说:"这袍子可是心儿姑姑特意给你做的,你若是不要呢,我还拿走送给别人去!"说着,抱着袍子转身便走。

"回来,谁不要了!"韩珪冷着脸,上前一把将袍子抢过来抱在怀里。

"好好好,那就送你吧!告诉你,袍子上的香囊可是本公主亲手绣制的,你给我一辈子带在身上,不许丢掉!"德媖以命令的口吻说道。

"什么香囊?那是什么东西?我不要那玩意儿!"韩珪皱起眉头,将袍子抖开。

"不要也得要,是跟袍子连在一起的,摘不下来!哼!"德媖得意地哼了一声,便跑开了。

韩珪盯着袍子腰间系着的香囊,见上面绣着的老虎威风凛凛、栩栩如生,一朵粉色蔷薇含苞初放,鲜美水灵,花心上还滚着几滴晶莹露珠,实在是好看。又拿起香囊嗅了嗅,一阵清醇的茉莉花香瞬间沁入肺腑。他禁不住笑起来,笑容如同阳光下的清泉一般清纯美好。

隆冬时节,又下了场大雪。雪花翩翩连连,飘飘悠悠,像洁白的鹤羽,从早上一直飘到傍晚时分才渐渐停下。整个皇宫又变成了一个粉妆玉砌的世界,白茫茫一片真干净。

心儿正在侍候着小韩妃吃晚膳,琉璃过来了,对小韩妃行了个礼道:"娘娘,皇上说让心儿过去一趟。"

小韩妃用银匙慢慢舀了一口燕窝红枣羹,送到嘴里咽下,抬起眼睛瞟了瞟琉璃,一脸阴云道:"皇上这会子叫她过去所为何事?"

"回娘娘,皇上今晚要到赵普家去吃羊肉宴,赵普夫人让赵普带话说想念心儿了,要心儿姐姐一起过去。"琉璃道。

"这大雪天的出去吃什么羊肉宴,也不怕冻着。"小韩妃不悦地低声咕哝道。又转头看了看一旁立着的心儿道:"既然皇上有请,那你便去吧!嘱咐皇上穿暖和些,可别冻着了。"

心儿向她福了一福,应道:"是,娘娘。"便随着琉璃出去了。

小韩妃"啪"一下将手中的银匙摔到地上,咬牙切齿骂道:"哼!这大雪天的,冻死你们算了!"

心儿同琉璃出了慈宁宫的门,小心翼翼地踩到雪地上。积雪有半尺厚,踩上去咯吱作响。琉璃弯腰从地上抓了一团雪,冲着心儿扬了过去。心儿也用雪团追着打她,两个人嘻嘻哈哈在雪地里你追我赶地跑开了。

心儿突然想起什么,微微气喘地冲琉璃道:"琉璃,你先回去吧,我去寝房取点儿东西随后就到。"

琉璃弯腰喘着气说:"你快些吧,皇上那边还等着呢!记着,换身厚衣裳,夜里冷。"

"知道了。"心儿边说边快步走向寝房。

寝房里,心儿将一件猩红色绲银狐毛边的鹤氅穿在身上,又换上描金挖云红香羊皮小靴。这鹤氅和靴子都是前些日子皇后赠给她的,她一直舍不得穿。换好衣服后,又对着铜镜向面上薄薄扑了一层蜜粉,再用口脂涂了樱唇,便抱起那件给皇上做的貂皮裘衣,匆匆出了寝房,踏雪向着勤政殿走去。

好一阵子没有见过他了,为了避免刺激到小韩妃,她尽量避免同皇上单独会面,偶尔撞见,她连眼神也不敢同他交换一下。就像在狱中服刑的犯人一样,她一边忍辱负重苦苦熬着,一边在心里一天一天计算着日子,期盼着刑满释放那一日的到来。

皇帝同她的心情也是一般无二的。只盼着有机会同她在一起柔情蜜意一番,哪怕是半个时辰也好。平日里国事繁忙得很,又避忌着小韩妃,所以同她见面的机会少之又少。

皇帝终于见到日思夜想的女子姗姗而来,忙站起身来迎了上去。

心儿将怀里抱着的貂皮裘衣送到皇上手中，笑道："奴婢做了件裘衣给皇上，大雪天的出门冷，皇上请穿上吧！"

皇帝含笑点点头。进内室换了件便装，又将貂皮裘衣套在身上，顿时感觉周身一阵暖融融。又向阔大的镜子里一看，见穿了裘衣的自己变得比以往雍容华贵了许多。便笑吟吟走出来，对心儿道："这件裘衣好极了，朕觉得从没穿过这么暖和的冬衣，心儿，多谢你记挂着朕！"

心儿脸色微红，低头道："皇上觉得暖和就好，一件衣服而已，何必客气。"

这时，王继恩走进殿中，对皇帝道："皇上，时候不早了，赵光义大人派人带话说他已经到赵普府上了，大家都在等着您呢，皇上准备好了就出发吧！"

皇上颔首道："好好好，马上就走。"

"皇上是要乘马车还是轿辇？"王继恩问。

"不乘马车也不坐轿辇，朕要同心儿踏雪前往。"皇帝微微笑道。

"这……这如何使得，皇上，大雪天夜里会很冷的，小心冻坏身子。"王继恩一脸担忧地道。

"无妨，穿了心儿送的裘衣就不冷了，再说赵普家离皇宫也不远，步行半个时辰便到了。走吧，心儿。"说罢，拔腿便走。

心儿只好跟随着皇帝走出殿去。

王继恩不放心，派了几名侍卫远远在后面跟着。

二人出宫门，踏着白雪向赵普家走去。

不疾不徐地走了半个时辰，赵普家便到了，有家丁急忙迎上前来，跪拜后躬身将皇帝同心儿引入府中。

赵普见皇帝驾到，便携全家人向皇帝跪拜施大礼迎接。

皇帝挥了挥手，笑道："都起来吧，今日朕是以老朋友的身份前来赴宴的，一切俗礼都免了。"

众人道谢后起身。

皇帝一指心儿,笑吟吟对赵普的夫人和氏道:"嫂夫人,朕今日可把你想见的人带来了,你可要好好招待啊!"

和氏笑逐颜开走到心儿面前,拉起心儿的手,道:"妾身日盼夜盼,终于把我这神仙似的妹妹给盼来了,还是同着皇上一起来的,我这陋室真是蓬荜生辉呢!妾身诚惶诚恐、受宠若惊,一定会将皇上和妹妹照顾周全的。皇上请东室坐吧,那里生着炉火,暖和。"

皇帝颔首笑道:"好好好,我可是最喜欢吃羊肉的,准备好了没有?"

和氏笑容灿烂道:"都准备好了,炖羊肉烤羊肉炒羊肉全有,保证皇上吃个痛快!"

赵普也笑吟吟道:"还有上好的烧酒,今日微臣陪皇上吃喝个痛快!"

皇帝哈哈大笑,随着赵普进了东室。

赵光义早已到了,起身向皇帝施过礼,将皇帝让到靠近炉火的主位上。三个人围炉盘腿而坐。酒菜很快由下人们端着上齐了,果然是一桌丰盛的羊肉宴:清炖羊肉、红焖羊肉、白萝卜炖羊肉、葱爆羊肉、羊肉汤锅、烤羊肉串、羊肉饺子等。香气缭绕,热气腾腾。

皇帝笑道:"这也太丰盛了!朕还是头一次见到如此丰盛的羊肉宴!"

赵普给皇帝斟了一杯烧酒,道:"大雪天吃羊肉喝烧酒最是养生,皇上今日就大快朵颐开怀畅饮一回吧!"

赵光义将一块红焖羊肉夹到皇帝面前的碟子里,也笑道:"就是就是,皇兄平日里见素抱朴,饮食清淡,又为国事日夜操劳,身心疲累,今日就大补一回吧!"

皇帝将杯中酒举起,笑道:"好好好,今日朕就听两位爱卿的,痛痛快快、大吃大喝一回。难得今日大雪相聚,雪夜与亲友饮酒最有情趣。这情境让朕想起乐天先生的一首诗:'绿蚁新醅酒,红泥小火炉。晚来天欲雪,能饮一杯无?'只是今夜不是天欲雪,是天已雪罢了!哈哈哈!来来来,一起干了这一杯!"

三个人举杯，一起将杯中酒一饮而尽，然后相对哈哈大笑。

几个人又吃又喝，谈笑了一通。皇帝放下酒杯，敛了笑容道："朕雪夜前来与你二人宴饮，其实心中还有一件大事想着与两位爱卿共议，那就是如何完成统一天下的大业。你们也知道，我大宋目前领土只有黄河、淮河流域一带，仅占全国的一半。长江以南，南唐、吴越、荆南各国，仍割据一方，另外，还有四川的后蜀、山西境内的北汉、西北的党项、燕云的契丹，各个小国居于南北，屡起纷扰，令百姓难以安居乐业，也令朕常常夜不能寐。应当采取怎样的步骤来完成这统一大业，你这枢密使和你这开封尹可有主张？今夜就对朕说一说吧！"

赵普略略沉吟一下，道："微臣以为，北汉以北是契丹，西边是党项，处于大宋、辽国、党项之间，若是意欲收复北汉，那么辽和党项一旦发兵南下，其威胁就由我大宋独挡了。与其如此，不如暂留北汉，加强北部边境防守，等到平定南方各个割据政权后，再攻打北汉这弹丸之地，就易如反掌了。"

听完赵普之言，皇帝微微一笑，颔首道："朕也是如此想的。"又转头对赵光义道："光义，你有什么想法，也说来听听。"

赵光义道："赵普大人与皇兄英雄所见略同，臣弟也是如此想的。"

皇帝拍手笑道："好好好，既然如此，那这统一大策就这么定了——先南后北！"

三个男人谈笑风生，吃喝得热火朝天……

西室里，心儿由和氏陪着也吃着一桌丰盛的羊肉宴。席间还有和氏与赵普的儿子承宗和女儿陶陶。承宗十岁，陶陶快两岁了。陶陶就是心儿当初亲手接生的那个宝宝，如今长成白白胖胖、粉粉嫩嫩的一个小姑娘，扎着羊角辫，穿着花裙子，十分可爱。心儿逗了一会儿陶陶，又逗承宗，见承宗正香香地啃着一根骨头上的肥肉，便笑着摸摸他的头，说："承宗，肥肉不可以吃得太多，否则会变丑的，长大了就娶不到漂亮媳妇儿了！"

承宗抬起细长的小眼睛看了看心儿，把手中的羊骨头向桌上一扔道：

"那我不吃了！我长大了要娶心儿姑姑当媳妇儿！"

心儿差点儿没笑喷，和氏也乐不可支，笑着问道："承宗为何要娶心儿姑姑当媳妇儿呢？"

承宗瞪着小眼睛，认真道："心儿姑姑长得好看，所以我要心儿姑姑当媳妇儿。"

和氏和心儿都笑弯了腰。和氏笑着对儿子道："娘亲也喜欢心儿姑姑，可是心儿姑姑已经有男人喜欢了，所以承宗就不能再娶心儿姑姑了。"

"是谁，是哪个男人喜欢心儿姑姑？"承宗竟有些急切地涨红了小脸说。

和氏指了指东室，笑着道："就是那边的那个最英俊的男人，咱们的皇帝陛下啊！"

"皇上已经娶了心儿姑姑当媳妇儿了吗？"承宗歪着小脑袋有些失望地说。

听到此话，心儿心里猛地一沉，笑不出来了，不再说什么，埋头吃起饭来。

和氏也微微一怔，又见心儿突然变了脸色，便沉下脸对承宗道："小孩子别东问西问的，吃你的饭吧，吃完了带妹妹玩去。"

"哦，知道了。"承宗不再说什么，乖乖低头吃东西。不一会儿，奶妈走进来，将陶陶抱出去了。承宗也说吃饱了，和氏便命他出去看妹妹去了。

心儿默默咬着一块白萝卜。和氏看着她的脸色小心翼翼道："小孩子口无遮拦，妹妹不要把他的话放在心上。"

心儿淡淡一笑，道："没事没事。"

和氏叹了口气，道："妹妹在宫里的遭遇姐姐也有所耳闻，妹妹这两年真是吃尽苦头。像你这等才貌双全的女子的确不该给那小韩妃当婢女，你啊就是太心善了，若是别人，早就借助皇上之力将她整垮，自己上位了。你若手腕硬些，现在不是皇后也肯定是贵妃了。妹妹若是有心，就让姐姐和姐夫给你出主意,进言献策,帮你上位如何?"

心儿喟叹一声,苦苦一笑,道:"后宫里一向为争宠明争暗斗不断,我不想蹚那浑水,也不想害谁,能忍就忍了吧,计较那些做什么?能平平安安地在宫里待着,看着他一步步治国平天下,当个好皇帝,我就心满意足了。"

和氏斟了杯茶水端给她,道:"姐姐明白妹妹一向是不争之人,可是,名不正则言不顺,言不顺则事不成。你若不为自己争得名分,恐怕就很难同皇上光明正大在一起,别人踩你害你也就有了把柄。"

心儿看着面前那杯绿汪汪漂着玫瑰花瓣的香茶,有些发怔。

和氏见她似乎听了进去,接着温声劝道:"姐姐拿你当自己妹妹,话才说得重些。姐姐建议你若是有机会,还是多为自己争些荣宠名利吧!凭妹妹的资质,就是当皇后母仪天下也绰绰有余……"

说得心儿一怔,急忙打断和氏道:"姐姐说什么呢?妹妹不过蒲柳之姿,出身低贱,怎敢生出那番野心呢?姐姐高抬妹妹了。"

和氏拉起心儿的手,诚恳道:"妹妹哪里是蒲柳之姿,明明是天姿国色、才貌绝尘。出身低贱也不算什么,当今皇帝亦是平民出身,他绝不会嫌弃你的,你完全有能力与她们一争高下,何不尽早为自己谋个出头扬眉之日?"

心儿淡淡一笑道:"多谢姐姐苦心提点,只是心儿这些年已看破诸多真相,世事无常、名利如浮云,宫中那些嫔妃位分更是镜花水月,终不过一场幻梦而已。心儿还是道法自然、随遇而安吧!"

和氏莞尔一笑,道:"好吧,妹妹是个有真知有主见的,姐姐我就不再瞎操心了,只求妹妹能保重好自己身子,健健朗朗地过活。瞧你瘦的,都成赵飞燕了,多吃些肉食补补吧!"说着,夹了一块羊排送到心儿面前的碟子里。

"谢谢姐姐,我已吃好了,今日吃得甚是痛快,真是好久好久没吃得如此香甜、如此尽性了!"心儿笑靥如花道。

从赵普家中告辞出来,已经是将近午夜时分。心儿、皇帝以及赵光义三人在雪地里并排走着,踏着厚厚的积雪,一起向皇宫的方向走去。皇帝走在中间,心儿与赵光义分布左右。后面影影绰绰跟着几名侍卫。

虽然没有月光,午夜的天空阴暗如墨,但大片雪光白花花照着,眼前也并不黑沉。

皇帝醉意微醺,走路有些打晃,心儿扶住他的一只臂膀,柔声道:"皇上,慢些走,小心脚底下。"

皇帝伸出一只手拍拍她的手背,和颜悦色道:"朕没事,心儿,你也小心些。"又关切地问,"你今晚吃得可好?"

"很好,心儿好久没有吃得如此尽性了!"心儿笑着说。

皇帝朗声大笑道:"哈哈哈,那便好。朕也是许久没有如此畅快淋漓地喝酒吃肉了!今晚朕十分开心,不但大快朵颐,而且定下了先南后北的统一大策,先平定南方各个割据政权后,再攻打北汉,心儿,你觉得这统一之策如何?"

心儿略一思忖道:"心儿是一介女流,不懂用兵之事。心儿只是想提醒皇上,无论怎样平定,都应该尽量避免流血伤亡,能智取便智取,能劝服便劝服,迫不得已再动用兵马武力,而且要注意安抚当地百姓,绝不侵扰他们。老子说,爱以身为天下,若可托天下。治国靠仁爱,平天下也要仁字当头才行。"

皇帝听罢此言,高兴地拍掌道:"说得好!治国靠仁爱,平天下也要仁字当头。'仁爱'二字乃是人间大道,若不推行大道,即便赢得天下也会失尽人心。心儿你真是说到点子上了,我们几个大男人谈了一晚上,这最重要的一点却只字未提,竟不如你一个女子!真是惭愧惭愧!"

心儿淡淡一笑道:"皇上过奖了,心儿不过是妇人之仁,不忍心伤害无辜苍生罢了。"

"哎,这并非妇人之仁,而是天地大道!老子说得很对,兵者,不祥之器,非君子之器。不得已而为之,恬淡为上……"

赵光义脚步放慢，落在二人身后，见心儿殷勤地扶住皇帝，二人靠得紧紧地并肩走着，话语投机，谈笑风生，心中不禁醋意翻腾。自从那次在心儿寝房里对她意欲用强之后，心儿就再也没理睬过他，即使见了他也是对他略略施个礼，连个好脸儿也不肯给他。今天晚上，更是视他为空气一般，都没有正眼瞧过他。他真是沮丧万分，又见二人只顾亲密笑谈，置他的感受于不顾，更是心中气恼，情绪恶劣到极点。又加上喝了不少酒，突然间胃中一阵恶心作呕，"哇"的一声吐了出来，洁白的雪地被污得脏兮兮一片。

心儿同皇帝听到动静，回头观望，见赵光义弯着腰在呕吐，皇帝忙道："光义，你怎么了？不舒服吗？"

赵光义摆摆手，低声道："没事没事，我只是喝多了。"

心儿默默看着赵光义，只见他脸色煞白如鬼，两只眼睛突然向她瞪了过来，目光如同利刃般凌厉雪亮，瞪得心儿心中一凛，忙紧紧挽住皇帝的胳膊。

皇帝向不远处的侍卫招了招手，几个侍卫飞跑着过来。

皇帝对侍卫命令道："你们几个速速把府尹大人扶回府上去。"

几个侍卫应了一声，扶起赵光义，向着他的府邸走去。

皇帝对着赵光义的背影喊道："光义，回去后喝一碗醒酒汤再睡。"

赵光义仿佛没听到一般，被侍卫左右搀扶着摇摇晃晃向前走。

"这个光义，喝得竟比朕还多，别看他年轻，酒量还不如朕呢！想当年，朕同光义还有赵普，我们三人聚在一起喝酒喝了一夜，整整十坛老酒都喝光了！哈哈哈……"皇帝有些得意地笑着说起了他们光辉不凡的饮酒史。

心儿恬静一笑，咬了咬樱唇，温声说道："光义大人未必喝不过皇上，光义是个极有城府的人，依心儿看来，此人颇有野心，皇上还是防着他一些吧！"

皇帝脸上笑容一僵，随即笑道："心儿你多虑了。光义一向是极爱护朕这个大哥的,那次陈桥兵变,他曾为朕挡过毒酒,他既肯替朕去死,怎么会加害于朕?心儿,光义是不是曾经冒犯过你?若是真有此事,朕便去教训他,叫他向你致歉。"

"没有没有,"心儿连忙摇头,"他并未冒犯我,我只是觉得他与符蓉……"

"符蓉的确心术不正,光义若是有些野心,也定是她挑唆鼓动的,看朕有机会收拾她!算了,心儿,今夜风花雪月甚是美好,我们不谈那些煞风景的话,说些有趣的,朕再给你讲些年轻时候的糗事吧……"

心儿不再说什么,默默听着皇帝絮絮叨叨,扶着他走回皇宫。

进了皇宫大门,心儿将皇帝送到勤政殿门口,停下莲步,道:"皇上回去歇息吧,时候不早了,心儿也该回寝房了。"

皇帝却拉住她的手不放,提议说不如再到御花园里走走,赏梅花去。他今夜因为喝了酒的缘故,兴致颇高。

心儿拗不过他,只好随着他来至御花园中。见园子里几十棵冬梅都飒飒爽爽地盛开了,花朵娇艳清丽,粉的如霞,红的似火,团团簇簇顶着薄薄的一层雪,恰如一位位冷傲佳人披着红装施着淡粉,展露着娇美容姿在雪光中清幽婷立,美好至极。

心儿静静赏着梅花,美丽的大眼睛里含着月光般柔婉的微笑。皇帝却微笑看着心儿,只觉得她脸庞红润似花瓣,五官玲珑如玉雕,眼睛里是曼妙柔美的月光,樱唇亦闪着酒红色的光泽,她才是最美最诱人的一朵鲜花!与心儿相比,眼前所有的花朵都是稍逊一色的。

他将裘衣敞开,轻轻将她拥入怀中,在她耳畔柔声问道:"心儿,冷不冷?"

她在他怀抱中无声微笑,轻声说:"不冷,这里很暖和。"

他将她抱紧,再抱紧,直抱得她险些喘不过气来。

他伏下高大身躯,嘴里哈出温热白气,在她耳畔低低絮语道:"心儿,你不知道,朕有多想你,每夜每夜都想这样抱着你一起入睡。朕常常想得你彻夜难眠,何时才能如愿呢……"

她将头颅深深埋进他怀中,脉脉笑着,声音柔柔道:"快了,还有一年零七个月。"

"一年零七个月,太漫长了,朕等不及……"说着,将头低低伏下,轻轻将她的头抬起,寻找她的樱唇,须臾又突然止住,道,"不行,今晚不能亲你,吃了很多酒肉,嘴里不洁净。"

她"扑哧"一声笑出来,再次将头埋入他温暖的怀抱里,紧紧拥抱着他。

他也紧紧拥抱着她,轻轻说道:"要不,今晚去朕那里吧!"

"不去了,太晚了,明日陛下还得早朝呢,我们还是早些回去吧!"她恋恋不舍地抱着他道。

"无妨,你若不随朕去,朕才会休息不好,走吧,随朕去!"他执意道。

她犹豫了,内心里的的确确是不想与他分开的,就想这样一生一世与他相缠相拥下去,可一个理智的声音又分明在命令她:"不可以,快放手!"

二人正紧紧抱作一团,难分难舍,耳鬓厮磨着,突然听到一阵"咯吱、咯吱"的脚步声传来,接着是一道女声响起:"皇上——是皇上吗?"

二人激灵一下,慌忙分开,定睛看去,见那被宫女扶着款款踏雪而来的女子,不是别人,正是皇后。

原来,今日晚间,皇后曾到勤政殿去探望过皇帝,见他不在,问过内监才知道他带着心儿到赵普家赴宴去了。她心中有些隐隐不安,担心皇帝喝多伤着身子,便一直没睡,在勤政殿等他。将近一更时分,仍不见他回来,便带着宫女到宫门口迎接皇帝,宫门侍卫告诉她说,刚才皇上同心儿姑娘已经回来了,二人好像又奔着御花园方向去了。于是,皇后便又来御花园寻找皇上。

皇帝见来人是皇后,便道:"月虹,大半夜的你怎么到这里来了?"

皇后款款走至二人跟前,看一眼心儿,又将略略忧伤的目光转向皇帝,福了一福,道:"臣妾莽撞,又扰了皇上雅兴了,臣妾是怕皇上酒后着凉伤着身子,不放心,便来迎一下皇上。夜深风寒,皇上还是同臣妾回去歇下吧!"

心儿心里一阵紧张,硬着头皮向皇后福了一福,道:"圣人说得极是,太晚了,皇上就随圣人回去吧!奴婢也回去了。"

皇帝叹口气,对皇后道:"好吧,朕这就同你回去。朕的确是有阵子没去福宁宫了,走吧!"又转向心儿道,"心儿,你也回去歇息吧,路滑,注意看着脚下。"一双星眸中是满满的不舍。

"是!"心儿对皇帝福了一福,看着皇帝同着皇后并肩向着福宁宫走去。目光微微凝滞,心里不免有些酸楚,突然想起和氏说过的那句话"名不正则言不顺,言不顺则事不成"。她想此话确有道理,他终究是属于皇后的,只有皇后可以随时将他带到自己床上去,而且光明正大,不惧怕任何人。而她和他在一起却只能是偷偷摸摸、畏畏缩缩,如同做贼一般,那可怜的情爱只能在夹缝中苟延残喘。为何要苦守着这样一份可怜而黑暗的情爱呢?自己真是够傻、够痴的!

心儿在这里羡慕着皇后,其实皇后也在私下里羡慕着心儿,她一边同皇帝并肩走着,一边想着心儿才是他放在心尖上的女子,才是真正拥有他圣心的女人,她这个皇后不过是个空空的摆设罢了。若是可以身份交换,她愿意让心儿去做皇后,自己宁愿去做一个下等宫女,只要能得到皇上真心垂爱……

## 第二十四章

## 花灯满城

此后，皇帝便开始为南征做准备，征兵备粮，侦察敌情，研究战略战术，几乎日日夜夜在前朝忙碌。后宫女子们便很少有机会见到皇帝身影。韩妃忙着四处求医问药，治疗她脸部疤痕，还时不常地"去寺庙祈福禅修"，顾不上折腾心儿，因此心儿这段日子过得还算平静。

转眼一年的时间悠悠过去，又是一个冬天来临。

冬至那日，韩珪的老祖母突然过世，韩珪哭得死去活来。德媖同心儿帮着他打理丧事，又苦劝韩珪节哀顺变。

皇帝下令追封韩珪祖母沈氏为三品命妇，从国库中拨出银两厚葬了老人家。韩珪仍是伤痛不已，不吃不喝，只是痛哭流泪，丧事办完后便病倒在床。德媖为他请了太医诊治，又日日守在他住处为他煎药熬汤。韩珪却似乎并不领情，黑着脸命令德媖走开，不要再在这里烦他。德媖捺着性子将一碗热烫的汤药端给他，苦劝他喝下去。他却将药碗接过来，狠狠摔到地上，声嘶力竭道："我说过了，我不吃药，也不需要任何人照顾。你给我滚出去，滚出去！听明白了没有！"

"你，你，简直浑蛋！"德媖跺着脚骂他一声，含着眼泪转身飞跑出去。

德媖找到心儿，扑到她怀里"哇"的一声号啕大哭起来。

心儿吓了一跳，忙道："怎么了媖儿？发生什么事了？"

德媖抽泣着把事情原委说了一遍。心儿劝了她一会儿，待她平静了，便随着德媖来到韩珪住处。见韩珪阴沉着一张俊脸有气无力地在床上歪着，目光直直盯着前方，见了心儿理也不理。

心儿坐到床边，脸色平静，轻声道："韩珪，我和德媖已经多次劝过你了，人的生生死死是自然规律，谁也无法改变，亲人去世固然值得悲痛，但这悲痛也要节制，子曰，'乐而不淫，哀而不伤'，是谓中和之道，悲哀到自伤的地步就不好了。再说你祖母是寿终正寝，又得以厚葬，你为何还如此哀伤到不能自拔呢？"

韩珪眼中又含上两汪清泪，叹口气道："道理我是懂的，但就是解脱不出来。韩珪从小亲生母亲亡故，庶母对我不好，是祖母将我带在身边，一点点养大了我，祖母实际如同韩珪亲生母亲一般。韩珪在世间仅有这么一个有血缘的亲人，如今故去，韩珪实在是心痛不已。还有，这阵子我总是忆起父亲和姐姐他们当年的惨死……"

说得心儿和德媖都心中泛酸。心儿拉住韩珪的手温声劝道："好啦好啦，我不是和你说过吗，我和德媖都是你的亲人，我是你的姐姐，德媖是你妹妹，你看，姐姐妹妹都在你身边，你就不要再伤心了好吗？"

德媖也拉住他另一只手，笑着道："就是嘛！我和心儿对你还不够好吗？你想穿什么衣服，姐姐给你做，你想吃什么好吃的，妹妹给你带来，这宫里还有谁像你这么有福气？这可是皇子也没有的待遇呢！来，坐起来，洗把脸，吃点儿东西，该干什么干什么去！过几天，又是一个生龙活虎的男子汉！"

韩珪脸色缓和了些。

德媖向心儿使了个眼色，两人一人拽住他一只胳膊，一起用力："一、二、三，起！"把韩珪硬是给拽了起来。

韩珪有些不好意思，脸色微红，下床洗了脸，换上新的外袍，又喝了德媖为他煮的粥，终于振作起来。

转眼到了新年。除夕这天晚上，宫里举行团圆家宴。大庆殿内巨型红烛荧荧燃着，共有十对盘龙雕花铜烛台，每个烛台各点九支红烛，将殿内照得灯火通明、耀目辉煌。红萝火炭的暖意和龙涎香的甘馥在空气之中似水流淌，氤氲缭绕。皇帝同皇后身着盛装端坐于首席。两侧分别是赵光义夫妇以及皇帝的几个嫔妃。除了小韩妃之外，还有花婕妤、王美人、李才人三位嫔妃，此时皆打扮得花团锦簇，笑吟吟坐于席间。她们几个皆是太后在世时所封，平时为人低调，亦不受宠，只静静待在各自宫中，心儿很少见到她们。

心儿一直在忙着指挥宫人们摆放杯盘点心，帮着传膳布菜，一刻也不得闲。皇帝的目光不时在她身上逡巡，一双星眸在烛光下熠熠生辉，微微含情，注目看着如同蝴蝶般穿梭忙碌的心儿。赵光义亦是如此，盯着心儿的目光似乎更加火辣浓烈。心儿全然不觉，只顾忙碌着做事。

家宴开始，由皇帝发起，一起向祖先敬过酒，皇帝又说了几句祝贺新年的套话，大家便纷纷举杯向皇帝皇后敬酒，又各自相互敬贺，气氛渐渐热烈随意。

皇后素来身子虚弱，昨夜又着了些凉，腹内有些不舒服，饮了几杯酒，吃了几口菜，便对皇帝耳语几句，回福宁宫歇着去了。皇帝身边便空出一个座位。

皇帝频频接受大家敬酒，有点醉意醺然。抬头见心儿正在一旁拿着托盘分发切好的水果，便向心儿招手说道："心儿，过来，到朕这边来！"

心儿将托盘交给一旁的晴儿，便款款来至皇帝身边，屈膝行礼道："陛下有何吩咐？"

皇帝指指身边的空位，道："心儿，你坐！"

心儿一惊，忙摇首道："这是皇后的位置，奴婢怎么敢坐？不行不行！"

皇帝却道："朕说可以便可以！坐在这里！"边说边拉起她的手用力一拽一按，硬是将心儿按到了座位上，又指指她道，"你就坐在这里，哪儿也不许去，好好吃些饭菜。"说罢，亲自用银筷夹了炒青菜和糖醋黄花鱼放到一只高足青瓷小碗里，端到心儿面前，要她吃下。

心儿没办法，只好拿起筷子吃了两口，感觉周身不自在。抬头一看，果然见小韩妃正用两道仇恨愤怒的目光恶狠狠盯着自己。符蓉和赵光义也神色复杂地看着她。连那几个嫔妃也将异样的目光投向她。她的头皮微微发麻、浑身燥热，想找借口一走了之，便悄声对皇帝道："奴婢吃好了，先退下了。"

皇帝却道："怎么吃得如此少，才吃几口就饱怎么可能，再多吃些！"

她只好又埋首吃了几口饭菜。

德媖见心儿坐在父皇身边一副浑身不自在的模样，便上前来解围道："父皇，孩儿吃好了，想请心儿姑姑一起同着德昭、德婷看焰火去，可不可以？"

皇帝道："看焰火有什么着急的，等心儿姑姑吃完饭再说。"

心儿忙道："我已经吃好了，皇上就让我和他们玩去吧！"

皇帝笑着挥挥手道："去吧去吧！你们几个小心些。"

"知道了！"德媖脆生生答应一声，便拉起心儿的手，二人笑嘻嘻奔出殿去。

殿前的空地上，心儿、韩珪同德媖、德婷、德昭几个少年手拉手站成一排，一起看几名小太监燃放烟花爆竹。几支烟花被点燃后相继飞腾到半空，绽放成一团团流光溢彩的大菊花，伴着清脆悠扬的吱吱扭扭的小炮声，美轮美奂绽放片刻，归于寂灭。紧接着又有几轮小太阳般的焰火在半空中金碧辉煌地盛放开来。

德婷最喜欢绚丽多彩的焰火了，嘻嘻笑着，喜得直拍巴掌。心儿、韩珪等也喜笑颜开地欣赏着眼前的绚丽光景。

太监小喜子将一支小炮仗点燃，扔了出去，不料那只小炮仗却径直冲着德婷飞过来，在德婷的裙摆上啪地炸响，德婷素来胆小，便吓得"哇"一声大哭起来。

心儿、德媖等几个人慌忙围了上去，只见德婷的百蝶穿花百褶裙的裙摆上被炸得出现一个铜钱大小的破洞，幸亏没有伤到身子。

心儿忙拉住德婷的手劝她说:"好啦好啦婷婷,不哭了,没事没事,姑姑带你回宫去换件新衣服好不好?"

德婷却抽泣着道:"我想找咸信哥哥一起玩儿,咸信哥哥为何不在?能把他叫过来一起玩吗?"

心儿说:"你咸信哥哥回自己家过年去了,明天兴许能来给你父皇拜年,婷婷今日先同姑姑姐姐玩好不好?"

德婷擦着眼泪点点头,声音细细柔柔地说:"好吧,可是,我真的好想念咸信哥哥,心儿姑姑,咸信哥哥明天真的能来吗?"

德媖在一旁"扑哧"一声笑了,点着德婷的额头道:"多情的小丫头,干脆把你嫁给那魏咸信算了!"

心儿和韩珪也忍不住笑起来。

心儿带着德婷回福宁宫换衣服去了。德媖立在韩珪身边,沉下脸冲着小喜子道:"你们几个到那边玩儿去,放烟火时注意点儿,若是再伤了人,小心你们的狗命!"

小喜子忙躬身道:"奴才知罪,奴才再也不敢了!"说完,同着其他几个小太监一溜烟跑掉了。

德昭很想亲手放一支爆竹过过瘾,便同德媖说了一句:"姐,我去跟小喜子他们玩去了。"说完便向小喜子奔去。

韩珪怕德昭出事,便也要跟着德昭一起去。德媖一把拽住他:"别走,陪我待会儿!"

韩珪道:"我怕皇子出事,我得保证他的安全呀!"

德媖白了他一眼道:"你怎么不怕本公主出事?本公主也需要你的保护!所以,你不可以离开我半步,否则……"

"否则怎样?"韩珪不屑地看着她道。

"否则我就……打得你满地找牙、跪地求饶、哇哇大哭!"德媖坏笑着说。

韩珪白了她一眼,转身便跑。

德媄撒腿便追，终于追上他，一下揪住他的袍子，举起粉拳对着他的后背便一阵狂打！

韩珪故意做出很痛的样子，捂着脑袋大叫道："救命啊，救命啊，公主要杀人啦！"

"就打你，就打你，打死你算了！"德媄一边继续抡着粉拳打他，一边开心地笑着。

两个人又喊又叫，又打又笑，闹成一团。

突然间，两个人都不打了，彼此对望着，两双大眼睛里仿佛含有星子一般，两对眸子都在瞬间变得晶亮晶亮。片刻后，德媄冲动地抱住了韩珪。

韩珪激灵颤抖了一下，旋即清醒过来，低低对德媄道："你放开！"

"就不，就不放！"德媄执拗地紧紧搂抱着他，将脸依偎到他肩膀上。

"快放开！"韩珪用力掰开她缠在自己腰间的手臂，向前飞跑开来。

德媄撒腿便追，一直追到韩珪住处。韩珪闪进房间，"砰"地将门关上，靠在门后呼呼直喘。德媄用拳头敲着门道："开门，开门啊！你跑什么，难道我是老虎，能吃了你不成？"

韩珪喘着气，闭起眼睛低声道："女人啊太可怕了，真是比老虎还可怕！"

翌日，大年初一，宰相魏仁浦果然带着夫人和儿子进宫给帝后拜年来了。皇帝设宴款待。席间，魏夫人向帝后提出让其子魏咸信与公主德媄尽快完婚的请求，言辞恳切。魏仁浦也说，自己年事已高，想尽快抱孙子，恳请帝后允许他们二人开春就办婚礼。皇帝实在不好意思拒绝，便含含糊糊地答应下来。皇后也不好说什么，只得含笑点头表示同意，并对魏夫人说会尽快通知德媄，并给她准备丰厚的嫁妆。

当时，德媄没在宴席上，她一直和韩珪在一起，缠着韩珪教她剑法。德婷在魏咸信身边听到了消息，宴会结束后，便悄悄将消息告诉了德媄。

德媄一听脸色陡变，涨红着一张小脸跑到福宁宫中，对着皇后高声问道:"母后,听说你和父皇准备将我嫁出去是吗?"

皇后温和笑道:"是啊,媖儿,你已到了适婚年龄,魏夫人多次向母后同你父皇求婚,今日我们便答应了她。媖儿,母后会为你准备一份丰厚嫁妆,你想要什么,尽管和母后说。"

德媖气急败坏道:"我才不要什么破嫁妆,谁让你们答应了!我没告诉过你们吗,我不嫁!不嫁不嫁就是不嫁,谁答应了谁嫁去!哼!"德媖放出一串连珠炮,气呼呼转身飞跑而去。

"媖儿,媖儿,你回来听我说——"皇后追着德媖喊道,德媖转瞬间便没了踪影,皇后只得长叹一声,转回房中。

德媖正在慈宁宫外的石道上跑着,打算去找心儿姑姑哭诉一番,迎面正碰上施施然走来的符蓉。符蓉是来找小韩妃叙话的,见德媖一张小脸涨得通红、目中含泪,好像十分恼的样子,便笑道:"媖儿,你这是怎么了?出什么事了吗?"

德媖站住,对符蓉福了一福,噘着小嘴道:"婶娘,我母后要将我嫁给魏咸信,说是已经定了,开春就让我们完婚,我不愿意这么早就嫁人,更不愿意嫁给魏咸信。婶娘,您能去劝劝我母后吗?"

"哦,是这样啊……"符蓉听罢一双凤眼飞快地转了转,将德媖拽到拐角的长椅上,"媖儿你过来,过来,听婶娘好好跟你说说这件事。"

德媖便在木椅上坐下,符蓉也在她身旁落座,亲热地拉起德媖的手,神色诡秘地道:"媖儿,你年龄还小,有些事你不知道,你这位母后啊,恐怕是劝不了的,她这人心眼儿歹毒着呢!当初,你亲娘还病着,她就看上了你父亲,在你们家住着不走,非要嫁给你父亲,你娘亲为此气得吐了血,没多久就去世了,王月虹很快就成了你父亲的正室。此后,你父亲就对她言听计从,事事听她的。现在,你还这么小,她却急着把你嫁出去,明摆着是想拿你的婚姻为自己谋好处呢,也没准儿是嫌你在她跟前碍事,早些把你嫁了人,她好独享你父亲的恩宠呢!"

"啊?真的吗?"德媖听得简直是目瞪口呆。

"可不是嘛！要不她为什么总是生养不活孩子呢，那都是报应，是她自己作孽作的！还有，你看你心儿姑姑跟你父皇多好啊，早就应该在一起了，可为什么到现在心儿还是个奴婢呢，其实是你母后容不下她，你父皇一向听你母后的，所以一切都是你母后暗中操作的……"符蓉神色阴暗地对着德媖咬着耳朵叽叽咕咕说着，把德媖听得脸色煞白、心惊肉跳。

符蓉又道："德媖啊，听婶娘的没错，以后防着你母后一些，她不是什么好东西，还特会演戏，装得跟大善人似的，其实就是毒蛇一条！"

此后，德媖见了皇后就理也不理，冷若冰霜，视她为仇敌一般，任凭皇后对她如何笑脸相迎、百般讨好，她也只是对皇后翻翻白眼，目中全是敌意和抵触。

皇后不明所以，只得暗自忧伤落泪，心里跟针扎一般痛。

转眼到了元宵佳节。小韩妃借口到华严寺禅修三日，同母亲团聚去了。心儿乐得轻闲几日，德媖特想到宫外闹市去赏灯，便闹着心儿带她去。

心儿去请示了皇帝，皇帝准了，但要派一队侍卫跟着她们以确保安全。

德媖却说："不必带那么多侍卫，人多了碍手碍脚，反而讨嫌，就带上韩珪一人保护我们即可。"

皇帝想着韩珪武艺高强，灯市里人多又亮堂，不会出什么乱子，便点头同意了。于是待到晚间华灯初上时分，心儿、德媖、韩珪三人便兴高采烈出了宫门，踩着朗朗月光来到京城最繁华的一条大街上。此时，三人谁也没有想到，这繁华的景观中正埋伏着致命的危险。

只见街头建筑鳞次栉比，沿街酒楼茶肆里传出一阵阵丝竹管弦之声，街面廊下桥上，满眼皆是形状各异的美丽花灯，各式各样的货物在灯火阑珊之中琳琅满目、尽显其美。大街上人潮涌动，不少人家的小姐公子们都来逛花灯，小姐们一个个打扮得花枝招展、花团锦簇，公子们也都是俊美风流，神采飞扬。心儿和德媖手拉手在人群里走着，兴致高昂地赏着一只只流光溢彩的花灯，韩珪小心地跟在后面。

今年的花灯品种样式格外繁多，有人物造型灯，如老子、孔子、四大美人、钟馗捉鬼、刘海戏蟾等；花果造型的，则有莲花、梅花、桃花、南瓜、丝瓜、葡萄、杨梅、柿子、橘子等；禽虫造型的则有鹿、鹤、鱼、虾、走马灯之类；还有琉璃球、云母屏、水晶帘、万眼罗、流苏宝带灯等。品目万殊，难以枚举。一只只、一串串暖融融、喜盈盈地挂在廊前街面招摇着、旋转着，流光烁金，玲珑剔透，可爱至极。

德媖简直每一种灯都想买下来，一手拎了一只仙鹤琉璃灯，另一手拎了一只金鱼水晶灯，还要韩珪帮她拿着新买的金橘灯和莲花灯。韩珪不想帮她拿，便撒开长腿跑开了，德媖随后便追，二人追赶到护城河边停下，这里人流稀疏了些。德媖便同韩珪一起在河边放莲花灯玩。心儿一直嘴角含笑望着两个少年玩耍，觉得他们俩当真是一对金童玉女，同样的活泼清纯，同样的心思澄澈，凑在一起甜蜜和谐如同一对小鸳鸯一般，倒觉自己这个老姑娘在这里碍手碍脚了。便对德媖说："媖儿，你同韩珪在这儿玩吧，我到那边灯市去看看。"

德媖玩得兴致正高，便头也未抬地答应一声。韩珪抬头看了看心儿，说了一声："心儿姐姐，当心些，逛一会儿就回来吧！"

心儿冲他点点头，便来到西街的灯市，独自漫步赏灯。来至一个灯铺前，心儿见敞开着的垂花门里面堆着许多半成品的花灯，便想着进去向店主学一下花灯的制作方法。迈入店中，里面却没有人在，心儿喊了一声："有人吗？"

突然，一个蒙面黑衣人倏地一下闪进来，飞快而无声地跳到心儿背后，举起手中的棍子，对着心儿的后脑猛地一击，心儿便两眼一黑失去知觉，身子软软地倒下去。

黑衣人迅速将心儿装入一只黑色布袋中，然后将布袋背起，闪出门去，很快便消失得无影无踪……

这厢，德媖同韩珪正在兴致勃勃赏玩着水里悠悠漂荡的莲花灯，突然一个女子的声音响起："韩珪！"

韩珪一怔，循着声音望去，只见一位青衣女子骑在一匹栗色骏马上，目光凌厉地望着他。德媖也注意到了这位女子。

韩珪怔了怔，突然惊喜地喊道："姐姐！"

女子板着雪白面孔，一打马掉转马头向附近的小树林中奔去。

韩珪在后面一边快步追上，一边喊着："姐姐，姐姐——"

一直追到树林深处，女子才停下马来，等着韩珪来到近前。

"姐姐，"韩珪追上来，惊喜地看着马上的女子，"姐姐，真的是你吗？你难道……没有死？"

脑中迅疾闪过三年前那凄惨不堪的一幕，那日，父亲因为反对赵匡胤称帝而被赵的手下一刀刺死，姐姐韩琦举剑要与那凶手拼命，也被一刀刺中胸部，血溅五步……

他本以为姐姐必死无疑，这几年来也没有过她半点儿消息，结果，今日姐姐竟活生生地出现在自己面前。

韩琦跳下马来，来到韩珪面前，拍了拍他的肩膀，淡然一笑，道："小弟，姐姐的确未死。那日我受了重伤，被一位好心的路人救了，他把我藏了起来，后来我便嫁给了他。"

韩珪惊喜而激动地紧紧握住姐姐双手，道："原来姐姐没有死，太好了！姐姐，你这几年过得还好吗？"

韩琦点点头："我还好，你姐夫是个生意人，家境殷实，待我很好，我这几年日子过得还算舒心，只是姐姐一直十分惦念弟弟，我托人四处打听弟弟的消息，直到近日才知道你竟置身于皇宫大内之中，替那赵匡胤效劳。"韩琦的目光变得冰冷而犀利，充满责备地盯着韩珪，"难道你将杀父之仇都忘在脑后了吗？"

"这……姐姐，不是你想的那样，姐姐你听我说，当今皇帝他是位明君，让天下百姓安居乐业，我觉得不应该杀他……"韩珪忙解释道。

"浑蛋！什么明君，明明是一个谋害先帝、杀害同僚的乱臣贼子！

我永远忘不了父亲惨死的那一幕,我在父亲坟前发过誓,今生一定要为他老人家报仇雪恨,否则绝不苟活!"韩琦血红着眼睛咬牙切齿地说。

"姐姐——当初杀害父亲的人并非赵匡胤,只是他的手下,那并非他的原意……"韩珪尽力劝说姐姐。

"别说了!"韩琦厉声打断他的话,"若是没有赵匡胤谋反,父亲他能死吗?你和我能落得家破人亡吗?杀父之仇不报,你还是不是男人?还有没有一点儿孝心?哼,我听说你在宫里还与他的女儿纠缠在一起,就是河边那个小丫头吧,告诉你韩珪,你要么杀了她,要么与她划清界限,绝不能认贼作父!而且你此番进宫后,一定要伺机杀了赵匡胤给父亲报仇,否则,我便自己动手刺杀仇人,从此再没有你这个弟弟!"

说完,韩琦狠狠瞪了韩珪一眼,翻身上马就要离开。

"姐姐,你住在哪里?"韩珪忙问。

韩琦从袖中取出一张纸条扔到地上,道:"这是我的地址,等你杀了仇人就去找我吧,否则,就当我死了!"说罢,掉转马头打马而去,刹那间便消失得无影无踪。

韩珪从地上捡起纸条,瞥了一眼上面的字迹,便望着姐姐消失的方向呆呆发愣。

姐姐比他大两岁,从小对他特别好,二人是一起玩大的,感情甚笃。只是他该如何听姐姐的话去刺杀赵匡胤呢?若是不听姐姐的,他便真的有可能失去她,他是明白姐姐性子的。姐姐一向是个说一不二的刚烈女子。虽然自幼与他一起习武,与他的武艺相比并不逊色,但如果她真的冒险去刺杀皇帝的话,恐怕没那么容易,到时候他便当真失去她了。情况突然变得复杂起来,这可如何是好?

正想着,德姨喊着韩珪的名字追了过来:"韩珪,韩珪,你怎么跑到这里来了?那个女子是谁?"

韩珪不理睬她,继续发怔。

"你怎么不说话?你到底怎么啦?时辰不早了,咱们去找心儿姑姑一起回宫吧！"德媖拽了拽他的胳膊说。

"好吧，去找心儿，一起回去。"韩珏一边若有所思地说，一边掉头向街边走。德媖在他身后紧紧跟随。

两个人来到灯市上四处寻了半天，却怎么也寻不见心儿的踪影。二人都急了，满大街寻找，一直寻到入夜时分，仍是不见心儿，只好回去将情况禀告给皇帝。皇帝一听说心儿失踪了，忙亲自率领一队禁军四处寻找，全城各处寻遍，却仍是没有结果。

皇帝急得一头冷汗，回到宫里，责问韩珏："朕派你保护心儿和公主安全，你却将心儿跟丢了，你是怎么一回事？"

韩珏跪下叩首道："此事的确是韩珏失职，请陛下责罚。"

皇帝怒道："拖下去，重打五十大板，出去接着寻找心儿，若是找不到，就别回来了！"

一旁的德媖急忙道："父皇，且慢，此事不关韩珏的事，当时是我叫住韩珏让他陪我在河边放莲花灯的，心儿姑姑说要到灯市上转转去，然后就找不到了。韩珏真的没有任何责任，不要责罚他啊父皇！"

"哼，他作为随行护卫将人跟丢如何没有责任，德媖，你莫再袒护他！"皇帝气咻咻道。

韩珏被行刑兵士按到刑凳上打板子，德媖冲上前去喊道："别打了，别打了！停下，停下！"

兵士却不理睬她，仍旧举着大棒一下一下狠狠地打着韩珏。眼看着韩珏的下体被打得皮开肉绽，德媖猛地扑了上去，用自己的身体死死护住了韩珏。兵士们来不及停手，"啪、啪、啪"连着几大板重重地打到公主身上，兵士们见打的是公主，急忙停了下来。

韩珏猛地翻身起来，将德媖掀翻在地，嘴里吼着："德媖，你走开！"

德媖却爬起来，倔强地冲上前去，紧紧抱住韩珏，喊道："不，我不走，谁要打你，就先打死我吧！"

皇帝见女儿如此放肆，勃然大怒道："德媖，你如此胡闹成何体统！

来人，将她带走，送回福宁宫去禁足！"

两名兵士上前将德媖硬生生拖走，德媖一边拼命挣扎一边大叫着："放开我，放开我！父皇，我要同韩珪一起去寻找心儿姑姑，我会找到她的！放开我——放开我——"

德媖被拖走了，韩珪被打了五十大板后，拖着伤痕累累的身子，出宫继续寻找心儿。

皇帝也派出数百名禁军，接着在京城里四处寻找心儿。

此时，心儿正被关押在开封府阴暗冰冷的地下室里，已经苏醒过来。原来是符蓉派打手李元绑架了她。

符蓉在那次除夕宴上见到皇帝令心儿坐到皇后座位上进餐后，心中便是一惊，暗想，王月虹是个弱不禁风的病秧子，不定哪天闭上眼就醒不过来了，这皇帝是有心让那心儿做皇后啊！她若真成了皇后，自己能有好日子过吗，还不得被她整死吗？于是决定先下手为强，将她弄死算了。而那小韩妃是个烂泥扶不上墙的，指望不上，所以干脆自己下了手。

不久前，赵光义招募到一个武林高手叫李元，这李元身轻如燕，身怀绝技，杀人不眨眼，十分厉害。符蓉便对他悄悄讲了自己的计划，并对他施以重金，让他将心儿绑架到地下室后，悄无声息地处死。晚间，倩儿悄悄向她禀报说心儿同德媖和韩珪一起出宫赏灯去了。符蓉觉得这正是个对心儿下手的好机会，便派了李元悄悄跟踪心儿，伺机对心儿下了手。

将心儿弄到地下室后，李元本来想听符夫人的话，悄无声息将心儿掐死。正要下手时，却听那美人突然喝道："慢着，你可知我是谁？你若这样杀了我，皇上不会饶过你的，包括你的主子你的家人在内，都会有杀头之灾的！"

李元心中一惊，定睛看了看心儿，见她不但样貌不俗，周身的气度更是不凡，心下便有些犹豫，何况他是赵光义的手下，岂能听凭那妇人摆布，应该向府尹大人请示一声。便将心儿手脚都绑了，嘴里塞了一团白巾，转身出了地下室。待到天亮之后,将赵光义约出,悄悄向他禀报了此事。

赵光义一听说心儿已被绑架到开封府地下室中,吓了一大跳,脸色突变,大喝了一声:"胡闹!"便急忙奔到地下室里,将心儿嘴里的白巾拿掉,又将她松了绑,一迭声地道歉:"心儿姑娘,实在对不住,让你受委屈了,都是我那混账浑家干的,回头我好好收拾她,让姑娘受惊了!"

心儿冷笑一声,道:"怎么你不趁机将我杀了灭口,还要放了我吗?你不怕我将此事告知皇帝吗?"

赵光义吓得冷汗冒出,向心儿躬身施礼:"心儿姑娘得罪了,我赵光义真心实意爱慕姑娘,怎会忍心杀害你呢!不过若是姑娘将此事告知皇兄,那符蓉就没命了。光义还请姑娘多担待,无论如何保住我那浑家性命。"

心儿又是冷然一笑,道:"好吧,那年你将我从贾府中救出,对我有恩,我尚未报答,这次就算是报你那恩义吧,此事一了,我心儿再也不欠你的了,以后你与符蓉若是再做出伤天害理之事,休怪我不客气!"说罢,冷哼一声,出了地下室。

心儿走后,赵光义回到寝房,对着刚刚起床的符蓉就是一个大耳光,将符蓉打得一个趔趄倒在地上。

赵光义怒不可遏,脸色铁青指着她道:"你这个狠毒愚蠢的婆娘,你竟敢做出绑架杀人之事,我看你是当真不想活了!我今日打死你算了!"说罢,对着符蓉"啪、啪、啪"又是几个大耳光,把符蓉打得眼前金星直冒,险些晕过去。

符蓉咬紧牙关忍耐着,赵光义接着怒冲冲教训她道:"你怎么如此愚蠢,你以为杀了她就没事了吗?皇上派兵全城搜寻,掘地三尺也会把她寻到,到时候他会亲手杀了你为心儿报仇,我也会被你连累!你还想不想活下去?还想不想让咱们全家好好活着?啊?"

符蓉吓得痛哭起来,匍匐在地哀求道:"夫君,我错了,真的知错了,我是一时糊涂才犯下了大错,你就饶过妾身吧,看在儿子的分上饶了我吧!"

赵光义强压怒火,瞪着她道:"好吧,看在儿子的分上我今日就饶过你这一回,若是你再敢动心儿一下,我便对你不客气,即使不杀了你,也废了你!"说罢,冲门外高喊一声,"来人,将夫人关入地下室里思过,没有我的命令,不许放她出来!"

下人进来,将符蓉拖入地下室中,关了起来。

心儿平安回宫,皇帝大喜,惊问她去了哪里。心儿说自己走迷了路,误入郊外一片密林之中,走了好久才返转回来。皇帝见她安然无恙,这才放下心来。派人将韩珪寻回,又命太医给他治伤,放了他一段时间的假,让他休养。德媄也被放出。

德媄听说心儿回来了,飞跑着去看她。见她真的平安无恙,便又去了韩珪处,要做好吃的给他补身子养伤。韩珪却对她冷若冰霜,态度生硬地轰她出去,德媄只好气呼呼跑出,不再理会韩珪。

过了几日,德媄忍不住,又跑去看望韩珪,韩珪却房门紧闭,说什么也不给她开门,还躺在床上冷冷对她说:"我已想好,我韩珪身份低微,不配与公主做朋友,也不需要任何人的关心,你走吧,再不要过来!"

"你开门,让我进去听我说好吗?"德媄把手掌都拍痛了,韩珪只是不理睬她。

气得德媄向门上猛踹一脚,大声骂道:"韩珪,你这个大浑蛋、大傻蛋,你简直莫名其妙!有能耐你一辈子别理我!"

德媄只好愁眉苦脸地再次去向心儿求助。心儿已经听说韩珪因为自己失踪被皇帝责打成伤的事,正想着抽空去看看他,便向韩妃告了假,同德媄一起去了韩珪处。

没想到得到的待遇同德媄一样,韩珪说什么也不肯给她开门,还冷冰冰地甩出一句话:"烦死了烦死了,让我安静一会儿好吗?"

"韩珪,是我,心儿,你开门好吗,我有事情同你讲。"心儿只好在门外大声喊道。

## 第二十五章

## 公主出嫁

"不管你是谁,不管你有什么事,都和我没关系!我心里烦得很,拜托不要再打扰我!"只听韩珪在里面烦恼地高声说道。

心儿听他口气冷硬得很,知道再僵持下去也不会有什么好结果,便低声对德媖道:"咱们先走吧,让他静一静。"德媖点点头,二人走开。

来到一个僻静处,心儿对德媖道:"他这样子不大对劲,你们之间发生什么不寻常的事了吗?"

德媖瞪着一双无辜的大眼睛,想了想道:"没有啊,就是那天赏灯回来后他被打了一顿,就变成这样子了啊!"

"难道他因为被打记恨皇帝和我了?不会啊,他应该不是这等小心眼儿的男人,究竟是为了什么呢?"心儿奇怪地道。

"哦,我想起来了!"德媖恍然说,"那天我们俩在河边玩灯的时候,突然出现一个骑马的女子,韩珪见了她很震惊的样子,嘴里还叫她姐姐,并且追着她去了树林里,不知道二人说了些什么,从那以后,韩珪他就变了。"

"一个骑马的女子,韩珪叫他姐姐?"心儿疑惑道。

"是,那女子的模样的确有几分像韩珪,八成是他亲姐姐。"德媖努力回想着道。

"那韩珪的不寻常肯定就是与这女子有关了。"心儿点点头说。

她思忖了片刻，对德姎道："那就让他好好冷静一阵子吧，也许过些日子他会自己想通的，咱们就别去打扰他了，如何？"

德姎点点头："那好吧！"

日子悠悠过着，时光流转，很快到了初春二月。日光越来越暖，轻纱一般柔柔覆盖着世间万物。宫中园子里的树木和草地已经有了茸茸绿意，在朗朗清辉映照下发出水绿光泽，很是柔美可爱。

皇帝依然政务繁忙。一日散朝后，魏仁浦留下来，再次向皇帝恳请尽快为儿子与公主完婚，并说二月十八是个吉日，不如就将这天定为大喜之日。还说自己年事已高，等儿子完婚后就辞去官职，回家安心养老，静享天伦，并推荐了赵普接任宰相一职。让赵普出任宰相，这的确也是皇帝的意思，看得出来，魏仁浦这是好意，是诚心想要隐退让贤。皇帝很是感动，便当即应允了魏仁浦的请求，定下了二月十八为德姎同魏咸信举办婚礼。

皇帝下朝后即刻将喜讯通知了皇后，令皇后尽快为德姎准备嫁衣嫁妆。

皇后略带忧虑道："嫁衣嫁妆早已备好，只怕公主还是不肯嫁。"

皇帝微微一笑道："哎，女孩子嘛，哪个不是这样，说让她嫁人，本来心里是极乐意的，表面上却要扭扭捏捏，装出一副不情愿的样子。再说，那魏公子才貌俱佳，又是贵门之后，她有什么不愿意的？你好好同她说，她肯定会同意的。"

皇后温顺点头道："好，臣妾这就同她说去，正好让她试一下嫁衣。"

不料，德姎听皇后说完这一喜讯，立刻就炸了，将那火红色镶金描银、华丽璀璨的锦绣嫁衣狠狠掷到地上，还跺着脚踩了几下，柳眉倒竖地暴怒道："我说过了，我不嫁——不嫁不嫁就是不嫁！"接着伸手指向皇后，声嘶力竭道，"要嫁你嫁去！我就知道你没安好心，你气死了我娘亲还不够吗？非要逼我也离开这里，你好独自享受我父皇的宠爱！你真是个恶毒女人，是个可恶的后娘！"

一听这话，皇后脑中"轰"地一响，脸色变得煞白，身子晃晃险些晕倒，眼中瞬间涌上满满两汪泪水，气得几乎说不出话来，声音颤抖道："你，你，你……为何如此说？"

皇帝刚好进入外室听到德媖的话，不禁勃然大怒，走进来对着德媖就是一耳光："胡说八道！德媖，你怎么可以如此说你母后？你母后辛辛苦苦将你们姐弟三个养大，你竟如此回报她吗？你还有没有良心？真是把你给惯坏了！"

说着，还要挥掌怒打德媖。皇后急忙扑过去将皇帝紧紧抱住，嘴里说着："官家息怒，息怒，别打孩子！"

德媖呸地冲皇后啐了一口，转身飞奔出去，跑到慈宁宫找到心儿，猛地扑进心儿怀中，"哇"的一声号啕大哭起来。

心儿吓了一跳，急忙劝她。问清楚原因后，心儿便答应去劝皇帝皇后，一定尽力阻止婚礼举行。又温和对德媖道："媖儿，你那么说你母后，真的不公平，你母后是个好人，你为何那般说她？"

德媖用帕子擦着眼泪道："是婶娘告诉我的。"

"符蓉？"心儿一愣，旋即明白了，沉下脸对德媖道，"符蓉这个人心术不正，嘴里不会说出什么好话，她是骗你的，故意要挑拨你和母后的关系。你母后是个特别好的人，心地良善，个性仁慈，她是在你娘亲去世后才认识你父亲的，你娘亲的死和她一点儿关系也没有，这事太后在世时同我说起过。再说她对你有养育之恩，你不应该那么说她。我带你去向母后道歉好吗？正好我劝劝她拒了那门婚事。"

德媖点点头，小声道："好吧！"

于是，心儿便带着德媖来至福宁宫，德媖红着脸向皇后道歉："母后，德媖错了，我不应该那么说你，我是一时性急胡说的，母后莫要放在心上。"说罢，"扑通"一声跪倒在地，向皇后叩头。

皇后急忙将她扶起，温和笑道："快起来吧媖儿，母后没有怪你，你还小，性子急切，为娘怎么会怪你呢！为娘也想过了，婚礼的事情我与你父皇的确是办得有失妥当，应该先征求你的意见再定。"

心儿笑着道："好了好了，母女俩的误会消除了，媖儿你先回去吧，我同你母后说说话。"

媖儿应了一声转身出去。

皇后便请心儿坐在软椅上说话。

心儿坐下，对皇后道："圣人，心儿斗胆为德媖说句话，德媖钟情的人并非魏公子，嫁给魏公子实非她所愿，她年龄还小，何苦非要逼她匆匆嫁人呢？圣人能不能想办法把那婚礼拒掉？"

皇后叹息一声，微蹙眉头道："不是本宫非要她嫁，这是皇上的意思，其实皇上也是没有法子，那魏仁浦同他夫人一次次前来求婚，皇上不好驳他们面子，便答应了，再说此桩婚事是太后定下的，皇上不好反悔。心儿姑娘，你若是当真想帮德媖，便去劝皇上吧，我这里是怎么都可以的，你知道，皇上的意思便是本宫的意思。"

心儿点点头，道："圣人的意思心儿明白了，我这就去劝皇上。"

午后，等皇帝下了朝，心儿便来到勤政殿，苦苦劝说皇帝将那婚礼拒掉，婚约解除。皇帝只是摇头不允，理由说得同皇后一般无二。

心儿便道："我同韩珪的婚姻也是太后定下的，为何皇帝可以将之废掉呢？"

"这个嘛……"皇帝语结了，思忖一下道，"这桩婚姻同你跟韩珪的不一样，你跟韩珪那纯粹是乱点鸳鸯谱，而德昭和魏公子的婚姻却是天作之合，二人是天生一对，金童玉女，结为伉俪有何不可？"

心儿劝道："皇上认为二人是天生一对，那只是你的看法，德媖却不这样认为，她对那魏公子没有感觉，更谈不上感情，如果强逼着她上花轿，也不过是一场捆绑姻缘，怎么会有幸福美满可言？"

皇帝沉吟一下，道："我不是不明白她的心思，她心里中意的是韩珪，韩珪那孩子人是不错，可他的出身……毕竟他与我有杀父之仇，把女儿交到他手上，叫我这做父亲的如何放心？我还是觉得魏公子更适合她，跟了他，德媖会一辈子稳稳妥妥的，有何不可？心儿，你不必再说什么了，就如此定了吧，这月十八举行婚礼。你去帮我劝劝德媖，让她带着笑脸打扮一新上花轿拜堂成亲！"

"皇上……"心儿还想继续劝他，皇帝却冲她摆摆手，皱眉道："你去吧，我有些头疼，让我静一静好吗？"

"好吧，心儿退下了，皇上好好歇息吧！"心儿不敢再说什么，福了一福轻移莲步转身出去。

德媖在殿外等着，见心儿出来，忙迎了上去，满怀希望地问："怎么样？父皇他同意了吗？"

心儿冲她摊摊手，摇摇头。

德媖急得又要哭，心儿忙道："别急媖儿，容我再想想办法。这样，你去找韩珪，看看他的反应，如果他愿意，你可以让他帮你。"

德媖咬了咬嘴唇，道："好，如果他愿意要我，我就求他带我私奔！"说罢，转身便跑。

心儿忙追在她身后喊："媖儿，你好好同他商量，别乱来！"

德媖来到韩珪处拍门："韩珪，快开门，我有事同你讲！"

"你怎么又来了，烦不烦啊！我在看书，别打扰我！"韩珪在里面不胜其烦地说。

"我真的有急事要和你说，开门啊，再不开，我就砸了！"德媖说罢，真的从地上捡起一块石头，准备砸门。

韩珪忽地将门打开，一脸不悦道："进来吧！"

德媖扔掉石头进到房间里，将门关上，一双水晶大眼怔怔瞪着韩珪。

韩珪坐到床沿上，冷冰冰看着她，道："什么事，快说！"

"我父皇同母后要我这月十八就同魏咸信举行婚礼。"德媖道。

韩珪微微一怔，心里有些酸溜溜不是滋味，然而他很快装出一副无所谓的样子,笑道:"好事啊,恭喜你!怎么,你这是来邀请我参加你的婚礼吗?"

德媄一听这话登时急得涨红了脸颊,指着韩珪道:"你个浑蛋!韩珪,我要嫁给别人你真的无所谓吗?"

韩珪冷冷一笑:"你嫁给魏公子挺好的啊,一个公主,一个宰相之后,多般配啊,我为何不恭喜你?"

"你,你真的不明白我的心吗?韩珪,我喜欢的人是你!"德媄一张小脸涨得绯红,只得将心里话一吐而出。

韩珪却并不领情,又是冷冷一笑:"你喜欢我有什么用,我可不喜欢你!"

"你……你……你撒谎!"德媄气急败坏地瞪着他,突然扑了上去,将韩珪扑倒在床上,玉体压着他的身子,猛地在他那张精致红润的嘴巴上重重亲了一下!

韩珪险些晕死过去,这种情况他今生还是头一次遇到,他一个堂堂八尺男儿竟被一个小姑娘给推倒强吻了!这究竟是怎么一回事!

韩珪猛地坐了起来,用力将这个蛮横无理的疯丫头推开,恼羞成怒道:"你干什么,疯了吗?"

德媄仰着脸一脸得意地说道:"韩珪,你亲了我,从此以后我就是你的人了,你要对我负责任!"

"你……你要我怎么对你负责任?"韩珪愁眉苦脸道。

德媄敛起笑容,认真道:"娶我啊!反正你亲了我,不娶我还能怎么办?"

"胡闹!你父皇要你嫁给魏咸信,我怎么娶你,你是要我犯杀头之罪吗?"

"那好办,你带我走啊,我们私奔到一个秘密之地,让他们找不到,不就得了吗?"德媄满不在乎道。

"幼稚!普天之下,莫非王土,你能逃到哪里去?无论逃到哪儿,你爹肯定都有办法把你抓回来,有没有脑子啊你?"韩珏不屑地说。

"这么说,你是愿意娶我喽?"德媖看着他的眼睛道。

"谁愿意娶你!你还是嫁给魏咸信去吧,你跟着我这样的男人没什么好日子可过!我还是离开这里吧,省得你老惦记着!"说罢,韩珏简单收拾了一下行李,将行李背上,拔腿就走。

"回来!"德媖一把拽住他,"你要走是吧,那我和你一起走!你走到哪儿我就跟到哪儿,我德媖今生跟定你了!"

韩珏冷若冰霜道:"你放开!你想走走得了吗?你有出宫腰牌吗?"

"我不管,反正我要跟你走,我走不了你也别想走!"德媖拼命扯着他执拗道。

韩珏也拼命要摆脱她,二人彼此拉拽撕扯着,闹得不可开交。

这时,门突然洞开,心儿走了进来。

心儿看着二人,平静道:"你们俩都放手,别闹了,这样闹下去没有结果。"

二人这才放了手,不好意思地红着脸低头站着。

心儿对德媖道:"媖儿,你先出去吧,我和韩珏谈谈。"

德媖点点头又看了韩珏一眼,转身离去,轻轻将门带上,闪身躲到窗外窃听。

心儿盯了韩珏片刻,神色郑重道:"韩珏,姐姐问你个问题,你认真回答我好吗?"

韩珏点点头:"好,心儿姐姐,你说吧!"

"你到底喜不喜欢德媖?"心儿看着他的眼睛问。

"这个嘛……"韩珏挠挠头,有些犹豫。

"别这个那个的,你痛痛快快说,喜欢,还是不喜欢!"心儿说。

"喜欢!"韩珏终于说出了这两个字。

在窗外猫着腰窃听的德媖听到这两个字后,险些惊喜地笑出声来,急忙捂住自己嘴巴。

"既然喜欢，那你们就应该在一起！"心儿果决地说。

"不，使不得！"韩珪也坚决地说。

"为何？就因为皇上不允许吗？"

"不，不仅因为这个，还因为……因为……"韩珪吞吞吐吐着。

"还因为你姐，你的亲姐姐，她不允许对吗？"心儿平静道。

"你，你怎么知道的？"韩珪惊讶地望着她。

"是德媖告诉我的，那天她在河边看到了你姐姐。我猜定是她阻止你和公主在一起的，而且她还逼着你刺杀皇上，对吗？"心儿道。

韩珪震惊地看着她，默默点了点头……

二月十八大喜之日很快到来，不知心儿用什么法子劝好了德媖，婚礼这日，德媖居然没哭也没闹，安安静静穿上了华丽璀璨的喜服，戴好镶满珠翠金玉的花冠，打扮成娇艳华贵新娘子的样子，乖乖上了花轿。

心儿和德婷也同她一起上了轿子。这是德媖向父皇和母后提出的请求，皇帝知道她与心儿一向关系亲好，德婷又是同她一起玩大的妹妹，便想也未想欣然应允。

于是，八抬花轿抬着三位打扮一新的丽人，走在鼓乐喧天、喜气洋洋的迎亲队伍之中。魏家住在城北，途中经过一个闹市。这时，心儿突然掀开朱红轿帘，大声说道："停一下！"花轿停了下来，心儿对管事人说："公主肚子有些不舒服，要找地方方便一下。"

管事人是魏府的管家，忙躬下身子，恭敬道："既然如此，就请公主下轿，到路边找一户人家方便一下吧！"

心儿、德婷便下了轿，又将蒙着盖头的新娘子小心翼翼扶下来，搀着新娘轻移莲步走进附近一栋民房里。一刻钟后，心儿搀着蒙着盖头的新娘子出来了，走到轿子边，心儿送新娘子先上了轿。

管家见伴娘少了一位，便问心儿："怎么只有您一位出来了，德婷公主呢？"

心儿对他福一福身道："不好意思，德婷早上吃坏了肚子，疼得不行，在那户人家歇着了，我拜托他们请郎中给看看，等下午返回时再接上她回去就可以了。时辰不早了，我们先将新娘送过去吧！"

管家想着确实不能误了吉时，便点头表示同意。

心儿上了轿，管事人大喊一声"起轿——"，八抬大轿重又走起，随着迎亲队伍喜气洋洋地向魏府行进。

魏府到了，花轿落地，心儿搀着蒙着盖头的美丽新娘盈盈走出。鞭炮响起，锣鼓喧天，新娘子在心儿的搀扶引领下顺利地迈过火盆，进入亲友济济、热闹非凡的喜堂。拜天地，拜高堂，夫妻对拜……经过一系列繁缛的拜堂仪式，新娘子终于被手执彩球绸带的新郎官牵入了洞房。

身着一身红艳艳喜袍的魏咸信，喜滋滋看一眼端坐在床边蒙着盖头的美艳新娘，轻轻来至她身旁，温声说道："媖儿，你还好吧？累不累？"新娘子却动也不动。魏咸信柔和一笑，伸手掀开了新娘的盖头，定睛一瞧，蓦地怔住了——只见这新娘并非他日夜想的德媖，竟是她的妹妹德婷！

这……这究竟是怎么一回事？魏咸信怔怔望着德婷，傻了一般。

"咸信哥哥，你听我说。"德婷站了起来，难为情地开口道。

这时，心儿随着魏仁浦和魏夫人走了进来。

魏仁浦和魏夫人见新娘竟是德婷，也大大吃了一惊。

魏仁浦脸色大变，厉声道："这是怎么回事？"

心儿急忙在二位老人面前跪下，道："魏大人，魏夫人，还有魏公子，心儿在此给你们赔礼道歉了。事情是这样的——"心儿顿了顿，接着说下去，"德媖她不想嫁给魏公子，可皇上却非要她嫁，德媖说什么也不肯，半路上就同德婷换了衣服，让妹妹德婷代嫁，她自己脱身而去了。"

魏仁浦听明白了事情原委，大怒道："真是胡闹，姊妹易嫁，怎么可以做出如此荒唐之事！"

心儿叩了叩首，抬头看着魏仁浦道："是，这件事情我们做得的确有欠妥当，可是，如果把一个不情不愿的公主硬生生逼迫着嫁过来，再别别扭扭地过日子，又有什么美满可言呢？德婷也是公主，只比德媖小一岁，长得和姐姐一样漂亮端庄，性子却比姐姐温柔乖巧许多，而且德婷对魏公子心仪已久，情愿代替姐姐嫁给魏公子。如今花堂也拜过了，魏家也并没有什么损失，不过是新娘换了个名字而已，若是魏家不肯留下德婷做这个媳妇儿，那奴婢就将她带回去吧！"

魏夫人听完此话，仔细看了看德婷，见德婷眉目如画，月貌花容，光洁面庞浮着一层温柔浅笑，如皎月生辉，楚楚动人，其品貌的确是不次于姐姐的。便对德婷道："德婷公主，你真的愿意嫁给我儿咸信吗？"

德婷盈盈跪下，柔顺笑道："是，德婷愿意嫁给咸信哥哥，同他一起孝敬二位高堂。"

魏仁浦气消了大半，冲公主略一点头，转向魏咸信："信儿，你是什么态度？愿意将德婷留下吗？"

魏咸信本是个温顺性子，平时对德婷这个小妹妹也很是喜欢，见事已如此，便对父母道："既然德媖不喜欢咸信，咸信也不勉强了，咸信已经同德婷拜过花堂，那德婷便是我的妻子，也请爹娘将她认下。"

魏仁浦听儿子如此说，便脸色缓和下来，点点头对心儿道："既然事已至此，一对新人也都认了，那便将错就错吧！只是皇上皇后那边……如何交代？"

心儿盈盈笑道："皇上皇后那边由我去劝说，放心，他们会同意的。"

傍晚时分，心儿回到宫廷，向皇帝皇后复命。

皇帝见只有心儿一个人回来，便问："德婷呢，怎么没见她？"

心儿扑通跪下，叩首道："心儿有罪，心儿今日擅作主张，在送亲途中将德媖放跑，让德婷穿上嫁衣，蒙了盖头，代姐姐入了魏府之中。"

皇帝皇后听此话差点儿没晕过去，半天才搞清楚是怎么回事。皇帝勃然大怒，指着心儿："你……你们好大胆子，竟做出如此荒唐之事！居然，居然姐妹易嫁，成何体统！真是，真是气死朕了！"

心儿忙道："皇上息怒，息怒！且听我把话讲完。"

皇后扶着皇帝坐到龙椅上，也温声劝道："官家，先莫生气，听心儿把话讲完。"

皇帝瞪了心儿一眼，道："讲！"

心儿从容道："德媖的性子皇上皇后都是知道的，德媖同我说，她实在不愿嫁给魏咸信，若是非逼她嫁过去，她宁愿一死！而德婷却对魏公子心仪已久，情愿代替姐姐嫁入魏府，今日已同魏公子顺利拜过花堂，魏大人、魏夫人以及魏公子都已经接受了德婷做媳妇儿。此事木已成舟，双方也并无损失，不过是新娘换个名字而已，皇上、皇后就答应了吧！"

皇帝神色颓然道："我怎么没有损失？一日之间，我的两个女儿都不见了！我真是心疼肝也疼。德婷心甘情愿去做魏家媳妇儿倒也罢了，那德媖呢，你把她弄到哪里去了？"

心儿道："皇上放心，德媖同韩珪在一起，租住在一栋民房里，很是安全。"

皇帝叹息一声，道："唉，她终是跟韩珪在一起了！罢罢罢，女大不中留，随她去吧！"

皇后有些不放心，对心儿道："心儿姑娘，既然皇上已经同意，德媖愿意跟韩珪在一起，本宫也没甚话说。只是他们二人就这样住在外面，且不说名不正言不顺，本宫这心里也放不下，还是叫德媖和韩珪回宫里来住吧！"

皇帝道："皇后说得有理，朕对德媖也不放心，心儿，你去将她和韩珪叫回来吧，朕要给他们办个像样的婚礼，如果他们实在不愿意在宫里住，那朕就在宫外给他们安置一所公主府，让他们逍遥自在过日子。"

心儿见皇帝皇后如此痛快便答应了，心中大喜，便和悦笑道："心儿替两位公主感谢帝后开恩。"

皇帝对心儿道："你起来吧。朕的两个女儿让你费心了，朕明白，你是好心，只是我这做爹的真是不舍得，突然间两个女儿都随着别的男人走了！唉，养女儿啊，就是不划算，捧在手心里小心翼翼养大，翅膀硬了，转眼便飞走了！"

心儿同皇后对视一眼，皆捂着嘴忍不住笑起来。

皇帝对心儿道："你别笑了，去好好歇息一下，明日带着一队护卫去将那疯丫头叫回来，看朕不好好教训教训她！"

心儿急忙福了福身，道："是，心儿遵命，明日就去将您的宝贝女儿给接回来！"

此时，德媄和韩珪正在京城效外一栋民房里打打闹闹。这栋民房是韩珪提前出宫租下来的，当时，他就守在送亲途中的那间民房里，等着德媄同德婷进来换过衣服后，便带着德媄从后门出去，双双骑上马来到这里。

德媄算是胜利大逃婚，非常兴奋，缠着韩珪要他抱抱自己。韩珪却不肯，冷着脸道："抱什么抱，我还没同意娶你呢！我不过是帮你从婚礼上逃出来罢了，可没说一定要和你在一起！"

"说什么呢你！"德媄狠狠给了他一拳，"我都丢下一切和你一起私奔了，你还说这般没良心的话！你若是不娶我，我就杀了你！"说罢，追着韩珪打他。

二人在房间里转着圈追打，德媄闹累了，便躺到床上，道："哎呀，累死啦！累死啦！不和你玩耍了，本公主要睡觉啦！你要不要过来陪我一起睡？"

"谁要陪你一起睡？你一个大姑娘家也不害臊，去去去，到外室地上睡去！这房子可是我花钱租来的，我是主人，应该睡床上！"韩珪逗她说。

德媄把手边的枕头抓起来冲着韩珪扔去："谁稀罕跟你一起睡了，你是男人，男人应该照顾女人，你滚出去，滚到外室睡去！"

韩珪当真抱了床被子去了外室，德媄把枕头扔给他，啪一下将房门关上，四脚朝天躺到床上，捂着脸偷偷笑起来。

翌日清晨，二人起床，洗漱完毕，韩珪出门去买了些包子和白粥回来，二人吃过。闲着没事，德媄便同韩珪在院子里一起练剑。

二人正练得兴致盎然，突然，院门被"哐啷"一声踢开，一个女子走进来，满脸怒气的样子，一边嘴里说着："韩珪，你可真行，居然带着皇帝的女儿私逃到这里！"

二人一怔。韩珪定睛看去，立刻惊讶地道："姐姐，你怎么来了？"

来人正是韩珪的姐姐韩琦。这段日子，她一直派人跟踪着韩珪，监视着他的动向。

韩琦拎着一把宝剑，走到韩珪跟前，愤怒地看着他道："你还认得我这个姐姐呀！我是怎么和你说的，你怎么把我的话当作耳旁风一般？你不为父亲报仇就算了，居然跟仇人的女儿混在一起，你真是气死我了！"

韩珪"扑通"跪到地上，向姐姐抱拳道："小弟的确违逆了姐姐，姐姐拜托的事情小弟实在是做不到，而且我不能丢下公主不管。姐姐若是气不过，就责罚弟弟吧，弟弟任凭姐姐处置！"

"哼，你这个不孝之子！"韩琦咬牙切齿骂道，"呛啷"一声拔出宝剑，将剑尖抵在韩珪脖子上，"你马上跟我走，不许你再和她见面，否则我就杀了你！就当没你这个弟弟！"

韩珪闭上眼睛，执拗道："那你就杀吧，我不会和姐姐走的！"

"你……"韩琦气得脸色铁青，突然转过身子，将剑指向一旁的德姨，恨恨地说道："好，你不跟我走，我就杀了她！"

"姐姐，不要啊！"韩珪惊恐地大喊一声。

"你到底跟不跟我走？"韩琦一边威胁道，一边将剑尖抵到德姨脖颈上，德姨并不惊慌，只怔怔看着韩珪。

几个人正僵持着，突然一个女声响起："把剑放下！"

三人皆是一惊，同时向门口望去。只见从容走进来的女子正是心儿。

心儿来到韩琦面前，严厉道："把剑放下，有什么话好好说。"

韩琦把剑收起，厉声问道："你是谁？"

"我叫心儿，是德姨的姑姑，你有什么话和我说吧！"心儿淡定道。

韩珪道："姐姐，她是心儿姐姐，这些天她经常照顾我，对我很好，姐姐莫要对她动武。"

韩琦上下打量了一番心儿，点点头，道："好，你既然对我弟弟照顾有加，我便该谢谢你。不过，我今日必须要带走韩珪，绝不允许他和这个公主在一起！"

"为何？"心儿道。

"为何？因为她是仇人的女儿，韩珪不能认仇人作父！"韩琦红着眼睛说。

心儿诚恳道："韩琦，我求求你将心中的仇恨放下好吗？冤家宜解不宜结，冤冤相报何时了？你也是名门之后，应该知道'圣人执左契，而不责于人。有德司契，无德司彻。天道无亲，常与善人'。我们何不放下那些上辈子的恩怨，与人为善，成全他人之美呢！两个孩子真心相爱，德媄她放下公主身份，违逆她父皇，不顾一切追随韩珪，如此真诚，难道不是上天有意将两家人撮合在一起，让两家冰释前嫌，结为亲戚吗？你又何苦抱着那点儿旧怨不放，非要拆散两个孩子呢？"

韩琦鄙夷地一笑，道："好一副伶牙俐齿，看来赵匡胤身边的人个个都不是省油的灯，可惜我韩琦不吃你这一套。当初，我亲眼看到父亲他倒在血泊之中死不瞑目，我也被一剑刺成重伤，浑身是血，险些丧命，岂是你说一句放下就能放下的！这几年来，我常常梦见父亲他对着我痛哭不止，要我给他报仇雪恨，我无法不理会我的父亲，无法放下心中仇恨，除非他赵匡胤能吃我一剑，用他的血去告慰我父亲亡魂，否则……"

"姐姐，你别说了，我跟你走还不行吗？"韩珪含着眼泪道。

"不，韩珪，你不能跟她走！"德媄突然大声说道，"我可以把我父皇的血给你，我身上流着的便是我父亲的血，我这就给你，你拿去吧！"说着，提起手中的利剑，对着自己的腹部便扎了下去！一股鲜血立时飞溅而出，德媄倒在了血泊之中。

"不——"韩珪大叫一声，扑了过去，将德媄紧紧抱在怀中，哭着说道，"德媄，你这是干吗啊？"

心儿和韩琦也被这突发事件惊得目瞪口呆。心儿怔了片刻,回过神儿来,忙对着门外的护卫大声喊道:"快去请大夫!"

德媖虚弱地睁开眼睛,脸色苍白地冲韩珪笑笑,低声说:"让你姐姐来取血吧,这样我就可以和你在一起了……"说完,头一歪,昏了过去。

韩珪紧紧抱着她,痛哭着道:"媖儿,你怎么这么傻啊……"

# 第二十六章

## 皇后之死

因为抢救及时,德媖脱离了生命危险,被运回宫内养伤。一张小脸惨白惨白地躺在床上,嘴唇也失去了血色。可把皇帝和皇后给心疼坏了。

皇帝迁怒于韩珪,怒冲冲要将他治罪。心儿忙为他求情,将当时的情况向皇帝详细讲述了一遍,又悄声对他说,韩珪可是德媖的命根子,德媖就是为了能和他在一起才刺伤的自己,若是皇上当真将韩珪治了罪,德媖的伤恐怕就好不了了。皇帝听她说得有理,这才压下怒火,对韩珪道:"这次朕就饶了你,以后你若是对媖儿不好,辜负了她,朕定将你碎尸万段!"

韩珪跪在地上,抱起双拳,郑重道:"陛下放心,以后韩珪定会好好保护媖儿,若是再让她受半点儿伤害,不用陛下动手,我便会一头碰死,绝不苟活在这个世上!"

皇帝冲他挥挥手:"好,你起来吧。朕且相信你一回,以后你与德媖要互敬互爱,等德媖身子好利索,便为你们举办婚礼。这段时间你就不要干别的了,去好好陪着媖儿吧,督促她把身子尽快养好。"

韩珪说了声遵命,便起身来到德媖榻前,从此日日寸步不离地守在她身边,无微不至地照顾她,直到她身体康复。

心儿也不时抽空去看望德媖。有一次,心儿悄悄来到她寝房门口,透过门缝,正看到韩珪坐在床边紧紧握住德媖的手,二人甜甜蜜蜜地对视着。

韩珪亲吻着她的手背,温存道:"媖儿,今天感觉好些没有?"

德嫔笑靥如花、含情脉脉地望着他，道："嗯，好多了。"

"以后不许再干傻事，听到没有？"韩珪嗔怪地说，又亲吻了一下她的纤纤玉指。

"若是不干傻事，你能对我这么好吗？"德嫔笑嘻嘻地说，一副鬼精灵的可爱模样。

韩珪点了一下她小巧玲珑的鼻子说："傻丫头，你不干傻事，我会对你更好的！"

德嫔深情看着眼前男神般的俊美帅哥，绯红着小脸说："韩珪，你……你能不能亲亲我？"

韩珪一愣，随即笑着便俯下身去，在她的唇上轻轻吻了一下。

德嫔陶醉至极地闭上眼睛，韩珪也是陶醉无比，不由自主地再次俯下身去，亲吻着她粉红色的柔软樱唇……

心儿看到这里，急忙捂住眼睛，转过身子，心里暗自笑道："以后自己还是少来打扰这对小鸳鸯吧！"

她踩着春日傍晚淡薄微凉的夕光，默默向慈宁宫的方向走去，心里突然间便有了些空荡荡的失落感。她想到了皇帝和自己，他何时也能对自己如此关怀体贴与柔情似水呢？女人，费尽心机拼尽力气想要的还不就是心爱的男人对自己的那点温情吗？为何这样难呢？不过总算是快熬出头了，还有五个月……只是自己的"服刑期"已经进入了倒计时，这明明是件好事，为何心中反而惶惑不安、忐忑忑起来了呢……

心儿一边这样碎碎念想着，恍惚间，在石道拐角处险些与一个女子迎面撞个满怀，注目看去，竟是多日不见的符蓉。她心中一凛，眼睑垂下，假装没看到一般，向着自己寝房走去。

符蓉却叫住了她："心儿，你站住！"

心儿只好停下玉足，慢慢转过身子，冲着符蓉浅浅施了个礼，道："符夫人，有何吩咐？"

符蓉目光凌厉地看着心儿，徐徐道："怎么，两个多月未见，你竟不认识符蓉了吗？你仔细看看，符蓉的变化是不是很大啊？"

心儿抬起眼睑，定睛看了看她，果然，符蓉明显比以前消瘦了许多，脸色也有些蜡黄憔悴，似乎大病初愈的样子。便道："符夫人比以前清瘦了些，怎么，符夫人身子不大舒服吗？"

符蓉目光憎恶狠戾地看着她，冷冷一笑道："哼，我是大病了一场，刚刚好些。这场病都是因你而起，那日你被放出后，赵光义便将我关入地下室中，关了我整整五日五夜，我差点没被冻死，直到昏了过去，才被放出。后来就月信大出血，腹痛不止，患了重病，喝了一个多月的汤药才见好些。大夫说这病无法根治，以后还会不时发作。我这身子算是废了，以后再也不能怀孕生子了，这一切可都是拜你所赐！"

说着，符蓉一点儿一点儿逼近心儿，目光如刀尖般刺向她的眼睛。

心儿并不畏惧，迎着她的目光悠然一笑，道："你若是不先害我，怎会有此报应？老天真是公正极了！你若是不改，继续作孽，还会遭到更重更狠的报应！"

"你……"符蓉气得险些要吐血，抬手便要打心儿耳光，心儿眼疾手快，伸手将符蓉的手捉住，向下一拧，对她冷然一笑道："符夫人，收敛些吧，我若是将你的恶行告诉皇上，你这条烂命还保得住吗？你应该感谢我口下留情才对，怎么可以以怨报德、恩将仇报呢？"

符蓉将自己的手狠狠抽出，冷哼一声，跺了跺脚，咬牙切齿道："心儿你别得意太早，总有一天我会让你生不如死、痛不欲生的，咱们走着瞧吧！"

说罢，符蓉一甩蝶袖，昂然而去。

心儿看着她的背影，鄙夷地一笑，向着自己寝房走去。她暗自想道，此女是毒蛇一条，自己以后要对她万分小心，也要找机会提醒皇上提防着她才是……

春天总是匆忙而短暂的，如同一卷薄薄的书籍，浮光掠影间便翻到了末页，炎炎夏日很快来临。皇宫里花草树木又是葱茏一片，花团似锦，蝉虫也开始一群群扎入树荫，高声大嗓地日日鸣叫，叫得人有些心烦气躁。

六月中旬，皇宫里添了一件喜事——皇后怀孕了。皇后已是第四次有孕，前两次怀孕诞下过两个皇子，但没出一年便都因病夭折了，第三次在怀孕六个月时流产，当时肚子里一个女婴已经成形。每经历一次，皇后都悲痛欲绝，哭泣抑郁多日缓不过来，身体也因此大受损伤。常年病恹恹的，汤药不断。但她十分希望为皇帝生育一胎健康孩儿，哪怕仅有一个也行。因此，她对这次怀孕寄予了厚望，万分小心，可谓战战兢兢、如履薄冰，生怕再出意外。

皇帝对此也很重视，本来太医曾对他悄悄说过，以皇后的病弱体质是不宜再受孕的，怀孕分娩对她的身体伤害都是极大的，后果恐怕不堪设想。于是皇帝便尽量避免与她同房，但皇后却盼子心切，哭哭啼啼地说一定要为他生育龙嗣。她虽然笃信佛教，在世俗名利方面能做到淡然超脱，却在生儿育女方面无论如何也看不开、放不下。皇帝无奈，只得随着她。派了四名宫女贴身陪护，又命医术最高的章太医日日请脉问安。可他还是不放心，又嘱咐心儿多抽空去看望照顾皇后，为她做做按摩，下小厨房做些可口饭菜。

心儿念着皇后救过自己，又对自己一向亲和，便打算趁此机会好好回报她帮她一把。于是向小韩妃提出请求，能不能提前一个月出慈宁宫，去专心照顾皇后。本以为她会为难自己，没想到小韩妃竟十分爽快地答应了："本宫准了，反正两年的期限也马上就到了，本宫就不勉强你留下了。皇后凤体要紧，你就去那边好好侍奉她吧！"

心儿以为这小韩妃八成真的是良心发现了，便跪下谢恩，然后高高兴兴出了慈宁宫，来到勤政殿拜见皇帝。

皇帝听说心儿被"提前释放"，立刻龙颜大悦，从堆满折子的案前站起身来，将心儿拉至身旁，让她在软椅上坐下，笑吟吟拉住她的手，道："心儿，你终于自由了！这几年真是委屈你了，先是在太后身边精心侍奉，又替朕在小韩妃那里赎罪,受尽折磨和迫害,现在总算是苦尽甘来。朕会尽快册封你贵妃位分,这次不会再有任何阻挠了!"

心儿笑嘻嘻道:"不,我不想当贵妃,我要当皇后!"

皇帝一怔,眉头微微蹙起:"心儿,你说什么?"

"我说我要当皇后啊!"心儿歪头笑望着他。

皇帝一时语结,怔怔看着她的一双美目。这双眼睛仍是与十多年前一模一样,春水盈盈,波光潋滟,灵气四溢,美若花瓣,却又分明与以前不一样了,是成熟了吗,世故了吗,还是变得深不可测了呢?

"哈哈,吓着了吧,心儿同你玩笑的!我怎么会有那份野心呢?我只要能陪在陛下身边就很满足了!"心儿突然大笑着说。

皇帝松了一口气,伸出手指点了点她的鼻尖道:"你啊,还是那般顽皮淘气,你干脆说想当皇帝得了,朕正好把这一堆的折子交给你处理,看不把你累得头痛欲裂才怪!"

心儿拍手笑道:"好啊,我还真想当武则天,我看她活得挺潇洒嘛,把天下治理得那么好,还找了几个俊美风流的男宠和她一起快活!"

皇帝也悠然一笑,道:"那好,朕便让贤了,把这天下交给你打理,朕也乐得轻松,专心当你的男宠,如何?"

心儿大笑起来:"我看此事可行!陛下长得如此英俊,只当皇帝,真是太可惜了!"

皇帝也哈哈大笑起来,很久很久没有如此开怀大笑了。

二人说笑了一阵子,心儿敛起笑容正色道:"皇上,说真的,心儿今天来是想和你说件正事的,皇后怀孕了,她身子一向不好,前几天我去看过她两次,她说腿部时常抽筋,我便给她做了两次按摩,又做了些吃的,她说感觉舒服多了,也喜欢吃我做的饭菜,还说见我在身边陪着她心里感觉特别踏实,希望我这阵子多在她身边陪伴,我便同小韩妃说要去皇后身边侍奉,小韩妃竟痛快答应了。所以,我便想着再和皇上说一声,这阵子先到皇后身边照顾她,等到她顺利诞下龙嗣后,我再接受册封也不迟,若是我现在便成为贵妃，怕是皇后那里便不好再使唤我了。"

皇帝听罢此话，心中一阵热流淌过，眼泪险些滚落下来，紧紧握住心儿双手，深深看住她的眼睛道："心儿，你总是这样贴心，时时为别人考虑着，真的让匡胤十分感动！"

心儿不好意思地笑笑："我哪有皇上说得那么好，我不过是想着皇后对我有恩，我不想欠别人的罢了，再说皇后是个难得的好人，不应该因为生育之事屡屡受苦，皇后受苦皇上也不会好受，我这不也是为皇上分忧吗？皇上不必顾虑什么，皇后的身子和龙嗣比心儿封妃更重要，我明日便去皇后那里侍奉。"

皇帝大为感动，将她紧紧拥入怀中，在她耳畔亲吻着，喃喃道："心儿，你为何如此好呢！朕欠你太多太多了，让朕该如何还你？"

"皇上不欠我的，是我上辈子欠了你的，今生化为婢女来还你的债！"她也在他耳畔絮絮说道，心中的细碎冰凌陡然化作一片甜蜜暖融的海洋。

第二日，心儿便来至皇后身边做起了她的贴身侍女。皇后很是欢喜，亦很感动，亲热地拉住心儿的手，眼中转着泪珠道："心儿，你能在本宫跟前照顾，本宫实在是欣慰。不知为何，我见了你便感觉心里踏实，见了那韩妃、符蓉之流便喘不过气来，有你在我身边，我这颗悬着的心算是放下了。只是你为了本宫又一次委屈自己，本宫心里实在是过意不去。"

心儿浅浅一笑道："圣人客气了，圣人曾救过心儿性命，能有机会照顾一下圣人，这也是我应该做的，就算是心儿报恩。以后圣人有什么需要的，就吩咐我吧，心儿一定尽心尽力照顾好圣人凤体，助您顺利产下腹中龙嗣。"

皇后温和笑道："有你在我身边，想必我这孩儿会安全降生的，本宫答应你，等胎儿一降生，便封你为贵妃，然后将你母亲、哥嫂等接进宫中，让你们阖家团聚。若你母亲愿意留下，便在宫中养老，与你共享荣华，如何？"

此话令心儿满心欢喜,即刻跪地谢恩。她的确十分想念母亲,已经十多年了,她没有见过母亲一面,亦没有她的任何消息,若是能够将她老人家接入宫中养老,那样再好不过。

皇后笑着令她起身。心儿站起来道:"这几日圣人身子感觉如何,可有什么不适之处吗?"

皇后温声道:"还好,就是腿足还是有时会抽筋,不知道是怎么了?"

心儿道:"很可能是因为胎儿在发育中需要吸收营养,而圣人平日饮食过于清淡,造成营养缺乏,所以会抽筋,可以多吃些肉类骨汤补充体力。我知道圣人信仰佛教,一直吃斋,但为了腹中孩儿,不妨开戒吃些荤食,如何?"

皇后听她说得有理,便点点头道:"好吧,为了孩子,我听你的。"

心儿道:"那好,我这就去小厨房为圣人炖一锅乌鸡山药枸杞汤,这汤很是滋补,最适合孕妇食用。"

皇后含笑点点头。

两个时辰后,乌鸡山药枸杞汤便做好了,心儿将汤肉盛到一只高足青瓷大碗里,端到皇后面前,要她慢慢吃下。

皇后平日从来不沾荤腥,闻到那味道便会作呕,今日却变了,看到那乳白色漂着鲜红枸杞的热汤便觉一阵清香扑鼻,居然一口气喝下了大半碗。心儿又令她吃了几块炖得烂软的乌鸡肉,皇后便说感觉腹中舒服多了,有些困倦,想睡一会儿。

心儿道:"刚刚吃了肉食最好能散一散步再睡,否则会积食的。"于是,便扶着皇后在院子里慢慢走了半个时辰,才令她回到寝房睡下。

皇后在心儿的精心侍奉下,吃了半个月的肉食骨汤,果然腿足不再抽筋,原先苍白的脸颊上也有了两团如霞的红润。

过了一个月,皇后开始害喜,孕吐十分厉害,别说荤腥,就连水煮青菜也吃不下,喝下一点儿小米粥都要哇哇吐出来。太医开了药,喝下去也不管用。心儿只好调了蜂蜜水劝着皇后饮下,令她勉强维持着体力。

吃不下东西，又要孕育小生命，皇后迅速瘦了下去，每日有气无力歪在榻上。几个侍女看着她干着急没办法，心儿也没了主张，只好变着花样做好吃的给她，极耐心地一次次劝着皇后吃下去："圣人，为了孩子您就吃一口吧，哪怕是吃了再吐出来，也比不吃强呀！"皇后只好皱着眉头将食物吞下去，没吃几口便"哇"地全部呕出……

皇帝时不常会来福宁宫看望皇后，见皇后这个虚弱样子，十分心疼，但又没有办法，只好对着皇后唉声叹气。心儿悄声劝他："不妨事，皇后会挺过去的。"皇帝幽幽叹口气，轻轻握了握心儿的手，说道："心儿，真是辛苦你了，我现在十分后悔，不该让她怀上这个孩子，都是我的错！"

强挺着过了两个月，孕吐减轻了些，可以吃下东西了，皇后这才渐渐缓了过来，又可以下地慢慢走动了。胎儿已四个多月，皇后的小腹已微微隆起，而且隐隐感觉到了胎动。皇后的精神好了许多，心儿也长舒了一口气。

又过了一个月，胎动更加明显，皇后脸上的微笑越来越浓郁，不时将手轻轻按在腹上，感受着腹中那小生命微微而富有生机的翕动。

心儿也为皇后欢欣，甚至有些羡慕起皇后来，想道，原来女人孕育一个小生命竟有这般酸甜苦辣等诸多滋味，只是自己恐怕这辈子是体验不到了，不由得心中讪讪。心念一转，又想道，皇上已经有了三个女儿、两个儿子（韩芝芬和吴翠晶生下的小皇子德芳和小公主德玲如今已两岁多了，一直养在福宁宫偏殿中，由保姆和宫女们照顾着），再加上皇后肚子里的，已经不算少了，他的孩儿不就是自己的孩儿吗？只要肯付出爱心，这世间每个孩子都可以当成自己的孩子，只要没有分别心，诸多实相便并无分别。如此一想，她便又高兴起来，每日面带笑容、精心殷勤、无微不至地侍奉皇后。

转眼已经到了初冬，天气渐渐寒冷起来。皇后的房间里生起了两盆红荧荧的炭火，还烧起了暖融融的火炕，因此并不觉得有丝毫寒意。这日午后,心儿侍候皇后吃过午膳,又扶着她在客厅里走了几圈,皇后说有些困倦,心儿便扶着她到内室去午睡。

待皇后躺在凤榻上睡熟,心儿便为她披了披被角,悄悄走到外室,坐在小杌子上缝一件婴儿穿的赤红肚兜。莲青同白荷两名侍女,一个在院子里晾晒新洗的衣裳,另一个在阳光充足的廊檐下摘菜。一切都静悄悄的,如同一卷古画一般。

突然,门外传来一阵杂沓的脚步声,院门一开,"呼啦啦"进来几个人。

心儿向外一望,见进来的是符蓉和小韩妃,小韩妃手里还牵着小皇子德芳。

几个人踢里踏拉地走进房中,见到心儿,符蓉沉着脸大声道:"皇后呢,我们是来找皇后的!"

小皇子也声音尖细地大声喊道:"母后,母后,我要见母后。"

心儿急忙嘘了一声,小声道:"皇后在午睡,你们小点儿声好吗?"

小韩妃故意高声大嗓道:"我们找皇后有事,你这奴婢拦着我们干吗,误了事你能负责吗?"

"你们到底有什么事,先同我说好吗,皇后真的在午睡。"心儿捺着性子低声道。

小韩妃道:"我跟符夫人要到华严寺祈福去,想带小皇子一起去,特地过来同皇后请示一声。"

心儿道:"小皇子不能带出宫去,皇帝以前说过的,你们若是执意如此,便去请示皇上吧!"

小韩妃便说:"我们去找过皇上了,他出宫微服私访去了,要好几天才能回来呢,我们等不及,所以来向皇后请一声。"

"皇后在睡觉,你们要想请示的话等她睡醒了再说吧!"心儿道。

"那得等到什么时候,我们马上就要走,皇后,皇后——"小韩妃高声喊道,不管不顾地向内室走去。

心儿挡在内室门口,突然感觉一阵刺鼻的香气袭来,便皱起眉头,捂住鼻子道:"你们不能进去,惊了皇后怎么办?"

皇后已经被吵醒,起身出了内室,沉下脸对小韩妃道:"贤妃你有什么事,尽管同本宫讲吧!"

小韩妃向皇后福了福身,道:"皇后,打扰了。我同符夫人打算带小皇子到华严寺祈福去,特地来请示皇后一声。"

皇后看了看德芳,道:"小皇子还小,皇上说过不能带他出宫,怕有什么闪失。"

小韩妃一脸不悦道:"能有什么闪失?德芳可是我姐的亲生儿子,我这个做姨妈的还不能带他出去走一走吗,难道我会害了他吗?"

皇后沉着脸道:"本宫说不行便不行,芝华你将小皇子送回偏殿去吧!心儿,送客!"

小韩妃生气了,拉起小皇子的手道:"德芳,你愿不愿意跟姨妈出宫玩玩去。"

德芳抬起小脸脆声说:"愿意!母后,我要出去玩,母后——"小德芳扭着身子耍闹起来。

"不行!"皇后严厉道,"德芳,快回偏殿同妹妹玩去!听话!"

小德芳却"哇——"的一声哭了起来。

符蓉翻翻白眼,悻悻对皇后道:"皇后,不是弟妹说你,你这做后娘的对孩子也太狠了点儿吧,孩子要出宫去玩玩都不行,成天关到偏殿不让出门,你不怕把小皇子关傻了吗?将来你肚子里那个生出来你也会如此对待吗?"

"你……"皇后一听这话便动了气,脸色煞白地指着符蓉。

心儿忙上前扶住皇后,对符蓉和小韩妃道:"符夫人,贤妃娘娘,心儿求求你们快走吧,皇后身子虚弱,若是动了胎气出了事,你们担待得起吗?"

小韩妃见皇后脸色不好,有些害怕了,慌忙拉上小皇子道:"走吧走吧,你母后不许你去就算了,我带你去我宫里玩蹴鞠去!"

几个人又踢里踏拉地走了。心儿将皇后扶回床上，关切问道："圣人，您没事吧？"

皇后将手覆在肚子上道："我心慌得很，胎动得好像很厉害。"

心儿忙道："唉，是让她们气着了，您静一静吧，想开些，千万别跟她们计较。我去倒些茶水来。"

皇后喝了几口菊花茶，便歪在床上闭目歇着。

从这天起，皇后的身体又不舒适起来，胎动异常厉害，隐隐有腹痛感，下体还见了血丝。心儿忙去请了章太医过来，章太医诊脉过后，退到外室，悄悄对心儿说："恐怕是出现小产征兆，先喝几服安胎药看看吧！"

于是喝了几天的安胎药，情况仍不见好转。皇后愁得落下泪来，哀叹道："这难道是命中注定吗，我竟连一个胎儿也养不活？"

心儿急忙劝道："圣人莫急、莫急，我去叫皇上来想想办法。"

皇后道："你莫同他讲小韩妃和符蓉来闹过的事，省得皇上知道了又要动气，事已至此，责怪她们也没用，都怪我这身子太脆弱了，我真是没用！"

心儿劝着她："圣人，别自责了，您现在不能过于悲伤，悲伤对身子很是不好，我马上去请皇上过来。"

正说着，皇帝来了。

皇帝见皇后的样子十分憔悴，便问："这是怎么回事，前些日子不是还好好的吗？"

心儿忙道："是，这几日不知道是怎么了，皇后又感觉不舒服，章太医瞧了说怕是小产征兆，给开了几服安胎药，连着服了几日，也不见好转。"

皇帝也没办法，只好又命宫人将章太医请来诊治。章太医又为皇后把过脉，退到外室向皇帝躬身道："微臣已经黔驴技穷，实在没有办法了，不如请皇上另请高明吧！也许宫外会有神医可妙手回春。"

皇帝突然想到紫虚道长，便派人到紫云观去请，不巧的是，紫虚又外出云游布道去了，她行踪不定，谁也说不清她在何方。

皇帝只好来到朝堂之上，拜托各位文武官员推荐医术高明的大夫为皇后保胎。

赵光义当即推荐了一位叫程德玄的大夫，说这位大夫医术奇高，妇产方面尤其擅长，前些日子符蓉月信不调大出血，吃了他开的两服汤药便止住了。

皇帝立刻将那程大夫招入宫中，为皇后诊治。望闻问切之后，便为皇后开了几服汤药，说是保胎神药。

心儿将药煎好，亲自尝了一口，确定药中无毒，这才端到皇后面前，让她喝下。连着喝了几日，皇后的情况果然转好，所有异常情况都消失了，胎动正常起来，血丝也不见了，身子也明显舒适起来。

皇后甚是喜悦，同皇帝讲了，皇帝也很高兴，任命程德玄为太医，长住宫中，这段时间就专为皇后护理保胎。

到了十二月份，皇后的肚子已经完全起来了，她每日怀着十二分小心，生怕出现任何意外。还好，一切正常。心儿每天都为皇后亲自将安胎药煎好，用一个青瓷大碗盛了，再亲自端给皇后，让她喝下。每次喝药之前，心儿总是亲自尝一小口，生怕那药里有什么不干净的东西。她隐隐觉得，这位程太医不同寻常，他是赵光义和符蓉推荐来的，应该防着一些才对。所以，每次确定那药没有问题，才会端给皇后服用。

十二月初六这日，约四更天光景，天还蒙蒙黑着，皇后的侍女莲青在外室长椅上躺着，那日轮到她值夜，一般情况下，如果没什么特殊情况，值夜的侍女是可以在外室长椅上躺着小睡的。莲青正睡得迷迷糊糊，忽然听到似乎有人将门打开，悄悄走了进来。莲青睁开蒙眬睡眼，看到在昏黄迷离的烛光下，进来的人是心儿，见她端着个大碗，蹑手蹑脚走进内室。心想，这心儿一般五更后过来，今日为何来得这样早？她懒得起身，便继续躺着，支棱着耳朵听着内室动静，想着若是皇后有事吩咐她，她便迅速起身过去。

心儿来至皇后床边,将皇后叫醒。皇后正睡得香甜,迷迷糊糊睁开双眼,见心儿端着一只碗立在床前,便坐起身来,一边说着:"是要喝药吗,怎么今日如此早?"

心儿笑笑说:"昨日程太医和我说过,四更天空腹服药效果最好,皇后趁早把药喝下吧!"

皇后点点头,接过药碗便"咕咚、咕咚"地将药喝了下去。

心儿默默看着她喝完药,然后把药碗接过来放到一边的案几上,又默默看着皇后。

皇后觉得心儿的神态有些奇怪,正要问她是怎么了,因何如此看着自己,突然感觉腹内一阵剧痛,如同有把刀子硬生生在皮肉里乱绞着一般,接着感觉下体一热,仿佛有热水流出,掀起寝衣一看,不禁大吃一惊,竟是鲜红的血水从自己的下体大量涌出!

皇后惊叫一声,脸色煞白,指着心儿:"心儿,你,你,你干了什么?"

心儿阴森森一笑,声音清晰道:"皇后刚才喝下了毒药,不出半个时辰你就会血崩而死!"

皇后浑身战栗,指着心儿,声音颤抖道:"为何?为何?你为何……害我?"

心儿又是冷森森一笑:"因为我要当皇后!"说完,便掉头扬长而去。

外室躺着装睡的莲青清清楚楚听到了内室传出的话语,吓得动也不敢动,眼见着心儿急匆匆走出门去,这才忽地一下坐起来,慌慌张张奔进内室,见皇后倒在血泊之中,似乎已经昏迷了。莲青大叫一声:"来人呀!"几个小内监慌忙跑出去将皇帝请来了。

皇帝到后,见到皇后躺在一片血水之中,大叫着扑了上去,将皇后抱在怀中,急急喊着:"月虹,月虹——你醒醒啊月虹——"

喊了半天,皇后终于睁开眼睛,虚弱地看了皇帝一眼,拼尽全身力气说了一句:"是……是……心儿……害了我,她要……当皇后。"说完,头一歪,便再也没有醒过来。

乾德元年（963年）十二月初六，王皇后薨逝。随之逝去的，还有她腹中怀有六个多月的胎儿。

皇帝痛不欲生，抱着皇后的遗体号啕大哭。

侍女莲青跪在地上，哭着道："皇上，真的是心儿害死了皇后，是她令皇后饮下了毒药，是奴婢亲耳听到亲眼见到的！"

皇帝悲怒交加，气得几乎要爆炸，大吼一声："去把心儿拿下，给朕押过来！"

## 第二十七章

## 牢狱之灾

这天早上,心儿起床后梳洗完毕,正准备到皇后寝宫里去侍奉,突然,几名禁军将门推开,二话不说,就将心儿双臂拧住,押着她向外走。

"你们这是干什么,出了何事?"心儿莫名其妙地问道。

兵士们冷着脸不理会她,只迅速将她押到福宁宫中。

抬头见皇帝正坐在案前望着她,怒气冲冲、脸色铁青,十分不寻常的样子。

"皇上,出了何事?为何要如此对我?"心儿惊问。

"出了何事,难道你不知道吗?"皇帝怒声吼道,将悲痛至极的目光转向凤榻。

心儿一怔,顺着他的目光向榻上看去,只见榻上猩红一片血迹,皇后躺在血泊里,面色惨白,双目紧闭,嘴唇乌青。

"皇后——皇后,她怎么了?"心儿惊诧万分地大叫一声,挣扎着欲扑过去。

皇帝悲愤而又疑惑地看着心儿,嘶声说道:"她死了,她被人害死了!"

"什么?怎么可能?是谁,是谁害死了皇后?"心儿大惊失色地瞪着皇后那惨无血色的面庞,眼睛里瞬间涌上饱满的泪水。

这时,章太医和程太医已验完了令皇后致命的那碗药的药渣,程太医对皇帝拱拱手道:"回禀陛下,此汤药的确是微臣给皇后开的安胎药,但是被人加入了冰红花和麝香，这两种药物混在一起服用可导致女子不孕不育，孕妇服用可导致滑胎和血崩。皇后向来体弱，正是死于这两种药物！"

皇帝脸色铁青地点点头。此时，去心儿房里搜查的兵士也过来向皇帝禀报，说在心儿的寝房里发现了两瓶丹药。皇帝命太医继续检查这两瓶丹药，很快确定此丹药中含有大量冰红花和麝香成分。

皇帝狠狠瞪着心儿，猛地一拍桌案："心儿，人证物证俱在，你还要伪装下去吗？"

心儿仍旧莫名其妙："皇上是怀疑心儿谋害的皇后吗？怎么会，我为何要害她啊？这两瓶丹药是当初师父送我美容养颜用的，我没有吃，就一直放在衣箱里的。"

"一派胡言！"皇帝大喝一声，怒声说道，"这种药可导致女子不孕，你怎么会用来美容养颜？皇后临死前亲口对我说，是你心儿害死了她，因为你想当皇后。侍女莲青在四更天时，亲眼见到你进到这里，令皇后喝下了毒药。而且，你的确曾和朕说过，你想当皇后！"

"那只是一句玩笑话啊皇上！我真的没有杀皇后，我不明白她为何要那样讲，我一直待在自己房间里睡觉，之前我并没有来过这里啊，莲青怎么会看到我呢？"心儿急急分辩道。

"你说你一直在自己房间里睡觉，可有人见过吗？"皇帝质问。

心儿想了想，道："没有，昨夜露儿到贤妃娘娘那里值夜去了，只有我一个人在。"

皇帝愤恨地看着心儿，无限沉痛道："你既无法证明自己清白，人证物证也已俱在，既然如此，心儿，就别怪朕不客气了。人心真是复杂，是朕看错了你！你的野心竟使你变成魔鬼，你居然毒杀皇后，一尸两命，朕实在无法饶过你。来人，将心儿押至死囚牢中，择日斩首！"

兵士们答应一声，不由分说将心儿押了下去。

皇帝看一眼惨死的皇后，两眼一黑昏了过去。

被众人呼喊着醒过来时，他感觉心脏如同被一片片撕裂一般，血泪横流。一夜之间,皇后惨死,腹中的孩子也没了,更令他痛心疾首的是,凶手居然是他最心爱的女人心儿!

皇后王月虹,她是多么贤德善良的一个女子,十八岁嫁给他后,对他只有顺从,只有迁就!他的意愿便是她的意愿,他的欢欣便是她的欢欣,他的烦愁亦是她的烦愁,她几乎是为他而活的,她根本没有她自己。她才刚刚三十二岁,长期的悲伤和病痛折磨得她竟如四十岁的中年妇人一般。她嫁给他五年,为他怀过四次子嗣,受过四次打击,最后一次终于丧了命。

都怪自己,为何非要让她怀孕生子呢?明明太医已经告诉过他,她怀孕分娩会有生命危险,为何当初不听太医的话,非要让她怀上这一胎呢?

"都是我害了她,是我害死了月虹!我不是人,我对不住她!"他深深地自责着,撕扯自己的头发,打自己的耳光。他心中流血,头痛欲裂,陷入深深的痛悔与内疚之中。

强撑着办完了皇后的丧礼,皇帝便病倒了。朝堂之事交由新任宰相赵普打理。

此后的十来日,他便一直住在福宁宫中,日夜对着皇后的画像忏悔追思。对着她的眼睛流着泪立下誓言:"月虹,你为我怀过四次孕,受过四次罪,我便为你守身四年,四年之内,不立皇后,不近女色!"

死牢中,心儿身穿灰扑扑的囚衣,蓬头垢面坐在杂乱而潮湿的稻草上,抱着自己的双膝,低头沉思着。在这个地狱般的鬼地方待了有十多日了,仍旧不见有人前来将她放出。

这里阴暗潮湿,有着浓重呛鼻的霉味,连一个小窗也没有,只有外面走廊上狱卒点的几支蜡烛,虚虚渺渺地在昏暗发霉的空气中燃烧着,如同荒野中的几点鬼火一般。

皇后应该已经办完丧事了吧?她死得真是凄惨,这件事情也真是诡异。为何皇后和莲青都一口咬定是自己做的呢?难道真的是自己做的吗?是梦游杀人,还是中了谁的邪术?为何自己竟浑然不知、丝毫不觉呢?不不不，不对，凶手一定另有其人，难道世间还有一个长得和自己一模一样的女人存在吗？是她冒充自己杀了皇后吗？到底是怎么一回事呢？

正左思右想着，只听锁头"哗"地一响，牢门被打开，一男一女两个人走进来。

"心儿姑姑！"是女孩子的声音。

心儿抬头透过昏暗的光线仔细一看，认出来者是德媖和韩珪。

"德媖、韩珪，你们怎么来了？"心儿诧异道。

"心儿姑姑，我们来看看你，你怎么样，还好吗？他们，他们打你没有？"德媖一脸担忧地看着心儿，急急说道。

"没有，我还好。"心儿道，随后叹息一声，"唉，只是皇后她……"

德媖眼中忽地噙上泪水。

"德媖，真的不是我做的，我没有害皇后，相信我好吗？"心儿眼圈潮红地看着德媖道。

"心儿姑姑，我就是因为相信你才来看你的，我和韩珪都相信你！事情绝不是你做的，凶手一定另有其人。"德媖握住心儿冰凉的手，真诚道。

一旁的韩珪也点点头，关切地看着她："心儿姐姐，我和德媖想帮你把真凶找出来，却又没有任何头绪，所以来和你商量一下，你那可有什么线索吗？"

心儿将德媖的手紧紧一握，道："德媖、韩珪，谢谢你们俩信任我，谢谢你们肯帮我……"

德媖和韩珪刚刚离开囚牢，赵光义便来看心儿了。

心儿冷冷看他一眼，垂下眼睛不理睬他。

赵光义立在心儿跟前，半眯着眼睛俯视着她，冷笑道："心儿，你还真是个不平凡的女子，居然连皇后都敢杀，你的果决狠辣还真是令我佩服！"

"皇后不是我杀的！我没那么大能耐，你真是抬举我了！"心儿抬头瞪了他一眼,不耐烦地说道。

"哼,即便真的不是你杀的,你能说得清吗?证据呢?"赵光义诘问道。

"清者自清,浊者自浊。关于这件事,我不想再和你说什么,你走吧,我怎么样和你没有关系!"心儿的话冷若千年寒冰,一字字如冰雹般砸向他。

"心儿,我是来救你的!什么清者自清,浊者自浊,到了这死牢中,不出半月都只有一个归宿,那就是一个字:死!你是想要在这里等死吗?还是你对他仍旧抱有幻想?实话告诉你吧,皇兄他不会原谅你的,因为你杀了他最爱最在乎的女人,而且是一尸两命!别以为他最爱最在乎的人是你,你不过是他闲来无事时的一个消遣,一个后宫里可有可无的女人!在他心中最有分量的永远是皇后,这世间每个男人都一样,真正在乎的只有他的正妻!可你,连个妾也不是,你只是个奴婢,他杀你跟踩死一只蚂蚁差不多……"

"别说了!你滚,你滚,快滚——"心儿恼怒地大喝一声,指着牢门嘶声喊道,一张脸涨得通红,眼中有了泪光。

"好,我说完话便滚。心儿,你听我说,我跟他是不同的,谁真的对你好,你应该明白了吧?心儿,你跟我走吧,我将你藏在一个安全的地方,你忍耐些时日,我会让你当上皇后的,一定会的!心儿,只要你点个头,我马上就能安排人来将你救走!"说着,赵光义蹲下来,拉起心儿的手,深深看向她的眼睛。

心儿正想严词拒绝赵光义,突然之间,耳畔传来一阵脚步声,只听狱卒恭敬说道:"皇上,您慢些走,小心脚底下。"

赵光义急忙放了手,站起身转过来,皇帝已经大步走进牢中,见到赵光义在,吃了一惊,道:"光义,你怎么在这里?"

赵光义忙向皇帝躬身施礼,道:"臣弟是来看望心儿的,臣弟只是觉得心儿姑娘可怜……"

皇帝面色一沉："哼，她可怜，可怜之人必有可恨之处！她杀了朕的皇后，有什么好可怜的，难道你想将她放出去吗？"

赵光义忙道："臣弟不敢。臣弟的确不该来这里，臣弟这就退下。"说完，向皇帝拱拱手，低头退出去了。

皇帝疑惑地看着赵光义的背影消失，又愠怒地看一眼心儿，道："你跟他到底什么关系，他因何如此关心你？"

心儿听罢此话，腾地一下心头火起，怒道："皇上这是说的什么话？难道你是怀疑我和他有见不得人的关系吗？"

皇帝盯着她的眼睛看了良久，道："朕如今还真是有些看不透你了，元宵节那夜你突然失踪，朕派了许多兵士去搜寻你，明明有兵士看到你是从开封府中走出来的，你却告诉朕说你在树林里迷了路，若是没有隐情，你因何要撒谎？"

"这……"心儿怔住，一时语结，思忖片刻道，"我那么说自有那么说的缘由，只是不便告诉皇上。但我可以对天发誓，我和他是清白的。还有，我没有杀害皇后！绝对没有！"

"你以为你死不招认朕便不能将你正法吗？"皇帝愤怒地瞪着她，满面痛苦地说道，"心儿，朕真的是很痛心，你因何变成这个样子？朕已经不认识你了！以前，你何其纯真、何其淡泊，如今竟让野心和欲望控制成一个如此可怕的女人！朕真的已经心力交瘁，你就跟我说了实话吧，行吗？"

心儿的五脏六腑几乎被这些话击成碎片，胸腔里血肉模糊、血泪横流，她仰仰头不让眼中的泪水流溢出来，面孔僵硬地冷冷一笑，道："好，既然你已经认定我杀了皇后，认为我变成了一个可怕的女人，那你便杀了我给皇后报仇吧！只是，日后你不要后悔！"

说罢，她将头埋在膝上，啜泣起来。

他的心绞痛难当，胸口几乎窒息，怔怔看着她，沉声说道："心儿，我再问你一次，你给我说实话，皇后到底是不是你杀的？"

"是我杀的！是我杀的！是我想当皇后，所以下毒杀了她，皇上满意了吧！"她突然抬起头来声嘶力竭地喊道，眼睛血红地瞪着他。

皇帝险些气疯，以手指着她咆哮道："你，你居然真的杀了皇后！皇后那般善良仁慈，又怀着孩子，你怎么忍心？心儿，你真是疯了！疯了！"

心儿忽地站起来，捶胸顿足地嘶喊道："我是疯了，被你逼疯了！这么多年，我在宫里做小伏低受尽委屈，你是如何对我的？你是真的在乎我吗？你最在乎的是你的皇后吧？我不过是你闲来无事时的一个消遣，一个后宫里可有可无的女人！在你心里最有分量的永远是皇后，永远是你的正妻！可我，连个妾也不是，我只是个奴婢，你杀我跟踩死一只蚂蚁差不多……你赶快下令杀死我吧，杀死我吧，为你的皇后报仇吧！"

皇帝险些气得喷血，一时间天旋地转，眼前金星乱冒，扶着额头道："气死我也，气死我也！你真是疯了，疯了！不可理喻，不可救药！"

门外的王继恩一看情况不好，急忙跑上前来扶住皇帝，温声劝道："陛下息怒，息怒，心儿姑娘是一时心痛在说气话呢，这里面一定有误会。陛下还是先回宫歇息一下吧，也好叫心儿姑娘冷静冷静。"并用眼神示意身后的侍卫过来，两个人一左一右将皇帝搀走了。

心儿见皇帝脚步踉跄地走出去，很快消失，颓然坐到地上，放声痛哭起来，一颗心像是裂成了无数片，片片流着血泪。悔不该当初不听师父的话，执意踏上这条充满荆棘和血腥的路，如今走到绝路，又能怨谁怪谁呢？除了自怨自艾还能怎样？赵匡胤啊赵匡胤，枉我这么多年疼你爱你时时事事为你着想，为何每次出事你都是对我报以怀疑呢？连德媄和韩珪都相信我，为何偏偏你不肯相信我呢？你简直浑蛋，真是昏君一个！

哭了半日，她的泪终于流尽，又开始反思自我，觉得自己刚才的言行确是有些过分了，左思右想后自言自语道："心儿，你真是笨啊，为何要说那样的话来气他呢！那些话多伤他心啊，他这些年的无奈与挣扎难道你不知道吗？他心疼皇后难道不应该吗？皇后的确是死得太冤了，那背后的黑手的确是太狡猾、太阴险了，他一时被蒙蔽也不能全怪他啊！自己为何要那么闹呢？怎么会听赵光义那小人的挑拨呢！真是太不应该了！既然人不是你杀的，你就应该保持镇定，不要再哭了！冷静下来，只有冷静下来，才能拯救你自己！冷静……冷静，风雨越大越要冷静。'重为轻根，静为躁君''轻则失根，躁则失君'，书里的话怎么一遇现实就忘记了呢？"随即她狠狠掐了自己胳膊一下，强迫自己停止哭泣，冷静镇定下来，细想应对之策……

思前想后，突然，她脑中灵光一闪，想起一件事情，她记得那美容养颜的丹药明明是三瓶的，后来她发现少了一瓶，还曾经问过露儿见过丹药没有？当时露儿说没有。那是什么时候的事呢……应该是两年前的秋天，韩妃毁容事件发生后，韩妃曾向她讨要过治疗面部伤痕的丹药，不久，衣箱里的三瓶丹药就莫名其妙少了一瓶。当时她没有在意，也没有多想。如今想来，难道正是那瓶丹药成了杀害皇后的凶器？难道是……

此时，皇帝正在勤政殿里烦心，本想批阅奏折的，可是心烦意乱的，根本无法集中精力做事，干脆把奏折掷到一旁，坐在龙椅上发怔。耳边又响起心儿那声嘶力竭的话语："我是疯了，被你逼疯了！这么多年，我在宫里做小伏低受尽委屈，你是如何对我的？你是真的在乎我吗？你最在乎的是你的皇后吧？我不过是你闲来无事时的一个消遣，一个后宫里可有可无的女人！在你心里最有分量的永远是皇后，永远是你的正妻！可我，连个妾也不是，我只是个奴婢，你杀我跟踩死一只蚂蚁差不多……你赶快下令杀死我吧，杀死我吧，为你的皇后报仇吧！"

唉，心儿，你怎么能说出这般伤朕心的话呢？这几年来，你的确是为了朕受尽委屈和磨难，我赵匡胤是对不住你，可你应该懂得朕对你的真心和无奈呀！你怎么可以因此残害皇后呢？皇后她没有任何对不起你之处，她是那般仁慈的一个人，对她下手你于心何忍啊！人心真是难测，真是太可怕了！记得你初来宫中时，朕要将你封为贵妃，当时你说不想受封什么贵妃，怕树大招风，还说皇后一向贤惠，封妃一事必惹皇后娘娘心痛，你不想伤害皇后,只想静静待在朕的身边。如今不过数年光景,当初的一切都还历历在目,为何这心就变了呢……心儿,难道你真的被你的野心蛊惑得丧心病狂了不成?心儿,心儿啊,你让朕该拿你怎么办是好啊?

左思右想,千思万虑,一颗心千回百转,头疼得要裂开一般。他用拳头敲打着自己"突突"乱跳的太阳穴,长叹一声,自言自语道:"我赵匡胤治理得了千军万马,打理得了整个天下,为何这后宫却乱七八糟,不成体统呢?为何朕会令一个又一个女子为朕伤怀,为朕惨死呢?赵匡胤,你真是废物啊废物!"他站起身来,摇摇晃晃走向龙床,却是眼前一黑,"扑通"一声晕倒在地。

琉璃恰好端着茶盘进来送茶,见到皇帝突然间倒在地上,吓得急忙奔上前去,嘴里喊着:"陛下,陛下,您这是怎么了?来人啊,皇上晕倒啦——"勤政殿里顿时乱作一团……

皇帝再次病倒,太医诊断后说是因皇帝这段时日悲伤忧思过度又寝食不安所致,无甚大碍,静养一段时间便好了。皇帝便接着在福宁宫里休养了几日,传令宫人和侍卫对他的病情不许对外声张,也不许任何人探视。期间,德媛、韩妃、赵光义、赵普先后前来探视,都被侍卫挡在门外。皇帝不想见任何人,只在福宁宫中专心静养并追思皇后。

# 第二十八章

## 开刀问斩

德媖找机会询问了琉璃,得知父皇的身体已无大碍,便放下心来,偷偷溜出宫去,又去狱中探望了一次心儿,给心儿带去了一些干净衣服和可口的食物。心儿也正想见德媖,二人便小声密谈了一番。

这日夜间,慈宁宫寝房里,小韩妃躺在贵妃榻上,辗转反侧难以入眠。自从皇后遇害之后,她便夜夜难眠。常常是闭上眼睛小睡一会儿,便会梦到皇后,有时是满身是血地立在她面前,有时是全身缟素地向她哭泣,吓得她忽悠惊醒过来,满头满身冷汗淋淋。她向程太医要了一些安眠药物服下,又点上安息香夜夜熏着,这才好转了些。

这夜一更时分,她刚刚小睡了一会儿,不想又梦见皇后,穿着平日常穿的那件绣有青色莲花的雪白襦裙,静静地卧在榻上看着她,那目光雪亮、犀利而诡异,如电光石火般射向她。吓得她一个激灵醒了过来,一颗心"扑通、扑通"跳成一团。连忙按住胸口,对自己说:"不怕不怕在做梦,是做梦……"

可是当她非常清醒地睁大眼睛时,却仍旧见到身穿雪白衣裙的皇后立在她面前,披头散发,满脸是血,样子十分骇人地朝着她一点儿一点儿逼近过来。吓得她"嗷——"地大叫一声,瘫在榻上,浑身发抖,嘴里不停说着:"皇后,皇后,你别过来,别过来……"

披头散发的皇后仍在一点儿一点儿向她逼近,终于来到她面前,伸出戴着尖尖长长指甲套的食指指着她的鼻尖,用一种骇人而嘶哑的声音说道:"是你害了我……还我命来!"

小韩妃吓得差点儿死过去,身子如筛糠般抖动着,战战兢兢说道:"不,不是我害的你,是心儿,是心儿,是心儿!"

"你在撒谎,是你,是你害了我!"那可怕至极的皇后将长长的指甲伸向了她的脖子,猛地一掐,吓得小韩妃一边扯着嗓子惊叫一声:"救命啊——来人啊——有鬼,有鬼,有鬼……"一边用被子将自己的脸紧紧捂住。

哆嗦了半天,听不见动静,大着胆子将被子掀开,偷偷向外察看,却是不见了人影,只有黑乎乎的一团夜色。她这才松了口气,却再也不敢闭目入睡了,睁着眼睛熬到天光大亮。

她迅速起床,草草梳洗一番,便吩咐小内监给她备好车马,说要到华严寺祈福去。

乘上马车出了宫,到了华严寺,像往常一样,在寺里烧了一炷香后,她便悄悄从后门溜出,来到寺庙附近她母亲的住处。

进房间一见到母亲,小韩妃立刻扑进母亲怀中大哭起来。骇得杜姨妈急忙问道:"华儿,你这是怎么了?出了何事?"

小韩妃大哭着道:"我见到鬼了!是皇后,她的鬼魂夜里向我索命来了!是真的,我快要吓死了!娘……"

"竟有这等事,华儿,你是做梦吧?"杜姨妈抱着女儿蹙紧眉头道。

"不是梦,是真的!我亲眼见到的,她还用指甲掐我脖子,吓死我了。我这阵子夜夜睡不着,一闭上眼就见到皇后向我索命,这可如何是好?要知道如此,我就不做那事了……"小韩妃扎在母亲怀里边哭边说着。

此时,窗外有个黑衣蒙面人正在侧耳谛听着里面的动静……

只听杜姨妈说道:"好啦好啦,别哭啦华儿,事情已经这样了,再后悔也没用。你坐下来,听老身给你出个主意……"

里面的人压低了声音,外面的黑衣听不到,便闪身来至外面,消失不见了。

小韩妃回到皇宫之后,便去福宁宫打听皇帝的情况。得知皇帝已康复,到勤政殿处理政务去了,她便在下朝时分来到勤政殿求见皇帝,被侍卫拦下后,她便跪在地上苦苦哀求,说是有要事一定要面见圣上,皇帝下令放她进来。

皇帝一脸倦容,歪在龙椅上睨了她一眼道:"你来见朕所为何事?"

小韩妃跪在地上,叩首道:"臣妾听说皇上病了,这几日担心得寝食难安,有心去探望皇上,可侍卫却不许臣妾进去。今日听说皇上病好些了,便来看看皇上。"

"嗯,你有心了。朕已无大碍,你尽可放心,没别的事,先下去吧!"皇帝冷冷道。

"臣妾还有一事,不知当讲不当讲?"

"有话便说。"

"好吧,昨夜臣妾梦到了皇后,梦见皇后向我痛哭,说她死得很是冤枉,令臣妾劝一劝皇上,尽快下令杀了凶手,为她报仇雪恨。"

皇帝认真看了她一眼,道:"你说的可是真的?"

小韩妃点点头:"臣妾所说句句是真。"

皇帝看着她道:"皇后在世时与你并无多少来往,她为何要托梦给你?"

小韩妃忙道:"皇后真的托梦给我了。虽然臣妾以前与皇后来往不多,但我心里是极敬重皇后的,皇后惨死,我心痛不已,心中恨极了那凶手,所以才做了那梦吧!恳请皇上下令将心儿正法,这样皇后的亡灵才得以安慰啊皇上。"

皇帝用探究的目光看了小韩妃一阵子,点点头道:"小韩妃所言有理,只是此案尚有些疑点存在,心儿的死罪也未曾坐实,此事还是缓一缓再说吧!"

"皇上,请恕臣妾多嘴,臣妾认为将凶手正法之事不宜再缓了,因为,因为……"小韩妃低着头有些胆怯地讷讷说道。

"为何?你尽可说来。"

"其一,心儿杀了皇后是皇后临终前亲口所说,皇后的侍女也亲眼所见,心儿是凶手已毫无疑问。其二,若是再缓下去,怕是会有人劫走心儿。"

"有人劫走心儿,谁会如此大胆?"皇帝有些震惊地问。

"请陛下恕罪。并非臣妾多事,只是心儿这个女子,其实她品性并不端正,她不仅勾引了皇上,还勾引皇弟赵光义大人,还有那韩珪也是被她迷得团团转。"

"放肆!休在这里胡说八道!心儿如今虽在狱中,也是朕的义妹,岂容你在这里肆意诽谤!"皇帝震怒了。

小韩妃吓得一个激灵,但她大着胆子说下去:"皇上息怒,息怒,并非臣妾在此恶意诽谤,而是臣妾亲眼所见呀,皇上!"

"你见到什么了?"

"光义表兄经常到臣妾处去会见心儿,心儿见了光义就会格外高兴,简直是笑靥如花,还亲自做了点心给他吃呢,她对光义的态度可比对您热情多了!还有,她对韩珪也是好极了,韩珪一年四季穿的袍子都是她亲手做了送他的,韩珪对心儿也是十分有情,一次次地帮她排忧解难,若不是德媄公主强逼着,韩珪是不会同心儿退婚的。还有,前些日子,光义和韩珪都去狱中探望过心儿,不信的话,陛下去问问狱卒就可以了。臣妾猜想着,这两个人对心儿如此上心,如今心儿有了牢狱之灾,他们又怎会舍得,说不定会劫狱劫法场呢!不信您就看着吧!"

一番话说得皇帝心中杂草丛生、七上八下的。光义对心儿有情的事,他以前就知道的,只是他认为那是光义一厢情愿罢了,并未想到心儿也会对光义上心。想想自己前段时间每次去小韩妃处,心儿对自己的态度的确是冷冷淡淡的。难道心儿真的是对光义日久生情了不成?韩珪同心儿交好,他也知道,只是觉得心儿拿他当弟弟一般疼爱,未曾在意,如今想来,那韩珪对心儿好得的确有些过分,难道他们俩当真有私情吗?真是荒唐透顶,令人作呕!想到此,便烦恼地对小韩妃挥挥手道:"你住口!心儿的事朕自有安排,你放心,朕不会放过凶手的,过段时日便会令其伏法,你先下去吧!"

小韩妃心中暗喜,战战兢兢退出大殿。回去后,她便令宫女和太监四处散播消息说:"心儿杀害了王皇后,不出几日就会被开刀问斩,这是皇上亲口说的。"

果然,翌日一下朝,赵光义便来勤政殿后殿求见皇帝。

皇帝睨了他一眼道:"你来见朕所为何事?"

赵光义跪拜道:"光义是斗胆来给心儿姑娘求情的。听说皇兄过几天便要对心儿开刀问斩,光义觉得这太草率了些,皇后遇害一案比较复杂,不一定真就是心儿做的,不如问斩之事先缓一缓,此案交由大理寺再审问一番为好。"

皇帝没好气道:"你凭什么为她求情,若她不是凶手,那谁是凶手?你可有证据?"

赵光义温和道:"皇兄,光义并未有任何证据,只是凭着自己对心儿的了解,我不认为心儿会杀害王皇后。"

"凭着你对心儿的了解?你很了解她吗?比朕还了解吗?"皇帝沉下脸质问。

"不,当然不会,还是皇兄最了解心儿。您知道心儿她一向是个心善又正派的女子,不会做那般伤天害理之事的!"

"人心难测,若是她生了要当皇后的野心,便会干出杀害皇后之事!光义,朕曾警告过你,放下对心儿的私情,离她远些,朕今日再警告你一次,心儿之事你不要插手,你再对她贼心不死、弄出些荒唐之事的话,休怪朕不念兄弟之情!"

"皇兄,你这是何意?光义不明白!"赵光义也有些不悦,沉下脸来道。

"光义,你是个聪明人,还要朕说得更明白些吗?你一表人才相貌堂堂,又身居高位,你想要什么样的女子都可以,没必要执着于某一个女子,因为她做出些大逆不道之事惹人耻笑,这就是糊涂之举了!看来当初母后说得一点儿也没错,那个女子的确是红颜祸水,害人不浅,朕会尽快下令将她除掉,以免再生祸端!"皇帝气咻咻道。

"皇兄,你,你因何如此动怒,你不该如此对她呀!好吧好吧,是我多事了,我不管了不管了行了吧!"说完,赵光义起身怒冲冲退出。

皇帝坐在龙椅上呼呼生气,气还未消,又来了一位给心儿求情的,正是韩珪。

皇帝一听韩珪提起心儿就气不打一处来,"啪"地一拍桌案道:"闭嘴!谁也不许再给那个女人求情!再有求情者,就同她一起斩了!"

韩珪没料到皇帝竟会如此大怒,也忽地气上心头,"当啷"一声拔下腰中宝剑,剑头对准了皇帝,气冲冲道:"你若斩了心儿,我便斩了你!"

皇帝险些喷血,怒视韩珪道:"你这是要造反吗?"

韩珪咄咄逼人地看着皇帝道:"非是我要造反,你当初请我进宫时亲口跟我说的,若是日后发现你昏庸无道,自可对你挥剑,你今日不分青红皂白要杀心儿,还要杀为她求情的人,不是昏庸无道是什么,不应该杀吗?"

"你……朕要斩杀杀害皇后的凶手,怎么竟成了昏庸无道?你如此胆大包天,竟敢行刺帝王,你知道这样做的后果吗?朕知道你甚爱心儿,对她早已钟情,她对你也有意对不对?你身上的衣服都是她亲手缝制的对不对?所以你要为了心儿舍生忘死,不惜同朕翻脸,韩珪,为了一个女子你值得吗?还不快把剑放下,你想要朕的禁军过来吗?"

"你不答应放过心儿,我就不会放过你!我现在是孤儿一个,什么也不怕,心儿就如同我的亲姐姐,我就是要维护她到底!"韩珪举剑逼视着皇帝,丝毫也不示弱。

二人正僵持着,突然门一开,德媃跑了进来,见到这剑拔弩张的场景,大喝一声:"住手,韩珪,你快把剑放下!"

韩珪看也不看她,咬紧牙关倔强道:"不,他不答应放过心儿,我就不会放过他！"

德媖走上前去，一把将剑头抓到手中，对韩珪道："你这样解决不了问题！快把剑放下！我已经找到了线索，我发现了杀害皇后的嫌犯！皇后不是心儿姑姑杀的！"

韩珪和皇帝听后皆是一怔。韩珪把剑收起来，急急道："德媖你说什么，嫌犯是谁，是谁杀了皇后？"

皇帝也以探询的目光看着她。

德媖道："目前我也只是怀疑，还不能确定那人是否是真凶，但我已经有了线索和新发现，这几天一直在调查之中。韩珪你先出去冷静一下吧，我先跟父皇谈谈，等一会儿，我会再详细和你说。"

德媖把韩珪推出门去，然后将门关紧，转身来到皇帝面前，小声同父亲低语起来……

过了几日，小韩妃并未听到心儿那边有任何动静，便有些沉不住气，再一次来勤政殿面见皇帝，说是这些天每到夜里都能听到皇后哭泣的声音，不如还是尽快将凶手正法了吧，那样皇后便可以死而瞑目了。

皇帝思忖一下道："好吧，朕这就下令，三日后便将心儿斩首！"同时仔细观察着小韩妃的表情。

小韩妃听罢此言立刻面露笑意，叩首道："陛下圣明，臣妾谢主隆恩。"抬起头来，又道，"臣妾还有一个请求，请陛下准许臣妾到法场观看犯人伏法。"

"怎么，这样的场面你不害怕吗？"皇帝认真看着她道。

"臣妾不怕，亲眼看到凶手被正法，臣妾才会感觉快意！"小韩妃带着阴狠的笑容说道。

"好，朕准了。"皇帝爽快说道，又想起什么似的，道，"贤妃，朕记得这两年你每次见朕多是蒙了面纱的，怎么今日没有蒙面，你那脸上的伤痕好了吗？"

小韩妃微微一笑,伸手抚摩了一下自己光滑的面颊,微微得意道:"回皇上,臣妾的脸并没有好,只是戴了一张假面而已。"

"假面?"皇帝对此似乎颇感兴趣,"这世间还真能做出如此逼真光滑的假面吗?是哪位高人给你做的?"

"这……"小韩妃犹豫了一下,道,"是两年前臣妾到华严寺祈福时遇到一位大师,求他给臣妾做的,后来这位大师就不见了,许是到别处去了吧,臣妾也不知道他叫何名字。"

"哦,原来如此。"皇帝点点头,又道,"那你可知道,这位大师是否会易容术?"

"易容术?"小韩妃一怔,顿感全身的血液倒流,急忙摇头道,"不会不会,没听说他会什么易容术啊!那只是江湖骗术,没有那回事吧?"

"是吗?"皇帝一双犀利的星眸直直瞪着她,把她看得有些发毛,便急忙谢恩后退下去了。

三日后的午时,汴京五朝门外法场。听说有犯人马上要在这里被正法,法场周围里三层外三层围满了看热闹的百姓。小韩妃头戴面纱挤在人群之中,伸长脖子向法场中心看去。

只见犯人已被五花大绑着带上法场,她身穿脏兮兮的囚衣,披头散发,蓬头垢面,低头垂目走到行刑官跟前。行刑官旁边立着一名手执明晃晃大刀的刽子手,刽子手脚下便是行刑用的木墩。

看客们纷纷议论起来:"她叫心儿,听说是她毒杀了皇后!""听说她曾是皇帝最宠爱的女人。""是啊,听说还是个绝色的美人,可惜心太歹毒了,是个蛇蝎美人!"……

站在人群里的小韩妃听到这些议论,嘴角一挑,微微冷笑,盯着那囚犯,心里恨恨说道:"心儿,总算是等到这一天了!我要亲眼看着你身首异处、一命呜呼!"

须臾,只听执行官大声说道:"午时三刻已到,即刻行刑!"

刽子手将犯人的头按到木墩凹槽处,举起明晃晃的大刀,银光一闪,大刀迅猛落下,顿时间鲜血四溅,人头落地……

　　看客们发出一声声惊呼,小韩妃看着那血淋淋的场面,突然仰面哈哈大笑起来……

　　这日午后,杜姨妈吃罢午膳上床午睡,正睡得香甜,突然之间,房门被推开,小韩妃兴冲冲走了进来,咧嘴笑着说道:"娘亲,娘亲,好消息,天大的好消息!"

　　杜姨妈忙坐起身来下床,道:"华儿,何事让你如此喜悦?"

　　"娘亲,心儿死了,她被当众斩首了!"小韩妃喜笑颜开地说。

　　"真的吗?"杜姨妈一边惊喜而疑惑地道,一边把门关上。

　　"真的真的,是我亲眼见到她被刽子手一刀砍下了头颅!"小韩妃边说边伸手做了个砍头的动作。

　　"太好啦!真是个天大的好消息!心儿,你终于完蛋啦!终于死在了我女儿的手上!"杜姨妈拍手大笑道,"华儿,这下好了,皇后死了,心儿那贱婢也死了,这回咱们算是一箭双雕,以后这后宫里就再没有人能斗得过华儿你了!"

　　"是啊,娘亲!你说,皇上有没有可能封我为皇后啊?"

　　"当然有可能啦,你不当皇后还有谁能当皇后?韩皇后,老奴拜见皇后千岁!"杜姨妈对着女儿躬身笑道。

　　"哈哈哈,娘亲说笑了!"小韩妃喜得眉飞色舞,突然想到了什么,忽地敛起笑容,"扑通"一声跪倒在地,双手合十,嘴里喃喃说道,"皇后,皇后,求求您饶过芝华吧!芝华罪孽深重,是迫不得已才害死了您,求您放过我吧,来世我一定做牛做马报答您。求您就别再缠着我了,心儿已经和您做伴去了,她是我的奴婢,就由她来替芝华赎罪吧!"

　　"好啦好啦,快起来吧华儿,心儿已经做了替死鬼,事情已经了结,皇后娘娘不会再缠着你了!"杜姨妈笑着将女儿拉拽起来。

小韩妃仍是不放心,一脸忧虑地道:"娘亲,你把那面具销毁没有?千万别落到皇上手里,让他发现可就完了!前几天他还向我问起易容的事情来着!"

杜姨妈笑道:"放心,那面具我一直藏在柜子夹层里,不可能让别人发现的。我看就不必销毁了,花了三千两银子买到手的,又做得那么精致,说不定还能卖些钱呢!"

"不行不行,必须销毁,那可是我的罪证,若是万一被别人发现就麻烦了!快快把它拿出来烧掉!"小韩妃一脸严肃地说道。

"好吧,依你依你!"杜姨妈见女儿口气严厉,只好同意了,转身从衣柜里取出面具,又取了火石便要焚烧。

突然,房间的门被"啪"的一声踹开,一个男子闪了进来,接着又"哗啦"进来好几个人。把小韩妃和杜姨妈惊得一个愣怔,注目看去,不禁大惊失色,扑通一声跪倒在地。

来人正是皇帝、韩珪、德媖以及皇帝的侍卫。

皇帝定定地看着杜姨妈手中的面具,走上前来,将那面具拿在手中,看了片刻,然后将面具塞到小韩妃手里,厉声命令道:"戴上!"

小韩妃吓得浑身一颤,见皇帝对着自己怒目而视,只得将面具戴在面上,瞬间,她的脸便变成了心儿的脸,居然一模一样,几可乱真!

皇帝看着这张脸叹道:"像,真是太像了!难怪皇后和莲青都被你蒙骗过去!"

小韩妃"唰"地将面具扯下,将头"咚"地磕在地上,再也不敢动一动。

皇帝愤恨地看着她,再看看面如土色的杜姨妈,憎恨至极地说道:"刚才你们二人所说的话,朕已在门外全部听到!朕真是没想到,你们俩竟恶毒狡猾到如此地步!不但害死了皇后和龙胎,还要嫁祸无辜的心儿,连朕也险些上了你们的当!小韩妃你真是令人发指,死有余辜,朕恨不得亲手宰了你,为皇后报仇!"说着,"噌"一下拔出腰间宝剑,将剑架到小韩妃脖子上。

小韩妃吓得瘫到地上,浑身抖作一团,嘴里说着:"皇上饶命,皇上饶命,臣妾知错了,知错了!皇上就饶了我这一次吧!皇上,皇上……"

一旁的杜姨妈慌忙爬过来,护住女儿,道:"皇上不要杀她,都是我做的,是我给她出的主意,要杀就杀老身吧!"

皇帝将剑对准了杜姨妈,恨恨说道:"你身为长辈,为老不尊,几次三番阴谋陷害宫人,这次朕绝轻饶不了你!来人,将她二人带入宫中,严加审问后正法!"

侍卫们答应一声,一拥而上,将小韩妃和杜姨妈捆绑起来,押了出去。

在宫廷暴室里,小韩妃和杜姨妈很快供出了详细的作案经过。

原来那日四更天时,正是小韩妃戴了面具悄悄进入皇后寝房,令皇后喝下了毒药。那安胎药是向程太医讨要的,里面的毒药是两年前令倩儿从心儿寝房里偷出的美容养颜丹碾成的粉末。至于问及那面具到底是谁做的,小韩妃和杜姨妈则一口咬定是在华严寺门口偶遇一位大师,求他给做的,如今大师已寻不见踪影。杜姨妈更是坚持说此事不关她女儿的事,所有杀人嫁祸的主意都是她一人想出的。

皇帝命人将小韩妃和杜姨妈带上朝堂,盯了她们一阵子,沉声道:"你们二人罪孽深重,死有余辜,朕实在无法再饶过你们。现将小韩妃押入死囚牢中,三日后当众斩首。至于姨妈,朕念你是长辈,就给你一个比较舒服的死法,是白绫三尺还是鸩酒一杯,你自己选吧!"

小韩妃伏在地上,脸色煞白,浑身发抖,大气也不敢出。

杜姨妈却昂起头来,狂笑一声道:"哈哈,你终于向老身下狠手了,好你个无情无义的赵匡胤!罢罢罢,老身年岁已高,芝华也已做过你的妃子算是无憾了,如今你失去了两个女人和一个亲生骨肉,两命抵三命,老身也是赚了!死便死吧!"

皇帝对她冷然一笑:"可惜你们的阴谋并未完全得逞,朕没有你想的那么蠢。"接着指向大堂门口,道,"你看她是谁?"

杜姨妈和小韩妃一怔,转头向门口望去,只见光线明亮的大堂门外,施施然走进一位身着水红色襦裙的女子,此女正是心儿!

## 第二十九章

## 重回紫云

"心儿?怎么,她没有死?"韩妃惊得目瞪口呆,痴痴说道,"可是,我明明看到她被砍头了呀?她,她怎么会……"

"心儿为人正直心地善良,自有老天保佑,是不会轻易被害死的。朕也不会轻易就被蒙蔽,如你的愿杀了心儿。你看到被砍头的那个不过是个长得与她有几分相像的囚犯而已。"皇帝端坐在龙椅上,镇静说道。

"骗子!原来这一切都是你们的阴谋,你们真是太可恶了!"杜姨妈咬牙切齿指着皇帝道。

"这叫以其人之道还治其人之身,若不如此,能使你们得意忘形,说出真相来吗?"皇帝严厉道。

原来,那日,德嫔到囚牢中去看望心儿,心儿大哭后已冷静下来,便同德嫔认真密谈了一次,将小韩妃曾向她求美容药,自己拒绝不久后便丢失了一瓶美容养颜丹药的事告诉了德嫔,她怀疑那瓶丹药就是小韩妃所偷,皇后遇害的事也有可能同小韩妃有关。德嫔也觉得小韩妃有重大嫌疑,便同心儿商议了一套方案,随后德嫔便对小韩妃展开秘密调查和监视。德嫔先是在夜里装成女鬼吓唬小韩妃,使她心中恐慌有所行动,在小韩妃出宫时德嫔悄悄跟踪着她,发现了小韩妃背后的靠山杜姨妈以及她们的老窝。德嫔又继续调查小韩妃身边的宫人,继续在夜里装鬼恐吓小韩妃,使她终于露出马脚。本来德媖怕动静大了打草惊蛇，想自己一个人把整个案件查清楚后再向父皇汇报，没想到小韩妃为了达到尽快除掉心儿的目的，前来皇帝面前恶意挑拨，说三道四。韩珪沉不住气，听说了皇帝马上要将心儿问斩的流言后便来面圣为心儿求情，皇帝因为听信了小韩妃的挑拨而对韩珪态度恶劣，二人因此谈崩险些动起手来，德媖这才将自己近日的行动和发现，以及对小韩妃的怀疑告诉皇帝和韩珪，皇帝听后将杀人事件前前后后仔仔细细分析了一通，也觉得小韩妃的确可疑，韩珪更是肯定心儿必是被小韩妃陷害的。于是三人便坐下来研究了一套引蛇出洞的方案，并秘密展开行动。

接下来的数日，皇帝故意按兵不动，等着看韩妃的反应，等韩妃做贼心虚第二次来向皇帝提出将心儿正法的请求后，皇帝便故作爽快地答应了她，又派人在狱中安排了一个体貌酷似心儿的死囚犯，将其当众斩首。此时，心儿已被秘密接入宫中。当小韩妃兴冲冲跑到母亲处报喜时，皇帝等一行人便悄悄跟踪着她，一直到听到她们说出全部实情并拿出罪证之后，这才将门踹开，将她们一举捕获。

杜姨妈气得险些吐血，血红着眼睛指着心儿道："心儿，你这只阴险狡诈的狐狸精，这次又让你赢了！我的两个女儿都毁在了你手上，我就是做鬼也不会放过你！"

心儿淡然一笑道："杜姨妈，你的两个女儿若是不先加害我，她们又怎么会毁掉，分明是她们自己作孽毁了自己，你还帮着你女儿一起害人，至死都不悔改，真是无可救药！俗话说，不做亏心事不怕鬼叫门，你的鬼魂尽管来吧，我心儿什么也不怕！"

"说得好！"突然有人大声赞道，接着，赵光义拍着手笑嘻嘻从大堂门口走了进来。

赵光义上前叩拜过皇帝之后，便来到心儿身旁，冲她微微一笑，压低声音说道："心儿，我就知道你不会那么容易就死掉的，这场戏真是好看，你当真是个下棋高手，这回终于可以如你所愿当上皇后了！"

心儿皱起眉头厉声对他道："休在这里胡说八道，我从未想过当皇后！"

杜姨妈怔了一下，恨恨指着心儿道："我刚刚明白过来，原来这所有的一切都是你暗中谋划的，是你刺激我女儿，借她之手害死了皇后，原来是你想当皇后，我女儿不过是你利用的一颗棋子罢了！"又转向皇帝，"皇上，你不要被这贱婢蒙骗了啊，是她，是她唆使我女儿干的，心儿才是真正的杀人凶手！她的目的就是要当皇后！"

"一派胡言！"皇帝猛地一拍桌案，沉下脸大喝道，"事实证据口供俱在，你还如此诬陷他人，当朕是傻子吗？"又转向赵光义，道："光义，你来这里做什么，是看热闹来了吗？"

"没有没有，皇兄误会了。"赵光义急忙跪下，道，"光义只是觉得姨妈她毕竟是咱们的长辈，她是母后的亲妹妹，咱们俩小时候可没少在她老人家那里蹭饭吃，受过姨妈不少恩惠，若是母后在世，肯定舍不得杀了她这位胞妹。光义斗胆向皇兄求个情，您就饶过姨妈这一回吧。她毕竟没有亲手杀人，杀害皇后的是贤妃娘娘，让她一个人顶罪就是了。至于姨妈，光义恳请皇兄能够饶恕姨妈。"说罢，叩首不已。

皇帝看着他叹了口气，再看看杜姨妈，垂着头跪在地上，满头花白的头发散乱披着，脸上皱纹累累、老泪纵横，看上去甚是可怜。皇帝有些心软了，看了看心儿，心儿垂着眼睛面无表情地立在一旁。

此时，小韩妃也开口道："皇上，芝华也斗胆求您放过母亲，千错万错都是芝华的错，同母亲没有关系，母亲那么说不过是为了给芝华减罪而已。求您看在我姐姐为您生下小皇子的分儿上饶过她老人家吧，我和我姐姐的命都已经交给皇上了，皇上就放过我母亲吧！"说罢，以头"咚咚"叩地，额头很快磕出血来。

提起韩芝芬，皇帝心中一阵酸涩。芝芬、芝华这姐妹俩，本是好端端的一对姐妹花，在青春年华对他倾慕不已，先后嫁入宫中成为他的妃子，却都年纪轻轻便因他丧命。他是她们的表哥，怎么会忍心杀害她们呢，他原本只想让她们好好活着的啊！还有姨妈，记得自己小时候在她家中做客，姨妈总是将他最爱吃的红烧肉夹到他碗里，还亲手做了厚厚的棉袍送给他御寒，他原本想要将来有了出息好好孝敬她老人家的啊！可是如今却弄到了如此不堪的地步……这究竟是些什么鬼在作祟？为何这皇宫里会接连不断地死人？为何一定要他在亲情与道义之间做抉择？若是不杀姨妈，实在对不起心儿；可若是杀了她，自己又有些于心不忍，到底该如何决断呢？他再次看了一眼心儿，心儿仍是面无表情、目光低垂地看着光可鉴人的地面。

一阵剧烈的头痛感袭来，他急忙扶住桌案，低头思忖片刻，抬起头来，沉声道："好吧，既然光义和小韩妃都为姨妈求情，那就饶了姨妈这一回吧！不过，死罪可免，活罪难逃，将姨妈杜氏幽禁于宫外牢房，十年为限。小韩妃即刻鸩酒赐死。"

众人皆不再说话。

皇帝接着威严下令道："将涉案的宫女倩儿重打一百大板后轰出宫去，还有太医程德玄，私自给小韩妃提供药物，不可再留在宫中，也轰出宫去！"皇帝环视了一下堂内，道，"这件事就此了结，以后谁也不要再议论此事，更不许再生是非。都下去吧！"

侍卫们上前将小韩妃和杜姨妈拖了下去，赵光义看了一眼心儿也退了出去。

心儿低头向外走去。

皇帝看了她一眼，沉声道："心儿，你留一下。"

心儿却像没听到一般沉着脸径直向外走。

皇帝提高声音又说了一句："心儿，你留下！"

心儿已经走到大堂门口，略一迟疑，仍旧抬玉足向外走去。

皇帝啪地一拍桌案，怒道："心儿，你站住！"

心儿这才慢慢转过身子，沉着脸对着皇帝浅浅福了一福道："心儿有些不舒服，皇上也累了吧，有什么话以后再说吧，心儿先下去了。"说罢，转过身子扬长而去。

皇帝愣愣坐在龙椅上，又是一阵剧烈的头痛，伴着一阵眼花缭乱的眩晕。一颗心沉沉的，如同石头一般堵在胸口，令他喘不过气来……

心儿来到寝房，闷闷地坐在床头，半天时间一言不发。

德媖、韩珪，还有琉璃、晴儿等都来看望过她，莲青也来给她赔了不是。她只是默默无语地坐着，最后淡淡说了一句："谢谢你们来看我。我累了，想休息一会儿，你们都散了吧！"众人只好散去。

露儿倒了一杯茶端给她，道："心儿姐姐，喝口水吧，然后上床去好好睡一觉。"

心儿摇摇头，继续坐着呆呆发愣。

露儿将茶盏放到案几上，担忧地说："心儿姐姐，你怎么了？事情不是过去了吗？小韩妃已经被赐死了，皇后的仇已经报了，姐姐的冤屈也已经被洗白，姐姐怎么还不高兴呢？是太累了吗？"

心儿叹了口气，咬了咬嘴唇，抬手撩了撩鬓边飘着的一绺秀发，幽幽看着前方，缓缓说道："露儿，我真是没法子高兴起来。皇上他太过仁慈了，这一点同皇后一个样，过于心慈手软会害了自己的。我宁愿他把小韩妃留下！小韩妃并不可怕，真正可怕的是杜姨妈，还有那符蓉和赵光义。你知道为何赵光义要将杜姨妈保下来吗？因为杜姨妈可以代表太后，将来可以被他利用来打击皇上。皇上却看不透这一点，或者即使有所察觉却终是不忍心。他太注重亲情了，可这亲情却会害了他的！"

露儿怔怔看着心儿，她是个头脑简单的丫头，搞不明白这么复杂的事情，只好瞪着圆圆的大眼睛听着，小心翼翼说道："你是说赵光义大人会加害皇上吗？那你可以去提醒皇上啊！"

心儿摇了摇头，失神地看着前方，喃喃说道："没用，他听不进这样的话。他对他这个弟弟感情太深了，他不会相信我的，只会以为我在挑拨他们兄弟俩的关系。他已经在怀疑我了。他怀疑我同赵光义有不正当关系,认为是我的存在令他们兄弟生隙,还怀疑我觊觎皇后的位子……而且,他现在对逝去的皇后充满愧疚,对死去的几个嫔妃也满怀歉意,他认为这一切都是因我而起的,只要见到我,他就会想起她们,就会很难过。我已经不适合在他面前出现了,所以,我还是走吧,这个宫里不适合我,我根本就不应该来这里。"

说罢,心儿站起身来,开始收拾自己的行李。

露儿急忙拦住她,劝她道:"心儿姐姐,你不能走,你怎么可以说走就走呢?你来宫里已经苦熬了四年,都是为了能和皇上在一起。你和皇上的情谊那是比海都深的,如今皇后薨逝,小韩妃也殁了,眼看你就熬出头了,怎么可以就这么走了呢?"

心儿苦苦一笑道:"露儿,你还小,有些事你不懂,经过这几年桩桩件件的事,我已经彻底看透了,在这宫里是容不下真情爱的。'愿得一心人,白头不相离',这样的话只是妄想罢了。是我以前太天真了!皇后没了,会有新的皇后,妃子没了,会有新的妃子,这宫里从来就不缺女人。即便真的能当上皇后又如何,有那么多眼睛巴巴盯着那个位子,有那么多人想皇后死掉,说不定哪天就会莫名其妙被害死。我不稀罕当什么贵妃皇后,我想要的宫里没有,他也给不了我!皇上也不过是个身不由己的政客,他是为天下活着的,是为别人活着的,他不可能为自己活,更不可能为他的女人而活!所以,露儿,你不必再劝我了,我去意已决,不可能再留在这个地方了。这里纯粹是座监牢,是个隐形的战场。每天挖空心思斗来斗去,你死我活,我实在太累太累了……"

"好,朕准了,你走吧!"皇帝突然推门而入,板着面孔大声说道。

露儿吓得一激灵,急忙跪下,道:"皇上万福。"

皇帝对露儿摆了摆手:"你先出去吧!"

露儿站起身来,迅速退了出去。

心儿也停止收拾,垂首静静站着。

皇帝盯着她看了良久,幽幽叹了口气道:"心儿,你说得很对,朕这个皇帝也不过是个身不由己的政客,朕是为天下活着的,是为别人活着的,朕不可能为自己活,也不可能为朕的女人而活!朕亏欠后宫里的每个女人,朕最亏欠的是你,心儿。自从你十六岁认识朕,朕便给了你承诺,这十三年来你为了朕苦苦熬着,死里逃生,做奴做婢,只为了和朕在一起,可是,朕却至今不能兑现诺言。朕算什么男人?算什么东西?大小韩妃、翠晶都因朕而死,皇后更是为朕惨死,你也因为朕遍体鳞伤、苦不堪言。朕赵匡胤欠你们的,至死都还不清!也许算命先生说得对,朕命太硬,在朕身边的女人总是非死即伤。这些年来与朕亲近的女人都相继死去,你也被连累得死去活来,险些丧命。接下来,朕还要为月虹守身四年,还要南征北战平定天下,你再跟着朕,同样没有好日子可过。所以,朕不能再害你了,趁着你还算年轻,你快些离开这里吧!朕放你自由,希望以后你能遇到一个好男人,过上美满踏实的正常日子,这才是你应该得到的,心儿。"

心儿泪流满面,紧紧咬着牙,点点头道:"好吧,我走就是,陛下您保重吧!"

说罢,她简单收拾了一个包裹,背到肩上,转身便走。

皇帝急忙说道:"你要去哪里?心儿,你误会朕了,并非是朕要赶你,你听朕说,朕已经想好了,即刻册封你为燕国长公主,赐你一座公主府,然后帮你选一个好男人,把你风风光光嫁出去……"

"我不需要!我回紫云观去,我要待在那里,做一辈子道姑!"心儿头也不回地向外走去。

皇帝无奈,只好派人驱车将心儿送到紫云观,然后独自一人在寝宫里唉声叹气,许多日打不起精神来。支撑着上了一阵子朝,没过多久便病倒了。

紫云观这边。恰好紫虚道长已经云游回来,见到心儿背着包裹突然出现,微微一怔。

心儿叫了一声师父,便扔掉包裹,扑到紫虚怀里,大哭起来。

紫虚并不劝她，只是抚摩着心儿的青丝，徐徐道："哭吧，把心里的委屈都化作泪水流出来，就会好了。"

心儿痛痛快快哭了半日，终于把泪水流尽。紫虚令小师妹若云将她扶至内室，让她闭上眼睛好好睡一觉。她这一睡便昏天黑地地睡了两日两夜才醒转过来。

醒来后，沐浴更衣，换上天青色道袍，绾起光滑发髻，又喝了师父亲手熬的小米甜梨粥，感觉神清气爽了许多。

与师父盘腿坐在静修房青毯上，同她说出心中所有的话。讲了这几年宫里发生的所有事情和自己的遭遇。紫虚平心静气听着。

又是两年多未见，她的样子依然如故，冰肌雪肤，仙风道骨，气质清雅而温润。心儿暗想，自己若是能修成师父这样子就好了，自己如今的模样肯定是憔悴而愁苦，难看死了。说出的话也尽是些怨妇所言，真是令人难堪。

"师父，我现在很是后悔没有听从您的劝告，我与他的这段情缘是太苦、太痛、太难了，当初为何我非要进宫去惹出这一串串恩怨情仇呢？这几年，不断地死人，不断地流血，大小韩妃都死了，翠晶也死了，她们是自作孽不可活，死便死吧，可是皇后那么好的人也死了，还有她腹中那已成形的胎儿……都是我害的，她们都是因我而死的……"说到此处，心儿眼圈又潮红了，转瞬间一双大眼睛里再次泪水盈盈。

紫虚淡然一笑，温和道："人的死亡，大抵是上天的命数与个人的修为共同造成。皇后她之所以香消玉殒，是她的痴迷与奸人的恶行所致，与你并无多大干系。你不进宫，换作别人来成就她们的恶缘，她们也同样会死，死于各自的贪痴或是恶念。所以，你大可不必自怨自艾。"

"可是他却不这样想，他认为所有这些人的死都是因我而起，尤其是皇后。我现在才知，他心里最在乎的女人是谁，他最在乎最心疼的是他的正妻。我这些年来为了他忍辱负重，做小伏低，却并不能换来他的真情，到头来，还是被他弃之门外！师父您说，全天下的男子都是如此无情吗？

为何他竟无视我多年对他的苦心，难道我做得还不够吗？还是我根本就是爱错了人……"

"你误会他了。他并非你想的那样，他对你是真心爱惜。只是他想对得起所有人，但他的身份和处境却让他无奈又无力。他是个好男人，恋上非凡的男子就要承受非凡的痛苦。你和他都是极好的人，你们好得令上天嫉妒，所以上天才会给你们设置许多困苦磨难来考验你们，这些你都不必计较，从容走过这些弯路便会柳暗花明。情爱的最高境界便是不计较，不是吗？"

"我并非计较，只是觉得不公。我只想他能活得平安如意些，只想默默守护着他，尽我所能保护他，为他挡灾，助他历劫，可是……他根本就不领我这份情，他误会我在挑拨他们兄弟关系，误会我生了野心，他不明白有人正在布着天罗地网加害于他……"

"误会和烦恼是气泡，都会消除的，只是时机未到而已。他并非神仙，看清真相需要时日，所以你不要急切。心儿，为师觉得你这几年太过沉湎于男女情爱了，想得到异性之爱是人之常情，无可厚非，但不要过于沉迷。《诗经》有云：'于嗟鸠兮！无食桑葚。于嗟女兮！无与士耽。士之耽兮，犹可说也。女之耽兮，不可说也。'此是大道，愿心儿你领会其意，将心量扩大，将心中的私情暂且冷冻搁置，去关注自修与天下苍生。"

心儿终于微笑起来，对师父抱抱拳道："师父，听您说话心儿总是能豁然开朗，如醍醐灌顶，心中块垒顿消。师父说得对，是我自己心量不够大，视界不够开阔，修为不够高，才导致了这诸多烦恼。心儿愿听师父的，将心中私情放下，在此清修，继续向师父学习医术和道法，以便能更好地造福苍生，也度化自己。"

紫虚欣然而笑："你能如此想，便是对了。其实你做得已经不错，这几年能够在宫中淡泊名利，忍辱负重，这才逃过一场场劫难。若是你真的被封为妃后，恐怕已是命丧奸人之手，想出来也不可能了。只是你若想达成心中愿望，还需努力提高自己修为，成就更高智慧才行。你便在这里再待上几年吧,等时机成熟,你再离开这里去到他身边即可。道家一向如此,随意来去,随缘顺心,无须太严苛的清规戒律,只要符合天道人性即可。"

心儿跪下拜谢了师父,自此便在这里静心修道、潜心学医,如同四年前一般。

# 第三十章

## 观内来客

　　心儿每日都诵读经书。她在静修房中盘腿而坐，读《清静经》："人神好清，而心扰之；人心好静，而欲牵之。若能常遣其欲，而心自静，澄其心而神自清……"

　　读《道德经》："致虚极，守静笃。万物并作，吾以观复。夫物芸芸，各复归其根。归根曰静，是谓复命……"

　　读《神仙绝谷食气经》："诸行气皆无令意中有忿怒愁忧。忿怒愁忧，则气乱，气乱则逆。思一，则正气来至。正气来至……则气各顺理，如法为，长生久寿。"

　　有时也读些旷达的诗词。读曹植的《游仙诗》："人生不满百，戚戚少欢娱；意欲奋六翮，排雾陵紫虚。"

　　读李白的《游泰山》："登高望蓬瀛，想象金银台；天门一长啸，万里清风来。玉女四五人，飘飖下九垓。含笑引素手，遗我流霞杯……"

　　读着读着，她总是禁不住微笑起来，一颗心清明澄净，整个人都感觉飘逸舒爽。

　　不读书的时候就同师父学习医术。重点修习针灸和炼制丹药。她想着那"香雪美颜丹"副作用实在太大，便想试试能不能改进一下，减少那些副作用。她这一想法也得到了紫虚的支持，于是心儿便找来一堆医药书籍，一字一句仔细研读，并计划过些日子去深山采集草药，动手研制新的美容养颜丹药。

这日,她正在研读医书,却见德媖前来找她。

德媖奔上前来,一把抓住心儿的手,急急说道:"心儿姑姑,你怎么不和我说一声就来这儿了呢?母后的事情不是已经查清楚了吗?为何你还非要走呢?你和父皇究竟是怎么了?你走的当日我就想来叫你回去,可父皇却不许我出宫,今日我是偷偷跑出来的。心儿姑姑你跟我回去吧,我父皇他病了,病得很严重,每日不吃不喝也不理朝政,只是躺着唉声叹气,要么就昏睡不醒,已经晕过去好几次,人都快不行了,你快回去劝劝他吧!"

心儿心中一紧,但还是咬了咬牙,把手抽出来,低声道:"德媖,我与你父皇之间情况比较复杂,你是不明白的,就不和你多说了。我不适合再回宫去,我要在这里修道学医,你回去吧,回去后好好劝劝你父皇,让他振作起来,不要再沉湎于那些不堪的往事了,治国平天下才是第一要务。"

"我劝过他不止一次了,可他根本不听啊!心儿姑姑,还是你回去劝他吧,他只听你的话,求求你啦,心儿姑姑。"德媖再次捉住她的手,扭着身子恳求。

心儿站起身来,冷冷说道:"德媖,别闹了,我要到炼丹房炼丹去了,师父还等着我呢。你回去让韩珪画一张作战图,再让他同赵普一起去劝皇上南征吧,他只要把精力转移到平天下上,病自会好的。你去吧,我走了。"说罢,心儿转身出了房间。

德媖只好一个人讪讪地回到皇宫,按照心儿的意思令韩珪画了一张作战图,再让他同赵普一起去探视皇帝,二人同时苦劝皇帝打起精神,准备收复后蜀一事。韩珪还强调说这是心儿的意思,心儿特地让德媖转告皇上,要振作起来,不要再沉湎于往事,治国平天下才是第一要务。皇帝听此话果然星眸一亮,慢慢振作起来,穿戴整齐出了福宁宫来到朝堂,同众位大臣一起谋划起收复后蜀的事情。

德媖见父亲恢复了正常,心中大喜,又偷偷来找了心儿一次,告诉她父皇好多了,每天忙着南征的事情,已经不再伤感萎靡。心儿一颗悬着的心这才放下,继续修道学医,勤勉不辍。有时跟着师父一起外出行医,有时也独自进山去采集草药。

日子悠悠静静地过着,转眼到了夏天。紫云观靠近山林,院中也多是松柏榆槐等古树,枝叶茂密、树冠如盖,举目望去,满眼葳葳郁郁、绿意葱茏,因此并不感觉特别炎热。

这半年来,德媖每隔一两月便来看望心儿一次,同她说说话,送些衣饰和日常用品给她。德媖说心儿走后宫里就沉闷极了,连个说话的人也没有,韩珏已被封为护国将军,整日忙着上前线打仗的事,根本就没有时间陪她,她一个人实在无聊,便来找心儿姑姑说说话。实际上,她这么做的原因一方面的确如她所说,另一方面也是受皇帝所托。

他对她终是放心不下,生怕她日子过得太清苦,或者出什么意外,又不好亲自前来,便委托德媖时不常来看看她,送些日常用品给她。

德媖当真给她送来一车的宝贝——她在宫里弹过的古琴,她常看的一些书籍,还有原先摆在迩芙宫里的夜明珠、一对官窑青釉缠枝海棠花瓶、一只青玉枕头、一把象牙白玉坠折扇、一套青花瓷描金茶具,以及香木雕花狼毫笔等文房用具,还有一只塞满了金玉首饰和古玩的多宝格,琳琅满目摆满了她的寝房。

心儿冷着脸拒绝,让德媖运回宫里去。德媖说这是皇上的圣意,她可不敢违背,接着冲心儿扮了个鬼脸,匆匆走掉了。

看到满房间林林总总的物什,心儿心中一时间酸甜苦辣百味杂陈,一颗心重又微微疼痛起来。禁不住苦苦笑道:"为何,为何你总是不肯放过我呢?"

她将多宝格里的金玉首饰和古玩取出来,大部分赠给了师父和道友们,让她们卖些钱贴补开销以及采买药品、书籍和法器,小部分重又装入多宝格中,然后同小师妹一起将那些东西统统搬入库房,锁起来。眼不见为净,她不想拖泥带水回忆过去,只想干脆利索地活在当下。

这日,心儿正坐在一株古松树荫下读一卷经书,小师妹若云过来通报说门外有人找她。心儿以为是德媖又来了。一般德媖总是在她面前突然现身的，今日却要站在门口让自己去迎接，这小丫头不知又要出什么幺蛾子。一边想着，一边款款走到观门外，抬眼看去，见这次来的却不是德媖，而是多日不见的琉璃。

她怎么来了，难道宫中出什么大事了吗？心儿暗想。

"琉璃，你怎么来啦？快进来，快进来！"心儿一边惊喜地说，一边上前拉起琉璃的手。

"我来看看你啊，我想念姐姐了。"琉璃一边笑吟吟说道，一边随着心儿进到观中。

心儿将琉璃带至古松树下，让她在竹椅上坐下，又命若云把小方桌搬来，将茶壶茶盏摆上。心儿斟了一盏菊花茶递到琉璃面前，然后自己也在小方桌前坐下，注目仔细打量琉璃。只见她似乎比以前胖了不少，尤其是肚子，竟是微微隆起，看起来与整个身子似乎很不协调。再看她的面部却是一脸蜡黄，仿佛十分憔悴焦虑的样子。

心儿有些奇怪地问道："琉璃，你好像变了不少，你这是怎么了，是病了吗？"

琉璃的脸色变得更加难看，几乎落下泪来，愁眉苦脸地低下头道："心儿姐姐，我……我有身孕了，已经快五个月了。"

"啊？"心儿心中猛地一跳，脸色也阴沉下来，疑疑惑惑道，"是，是他的吗？"

"不，不是皇上的！"琉璃急忙否认道。

心儿这才松了口气，又奇怪地问："那不是皇上的，还能是谁的？宫里的男人，除了皇上，可就只有太监了。琉璃，你和我说实话吧，是不是真的是皇上的？"

"真的不是皇上的！"琉璃摇着脑袋急急地说，耳垂上的银流苏坠子烁烁地晃出乱纷纷的银光。

"那孩子到底是谁的，你倒是告诉我呀！"心儿急切地看着她。

"是……是宫里一个侍卫的。"琉璃红着脸低下头讷讷地说。

"什么?你竟和侍卫私通?"心儿万分吃惊地说道。

琉璃臊得满脸通红,深深地埋下头去,恨不能地下开条缝隙钻进去。

"琉璃,你怎么……怎么竟做出这样的事?"心儿看着她,简直要目瞪口呆,她怎么也不会相信,一向温顺乖巧、循规蹈矩的琉璃竟做出如此出格的事情。按照皇宫律例,宫女背着主子与侍卫私通是要被处死的,若是有了身孕更是伤风败俗、罪大恶极,搞不好三条性命都要保不住了。

琉璃"扑通"一声跪倒在心儿面前,捂着脸小声啜泣起来。

"别哭,别哭,你坐起来,好好跟我说清楚。"心儿将琉璃拽起来,按到椅子上,又将自己的一方帕子递给她。

琉璃用帕子擦着眼泪,一边讷讷说道:"他是我表哥,我们俩是青梅竹马,从小一起玩大的,后来,我十六岁时被选入宫中当了宫女,表哥他忘不了我,便千方百计当上了宫门侍卫。这些年,我们找机会偷偷来往。一年也就能见那么几次面。我在宫里当差已经六年了,表哥为了我坚决不娶,我一感动,就和他……后来就有了……眼看要瞒不住了,姐姐,我好怕啊,我怕我这条小命保不住了,更怕连累了表哥……心儿姐姐,你帮帮我吧,否则,我和表哥还有肚子里的孩子就都没命了!心儿姐姐……"

"唉,你们真心相爱,苦守这么多年,倒也是可怜。"心儿听后点点头道,又微蹙着眉头说道,"可是,我已经出宫了,如何帮你啊?你不能自己向内务府申请离宫回家吗?"

琉璃红着眼睛道:"我申请过了,可内务府不批准,说我没到年龄,低等宫女是要到二十五岁才可以离宫返家的,我现在才二十二岁。"

"那怎么办……不如你去向皇上坦白吧,把实情向他说出来,然后苦求他对你们宽大处理。"心儿说。

"不,我不敢!毕竟这事有辱皇家颜面,万一皇上震怒我和表哥就完了!"琉璃战战兢兢道,接着又苦求心儿,"心儿姐姐,还是你回宫去帮我跟皇上求个情吧,你说的话,他一向是听的。心儿姐姐,你不知道,你离宫的这段时间,皇上其实是很思念你的,我在他寝宫门外值夜时,有好几次,听到他大声喊着你的名字惊醒过来呢!"

"真的吗?"心儿心中微微一喜,又故意沉下脸道,"那也有可能是做噩梦,梦到我害他呢!总之我是不能回去的。"她思忖一下,又道,"这样吧琉璃,我写一封信给皇上,试着帮你求情,你回去后把信交给他,若是不行,你再来找我。"

"可是……若皇上不肯原谅我,将我绑起来治罪怎么办?"琉璃忧心忡忡道。

"那你就想办法告知德媖,让她来通报我一声,我再想办法救你。"

"那好吧。"琉璃点点头。

于是琉璃随心儿进了房间,摆开笔墨纸砚,给皇帝写了一封求情信,封好后,交给琉璃。琉璃向她道了谢,便告辞回宫去了。

三日后,琉璃又来找心儿。只不过这次是欢天喜地的。

一看她那神情,心儿就知道她已被皇上大赦了。果然,琉璃一见到心儿便眉开眼笑地说开了:"心儿姐姐,这回我们算是没事了。我把你的信交给皇上,他看完后便对我说:'你和你表哥之事应该早和朕说清楚,朕不会怪你们的,琉璃你收拾一下出宫回家去吧,朕给你们赐婚。'然后我就没事了。第二日,皇上又下了一道圣旨,说宫里的宫女只要愿意离开的,都准予离宫返家,超过二十五岁的还给了一笔安家费。宫女们一听都高兴坏了,当即便有两百名宫女表示愿意出宫返家,皇帝即刻准了。现在宫里头只剩下三百名宫女了,这可是从古至今历代皇宫里从来没有过的!你说这皇上到底是如何想的呢?更不可思议的是,皇上还对后宫里仅有的三位嫔妃说,若是她们想走的话,也可以出宫去,算是和离,出宫后还可以另嫁他人!"

心儿听此事心中也诧异万分,不立皇后,还遣散宫女和嫔妃,这可是历史上皇宫里绝无仅有的稀罕事,也只有他赵匡胤能干得出来!

"那三位嫔妃走了吗？"心儿问。

"没有，三位嫔妃都没有走。可能她们是真心真意爱慕着皇上吧，也可能是认为好女不嫁二夫，要从一而终吧，琉璃也搞不清楚，总之，现在后宫里是清静多了。"琉璃说，想想又道，"现在皇上是几乎不近女色了，心儿姐姐，你说他这是要当和尚吗？"

"他是在为皇后守身，他说过要为皇后守身四年。"心儿道。

"噢，原来如此。"琉璃点点头，思忖一下，又道，"那四年以后呢，他肯定要立新皇后吧？我看这新皇后的位子定会是心儿姐姐你的，所以，琉璃觉得，姐姐还是回宫去到皇上身边继续做女官吧，这样也有个知心人照顾皇上，而且省得被别的女人钻了空子，毕竟后宫里还有女人几百号呢！谁能保证个个都是清心寡欲、毫无野心的。再说，还有那么多大臣高官家的千金小姐都在惦记着皇后的位子呢！只要姐姐时常在皇上跟前晃悠着，皇上就绝不会亏待了姐姐的……"

"别说了琉璃，管好你自己的事吧！"心儿皱着眉头打断她的话，"赶紧回家去准备嫁人当娘亲吧，别在这儿瞎操心了！"

"哎呀，琉璃可不是瞎操心啊，姐姐同皇上的感情琉璃是最心知肚明的，你们俩不到一起，我怎么会放心呢！姐姐你还是收拾一下，跟我回宫去吧，等你进了宫安顿好我再嫁人也不迟！"

心儿沉下脸道："琉璃，真的别再说了，若无别的事，你回去吧，我要炼丹了！"

"姐姐……"琉璃瞪着一双细长的眼睛无奈地看着心儿……

炎炎夏日很快过去，转眼到了秋季。心儿同小师妹在院子里种下的菊花次第开放，金灿灿、娇艳艳一片。花色品种繁多，黄菊有金孔雀、黄鹤翎、侧金盏，白菊有玉玲珑、一团雪、太液莲、月下白，红菊有美人红、绣芙蓉、胭脂香，还有淡红色的西施粉、玉楼春、红粉团等。站在如云似锦的菊花丛中，面向不远处的山林，很有"采菊东篱下，悠然见南山"的清朗意境。

心儿和德媖站在廊下，一起欣赏着漫漫秋阳中的菊花。

这一阵子心儿的心情晴和安好、淡定悠闲，比在宫里时舒爽了许多。她的面貌也越发清丽端雅、冰肌雪肤，已经略有她师父紫虚仙风道骨的气韵了。看来这清心寡欲的确是一味修身养性、美容养颜的良药！

德媖看着这些灿烂而幽雅的菊花直眼馋，闹着要采一些带回宫里去给父皇泡茶喝，做菊花糕吃。

心儿便道："你想采便采一些吧！泡茶的时候别忘记放几颗冰糖，这样才会有更好的祛火清心功效。做菊花糕的话，要把菊花泡上一日一夜，然后用蜂蜜水和面，最好再加上几粒枸杞子，这样糕点才会味道爽口又营养丰富。"

德媖看着她嘻嘻笑道："哎呀呀，还是心儿姑姑你心疼我父皇啊！知道他喜欢什么口味，怎么吃才对他身子有益。我看啊，你还是对他放不下，不如回宫去亲自侍奉他算了，省得你在这里牵肠挂肚的不放心。"

心儿嗔道："你这死丫头怎么回事，好心让你采些菊花回去哪来这么多废话。算了算了，你别再祸害这些花朵了，我和小师妹好不容易侍弄的，你啊，从哪儿来的回哪儿去吧！"

德媖大眼睛骨碌一转，叉起腰说道："哼，居然敢撵我走，我还偏不走了！赶明儿我把铺盖卷儿搬过来，同你在这里一起学道修仙了！我看这地儿还真不错，真像是神仙的洞天福地呢！比那规矩重重的皇宫里可逍遥自在多了！"

心儿白她一眼道："行了吧你，别只见贼吃肉不见贼挨打了！学道修仙是要放下儿女情长清心寡欲的，还要吃斋念经，你舍得了你那俊美情郎吗？舍得了那些鸡鸭鱼肉的美食吗？你快回皇宫去，乖乖做你的大公主吧！"

德媖撇撇嘴，低下头来采了一包菊花，又在院子里耍了会儿剑，见观里所有人都在忙着，有的低头念经，有的静坐练功，有的在房中炼丹，无人理会她,她自觉无趣,便骑上马回皇宫去了。

德媄刚走一会儿,便又来了一位访客,这次点名要见心儿的是赵光义。

心儿一见是他,便心中一沉,暗自想道,真是树欲静而风不止,看来自己这辈子是逃不开宫里那些纷争纠葛了。她冷冰冰对他道:"赵大人光临此处,所为何事?"

赵光义身着一袭紫色印花织锦长袍,未戴官帽,用一块环形美玉束住一头青丝,腰间系着一块青玉司南佩,显得越发面如冠玉、俊朗闲逸,只是眼中那一道邪魅的幽光尚在,看上去令人很不舒服。

他对着心儿静静看了半晌,微微一笑道:"心儿,半年多不见,你这样子是越发仙风道骨、清丽脱俗了!看来你在这里住着比在皇宫里舒心多了,赵某真是羡慕呀!"

"赵大人谬赞了!我还要去炼制丹药,有什么事快些说吧!"心儿冷冷道。

赵光义抱拳拱手道:"我今日是来请心儿姑娘到我的新府邸去看一下的。是这样,我新建了一座开封府,全家搬过去入住没多久,我的大公子便病倒了,符蓉的病也越来越重,请太医治了也没见好,我听说心儿姑娘的医术是越来越精湛了,又精通道法,所以特地亲自前来烦请姑娘到我新府去一趟,给我的儿子和夫人瞧瞧病,另外做一下斋醮,以驱邪免灾降福。恳请心儿姑娘随我去一趟吧!"

心儿沉着脸回绝道:"抱歉,我不去。我的医术没那么精湛,不过是给师父打打下手。斋醮的事也不太懂,再说我要外出作法的话得请示师父,我一个人做不了主。"

"那好,我去请示你师父,你等我一下。"赵光义说完,便转身去了观主房间。

不一会儿,赵光义便同紫虚出来了,来到心儿面前,紫虚说道:"心儿,既然赵大人前来诚心请你去医病和斋醮,你便去一趟吧!你的医术已颇高,完全可以独立行医了,至于斋醮方面,为师送你一本这方面的书,你按照书上的程序进行就可以了,我再派若云与你同去,斋醮方面她懂,可以让她主持。"

心儿还是有些犹豫。

赵光义便道:"心儿你就去吧,明日我便将你们安全送回,若是出什么意外,紫虚师父尽管向我问罪就是了。"

紫虚也道:"心儿你放心去吧,不会有什么意外的。"

心儿见师父如此说,不好再说什么,只好颔首表示同意。于是,心儿便同若云一起带上医病和斋醮所需物品,乘上赵光义派来的豪华马车,来至新的开封府中。

新开封府的气派豪华令心儿大吃一惊。只见眼前一片宫殿式建筑,崇阁巍峨,层楼高起,金顶红门,古色古香,内部也是金碧辉煌、复道萦纡、玉栏绕砌,真是比皇宫还气派豪华。

赵光义领着心儿和若云来至后院居住区,这里亦是飞檐插空、雕栏玉砌、佳木葱茏、奇花闪烁,十分富丽堂皇。赵光义面有得意之色,微笑对心儿道:"心儿姑娘,我的新府邸你感觉如何?"

心儿微蹙眉头道:"气宇轩昂,堪比皇宫。只是浊气太重,清气不足。"

赵光义有些尴尬地笑笑,不再说什么,引着两位道姑进入大公子房中。

大公子赵元佐年方五岁,俊美聪慧,深得赵光义喜爱,只是自幼身体不好,不时闹病,刚搬来新居不久,便病倒在榻上。

心儿对小元佐望闻问切之后,向赵光义道:"大公子天生五内虚弱,而新居油漆味尚未散尽,浊气太重,他承受不了,也难以适应新环境,所以病倒了。若想治愈,最好是令他移入旧府居住一段时间。"又取了两瓶丹药交给赵光义,嘱他令大公子按时服下。赵光义向她躬身道谢。

出了大公子房间,赵光义又引二位道姑到夫人房间欲给符蓉治病。

心儿暗想,怕是那符蓉一见她便脸黑眼红,不肯就医。果然,歪在榻上养病的符蓉一见丈夫引了心儿过来,马上将脸拉长,一双凤眼射出两道充满敌意的冷光,恨恨地盯住心儿,道:"你来做什么?我不需要你为我瞧病,我还怕你把我毒死呢!光义,你让她走,快走,不要再让她进来半步!"

赵光义劝道:"符蓉,你多虑了,心儿现在是名满京城的女神医,医术高得很,你就让她医治一下吧,她不会害你的!"

符蓉依旧敌意满满地看着心儿,摇着散乱的头发道:"不,我不让她医治,她会害死我的!让她出去!"

"符蓉——"赵光义无奈地喊道。

心儿对着符蓉的面颊凝神仔细观察了一阵子,冷冷一笑道:"既然符夫人对贫道不信任,贫道就不勉强了。说实话,符夫人的病我也实在看不了,你的病是心病,源自恶念,恶念不除,心病难医,你已病入膏肓,顶多再活十余年,寿命不会超过三十五岁。若想长寿,只有一个办法,那就是除却野心,清心寡欲,心存善念,不为恶行。"

"你少在这里胡说八道,你就是咒我早死,你滚出去,快滚!"符蓉一边气急败坏地对心儿吼道,一边抄起手边一只白瓷枕头,向着心儿狠狠砸去。

心儿闪身躲开,拉着若云退出房间。

赵光义急急追了出来,对着心儿躬身道:"心儿姑娘,你莫怪她,她是个病人,对你有误会,我替她向你赔礼道歉。"

心儿淡然一笑道:"无妨。我不会跟一个病入膏肓之人计较。"

若云对赵光义道:"赵大人,您这位夫人真是火气好大,火气越大,对身子越不好。人体是个小宇宙,内有金木水火土,各个因素平衡,身体才会康健无恙,若是心火太旺,会把自己五脏六腑烧焦的。心平气和才是最好的良药。"

赵光义唯唯称是道:"是是是,道长说得极是,回头我一定好好劝她,要心平气和,清心寡欲。"

心儿冷然一笑,道:"欲劝别人,先正己心,自己要首先做到除却野心,清心寡欲,否则,怎么能劝好别人?"

赵光义讪讪笑着,连连点头。

赵光义客气地将两位道姑引入客房歇下,然后命人准备晚膳。

心儿和若云坐在楠木雕花大床上,打量着房间里的摆设。见房间里的家具木质不是金丝楠便是黄花梨,十分昂贵,满墙满壁的古董玩器,彩镶金嵌,鎏金描银,连窗户也是五色纱糊就,床上更是堆着彩绣锦被,绫罗寝衣。空气中飘着淡淡的龙涎香气。真是比后宫里娘娘的寝宫还豪华奢丽。

晚膳很快备好,虽然皆是素食,但菜品繁多而丰盛,琳琅满目地摆了一大桌。皆是用金盘银碗盛放,连筷子、汤匙都是纯银的。

心儿没有胃口,只吃了一碗小米银耳粥和一盘凉拌五色蔬菜。若云也很快吃完。

晚上,由若云主持斋醮。斋醮仪式十分烦琐,要由作法道士诵经念咒、手印点弹、步罡踏斗、张贴符图等等,需要整整一夜方可结束。赵光义走入祭坛,装模作样忏悔了一番,又为家人和帝王一一祈福过后,便走出祭坛,来到心儿面前,轻声说道:"心儿姑娘,我有些话要对你讲,能不能借一步说话。"说罢,向着一旁的僻静处走去。

心儿怔了片刻,便随着赵光义来到假山前面的一株古松树下。树下有供人休息的几把花梨木椅。

赵光义将手伸向木椅,对心儿道:"心儿姑娘请坐。"

心儿在木椅上坐下。赵光义也在她对面的椅子上坐下。

今夜秋高气爽,月光清朗,假山前一弯溪水泛着银光,流水潺潺,景致很是不错。

心儿仰面对着天空中的那轮明月,淡声说道:"赵大人有什么话请说吧,心儿恭听。"

赵光义凝视着心儿的双眸,这双眼睛在月光下晶莹闪烁,美丽至极,映着两轮皎月,如同里面隐藏着两个神奇璀璨的小宇宙。

唉,心儿,你何时能将这双眼睛对准我,认真地看我一眼呢?赵光义暗自想道。

他微微一笑,道:"姑娘感觉我这新府建得如何?可还满意吗?"

心儿的目光仍旧固定在月华上面,淡淡道:"不是已经说过了嘛,奢华气派,堪比唐朝皇宫,大宋皇宫是望尘莫及的!只是这里浊气太重,清气不足,我并不喜欢。"

"哦?那姑娘究竟喜欢住在什么地方呢?"赵光义不急不恼地笑着问道。

"我喜欢住在山林之中,世外桃源,仙界灵境。"

"呵呵,姑娘真是超脱啊,只是世外桃源、仙界灵境不过是梦幻妄想罢了,世间哪里有啊?那陶渊明、嵇康、郭璞之流,也不过是仕途不如意之时借些诗词佳句聊以排遣胸中悲情罢了!若是他们能仕途亨通,尽享世间荣华富贵,他们能向往鼓吹那虚无缥缈之境吗?就像姑娘你,若是能在皇宫大内稳坐贵妃皇后之位,能舍得出来到那道观中过清苦的日子吗?"

二人正在说话,一道黑影悄悄绕到假山后面,侧耳谛听着二人的谈话。此人正是符蓉。

心儿将目光收回,看了一眼赵光义,冷然一笑,道:"我很庆幸自己没有留在皇宫大内,否则我这条小命恐怕早已命丧妇人之手了。我现在过得很好,每日诵经学道,修身养性,清风明月,自由自在,这种感受你是不懂的。你将我唤来这里,究竟所为何事?不会是想劝我留下来跟你一起享受这荣华富贵吧?"

赵光义又是一笑,道:"姑娘真是冰雪聪明,赵某正有此意。我对姑娘倾慕已久,姑娘心知肚明。在下建这座豪华府邸,也多半是为了姑娘你。我不忍心看着姑娘在那清寒之地受苦,姑娘的大好才华也不应该就此埋没。姑娘何不脱下道袍,穿上嫁衣,来到此处同我共享荣华富贵?符蓉的情况你也见到了,她已是废人一个,活不了多久了。我已经想好,姑娘若是觉得侧妻的身份委屈,可以先以女医的身份入住本府,等符蓉一殁,我即刻立你为正妻。过不了几年,我就会被皇兄封为王爷,心儿你就会成为名正言顺的王妃。我们俩一起联手做一番大事业，我让你当上皇后，那绝不是虚妄梦想……"

假山后的符蓉听到此话恨得几乎银牙咬碎，暗自跺脚道："心儿，你这只狡诈多端的狐狸精！披上道袍竟还如此迷惑男人。我发誓，对着月亮发誓，我符蓉一定要亲手将你弄死，扒下你这身狐狸皮，将你碎尸万段，挫骨扬灰！哼，咱们走着瞧吧……"

一阵夜风袭来，冷得她差点儿打出喷嚏，她连忙捂住口鼻，又掩了掩黑色鹤氅的领口，恨恨地剜了一眼不远处坐着对谈的那两个人，缩着脖子蹑手蹑脚走掉了。

心儿冲着赵光义冷冷一笑，鄙夷道："看来我今日同你讲的一番话是白说了，你竟还在这里做着野心勃勃的白日梦，真是痴心妄想到可笑的地步！我再对你说最后一遍，我，心儿从来没有喜欢过你，我也绝不会嫁给你为妻。我再对你警告一次，收起你的野心，尽量做到安分守己、少私寡欲，否则，你不会有好下场的！"

说罢，忽地站起身来，转身便走。

"哎，心儿，你听我说，你再仔细考虑一下嘛！你不要再对他抱有幻想了，他不可能让你当上皇后的，永远不会，你别再为他苦守了好吗？"赵光义在后面追着她道。

心儿冷着脸不理会他，向着若云匆匆走去……

等到做完斋醮，已是凌晨时分，心儿和若云坚持要马上离开此处。赵光义再三挽留心儿在此多住些日子，心儿坚决拒绝。赵光义无奈，只好派了车马将心儿和若云送回紫云观。

这日午后，皇帝正在勤政殿坐着聚精会神看作战图，研究作战方案，王继恩前来传报说符夫人来至门外，要求面见圣君。

皇帝微微一怔，心想她来做什么，接着便道："让她进来。"

须臾，符蓉迈着莲步款款而入，对着皇帝跪拜道："妾身符蓉拜见皇兄，皇兄万福金安。"

皇帝睨了她一眼，道："朕听说你病了，你不在府中养病，跑来这里作甚？"

符蓉苦着脸道："皇兄，弟妹我要活不下去了，恳请皇兄帮弟妹一把吧！"

皇帝奇怪地看着她道："你什么意思，有谁欺负你吗？"

符蓉眼中含上泪水，委委屈屈道："皇上，我快要被心儿欺负死了。"

皇帝一怔："心儿？她不是好好地在道观里待着吗，她怎么欺负你了？"

"皇上，你不知道。那心儿去了道观后并未闲着，千方百计地勾引光义，昨日她竟同着一个小道姑来到我府中，明着来医病斋醮，实际上却是来私会光义的。她还将我咒了一通，说我活不过三十五岁，气得我险些吐血。到了晚上，那小道姑在院子里斋醮，心儿却叫着光义到了客房，二人在客房里待了整整一夜，今日凌晨才出房间。我偷偷听到心儿说要光义将她立为正妻，入府长住。光义尚未答应，便将她们送回道观去了。皇上，心儿她野心勃勃，图谋不轨，阴险毒辣，欲置我于死地，恳请皇上将她治罪，或是将她逐出京城，否则，符蓉真的是活不下去了啊！"符蓉一边添油加醋地说着，一边哭得泪水涟涟，样子十分可怜。

皇帝注目盯着她，思忖良久，冷静说道："心儿如今已是自由之身，她要和谁亲近，朕是管不着的。况且你所说只是片面之言，朕并未亲眼所见，岂可相信？"

顿了一下，皇帝又口气严厉道："符蓉，你是个什么样的人，做过什么样的事，朕心里是清清楚楚的，不过是念着光义和符国公的面子，不说破你便是了。朕劝你还是收敛些，不要再挑弄是非，回到府中好好养病吧！朕这里还忙着，你且回去吧！"

符蓉胸中一团怒气顿时生起，黑下脸道："皇上的意思是说我在撒谎，故意挑拨是非吗？若是皇上不信的话，尽可以去调查好了！等到有一天，心儿真的嫁给光义,皇上再心痛后悔可就晚了!"

皇帝冷哼一声,不再理会她,接着研究他的作战方案去了。

符蓉自觉无趣,便道:"那好,既然皇上不相信我,我便不在这里妨碍您了。妾身退下了。"

皇帝对她挥了挥手,头也未抬。

符蓉只好起身,黑着脸红着眼睛讪讪离去,边走边在心中恨恨说道:"好你个赵匡胤,你不管是吧?那我自己想办法好了,到时候,你可休怪我无情无义,下手狠辣!"

## 第三十一章

## 开封府

这日午后,天气有些阴沉,心儿身着蓝色道袍,背着一个竹篓出了紫云观,向着西北方向的山林走去,她要去那里采药。

经过长时间的研究,数百次的炼制、试用和改进,新的美容养颜丹已经研制得差不多了,取名为"冰肌雪肤丹"。所需上百种草药大部分由心儿亲手采摘,因此,这段时间,心儿便经常到附近的山林中去采药。

心儿走入一片密林之中,只见满地微黄的野草间夹杂着零零星星的小野菊,这些小野菊正是心儿想要的。它们虽然模样不起眼儿,但美容养颜的功效却是极好的。仔细看来,小野菊生得小巧玲珑,宛若笑颜,小太阳般圆圆灿灿的花心,金黄色的细长花瓣向外翻卷舒展着,仔细嗅嗅还有一股清清淡淡的芳香,仿佛是凝集了月亮与山林的精华生成。她微笑着,蹲下身来一朵接一朵仔细采摘。

正摘得起劲儿,忽听耳畔一个冰冷的声音响起:"是心儿姑娘吗?"

心儿一愣,站起身来,举目望去,只听"嗖——"的一声,一个黑衣蒙面人落到她前方不远处,手中执着一把锃亮的尖刀,一双鹰眼逼视着她,向她一点点迫近过来。心儿见来者不善,转身便跑,刚跑了几步,又有一个黑衣蒙面人从树上"嗖"地跳了出来,手执一把同样的尖刀,拦住她的去路。

心儿停下脚步,稳住心神,高声问道:"你们是谁,要干什么?"

对面的黑衣人晃了晃手中尖刀道:"有人出了大价钱要买你的命,心儿姑娘,对不起了!"说罢,对着心儿的脑袋举起刀来,狠狠地劈下去……

心儿将眼睛闭上暗想:我命休矣!

却听"当啷"一声脆响,一把宝剑突然间飞过来抵住了那把劈向心儿的尖刀,接着有一人"嗖"地飞身过来,接住了空中那把宝剑,然后手持宝剑刺向黑衣人,与两个黑衣人"叮叮当当"打斗在一起。

心儿注目一看,来的不是别人,正是皇帝赵匡胤!

只见他身着一袭玄色便装,金色丝绦束着发髻,手舞赤霄宝剑,一身武艺不减当年,很快便将两个黑衣人打得只有招架之功,却无还手之力。

那两个黑衣人一看情势不妙,便闪转腾挪,且战且退,迅疾奔跑而去,很快便没了踪影。

赵匡胤顾不上去追他们,转身来到心儿面前,关切地问道:"心儿,你没事吧?他们有没有伤着你?"

心儿已经镇定下来,淡然一笑道:"心儿没事。多谢皇上再次救了心儿的命!只是您怎么到这里来了?"

赵匡胤深深看着她的眼睛道:"我来看看你。"

原来,自从前几日符蓉来向他告过心儿的状后,他便越来越心绪不宁,觉得那符蓉的眼睛里满是嗔恨和戾气,猜想她心里一定是恨毒了心儿,八成是不会放过她的,便越来越担忧心儿的安全。于是,这日下了早朝之后,便换了一身便装,独自出了宫,信步走了几个时辰,不知不觉便转到了紫云观门口。想进去见见她,又有些不好意思,便立在门口的一株榆树后,正在思量着到底进还是不进去,却见心儿背着个竹篓出了观门,向着西北方向的山林走去。他便悄悄跟在她身后不远处,一直跟着她进入密林,躲在树后静静观望着她。直到见到竟真的有刺客,这才急忙现身。

心儿见赵匡胤一双星眸深深地看着自己,心下有些慌乱,故作淡定道:"多谢陛下挂念,贫道挺好的。陛下国事繁忙,又身份高贵,以后莫到这里来了。贫道先回观里去了。"说罢,转身便走。

"心儿，等一下！"赵匡胤忙道。

心儿慢慢侧过身子："陛下还有事吗？"

"你住在这里不安全，心儿，你还是跟朕回宫去吧！"赵匡胤认真道。

心儿冷冷一笑："回宫里去就安全吗？我在这里住得很好，请陛下放心吧。贫道先行一步。"说罢，转身背着竹篓头也不回地向前疾走。

皇帝只好跟在她身后，一直走到观门口。

心儿忽然转过身子，对着讷讷望着她的皇帝道："有一事贫道还是想提醒陛下，小心你那兄弟，不要再给他更多的权力，必要时更该对其打压！"

皇帝怔怔看着她道："你是说光义吗？心儿，朕不知道你和他之间究竟发生了什么，可光义他对朕一向忠心耿耿，并无二心，你是不是对他有什么误会？今日之事并非是他干的，八成是符蓉那人。"

心儿的唇畔浮上一丝冷笑："符蓉是可恶，但赵光义比符蓉更可怕！忠心耿耿，那不过是假象罢了！他在韬光养晦，等到有一天羽翼丰满，就会露出真面目。到那时候再打压他，可就晚了！他新建的府邸，陛下可曾去看过？"

"没有，朕这阵子一直在忙着南征的事，没有顾得上去看。怎么，他的新府邸有什么问题吗？"

"气派豪华得堪比皇宫，皇上还是亲自去看看吧！"

"此事赵普也同朕说起过，好，朕不日就去拜访，若是真有问题，朕定会追究。"

"那好，但愿皇上能狠下心来，不要低估了人性之恶！心儿不多说了，这就回去，皇上也请回吧，以后莫再来这里了，心儿已是出家之人，实在不想再惹什么是非。"说罢，转身进了观中，将那朱红大门"砰"的一声关上。

皇帝在门外怔怔站了半日，幽幽叹了口气，然后迈着沉重步履回皇宫去了。

第二日，皇帝便派了四名大内高手来到紫云观做护卫，其中两名在观门口守卫，以保证道观中全体道人的安全；另两名则是心儿的贴身护卫，只要心儿外出，他们两个就在她身后不远处紧紧跟随。如此，心儿的安全问题算是得以解决。

这天是休沐日，不必去上朝，赵光义和符蓉躺在金丝楠雕花大床上睡了个大懒觉，到巳时方起。刚刚梳洗完毕，就有下人来报，说是皇帝身边的太监传过令来，皇上马上要来新府视察，已经快到府门口了。

赵光义一惊，忙对符蓉道："快快穿戴整齐，随我到府门口迎接！"

符蓉也是一阵惊慌，忙忙进内室换了身正式的衣装，随着赵光义来到府门口跪下。不多时，就见皇帝同着几个内监乘着轿辇前来。

轿辇停下，皇帝走了出来，打量着眼前雕栏玉砌的开封府。

赵光义忙道："皇兄万安！臣弟同浑家恭迎皇兄圣驾！"

皇帝冲他摆摆手道："起来吧！"

赵光义站起身来，满面笑容道："皇兄今日怎么有空到臣弟府上来了？快快请进吧！"

赵光义毕恭毕敬地将皇帝引入府中。

皇帝边走边道："我听说你新建的开封府气派豪华，堪比皇宫，今日特来参观一下。你前头带路吧！"

赵光义唯唯称是，在皇帝身旁微微躬身，引着皇帝一行在府中前前后后转了一圈。

赵光义心里直打鼓，一边走一边偷眼看着皇帝神色。只见皇帝一张脸越来越阴沉，简直黑得要滴出墨来，他便越发紧张不安。

皇帝参观完后院一排排装饰奢华的房间，移步站到阔大的院落里，点了点头，沉声说道："真是豪华无比呀，我的大宋皇宫是望尘莫及了！"

"哪里哪里，皇兄谬赞了，臣弟这小府哪里能和皇宫大内相比呢！不过是面子上华丽些罢了，其实内部都是些便宜货拼凑的。"赵光义忙道，额上冒出细细的冷汗。

这时符蓉捧了一盏茶过来,笑吟吟对皇帝道:"皇兄走了多时累了吧,喝口茶解解乏吧!"

皇帝阴着脸将茶盏接过来,手一甩猛地将茶盏掼到地上,白瓷茶盏瞬间碎在青石地面上,发出刺耳的脆响。唬得赵光义和符蓉"扑通"一声跪倒在地,低下头去。

皇帝龙颜大怒,瞪着赵光义道:"胡说八道!明明是里里外外皆是昂贵上等材料所建,你当朕是瞎子吗?如此阔绰的府邸定然耗资巨大,你不过才当了几年的开封府尹,所用巨资从何而来?"

赵光义额上冒出涔涔冷汗,战战兢兢道:"皇兄息怒,息怒,其实兴建这府邸所用财资大部分是我岳父符国公赞助的,臣弟我并没有出多少钱。"

符蓉也慌慌点头道:"是啊,皇兄,这些钱基本上都是我父亲出的,父亲怕我这虚弱的身子骨受委屈,想让我过得舒适一点儿,所以才将毕生的积蓄拿出来修建了这府邸。皇兄莫要误会。"

皇帝压了压怒火,道:"不管这钱是谁出的,你都不应该兴建如此奢华的府邸!我大宋自立国以来,一直提倡少私寡欲、见素抱朴,你身为皇弟,应该身体力行才是,怎么可以如此铺张奢侈呢!"

赵光义连连点头:"是是是,皇兄教训得极是。是臣弟一时疏忽了,臣弟这就搬回旧府去住。"

皇帝仍是怒气冲冲,道:"朕让你做这个开封府尹是为了让你为百姓效力的,不是为了让你享受荣华富贵的。看来,你真是辜负了朕的本意,朕本想着过些日子找个由头将你封王,没想到,你竟做出如此影响恶劣之事,朝中已经有大臣在参你,看来朕是无法再重用你了!"

"皇兄,臣弟错了,臣弟现在追悔莫及,求皇兄莫再动怒了!"赵光义连连叩首,急急地说着,突然"啊——"地大叫一声,两眼一翻,倒在地上,口吐白沫,竟像是昏了过去。

符蓉大惊失色,大喊着扑了过去:"夫君,夫君,你这是怎么了?"

皇帝也吓了一跳，急忙奔了过去，将赵光义的头抱在怀中，对着身边的太监急急说道："快，快去请太医！"

赵光义被下人们抬到房中。太医很快过来，认真为他诊治。

皇帝退到外室，一脸的忧虑不安。

太医终于出来，皇帝急忙迎了上去，道："光义他情况如何，是患了什么病？"

太医躬身道："回禀皇上，赵大人并无大碍，只是身子有些疲乏虚弱，又受了惊吓，一时心内急躁，才昏了过去。已经醒过来了，让他安心静养一阵子就会好转。"

皇帝松了口气，低声道："唉，都怪朕，对他太严厉了。你去转告他，让他安心调养身子，这阵子先不要上朝了。还有，告诉他朕不再责怪他了，让他不必自责。"

太医躬身称是。

皇帝这才起身回宫。

众人走后，符蓉走入内室，对床上躺着的赵光义道："夫君，你怎么样了，好些没有？"

赵光义忽地坐起身来，低声道："皇上走了吗？"

符蓉点点头："走了。你到底是怎么了，生了什么病？可吓死我了！"

赵光义长长舒了一口气，对符蓉道："我没病，是装的！我要不是这样，今日这一劫就躲不过去了！你没见皇兄那样子吗？险些要把我的官给罢了！若不是我急中生智假装昏迷，我们可就惨了！"

"啊？原来你是装的啊！"符蓉恍然大悟道。

赵光义愣愣地思忖半日，突然下床抓住符蓉的手，神色郑重道："今日之事终于让我开悟了！我必须要做上皇帝！只有成了皇帝才可以为所欲为，生杀予夺，尽享荣华富贵。否则，我便永远是个任人摆布、怕这怕那的穷酸小人物！哼，赵匡胤，你凭什么如此对待我，我为了你拼死拼活这么多年，连一套好点儿的房子都不允许我住！凭什么，就凭你是皇帝吗？"

又看向符蓉道,"符蓉,从今日起,我与你同心同德,同仇敌忾,共谋大业。我赵光义发誓,一定要让你当上皇后!"

符蓉一阵惊喜,一双丹凤眼登时放出光来,紧紧握住赵光义的手,异常激动道:"真的吗夫君?夫君放心,有你这句话,我符蓉以及符家全家上下一定鼎力相助!"

此后,赵光义便将许多精力和财力投入到笼络朝中掌握实权的文武重臣方面,时不常找由头宴请他们,还赠之以昂贵礼物,拉近与他们的关系,千方百计地收买人心。符蓉也与诸位重臣的夫人们来往密切,各方关系都处得甚为融洽,赵光义还以充实开封府力量的名义广招人才和打手,笼络了一批为他出谋划策的谋士和为之卖命打拼的武林高手。

皇帝每日忙着南征和治国的事,并未察觉赵光义私下里的活动。

这一年,即乾德二年(964 年)十一月初二,北宋收复后蜀的战役正式打响。这一次皇帝并未亲征,此前的准备工作已经做了不少,这场战役已是胜券在握。只是天气严寒,辛苦了前线那帮将士们。

这个冬季的雪天又格外多,从立冬到春节已经下了五六场大雪,每次都纷纷扬扬下上至少一日一夜,地上的雪总要积到一尺厚左右方停下。

过年那日,又下了一场鹅毛大雪。到了傍晚时分,雪才渐渐小了下来。从鹅毛变成柳絮状,洋洋洒洒地飘落在已是白茫茫一片的大地上。

皇帝因为惦记着前线的诸位将士,连年夜饭也没有心情吃,草草吃了几口,便起身到勤政殿办理公务去了。

德媖怕他着凉,便追到勤政殿,将他那件深紫色貂皮裘衣翻找出来,劝着父皇将它穿在身上。

一见这件裘衣,皇帝心中一阵恍惚,蓦地想起心儿来。

那是四年前的冬天,也是下了一场这样的鹅毛大雪,他约着心儿一起去赵普家吃羊肉宴。心儿身着一件猩红色绲银狐毛边的鹤氅,抱着这件貂皮裘衣出现在他面前,笑吟吟说道:"奴婢做了件裘衣给皇上,大雪天的出门冷,皇上就穿上吧!"

当时他含笑点点头,进内室换了件便装,又将貂皮裘衣套在身上,顿时感觉周身一阵暖融融,向阔大的镜子里一看,见穿了裘衣的自己变得比以往雍容华贵了许多。便笑吟吟走出来,对心儿道:"这件裘衣好极了,朕觉得从没穿过这么暖和的冬衣,心儿,多谢你记挂着朕!"

当时心儿脸色微红,低头道:"皇上觉得暖和就好,一件衣服而已,何必客气。"

后来,二人便一起踩着雪出宫,向赵普家中走去……

如今想来,这些往事竟是清晰如昨,历历在目。可惜,却已物是人非。这件裘衣仍是那般柔软暖和,也依旧簇新精致,可是做这件衣服的人却已不在宫中。唉,为何仍是如此想念她呢?她离开的这段日子,无论白天多忙,晚上总是有一些时间会情不自禁地想起她,经常被思念折磨得五脏六腑都微微发痛,有时甚至彻夜难眠。对于皇后月虹他更多的是愧疚,对于心儿,他不仅仅是愧疚,更多的是思念和牵挂,是难以排遣、挥之不去、如影随形的思念和牵挂……

都说最是无情帝王家,自己这样又是为哪般呢?他对着身上那件貂皮裘衣幽幽地叹出一口长气。

"父皇,您怎么了,为何叹气?"一旁为他收拾衣物的德姝说道。

"朕叹气了吗?"皇帝怔了怔道。

"是啊,父皇刚才明明叹了一口长气啊,父皇是思念心儿姑姑了吧?这件裘衣可是心儿姑姑亲手为父皇做的呢!"德姝笑嘻嘻道。

"胡说什么!朕怎么会思念她呢!"皇帝忙掩饰道,"朕只是突然间想到这天气如此寒冷,朕身上穿着貂皮裘衣尚不觉得暖和,那些将士们在前线得多冷啊!"又认真道,"不行,这真是个问题,我得赶紧下令让内务府准备些冬衣给将士们送去。"

接着便将身上的貂皮裘衣脱下来,对德姝道:"德姝啊,这件裘衣我就不穿了，你先帮我收起来吧，韩珪不是也上战场了吗，回头你把这件裘衣托人给他送去吧，他更需要。你再同宫女们抽空多做一些冬衣送给前线将士们。"

"是，父皇。"德姨一边将裘衣接过来，一边道，"不过父皇，这件裘衣可是心儿姑姑亲手做的，你真的舍得送给别人吗？要不，算了吧，我再做一件新的给韩珪就是了，这件衣服您还是留着自己穿吧！"

"不必了，眼不见心不烦！她已经不再挂念朕，朕也应该对她放下了。儿女情长就会英雄气短，朕老记挂着一个女人算怎么回事？"皇帝沉着脸故意说道。

"您就口是心非吧，我看您肯定做不到。"德姨转着一双精灵古怪的大眼睛睨着皇帝道。

"放肆！怎么说话呢，还不退下！朕要看折子了！"皇帝威严道。

"是，父皇，我马上走，记得不要熬夜啊，这可是心儿姑姑交代我叮嘱你的！"德姨冲皇帝扮了个鬼脸道。

"她当真这样说过吗？"皇帝心中一动，忍不住问道。

"那当然！你以为心儿姑姑真的放下你了吗？不——可——能！你们俩啊，谁也放不下谁，却都在表面上硬绷着，这是何苦呢？你们俩能不能学学我跟韩珪呀，瞧我们俩之间多透明啊，彼此想念就痛痛快快说出来嘛……"

"好啦好啦，快走吧快走吧，别在这儿烦朕了！"皇帝不耐烦地摆手说道。

"好好好，我走，我走，回头我找心儿帮着做冬衣去，我可真有些想她了，想她就该去看看她……"德姨故意这样说着走出门去。

皇帝冲着女儿的背影狠狠瞪了一眼，又叹了口气，思忖片刻，便提起案头的一管狼毫毛笔，铺开宣纸，蘸了墨汁，挥手写下一行龙飞凤舞的字迹，是李白的一句诗：

"相思相见知何日？此时此夜难为情。"

他将毛笔掷下，又将那写了字的宣纸抓起来揉作一团，狠狠地丢在地上，脸上是烦躁不安的表情……

此时，心儿也正对着满地白雪思念着皇帝。大雪总会将她的记忆扯回到那天晚上去——

那个大雪天的晚上，他约她一起到赵普家去吃羊肉宴，她穿上皇后送的那件猩红色绲银狐毛边的鹤氅，抱着那件亲手做的紫红色貂皮裘衣去见他。

他将貂皮裘衣套在身上，十分高兴的样子。

二人踩着雪出宫门步行去了赵普家。在赵普家大吃大喝一通后，二人又肩并肩踏着雪走回宫殿。一路上，他醉意微醺、兴致盎然地同她谈着当晚定下的先南后北的统一大策，她一直轻轻扶着他的手臂，他也亲热地拉住她的手与她不停地说笑畅谈。

回到宫中，他扔拉住她的手不放，提议说不如再到御花园里走走，赏赏梅花去。她便随着他来至御花园中。记得那夜园子里几十棵冬梅都飒飒爽爽地盛开了，花朵娇艳清丽，美好至极。

他微笑望着她，将裘衣敞开，轻轻将她拥入怀中，在她耳畔柔声问道："心儿，冷不冷？"

她在他怀抱中无声微笑，轻声说："不冷，这里很暖和。"

他将她抱紧，再抱紧，直抱得她险些喘不过气来。

他伏下高大身躯，嘴里哈出温热白气，在她耳畔低低絮语道："心儿，你不知道，我有多想你，每夜每夜都想这样抱着你一起入睡。我常常想得彻夜难眠，何时才能如愿呢……"

她将头颅深深埋进他怀中，脉脉笑着，声音柔柔道："快了，还有一年零七个月。"……

一年零七个月。那个时候，自己还在痴心妄想着，以为无论日子如何难熬，都不过是一道长廊，总是有尽头的，只要捺着性子走过去，便是青天朗日。可是如今看来,当时的自己分明就是幼稚而愚痴的。现在才明白,只要跟身为帝王的他纠缠在一起,只要心中不断了这念想,苦日子便是没有尽头的。

可是,要断了这执念又谈何容易?总不能将脑子里的记忆全部挖出来埋进这雪地里吧!

她对着窗外的雪地幽幽叹了口气,将窗子关好,回转身来,取火石将烛火点起,眼中已是含上满满的泪水。

"思君如明烛,煎心且衔泪。"脑中倏然掠过一句唐诗,便对着那蒙眬泪眼中的一团红晕轻声吟着。

泪水一颗接一颗地滚落下来。

唉,终究是逃不开、躲不掉、忘不干净的,即便是逃到这道观之中,披上这身道袍也是枉然的。难道真的是前世欠了他的,今世尚没有还清吗?

罢罢罢,莫想这么多了,还是万事随缘吧……

几日后,天气变得晴和起来,但依旧清寒酷冷,地上的积雪虽然大半已融化,但墙角檐下仍残存着少许残雪,在冬日的轻薄阳光下散发着森森冷光。

心儿正盘腿坐在房中阅读一卷《内观经》,突然眼前一黑,一双手蒙住了她的眼睛。

"德媖,你来了?"心儿平心静气道。

德媖将手放开,转到心儿面前,笑嘻嘻道:"心儿姑姑,你可真是越来越神了,居然这么快就猜出是德媖来了!"

"除了你,还有谁敢跟我这么放肆?"心儿道,打量了她一下又问,"大冷天的你不在宫里待着做大公主,跑来这里干吗?是不是韩珪上了前线,你又闲极无聊啦?"

"才不是呢,人家这几日都快忙死啦!我啊是前来求你帮忙的。"德媖眨着大眼睛说。

"要我帮你什么忙啊？宫里的事情我可一概不管！"心儿举着经卷道。

"哎呀，不是宫里的事情，是前线将士们的事。前几天下大雪不是特别冷吗，我父皇担心那些前线将士们没有冬衣穿，太冷受不了，就下令制衣局为他们赶制冬衣，还命我带领着宫女们一起做衣服。这几日宫里的女子们天天忙得不可开交，日赶夜赶的，也才做了三百件，制衣局人手也不够，所以，我特地来请心儿姑姑帮个忙，你不是手快吗，能不能也帮着做一些冬衣？"

心儿听德媖如此说，便放下经卷，认真道："前线将士们没有冬衣穿？这可是个大问题。不过，仅靠我自己这双手恐怕帮不上大忙。这样吧，德媖，你容我想想办法。你先回去吧，五日后再来找我，我保证把一万件冬衣送给你。"

"啊？一万件冬衣？你是想让神仙帮你做吗？"德媖不相信地瞪着大眼睛道。

"这你就别管了，到时候你派人赶着大马车来取就行了！"心儿神秘地笑着道。

"那好吧，你可别跟我开玩笑啊，这事可不是说着玩的。"德媖道。

"没跟你开玩笑，你先回吧，五日后见。"心儿道。

"那好吧，我走了，五日后你若交不出一万件冬衣，我可就把你塞进大马车里，拉进宫里去向我父皇谢罪啊！"德媖边说边走，临出门前向心儿扮了个鬼脸跑掉了。

德媖走后，心儿便去找师父紫虚商量办法。又去向小师妹若云要了钥匙，将库房门打开，把前些日子存放在多宝格里的金玉首饰和古玩以及那颗夜明珠统统取出来，同着若云一起来到闹市区的当铺里，当了两千两银子，再将银子换成一大包铜钱……

这日午后，京城闹市区便添了一道"风景"——十来位身着天青色道袍的年轻道姑在街边站成一排，身后的墙上张贴着红色条幅，上写"为前线将士征购冬衣"。道姑们的前方是一长排蒙了青花棉布的桌案。行人们觉得好奇，纷纷围过来观看。

心儿站在道姑们中间，将手拢在嘴边冲着行人们大声说道："各位父老乡亲们，天气严寒，那些前线将士们每日奋勇杀敌，为我大宋平定蜀地立下了汗马功劳，过年都不能回来与家人团聚，现在他们需要大量冬衣御寒，恳请各位父老乡亲们支持，将家里的男式冬衣拿出来卖给我们，运到前线去。没有现成冬衣的也可以马上回家去做，做完后拿过来卖给我们，我们负责将衣服送到前线将士们手中，谢谢大家了！"

很快便有一位中年男子将自己身上穿的裘皮大衣脱下来，送到心儿手里，一边道："这件大衣是新做的，刚穿了两日，就送给前线将士穿吧！"心儿道过谢，将大衣叠好后放到桌案上，然后取了二十文钱给那位男子。那男子却摆手表示不要钱，说道："不必给钱，就算我捐给前线将士们的吧，我兄弟就是当兵的，也在前线呢，就算送他穿的好了！"心儿微笑着再次道过谢。

紧接着，不少行人也纷纷将自己家中的冬衣取了过来，交给道姑们，大多数都表示不要钱。

一位老大娘抱着三件男式棉袍挤进人群，将冬衣放到桌案上，对心儿道："这是老身亲手做的三件棉袍，我的孙子在前线打仗呢，我日日想念孙儿，这几件棉袍就算我送他和他的兄弟们的吧！"

心儿感动地向老大娘道谢，抓起一把铜钱送到老人手中，老人却执意不肯收。

一位大嫂对心儿道："姑娘，我家里没有现成的冬衣，我这就买布回家去做，来得及吗？"

心儿忙说："来得及，来得及，尽快做完送过来就可以了，没有钱买布的话可以先拿些钱去。"

大嫂道："不用不用，我这就回去做衣服，三日后就送过来。"

越来越多的人拥过来，将冬衣送到道姑们面前，心儿和道友们含着热泪向他们一一道谢。

到了傍晚时分,她们集齐了冬衣六百余件,还有人不停地将冬衣送过来。

晚上,心儿雇了一辆马车,将冬衣运至道观库房暂时存放。

第二日,心儿她们继续站在闹市区征集冬衣。五十余名道姑一起行动起来,分成五个组在闹市区不同的地方站立着征集冬衣。这一日居然征到了两千件冬衣,第三日征到的更多,一日便征到了五千件。到了第五日,征到的冬衣已经将近两万件!

把德媖给惊讶得简直要目瞪口呆:"我的天哪!心儿姑姑,你简单成神人啦!发动民众,众人拾柴火焰高,我怎么就没想到这个好法子呢!"她兴高采烈地派人赶着三辆大马车,将这些冬衣全部运到宫里去,再派人将冬衣同军用物资一起运到前线去,分发到将士们手中。

皇帝得知此事后,亦是感动得心中热流滚滚,一激动,险些马上就亲自动身到紫云观中去感谢心儿,想想还是不要鲁莽前去,便派了两名宫人,来到紫云观中宣读了一道圣旨,对紫虚、心儿等众位道人深表谢意,并赏赐纹银一千两,经卷书籍两百册。紫虚只留下了经卷书籍,千两纹银谢绝了,说是大宋尚处于战争时期,还是将钱用在采买军用物资上吧!皇帝听到此言后,又是一阵感动,心中对心儿的思念是越发强烈了。

不久,前线传来捷报:后蜀国主孟昶自缚请降,后蜀政权宣告灭亡,宋军大获全胜。

皇帝大喜,下令犒赏三军,将大批兵马撤回,并安抚蜀地百姓,还向国内散发喜讯。民众听闻此事后,纷纷欢呼雀跃,举国欢庆。

心儿听此消息后也心中欢喜,脸上绽出少有的甜美笑意。

这日清晨,天气大好,心儿洗漱完毕,想到观门外的小树林中去走一走,便将观门启开,却见大门外长身玉立着一位男子,注目看去,竟是身着便装的皇帝赵匡胤。

心儿心里忽悠一下,脑中轰地一响,下意识地"砰"一声将门关闭,转过身子倚在门上,一颗心"怦、怦、怦"跳成一团!

## 第三十二章

## 花蕊夫人

"心儿,把门打开,让朕进去!"只听赵匡胤在门外喊道。

心儿将手按在胸前,连着做了几个深呼吸,强迫自己平静下来,声音冷冰冰道:"这里面皆是女子,有的还未起床,男子进来多有不便,陛下还是别进来了,有什么话就在外面说吧!"

"心儿,朕是来感谢你的,你为将士们征集冬衣,帮了朕大忙,所以朕特意前来想对你当面致谢,你就把门打开,让朕见见你吧!"皇帝诚恳道。

"那件事不是已经谢过了吗,不必再谢。贫道也没什么好见的,陛下请回吧,贫道还有事,要忙去了。"说罢,心儿转身将门带上,抬脚便走。

"心儿,别走!朕还有一事相求。"皇帝听到了里面闩门的声音,忙道。

"何事?"心儿站住,冷声问。

"你给朕做的那件裘皮大衣朕送给韩珺了,送完就后悔了,现在天气还冷,你能不能再做一件新的裘皮大衣送朕啊?"皇帝声音怯怯道。

心儿忍不住笑了一下,急忙掩住口,又换成冷冰冰的神色,声音冷硬道:"陛下后宫里女眷众多,何必非要心儿做衣裳给你。眼不见心不烦,陛下还是将心儿彻底忘了吧!我还有事要忙,走了,陛下也回宫忙你的大事去吧!"说完,迈着莲步款款走回自己房间。

"心儿,你回来!心儿,你开门,听朕说!别人做的衣裳都没你做得好,朕只想穿你做的衣裳。朕没办法忘了你!心儿,你开门好吗?"任凭皇帝在门外一迭声地叫喊,心儿只是不理会他,也不许别人给他开门。

皇帝喊了半晌,眼前的大门只是死死闭着,门内也没有一点儿动静,他只好悻悻地转身离去。

皇帝走后,心儿独自坐在窗前发呆,一直到晚上,才兀自笑了笑,从衣柜里翻找出裘皮和布料,准备好针线,开始做衣服。

过了几日,德姨来找心儿。心儿将一件崭新的深紫色貂皮裘衣塞给德姨,沉着脸道:"把这件大衣给你父皇带过去,记住,就说是你做的,不许说是我送他的,否则,你就别来这里了!"

德姨伸手抚摩着裘衣上那柔软的皮毛,咧嘴笑道:"这又是唱的哪一出啊?衣裳都做了,干吗还不许说是你做的啊?非要把功劳强安在本公主头上,这是何苦呢?再说了,这做工如此好,父皇他那双火眼金睛还能看不出是谁做的吗?我说是我做的他能信吗?"

"死丫头,让你怎么说就怎么说,否则,就别到这里来了!"心儿绷着脸道。

"好好好,就说是我做的还不成吗?至于他信不信我可就不管喽!"德姨嬉皮笑脸地抱着裘衣离开了。


晚上,勤政殿里,皇帝正在案前埋头批阅奏折,德姨抱着件貂皮裘衣蹑手蹑脚走到他背后,轻轻将裘衣披到他身上。

皇帝微微一怔,抬起头来,发现了身上的貂皮裘衣以及身后的女儿,朗然一笑,道:"是心儿让你送给朕的吧!哈哈,朕就知道她是不会拒绝朕的!"

"什么心儿啊,和心儿没关系,是女儿我亲手给父皇做的!"德姨笑嘻嘻道。

"真的吗?你能做这么好?"皇帝仔细打量着裘衣道。

"我怎么就不能做这么好呢?不就是一件裘衣吗?谁不会做呀,难道只有心儿会做不成？"德媖故意拉长小脸道。

"哼，吹牛吧你。你再做一件给朕看看！"皇帝不屑道，又抚摩着裘衣光滑柔软的皮毛，微笑道，"你以为可以骗得了朕吗？如此好的做工，恐怕这世间只有心儿可以做到！"

"唉，我就说嘛，是骗不过父皇的火眼金睛的！是心儿姑姑叫我撒谎的，不关德媖的事。我说你们俩这是唱的哪一出啊，怎么送件衣裳还如此遮遮掩掩、顾虑重重的，累不累啊你们？明明互相牵挂着，干吗非要装出一副冷面孔死撑着啊？我看啊，父皇还是干脆到紫云观把心儿姑姑接回来吧！把她往您这勤政殿里一放，每天晚上有位佳人为您红袖添香、嘘寒问暖，这日子过得才像皇上嘛！也省得您一天到晚惦记着她了，对不对？"德媖笑着，嘴里叽里呱啦地说道。

皇帝用手指点着德媖的额头，道："你这丫头小脑袋瓜子还太简单了，朕和心儿之间不是那么容易的事！行啦行啦，你这裘衣也送到了，没什么事的话就回福宁宫歇着吧，父皇要忙政务了。"

"行行行，我马上就走。对了父皇，孩儿还有一事想求您答应。"德媖道。

"何事？说吧。"

"我听韩珪说起一件怪事，说那后蜀国主孟昶的宠妃花蕊夫人，长得同我母后王皇后十分相像，而且听说她是个极有才华的女子。我觉得好奇，想亲眼看看她，听说她很快就要随着孟昶进京来见您了，到时候您让德媖也见见花蕊夫人行吗？"德媖认真道。

"她长得像你母后？竟有此事？"皇帝沉吟道。

"真的，而且听说长得极像呢！"德媖道。

"好吧，你想见就见吧！等她来了我通知你就是。"皇帝道。

"谢父皇隆恩，德媖先退下了！"德媖对着皇帝福了一福，笑嘻嘻转身走了。

皇帝愣了片刻，将身上的裘衣脱下来，紧紧抱在怀里，低声而深情地念道:"心儿,心儿……"

四个月后,后蜀国主孟昶及其家眷被押入京城,面见宋朝皇帝。

大殿之上,皇帝赵匡胤威严端坐在龙椅之上,众位大臣在堂下分列左右,德媖也身着男装混在其中。

歌舞升平之中,孟昶及其宠妃花蕊夫人双双低着头徐徐走到堂前,向着皇帝跪拜。

孟昶长相普通,灰头土脸,畏畏缩缩。众人的目光皆集中到花蕊夫人身上,只见她青丝飘拂,柳腰袅娜,迈着莲步款款而行,周身散发着淡淡香气,果真是个艳光四射、倾国倾城的大美人。

孟昶战战兢兢跪拜道:"罪臣孟昶拜见皇帝陛下,陛下万岁万岁万万岁!"

皇帝微微颔首,道:"孟昶,你倒是个识时务的!我大宋一向优待战俘,你既然已经归顺我朝,朕便不会亏待于你,朕已为你兴建了一座府邸,供你同家眷长期安居。还有,你既然已对朕称臣,朕便将你封为秦国公,你意下如何?"

孟昶正要谢恩,一旁的花蕊夫人突然脆声说道:"不,夫君休要从命!蜀人岂可在敌国为臣!"

众人皆是一愣。

皇帝一拍桌案,怒道:"大胆妇人,朝堂之上竟敢唆使夫君违逆圣命!若不是你红颜误国,你夫君能有今日之下场吗?蜀国灭亡也是你的罪孽所致,竟不思悔改吗?"

"此言差矣!"花蕊夫人说罢,猛地抬起头来,目光炯炯直视着赵匡胤。

赵匡胤这才看清楚了她的长相,心里陡然一个激灵——她长得真的是太像已故皇后王月虹了!那脸庞,那眉眼,那嘴巴,那清冷孤高的神情,简直是一模一样!

左右大臣以及德媄都被惊得目瞪口呆！世间竟然有如此相像的两个女子！真是咄咄怪事！

站在右边首位的赵光义见皇帝望着花蕊夫人只是发呆，急忙大声咳了一下，赵匡胤这才回过神儿来，高声道："怎么，朕说错了吗？"

花蕊夫人冷冷道："当然，你只知红颜误国，却不知真正误国的往往是昏君。若是君王自己勤勉不怠，一心爱国，怎么会有红颜误国之事发生？君王城上竖降旗，妾在深宫哪得知？十四万人齐解甲，更无一个是男儿！"

"说得好！"赵匡胤拍手赞道，"朕早就听说花蕊夫人是位才华横溢的大才女，今日一见，果然不俗。朕听说你除了写得一手好诗外，还弹得一手好曲，今日君臣欢聚，普天同庆，可否请夫人为大家弹奏一曲？"

花蕊夫人思忖一下，点点头。有宫人将琵琶送上，花蕊夫人低头抚弄琴弦。琴声呜呜咽咽、如泣如诉。花蕊夫人边弹边垂泪道："亡国之人，欢乐从何而来？只有痛定思痛、痛不欲生罢了！"说罢，猛地将琵琶摔到地上，琵琶在大理石地面上成为一堆碎片。花蕊夫人拾起一块尖利的碎木，将碎木狠狠刺入自己的腹部，一道血光喷溅而出。

骇得众人急忙围了上去施救。

好在没有伤到要害，又抢救得及时，花蕊夫人的命算是保住了。

皇帝对此十分震惊，暗暗赞叹此女真是古今罕有的奇女子一名。他命人将花蕊夫人及孟昶同其家眷送到府邸歇下，又派了太医为花蕊夫人疗伤。

花蕊夫人的出现勾起了皇帝对皇后王月虹的深深追忆，当晚，他宿在福宁宫中，对着王月虹的画像看了许久，半夜时分方才睡下。

夜间又梦到月虹对着他哭泣，他追着月虹道："月虹，你不要哭，是匡胤对不起你，是匡胤害了你！"

月虹却血红着眼睛看他一眼，转身飘然而去。

他在后面追着："月虹，月虹，你等等我呀，你莫再伤心了……"

一身白衣的月虹转瞬间便没了踪影,他大叫着她的名字惊醒过来,一身的冷汗……

第二日,他将太医请过来,问花蕊夫人情况如何了。太医告诉他说她正在府中养伤,已无大碍。他这才安下心来。

花蕊夫人的芳名和事迹很快在京城之中传开了,人人都说她是个刚烈女子,而且才貌双全,还说她很可能是王皇后再世,是陛下的诚意感动了天上神明,令王皇后的魂魄附体于花蕊夫人,让她前来接替王皇后照顾陛下圣体的。

此话也传到了心儿耳中。心儿对此态度淡漠,她早已下了决心,对宫中之事一概不闻不问,只专心修道学医。道法自然,这四个字已铭刻于她心中。她认为这四字真言适用于一切方面,用于情爱之中,自然便是给他自由,随他所愿,让时间慢慢告诉他谁是最爱他的人,谁是他的敌人。

这天夜里,赵光义和符蓉躺在床上说话。

赵光义道:"这花蕊夫人倒真是奇女子一个,居然长得同王皇后一般无二,此人倒是可以利用一下。"

符蓉笑道:"夫君说得没错,这一点我也想到了,不如把那花蕊夫人送到皇上身边。他不说是红颜乱国吗?就让这红颜把他的心弄得再乱一点儿好了,他越乱对咱们越有利。"

赵光义狡诈一笑,道:"这想法还真是不错,让他的野心收一收,也省得总惦记着道观里面那一位了。可那花蕊夫人身边不是还有个孟昶吗?总不能把她从她男人身边抢过来,硬塞到宫里去吧?皇兄也不可能答应啊!"

符蓉阴险一笑,道:"这还不好办,让她变成寡妇,她不就可以名正言顺地进宫侍寝了吗?"

赵光义一个激灵道:"你是说杀了孟昶?这可不行,若是让皇兄知道了,可就麻烦了!"

"夫君如此胆怯岂能成就大事?那孟昶不过是个亡国之君,留着他除了浪费粮食之外还有何用?杀了他也是为了皇帝好嘛,也省得那些蜀地百姓倚仗着旧主日后闹起动乱。"

"有道理。"赵光义道,"不过要杀那孟昶也不能轻举妄动,得做得神不知鬼不觉才成。"

"那当然,谁让你明着对他抡刀子去了?咱们手里不是还养着一个下毒高手程德玄嘛!到派上用场的时候了……"符蓉在黑暗中瞪着一双灼灼的眼睛道。

一个月后。孟昶府邸。

这日正午,孟昶同花蕊夫人坐在餐桌边吃午膳。桌上是满满的丰盛美食。花蕊夫人皱着眉头吃了几口,就放下筷子,对着饭菜发怔。对面的孟昶却吃得津津有味,见夫人停下,便笑着道:"夫人怎么不吃了?是饭菜不可口吗?我觉得还不错嘛,你再吃些吧!"边说边夹了一只鸡腿放到夫人面前的餐盘里。

花蕊夫人摇摇头:"我吃不下。"

"怎么了,是病了吗?"孟昶关切地看着她道。

花蕊夫人再次摇摇头,一脸愁闷的表情。

孟昶小心翼翼安慰她道:"夫人,我觉得你应该想开些,虽然咱们如今做了亡国奴,可赵匡胤对咱们还算不错,这大房子住着,好吃好喝供着,咱们就算在这里养老了好吧?夫人莫再忧愁了,来,再吃些东西。"

花蕊夫人却抬手将餐盘摔到地上,气冲冲地对孟昶道:"好个没有血性的东西,你这样子也算男人吗?国破家亡了你居然还在这里乐不思蜀!你若是男人,便自行了结吧!我陪你一起死便是!"说罢,从袖中取出一把雪亮的匕首,递到孟昶面前。

孟昶吓得直哆嗦,一把将匕首夺过来扔到地上,苦着脸劝道:"夫人——常言道，好死不如赖活着，我……我不想死，你也不要死，咱们俩好好活下去好吗？"

花蕊夫人冷冷一笑道："覆巢之下焉有完卵，你以为赵匡胤会让你好好活下去吗？说不定哪天，你的命就没了！与其让别人杀害，不如自行了断，还落得一个好点儿的名声！"

孟昶道："不会的，我看那大宋皇帝不像心狠手辣之人，只要我们乖乖待在这里不生事，他不会把我们怎么样的。放心吧夫人，别再担心了啊！"

"哼，我怎么嫁了你这么个没血性的东西，既无能又贪生怕死！"花蕊夫人咬着银牙狠狠说道。

"夫人说得是，说得是，都是我不好，连累了夫人。夫人莫再生气了，小心气坏了身子。"孟昶赔着小心劝道。

二人正说着，有人来报："赵光义大人到——"

孟昶急忙站起来，躬身迎接。花蕊夫人怔了片刻，便转身进到内室去了。

须臾，赵光义满面春风地出现了，后面跟着一个侍从，侍从怀中抱着一瓶酒。

孟昶急忙躬身施礼道："孟昶恭迎赵大人。"

赵光义挥挥手道："免礼吧！"

孟昶直起身子，恭敬道："赵大人快快请坐，赵大人怎么有空来这里了？"

赵光义在椅子上坐下，笑道："我听说孟昶兄病了，染了风寒，今日特来探望一下，不知孟兄身子好些没有？"

孟昶又躬身施了一礼道："多谢赵大人记挂着小人，小人只是染了轻度风寒，不妨事，竟劳赵大人亲自前来探望，孟昶真是受宠若惊。"

"你没什么大事就好。我同皇兄都一直关心着孟兄及夫人，生怕二位有什么闪失，你们都没什么事我也就放心了，以后你这里有什么需要尽管和我说就是。"赵光义笑呵呵道。

"多谢赵大人,多谢多谢。"孟昶连连致谢道。

赵光义站起身来,道:"那没什么事的话,我便告辞了,孟兄好好歇着吧。"又转身从侍从手里接过那坛酒,对孟昶道,"听说孟兄喜欢饮酒,我便特意带了一坛美酒送给孟兄,是上好的宫廷玉液,不知是否合孟兄的口味?"

孟昶躬身抱拳不停地道谢:"好好好,多谢多谢。"

赵光义道:"那就请孟兄饮一杯尝尝吧!"说罢,将酒坛打开,从桌上取了一只琉璃酒杯,斟了满满一杯酒,双手送到孟昶嘴边:"孟兄,请。"

孟昶接过杯子,仰起头来将里面的酒一饮而尽。然后咂了咂嘴,笑着说道:"好酒,真是好酒啊!"

赵光义笑道:"孟兄喜欢就好,那小弟就告辞了。"

孟昶道:"赵大人再坐会儿吧,与我一起对饮如何?"

赵光义摆摆手道:"不了,我还有公务要忙,先走一步了,改日再来看孟兄吧!"说罢,转身走出房间。侍从也跟着走了出去。

"孟昶恭送赵大人。"孟昶在后面低低躬着身子道。

须臾,花蕊夫人从内室走了出来,神色狐疑地看了看桌上那坛酒,道:"奇怪,他来做什么?这酒里不会下了毒吧?"

孟昶惊恐道:"不会吧!我刚才已喝了一杯,没尝出异味来啊!快快快,你用银簪帮我验一下。"

花蕊夫人从头上取下一支银簪,倒了一杯酒,用银簪验了验,见银簪并未变色。

孟昶舒了一口气,道:"我就说没事嘛!好好的他要害死我干吗?来来来,咱们俩一起共饮美酒,这可是上等的宫廷玉液呢,好喝得很!"

"你自己喝吧,我不想喝,我进去歇着了。"花蕊夫人闷闷地说道,转身进了内室。

"哼,不陪我喝算了,我自斟自饮,自得其乐!"孟昶笑呵呵地一个人喝起酒来,一杯接一杯,很快便将那坛酒喝得一滴不剩。

孟昶喝得醉意微醺，摇摇晃晃地进了内室，"扑通"一声倒在床上，不一会儿工夫便已鼾声如雷。

花蕊夫人厌恶地看了他一眼，起身，坐到窗边，一脸忧伤地望着窗外。

孟昶睡了整整一下午，晚上，花蕊夫人将他喊醒，扶着他起身，吃了晚膳，孟昶还是犯困，又"扑通"一声躺到床上睡下了。花蕊夫人只当他喝多了酒嗜睡，并未在意。自己也躺下来，吹熄了蜡烛，闭目睡去。

到了午夜时分，孟昶突然间大叫一声，嘴里"噗"地吐出一口鲜血，接着四肢不停地抽搐起来。

花蕊夫人忽地惊醒，坐起身来点亮烛火，看到孟昶异常的样子，惊恐地说道："夫君，你怎么了？夫君……"

孟昶只是四肢不停地抽搐，嘴里的鲜血"哗哗"向外涌出，脸孔青白扭曲，十分痛苦的样子。

花蕊夫人惊恐地大声喊道："来人呀，快来人呀——"

孟昶就这样莫名其妙地死了。

丧礼上，花蕊夫人哭得死去活来。

赵匡胤和赵光义都前来吊唁。只见花蕊夫人一身缟素，清丽无比，哭得好似梨花带雨，样子十分惹人怜惜。赵匡胤连连劝慰她，请她节哀。

花蕊夫人满眼敌意地瞪着赵匡胤道："我夫君死得蹊跷，他定是被人害死的，恳请陛下彻查此事，为我夫君申冤，否则，我徐蕊便随夫君去了！"说罢，长袖掩面，就要向棺椁撞去。

赵匡胤急忙拽住她，道："夫人莫急，孟昶兄死得的确蹊跷，朕命人彻查便是。"又转身对赵光义道："光义，此事就交给你吧！"

赵光义躬身道："遵命。"

花蕊夫人愤怒地瞪了赵光义一眼，对皇帝道："陛下，昨日赵光义大人曾来过此处，说是来探望夫君的，送了一坛酒给夫君，夫君就是喝了那坛酒后才毙命的！肯定是他，是他赵光义害死了我夫君！"

皇帝一怔，看向赵光义，沉下脸道："光义，是真的吗？"

赵光义急忙跪下，道："光义冤枉，昨日光义的确是来探望过孟兄，也的确送了孟兄一坛酒，可是酒里并没有下毒啊！当时是午后，我亲眼见着孟兄喝下了满满一杯酒，当时并没有任何反应啊！听说孟兄是半夜里疾病发作毙命的，想来与那他坛酒并无关系啊！不信的话，皇兄可以令人去检验那酒坛。"

"好，王继恩，速派人去请太医，来验一下那酒是否有毒。"皇帝对身边的内监下令道。

王继恩领命而去。

一个时辰后，太医前来向皇帝禀报："回禀陛下，酒坛已细细验过，并未发现有毒。"

皇帝松了口气，对仍在啼哭的花蕊夫人道："夫人节哀吧，酒已验过，并未发现有毒，你夫君之死应该另有原因。"

花蕊夫人停止了哭泣，沉默不语。

赵光义得意道："好了，我算是被洗白了。皇兄，我看这花蕊夫人定是伤心过度才生起疑心的，她是个烈性女子，再住在这里很不安全，不如将她接进宫里居住吧！"

皇帝思忖了一下，点点头道："也好，这样对她更安全。"便转头对花蕊夫人道："夫人，你以后就住进宫里吧，只有宫里能保证夫人安全。"

花蕊夫人哀哀戚戚看了他一眼，未置可否。

三日后，花蕊夫人便住进了皇宫。皇帝令她住在福宁宫原王皇后居住的地方，又派了宫女莲青侍奉她。

花蕊夫人站在宫殿外室，打量着四周，目光突然定在墙上的一幅画像上，心里"咯噔"一下：这不是自己的画像吗？脑子里轰地一响，突然就明白了，一定是那赵匡胤对自己生了爱慕之心，想霸占自己，所以才害死了孟昶，又让自己进宫来陪王伴驾！

想到此，便怒骂道："好你个赵匡胤，原来你竟是个道貌岸然的淫贼，我徐蕊绝不会屈服于你，受你凌辱！"

身后的侍女莲青听她如此说，便走上前来，对花蕊夫人福了一福道："夫人，您误会皇上了。墙上的画像并非夫人您的，而是已故的王皇后的遗像。你有所不知，您同王皇后长得几乎一模一样，想必正是因为这个原因，皇上才允许您住进这里的。皇上他极少住在这里，一直住在勤政殿的，他是个实实在在的正人君子，定不会逼迫凌辱您的。"

"真的吗？"花蕊夫人半信半疑地看着那画像，喃喃道，"我真的长得同王皇后如此相像？"

"不错，你的确像她！"皇帝的声音陡然响起，迈大步进入殿内，对着花蕊夫人温和道，"也正是这个原因，朕才让你住在这里，朕想着你们俩如此相像，可能前世是一对亲姐妹吧，所以想让你前来陪陪她的亡魂，这样你们便彼此都不孤单了。夫人请放心，朕不会强迫你做什么的，朕也的确爱惜你是个人才。夫人若是在此待得无聊，可以着手编纂蜀国历史，这样也算是才尽其用了。夫人意下如何？"

花蕊夫人听皇帝如此说，心中稍稍安定了些，便思忖一下，点了点头，道："好吧。"

于是，花蕊夫人便在福宁宫中长居下来。白日里翻翻书卷，查些资料，开始着手编纂蜀史。不过，她仍是郁郁寡欢，一直认为丈夫孟昶是被人害死的，想伺机为他申冤。那孟昶虽然是个无能之辈，但平日里对她徐蕊却是极好的，她因此对他念念不忘，想起生前他对自己的种种好处，越发思念起他来。

皇帝住在勤政殿里，极少到福宁宫来，即使来了，也是看一眼皇后的画像，再对花蕊夫人问候几句便走。因为蜀地发生了长达两年之久的动乱，他整日忙着想对策平息动乱，安抚当地百姓，所以忙得不可开交，根本没有时间考虑别的事情。

众人却都以为这花蕊夫人进宫后，成了帝王的宠妃，还将花蕊夫人的故事传得沸沸扬扬。

花蕊夫人进宫之事也传到了心儿耳中。她尽量让自己保持淡定，但终是有些心头发堵，也对这位花蕊夫人产生了好奇心。正想着找机会向德娛问及此事，赵光义却来了。

赵光义直接来到心儿房中，手里拿着一卷画像，神秘兮兮说道："心儿，你看看这上面画的是谁？"随即对着心儿将那画像徐徐展开。

心儿注目看去，盯着那画像疑疑惑惑说道："这不是王皇后的遗像吗？你让我看这个做什么？"

赵光义一笑，道："错了！这上面画的并非王皇后，而是花蕊夫人。"

"花蕊夫人？"心儿愣住，她难以相信世间竟有如此相像的两个人。

赵光义盯着心儿的眼睛，侃侃道来："怎么，不相信吧？可她的的确确就是徐蕊，同王皇后简直就是孪生姐妹一般。皇兄一见到她就傻了，被她牢牢吸引住，竟暗下毒手害死了她丈夫孟昶。孟昶刚一去世，皇兄便将徐蕊接入了宫中，让她住进了福宁宫皇后的寝宫里，令她夜夜侍寝。如今，这徐蕊已经成了皇兄的宠妃，皇兄怕是将她当成王皇后的替身了，心中再无别的女人！所以，心儿你就对他死了心吧，他不会再让你进宫做他女人的！不如你考虑一下，还是跟了我吧！若是你愿意，我即刻将你带走！我会让你过上皇后一般的生活，享尽世间荣华富贵！"又指指心儿的道袍道，"你瞧瞧你现在过得什么寒酸日子！整天穿得灰不溜秋的，可惜了你这花容月貌，你快快跟我走吧，别在这破地儿受罪了！"

一番话把心儿说得心头火起，对着赵光义啐了一口道："呸！赵光义你这个卑鄙小人，少在这里挑拨离间！皇帝是什么样的人，我心里明白！他是你亲哥哥，你为何总在背后抹黑他？你以为这么说我就会相信你，乖乖跟你走吗？你休想！我早就说过，他不要我了，我就在这里当一辈子道姑。我过得很好，用不着你来同情我。你走吧，再不要到这里来！这里是道家净地，你不要污染了这地方！"

赵光义听罢，并不气恼，只是挠挠头，蹙起浓眉道："心儿，你什么时候才能开窍呢，你就打算死心眼到底了吗？真拿你没办法！你好好想想吧，什么时候想通了就去找我，开封府的大门永远为你敞开着！我先走了。"说罢，转身离去。

"滚！"心儿在他背后狠狠说道。

"冷静冷静！"她抚着自己的胸口对自己说着，这颗心终是动了气。这么长时间的修炼白费了不成？八风吹不动，此心如莲花。什么时候才能修炼到这个境界呢？

过了几日，那令她恶心头疼的人物再次出现在她面前，这次是符蓉。符蓉站在道观门口，令侍卫传话说自己要见见心儿，有话对她说。心儿只好来到门口见她。

符蓉对心儿打量了一番，怪里怪气地笑笑，道："心儿，别来无恙？"

心儿冷冰冰道："我挺好的，你来这里作甚？"

符蓉道："我想你了，来看看你呀！怎么样，被皇上冷落的滋味不好受吧？你已经知道了吧，皇上已经有了新的宠妃，估计已经把你忘光了，你这皇后梦也该醒了吧？"又换作一副恶狠狠、凶巴巴的表情，"如今你是个没人要的贱货了，别指望我家光义能将你这破货收了去，想进到我府里去做妾，没门儿！"

心儿仰面一阵冷笑，道："符夫人，你这病得不轻呀！你回家好好问问你那夫君赵光义去，我心儿何时缠着他要给他做妾了？放心吧，八抬大轿抬我我都不会去的！我嫌你那夫君太脏了！快滚回去守着他吧，没人跟你抢那脏东西！"

符蓉勃然大怒，气冲冲指着心儿道："你……你才是脏东西！是没人要的破烂货！哼，你不要太嚣张了，以为这京城里没人能治得了你吗？你睁眼看看那是谁！"说着，指向停在附近的一乘小轿。

心儿向那小轿看去，只见轿帘一掀，里面下来一位老妇人，向着她一扭一扭走来。心儿定睛一看，心里忽地一紧，此人竟是杜姨妈！

心儿登时愣住了："杜姨妈？她不是被关在监狱里吗，怎么这么快就被放出来了？这才一年多的时间啊！"

只见杜姨妈穿戴整齐、精神焕发，来至心儿面前，满脸堆笑道："怎么，你见了老身如此吃惊，是不相信老身这么快就被释放了吧？没错，我已经被皇上放出来了，皇上仁慈，不忍心看着老身在监狱里受苦，就把我特赦了。我如今住在开封府里，光义夫妇对我孝敬有加，老身我可以安度晚年了！不过——"杜姨妈敛去笑容，指着心儿恨恨道，"我心里始终有根刺，那就是你——心儿！"

心儿默然看着她，一语不发。

杜姨妈指着心儿，咬牙切齿道："我的两个女儿都死在你手上，你以为老身会放过你吗？不——可——能！我若不亲手弄死你，为我的女儿报仇，我就不姓杜！"说罢，对着心儿凶神恶煞般扑了过来，抬手狠狠给了心儿一个大耳光！接着"啪、啪、啪"又一连对着她打了好几巴掌。心儿的脸上顿时布满血红的手印子。

心儿只是发愣，也不还手。门口的侍卫一看情况不妙，急忙上前将杜姨妈拽开，对心儿道："心儿姑娘，你快进去吧，小心她伤着你。"

心儿却站在门口不动，瞪大了眼睛看着疯狂的杜姨妈。杜姨妈还在挥着手叫嚣："我打死你，打死你这没人要的贱货！"

符蓉一直在一旁乐呵呵看热闹，见差不多了，才上前拉住杜姨妈的手道："姨妈，走吧，犯不着在这儿跟这贱人生气，以后有的是机会慢慢收拾她！走，我们先回去。"

杜姨妈被符蓉拽着上了小轿，被下人们抬走了。

心儿依旧站在门口，望着那远去的小轿出神，一双大眼睛里渐渐噙满泪水。

又过了两日，心儿正在院子里低头扫地，德媄连蹦带跳跑了进来，兴冲冲尖声叫着："姑姑，姑姑！"

心儿不理会她，低头继续扫地。

德媖见心儿脸色不好，面颊也似有些水肿，便关切问道："姑姑，你的脸怎么了，是谁欺负你了吗？"

心儿仍沉着脸不理会她，只顾低头扫地。

德媖急了，双手叉腰道："是谁，谁欺负我心儿姑姑了？站出来！"

心儿直起腰来，道："别喊了，这里没人欺负我，是杜姨妈打的。"

"杜姨妈，那个老妖婆吗，她怎么到这里来了？"德媖道。

"是符蓉带她来的。"心儿说着扔掉了手中的扫帚，紧紧抓住德媖的胳膊，口气急切道，"德媖，你告诉我，为何你父皇这么快就把杜姨妈放出来了，不是说要关她十年吗？还有，那花蕊夫人真的住进福宁宫里，成了你父皇的宠妃吗？你快告诉我，跟我说实话！"

"心儿姑姑，你别急，听我慢慢跟你说。"德媖眨着一双大眼睛说道，"是这样，前些日子不是打了胜仗吗，父皇一高兴，叔父就建议他大赦天下，把一些罪行较轻的犯人从监牢里放出来，父皇就准了。叔父又说杜姨妈病了，病得很严重，若是死在牢里，就太对不起死去的太后了，就建议把杜姨妈放出来养病，父皇考虑了一下就同意了。叔父就把杜姨妈接到自己府中养着了。还有那花蕊夫人，她的确住进了福宁宫里，不过，她并没有成为我父皇的宠妃，那都是谣传的，其实我父皇他……"

"别说了，我明白了！"心儿打断德媖的话，有些气急败坏地道，"德媖你走吧，以后不要到这里来了，我再也不想见到宫里的人，一个也不想见！"

"心儿姑姑，你怎么了，是生气了吗？别生气啊姑姑，我这就回宫去，替你教训那老妖婆，再把那徐蕊撵走，的确，她凭什么住在我母后的寝宫里，哼！"说着，转身拔腿便跑。

"德媖，你别乱来，我不是那意思……"心儿冲着德媖的背影喊道，德媖却转瞬间没了踪影。

# 第三十三章

## 血溅宫廷

德媖回到福宁宫,见到花蕊夫人,对着她硬生生道:"徐蕊,以后你不要再住在这里了,你走吧!福宁宫是我母后的地方,岂是你个下贱妇人配住的!"

徐蕊冷冷微笑了一下,随即说道:"公主,住在这里并非徐蕊的本意,是你父皇要我住进来的,你所言若是他的意思,我便搬走好了。"

德媖道:"我父皇不过是同情你罢了,我父皇有喜欢的女人,你别在这里做皇后梦了,缠着我父皇也没用,你尽早走人吧,省得日后难堪!"

徐蕊面不改色,镇定自若道:"徐蕊从未做什么皇后梦,也不稀罕这皇后之位。既然公主容不下我,徐蕊走便是了!"

说罢转身便要去收拾行李。

"德媖,你在这里胡说什么呢?"皇帝突然沉着脸走进来,不满地看着德媖。

德媖忙向皇帝福了一福,道:"父皇,花蕊夫人不该住在这里,这里是我母后居住的地方。她住在这里,别人还以为……"

"以为什么?清者自清,浊者自浊,别人爱怎么想就怎么想,自己行为端正就可以了,顾忌那么多做什么?"皇帝面沉似水道。

"父皇,你可以不顾忌别人的想法,心儿姑姑的感受你也不顾及了吗?徐蕊住在这里,心儿姑姑还以为你们……她为此事特别伤心你知道吗？而且，前两日符蓉还带着杜老太婆去欺凌她，姑姑的脸都被老太婆打肿了！"德媖急急切切道。

"什么？竟有此事？真是不像话！德媖，这事朕马上去处理，你莫再管了。"皇帝黑着脸说罢，又对花蕊夫人道："徐夫人，你不必走，尽管住在这里好了，有什么问题朕去解决。"

徐蕊微微点点头，转身回自己寝房去了。

半个时辰后，赵光义、符蓉以及杜姨妈统统被皇帝在朝堂上召见。

皇帝对着杜姨妈狠狠瞪了一眼，"啪"地一拍桌案，口气严厉道："你们三个可知罪？"

吓得三个人扑通跪倒在地。符蓉和杜姨妈深深低着头大气也不敢出。

赵光义莫名其妙道："皇兄，不知出了何事让您如此生气，请皇兄明示。"

皇帝冷哼一声道："是你非要把姨妈保出来的，又让她住在你府中，你却不能好好地管束她，让你夫人带着她到紫云观去欺凌心儿，这岂不是你的过失？"

赵光义惊道："符蓉、姨妈你们去找心儿闹了吗？"

符蓉和杜姨妈只是低头不语。

赵光义也生了气，愤怒地指着符蓉道："符蓉，你这个多事的婆娘，你……你吃饱了撑的吗？看我回头怎么收拾你！"又对皇帝叩头道："皇兄，此事光义真的不知情啊，回去后定会严加管教符蓉，并且看好姨妈，再也不会让她们去骚扰心儿姑娘！"

皇帝沉着脸道："姨妈，朕将你放出来是念你年事已高、身体不好，也是看在太后的面子上对你大发慈悲，你不要借机放肆作恶。若是再有下次的话，朕即刻将你重新打入牢狱之中，永不放出！"

吓得杜姨妈浑身一颤，连忙叩首道："老身知错了，以后再也不敢了！"

皇帝怒视她道："哼，你真是好大胆子，竟敢去紫云观打心儿，朕说什么也不能轻饶了你！以后你就在光义的府中禁足吧，不许再迈出府中半步！光义，你让家丁看好她，若再出了事，朕拿你是问！"

"是是是。"赵光义连连点头。

皇帝又转向符蓉，道："符氏，是你带着姨妈去闹事的，你要负主要责任，以后你也在府中一并禁足思过，两年为限。以后，永远不许你再去紫云观打扰心儿！"

符蓉不服气道："皇兄，符蓉冤枉，我只是带姨妈去看看心儿的，并没有动手打她呀，凭什么罚我禁足两年，那不得把我给憋死吗？"

皇帝瞪了她一眼，道："符蓉，你做的那些事若是一桩桩、一件件给你揭穿，禁足两年都是太便宜你了！你若是还不知足，就罚你禁足一辈子，永远别再出府门了！"

吓得符蓉闭了嘴，垂着头，再不敢说一个字。

赵光义道："皇兄，符蓉她是个病人，神志不清，皇兄莫要和她计较，回头我教训她便是。皇兄放心，以后我会对符蓉和姨妈严加管束，不会再让她们生事了。"

皇帝冲他们摆摆手道："行了，你们几个退下吧，回去好好思过！"

几个人诺诺地退了出去。

回到府中，赵光义便对符蓉一通教训，又令下人将姨妈送到后院一间空房里，交代下人将她看守起来，不许她再踏出后院半步。

处理完三个人，皇帝即刻动身去紫云观看望心儿。

这次他很顺利地便进入了紫云观大门，心儿正在院中坐着读书，见到皇帝来了，便低下头飞快地奔进了自己寝房，将门"砰"地关上，又将门闩带上。任凭皇帝在门外如何恳求喊叫，她都不予开门。

皇帝在门外道："心儿，你不愿见我就算了，你听我说好吗？"里面没有任何动静。皇帝接着道："心儿，你被打的事我已知道，我已经狠狠教训了姨妈和符蓉，以后她们再也不会来这里欺凌于你了。还有，我和徐蕊并非外界所传的那样，我只是让她住在福宁宫里陪伴一下皇后的亡灵，只因她与皇后长得相像，还有她是个才女，我令她在宫中编纂史籍，仅此而已，真的没有什么，心儿，你不要多想。你知道，我是个不祥之身，不会再亲近女人……"

皇帝在门外絮絮说了半日，心儿只冷冷甩出一句话："陛下莫再说了，以后不要再来这里。心儿只想清静度日，陛下的事与我无关。我要歇息了，陛下请回吧。"

皇帝怔了怔，叹了口气，道："好吧，我走了，你好好歇息吧。有什么需要的让德媖转告我便是。"说罢，又在门口站了一会儿，听里面没有任何动静，便转身慢慢走出紫云观。

此后两年多的时间，果然再没有人来找心儿的麻烦，心儿算是过了一段清风明月的清静日子。

这两年多，皇帝做了很多大事。先是终于平复了蜀地动乱，将伐蜀将领召回，令他们投入到大宋的建设当中，使北宋进入了稳定发展期，并从吏治走向文治。倡导百官读书，文武并重。改革了科举制度以及官吏选拔制度。同时大力发展农业和桑蚕业，使得百姓生活质量大大改善，国力大增。

皇帝还在皇宫禁苑内建了观稼殿，亲自开垦荒地耕作，并令妃子宫女们开设蚕室，种桑养蚕，以做天下表率。有时皇帝会将亲手种植的蔬菜或粮食装上满满一车，令人送到紫云观去，给心儿她们食用。心儿听说这些蔬菜粮食都是皇帝亲手种植的，便知道这两年皇帝过得还算心平气和，又见他将天下治理得井然有序，百姓生活蒸蒸日上，心中很是欣慰。

一晃到了乾德五年（967年）年底。

十二月初六这日，是王皇后薨逝四周年祭日。这一日，皇帝没有去上朝，全天都待在福宁宫中，同着几个孩子一起祭完皇后的亡灵之后，几个孩子都走了，皇帝仍对着皇后的画像呆呆发怔了多时，到夜深时分才起身要走。

这时，花蕊夫人款款走了过来，对着皇帝福了一福，道："陛下，今日天色已晚，不如就留下来吧！"又略带羞涩地低下头道，"让徐蕊陪你一夜如何？"

皇帝一怔，认真看了她一眼，道："你的意思是要侍寝吗？"

花蕊夫人点点头。

皇帝看着她的眼睛，徐徐说道："花蕊夫人，你是不是有什么事情要有求于朕，有事的话就直接说吧，不必如此。"

徐蕊的脸腾地红了，"扑通"跪下道："陛下，徐蕊却有一事相求。这两年来，徐蕊细细观察陛下的一言一行，知道陛下的的确确是个难得的正人君子，只是这两年来，徐蕊时时梦到我那夫君孟昶向我喊冤哭诉。前些日子，我听说宫外有制毒高手，能调治出一种毒药，可以杀人于无形，并且此毒用普通方法验不出来，所以更加怀疑当年孟昶是为人所害，恳请陛下下令追查此事，还我亡夫一个公道！"说罢，深深叩首。

皇帝思忖良久，沉声道："徐蕊，朕理解你的心情，但也希望你能体谅一下朕的难处。孟昶当年的确是死得有些蹊跷，可是事情已过了这么久，很难再查出证据。再说，蜀地动乱刚刚平息，若是再追查此事，怕要引起新的动乱，到时候又会穷兵黩武、殃及百姓。朕善待于你，也是出于对孟昶的愧疚和补偿，望你体谅朕的苦心，顾全一下大局，不要再追究此事了好吗？天色已晚，朕回勤政殿了，你也早些歇着吧！"说罢，转身扬长而去。

徐蕊跪在地上愣了半日，捂着脸哀哀痛哭起来。

莲青走上前来，一边轻轻将她扶起，一边劝道："夫人不要伤心了，当心哭坏身子。夫人不就是想为前夫讨个公道吗？不如让莲青给你出个主意吧……"

这日上午，心儿正在炼丹房中炼丹，小师妹若云前来告诉她说，门外有一女子要见她。心儿怕是符蓉之流又来找麻烦，便说："你去问问她的名字，若是叫符蓉，就说心儿拒绝见她。"

若云说:"我已经问过了,她说她叫徐蕊。"

"徐蕊?她来找我做什么?"心儿觉得好生奇怪,便对若云道,"你请她进来,让她到我房中说话吧!"

说罢,到水房洗干净双手,梳理了一下头发,来至自己房中。

见了徐蕊,她即刻愣住了,有一瞬间,她真的以为是王皇后活生生立在自己面前,直到徐蕊向她屈膝行礼问候,她才回过神儿来,温声道:"徐夫人不必客气,快快请坐吧。"

徐蕊却只是站着,很拘束的样子,怀中抱个积了灰的空酒坛,怔怔地看着心儿。

把心儿看得有些不好意思,只好开口道:"不知花蕊夫人前来见贫道,所为何事?"

徐蕊笑道:"久闻姑娘大名,听说姑娘是个倾国倾城的绝色女子,今日一见,果然如此,虽然身着道袍,未施粉黛,却依然冰肌雪肤,国色天香,怪不得深得陛下倾心多年。"

心儿脸色一红,道:"夫人谬赞了,心儿不过是个普通女子,哪里配什么国色天香之说。夫人就不必夸贫道了,直接说您的来意吧。"

徐蕊敛去笑容,正色道:"姑娘真是个聪明人,我此次前来的确是有事相求的。姑娘也听说过我夫君孟昶之事吧?他虽然去世已两年多,但我一直怀疑他是被人所害才惨死的。当日,他的确是喝了赵光义大人赠送的酒后才发作身亡的,可是当时这酒却并未验出有毒。近日,我听说世间有些制毒高手,可以制出一种杀人于无形的毒药,用普通方法根本检验不出。我知道心儿姑娘和您的师父医术高妙,又擅长炼制各种丹药,兴许能将此毒验出,因此带了当年的酒坛过来,希望姑娘帮我验一验,那酒中是否有毒。"

"原来如此。"心儿终于弄明白了徐蕊的来意,点点头道,"好,你把坛子给我看看。"

徐蕊便将怀中抱着的酒坛交给了心儿。心儿将盖子打开,嗅了嗅,摇了摇头，道："恐怕不行，时日已久，里面的酒液已经全部发散，怕是无法检验了。若是当时就送来检验，兴许还会有结果。"想了想，又对徐蕊道，"花蕊夫人，你略等一下，我拿去让我师父再看看。"

徐蕊点点头，等了一刻钟。心儿拿着瓶子回来，再次摇摇头，道："抱歉，我师父也说时间太久，已无法检验了，夫人请另想办法吧！"

徐蕊只好一脸失望地告辞走人。

翌日午后，赵光义刚刚下朝，莲青便迎了过来，向他行礼后悄悄对他说，花蕊夫人请他到御花园碧水亭见面一叙。

"她找我做什么？"赵光义一边想着，一边向着御花园走去。

远远地望见花蕊夫人一身白衣坐在亭子下面，神色淡然地看着他一步步走近。

赵光义对她一笑，道："徐夫人，你约本官在此见面，所为何事？"

徐蕊微微一笑，站起身来对他福了福身："徐蕊找赵大人过来是想对赵大人表示感谢的。"

赵光义一怔，笑道："徐夫人为何要谢我？"

徐蕊笑靥如花，看着他道："当初徐蕊和夫君初来此地，承蒙赵大人关照，才有了徐蕊的今日。赵大人还记得你赠我夫君的那一坛酒吗？"说到此处，徐蕊敛起笑容，向着赵光义一点儿一点儿走了过来。

"没错，我是曾经赠过孟兄一坛酒，怎么了？"

徐蕊走至赵光义面前，一双大眼睛里慢慢充溢仇恨的表情，瞪着他咬牙切齿道："你还有脸问我！当年，明明是你用一坛毒酒害死了我夫君，你以为你能瞒天过海瞒得了所有人吗？你瞒不了我夫君的亡灵，我夫君已在梦中告诉我了，明明就是你杀害了他！此仇不报，我夫君的亡灵不会安宁，我活得也不会心安！"

说着，从怀中取出一把寒光闪闪、锋利无比的匕首，对着赵光义的胸口狠狠刺去！

赵光义大惊，急忙闪身躲避，匕首刺入了他的右臂，一股鲜血哗地流出。

赵光义一阵吃痛，勃然大怒，飞起一脚，狠狠踹向花蕊夫人腹部，花蕊夫人站立不稳跌倒在地，捂着小腹，痛得喘不过气来。

赵光义指着她怒道："好一个毒妇，竟敢刺杀本官，你是活腻了吗？"

说罢，将插在右臂的匕首拔出，一步一步逼近花蕊夫人，来到她面前，举起匕首就要刺向她，突然有人喊道："花蕊夫人，你怎么啦？"

赵光义一惊，转头看去，见是莲青正向这边奔过来。

赵光义狠狠瞪了脸色煞白的花蕊夫人一眼，将匕首扔到地上，冷哼一声，转身走了。

赵光义带着血淋淋的胳膊去见了皇帝，皇帝吓了一跳，忙问这是怎么了，又急忙令人请来太医为他包扎。

赵光义沉着脸道："是花蕊夫人用匕首刺的，这妇人真是疯了，认定了我是杀害她丈夫的凶手，光天化日之下竟敢手执凶器行刺于我，此女是不可留在宫中了，若是她再发疯，行刺皇兄怎么办？"

皇帝听他如此说很是震惊，便嘱咐赵光义回去好好养伤，他一定会好好教训那徐蕊的。

赵光义走后，皇帝命人将徐蕊叫来，问她是否行刺了赵光义。

徐蕊沉着脸点点头道："没错，是我刚才刺伤了他，我本来是要刺死他的，没想到便宜了他！"

皇帝大怒道："徐蕊，你这是为何？我不是和你说过吗，你夫君之事不要再提，你又无确凿证据，怎么就断定孟昶是被光义所害？你真是太放肆了！看来这宫里的确是容不下你了，你走吧！"

"陛下，难道就因为没有证据我夫君就白死了吗？你心疼你那兄弟，我就不心疼我夫君吗？你可知我夫君中毒而死时有多惨？我永远忘不了那一幕，此仇不报，我徐蕊又有何脸面苟活于世上！"说罢，忽地从怀中取出一把短刀，对着自己的腹部狠狠刺去。

"住手!"皇帝急忙从龙椅上奔下来,想去制止她,可是为时已晚,刀子已深深刺入徐蕊的腹部,徐蕊血溅宫廷,当场毙命。

又一位花容月貌、倾国倾城的奇女子香消玉殒……

皇帝眼前一黑,痛苦地闭上眼睛,一时间心如刀绞……

当德姝将花蕊夫人自尽身亡的经过详细告诉心儿时,心儿也是大大吃了一惊,一时间心内剧痛,自责地说道:"唉,这事也怪我,她出事的前一天来找过我,当时我如果能更热心地帮帮她,或是劝劝她,也许她就不会走上绝路了。"

紫虚道长叹息一声道:"心儿,此事与你无关。根源还在那个谋害她丈夫的凶手身上,是那个凶手害了她。"

心儿点点头,咬了咬牙,道:"我能断定就是赵光义杀了孟昶!赵光义,你这个阴险狡诈的小人,我绝不会放过你的!"

紫虚劝道:"心儿不要急切,一切还要等待时机。"

心儿点点头:"徒儿明白明白。我会给他时间,让他一点儿一点儿暴露出恶魔的真面目,然后再和他算总账!"

一个月后。

香火缭绕的华严寺里,符蓉身着一袭烟紫色云霏妆花缎织彩百花飞蝶的锦衣,立在佛像前烧了一炷香后,便带着侍女款款走出寺庙大堂,向着大门口走去。

符蓉在府中被关了两年,几个月前被放出来,感觉如同飞出笼中的鸟雀一般自由自在、逍遥快活,这些日子她时不常带着侍女在京城里东游西逛,哪里热闹往哪儿凑。今日闲着没事,便到华严寺一带来逛逛,顺便到里面烧香祈福。

在寺庙大门口,她与一位正要进来的年轻女子险些撞个满怀,正要发作,却突然怔住了,只见对面的女子相貌异常俊俏,似乎有些眼熟,她的脑子飞快地转着,一下认出此女不正是左卫上将军、忠武军节度使宋偓之女宋华洋吗?就是六年前曾在太后的寿宴上同皇帝说话的那个小女孩,没想到当初那个机灵可爱的小女孩如今竟出落得如此端庄大气了,看上去亭亭玉立、俊美非凡,竟是绝色美女一个!

符蓉连忙贴上前去,亲热地拉住宋华洋的手,笑嘻嘻道:"你是小华洋吧?"

姑娘一怔,一双黑珍珠般的大眼睛看着符蓉道:"我是宋华洋,夫人您是?"

"我是赵光义的浑家符蓉啊!你忘了吗,六年前在太后的寿宴上我见过你的,当时你不是还和皇上说话来着吗,皇上还夸过你,当时我就在旁边看着呢!"

"哦,我想起来了,原来是符夫人啊!小女子这厢有礼了。"宋华洋连忙对符蓉屈膝行礼。

符蓉将她拉起来道:"快起来,不必客气。"又上上下下打量着华洋,笑呵呵道,"哎呀呀,怎么几年不见,你竟出落成一个西施般的大美人了,真是不得了啊!华洋你今年多大了?定亲了没有?"

华洋大大方方道:"小女今年一十七岁了,尚未定亲。"

符蓉笑道:"那正好,回头我帮你物色一门好亲事如何?"

华洋对她福了一福道:"多谢符夫人。"

符蓉呵呵笑起来。二人又说笑了几句,便各自分头走了。

符蓉回到府中见到赵光义,便兴冲冲道:"你猜我今日在华严寺遇到谁了?"

赵光义躺在床上睨了她一眼,没好气道:"我怎么知道,你每天东游西逛的遇到那么多人。"

"我遇到宋华洋了!"

"宋华洋是谁?"

"就是左卫上将军、忠武军节度使宋偓之女啊,你忘了吗,六年前在太后寿宴上咱们见过的那个小女孩，特别机灵可爱，当时还同皇上说话来着，皇上还夸她是名门出玉女。就是那个小姑娘，如今长得亭亭玉立、国色天香，真是绝色大美女一个呢！"

赵光义恍了恍神道："哦，想起来了，是有这么个小女孩，怎么你今日遇到她了，那又怎样，和我有什么关系？难不成你看上她了，要给我纳一房妾？"

符蓉冲他翻了个白眼道："算了吧你，想得倒美！人家身世高贵，又生得极美，给你做妾那不是委屈了吗？我是想着把她送进宫里，王皇后不是已去世四年了吗，皇上的守身期也算满了，他总得册立皇后吧，不如咱们就给他送一个去！若是真成了，可是大功一件啊！"

赵光义拍手笑道："好，这主意不错！这宋华洋父亲是上将军兼节度使，母亲是后汉公主，家世如此尊贵，生得又极美貌，皇兄断无拒绝的道理。只要女方家里没意见，这事八成就成了。等那宋华洋成了皇后，你再和她走得近些，就能为我所用，咱们手中就多了一枚得力的棋子。好，这主意真不错。不过，女方家里是否同意也是个问题。"

符蓉道："我明日就亲自到她家里去向她父母说媒，让他们的女儿当皇后，这等天上掉馅儿饼的美事，岂有不同意的道理？"

"好好好，那就辛苦夫人了！"赵光义欣喜道。

符蓉扑到他身上，抱住赵光义，撒娇道："夫君，你可好长时间没有碰人家了……"

赵光义笑呵呵抱住她道："你不总是身子不舒服嘛！"

"哪有，我这阵子好多了呢！"

"是吗？那让为夫好好瞧瞧……"赵光义一甩手脱掉了自己的衣裳，华丽半透明的幔帐随即放了下来……

第二日，符蓉果然亲自来到宋偓府上，拜见宋偓及其夫人，为宋华洋提亲。

宋偓一听符夫人是要女儿进宫去做皇后，立即笑逐颜开，看了一眼夫人，道："多谢符夫人看得起小女，如此美事，我同浑家自然是没意见的，只是此事还要问问华洋自己。我这女儿自小就是个主意正的，大事情上一向是自己拿主意。"说罢，便令夫人进内室去问华洋。

不一会儿，华洋便随着母亲出来了，华洋对着符蓉深深福了一福道："多谢符夫人看得起小女，小女愿听从父母之命。"

符蓉立即喜笑颜开，上前拉住华洋的手，道："这么说华洋你是同意嫁入皇宫做圣人了，我就知道你这姑娘有眼光有福气，天生就是个母仪天下的非凡女子！"

宋偓夫人一笑，道："符夫人过于夸赞小女了，分明是符夫人在抬举我家小女。符夫人同皇上能看上我家小女是件天大的幸运之事，只是有一事妾身还是要问问清楚的。"

符蓉忙道："宋夫人何事不明，请直说吧！"

宋夫人敛了笑容，正色道："那就恕妾身大不敬了。当今皇上是一代明君，而且相貌英俊、仪表堂堂，是古今罕有的盖世英雄。只是妾身听说皇上命硬克妻，贺皇后、王皇后，还有他的三位嫔妃都是年纪轻轻便薨逝了。不知克妻一说是否确有其事……"

一听此话，符蓉忙道："宋夫人，皇上命硬克妻，乃是早年间算命先生胡说八道的，如此荒唐的说法您也信吗？皇上身边的女人的确是死过几个，不过都是各有原因的，有的是因为身体不好病故的，有的是因为遭人陷害的，有的是因为犯了死罪被处决。若是她们自己身子骨好好的，又不做傻事错事，怎么会死呢？她们的死同皇上可没必然关系呀！宋夫人就不必计较这事了吧？"

"这……"宋夫人仍是有些犹豫。

符蓉转身对宋华洋道："要不，咱们还是问问华洋自己的意思吧，华洋，你相信皇上命硬克妻一说吗？"

华洋爽朗一笑道："符夫人，华洋从小也读了些书，并不相信那些阴阳先生的鬼话。再说，就算是皇上命硬，可我华洋的命也同样硬，我才不怕他克我呢！"

符蓉拍手笑道："还是华洋姑娘有见地，这姑娘真是个有魄力的，我看这大宋皇后是非华洋莫属了！"

如此，宋夫人也不便再说什么。

符蓉回到府中，将宋家同意宋华洋进宫做皇后的事即刻向赵光义讲了，赵光义心下也甚是欢喜，暗自盘算着要尽快找个机会在朝堂上向皇帝提及立后之事。

# 第三十四章

## 立谁为后

几日后的朝堂之上，君臣们在探讨接下来是征伐南汉还是北汉的问题，皇帝见这帮臣子们分为两派，一派以赵光义为首，主张北征；一派以赵普为首，主张南伐，一时争执不下，无法统一，便令各位爱卿回去后仔细考虑，改日再议。正准备宣布散朝，这时，赵光义手持笏板走上前来奏请道："陛下，臣有一事想恳请陛下答应。"

"光义，你有何事，说来听听。"皇帝和蔼道。

赵光义恳切道："陛下，王皇后已薨逝四年有余，皇兄亦为她苦守了四年，已是仁至义尽。皇兄不能再这样苦着自己了，身边要有个贴心女人照顾才行。而且龙凤齐备也是我大宋应有的威严和体面，所以臣弟恳请皇兄尽快册立新皇后。"

皇帝微微一怔："这……"

文武大臣们一个接一个上前，纷纷说道："臣附议。""臣也附议，皇上的确应该册立新皇后了。""臣也附议，请皇上尽快册立新皇后。"

皇帝思忖一下道："这个问题，朕尚未想过，容朕仔细想想好吗？"

赵光义叩首道："皇兄，此事真的不能再拖了。大宋长期没有皇后，实在有损我朝威严，况且皇兄身边有个女人贴身照顾，臣弟才会安心。臣弟已为皇兄物色了一个合适人选，此女皇兄也认识的。"

皇帝又是一怔："朕认识的女子？你说的是谁？"

赵光义道："皇兄可记得六年前在太后的六十寿宴上有一名唱寿歌的女孩子吗？她叫宋华洋，乃是左卫上将军、忠武军节度使宋偓和后汉永宁公主之女，当时皇兄还夸赞她是名门出玉女。皇兄想起来了吗？"

皇帝脑中忽悠一下，忽地记起了那个眉清目秀、笑容灿烂、口齿伶俐的小女孩，恍然大悟道："原来你说的是她！"又连连摇首道，"不行，不行，那女孩子太小了，不适合朕！"

"她不小了，如今已经是个十七岁的大姑娘了，生得花容月貌、亭亭玉立，听说还贤良淑德，对皇兄倾慕不已。我看这位宋小姐进宫做皇后再适合不过了。"赵光义郑重道。

皇帝叹口气道："她才十七岁，比德嫔还小几岁，而朕已到不惑之年，这如何相配？再说，朕是个不祥之身，朕是不想再坑害任何女子了，所以此事还是算了吧！"

赵光义道："皇兄此言差矣，命硬克妻之说不过是阴阳先生的胡言乱语，岂能相信？再说，臣弟已派人向宋家提过亲了，宋家人表示不信克妻之说，宋偓及其夫人都愿意将女儿嫁与皇上为后，华洋更是心甘情愿，就请皇兄答应了吧，勿再顾虑。"

一些大臣也纷纷跪下道："臣附议，府尹大人言之有理，就请陛下册立宋家千金为皇后吧！"

皇帝见赵普站立一旁，一直没有开口，便道："赵普，此事你有何主张？"

赵普这几年来大多数情况下与赵光义意见相左，二人经常在朝堂之上分庭抗礼，私下里更是明争暗斗，拉帮结派。皇帝心里明镜似的，又没有好办法调和他俩的矛盾，对他们二人很是无奈。

此时，皇帝从心底里希望赵普能帮帮自己，便故意向赵普这般提问。

赵普果然明白皇帝心思，上前叩首，缓缓道："陛下，刚才府尹大人推荐的皇后人选宋家千金的确不错，不过，她毕竟是生人，岁数也年轻了些，怕是难以照顾陛下周全。依微臣所见，不如令心儿姑娘进宫，来当这个皇后。心儿是皇上知根知底的,她才貌双全、聪慧贤德,又加上诸多年的历练,成熟沉稳,坐这个母仪天下的位子再合适不过!"

皇帝微笑颔首道:"朕也是如此想的!心儿来做皇后的确合适,朕这就下令……"

"且慢,臣弟请皇兄慎思而行!"赵光义沉着脸道,"臣弟以为令心儿做皇后甚为不妥。"

皇帝敛去笑容,道:"有何不妥?"

赵光义叩了叩首道:"心儿乃是太后厌弃之人,皇兄难道忘记了吗?当初太后想尽了办法不让心儿接近皇兄,还将心儿许配了韩玘,虽然二人并未成亲,可是心儿的婚史和经历太过复杂,出身也卑微,所以她不宜进宫封后。"

"光义,你——"皇帝有些震怒,极力压住怒火,道,"太后已逝去多年,你竟还将太后搬出来压朕吗?当初太后对心儿有偏见,那样不公平地对待心儿,心儿没有任何错,朕亦不嫌弃她出身卑微,经历复杂。光义,此事你不要再管了好吗?让谁来做皇后,朕自有安排。"

赵光义咬了咬牙,道:"皇兄——并非臣弟拿太后来压您,只是心儿已是出家之人,红尘勘破,未必肯再进宫来。"

这倒是个问题。皇帝微微蹙眉,略一思忖,道:"这样吧,这几日朕就抽空亲自到紫云观去一趟,去请心儿进宫,若是她同意,朕便立即封她为后,若是她不同意,再考虑别人也不迟。光义,你觉得如何?"

赵光义点点头:"好吧,就依皇兄所言。"

这日晚间,心儿临睡前打开房门,向天空望了几眼。只见一弯残月隐在薄云之中,几点星子昏昏黄黄,散漫发着清寒微光。她有些困倦,便想进去歇下,正要关门,只听耳边"嗖——"地一响,一支利箭贴着她的面颊倏然划过。

心儿一怔,转头看去,只见那支箭颤颤地插到门板上,箭身上似乎裹着一层白绢。

"谁？"心儿大声喊道。

只见夜幕沉沉，并无任何人影。

心儿将箭取下，反手将门关好，进到房中。与她同住一室的小师妹若云也听到了动静，见心儿手中握着一支利箭回来，忙问："心儿姐姐，怎么了，有刺客吗？"

心儿道："不是。"接着便将裹在箭上的那层白绢取下展开，只见一方帕子大小的白绢上写着八个血红字迹："你若进宫，性命难保。"

"你若进宫，性命难保。这是什么意思？心儿姐姐，是有人威胁你吗？"若云看着那两行血字奇怪地道。

心儿沉思片刻，唇边浮起一个冷笑，道："八成是要立新后了，某些人害怕我进宫去。哼，真是以小人之心度君子之腹！"

"心儿姐姐，你是要进宫去当皇后吗？心儿姐姐，若云舍不得你走！"若云一脸不舍地道。

心儿笑了笑，拍拍若云的手道："放心吧若云，姐姐不会离开这里的。"

若云松了口气，眉目舒展开来："太好了，若云喜欢和心儿姐姐在一起，若云要和姐姐一直在一起。"

心儿又笑了笑，道："好，姐姐答应你，会一直和若云在一起的。快去睡吧，我困了。"

说罢，二人各自上床歇下。

凌晨时分，心儿迷迷糊糊听到有个声音似在唤她："心儿，心儿，你出来一下好吗？"

心儿一惊，心想，这不是皇上的声音吗？他怎么来了？

心里正想着，不自觉就爬起来，穿好衣服来到门外，果然是皇帝，他身着年轻时常穿的那件青衫，一把将她抱进怀里，在她耳畔低声呢喃道"心儿，心儿，我们可以在一起了，终于可以了！佳人且居水穷处，守得云开月明时。现在真的是云开月明时了！你随我进宫去，我马上封你为皇后！"

皇帝不由分说地拉起她便走。二人骑上一匹骏马，这马竟是当年二人初相识时骑的那匹马，这么多年，原来骏儿还一直活着啊！她无限感慨，心生欢喜，相信了此时真的是云开月明时了，便像当年一样紧紧抱住他的后背。骏儿如腾云驾雾一般，转眼之间，二人便来到了宫苑之中。心儿刚一下马，就有一队身着盛装的宫人前来迎接，为首的宫女正是琉璃，她笑吟吟对着心儿福了一福道："圣人来了，圣人请入住迩芙宫吧！这么多年，迩芙宫仍是老样子，一直为圣人保留着呢！"

心儿心里有些发急，想说"我还不是圣人呢，琉璃你不可乱叫啊"，却嗓子干干涩涩的，发不出声音来。正向前走着，却听到一阵"咯咯咯"的笑声传来，笑声有些瘆人。心儿转头一看，那发出可怕笑声的女子竟是死去的翠晶。翠晶旋转着来到她面前，身子一晃，竟又出现另外两名女子，心儿注目一看，竟是大小韩妃！

三个女鬼皆是披头散发，身上血迹斑斑，样子十分恐怖，将心儿团团围住，冲着她"咯咯咯"笑个不停，还不停地旋转，十分瘆人。心儿禁不住心惊胆战，脑子被转得晕晕的，想抓住皇帝的臂膀，让他保护自己，可是皇帝却不见了。只有三个女鬼在围着她团团转，还发出阴森可怕的笑声。心儿又惊又气地喊道："你们走开，你们缠着我做什么？"

"哈哈哈哈！"又传来一阵狂浪的笑声，心儿转头一看，见是赵光义和符蓉手拉手站在一旁看热闹。杜姨妈也立在旁边，血红着眼睛仇恨地望着她。笑声是符蓉发出来的，她大笑着说道："我不是警告过你不要进宫来吗？你非要来，你以为那几个冤魂能放过你吗？"

心儿正想对符蓉说些什么，突然，一个声音在半空中响起："心儿，本宫不是和你说过吗？贪爱为苦。淫心不除，尘不可出。这么多年，你心里还是放不下，真是自讨苦吃！"竟是王皇后那清冷又严厉的声音。心儿更是心惊不已。

正在惶惶不安地寻找皇帝时，赵光义幸灾乐祸地走过来，抓住她的手道:"心儿,别找了,皇上不在,他亲征北伐去了。这下你看清楚了吧,皇上他不会管你的,他根本保护不了你,你还是跟我走吧!"说罢,拉起她便走。

她急了,甩着他的手大叫道:"赵光义,你放开我,我死也不会跟你走的,你滚——你滚——别碰我——"

"心儿姐姐,你醒醒,醒醒,是做噩梦了吧?"若云从对面的床上坐起身来,对着心儿关切喊道。

心儿激灵一下醒来,睁开眼睛,见到若云,又看了看四周,确定自己身在紫云观中,这才安下心来,有些赧然地笑笑说:"是,我的确是做了个噩梦。"说完坐起身来,才发觉自己竟是满头满身的冷汗,脑仁儿也疼得要裂开一般。

"心儿姐姐,我看你脸色不大好,是不是病了?要不把师父叫过来给你看看开些药吧?"若云见她脸色煞白,便关切地说。

"不必了,我吃几粒养心安神的丹药,再睡会儿就好了。"心儿道。

"好,我去给你拿药倒水。"若云说,她穿好外衣,去到丹房中取药。

服了丹药,又小睡了一个时辰,再醒来时,心儿感觉好了许多,便起床吃了些清粥小菜,翻开经卷在房中诵读。

正读得专心,忽听见一阵匆匆忙忙的脚步声,接着传来清脆如铜铃的声音:"心儿姑姑,好消息,好消息!"

是德媖来了。只见德媖一脸欣喜地出现在心儿面前,上前拉起心儿的手,兴冲冲道:"心儿姑姑,你的苦日子可算熬到头了,父皇已经在朝堂上宣布,只要你同意进宫,就马上将你册封为皇后呢!哈哈,你和父皇苦苦相恋相思了这么多年,终于可以如愿以偿光明正大在一起了!心儿姑姑,你速速随我进宫去吧,正好前些日子父皇催我跟韩珪把喜事办了呢,这回可谓是双喜临门了!"

心儿将手抽出,指着德媖的鼻尖道:"你呀!想嫁人就嫁去,我可不和你们年轻人瞎掺和。清心已是出家之人,早已看破红尘,放下男女情事，什么进宫、封后的，都跟贫道没关系了！"

"怎么可能！心儿姑姑，我才不相信你能真的看破红尘，把我父皇给忘了呢！"德媖瞪圆了眼睛，直视着心儿道，"心儿姑姑，你口是心非，明明你心里还想着我父皇的，当我不知道吗？你还亲手做了裘皮大衣送给他呢，若是真的放下了，你还如此关心他干吗？"

心儿的脸有些红，便沉下脸道："德媖，别在这儿胡说了。总之一句话，我不可能进宫的，你转告你父皇别再生起这心了，我不会答应的！"

德媖急切道："那怎么行？心儿姑姑，你知道为了让你当皇后，我父皇都要跟一些大臣翻脸了呢！这次他是认真的，他很快就来这里亲自请你了，你可不要真的拒绝他啊！那样的话，他会非常伤心的！你忍心看着他伤心难过吗？"

心儿冷着脸道："德媖，别劝我了好吗，你再说什么也是没用的。有些事情比较复杂，一时和你说不清楚，也许日后你会明白的。你还是走吧，我要读经了。"

德媖却不走，继续苦求心儿："心儿姑姑，算我求你了，你就脱了这身道袍进宫去吧，否则的话，我跟韩珪就不成婚，非要等到你跟我父皇在一起不可！"

心儿有些生气，站起来道："一码归一码，你跟韩珪该成婚便成婚，不要跟我和你父皇的事搅在一起。我要炼丹去了，你也回宫去吧，以后没什么事别总往这儿跑了，多陪陪韩珪吧！"说罢，心儿转身走出房间。

傍晚时分，皇帝亲自来了。

心儿正在院中收拾晾晒的衣裳，见到皇帝踏进门来，低头便要奔向房内。皇帝几个箭步冲了过来，紧紧握住心儿的手，恳切道："心儿，你别走，朕有重要的事和你说。"

心儿如同烫到一般用力抽回自己的手，目光冰冷地看了他一眼，道："若是有关宫里的事，皇上就请闭口吧，我不想听。"

皇帝一双星眸深深看住她的眼睛，道："的确是有关宫里的事，但也是有关你和朕的事。朕想请你随朕进宫，朕马上册立你为皇后！"

心儿定定看了他片刻，冷冷一笑，道："皇上恐怕是打错主意了吧？心儿若是想当皇后，当初就不会从宫里出来了，我既从宫里出来，就绝不会再回去！皇上请回吧，想当皇后的女子有的是，皇上还是另选他人吧！心儿已是出家之人，并未有还俗之心。皇上请回吧，慢走不送！"说罢，向他浅浅施了个礼，转身向房中走去。

皇帝跟在她身后疾走。到了房中，心儿"砰"的一声将皇帝拒之门外，任凭皇帝在门外如何恳求苦劝，心儿只是不予理会。

皇帝无奈，只好去找来了紫虚道长，请求紫虚来劝劝心儿将门打开。

紫虚来到心儿房门前，轻轻叩门，说道："心儿，你开门吧，你怎么可以如此对待皇上呢？有什么话，你们二人当面说清楚好吗？"

心儿听到师父的声音，这才将门开启，请紫虚和皇帝进到房中。

紫虚对皇帝恭敬道："陛下请坐吧，心儿这阵子心情不大好，请陛下多多包涵。"

皇帝对紫虚温和道："无妨，朕不会怪她的，是朕对不住她。"

紫虚又转头对一旁站立的心儿道："心儿，你与陛下好好谈谈吧，有了事情不要逃避。无论你如何选择，师父都是支持你的。"又对皇帝道："你二人坐下好好聊聊吧，贫道先告退了。"

皇帝拱手道："有劳道长了，道长请便吧！"

紫虚微一点头，转身走出房中，并将门轻轻带上。

心儿指了指房中的竹椅，道："请坐吧！"

皇帝却不坐，几步来至心儿面前，定定看着她的眼睛，再次握住她的手，诚恳道："心儿，朕应该先和你道歉，以前是朕错了，朕没有好好保护你，让你吃尽了苦头，受尽了委屈。朕还曾误会过你。都是朕不好，朕不是个好男人，你若还生朕的气，便打朕几下也行，只要你肯跟朕回宫。朕想好了，只要你能跟朕回去，朕一定好好补偿你，把过去欠你的都还给你。我们俩好好在一起，还记得过去说过的话吗？那年在迤芙宫中，朕曾对你说，从此后，我赵匡胤便是京娘的夫君，京娘便是匡胤的妻子，我们俩永结同心，执子之手，与子偕老，永不相弃……心儿，你就相信朕这一回吧，朕再不会辜负你了！"

心儿哗地泪流满面，猛地将手抽出，转过身去，大声喝道："不要再说了！"

她掏出帕子擦着眼泪，拼命在心中对自己说：冷静冷静，不要被他的鬼话打动，正视现实吧，现在还不是与他团聚的时候，不是现在，不是现在……

皇帝痛心地望着她，却不知如何安慰她才好，只好呆呆站着，看着她一遍遍擦着眼泪。

过了一会儿，心儿终于平静下来。转过身对皇帝淡然一笑，道："抱歉，我没有忍住，是我修炼得不够好。我不会再哭泣了，皇上请坐下来听我跟你说吧。"

皇帝便在竹椅上坐下，目光仍在她脸上凝滞着。

心儿也在另一把椅子上坐下，淡淡说道："皇上，非是心儿心胸狭窄计较往事，也非是我对故人绝情忘义，只是现在还不是我们俩在一起的时候。我不是不想同你在一起，我只是不想进那皇宫。在里面住了四载，我已看得很清楚，皇宫就是个争斗流血、你死我活之地，越是坐到高位，越是处境危险。皇上还要南征北战，不可能每时每刻守在我身边保护我，我现在力量也还弱小，亦不可能保证皇上安全，与其为了这份情战战兢兢厮守在一处，倒不如分开各自求得一份平安……"

"心儿，朕明白了，你是担心住进宫里不安全是吗？你放心吧，不会再有任何危险了！没有人再害得了你，朕会尽朕所能保护你，即使拼上朕这条性命，朕也会确保你安全！心儿，相信朕好吗？"皇帝无比真诚地看着她道。

"皇上，非是我不相信你，只是陛下以为自己就很安全吗？在你的身边就没有人想害你吗？你连自己的安全也保证不了，又如何保证我的安全？"心儿不客气道。

"哪有什么人想害朕啊！心儿，你是不是把某些人想得太坏了啊？"皇帝急切道。

"皇上，是你太过仁慈了，你太相信亲情了！自古君王都是狠心的。女皇武则天曾说过一句话，成大事者，至亲可杀。唐太宗尚有玄武门之变，唐玄宗更是逼杀了自己三个亲生儿子，他们没有亲情吗，那是不得不杀啊！你只想着兄友弟恭，只希望不动干戈而化解兄弟阋墙之祸，可这样会为你带来杀身之祸的啊皇上！"心儿苦苦劝道。

"心儿——"皇帝腾地站了起来，有些愠怒地瞪着她道，"你是非要朕杀了光义你才会进宫去吗？"

"是，我就是这个意思！至少皇上不可再重用他！"心儿也腾地站了起来，迎着皇上的灼灼目光，毫不让步地道，"我今日便把话彻底说明白了吧！想要我和你在一起，要么你打压住赵光义，要么你别再做这个皇帝，与我一起归隐山林！否则，我绝不会答应你！"

"你——你真是不可理喻！"皇帝再也按捺不住心中怒火，脸色铁青地指着心儿怒冲冲道，"你这不是强朕所难吗？光义他并没有犯什么错，朕为何要打压他？现在天下尚未平定，朕还要南征北战，抚慰苍生，怎么可能与你一起归隐山林？心儿，你不要妄想了好吗？"

"好，我妄想，算我妄想好了！"心儿脸色煞白，点着头说道，伸手从床边取过那支利箭和那方白绢，"当啷"一声扔到案几上，"你自己看看吧，这是我昨天晚上收到的礼物，我进宫后你真的能保证我的安全吗？"

皇帝怔了一下，将那白绢拿到手中仔细一看，两行血红大字映入眼帘："你若进宫，性命难保。"

皇帝脸色大变，沉吟片刻，叹了口气，道："心儿，也许你说得对，是朕太乐观了，朕忘了朕是个不祥之身，所有亲近朕的女人都会倒霉的！看来，那算命先生说得并没有错，是朕一时急切忽视了。朕还是不害你了，你不应该被朕连累！朕已经明白，你在这里才是安全的。是朕太贪心，太奢求了，老天已经将至高权位给了朕，朕就不应该再奢求什么真情爱，人怎么可以什么都想要呢？什么都想要只能被老天狠狠惩罚！好吧，你既然已经想清楚，朕便走了，你自己保重吧，以后朕再不会来打扰你了！"

说罢，皇帝深深看了她一眼，那目光充满了痛惜、感伤、无奈、颓丧，还有深深切切的留恋与不舍。那目光让她的心痛极了，如同被锋利的刀片狠狠刮了一下，刮出一个硕大的伤口，里面暗涌的血泪"哗"地流淌了出来，流满了整个胸腔……

皇帝起身，迈着沉重迟滞的脚步离开了紫云观……

望着他高大而微微颓败、似乎饱受打击的背影，她禁不住泪流满面，一瞬间几乎要反悔，忍不住就要脱口而出："你回来！我随你去！"

为什么不呢？即便是布满危险的环境，却是能够与心爱之人朝夕相处地在一起啊，哪怕只有短短的时光，哪怕就在他怀抱里死去也是好的……这颗心为何如此冷硬如此理性呢？如今这一别后，何时才能再与他相见呢？

心儿，你是不是傻啊？你是不是想得太多顾虑得太多了！要知道顾虑太多的女人注定是没有幸福的……

她拼命捂住自己的嘴巴，不让自己喊叫出来。

在床边呆坐了良久，她身子一软，躺倒在床上，捂着脸呜呜咽咽哭泣起来。积攒了多日的眼泪如同决堤的洪水一般畅快淋漓地涌了出来……

一个月后，即开宝元年（968年）二月十八日，宋偓之女宋华洋被接入宫中，封为皇后。

当晚，皇帝令宋皇后在福宁宫中歇下，推说自己还有一堆政务要处理，便起身出去，来到勤政殿中。看了一会儿折子，感觉心烦意乱，没办法再看下去，便站起身来，到外面踩着满地月华转了转，不知不觉便转到了迩芙宫门前。

迩芙宫已是多年没有人居住，朱红大门紧紧锁着，门前布满枯黄的杂草，墙角亦结了凌乱杂沓的蛛网。

他令宫人找来钥匙，将门打开，独自进入迩芙宫中，坐到那床榻之上。看着周围一如当年的家具陈设，脑中忽悠悠忆起当年与她在此同住的一幕一幕——

那夜，他着了一身红彤彤的喜袍，挑开水晶珠帘，见到她端坐在贵妃榻上，他几乎惊呆了，眼前是怎样一位美轮美奂的绝代佳人啊！簪花披红，璎珞垂旒，"虹裳霞帔步摇冠，钿璎累累佩珊珊"，眼波流盼间闪烁着夺目光彩，微微一笑更是芳华绝代。他不禁喜上眉梢，笑逐颜开地走上前去，轻轻将她揽入怀中，道："娘子，为夫来了！"

她笑靥如花道："看样子，匡胤哥哥是要给我一个洞房花烛夜了？"

记得当时自己大笑着道："正是，我就是要给京娘一个正儿八经的洞房花烛夜！从此后，我赵匡胤便是京娘的夫君，京娘便是匡胤的妻子，我们俩永结同心，执子之手，与子偕老，永不相弃，可好？"

"好，永结同心，永不相弃！"京娘紧紧拥抱住他，深情说道。

他一用力，将京娘抱到自己膝上，仔细看着她那张娇美醉人的脸庞，笑道："这红宝石耳坠配你的花容正好！好比朝霞辉映在海棠花上！"……

她感动地吻住他的双唇，她的唇如此甜美，如此热烈……

二人在贵妃榻上躺倒，缠绵缱绻……

这样甜蜜美好的日子仅仅持续了不到一月，然后她的灾难便开始了，她与他便处于分离、思念、忍耐之中，日复一日，直到今日，这颗心仍在滴血与无奈之间辗转彷徨。这究竟是为什么呢？心儿，心儿，为何今日封后的女子不是你呢？本来应该是你的啊！到底是哪里出了差错呢？

他正在独自冥思苦想着，水晶珠帘一晃，宋华洋挑着个琉璃绣球灯笑吟吟进来了，对着皇帝灿然笑道："官家，您原来在这里躲清静呢，让华洋一通好找。"

皇帝一怔，坐起身来，道："你怎么到这里来了？为何不在福宁宫好好歇着？"

宋华洋把灯笼放到案几上，搓了搓一双玉手，好奇地打量着房间里的摆设，笑道："臣妾一个人睡不着，又怕皇上看折子太辛苦，想着去催促您早些歇下呢！不想您竟一个人来这里了。这倒是个好地方，看着比那冷冷清清的福宁宫里暖和多了。要不，臣妾不走了，今晚就在这里陪您吧！"

皇帝微蹙了一下眉头，道："不行，这里不适合你住。华洋啊，以后你还是住在福宁宫里，不要再到这里来了。"

华洋瞪着一双天真莹洁的大眼睛，歪着头，依旧笑容满面道："为何？难不成这里是皇上以前的宠妃居住的地方吗？若是这样的话，华洋更想住在这儿了，因为这样，皇上才可以宠爱臣妾啊！"

皇帝被她那天真无邪的模样逗乐了，觉得她那样子很像自己的女儿德媖，便缓和了脸色，温言道："华洋啊，你今年才十七岁，嫁给朕不觉得吃亏吗？朕是个不祥之人，命硬克妻，以前的几个妻妾都逝去了，你难道不害怕吗？"

华洋笑靥如花道："臣妾并没有吃亏啊，华洋是从小听着皇上的传奇故事长大的，在华洋心目中，皇上可是个顶天立地的大英雄！再说您不过才四十余岁，正当壮年，臣妾华洋喜欢成熟稳重如父亲般的男子，所以哪里有什么吃亏之说！臣妾也不害怕什么命硬克妻，因为算命先生也说过臣妾命硬克夫呢！咱们俩命都硬，便谁也克不了谁了！"

"哈哈哈！"一席话把皇帝逗得大笑起来，眉开眼笑道，"你这姑娘倒真是个想得开的！好吧，事已至此，怕也没用，一切顺其自然吧，你既然已成了朕的妻子，朕尽量善待你便是。"

华洋笑容灿烂地扑进皇帝怀抱之中。

皇帝的一双胳膊有些僵硬，犹犹豫豫地抱了抱她，心里感觉十分别扭，便将她轻轻推开，温声道："天晚了，朕觉得很累，想歇下了。"

"好啊！"华洋脆声道，"皇上便在这里歇下吧，臣妾给您宽衣解带，等您睡熟了，臣妾就去别的房间睡好吗？"

皇帝道："华洋，你为何非要住在这里呢，福宁宫不是更好吗？"

"福宁宫里有王皇后的画像，那里阴气太重，华洋害怕，华洋更喜欢这里，皇上您就允许臣妾住在这里吧！臣妾保证不吵不闹不要求您任何事情，一切都听皇上的还不成吗？"华洋恳求道。

"唉，好吧，你愿住就住在这里吧，反正朕是终究要辜负你的。"皇帝叹口气道。

华洋又高兴起来，笑嘻嘻地为皇帝宽衣，婉声道："以后皇上别再说什么辜负不辜负的话了，您能娶了华洋，让华洋在您身边陪伴着，哪怕只有几日，华洋也算不枉活此生了！"

皇帝看着眼前如花似玉的小美女，心中却只是叹息复叹息。

## 第三十五章

## 华山修行

这日午后,心儿正在院中浣洗衣服,赵光义突然来了。心儿假装未见,低着头,双手浸在一盆清水中,继续搓洗衣物。

赵光义来到她面前,笑呵呵道:"心儿正忙着呢?歇一歇吧,瞧瞧,这双玉手都累成什么样子了!怎么如此不爱惜自己呢,累病了怎么办?"

心儿低着头,一边搓着衣服一边冷冰冰道:"你怎么又来了,有什么事吗?"

"我来看看你呀!一日不见,如隔三秋嘛!"赵光义蹲下来,双目直直盯着心儿的脸颊,笑嘻嘻道。

心儿只是不理睬他。

"心儿,说真的,我是来告知你一件大喜事的。新皇后前些日子已经进宫受封啦,是左卫上将军、忠武军节度使宋偓和后汉永宁公主之女,名叫宋华洋,年方一十七岁,年轻靓丽、聪明伶俐,还知书达礼、温柔贤淑,对皇上更是体贴入微,关怀备至。皇上对她也很是喜爱,两个人可谓恩恩爱爱、举案齐眉,皇上还让她住进了迩芙宫……"

心儿面沉似水,只是咬唇不语,刚开始还能保持镇定,当听到皇上让新皇后住进迩芙宫时,脸色陡变,忽地抬起头来,瞪着赵光义,厉声打断他的话:"住口,别再说了!你和我说这些做什么,是成心来恶心我的吗?"

赵光义站起身来,收敛了笑容,神色郑重道:"心儿,我不是来恶心你的,我只是想告诉你,皇上已经对你彻底放弃了,你这回应该对他死心了吧!心儿,还是那句话,你跟我走吧,别在这里空耗生命了,再耗下去,你就老了!"

心儿怒不可遏,双手端起面前满满的一盆洗衣水,冲着赵光义"哗——"地一下泼了过去,她怒喝道:"滚——你这个卑鄙小人!"

赵光义被浇得满头满身都是水,一时间狼狈不堪,只得边退边指着她道:"心儿你,你怎么变成了个泼妇?你简直是狗咬吕洞宾,不识好人心!哼!我不会放过你的,你等着!"

"滚——我再也不想见到你!"心儿跺着脚恨恨说道。

赵光义浑身水淋淋地哭丧着脸奔出道观,骑上马走了。

心儿蹲在地上,捂着脸啜泣起来,忽然眼前一黑,"扑通"一声倒在地上,昏了过去。

若云一直在不远处翻晒草药,见到心儿突然倒在地上,急忙呼喊着奔了过来:"心儿姐姐,你怎么啦?快来人呀——"

心儿病倒了。浑身发烫,双颊现出两团妖异的潮红,昏睡了两日两夜,苏醒后只是流泪发呆,几日几夜不肯吃任何东西,连水也不肯喝一口,丹药也拒吃。把师姐师妹们吓坏了。

紫虚摸摸她的额头,令小师妹将用冰水浸过的毛巾拿来,从上到下为她擦洗一遍,又为她针灸了几次,烧总算是退下了。可她依旧不肯吃东西,两只眼睛空茫茫地看着前方,只呆呆地发愣。

紫虚握住心儿的手,道:"心儿,师父知道你这是犯了心病,吃再多的药也没用。你不要多想了好吗?越想心会越累的。"

心儿双手紧紧抓住紫虚的手,神色哀哀道:"师父,您说,为何我就是放不下呢?我是不是又在犯傻啊?"

紫虚微微一笑,拍拍她的手温和道:"如果努力了依然放不下,那就是你不该放下。万事顺其自然就好,没必要苦着自己。心儿,你的选择是对的,若是你这次进了宫,恐怕真的会性命不保。从长计议、积蓄能量、伺机而动才是上策。当然，这样的选择对你来说是极痛苦的，但经历大痛才可能大成，咬牙挺过这一关就好了。"

心儿幽幽吐出一口长气，道："师父，我听您的。我想喝水。"

紫虚说了一声好，便令小师妹将一杯温水端来，亲自喂心儿喝下，又吩咐小师妹去做些清粥来给她吃。

过了两日，心儿病情好转，可以吃下些食物了。

紫虚便对她道："心儿，我想让你换个环境，等你身子康复了，我带你去华山吧！"

"去华山？"

"对，我已经打听到了陈抟师父的消息，确定他在华山云台观修炼，他医术高明，道行颇深，我们一起去向他学习更高妙的医术和道法如何？"

"好啊，师父，我正想着换个新环境呢，在这里住着，那些宫里人时不常就来扰我，真是烦死了！出了京城，他们就找不到我了，还可以向陈抟老祖学习医术和道法，这样再好不过了！"心儿一边欣喜道，一边在心里想着：终于可以解脱了！哪怕只有几月也好，这颗心实在是太累太累了！

"好，就这么定了。你就先把身子养好，闭上眼睛再睡会儿吧！"师父和蔼道。

心儿乖乖闭上眼睛，一会儿工夫便进入梦乡。

正睡着时，德媖来到观中看望心儿。

德媖正想大声叫姑姑，若云冲她嘘了一声，低声道：心儿姐姐睡着了，她病了多日，刚刚好些，你不要吵她。"

"病了？"德媖吃了一惊，向着躺在床上的心儿仔细看去，见那张脸明显比以前清瘦了一圈，脸色苍白，嘴唇也有些发青，真的是一副憔悴病容。

德媖和若云蹑手蹑脚走到外室，德媖低声向若云道："她这是怎么了，为何病成这样子？"

若云低声道："我也不大清楚，听师父说她这是心病，好像是因为新皇后的事。前些日子赵光义大人来过一次，对她讲了新皇后进宫得宠的事，心儿姐姐一时恼怒，就病倒了。”

“原来如此。”德媖点着头，低声咕哝道，“你啊你啊，还说什么不在乎他，不肯进宫，这不还是放不下吗？不行，我得想个法子，把心儿姑姑弄进宫里去……”

德媖转身飞跑着离开了紫云观，骑上马回到宫中。

她来到迩芙宫，见到新皇后宋华洋，浅浅福了一福，诡异一笑，道：“小母后，大女儿德媖给小母后请安了！”

华洋嫣然一笑，道：“德媖，快起来吧！以后你别再叫我小母后了，难听死了，我比你还小几岁呢，以后你就叫我华洋吧！”

德媖一怔，随即笑道：“我真的可以对你直呼其名吗？”

华洋点点头。

德媖便脆声叫道：“华洋！”

“唉！这样听着顺耳多了。德媖，这皇宫里冷冷清清的，怪没意思的，以后你要没事就多来陪陪我吧，咱们俩像姐妹一样一起玩儿，可好？”

“好啊！好啊！”德媖欣喜地拍着巴掌道，忽然又想起了什么，沉下脸道，“我说华洋啊，你为何非要搬到这迩芙宫里来住呢？这儿可不是你该来的地方，这里是我心儿姑姑原来的住处。你还是快快搬到别处去住吧！”

华洋笑嘻嘻道：“心儿姑姑，她是什么人，你父皇从前的宠妃吗？德媖，给我讲讲你这位姑姑的故事可好？”

德媖歪着头道：“你真的想听？”

“嗯，真的想听！”华洋笑着拉过德媖，让她坐在自己身旁。

“那好，我就跟你讲讲心儿姑姑的传奇故事吧！她啊，早在十八年前就和我父皇认识了，他们俩啊，是一见钟情，为了和我父皇在一起，心儿姑姑是历尽磨难、九死一生……”德媖绘声绘色地讲起了心儿同她父皇的故事。

从京娘与她父皇的浪漫相识,一直讲到她进宫之后的种种遭遇,再讲到她如何离宫进了道观,还有她如何拒绝进宫做皇后,又为了父皇病倒在榻的事。

直听得华洋泪流满面,异常感动,紧紧拉住德媖的手道:"德媖,我受不了啦!心儿和你父皇的故事真是太曲折、太揪心了!怎么可以如此命运弄人呢?心儿和皇上应该在一起的呀!心儿应该做皇后的!她为何不肯呢?"

"你看你,心这么软,被感动得不行了吧?"德媖一本正经给华洋擦着眼泪道。

"我现在都觉得自己是个多余的人了!他们两个好好的,我插进来干吗呢?若是知道情况是这样,我就不答应他们了!"华洋眼泪汪汪地真诚说道。

"那好,等过些日子心儿姑姑身子好了咱们俩就去看她吧,如果她愿意,咱们俩就把她接进宫里,如何?"德媖道。

"好!"华洋连连点头,"只要她愿意进宫,我就把这个皇后让给她做!我做个小妃子就行了!"

"没想到华洋你这么好,我还差点儿误会你了呢!"德媖不好意思地笑着抱住华洋道。

几日后,德媖同华洋二人果然乘着一辆马车出了宫,来到紫云观拜见心儿,却被小师妹若云告知心儿和紫虚师父一起离京远游去了。

德媖大惊,急忙问道:"心儿姑姑到底去了哪里?可不可以把她追回来呢?"

若云摇摇头:"这不可能,她们远游一向行踪不定,谁也不知道她们具体在何处。"

"那她什么时候回来?"德媖焦急道。

"这个说不好,少则三五年,多则十年八年,也有可能不回来了!"

若云说。

"有可能不回来了！心儿姑姑，心儿姑姑，你怎么就这么走了呢？你不管德媄了吗？不管父皇了吗？"德媄失落地大哭起来。

一旁的华洋急忙劝慰她。

皇帝听说心儿离京远游的消息，脑中不由得轰地一响，继而心中失落怅然。凝神细思一番，幽幽叹了口气，道："这样也好，但愿她能真的放下，别再为我纠结痛心了！"

之后，他便将精力放到了治国平天下上面。先是征伐北汉，一打就是半年，皇帝再次亲征，率军围攻太原，却因为天降大雨，许多士兵患上腹泻，加之辽国发兵支援北汉，所以宋军未能成功，兵败撤军。皇帝回宫后总结了失败教训，调整了作战方案，第二年又南下征伐南汉，用了五个月的时间，打了个大胜仗，剿灭了南汉政权。接下来的几年又在国内进行了一系列多方位的治理和休养生息。使得北宋国土范围大大扩展，国力也日益增强。

皇帝亲征太原之际，符蓉趁机多次来到宫中，与宋皇后套近乎，想拉拢她。宋皇后听德媄说这符蓉是个心术不正的，曾做过不少阴损事，几次来往也觉得符蓉不善，便将符蓉赠给自己的名贵首饰和衣物统统装到一个箱子里送还给她，道："符夫人，这些东西太华丽了，皇上提倡节俭朴素，这些东西本宫也用不上，您还是收回去吧！"

符蓉有些不悦，讪讪笑道："圣人这是怎么了？是瞧不上弟妹这些东西，还是对弟妹有成见了呢？你可别忘了，我可是你同皇上的大媒人啊，若是没有我符蓉，你这小姑娘能当得上圣人吗？"

宋皇后冷然一笑道："符夫人此言差矣，皇上同我说起过，多年前在太后寿宴上第一次见我，他便喜欢我了，从此就没有忘记我。我同皇上乃是天作之缘，并非您的一己之力促成。"

符蓉心里一阵气恼，却又不好说什么，只好点着头，咬着牙说："好好好，天作之缘，真是天作之缘，看来我当初是多嘴了！"眼珠一转，又说道,"都说你同皇上恩爱和谐,我看你也该给皇上添个龙子或是公主了,这一年多过去,你这肚子怎么没见动静呢!你还是抓点儿紧吧,不然皇上的兴趣未必只在你一个女人身上,哼!"说罢,符蓉转身一扭一扭地走了。

宋皇后望着符蓉的背影,神色有些茫然。

符蓉回到府中,依旧气哼哼的,阴着脸对赵光义道:"她可真是个白眼狼,白费了我当初一番苦心。早知如此,我就不会提携她了。"

赵光义道:"你这是跟谁啊,气成这样?"

符蓉道:"还不是宋华洋那个死丫头!老娘好心好意送她些礼物,她居然不买老娘的账,全部退回来了,还说什么她同皇上是天作之缘,没我这个媒人什么事,真是岂有此理!看来,这死丫头是同皇上一条心的,不会帮咱们了。"

赵光义道:"这小丫头还挺厉害。不妨事,没有她帮忙,咱们一样能干成大事!你不是见到了吗?这几年我可把文武百官收买得差不多了,姨妈这张牌也打得不错,派上了大用场。现在朝中百分之八十的官员都已经相信太后留下了兄终弟及的遗诏,并且觉得我赵光义是个大孝子,就等着皇兄立我为太子呢!若是皇兄不立我为太子,他们绝不答应!"

"真的吗?那可太好了!"符蓉喜悦地拍手笑道,眼睛里闪出灼灼幽光。

"所以啊,那黄毛丫头根本成不了什么事,不必怕她。现在唯一的大麻烦就是赵普那老家伙,他死保着皇兄,又抓着大权不放,皇兄一向重用他,待我将他扳倒,离咱们成事就不远了!"赵光义半眯着眼睛思谋道。

"说得没错,是得好好整治整治赵普那老家伙,多派些人盯着他,就不信抓不住他小辫子!"符蓉阴狠狠道。

这一日,宋皇后正在迎芙宫的院子里同德媖一起踢毽子,见皇帝迈着大步走了进来。宋皇后脆声喊道:"官家,您回来了!"边说边高兴地扑了过去,一下扑进皇帝怀中,抱着他不肯撒手。

皇帝沉着脸道:"朕这次北伐失败了……你怎么样,还好吧?"

德媄见华洋同父皇撒娇,有些不高兴,噘着嘴巴道:"瞧瞧你们俩,大白天的腻歪什么呀!我走了,你们俩接着亲热吧!"说罢,转身便奔跑出去。

皇帝笑笑道:"这死丫头,还醋意上了!"又将华洋推开道,"你怎么了,有什么事吗?"

宋皇后低下头,红着脸道:"官家,臣妾有件事想告诉你,你听了不会难过吧?"

皇帝认真看了她一眼,道:"什么事,还有比吃败仗更令朕难过的事情吗?"

宋皇后道:"胜败乃兵家常事,偶尔打个败仗也没什么可难过的,我的事才真让人难过呢。"

"到底什么事,说来听听。"皇帝缓和了脸色,温声道。

宋皇后绞着衣带,低头轻声道:"我,我可能不能给官家生孩子了。我从十五岁起便月信不调,一直没当回事,前些日子符蓉建议我抓紧给皇上生个小孩,我便找太医仔细瞧了一下脉象,太医说我这体质不适合生育,很可能终生不能生养孩子了。"

"原来是这事啊!"皇帝笑了笑,口气轻松道,"无妨!朕已有了三女两子,不缺孩子,你还是把身子养好要紧,不要像王皇后……算了,不提她了!总之,孩子可以不要,你自己身子健康才是最重要的,记住了吗?"

"是,皇上!"宋皇后再次扑进他怀里,紧紧抱住了他,欣喜若狂。

"好啦好啦,朕真的累了,让朕进去歇息一下吧!"皇帝道。

"好好,我这就扶您进去。"宋皇后从他怀中离开,立正身子,又想起一事,神色郑重道,"对了,还有一件事,我必须提醒皇上。"

"何事?"

"我听说赵光义大人这阵子趁着您不在宫中,大肆收买文武百官,向他们宣传什么兄终弟及的太后遗诏,还把杜姨妈请出来做证,很多大臣都相信了呢！还听说他在私自招兵买马，广纳人才和杀手，那符蓉也是野心勃勃的，四处散布皇上的坏话，皇上还是当心一下他夫妻俩吧！"

皇帝怔了怔，淡淡说道："朕知道了，以后这类事你不必管了，朕自会处理。"

华山云台峰上，心儿正弯着腰采摘草药。阳光如融化的金子般照顾着整个山坡，使她的整个人笼罩在一片莹莹灿灿的金光里。她脸上的笑亦是灿烂的，不时抬头看一眼山顶上如层层积雪般的白云。

初来此山时，她便被华山的美丽雄奇惊得目瞪口呆。只见这华山奇峰罗列、姿态万千、树木葱郁、秀气充盈。既有直插云霄的霸气，又有如诗如画的缠绵，真正是集奇、险、峻、秀于一身。北峰四面悬绝，上冠积云，下通地脉，巍然独秀，有若云台，因此亦称云台峰。西峰则为一块完整巨石，浑然天成。西北绝崖千丈，似刀削锯截，陡峭巍峨、阳刚挺拔。登西峰极目远眺，只见四周群山起伏，云霞四披，周野屏开，黄渭曲流，置身其中若入仙乡神府，万种俗念，一扫而空。西峰南崖有山脊与南峰相连，脊长三百余米，石色苍黛，形态好像一条屈缩的巨龙，人称为屈岭，也称小苍龙岭，是华山著名的险道之一。东峰、南峰和西峰，这三座山峰在一条路上，可真是"自古华山一条路，奇险天下第一山"。

"这里真是太美太美啦，师父，您是把我带到仙境里来了吧？"心儿兴奋异常地对紫虚说道。

紫虚盈盈一笑，道："寄言嘉遁客，此处是仙乡。这是陈抟师父的诗句。"

"这里可不就如仙乡一样嘛！"心儿兴高采烈道，对着山峰上的白云和青松朗声念起了李白的那首《西岳云台歌送丹丘子》：

西岳峥嵘何壮哉！黄河如丝天际来。
黄河万里触山动，盘涡毂转秦地雷。
荣光休气纷五彩，千年一清圣人在。

巨灵咆哮擘两山，洪波喷箭射东海。
三峰却立如欲摧，翠崖丹谷高掌开。
白帝金精运元气，石作莲花云作台。
云台阁道连窈冥，中有不死丹丘生。
明星玉女备洒扫，麻姑搔背指爪轻。
我皇手把天地户，丹丘谈天与天语。
九重出入生光辉，东来蓬莱复西归。
玉浆倘惠故人饮，骑二茅龙上天飞。

"以前读的时候没有太多的感触，今日身临其境，才知道这诗真是写出了华山的雄奇壮阔、超凡入圣，真是美妙无比的千古绝句呢！"

紫虚笑着颔首："不错，只有深入到此山之中，才能领会到如仙乡般的妙境！"

心儿只觉得心中开阔无比，所有烦恼一扫而空，心想，若是自己下半辈子能在此山中度过，也当真是无憾了吧！

除了奇山峻峰，华山还是道教有名的洞天福地。陈抟老祖所居住的云台观便建在华山云台峰上。道观中亦是仙界灵境般的清幽出尘，大殿屋宇恢宏，飞檐灵动，装饰着碧绿的琉璃和通透的水晶，鼎炉里香烟缭绕，阶砌下曲水悠悠。院中种着青松翠柏、奇花异草，常年绿意葱茏、百花盛开，仙鹤白鹿在树下优雅地踱着步子，飞鸟啼叫声如珠玉水滴般轻灵悦耳。一进入观中，令人顿感身心愉悦、神清气爽。

心儿原以为陈抟老祖是一位白发苍苍、颤颤巍巍的老人，没想到见面以后才知道，他原来是一位鹤发银须、神采奕奕的美男子，看起来不过四十岁左右模样，一双剑眉微微挑起，两只星眸炯炯有神，一头银丝披拂在肩头，倒有点当今皇帝赵匡胤的风姿，只是比皇帝更加仙风道骨、仪态洒脱。传说中他快一百岁了呢，这样子哪里像啊！心儿禁不住"扑哧"笑出声来，又急忙掩口正色，同师父紫虚一起向老祖跪拜。

陈抟身着一袭雪白色宽松长衣,如同披了一身疏朗白云,他倚在一块硕大白玉石上,姿态闲逸,半眯着眼睛略略看了心儿一眼,微微颔首。又向紫虚招了招手,紫虚上前,俯身在他耳畔低语了几句,老祖听后便向心儿微微一笑,道:"原来你是匡胤的知己,匡胤是我老友,我看你样貌不俗,颇有灵气,又是我徒儿紫虚的高徒,我便收留了你吧!"

心儿急忙叩首拜谢。自此,心儿便与紫虚一起在云台观住了下来。这一住便是五年。

第一年,陈抟并不教授心儿医术道法,只令她独自去山峰上采药。华山药材颇多,有远志、苍术、菖蒲、五味子、山药、沙参、细辛、天麻、连翘、柴胡、茵陈、管仲、猪苓、血灵子、生地、党参、桔梗、金银花、黄精等三百余种。心儿不厌其烦,一种一种地学习辨认,每日都到山峰上在草木间翻找寻觅,一年下来,这三百余种草药几乎成了她的挚友,每一种草药的形状、药性、隐身之处都烂熟于心。这里各种各样的树木也让她欣赏不够。这山上有华山松、油松、白皮松、栓皮栎、锐齿槲栎、山杨,还有化香、榆树、槐树、香椿、板栗、杏树等。饿了可以采食各种鲜美的果子,渴了可以饮用清澈甘美的山泉水。别人觉得这样每日攀山采药的生活很是乏味,她却觉得十分有趣,简直就是神仙般的日子!

陈抟见她能够安于枯燥生活,保持心静如水的状态,便于第二年开始教授她秘制各种奇妙丹药的方法以及治愈一些疑难杂症的医术,第三年又传授她一些深奥莫测的道法。心儿悉心学习,刻苦用功,进步飞快。

从第四年开始,陈抟便令心儿时不常到山外去,为附近居住的百姓医病传道。心儿几乎各种病症都能医好,病人及其家属每每都要对她千恩万谢,送这送那的。她觉得看到病人康复时的笑颜,才是最幸福的时刻。

这样的生活平静而充实,心儿对自己的现状很是满足,只是时不常地还是会突然间想起压在心底的那个他,心里顿时升起一道阴影和针刺般的疼痛。尤其是看到师父紫虚同陈抟老祖在一起的时候。其实初来之时她便注意到紫虚对陈抟老祖的照顾和细心已经超越了一般的师徒关系,尤其是她每次看向他的眼神，虽然她已经是极力隐藏，可眼底的那一缕若隐若现的情谊却还是没能逃过心儿的眼睛。想来师父一介修道之人却想出炼制香雪美颜丹这样的东西来保持容貌，大体也是为此吧！

山中一日，山外一年。倏忽间五年的时光悠悠过去。这五年，心儿过得实在是充实而快乐，简直乐不思蜀！回想以前所经历的一切，竟恍若隔世，又如同遥远的梦境一般。她不想再回首前尘，只想轻松而踏实地活在当下的仙境之中。

不料第六年春天，山中忽然来了一位特别的客人，打碎了她在华山长居下去的美梦。此人正是当今皇帝赵匡胤。

# 第三十六章

## 韩珪遇险

赵匡胤之所以会来到华山,是因为近日发生了一系列令他揪心烦恼的事情,还有他对心儿的思念与愧意,已到了不可抑制的程度。

事情还要从符蓉的兄长符昭寿说起。符昭寿乃是赵匡胤早年的一位结义兄弟,武艺高强,深得赵匡胤信任,多年来在京执掌兵权,被授予侍卫马步兵都使,负责禁军练兵。韩珪在他的手下做副官,负责禁军练兵的日常事宜。符昭寿在前些年还是比较收敛节制的,未曾犯过大错,然而近几年来,也不知怎的,竟变得越来越私欲膨胀,作风方面多不检点。他有一个癖好就是酷爱貌美少女,每每在街头看到有些姿色的年少佳丽,便要不择手段占为己有,将之弄到一处秘密外宅之中,肆意寻欢作乐,厌倦了便将女子弃之街头。若有意欲告状的女子,他便给对方或其家人一些小钱,使其闭口,若是胆敢反抗或是执意要告发者,便对其大打出手,将其打成重伤,终身拘禁。符昭寿自恃是皇亲国戚,又手握重权,所以嚣张跋扈,胆大妄为,一般人也的确拿他没有办法。

韩珪听闻了自己上级的这些恶劣行径,对他甚为不满,深为那些被他欺辱的女子们抱不平,便决心抓住符昭寿的把柄,将他绳之以法。于是,暗暗派了手下盯住符昭寿行踪,一旦发现其有作恶迹象,即刻向他汇报。

这一日黄昏时分,韩珪听说符昭寿在西街闹市区看上一名摆摊卖绣鞋的女子,意欲将其霸占,便即刻策马来到西街闹市隐蔽处,果然见到符昭寿正在调戏一名小姑娘。小姑娘的身边摆着各式各样的绣花鞋，鞋摊旁还立着一位满头银发的老妇人，看样子像是姑娘的奶奶。那小姑娘才十三四岁模样，生得俊眉俏眼、白嫩嫩的一张瓜子脸，眉心一抹新月形的红色胎记，样子十分惹人怜爱。

符昭寿嬉皮笑脸地用一根手指挑起小姑娘的下巴，阴阳怪气道："小娘子，你这手艺可真是不错，这些绣鞋本官全部买下了。"说着，伸手从怀中掏出一包银子，扔给那名老妇人，眯着眼睛道，"这是一百两银子，不算少吧？本官要买的可不只是这些鞋子，小娘子，你跟本官走吧！"

说罢，站起身来，不由分说就要拽着小姑娘上马。小姑娘拼命挣扎，惊恐地大叫："不，我不跟你走！你放开我，放开我——"

那老妇人也惊慌地大喊："官爷，求求您放过我孙女吧，她还小，不懂事，您就放过她吧！"

符昭寿笑嘻嘻道："老人家，我不嫌她小，本官我就爱吃嫩草！你放心，我会好好待她的。"

说罢，一用力将那姑娘抱到马背上，自己也闪身上马，飞驰而去。

小姑娘在马上惊恐地尖声叫着，老妇人在后面拼命奔跑着追赶。

符昭寿的一个手下对着那老妇人飞起一脚，气呼呼道："追什么追，我家大人看上了你孙女，那是她的福气，不是已经给你钱了吗？再乱喊乱叫，我废了你！"

老妇人被踢得坐到地上，仍在拼命喊叫着："小蓝，小蓝！我的蓝儿啊——"

那手下对着她一阵狂踢，老妇人被踢得口吐鲜血，倒在地上。

韩珪急忙令手下将老妇人救起，自己打马悄悄跟上符昭寿……

只见符昭寿胁迫着姑娘进了位于京城北郊的一栋院落里。韩珪将马拴到后门附近的一株槐树上，然后绕着院子转了一圈，接着纵身爬到了一株离墙较近的大树枝丫上，再飞身一跃，跳入了院中的隐蔽处。他侧耳谛听，听到西侧的一间房中似乎传出声音，便蹑手蹑脚来到窗前，伸出食指将窗纸捅出一个窟窿,向里面仔细观看。

只见里面的两个人正是符昭寿和他抢来的那名姑娘。

小姑娘被扔在床上,衣裳凌乱,青丝纷披,一脸惊恐地看着符昭寿。符昭寿满脸淫笑地对着姑娘,道:"小娘子,别害怕,我不过是想爱抚一下你,不会伤害你的。你仔细瞧瞧本官,我可是才貌双全的大官人一位,能看上你是你的福气!来吧,小美人儿——"

说着,恶狠狠便向姑娘扑去。

姑娘惊恐尖叫一声,机敏地闪身躲开了他,突然间从头上拔出一只尖利的发簪,对着自己的脖颈,瞪圆了眼睛道:"别碰我!你要是碰我,我就死给你看!"

"哈哈,还是个烈性女子,本官喜欢!"符昭寿无耻地觍着脸笑着道,"好吧,我先不碰你,你把那东西放下,本官可不想看到你血淋淋的样子。你且歇着吧,好好想想,等想通了再陪本官玩乐也不迟。本官也累了,先回家去,明日再来收拾你!"说罢,将小姑娘用一根绳索绑了,又狠狠捏住她的下巴,用力拧了一下,这才放开手,转身走出房间。

韩珪急忙闪身躲到墙壁后面。待到符昭寿走出院门后,便悄悄来至房门前,只见房门被一把大黑锁锁得牢牢的,他便又转至窗前,用力将窗子推开,然后翻身进入窗内。

那名小姑娘惊恐地看着韩珪。

韩珪对她低低说一声:"姑娘别怕,我是来救你的!"说罢将绑着姑娘的绳索迅速解开,拉着她便走。

又听到别的房间里似乎有动静,二人来到另一个房间,惊讶地见到这里面还有另外两个姑娘,也是被五花大绑着,嘴里塞着布团,身上伤痕累累、血迹斑斑。

韩珪和那小姑娘一起将两名姑娘松了绑,取下口中布团,一人一个搀着她们向外走去。

到了大门口,韩珪摆摆手,示意她们停下,他顺着门缝向外一望,见门口把着几名兵丁,便示意她们到对面的墙边去。

到了墙边,韩珪蹲下,让几名女子一个接一个踩在自己肩头上,翻墙跳下,最后自己再次纵身爬到一株大树枝杈上,跳出了墙外。

韩珪同手下将三名女子用马匹载着运到宫廷之中,先让她们在德媖的寝宫里住下。

韩珪同德媖讲了三名女子的来历。德媖对这三名女子十分同情,同时大骂符昭寿是畜生,简直猪狗不如,对韩珪表示一定会善待这些女子,并且将此事向父皇告发,让那符昭寿得到应有的处罚。

于是,韩珪同德媖连夜进入勤政殿见驾,向皇帝密报了此事。

皇帝听闻此事,又亲眼见过那三名被强抢的女子,听了她们的哭诉后,不禁勃然大怒,次日一上朝便命侍卫将符昭寿拿下,怒斥了他的罪行,差一点儿当场将符昭寿挥剑斩杀。幸亏被诸位大臣拦住,符蓉听到消息后,跑过来替哥哥苦苦求情,皇帝这才饶了符昭寿一条狗命,将他所有的官职撤掉,又将他狠狠打了一百多大板,打得他浑身是伤,连连求饶,这才罢休。

符昭寿在家中养了几个月的伤,其父符彦卿动不动就大骂他是惹是生非的畜生,妹夫赵光义也教训了他好几回,连他的夫人也不给他好脸色看。符昭寿心里恨毒了韩珪,暗下决心要报仇雪恨,定要将韩珪置于死地而后快。

这一日,德媖正在寝宫里为韩珪缝制一件棉袍,忽然之间有兵士慌里慌张跑进来禀报:"公主,不好了,韩大人在训练时从马上摔下来受伤了!"

德媖大惊:"什么,你说什么?"

"韩珪大人从马上摔下来受了重伤,刚刚被抬入他寝房了。"兵士道。

德媖撒腿狂奔到韩珪住处,只见一帮人乱哄哄地围在床前,德媖用力分开人流,只见韩珪浑身是血、脸色苍白、双目紧闭躺在床上一动不动。

"韩珪——你怎么了?"德媖大叫一声,扑了过去,"哇"地大哭起来。

兵士们急忙扶住她,劝道:"公主莫急、莫急,已经去叫太医了。"

几名太医急匆匆奔过来，对着伤者俯身仔细察看。章太医对大家抱拳道："请大家都出去吧，到外室去等候。"

兵士们扶着德媖退到外室。德媖的心脏跳成了一团，眼前金星乱闪，险些晕过去，边哭边问兵士："到底是怎么回事？好好的怎么会从马上摔下来呢？"

此时，皇帝闻讯后也赶来了，兵士们急忙对皇帝跪拜。

皇帝沉着脸道："好好的怎么会发生这样的事，到底怎么回事？"

一位副官跪着拱手道："回禀陛下，事情是这样的。今日韩大人带领大伙在练兵场操练，本来好好的，一切都很正常，不料韩大人上马带领大伙一起追杀敌军时，韩大人骑的马突然惊了，狂奔不止，还疯狂地翻腾嘶叫，将韩大人掀翻在地，还掉过头来乱踏乱踩，将韩大人踩踏了一番，韩大人的头撞到石柱上，又被马蹄踩踏，这才受了重伤……"

"他的马一向都很听话，又是一匹久经沙场、训练有素的战马，怎么会突然间惊了呢？是不是被什么人动了手脚？"德媖惨白着面孔急切道。

皇帝点点头："没错，此事是有些诡异，那匹马如何处理了，擒住了吗？"

副官道："已经擒住了，下官这就去彻查此事。"

皇帝道："你速去，一定要调查清楚，若真的有人做了手脚，朕一定将之严惩不贷！"

副官领命后出去了。

皇帝又安慰哭成泪人的德媖："德媖，你莫急，放心吧，韩珏会没事的。"德媖只是眼泪汪汪地发怔，完全失去了往日的乐观镇定。

一刻钟后，几名太医从内室出来。

德媖急忙冲了上去，抓住章太医的手道："章大人，他怎么样了？"

章太医躬身道："回禀公主，韩大人尚在昏迷之中，浑身多处受伤，头部伤得最重，但暂时没有生命危险，不过何时能够醒来，还要看他的造化。下官这就回去，为他配些药物。"说罢，又向皇帝躬身施了个礼，带着太医们匆匆走了。

德媖愣了愣,冲进内室,扑向躺在床上的韩珪,摇着他的手大哭道:"韩珪,韩珪,你醒醒呀,你到底是怎么了,你醒醒好吗?"

皇帝跟了进来,看了看床上不省人事的韩珪,拍拍德媖肩膀道:"德媖,别哭了,事已至此,哭也没用。你让宫人们去打些水来,先给他擦洗一下吧,兴许他很快就能醒过来。"

德媖听父皇说得有理,便收起眼泪,点点头,转身去叫了露儿、晴儿过来,命她们打了清水,拿了毛巾,亲自用毛巾蘸了水为韩珪一点儿一点儿擦干净全身,又为他换了件洁净衣裳,自此便寸步不离地在他身旁守护照顾。喂他喝下太医配制的汤药,又喂他喝水喝汤,给他按摩全身,三日三夜目不交睫地陪护,任谁劝也不肯离开他的床榻半步。

三日后,韩珪仍旧不见醒来,仍是脸色煞白地躺在床上,紧紧闭着眼睛,一双长长的睫毛在眼下投出两道鸦翅般的暗影。德媖看着他的双睫,两大滴眼泪再次滚滚而下,一边哭一边说道:"韩珪,你怎么还不醒来啊?你若死了,我也不活了!韩珪……"

露儿和晴儿一边一个扶住她。露儿劝她道:"公主不要再哭了,你若哭病了,谁来照顾韩公子啊,不如先歇一歇吧!"

晴儿也说:"是啊是啊,公主已经三日三夜没合眼了,怎么受得了呢!还是去睡会儿吧!"

德媖停止哭泣,摇摇头,有气无力道:"不,我不能离开他。"说着,在韩珪身边埋下头,不一会儿,竟就这样睡着了。

露儿和晴儿对视了一下,无奈摇了摇头。露儿蹑手蹑脚到外面去取了一件厚衣服,轻轻给德媖盖上,向晴儿使了个眼色,两人到外室坐着说话去了。

露儿叹了口气,低声道:"唉,这韩公子真是可怜,公主也真是够苦的,怎么会发生这样的事呢?若是心儿姐姐在就好了。"

晴儿点头道:"是啊,若是心儿姐姐和她的师父在,韩公子肯定就有救了。"

　　内室的德媄间突然跳了起来，神经兮兮道："心儿！心儿！我听到有人在说心儿，是心儿姑姑回来了吗？韩珪有救了！"

　　露儿和晴儿急忙走进内室，露儿扶住德媄道："没有，心儿没回来，是奴婢们在谈论她，说要是她能在，韩公子就有救了。"

　　德媄怔了怔道："不行，我得去找心儿姑去，只有她能救得了韩珪！"说罢，转身向外跑去。

　　露儿和晴儿追着她跑出来，冲着她的背影喊道："公主，你到哪里去？"

　　"我去紫云观看看心儿回来了没有，你们替我照顾着韩珪！"德媄边跑边道。

　　此时，勤政殿里，那名副官正在向皇帝汇报："陛下，下官已经查明，韩大人的马的确是被人动了手脚。在一只马蹄上，发现了一根五寸长的钢钉。今日有一位马夫向在下密报说，曾在三日前的夜里，看到有人鬼鬼祟祟从马房里闪出来，身形有些像符昭寿大人。"

　　皇帝皱紧双眉，沉下脸道："又是符昭寿，看来他这是在报复韩珪。传朕的命令，马上派人去将符昭寿拿下，交由大理寺审问！"

　　副官领命而去。符昭寿很快被抓捕归案。皇帝又下令由大臣高怀德负责协同大理寺审理此案。

　　这厢，德媄来到了紫云观，向现任观主静明打听清心与紫虚道长可曾回来。静明一脸平静地告诉她说，二人并未回来。

　　德媄又道："道长可知道她二人现在何方吗？我真的有急事要找她们。"

　　静明摇摇头，甩了甩拂尘说道："天高任鸟飞，云深不知处。"便低头诵经，不再理会德媄。

　　德媄在道观里站了半晌，不死心，又去找小师妹若云苦苦询问，缠着她道："若云妹妹，求求你啦，你如果知道心儿姑姑在何处就告诉我吧，我真的有十万火急的事情找她啊！"

若云只是对她摇头说不知不知。

德媖一急，"扑通"一声给若云跪下，拽着她的衣角，带着哭腔说道："若云，求求你告诉我吧，我的郎君韩珪受了重伤，昏迷不醒，只有心儿姑姑能够救他，如果找不到她，韩珪就没命了！求求你透露一点儿消息给我吧，不管她在哪里，哪怕是在天涯海角，我都要去把她找回来！"说罢，痛哭不止。

若云见她哭得实在可怜，便凑到她耳畔低声道："紫虚师父走时曾吩咐过我，她和心儿姐姐的行踪任谁也不能告知，除非是皇帝亲自前来寻访心儿，而且就是皇上来了也是有条件的。"

"什么条件，你说，你快说啊，无论什么条件都可以！"德媖一听有了精神，瞪起眼睛问道。

若云低声道："条件有点苛刻，就是要皇帝亲自前来，对着心儿姐姐的画像忏悔上一日一夜，而且必须是跪着的，还要真心忏悔，如此，才可以将心儿的行踪告诉他。否则，打死我也不会说的！"

"要父皇对着心儿的画像忏悔一日一夜？还要跪着？"德媖大吃一惊，想了想，咬了咬嘴唇，点头道，"好吧，我去求我父皇！"说罢，站起身来，一溜烟地跑出紫云观，翻身上马回了宫廷。

德媖来到勤政殿，见过父皇，"扑通"一声跪倒在地，紧紧抱住父皇的双腿，带着哭腔大声喊道："父皇，父皇，女儿求求您，救救我那可怜的郎君吧！如今只有您可以救他了！父皇，父皇——"一边说着一边哭得一把鼻涕一把眼泪，还把眼泪往皇帝的龙袍上直抹。

皇帝惊诧道："德媖，你这是怎么了？快快，起来说话！"

德媖仍旧跪地抹着眼泪道："您若不答应，我就跪着不起来！"

"朕不是一直请太医给他医治吗？你不要急，韩珪他会好起来的！"皇帝无奈道。

"他不会好了!除非能把心儿和她师父请回来给他医治,他才会有希望好转。"德媖眼泪汪汪地道。

"把心儿和她师父找回来?这倒是个办法,可是谁知道她们去了哪里,紫云观的人不是都说不知道她们的行踪吗?你让父皇去哪里找她啊?"

"我刚去紫云观苦求了小师妹若云,她说她知道心儿和师父的行踪,只是不能轻易透露出来,要她说出来是有条件的。"

"什么条件?"

"她说当初师父临走时吩咐过她,除非是父皇亲自到紫云观去,对着心儿姑姑的画像忏悔上一日一夜,而且必须是跪着的,才可以将心儿的行踪透露给父皇。"

"什么?要朕对着她的画像忏悔一日一夜,还要跪着?真是岂有此理!朕做错什么了,要向她忏悔?再说朕是一国之君,上跪天、下跪地、中跪父母,岂能给她一个女子下跪?真是一派胡言!"皇帝勃然大怒道。

"父皇——为了您女儿的幸福您就委屈一下嘛!再说,您这五年真的一点儿也不想念心儿姑姑吗?我可听王继恩说过,您不止一次在睡梦里大声唤过心儿的名字!况且您敢说您对心儿姑姑就真的一点儿歉意也没有吗?"德媖瞪着一双大眼睛不依不饶地说道。

皇帝一张脸涨得通红,怒道:"这个王继恩,怎么和你胡言乱语!谁做梦喊她名字了,简直胡说八道!德媖,你别跟着瞎起哄,朕不会去向她忏悔下跪的。天下的名医也不止她一个,京城里有的是杏林高手,朕这就下令文武百官推荐名医进宫为韩珪诊治。德媖你放心,一定会有办法的,你先回去照顾韩珪吧,不要在此烦扰朕了!"

德媖无奈,只得抹了抹眼睛,起身出去。

德媖走后,皇帝颓然坐进龙椅里,幽幽叹口气,直着目光喃喃道:"心儿,你到底在哪里啊?为何还不回来?你不知道朕思念你吗?你好狠,真的就这么放下一切,不再回来了吗?"

他腾地站了起来,到内室翻找出那件紫色的貂皮裘衣,将裘衣紧紧抱在怀里，闭目亲吻着裘衣光滑柔软的皮毛，眉头紧蹙，仿佛十分头疼的样子，再次喃喃低语道："不回来也好，省得跟着朕受连累。"

他将裘衣拥抱了良久，又将它披在身上，起身出去。王继恩急忙跟了过来，小心翼翼道："皇上这是要去哪里？"

"朕想到迩芙宫里去坐坐。皇后回来了吗？"皇帝沉着脸道。

"回禀皇上，皇后回娘家省亲去了，差宫人带话说要再住些日子才回来，皇上是想念皇后了吗，要不要奴才派人去接她回来？"王继恩躬着身道。

"不必，就让皇后在她父母那里安静住着吧！你去吩咐御膳房备些酒菜端到迩芙宫去，朕要在那里小酌一番。"

"是！"王继恩应声而去。

迩芙宫里，两只细长的红烛轻轻摇曳着昏黄的火苗，贵妃榻上，皇帝盘腿而坐，一边自斟自饮，一边打量着房间里的陈设。

这里的一切都没有变，仍是从前的样子。浅金色墙壁上印有粉色盛开的桃花，彩色的床幔、罗帐和锦被，花梨木的家具……镂空的雕花窗棂射入细碎月光，淡淡的龙涎香在房间飘荡，细细嗅来，甚至还能嗅到丝丝缕缕、清清淡淡的花香，那是她身上熟悉的味道。

就是在这里，在这张贵妃榻上，他身着一袭红彤彤的喜袍，将那凤冠霞帔、风华绝代的佳人揽入怀中，道："娘子，为夫来了！"

佳人笑靥如花，道："看样子，匡胤哥哥是要给我一个洞房花烛夜了？"

他灿然笑道："正是，我就是要给京娘一个正儿八经的洞房花烛夜！从此后，我赵匡胤便是京娘的夫君，京娘便是匡胤的妻子，我们俩永结同心，执子之手，与子偕老，永不相弃，可好？"

"好，永结同心，永不相弃！"她紧紧拥抱住他，深情说道。

"永结同心，永不相弃！"他饮了一口苦酒，恍恍惚惚独自喃喃道，"可朕却负了你。朕对你出尔反尔，不守诺言，误了你的青春，朕不是个东西！不是个好男人！"他狠狠扇了自己一耳光，猛地将一杯苦酒灌下，大声道，"心儿，是朕有愧于你！朕的的确确应该向你忏悔！心儿，你在哪里？到底在哪里啊……"

他抓起纯银酒壶，向自己的嘴里大口大口灌着烈酒，很快便酩酊大醉地趴到桌上，嘴里一直含混不清地咕哝着："心儿，心儿，朕对不住你，你回来吧，朕要你回来……"

第二日一上朝，皇帝便拜托诸位大臣推荐杏林高手进宫为韩珪医治。不出几日，便有四位被举荐的名医应召入宫，分别用自己的高招为韩珪诊治。赵光义也趁机将程德玄推荐进宫。几位名医的治疗方案实施后，韩珪均无反应，只有程德玄配治的汤药见了效果果真使韩珪苏醒过来。

德媖一阵惊喜，扑过去笑着高喊："韩珪，韩珪，你终于醒啦！你可担心死我啦！"

却见韩珪睁着一双痴痴呆呆的大眼睛看也不看她，只是傻子一般地发怔。

"韩珪，韩珪，你倒是说句话呀，你这是怎么啦？"德媖见他神色不对劲，急忙焦急地喊道，一边用手在他眼前晃着。

韩珪只是转了转眼珠瞟瞟她，又痴痴呆呆地看着前方。

"韩珪，你怎么不说话，不认识我了吗？"德媖惊恐地大声道。

韩珪仍是痴痴呆呆地漠视着前方。

露儿端了一碗汤过来，对德媖道："公主莫急，许是韩公子病了多日刚醒过来，一时还不适应，等过一会儿就好了，公主先喂他吃些东西吧。"

德媖听她说得有理，便点点头，将汤碗接过来，用小匙盛了汤，一点儿一点儿喂到韩珪嘴里，韩珪乖乖地张口喝下。

过了两日，韩珪仍是痴痴呆呆的样子，情况并不见好。德媖将程德玄叫过来，问他是怎么回事，有没有办法将韩珪彻底治好。

程德玄对德媖深施一礼道："抱歉公主，微臣医术有限，恐怕只能将韩公子医治到这个程度了。"

"那他一辈子就这样了吗?这样怎么行啊!"德媺急红了脸道。

"微臣已经没办法了,说句实在话,韩公子的头颅内部受了重伤,能恢复成目前这个样子,能够吃下东西维持住生命,已属不易。"程德玄道。

"怎么可以这样就算了呢?不行不行,绝不能这样就算了,绝不可以!我一定要想办法医好他!"德媺咬一咬牙,又跑到勤政殿去找她父皇,皇帝却不在,他还在朝堂之上忙着国事。

这几日,大臣高怀德协同大理寺一直在审问符昭寿涉嫌暗害韩珪一案。无论怎么审问,符昭寿一口咬定自己没做任何对不起韩珪之事。高怀德只得下令对他动用重刑。符昭寿急了,指着高怀德道:"大胆高怀德,你竟敢对未来的国舅动刑吗?"

高怀德一怔:"什么国舅?"

符昭寿冷笑道:"你没听说过太后兄终弟及的遗诏之事吗?我妹夫赵光义早晚会当皇帝的,而我自然就是国舅,你今日若敢动我一根手指,我将来定会要尔贱命!"

高怀德气不打一处来,吩咐手下道:"用刑!先让他坐坐老虎凳,再大刑侍候,直到他招了为止!"

一番用刑之后,符昭寿咬紧牙关苦挨,仍是不肯招认。大理寺卿怕得罪了赵光义大人,便提议先将符昭寿关押入狱,等请示过皇帝后再做发落。高怀德同意了,将这几日审理的过程写成奏折,特别把符昭寿的话一字一句仔细写下,准备明日呈交给皇帝。

大理寺卿原是被赵光义收买的人,当晚便急急入开封府拜见赵光义,将符昭寿所说的话转告给赵光义。赵光义一听便脸色陡变,额上冷汗涔涔冒出,心里说道:"完了,这个该死的符昭寿,这不是要害我吗?"

于是,他一咬牙,悄悄命令府中的杀手,半夜里潜入牢狱之中,将符昭寿一刀捅死。

第二日凌晨,赵光义又带着一块价值连城的秦朝玉雕,来到高怀德府上,苦求他千万口下留情,不要将符昭寿的话转告皇帝。高怀德不动声色,假意恭顺地答应下来。

符昭寿的死讯很快传开,符蓉一听就犯了病,双腿一软瘫在地上,痛哭流涕指着赵光义厉声说道:"是你,是你杀了我哥哥!为何,为何?你不救他反而杀死他?你就这么不顾我的感受吗?"

赵光义沉着脸道:"是他该死!他居然对高怀德说我会是未来的皇帝!我若留他,今日死的便会是我和你!即使杀他灭了口,还不知道这场祸事是否躲得过!"

符蓉也吓得面孔煞白,瘫在地上只是哀哀恸哭。

傍晚时分,高怀德带上奏折和那块玉雕,来到勤政殿拜见皇帝。

皇帝细细看了奏折和那块玉雕,心中沉重如同压上一块巨石。他对高怀德道:"怀德,你认为符昭寿的话可信吗?光义真的有称帝之心?"

高怀德跪下叩首恳切道:"皇上,事到如今您还认为此事是谬传吗?其实微臣早就想提醒皇上了,这几年,赵光义大人一直在为此事暗暗活动,找各种机会结交百官,笼络大臣,向他们散布兄终弟及的太后遗诏,还将杜姨妈搬出来做证,许多大臣都信了。他还私下招募谋士、杀手和精兵,如今他手下府兵已达十万。赵光义可谓野心勃勃,多年来韬光养晦,步步为营,如今羽翼已丰,恐怕正在伺机而动,几乎是满朝文武皆知此事,只有皇上您还蒙在鼓里!皇上,您不能再心软了,下决心动手吧!"

皇帝喟叹一声,眉头蹙成一个疙瘩,沉声道:"这些年来,不停地有人提醒朕,要小心光义,朕只认为他们是误会了光义,只认为光义他是个忠厚之人,不会有此野心,即便是有野心也是那符蓉蛊惑的,如今看来,朕的确是疏忽了,是在自欺!怀德,朕心里有数了,你且下去吧!"

高怀德叩了叩首,抬眼急切望着皇帝道:"皇上,您还要犹豫忍耐下去吗,不行动吗?"

皇帝道:"朕会行动的,但此时尚不是最佳时机。怀德,你不必担心朕,朕自有安排。"

高怀德站起身来，抱一抱拳道："那好吧，皇上保重，若是下了决心有所行动，随时召唤臣，臣定万死不辞！"说罢，转身离去。

皇帝眼中不知不觉含了泪水，一颗心痛得如同刀绞针锥一般，嘴里喃喃说道："光义，朕竟真的看错了你！你竟真的是狼子野心！你竟将母后所期望的兄友弟恭抛之脑后了吗？"心念一转，又哀痛说道，"心儿，朕错了，真的是大错特错了！"

记忆如同鸽子般拍着翅膀逆着时光向他飞来，脑中轰一下想起五年前他和心儿的那次争执。

那日，他为皇后王月虹守身四年期满，到紫云观诚心邀请心儿入宫做大宋皇后，她却冷若冰霜地拒绝了他，还说特意提醒他要他小心赵光义，可他却因此而斥责她，伤了她的心。不久，他便册封了新的皇后，后来便听说心儿病倒了，又听说她与紫虚离开了紫云观，远离了京城，从此杳无音信，不知所终。如今想来，恐怕心儿正是因为此事才会同师父远游的吧！她是想逃开这个是非之地，逃开朕……

自己真是浑蛋！竟那般决绝冷酷地气走了心儿。如今落到这个被动而危险四伏的地步，真是活该！

"心儿，朕真的是错了，大错特错了！朕是应该向你忏悔的，别说是一天一夜，就是三天三夜，也是应该的！"他情不自禁地自言自语道。

"父皇，您是同意去向心儿姑姑忏悔了吗？"一个脆生生的女声陡然响起。

皇帝一怔，转过头来，见是德媖立在门口，不禁嗔怪道："你这丫头，怎么进来也不通报一声，竟敢偷听父皇说话，真是没规矩！"

"好好好，是德媖错了，德媖下次一定改！"德媖笑吟吟道，这次她不哭了，改了策略，上前抱住父皇的脖子，道，"父皇，我猜您是真的想念心儿姑姑了吧，我也好想她啊，昨个夜里我还梦到她了呢！"

"你梦到她什么了？"皇帝感兴趣道。

"我梦到心儿姑姑在骂您，说赵匡胤是个无情无义的薄情郎，害苦了她呢!"德媖鬼精灵地转着眼珠观察着皇帝的脸色。

"唉,她说得没错,对她而言,朕的确是个无情无义的薄情郎,是朕害苦了她。"皇帝颔首叹息道。

"那么,您愿意向她忏悔了?愿意把她找回来了是吗?"德媖认真看着他道。

"不错,朕应该向她忏悔,朕的确做错了许多事,朕应该把她找回来,和她重新开始。只是……"皇帝正色道。

"太好了,太好了!"德媖拍手笑道,"那父皇就速去紫云观忏悔吧,还有什么可顾虑的?"

"德媖啊,你说朕身为皇帝,去向一个女子跪着忏悔,传出去会不会沦为笑柄?"

"不会的,不会的,父皇,您放心吧,我会嘱咐紫云观里的人为您保密的,绝不会走漏半点儿风声的!"

皇帝思忖一下,点点头道:"好吧,心儿就像是上天派给朕的一位仙女一样,这么多年一直陪着朕、帮助朕,只可惜朕却有眼不识金镶玉,错过了诸多与她在一起相守的机会。这一次,朕不会再错下去了!"

皇帝说罢,转身大步流星地走出宫殿。

德媖在后面追着他道:"父皇,您是要去紫云观吗?等等我,我和您一起去!"

在紫云观一间烛光昏黄的密室里,皇帝双膝跪在一只明黄色的蒲团上,对着墙上挂着的画像忏悔。

那心儿的画像惟妙惟肖、栩栩如生,尤其眼睛十分传神,那双眼睛波光潋滟,状若花瓣,似笑似嗔地望着他,令他的心一阵悸动。

他双手放在膝上,对着她的眼睛喃喃说道:"心儿,匡胤向你忏悔来了!是朕错了,大错特错!是朕对不起你,你从十六岁便为朕苦苦守候,一直到现在四十岁,你的青春年华都被朕耽误了,朕实在是罪孽深重!朕只想着天下苍生的安危,却忽略了你的感受,让你受尽委屈与磨难,却不能实现对你的承诺,朕真是罪该万死!求你给朕一个机会,能弥补朕的过失……"

他就这样喃喃说着,诚心诚意、不眠不休地忏悔了一夜,中间只有静明道长几次送了茶点过来。

一夜过后,他仍在虔诚忏悔,静明实在于心不忍,便立在他身旁道:"陛下可以了,陛下的诚信足以感动上苍,贫道这就令若云将心儿的行踪告诉陛下。"

皇帝这才停下,静明扶着他起身,在一旁的竹椅上坐下,请他喝口茶吃些点心,略休息一下。便转身出去,叫了若云过来。

若云对皇帝轻轻施了一礼道:"心儿姐姐与紫虚师父在华山云台观修行,那里是陈抟老祖的地盘,她这几年一直在跟着老祖学医修道。"

皇帝听罢此言拊掌大喜道:"原来她竟在陈抟老祖之处!"

皇帝匆匆回到宫中,稍事休息,便在朝堂上做了一番人事调整,以符彦卿年迈体衰、教子无方为由罢夺了他的兵权,将兵权交给了高怀德、张永德二人,嘱咐二人京中若有谋逆之事发生,可即刻出兵诛之。又将国事托付于宰相赵普。对外声称自己要微服出访一段时间,便换了一身素色便装,带足了盘缠,未带一兵一卒,只身打马出了京城,向着华山一带狂奔而去。

## 第三十七章

## 千里追妻

赵匡胤来至华山，亦被华山的雄伟奇绝惊得目瞪口呆。只见这华山群山起伏、奇峰罗列、云蒸霞蔚、佳木葱茏，时值阳春三月，各色鲜花开得满谷满坡，如霞似锦，蔚为壮观，一入此山，真好似进入神仙福地、仙界灵境一般。

赵匡胤顿觉心中豁朗无比，所有世俗烦恼一扫而空。几个箭步攀上云台峰峰巅，举目四望，禁不住朗声大笑道："西岳峥嵘何壮哉！壮哉！美哉！真是一个好地方啊！"

"是谁在此聒噪，惊扰了贫道的好梦？"突然间，一个洪亮的声音响起。

赵匡胤一怔，循声望去，只见不远处一株花朵开得蓬勃似锦的桃花树下，倚坐着一位身着一袭雪白宽松长衣，如同披了一身疏朗白云的男子，细看此男子，只见他鹤发银须、神采奕奕，一双剑眉微微挑起，两只星眸炯炯有神，一头银丝披拂在肩头，如此仙风道骨、仪态洒脱，不是那陈抟老祖又是谁！

赵匡胤心中一阵惊喜，急忙笑着上前深施一礼："原来是陈抟老祖，晚辈赵匡胤这厢有礼了！匡胤不小心惊扰了老祖的好梦，还望老祖不要见怪。"

陈抟星眸一闪，认真看了赵匡胤一眼，朗声笑道："哈哈哈，原来是皇帝陛下光临寒山了！"

赵匡胤急忙又施了一礼道："老祖不必客气，到了这山中，便再没有什么皇帝陛下，匡胤是您的晚辈，您对我直呼其名即可！"

陈抟站起身来，欢欣笑道："好好好，那老朽便不与你客气了，匡胤老友，你我多年未见，请到观中一叙吧！咱们二人一起饮酒畅谈，再杀上几盘，也让贫道过一过棋瘾！这山里无一人是我的对手，我正寂寞着呢！哈哈哈！棋逢对手真是高兴！高兴！"

赵匡胤搀扶着老祖，二人说笑着向观中走去。

这时，在附近采花的紫虚听到动静走了过来，手里捧着大束五彩缤纷的鲜花，笑盈盈对赵匡胤施了一礼道："陛下，您来了！"

赵匡胤见到紫虚出现，眸中掠过一道惊喜的光芒，连忙还了一礼，笑道："紫虚道长，别来无恙！您果然在这里！"接着向四处张望，小心翼翼道，"您那徒儿清心，没和您在一起吗？"

紫虚笑盈盈道："心儿到山外给乡民看病去了，傍晚才会回来，请陛下耐心等待吧。"

"哦哦，无妨，无妨。"赵匡胤装出一副并不在意的样子，随着陈抟进入云台观中。只见这道观亦是仙界灵境般的清幽出尘，大殿屋宇恢宏、飞檐灵动，鼎炉里香烟缭绕，阶砌下曲水悠悠。院中植着青松翠柏、奇花异草，此时几树梨花正开得雪白一片，几只仙鹤在树下优雅地踱着步子。赵匡胤顿时感觉身心愉悦、神清气爽。许久许久没有这般愉快舒畅的感觉了！

陈抟将赵匡胤引入后院的一株古松树下，这里有专门饮酒下棋的桌案。紫虚命小道士准备了些酒菜端上桌来，赵匡胤便与陈抟一起饮起了美酒，尽兴畅谈。

傍晚，心儿从山外回来，刚一回到观中，紫虚便笑吟吟迎了过来，神色有些诡秘地对她道："他来了！"

"谁？"心儿一怔，旋即明白过来，眼中似有火芒倏然一跳，虽然转瞬便淡定了下来，但脸上仍是蓦地一红，继而有了别样光彩，如同蒙上了一层柔柔的霞光，心里也立时波澜荡漾起来。

"他，他在哪里？"心儿有些慌乱地问道。

"他在后院和老祖对弈。心儿，他是为你而来的，你要去见他吗？"紫虚道。

"不，我不见！"心儿说完，飞快地奔入了自己的房间，将门"砰"地关上。

终是心念激荡起来，五年的修炼仍是没有将自己修成"心如古井水，波澜永不起"的境界。他的到来如同将她四周那透明如冰晶的屏障"哗"地掀开了一角，那拼命按下去的悲欢、辛酸、惊喜、失落、疼痛、思念，以及女子心底的深切期许，在这一刻仿佛一群冬眠后复苏的小兽，又一次纷纷扰扰地涌上心间，在她的心底奔腾嘶鸣，闹个不休。

五年，整整五年了，她以为他忘记了自己。她想如果他真的忘了自己，那她便在这平静绮丽的山中了此一生，如神仙般地寂寥而洒脱地度过辰光。可他终究还是来了！难道他与自己的缘分终究是未尽吗？他竟能感应到自己心底的默默期待……

他就在后院，打开窗户就可以看到了，去看他一眼吧，就一眼。

她终于还是没能抵住心底的诱惑，悄悄来到窗边，将窗子打开一道缝隙，向那古松树下的人影注目看去。幽红朦胧的霞光之中，他正与老祖对弈。他穿一袭月白色丝棉织锦长衣，双鬓已然斑白，似染上了薄薄一层春雪，脸上也多了些沧桑辗转的纹路，比五年前略略发福了些，但整体看上去仍旧是高大俊美、英姿勃勃，散发着一身的王者风范、英雄侠气，举手投足间又不乏温润如玉的仁慈和善。

她的眼睛凝视着他的身影，情不自禁地鼻中酸涩，两汪泪水漫上眼眶。

无论时光如何流转，无论发生了多少事，他始终是她深爱着的那个男子！如此刻骨的情感与执念，竟是如河水般不停流逝的岁月也无法涤荡磨损的！

她呆呆痴痴地看了他良久，见老祖似乎和他说了句什么，他突然间抬起头，一双星眸闪着霞光向她这边眺望过来。她的心中一阵慌乱，急忙将窗子关紧，怀着一颗"扑通、扑通"乱跳的心歪到榻上。

半个时辰后，有人前来叩门，接着传来小道士俭风的声音："清心姐姐，紫虚师父请您到客房去见一位客人。"

心儿捂着胸口冲着房门说道："俭风，你去转告紫虚师父，就说我今日有些劳累，先歇下了。有客人的话让她自己陪吧，我就不见了。"

小道士答应一声走了，来至客房，向紫虚转告了心儿的话。紫虚向坐在一旁的匡胤道："抱歉，她还是不肯见您。您再耐心等等吧！"

赵匡胤微微一笑，道："无妨，冰冻三尺，非一日之寒，要化解这三尺之冰，也需要时间。我有足够的耐心等待她。"

坐在另一端的陈抟老祖呵呵一笑，道："匡胤，你这位红颜知己可不是简单的女子，灵秀聪慧，才貌俱佳，是位神仙样的人物，你可要善待她啊！否则的话，我可不允许你将她带走啊！"

赵匡胤抱拳郑重道："老祖请放心，匡胤一定痛改前非，好好善待心儿，否则真的是无颜再忝列于世了。"

老祖笑道："那就好，那就好，来来来，我们一起共用晚膳吧！"

紫虚又取了几只空盘子，拨了些饭菜，命小道士送到心儿房间去。

是夜，赵匡胤独自在客房中歇下，居室雅致，枕被温软，窗外不时飘入一阵阵桃梨花的清甜芳香。一夜安睡。五更时分，匡胤起床，简单梳洗后来到院中，故意踱到心儿的寝房门口，在那里练拳踢腿，希望她一起床出门就能见到她。但一直等到天光大亮、日光朗照，仍旧不见她有任何动静。他只好拦住正在洒扫院落的小道士俭风，问他心儿一般何时起床。

小道士向他施了一礼道："陛下，清心姐姐四更时分就出去了，我见她拎了一只竹篮，兴许是到山头上采药去了。"

"你可知她去了哪个山头？"

"这个……贫道不晓得。"

"好吧,我这就去寻她。"赵匡胤说完,便转身出了道观。先在云台峰上四处寻觅了一番,没有寻到她的影子,又先后登上东峰、南峰和西峰,每一片山坡,每一道山谷,甚至在每一株树后都仔仔细细搜寻了一遍,仍是没有心儿的踪影,只有满坡满谷的蓊郁树木,以及一片片蓬勃盛开着的绚丽花朵,还有一些蹦蹦跳跳的小兽小鸟。这里的景色是真的很美,可他却无心观赏,只想尽快见到那日思夜想的女子。

眼看着日头西斜,到了午后,他有些失望,想回到云台观门口去等候她,正欲转身返回,却见心儿拎了一只盛满鲜花和草药的竹篮,从一株粗大的古柏树后面盈盈走出。她身着一袭雪白色宽松长衣,如同披了一身白云,那一副洒脱清雅、仙风道骨的气度像极了老祖陈抟和她的师父紫虚。

赵匡胤跬足默默地看着她,见她的容颜仍旧是冰雪般莹洁姣好,月貌花容不逊当年,只是比以前略略清瘦了些。他的心中一阵惊喜又一阵泛酸,一时间五味杂陈,只默默地凝视着她,眼眸里光华流转。

她也看到了他,手中拎着的竹篮蓦地跌落在地,各色鲜花和翠绿草药滚了一地。眼中迸出晶亮的火簇,在阳光下透出七彩的光泽,如同一道璀璨的彩虹。只一瞬间,这火簇便被她的理智按压熄灭,她冷下脸来,转身便走。

赵匡胤急忙奔了过去,紧紧抓住她的双手,道:"心儿,别走!是我,是我来探望你了!"

心儿的脸上如同蒙上一层厚厚的冰霜,将手抽出,冷冷道:"陛下金贵之躯,国事繁忙,来这寒山薄地看望贫道实在不妥,清心乃贫贱之人,不值得陛下惦记,陛下回京去吧,贫道还有事,先走了。"说罢,垂下眼睑向前匆匆走去。

赵匡胤追了上去,拦住她的去路,万分恳切道:"心儿,你听我说,我是来求你原谅的,当初是我错了!你坐下来,和我说说话好吗?"

心儿仍是冷着面孔不理会他,欲夺路前行。

赵匡胤伸手从怀中取出一个白绢布包，递到心儿面前，道："心儿，你看看这个，这是我特意带给你的礼物。"

心儿垂着眼睑看也不看，只冷冷道："我不要，你让开，让我走，我不想见你！"

"心儿，你看一眼好不好，就一眼，这礼物你是认识的！"赵匡胤边说边将那白绢打开，将里面的物什再次递到心儿面前。

心儿抬眼看了看那物什，突然怔住了，只见那白绢里包的是一只翡翠冰种满绿手镯，碧绿晶莹的手镯上有一处瑕斑，瑕斑的形状很特别，像是一滴流淌着的泪水。滴泪翡翠手镯，这分明是她母亲王氏的东西，怎么会在他手上呢？

心儿的脸色陡然一变，猛地将那手镯抓起，仔细看着，没错，泪滴状的瑕斑，这的确是母亲的手镯。这只手镯并不值几个钱，却是母亲的心爱之物，母亲日日戴在腕上，还曾对她说过这是她的传家宝，将来还要这手镯传给她。

"这是我娘亲的东西，怎么会在你这里？"心儿疑惑而紧张地看着他道，"难道你去了我的老家，见过了我的母亲？"

"是，我的确是绕道去了你的老家，见过了你的母亲和兄嫂。"赵匡胤温和笑着看着她道。

"我母亲……她还好吗？"提到自己的老母亲，心儿的一颗心悬了起来。离开家乡已经二十余载，她一直惦念着自己的母亲，特想回去看望一下她老人家，可是，在家人的眼里，她早已是个死去的人，突然间回去，会不会吓到他们？这些年来复杂而曲折的经历，她又如何向他们解释？而且，她也害怕回去后她的兄嫂会死死缠住她，不让她回来。所以，这些年来，尽管她对母亲深深挂念，却仍是没有勇气回去看她一眼……

"放心吧，你母亲很好。心儿，你过来坐下，听我慢慢和你说。"赵匡胤拉起她的手，将她拉到附近一株杏花树下，按着她的肩膀，让她坐到树下的山石上，他也在对面的石头上坐下来，与她面对面，四目相对，对着她娓娓道来。

原来，在他奔赴华山的途中，突然想到，应该为心儿做点什么再去见她。于是，他便打马转道去了山西蒲州她的老家，以京娘义兄的身份探望了她的母亲和兄嫂。她的母亲已经七十余岁，满头银发，皱纹累累，但身体康健，精神尚好，见了赵匡胤惊喜万分，拉住他的手一个劲儿地说起京娘当年之事。她的兄嫂知道来的是当今皇帝，一时之间受宠若惊，喜不自胜，忙忙地跪拜，杀鸡宰羊热情款待。赵匡胤问明了她兄嫂的情况，知道他兄嫂这些年来一直在做正经生意，收入尚可，日子过得不错，还生有一子，孩子已经十三岁了，在一家私塾读书，对老人也算是孝敬。赵匡胤临走时留了三千两银票给他们，嘱咐兄嫂好好做生意，孝敬老人。兄嫂自是千恩万谢。老母亲对赵匡胤十分不舍，说是见到了赵匡胤就如同见到了当年的京儿，执意要将手腕上的镯子摘下，赠给赵匡胤。赵匡胤推辞不过，只得收下。

"你母亲身体很好，头脑也很清醒。你兄嫂也变好了，做着正经生意，能够赚钱养家，还育有一子，所以你就放心吧！我是以你义兄的身份顺路去看望他们的，没有和他们提起你来，只当是你已故去。"赵匡胤温和说道。

心儿也微笑起来，轻声说道："知道他们都好，我便放心了。皇上的确做了件好事，心儿谢过陛下。"

"叫我匡胤吧，在这山里没有皇上，只有一介匹夫赵匡胤。"赵匡胤温和说道，接着抬起心儿的手，将那滴泪翡翠手镯，款款套在她的手腕上，说道，"你母亲，不，是我们的母亲说了，要匡胤把这只手镯送给最心爱的女子，我今日便按照她老人家的话去做了！你就不要违逆老人家的心愿了吧？"

心儿忍不住"扑哧"一笑，又故意冷下脸来，轻轻给了他一拳道："你总是拿些甜言蜜语的空话来耍我！这些年我可被你耍怕了！"

赵匡胤神色郑重道："没错，我赵匡胤今生只对不起一个人，那就是你，心儿！我几次三番对你食言，你不相信我也是应该的，那是我咎由自取！

不过这一次我真的是悔悟了，血淋淋的事实教育了我，让我清醒过来。我错了，我应该对你忏悔，请求你的原谅，在紫云观我已经对着你的画像忏悔了一夜，若是你觉得不够的话，我可以跪下来，继续对着你忏悔！"说着，起身就要跪下。

心儿急忙摇手道："别别别，您身为帝王岂能给我这小人物下跪，我还怕折寿呢！您还是饶了我吧！帝王所做的事一向正确，哪里会有错？要错的话也是我错，我不应该管那么多闲事，不应该生出那荒唐的执念！"

赵匡胤叹息一声道："看来你还是不肯原谅我啊，心儿，要怎么样你才肯原谅我呢？"

心儿冷哼一声："你这次来华山是诚心诚意来向我道歉的吗？还不是因为有事用到了我，想让我回去帮你解决问题吗？我听紫虚师父说了，是因为韩珪受了重伤，人事不省，无人可医你才想到我的，若是没有这回事，你会想到这世间还有个心儿存在吗？你肯抛下一切来华山找我吗？恐怕会与我老死不相往来吧！"心儿愤愤地别过脸去，不再理会他。

"心儿，不是你想的那样。韩珪的确受了伤，我也的确需要你的帮助，可我也是真心想念你！说真的，这五年来，我几乎是没有一天不思念你！我常常在夜里抱着你送我的那件貂皮裘衣念着你的名字入睡，日日盼着你回去。我让德媖每隔十天半个月便到紫云观去看看你回来了没有，心里想着，你若是再不回来，等过几年，收复了南唐，打理好朝堂之事，我就把皇位让出去，骑着马满天下找寻你，直到找到你为止！前些日子发生的一系列事情的确是把我寻找你的日期提前了，我想这也是老天的安排吧！我不能再等了，必须把你找回来，和你在一起，这样我才会心安，才会像个正常人一样地活下去！心儿，你就相信我吧，原谅我，好吗？"赵匡胤苦苦恳求道。

心儿仍是冷着脸不理会他，心里想道：又说什么鬼话骗我，常常抱着那件貂皮裘衣念着我的名字入睡，鬼才会相信！你是常常抱着那娇美的小皇后入睡吧！别以为拿几句甜言蜜语就能将我骗回去，如今我也已经四十岁了，再不是那不谙世事的小姑娘了！

赵匡胤盯着她看了良久，见她仍是一副冷漠不屑的样子，只好接着道："心儿，你是在顾忌小皇后吗？其实大可不必，这几年，我与宋华洋是分开住的。我们俩年龄相差太大，我只把她当作女儿相待，她也把我当作父亲一般敬爱。她身体不好，不能怀孕生育，所以我提出与她分房而居，她也没什么意见。这五年来，我心里真的只有你一个女人，以后也是如此，再没有任何一个女人能进入我的内心了！只有你，心儿，是我赵匡胤现在和今后唯一的女人！心儿，你相信我，好吗？"

心儿仍是低头不语。

赵匡胤有些急躁，猛地迈开大步奔到附近的悬崖边，站到最高的一块山石上，双手放在嘴边做出喇叭状，扯着嗓子对着群山大声喊道："心儿——我错了——原谅我吧——"声音大得几乎可以传遍整座华山！

心儿吓了一跳，抬眼看了看他，道："你发什么疯呢！你是皇帝，让别人听到多不好啊，快下来吧！"

"你要是不答应，我就不下来，我就从这悬崖上跳下去！"他孩子气地喊道。

"你真是疯了！你是要我跟你回汴京吗？这事我做不了主，我要回去和我师父商量一下。"心儿道。

"不，我就要你现在答应我，马上答应！否则，我就从悬崖上跳下去！"赵匡胤的孩子气上来了，倔强不休道。

心儿看着他那小孩子一般耍赖的样子直想笑，很想逗他一下，故意拉下脸道："那你就跳吧，我就不信我在你心里那么重要，没了我你真活不下去了吗？"

"你不信是吧，那我就跳给你看！"说罢，赵匡胤真的转过身去，面对悬崖，眼睛一闭，双腿一蹬，竟真的从悬崖上跳了下去！

这下可把心儿吓坏了，她脸色大变，腾地站了起来，一边嘴里喊着："我的天哪，你怎么真跳啊！匡胤，匡胤——"一边狂奔到悬崖边。

低头一望，只见悬崖下黑乎乎一片，什么也看不到，她急得大哭起来："匡胤——匡胤——你怎么这么傻啊！你若是死了，我也不活了！"

正绝望惊恐地哭喊着，却听到一阵朗声大笑，接着传来匡胤那熟悉而洪亮的声音："傻丫头，我没死，你再低头仔细瞧瞧我在哪里！"

心儿一愣，擦了擦眼睛，低头向悬崖下注目看去，这回看清楚了，只见悬崖下距山顶大约一丈远的地方有一株横生着的老榆树，枝叶繁茂如同巨伞般地向半空打开，赵匡胤正在一根粗大的枝丫上坐着冲她笑呢！

心儿一阵狂喜，又急切地冲他道："你快上来吧！在那儿待着太危险了！"

赵匡胤却并不急着上去，反而威胁道："除非你能答应我，原谅我，跟我一起回京城去，否则，我就不上去了！"

心儿看他直眼晕，只好答应道："好好好，我答应你，原谅你，同你一起回京城去！你快上来吧好吗？太危险了！"

"你说话算话！不许反悔！"

"我说话算话，绝不反悔！你快上来吧，求求你了！"心儿看着他坐在树枝上晃晃荡荡的样子吓得脸都绿了。

"好，我这就上去。"说罢，赵匡胤在树枝上站起身来，双臂一用力，"嗖"的一声飞了上来，稳稳地落到她身边，又忽地一下张开双臂紧紧抱住了她。

心儿大大松了一口气，抡起粉拳对着他的胸口一阵猛打："你要吓死我吗？你怎么可以说跳就跳呢，要是下面没有树接着怎么办？你要真的粉身碎骨了怎么办！"

赵匡胤笑呵呵道："不会的，这山上到处都是树，我轻功又好，老天不会让我轻易死掉，我欠你的债还没还呢，怎么可以死掉呢！"说着，又紧紧地抱住她。

心儿笑着嗔道："行啦行啦，别在这里胡闹了，到杏树底下坐着说话吧，我可不想和你一起殉情！"

赵匡胤哈哈大笑起来，一俯身将心儿横着抱起，慢慢走到杏花树下，将她轻轻放到山石上，自己也紧挨着她坐下。

此时，山上起了一阵徐徐漫漫的春风，将树上的杏花吹落了一地，仿佛下了一阵漫天漫地的杏花天雨，一片又一片粉红色的花瓣飘落到了二人的头发上、衣服上，将二人装扮得如同两位披了粉红轻纱的仙人一般。

这绮丽美景令赵匡胤简直要醉了！他抬起脸颊和双手迎接着那飘飘垂落的粉红花瓣，感叹道："此地真是太美太美了！连我都舍不得离开了！心儿，我答应你，我要和你在这里隐居，和你一起在这个美妙之地度过后半生！"

"真的吗？"心儿惊喜地看着他道。

"真的！"赵匡胤再次紧紧地抱住她，让她的头埋入自己宽阔温暖的怀抱中，在她的耳畔喃喃说道，"我已经决定了，最多再用三年的时间，等我收复了南唐，安排好朝堂之事，我便与你一起归隐华山，从此再不分开，可好？"

心儿像小鹿一般乖顺地偎在他的怀抱里，点点头，柔声道："好。"

他的怀抱仍是如此温暖、如此醉人，像是碧蓝辽阔而晴和的天空，令她迷恋不已，身心皆醉……她觉得自己全身的骨头都酥软了，心里曾有过的所有冰凌和伤痕都融化成甜蜜的在阳光下荡漾潋滟着的一池春水。此时无论他说什么，她都会答应的……

他轻轻亲吻了一下她的耳垂，抚摸着她柔顺的长发，温和说道："昨日我同陈抟老祖聊了一整日，把京城发生的事情都一一告诉了他，求他为我指点迷津，他只送我四个字：功遂身退。功遂身退天之道，这也是《道德经》里的句子，我觉得说得很对。帝王这个位子是不可以做得太久，否则必会不得善终。五年前，你曾对我提出与你一起归隐山林的要求，如今想来，你是对的。以前是我错了。"

"不，以前我也有错。"心儿抬起头来，真诚看着他的眼睛，温柔地说，"我不应该逼着你杀你的亲兄弟，我太不顾及你的感受了。是我的话太冷硬了,其实我不是非要你杀他,而是要你保全自己,防着别人伤害你。"

他用双手捧住她如秋月般姣美的脸颊,眼中流转着无限的柔情,微笑着道:"我已明白了。心儿,你比我聪明,以后我会听你的,防着别人害我。就算我要功遂身退也得首先保住自己性命才行。光义的狼子野心我已经看得清清楚楚,我已收了他岳父的兵权,符蓉的兄长符昭寿也已丧命,他暂时无力与我对抗。接下来,我会一点儿一点儿对付他,教训他,让他为我所用……"

"好,我这就回京帮你!"心儿看着他的眼睛郑重说道,"不过,我还要回去同我师父商量一下,师父她对我恩重如山,我不能不征求她的意见就走掉。"

"好,我明白,你去同你师父商量吧!我已经想好了,不管你这次能不能同我一起回去,三年后,我都要回到这里,和你在一起度过余生,再不分开。"说着,他拾起她的一双玉手,将自己的手指张开,与她的十指紧紧相扣在一起。

执子之手,与子偕老。

愿得一心人,白头不相离。

这样的愿望真的就要实现了吗?

她还想张口说什么,他的吻却如同密密的雨点般向着她的脸颊和樱唇落了下来。心中那一汪春水激荡翻涌起来,巨大的雪浪花翻卷着一波一波涌上心空,甜蜜喜悦而幸福沉醉的情绪如同夏日的艳阳天明亮而璀璨……他与她缠绵在一起的身影被杏花与阳光交织而成的纱幔轻柔迤逦地覆盖……

傍晚,赵匡胤同心儿手拉手回到了云台观。走到观门口,二人才将手松开。

吃过晚膳,心儿便来到紫虚房中拜见师父。

紫虚一见心儿,便笑吟吟道:"你同他和好了?"

心儿红着脸点点头。

"这么说,你是要和他回京城去了?"紫虚敛起笑容道。

"师父,徒儿是想和他在一起,可是如果师父您不同意,我便留下来,不走了。"心儿低着头小心翼翼道。

"傻徒儿,师父怎么会不同意你走呢!你也应该走了。智者既要懂得蛰伏,也要懂得伺机而动。现在时机已到,你应该出山去助他一臂之力了!"紫虚微笑道。

心儿惊喜地抬头看着紫虚:"师父,您真的如此想吗?师父,您真是太好了!"说着,"扑通"一声跪倒在紫虚面前,含着眼泪道,"师父,那年我走投无路,下着大雪晕倒在紫云观门口,若不是您大发慈悲救了我,心儿早就不在这个世上了。后来,您又收留了我,教我医术,传我道法,还屡屡对我指点迷津,您对我来说如同再造爹娘一般。您的大恩徒儿一定会报!匡胤说了,再给他三年时间,等他收复了后唐,打理好朝堂之事,就带我一起归隐华山,到时候,我定会好好地孝敬您,再也不离开您了!"

紫虚笑道:"好徒儿,你的心意师父心领了。你起来吧!"说着伸手拉心儿起身。

心儿一激动,顺势扑进紫虚怀中,紧紧搂抱住她,一边悲喜交加地流起了眼泪,一边道:"师父,徒儿真舍不得离开您,您对我太好太好了!我不应该离开您……"

紫虚抚摩着她的头发,也含上眼泪,微笑道:"好徒儿,别伤感了,又不是不回来了。三年会很快过去的,只是你要格外小心,京城是个危机四伏的地方,切不可大意!师父建议你这次回京不要回宫里去住,还是住在紫云观吧,同皇帝也不要来往太过密切,这样你会相对安全些。"

心儿抬起头来,泪光盈盈地看着师父,连连点头:"好,师父,我明白的,我也是这么想的。"

这厢,赵匡胤也同陈抟辞行,并同他说想带心儿一起回京。陈抟笑着挥挥手表示同意。

赵匡胤看着陈抟银须白发、闭目自得的样子，心中竟升起一丝不舍："老祖，您一定要好好地保重身体，争取活到两百岁，三年后，我同心儿一定会回来此处陪您老人家的！"

陈抟睁开眼，朗声大笑了起来："老弟可要说话算话，我在华山翘首以待，等你回来，我们二人再在一起饮酒对弈,过一番山中的神仙生活！"

赵匡胤笑着向老祖抱抱拳，心中很是畅快。

第二日，吃罢早膳，心儿便与赵匡胤一起拜别了紫虚师父和陈抟老祖，然后背着行李出了道观。小道士俭风牵过马来，赵匡胤将心儿抱上马去，自己也翻身上马，然后打马奔上了离开华山的山道。

## 第三十八章

## 重回帝京

骑在马上时,心儿才发觉身下的这匹马竟与当年的骏儿一模一样,也是毛色通红,在阳光下如火烧云一般惊艳好看。便惊讶地问道:"这匹马怎么和当年的骏儿一模一样,难道真的是骏儿吗?"

匡胤轻轻搂抱着她,朗声大笑道:"你只猜对了一半,其实它是骏儿的儿子,名叫琅儿!"

心儿笑容灿烂道:"原来是骏儿的后代啊,怪不得如此相像!琅儿,蛮好听的名字!"

脑中忽悠一下想起二十四年前的情景,那次他将她从清油观中救出,不远千里护送她回老家去,途中她与他也是这样一起乘坐在骏儿背上。他教会了她骑马,她兴冲冲地手执缰绳,驾驭骏儿。他则坐在后面,轻轻搂抱着她。她几乎是偎在他那宽大温暖的怀抱里,简直如飘在天上置身天堂一般。她还记得,那时候她的梦想便是像这样与心爱的男子一起骑马走天涯,逍遥看天下!

如今二十四年过去,经历了那么多的风风雨雨、辛酸辗转,她与他竟然还能够乘坐在同一匹马上,他依然那般温存地搂抱着她,她仍旧依偎在他宽大温暖的怀抱里,感觉如同飘在天上一般,这也是一种幸运和福报吧!看来,上天还是厚待自己的,这么多年的苦苦修炼与忍耐终于还是值得的。经书上说:"一切法得成于忍。佛陀最大的智慧,来源于忍辱。"

此话甚有道理。

一路上,无论是在马背上,还是在客栈房间里,他都是这般温存体贴地拥抱着她,如同一件遗失了多年的宝物终于失而复得。他对她那般珍爱、那般怜惜,像是生怕她再丢失了一般。

她的胸中涌动着甜蜜的汁液,一阵一阵的狂喜与迷醉感充斥了全身上上下下、里里外外每一寸骨骼与肌理。明澈的喜悦、通透的幸福、缠绵的温馨,这颗亏缺了多年的心终于感觉到了完整!

就这样骑着马儿走下去,一直走到生命的尽头该有多好!什么都不用想,什么也不用争,只一味地享受同他在一起的似水柔情,恩爱甜蜜……

可是不行,想到韩珪还在人事不省之中,德媖还在眼巴巴地盼着自己回去,朝堂上还有那么多复杂的事情等着他处理,她只能快马加鞭,奔向京城。

终于七日后,二人回到了汴京,赵匡胤尊重心儿的意见,先将她送到紫云观安顿下来,独自驾着琅儿回到了宫廷。

听说心儿回来了,德媖欢喜得如小鹿一般跳跃起来,当即亲自驾了马车,将韩珪运送到紫云观中。

"心儿姑姑——"一见到心儿,德媖立刻大叫着扑了过去,紧紧抱住心儿的脖子,又是哭又是笑,"心儿姑姑,你可想死德媖了!你去哪儿了呀,怎么一直不回来呢?害得我是日也盼夜也盼,眼睛都盼绿了,你要再不回来,我就活不下去了啊!"

心儿也欢欣笑着道:"好啦好啦,我不是回来了吗?你也太夸张了吧,眼睛绿了那不成狼了吗?我知道你是为了你那郎君才苦盼我回来的,对不对?"

德媖转着大眼珠道:"才不是呢,人家是真的想念你啊姑姑!做梦都会见到姑姑呢!"

"好啦好啦,快让我见见你那郎君吧!"心儿刮了一下她的鼻子道。

德媖将韩珪从车上搀下来,慢慢走到心儿面前,道:"姑姑您瞧瞧吧,他一直是这副痴痴呆呆的样子，跟个傻子似的，您看他还能恢复吗？"

心儿让韩珪进到房间，对着他仔细诊断了一番，对德媖道："恢复应该没什么问题，不过需要几个月的时间，得日日针灸加按摩，要不就先让他在这儿住上一阵子吧，等治好了再走。"

"姑姑真的可以治好他吗？那可太好了！就让他在这儿住吧，我也搬过来陪着他。"德媖高兴地说。

于是，韩珪和德媖便在紫云观中住下。心儿日日为他治疗，德媖在一旁日夜侍奉，还同心儿学会了各种按摩手法和日常护理方法，经常给韩珪做全身按摩，对他呵护有加。

三个月后，终于在一次头部针灸之后，韩珪突然眼睛一亮，清清楚楚地叫了一声："心儿姐姐！"又转头叫了一声："德媖！"还打量起四周问道，"这是紫云观吗？我怎么在这里？"

德媖一听就笑了，忽地一下扑过去紧紧抱住韩珪的脖子，激动地大叫道："韩珪，你清醒啦！真的清醒啦！你好啦！终于好啦！"德媖喜极而泣。

韩珪用力摆脱德媖，不好意思道："行啦行啦德媖，心儿姐姐在这里呢，你这是干吗啊？好好的哭什么？"

德媖又猛地扑到心儿身上，紧紧抱住心儿的脖子，欣喜道："心儿姑姑，你真是神医下凡，扁鹊再世！我该如何感谢你才好呢？要不，我让父皇来修一座庙把你当成神仙供起来吧！"

"好啦好啦！德媖你别闹了，放手，快把我勒死啦！"心儿笑着摆脱德媖，又正色道，"韩珪现在刚好，身子骨还虚着呢，你最好带他回宫里去好好调养一阵子。"

"好好好，我这就带他回宫，让他好好养着！"德媖高兴得欢呼雀跃直转圈子，身上穿的红罗裙如石榴花般灿然绽放。"瞧这疯丫头，真是成何体统！"韩珪看着德媖，故作无奈地摇摇头。冲上前去缚住德媖的手道："不许再发疯，否则我就把你绑起来！"

"你敢,你敢!好你个没良心的,我刚把你侍候好,你就欺负我!该打,该打!"德媖笑着向他挥起拳头。

心儿看着这一对鲜活灵动的金童玉女,"扑哧"一声笑了出来。

德媖和韩珪回宫的当晚,皇帝便来了紫云观。观主静明急忙接驾,皇帝对她说清心道长治好韩珪立了大功,他是前来向清心致谢的。又赏了静明两千两银子,令她改善观中道人的伙食,购买一些所需公物。又命宫人搬了一些生活用品和古玉瓷器到心儿房间。

皇帝命宫人们先回去,其他人也都退下,将房门关好后,便紧紧抱住心儿,激动道:"心儿,朕好想你好想你!这三个月真是度日如年!朕早就想来看你了,可又没什么借口,你又让我避嫌,朕真是快被折磨疯了!"说罢,不由分说,他的亲吻便密密麻麻地覆盖了下来……

一阵狂风暴雨般的亲昵恩爱过后,心儿小猫一般温顺地偎在他的肩头,婉声道:"我答应你,以后在想念我实在难耐的时候,可以偷偷来此一次,只是注意不要让旁人知道,连王继恩也不要告诉,最好在晚间着便装悄悄过来,而且最多在这里待两个时辰便要走。"

"好,朕听你的,都听你的。为了你的安全,朕会极力忍耐的。"赵匡胤温和笑望着她。

心儿笑道:"朝堂上的事情处理得怎么样了?那赵光义又闹腾了没有?"

赵匡胤将衣服穿戴齐整,歪到她身侧,轻轻抱住她道:"还好,一切还算正常,不过,光义又有了新行动,他在联络诸位大臣整治赵普。"

"整治赵普?"心儿一怔。

"是,赵普也是个不争气的,恐怕这次朕也保不住他的宰相之位了。"赵匡胤轻蹙眉头道。

"有这么严重吗?"心儿觉得有些难以置信,在她的印象中,赵普一直是位老黄牛式的勤勉忠诚的老臣。

"唉，人性是复杂的，权力是会腐蚀人的。也怪朕对赵普过于信任，给他的权力太大了。"皇帝幽幽叹口气道，他轻轻握住心儿的手，将有关赵普的事情向她娓娓道来。

不久前，大臣卢多逊上奏折给皇帝参赵普独断专行，权倾朝野，令百官侧目。称其官署政事堂案旁置有一陶缸，凡看一眼感觉不如意的奏折一律掷于其中，等陶缸装满了便将奏折统统烧毁。皇帝一开始还不相信，特意找了个办公时间到政事堂悄悄察看，果然见到赵普将很多奏折撕毁投入身边的陶缸之中。皇帝当场斥责了赵普，命人将缸中的奏折全部带回勤政殿亲自批阅。皇帝正为赵普擅自毁奏折之事恼怒不已，赵光义又向他奏报赵普及其门人贪赃枉法，并且人证、物证俱在。又有大臣雷有邻到御史台击鼓告状，状告赵普在洛阳建豪华官邸、与地方官员贪污朝廷粮食钱财、收受官员贿赂、借儿子婚事敛财结党等十余条罪状。皇帝心中明白这一切都是赵光义联合大臣在整治赵普，本想袒护于他，可是经查证那些不法之事竟确实是赵普做的，赵普的确已经贪欲横生，腐败透顶，无法再重用，必须将其绳之以法。

这情况令心儿也大吃一惊，真是没想到赵普会变成这个样子。一时间她也不知道该如何来评判这些事。只听皇帝沉声说道："光义和赵普二人为大宋的建立和昌盛立下了汗马功劳，多年来朕将二人视为我的左膀右臂，可是没想到，这两个人统统堕落腐化到几乎无法救药的地步，朕真是痛心至极！心儿，你说朕该怎么办？拿这赵普怎么办？"

心儿思忖片刻，将他的手紧紧一握，柔声说道："既然他贪赃枉法的行为已经查实，皇上便秉公处理吧，若是饶过了他，文武百官只会不服，再跟着纷纷效仿，大宋可就完了！"

"说得是，朕亦是如此想的。"皇帝神色沉痛，看了看心儿，缓和了脸色，又道，"算了，不说这些烦心事了，好容易见你一面，应该对你说些开心轻松的话才对。"

心儿微笑抚慰他道："是啊，皇上莫发愁了，历代朝廷争斗，臣子腐化都是在所难免的，善者有善报，恶者食恶果，上天自会发落他们的，皇上只管遵循天道、以法行事便可。"

"说得对，我的好心儿，朕一见到你什么烦心事都没了，一想到还有你这么一位冰雪聪明的女神仙在护佑襄助着朕，朕便什么也不怕了！"皇帝再次紧紧拥抱住她，对着她敷了月光的面颊柔情蜜意地亲吻起来……

半个月后的一个午后，心儿正在院中摇着一柄白羽团扇纳凉，若云款款走过来对她道："心儿姐姐，门口有位妇人说是前来拜见您。"

"妇人，是谁？可问过她的名字？"心儿问道，心想莫不是那符蓉又来找碴儿了吧？

"问过了，她说她姓和，是赵普的夫人。"若云道。

"原来是她。"心儿明白了，和氏定是来求她为赵普说情的，便微微一笑，对若云道，"请她进来吧！"

须臾，身着一袭湖蓝色广袖宽身轻罗长衣的和氏徐徐走进观中，见了心儿紧走几步，上前二话不说，"扑通"一声跪倒在心儿面前，一脸的焦虑憔悴，满眼尽是哀伤恳切："心儿妹妹，姐姐来求你来了！"

"姐姐，您这是怎么了？快快起来说话吧！"心儿急忙将和氏拉起，请她在一旁的竹椅上落座。

若云奉上茶来，心儿对和氏道："姐姐莫急，先喝口茶吧！有什么话慢慢说。"

心儿与和氏已多年未见，上次相见还是在十多年前的雪夜，皇帝带着心儿去赵普家吃羊肉宴那回，此后，二人就再没见过。在心儿的印象中，和氏一直是位慈眉善目面貌姣好的女子，今日却见她比以前苍老了许多，两只黯然无神的眼睛周围全是细密的皱纹，干涩开裂的嘴唇上布满水疱，许是这些天因为赵普的事情着急上火所致吧！

心儿见和氏眼中含着泪水，满心愁苦又不知从何说起的样子，便缓缓说道："姐姐，您是因为赵普大人的事情来求我向皇帝说情的吧？"

和氏抬眸,眼泪哗地流出,急急说道:"正是正是,妹妹,此事我想来想去也只能来求妹妹你了。夫君他本是个好人,多年来兢兢业业、勤勉廉洁,为大宋立下了汗马功劳,可是这几年却不知为何中了邪一般做下了几桩龌龊事,被他的政敌告发了,皇上一气之下要严惩于他,赵光义大人力谏皇上将他处死。现在皇上还在犹豫之中,我这做妻子的担心得日夜寝食难安,都快撑不住了,若是真处死了夫君,我这一家老小可如何活命啊!姐姐知道心儿妹妹心善,在皇上面前也说得上话,恳请妹妹就为夫君求个人情吧!只要夫君能逃得过死罪,我便对妹妹感激涕零了!"

心儿叹了口气道:"非是妹妹不肯帮姐姐说话,只是自作孽不可活,赵普大人这几年专断自裁,收受贿赂,证据确凿,罪名已坐实,恐怕任何人说情都是没有用的。我只能给姐姐指条明路。"心儿顿了顿,继续说道,"望姐姐回家后能力劝赵普变卖家产,补偿贪占的钱款,并写一封书信给皇帝,向皇帝诚心认罪,苦求皇帝开恩,如此,或许可以保住性命。"

和氏略有喜色:"如此真的可以保住夫君性命吗?"

心儿道:"皇帝是极仁慈的,只要诚心认罪,我想他会手下留情的。"

和氏点点头:"那好吧,我这就回去劝夫君照着妹妹的话去做就是。"说罢起身告辞。

这年即开宝六年(973年)八月,赵普被罢了宰相之职。皇帝念其曾是大宋开国元勋,对大宋算是功勋卓著,又自愿变卖家产,还上了贪占钱款,认罪态度颇好,便将他从轻发落,命他离京出任河阳三城节度使。

赵普没料到自己还能保住一条性命,对皇帝感激涕零,磕头谢恩。离京前,和氏再次来到紫云观,对心儿表示了一番谢意。

赵普被罢相后,皇帝遂对一干人事重新调整。下诏加封赵光义为晋王,位在宰相之上,仍为开封府尹;沈义伦为宰相,主管政事堂;高怀德为枢密使,张永德任马步兵指挥使,韩琚任禁军首领……

终于被封了王,赵光义一时间得意非凡。当日下朝后便来至符蓉的房间（符蓉自兄长暴毙后便一病不起，赵光义安排了一间僻静的寝房供她静养，平时二人分房而居），喜滋滋地将这个好消息告知了符蓉。

符蓉一听当即笑逐颜开，病恹恹的脸上霎时有了光彩："真的吗？夫君真的成了王爷，我也成为王妃了吗？"

"没错，从此我赵光义便是晋王，而夫人你便是尊贵的晋王妃！"赵光义仰天朗声大笑。

"恭喜王爷高升！"符蓉笑盈盈道，指了指床下，"王爷，你把床下的箱子取出来，我有好东西给你看！"

"什么好东西？"赵光义道，他俯下身去从床下拽出一只大号的楠木衣箱。

"打开看看就知道了。"符蓉神色诡秘道。

赵光义将那木箱打开，一道彩虹般的光华立刻自箱中堂皇闪出，原来里面是两件华丽璀璨的衣裳。赵光义将那两件叠成方形的衣裳拿在手中展开来仔细一看，不禁大吃一惊，这两件衣裳竟是龙袍和凤服！只见这龙袍明黄色丝绸上彩绣九条飞龙及十二章纹，领口、大襟、肩头、下摆处镶饰片金织锦纹缎，真是精美华丽，尊贵无比，光彩照人！那凤服也是珠光宝气、雍容华贵，散发着一道道绚丽旖旎的明艳霞光。

赵光义急忙走到门边将房门掩紧，惊道："这龙袍和凤服哪里来的？难道是你亲手做的？"

符蓉眼中流转着得意的光彩，道："正是，是臣妾花了整整两年的时间一针一线亲手缝制而成的！夫君，请试穿下龙袍吧！"

赵光义紧张得几乎屏住呼吸，将那龙袍穿在身上，上下打量着自己。

符蓉也将那凤服麻利地套在自己身上，怔怔地对着自己和夫君看了一阵子，惊喜异常道："陛下，现在夫君黄袍加身，您就是皇帝陛下了！"

赵光义觉得自己简直是在做梦，疑疑惑惑道："天哪，我真的成了皇帝了吗？"看了一眼符蓉，猛地清醒过来，咬牙顿足道，"没错，总有一天，我赵光义会穿上这身龙袍，正大光明地出现在众人面前，令普天下之人都向朕跪拜,向朕山呼万岁!"

符蓉喜极而泣道:"到那时我就成圣人了,有生之年我定要光明正大地穿上这身凤袍陪伴在夫君旁边!"

赵光义一把将符蓉抱住,目光如闪电般射出道道精光,切切道:"会的!会的!符蓉,你好好保重身体,我赵光义一定会让你在有生之年穿上这身凤服,让你母仪天下,当上皇后的!"

符蓉紧紧拥抱住赵光义,声音颤抖道:"夫君,我相信你!只是我这身子怕是要等不及了,夫君还是快些动手吧!"

赵光义清醒过来,松开符蓉,思忖片刻,摇摇头道:"不,现在还不是时候,皇兄正准备向南唐开战,只要平定了南唐,这中原大地便几乎全部归于大宋版图,到那时候,我再动手也不迟。符蓉你放心,现在皇兄已将我封为王爷,又让我接着做开封府尹,这便是有心要让我接他的皇位,不出意外的话,再有个三年五载,我便能登上大宝,成为一代新君!"

符蓉淌着滚烫的眼泪,连连点头道:"好,夫君,我相信你,我会好好养病,等着你,一起穿上这龙袍凤服的!"

赵光义紧紧拥抱住她,闭上眼睛任符蓉亲吻他的脸颊,脑中霍地浮现出另一个女子的身影,她冰肌雪肤、花容月貌,虽然身着天青色的道袍,素面朝天,却是飘飘欲仙,妙不可言,影影绰绰立于云端,可望而不可即。

他不禁闭上眼睛甩了甩头,心里骂道:浑蛋,你怎么还是忘不掉她!

翌日申时,心儿正在紫云观院中古松树下诵读经书,忽听有人拍掌,抬头一看,见是赵光义立在不远处,正笑吟吟地看着她。五年未见,他还是以前那副俊美尊贵而又洒脱邪魅的样子,头上戴着束发嵌宝紫金冠,着一袭殷紫色织锦云气纹官服,腰间系一条刺绣宝相花锦带,眼底那一抹邪魅的幽光仍在对着她忽隐忽现。

一见赵光义,心儿感觉心头猛地一堵,立时沉下脸来,站起身,捧着拂尘道:"你来做什么?有事吗?"

"我来看看你啊！五年未见，别来无恙？"赵光义走到心儿面前，灿笑着道。

"我永远都不想见你，也不需要你看望，没事的话请走吧，这里不欢迎你！"心儿冷若冰霜道。

赵光义依旧没有半分愠色，一脸笑嘻嘻道："心儿，几年未见，你还是如此冷淡，对本王一点儿礼貌也没有！不过，本王还是喜欢你，放不下你！心儿，听说你这几年一直跟着一位神医学习医术，现在是医术高得惊人，几个月就把痴呆的韩珪给治好了！本王真是对你佩服至极！对你的爱慕之情也是愈发浓烈了！心儿，你不知道，你走的这些年，本王对你的思念真是到了茶饭不思的程度，日日盼着你回来，没想到还真的把你给盼回来了！听说是皇兄亲自把你寻回来的，可见皇兄也没有真的把你放下，你们俩不会是又和好了吧？"说着，一双诡谲的眼睛探询地看着她。

心儿面沉似水道："皇上寻我回来不过是想让我给韩珪治伤罢了，我们之间谈不上和好。清心早已是出家之人，对男人没兴趣，也不会接受任何男人的情谊！王爷还是请回吧，别在这里徒费口舌了！贫道还有事，先走了。"说罢，一甩拂尘，转身匆匆向炼丹房走去。

赵光义在她身后笑道："没有同他和好就好，心儿，我现在已经是晋王了，你已知道了吧？我赵光义前途无量，才华能力不输于任何人，你还是考虑一下跟着本王吧！我一定会让你过上神仙般的日子！"

心儿不理会他，只是低头疾走，赵光义快步赶上去纠缠道："心儿，心儿……你等一下，我有事找你，正事还没说呢！"

心儿站住，头也不回，道："有何事，说吧！"

赵光义上前拉起她的手，恳切道："心儿，我是想请你去我府中给符蓉瞧病的，自从她兄长暴毙后，她就病歪歪地躺在榻上，连路都走不了，身子眼看着一日不如一日，你去救救她吧，求你啦！"

心儿将手霍地抽出，冷冷道："我并非神医，救不了她，再说她也不会同意让我给她看病的，我早就和你说过，她已病入膏肓，没人救得了她，我看你还是另请高明吧！"

说罢，迈着莲步径直走到炼丹房，将门"砰"的一声关上，再也不理会他。

赵光义在院中立了半晌，见无人理他，只好讪讪地离开道观。

赵光义刚走到道观门口，迎面正碰上德媄和宋皇后，险些与二人撞个满怀。双方皆是一怔。德媄和宋皇后瞪着眼睛看着他，目光中充满了敌意。

赵光义疑惑地看着宋皇后，道："圣人，你来这里做什么？"德媄同心儿交好他是知道的，却不明白这宋皇后怎么也来这里了，心中好生奇怪。

宋皇后向他微微点点头，道："本宫在宫里待得有点儿闷，同德媄一起来观里烧烧香祈祈福。晋王爷，您怎么也来这里？"

"啊，我是来请心儿给我那浑家治病的，可心儿不肯去，本王先走了，你们忙吧！"说罢，匆匆到门口骑上马奔驰而去。

宋皇后看着他的背影，目光中充满了鄙夷。德媄也冲着他的背影狠狠啐了一口。

宋皇后其实是来拜见心儿的，她的到来令心儿也吃了一惊。

## 第三十九章

## 相思如海

心儿是第一次见到这位宋皇后,不,确切地说应该是第二次,第一次是在多年前太后的寿宴上,那时候宋皇后还是个十多岁的小女孩,如今已是母仪天下的圣人了。不过她的衣饰并不雍容华丽,却是清新淡雅的,看起来也没有皇后的架子。她身着一袭湖绿色广袖宽身丝棉上衣,臂上挽着一条烟罗紫轻绡,下身一袭米色百褶长裙。一头青丝松松绾了个灵蛇髻,发髻上只插了一支碧玉兰花簪,簪头上细细的银色流苏垂到鬓边。一张脸庞也是兰花般清新俏丽,一双大眼睛秋水样清澈莹洁,对心儿微微笑着,上下打量着她,启唇和蔼说道:"心儿姐姐果然是位倾国倾城的大美人,穿上道袍竟是这般清丽高雅,仙风道骨,我若是男子,也定会被姐姐的美貌和神韵迷倒了。"

心儿急忙向皇后施了一礼,道:"圣人过誉了,贫道乃卑微粗陋之人,又年逾不惑,哪里配得上倾国倾城、清丽高雅之词,又岂能入得了圣人的贵眼。圣人才是风华正茂、清新婉丽的大宋第一美人。"又转头对德媖道:"德媖,你怎么把圣人带到这里来了,你父皇知道吗?"

宋皇后莞尔一笑道:"姐姐莫要责怪德媖,是本宫求着德媖带我来拜见姐姐的,本宫早就听闻心儿姐姐是极聪慧又有主见的女子,所以有些话想单独对姐姐说一说,请姐姐指点迷津。"

一旁的德媖声音清脆道:"是啊,心儿姑姑,小母后听说了你同我父皇的故事，十分感动，早就想来见见你，和你说说话了。我去前堂烧香祈福去了，你二人坐下来好好聊聊吧！"说罢，转身去了前堂。

心儿请宋皇后在竹椅上坐下，又令若云端上一壶桑葚菊花茶来，自己也在宋皇后面前坐下，为她斟了一盏茶，然后手捧拂尘，启唇笑道："圣人有何话想对清心讲，请慢慢说吧！"

宋皇后啜饮了一口桑菊茶，一双清澈的大眼睛深深看住心儿，恳切说道："心儿姐姐，五年前，德媖便同我讲了姐姐同皇上的故事，我听了之后十分感动，当即就决定前来拜见姐姐，想求姐姐进宫去做皇后，我退位只做个妃子就行了。不料，姐姐竟先一步离开了京城，不知所终，今日既然姐姐已经回来，我宋华洋的意思并未改变，只要姐姐愿意，我便恭请姐姐入宫去做皇后，圆了皇上同姐姐在一起的夙愿，求姐姐就答应了吧！"

一席话说得心儿一阵心跳不已，急忙放下拂尘，站起身来对宋皇后行了一礼，道："圣人真是羞愧死贫道了。贫道未料到圣人竟有如此豁达无私的心胸，真是惭愧。我与皇上之间的情分都是些陈年旧事，早已了却了。此次皇上将我召回，也不过是为了给韩珪医病而已，清心早已是方外之人，哪里还有什么进宫做皇后的痴想妄念，男女私情也早已置之度外，只一心想着念经修道，为人医病积德，过几年或许还会再次离开京城，云游四海去。所以，清心恳请圣人放宽心，清心绝不会夺圣人之位，进宫去做皇后的。"

宋皇后目光惆怅地看了心儿一阵子，幽幽叹了口气道："华洋是个浅薄幼稚之人，自知是配不上皇上的，皇上也只将我看作小妹妹一般。姐姐与皇上多年的情分，岂是说断就能断的，之前我就总是在夜间亲耳听到过他在梦中呼喊姐姐的名字，如今自从陛下此次回宫后，华洋更是发现有几晚皇上的寝殿都是空的，连王大官也不知道他去了何处……"

心儿的脸腾地绯红，仿佛被人当众剥掉了外衣，一时间十分尴尬，只得面红耳赤地垂首沉默……

宋皇后见她呈现如此表情，便道："姐姐不必觉得难为情，不管你与皇上如何，华洋都是理解的，也断不会妨碍你们什么。姐姐不愿回宫也自有姐姐的道理，华洋就不强求了。只是还有两件事，华洋想求姐姐帮忙。"

心儿抬头道："圣人还有何事，请尽管说吧，我能帮上的一定相帮就是。"

宋皇后手中把玩着那只精巧的白瓷茶盏，徐徐说道："也许姐姐已听说了，前些日子皇上将赵光义封为了晋王。赵光义的狼子野心已经众所周知，爹爹曾多次提醒我要我劝劝皇上，对赵光义多加提防，我也曾多次劝说过皇上，皇上却似乎并不放在心上，只说这件事叫我不必管，皇上他自会处理的。可他却又将赵光义封为王爷，致使赵光义更加得意猖狂，皇上的处境也更危险了。我知道皇上最肯听姐姐的话，所以求姐姐劝劝皇上，对赵光义多加提防，必要的时候定要痛下狠手打压。否则，说不定哪天赵光义就先下手了，到时候皇上可就惨了。"

心儿点点头道："圣人的意思清心明白了，清心会尽力劝说皇上当心。也请圣人放心，皇上他雄韬伟略，身经百战，不会被赵光义迷惑的，更不会斗不过他的。皇上升他的职，许是为了稳住他，让他放松警惕，为自己争取时间。"

宋皇后心中忽地一喜，脸上的表情立即转为晴和光灿，恍然笑道："姐姐说得有理，华洋真是愚钝，怎么竟没想到这一层呢！我应该对皇上有信心才对！"

"圣人还有何事？请一并说了吧！"心儿微笑道。

"还有一事，就是想请姐姐劝说皇上尽快册立太子，当然最好是……立次子德芳。"这句话皇后说得极小心，"姐姐一定奇怪，为何我会主张册立德芳。姐姐有所不知，德芳这五年来一直由我教养着，我亲自照顾他的饮食起居，督促他读书习武，所以自然对他多了几分偏爱，这德芳也的确比他哥哥德昭要聪慧勤勉多倍，这一点皇上也是认可的。华洋心下觉得不如让皇上早早立了太子，如此一来那赵光义的称帝之心不也自然被粉碎了吗？所以恳请姐姐就此事劝劝皇上。"

心儿听罢浅浅一笑,道:"怕是要让圣人失望了,此事清心无法帮忙,也不想帮这个忙。因为清心以为,立谁为太子,应该由皇上来定,旁人实在不该干涉。而且,那赵光义称帝之心已固,羽翼也已丰满,即便是太子已定,恐怕他那野心也不会消灭,怕是反而会被激发,对太子下毒手,那时候,有危险的可就不止皇上一人了,怕是太子也会跟着遭殃。"

宋皇后似乎被这席话恍然点醒,一时间脸色大变,道:"姐姐说得甚是有理!华洋真是幼稚,怎么就没想到这方面呢!华洋今日算是真心服了姐姐了,姐姐才是深谋远虑、聪慧过人之人,只有姐姐这样的女子才配得上皇帝!华洋真是自愧不如,惭愧至极!以后还要向姐姐虚心讨教。"

心儿笑道:"圣人谦虚了。心儿不过是多活了一把年岁,吃了一些亏,所以多了个心眼而已。以后,心儿若有对不住圣人之处,还请圣人多多包涵体谅才是。"

宋皇后起身,恭敬施礼道:"是华洋对不住姐姐,明明是姐姐先认识皇上的,姐姐应该同皇上在一起才对。若是当初华洋早早知道这些事,也不会同意进宫做这个皇后了,这可真是天意弄人,实在委屈姐姐了……"

心儿也起身,对宋皇后还了一礼,道:"无妨,圣人只管回宫静养,不必再多想什么,奉行'无为'最好。还有,圣人对赵光义不妨表面恭顺,万不可对他表露出敌意与排斥来,如此,或可保住圣人同皇子一世平安无虞。"

宋皇后点头道:"华洋明白了,多谢姐姐指点,姐姐保重吧,华洋告辞。"

送走了宋皇后和德嬅,心儿禁不住心中沉重,心情复杂。暗自想道:自己同皇上的私密来往,原以为不会再伤及他人,可到底还是伤到了无辜。华洋是个难得的好姑娘,可却成了宫中又一个牺牲品……可是这又该怪谁呢?怪自己吗?怪皇上吗?真的是天意弄人……

思量再三,心儿决定托德嬅带话给皇帝,要他以后没什么特别的事不必再来紫云观了。德嬅将此话转告给皇帝,皇帝也知道了宋皇后曾去拜访过心儿的事,便知道心儿怕伤害到宋皇后,自己也对小皇后怀有愧意,便当真收敛了些,强忍着思念,不再去紫云观密会心儿。

几个月的时光倏忽过去,新年又一次来临。

紫云观里的大年夜别有一番风味。几十名道姑穿上雪白色的鹤氅聚在一起唱经祈福,又一起动手做出各自的拿手好菜,做了一大堆丰盛热腾的年夜饭。虽然都是素食,但是菜品和口味却比以往丰富许多,琳琅满目地摆了好几大桌。静明道长还允许大家喝了点儿米酒。大伙热闹而尽兴地饱餐一顿之后,心儿同几个年轻道姑又一起动手扎了上百只大红灯笼,点了红蜡烛放在里面,将最大的两只印有八卦阴阳图的西瓜灯挂到道观门口,每位道姑的房门口也都悬挂了一串串的星星花灯。如此整座道观便变得荧红通透,如同硕大的红光闪闪的琉璃制品。世俗的节日氛围与宗教的神秘气息恰到好处地糅合在一起。

若云又闹着让心儿教她剪窗花。心儿便拿了一些红纸手把手地教她剪出一树梅花,再剪出一只梅花鹿和一只仙鹤,还仿着若云的样子剪出一幅她的小像。若云看着那活灵活现的小像禁不住喜笑颜开:"太像啦太像啦!心儿姐姐,你的这双手怎么如此灵巧呢?真是羡慕死若云啦!"

心儿微微一笑道:"是师父教我的。"旋即又敛去笑容有些伤感,"差不多一年没见师父了,我真是有些想念她了。"

"不如姐姐剪一幅师父的小像吧!这样就当是见到她了。"若云道。

"是啊,云儿说得对。"心儿点点头,当真低下头,手持剪刀和红纸,极其认真地剪出了一幅紫虚的小像。

若云将新剪的小像欢天喜地捧在手中,笑道:"姐姐的手真的是太巧了,我真像是见到师父一样呢!"

心儿心中一动,突然间特别想剪一幅皇上的小像,又不好意思当着若云的面剪,便故意打了个哈欠,道:"若云,姐姐有点累,想歇下了,要不明日我再接着教你剪窗花吧?"

若云爽快道:"好吧好吧,姐姐累了就早点歇着吧,若云也回去了。

姐姐睡好。"说完,若云转身走了,将门轻轻掩上。

若云走后,心儿马上重新拿起红纸和剪刀,低头抿嘴,很快剪出了一幅赵匡胤的小像。对着那小像看了半晌,忍不住低头吻了下去。已经整整四个月没见他了,心中的思念几乎满到要溢出胸口,那思念动不动就幻化成不安分的小兽,啃咬着她的五脏和骨肉,没完没了地折磨着她、蛊惑着她,使她备受煎熬。有时候竟是彻夜难眠,早上对着铜镜一看,两只大大的黑眼圈狰狞地出现在眼睛周围,敷了厚厚的蜜粉也覆盖不住。

回头想想自己这些年,自从十六岁上认识他爱恋上他,思念这碗比药汁还苦的苦水便成了家常便饭,几乎日日都要喝下一大碗。只是这思念的苦水滔滔如海,不知何时才能饮尽呢?佛经上说,贪爱为苦。是自己太贪心了吗,还是老天对自己太刻薄了?她禁不住自怜自艾起来,对着那小像流起眼泪,泪水如同夏日的雨滴般滚滚垂落。

想着想着,又难免怪怨起皇上来。怪他说不来便真的不来了,连封书信也没有,如此干净利索,是当真将自己忘于脑后了吗?

又觉不对,看着镜中快要思念成疾的自己,指着自己的鼻尖骂道:"清心啊清心,这么多年的清修算是白费了,怎的才数月不见你就变成了一个多愁善感的小女子?真是没出息!"可是这越骂心里竟越发委屈起来,眼泪冲红了眼圈,忍不住又落了下来。

她就这样一直折腾到二更时分,眼泪才止住。将那被泪水淋湿的小像扔到桌案上,昏昏然躺到床上,正要阖眼睡去,突然听到几声轻轻地叩门声。

"谁?"她陡然一惊,屏住呼吸。

"是朕。"的确是他的声音。

心儿忽地起床,下地开门,只见皇帝身着暗紫色的貂皮裘衣正微笑着长身玉立在门外。

"这么晚,你怎么来了?"心儿将他让进房内,惊喜问道。

皇帝将她紧紧抱住,在她耳畔哈着热气道:"没办法,宫里的年夜饭吃到午夜方散,朕想你想得实在难以入睡,头疼得不行,只得悄悄来看你。"

"真的头疼了呀?要不我给你按按吧!"她心疼道。

"不必,只要一见到你,头立刻不疼了。原来听别人说这世间有相思病,还不大相信,现在是实实在在相信了,原来相思真的可以成病,发作起来还真是要命呢!这病除了思念着的人能治,别人是无论如何治不了的。真是奇怪啊!"他无限感慨道。他将她横着抱起,轻轻放于床上,一个饿虎扑食,扑到了她身上,一边狂热地亲吻着她的面颊,一边:"心儿你便是朕的药,朕要将你含在嘴里吞下去……再不见你,朕真的要驾崩了!"

心儿在他身下笑得不行,二人狂热缠绵到五更时分方休……

心儿催他回去。皇帝慵懒地躺在她身侧,软绵绵道:"不急,今日不用上朝。不过是一些老臣会到宫里去拜年,一般要将近午时才到。朕还可以在这里睡上一会儿,这些天实在太忙太累,连个喘息的机会也没有。过了年,又要准备向后唐开战,就会更忙更累了……"说罢,闭上眼睛,呼呼打着鼾香甜睡去。

心儿不忍心叫醒他,任他好睡。自己悄悄起床洗漱。

天光大亮,皇帝还在酣睡。心儿正要将他叫醒,忽然门外传来一阵银铃般清脆的声音:"心儿姑姑,心儿姑姑,起床了没有,我给你拜年来了!"

是德媖。心儿吓了一跳,这可如何是好?总不能开门便让她看见自己的父皇睡在她床上吧?这成何体统?

她只好清了清嗓子,道:"我还没起来呢,昨夜睡得太晚,你先去前堂烧香祈福去吧,待会儿再过来。"

"你先开门,我给你带好吃的来了。你接一下呗!"德媖在门外喊道。

心儿愁得只咧嘴,想了想道:"我昨晚吃多了,不想吃东西,你给若云送去吧。"

门外便没了声音,想必是德媖走开了。

她急忙将皇帝摇醒,急急道:"快走吧,德媖来了,我支她去了别处,一会儿她还会过来的。"

皇帝睡眼惺忪地起身穿衣裳，道："德媖来就来吧，你怕她做什么？"

心儿道："让她看见你在这儿过夜，多难为情啊，我都要臊死了！幸好她没把小皇后带来！"

"你是皇帝的女人，应该感到自豪，有什么好害臊的，朕还想将此事诏告天下呢！"皇帝笑着逗她道。

"您快饶了我吧，我还穿着道袍呢，这里可是道观啊！若是传了出去，陛下的一世英明可就毁于一旦了！"心儿额头的汗都冒了出来。

"这有什么，不过是说明赵匡胤不是个无情的草莽英雄，而是个有情有义的真男儿罢了。"皇帝乐呵呵道。

"哎呀呀，真拿你没办法，快走吧快走吧！"心儿见他终于穿好了衣裳，登上了那双厚底朝靴，便一股脑儿将他推出门去……

不料，德媖恰好转回至门口，见父皇从心儿房间里出来，不禁大吃一惊，瞪圆了眼睛道："父皇，你怎么在这里？"

"啊，朕，朕是来为大宋烧香祈福的，顺便来看看心儿……"皇帝尴尬无比，只好张口结舌讷讷道。

心儿亦是尴尬得满脸绯红，恨不能地下裂开一道缝隙好钻进去……

过了正月，皇帝便开始着手准备攻打南唐。有一系列的事情要做。怕发兵南唐时，北方的辽国趁机出兵攻宋，大宋会面临腹背受敌的不利局面，因此，在出兵南唐之前，先要解决好同辽国的关系问题。南唐地处长江以南，丘陵纵横，河湖网布，拥有强大的水军，北宋要想取胜，必须先加强水军的建设。还要将南唐十九个州的地理形势、军队驻防、道路远近、百姓状况等详情一一摸清，并且遵循先礼后兵、恩威并用的一贯对外策略，同南唐国主李煜多次交涉，还要备足战争所需的兵马、粮草、军饷等。

皇帝整日忙得不可开交，无暇他顾，多次亲临造船现场，视察宋军水上作战的实际演练，督促水军的训练。经过半年多的准备，大宋水军、陆军、战舰、粮草、地图、援军、向导等终于万事俱备。开宝七年（974

年）九月，北宋发兵十余万，战船数千只，正式征伐南唐。李煜幻想凭借长江天险，能够有效地阻止大宋军队的攻击，因此同宋军死战，不肯轻易服输，这一仗一打就是一年多。开宝八年春到冬，宋军持续九个月围困金陵，十一月二十七，宋军对金陵发起全面进攻，金陵很快陷落。李煜身穿白衫、头戴纱帽带领百官在宫门迎候跪拜，向大宋奉表纳降。大宋对南唐一战，大宋全面取胜，原南唐十六州之地全部并入大宋版图。赵匡胤的又一夙愿圆满实现。

听到这一捷报，心儿长舒了一口气。这一年多的时间，她的心一直高高悬着，生怕皇帝在战争中出什么意外，受到挫折打击，还怕赵光义趁机发动内部叛乱，抢夺帝位，如今看来，一切顺遂如意，赵光义也还算老实，一直安稳观战，并没有蓄意捣乱。她的一颗心也就暂且放下了。

事实上，赵光义这段时间的日子并不好过，战争期间几乎是日日陪着皇帝和文臣武将探讨战略战策，应对各种战况，皇帝还多次派他到前线去慰问将士，体察当地民情。稍有懈怠，皇帝便对他说他这个王爷不能白当，应该处处一马当先、为民表率才对，搞得他疲惫不堪，焦头烂额。

战争刚刚结束，本想喘口气好好休息一下，符蓉却病危了，躺在榻上奄奄一息，眼看着就要呜呼哀哉。其长子赵元佐的旧疾也突然发作，水米不进，卧床不起，脸色发青，精神恍惚。请太医看过，也服了药，只是不见好转。赵光义心急如焚，符蓉是个病秧子，他倒不太在乎，儿子元佐却是他的心头肉，绝不能出半点儿差池。眼看着儿子病得眼睛都睁不开了，这可如何是好？思量一番，他只得来紫云观恳请心儿到府上去救救他儿子和夫人的命。

原以为心儿又会像上次那样冷然拒绝，没想到这次心儿却痛快答应了，只是说："你夫人的病我是没办法治的，元佐的病我可以去看看，试着治一下。我同意到你府上去住些日子，一直到元佐康复为止。只是有两个条件，首先要保证我的安全，还有你不可以接近我，必须同我保持至少三尺远的距离。"

"好好好，我答应你，什么条件都答应，只要你能治好元佐的病！"赵光义急忙说道。

于是，心儿便同静明交代了一下，带上医药箱，乘上赵光义派来的豪华马车，来到开封府邸。

心儿先去看了大公子赵元佐，元佐已经长成一个俊美少年，只是被病痛折磨得躺在榻上，精神萎靡，憔悴不堪。心儿为他诊了脉，又喂他吃下几粒丹药，接着给他施用了针灸。两个时辰后，元佐的脸色便微微红润，睁开眼睛，见到赵光义正担忧地望着他，咧嘴微微一笑，轻轻叫了声："父亲。"

赵光义顿时眼睛一亮，温和说道："元佐，你感觉好些了吗？"

元佐点点头，小声道："儿子觉得好多了，身上好像有了力气，想喝水吃东西。"

赵光义立刻令侍女去端来糖水和饭菜，侍候元佐吃喝。

心儿同赵光义移步来至外室，赵光义对着心儿深施一礼，道："心儿姑娘，谢谢你，看来元佐真的是有救了！他的身子能恢复如常对吗？"

心儿点点头："只要我每日给他针灸一次，有个五六日他就可以康复了。"

赵光义对着她竖起大拇指，道："神医啊，真是名不虚传的神医！本王实在是对姑娘佩服至极！"

心儿浅浅一笑道："王爷过誉了。元佐患的本就不是什么大病，只是他天生体质较弱，受不得惊吓。前些日子，他是不是受了什么刺激？"

赵光义思忖一下，点头道："前些天我为了让元佐锻炼一下胆量，便令手下人带他去郊外打了一次猎，他见手下人射杀了一只羚羊，大概是血淋淋的现场吓着了他，回来后就犯了病。"

心儿道："这便是了，有些人天生见不得杀戮流血，以后莫再让元佐受任何刺激，否则恐怕他的病还会再犯。"

"是是是，我听姑娘的，今后一定注意。"赵光义忙一迭声地应允，想了想又小心翼翼道,"光义还想麻烦姑娘去看一下符蓉,她真的快要不行了,求求你,你就发发善心救救她吧!"

# 第四十章

## 恶有恶报

心儿听到"符蓉"二字,立刻沉下脸,口气冰冷道:"我和你说过,你夫人的病我真的看不了,她已病入膏肓,就是神仙也救不了她!"

"可她才刚刚三十四岁,就这么死了,我实在是于心不忍。"赵光义仍在苦求。

"我曾说过她不会活过三十五岁,她的心是腐坏的,身子也必然会跟着败坏。不是我不想救她,而是我根本救不了她,若我去见她,恐怕只能加重她的病情。"心儿道。

"不会的,你就去看她一眼吧,没准儿你能救活她呢,哪怕能令她延续几天性命也好。"赵光义苦求道。

心儿思忖一下,点点头:"好吧,我就去看她一眼,不过,她若是因为见了我而断气了,你可不要怪我。"

赵光义赔笑道:"不怪你不怪你,姑娘请随我来吧!"边说边头前带路。

心儿随着他来至符蓉的房间。符蓉的病态着实令她吃了一惊。只见那原本丰润娇艳的美人如今竟如同一朵枯萎衰败的残花一般瘫在宽阔的雕花大床上,骨瘦如柴,脸色青白,双目紧闭,气息奄奄,嘴里的半口气似乎随时都要断掉。

心儿上前,握住她的手腕,对着她腕上的一个穴位使劲儿掐了几下,符蓉陡地一个激灵,醒了过来,睁开眼睛,痴痴地望了面前的心儿一眼,又看了看一旁的赵光义,忽然咧嘴一笑,有气无力道:"心儿,你来了,你是来看我咽气的吧?"

赵光义注目看着她,道:"蓉儿,不要胡说,心儿姑娘是来给你医病的。"

符蓉唇边浮上一丝冷森森的笑意,声音微弱道:"不,她不是来给我医病的,她是来向我索命的,她早就咒过我了……她……她……"

符蓉费力地抬起手来,伸出一根手指指着心儿,眼中充满了血红色的憎恨,吃力地说道:"她是个妖女,她是来害我的……来害我们的儿子的!光义,你让她滚,滚……不,光义,你杀了她,杀了她……"

赵光义上前握住符蓉的手,切切劝道:"蓉儿,你误会她了,她不是来害你的,也不会害我们的儿子,元佐已经快要康复了,是心儿救了他,救了我们的儿子。你快向她道歉吧,只要你向她道歉,她也会救你的,她是位神医!"

"不!我才不会向她道歉,死也不会!"符蓉突然嘶声喊道,"我只想杀了她,撕了她,将她撕成碎片,是她,是她抢了我的男人,抢了我最爱最爱的人……"

心儿镇定一笑,道:"符蓉,你怎么到死也没搞明白,我没有抢你男人,也从来没有伤害过你,是你自己的心魔害了你,是你自己作了孽。你多年来一直蛊惑着你的男人抢夺帝位,为了达到目的你不择手段。太后在世时,你就施了不少阴谋诡计,连德昭那么小的孩子也不放过,后来你又同大小韩妃以及杜姨妈合谋害我多次,你还派杀手到紫云观去刺杀过我,这一切都是你干的!我知道得清清楚楚,皇上也知道得清清楚楚,不过是看在你丈夫和你父亲的面子上一次次放过你,希望你有一天能幡然醒悟,没想到你死到临头还是执迷不悟,你可真是没救了!上天有眼,派我来亲眼见你死去,我真是爽快!"心儿冲着她笑了起来。

符蓉气得白眼直翻,指着心儿声音颤颤道:"你……你……胡言乱语,我……我何时……何时做了那些坏事?"

心儿敛起笑容,用手指了指床下:"你没有吗,没有蛊惑着你的男人抢夺帝位吗?那床下的箱子里装的是什么?你敢拿出来吗?"

这话令符蓉陡地一个激灵,一旁的赵光义也吓得脸色煞白,瞬间愣在那里。

符蓉心惊胆战道:"你……你……那箱子里什么……什么都没有!"

心儿诡秘一笑:"当真?要不要我把它打开来当面对质!"

符蓉惊恐地瞪着心儿看了半晌,"噗——"地喷出一口黑血来,身子一松,两眼翻白,眼看就要断气。

赵光义急忙扑了上去,紧紧握住她的手,大声喊着:"蓉儿——蓉儿——"

符蓉努力睁开眼睛,用尽最后一点儿力气,断断续续说道:"好吧……将死之人,其言……也善……的确,的确是我自作孽,不可活……所有的罪责,我一人……担了……放过光义,放过……他……"说罢,头猛地一歪,没了任何气息。这个美貌狠辣、野心勃勃的女人终于还是一命呜呼了!

"蓉儿——"赵光义撕心裂肺大叫一声,扑在她身上大哭起来……

心儿不忍再看下去,转身走出,唤了几名家丁过来,告诉他们王妃殁了,让他们帮忙办理丧事。然后回到元佐的房间,继续为元佐医病。

这一日是休沐日,不必上朝。皇帝突然莫名其妙地担心起心儿,一颗心"扑通、扑通"跳个不停,想了想,便约上德媖和韩珪,骑上马一起到紫云观看望心儿。

在观中却没有见到她,静明道长告诉皇帝,心儿一早就随赵光义大人走了,说是到赵大人府上去给他的大公子医病,要在那里住上一阵子。

皇帝心中一紧,急忙带着德媖和韩珪来到开封府。还未进府门就听到里面哭声一片,几个人吓了一跳,问了家丁才知道原来是符蓉去世了,正准备到宫里去禀告他。

几个人来到灵堂前,吊唁了一番,皇帝见赵光义哭得哀哀欲绝,便劝慰他节哀顺变。随后悄悄令德媖和韩珪四处寻找心儿。

不一会儿，德嬷便来低声告知皇帝，心儿在大公子房间。皇帝随即来到赵元佐房间，将心儿约至僻静处，严肃说道："心儿，你怎么不跟朕商量就来了此处？这里危险，你快回观里去！"

心儿淡定一笑道："皇上不必担忧，我是来给元佐医病的，他不会把我怎么样的，等过几日元佐好些，我便回去。"

"不行，你马上回去！这里真的很危险，此事由不得你，必须回去！"皇帝口气异常严厉道。

"我要留下来给元佐医病，孩子没什么错，就几天的时间，皇上放心吧，不会出任何意外的。"心儿坚持道。

"可以把元佐运到紫云观里去医病，你不必非要留在此处。"皇帝道。

"不，我留在这里还有重要的事情要办，等办完就离开。若是皇上不放心的话就把德嬷和韩珪留下来保护我，这样皇上总可以放心了吧？"心儿道。

"心儿——你到底要办什么事，难道别人不能替你办吗？朕也可以替你办，你何必非要留在这个是非之地呢？万一出事怎么办？"皇帝蹙着浓眉道。

"我要做的事别人办不了。皇上放心吧，真的不会有任何意外发生的！"心儿态度十分坚决。

皇帝见她执意要留下，没办法只得依她，以帮忙办理丧事为由让德嬷和韩珪留下来，命二人留在开封府中小住，又悄悄嘱咐二人一定要保护好心儿。皇帝又安慰了一阵子赵光义，便只身离开开封府，回宫廷去了。

晚上，痛哭了多时的赵光义收起眼泪，来到符蓉的房间，将房门关紧，从床下拽出那只楠木大箱，打开，从里面取出那件华丽璀璨的凤服，紧紧抱在怀中，咬了咬牙关，自言自语道："符蓉，对不起，没能让你在生前穿上这件你最想穿的衣裳，不过，我赵光义对着你的亡灵起誓，我一定会坐上高位，追封你为皇后，实现你的夙愿！"接着，取过蜡烛，就着烛火将那凤服就地焚烧。殷红如血的火焰闪烁摇曳,照耀着一张哀伤而扭曲的脸庞。

烧完了凤服,他将箱子盖好,亲自搬了箱子悄悄进到书房之中,一刻钟后方才出来。

心儿一直躲在暗处跟踪着他,见赵光义走出书房,将门锁上,又把钥匙放入外袍袖袋中转身离开,便悄悄走到书房门口,见房门被一只大黑锁牢牢锁着,动了动那锁,确定自己徒手没办法打开,便转身悄然离去。

三个时辰后,已是午夜时分,心儿穿了一身黑色夜行衣,面上蒙着黑纱,见四下无人,便蹑手蹑脚来到赵光义寝房外室的窗前,用一根手指将窗纸捅出一个窟窿,一只眼睛对着那窟窿向内仔细观望。只见房内两名侍卫坐在椅子上正在打盹。心儿便用火石将一支迷魂香点燃,将迷魂香探入窗内,熏了一会儿,见那两名侍卫似乎已酣然入睡,便扔掉那支香,抬腿悄悄绕到门口,用一把短刀将门闩拨开,再无声地把门推开一条缝,蹑手蹑脚走了进去……

内室里,赵光义躺在床上正睡得香甜。心儿闪身进去,见他晚间穿的那件白色外袍搭在他身上,她便踮起脚尖、屏息敛气走到床边,伸手将那件外袍轻轻提了起来。忽见赵光义翻了个身,嘴里念道:"心儿,心儿……"

吓得心儿急忙蹲下身去,将身子猫在床下紧紧蜷缩起来,一颗心怦怦怦都要跳出来了!

赵光义似在说梦话,不一会儿又鼾声四起。心儿暗暗松了口气,将手伸进外袍的袖袋中,果然摸到了一把钥匙,她将钥匙取出来放入自己怀中,然后将外袍重新搭到他身上,闪身迅速退了出去……

第二日,赵光义及府中大部分家丁都到墓地送葬去了。心儿悄悄来到书房门口,从怀中掏出钥匙将大黑锁打开,推门走了进去。

里面垂着厚厚的窗帘,黑乎乎一片。心儿使劲眨了眨眼睛,环顾四周,只见里面置有装满书籍的书橱两只,一桌一椅,此外就是些纸张字画。心儿将那桌上的纸张和书籍匆匆翻找一遍,没有找到想要寻找的东西。抬头见对面墙上有一张一人多高的古旧山水画,便上前抚摩了一下,感觉那画的后面似乎藏有什么玄机,正欲将那画掀起来仔细察看,突然,一个苍老而生硬的声音响起:"你这贱人,在这里做什么?"

心儿一个激灵,回头看去,只见门口站着一个老妇人,花白头发在头顶盘成一个高椎髻,身着一袭蓝色棉布衣裙,正恨恨地看着她。

"太后?"心儿失声叫道,突然间明白过来,清晰说道,"不,你不是太后,你是杜姨妈!"

"没错,我是杜姨妈,没想到吧,我还好好地活着呢!"杜姨妈冷笑着向心儿一点儿一点儿逼近过来,手中竟执着一把明晃晃的利剑!

心儿此时赤手空拳站在书桌旁,身上没有任何用来防御的武器。但她并不惊慌,顺手抄起摆在桌上的青玉砚台,对着杜姨妈说道:"站住,不许靠近我!"

"哈哈,你怕了吧?"杜姨妈阴森森笑着,恶狠狠道,"这些年来,我可一天也没忘了你,还想着哪天到紫云观找你叙叙旧去,没想到今日你竟自投罗网,老天真是有眼,把你送到我面前,让老身亲手宰了你为我的两个女儿报仇!"说罢,向着心儿挥剑便砍。

心儿闪身躲开,将砚台对着老妇的头颅狠狠砸去,正好砸中额头,伤口"哗"地冒出血来。

杜姨妈急了,举剑对着心儿一阵猛刺,其中一剑就要刺中心儿的胸口,一道人影忽地飞进来,用手中的武器将那剑一挡,原来是韩珪来了!韩珪几下便缴了杜姨妈的剑,将她双手反剪着押到后院厢房里锁了起来。

心儿迅速将书房内的东西一一复原,关上门,将那门重新锁好。回到客房里同德媖低声商量对策……

杜姨妈在厢房里痛骂不止,一直骂到深夜,嗓子都骂哑了,才停了下来,昏昏然睡去。突然之间,似乎听到有人在叫:"娘亲,娘亲……"

杜姨妈激灵一下醒了过来,睁开眼睛看去,透过那恍恍惚惚的月光,只见两个女子站在门口,身着白衣,披散着长发。她注目仔细一看,不禁大吃一惊，门口站着的竟是大小韩妃，她的两个女儿！

她霍地一下站了起来，对着两个女儿疑疑惑惑道："芝芬、芝华，真的是你们吗？"

两个女子一边向着她徐徐走过来，一边说道："娘亲，真的是我们，您的女儿！"

杜姨妈吓得出了一身的冷汗，战战兢兢道："可是，你们俩不是早就死了吗？我……我怎么会看到你们？"

两个女子一边向她痴痴笑着："我们俩是来向娘亲索命的，娘亲很快就会像我们一样变成鬼魂的……"

"为何，为何？可我不想死啊，女儿，你们俩为何要为娘死？"杜姨妈吓得瘫到地上，声音发颤道。

两个女子收起笑容，瞪着眼睛恨恨说道："因为你早该死了！我们两个是皇上的妻子，一生钟爱陛下，可你却帮着赵光义害他，还不该死吗？"说着二女已来到她的面前，对着她的脖子伸出尖尖的闪着寒光的十指……

杜姨妈吓得一声惨叫，跳起来，向着对面的墙壁狠狠撞去，一下又一下，直撞得头破血流……

杜姨妈就这样发了疯，不停地惨叫，撞墙，终于在三日后，流血而死。

赵光义将杜姨妈的死讯报告给皇帝，皇帝借着来哀悼的名义，悄声问德媖："心儿还没走吗？"

德媖低声道："没有，她还在给元佐医病，她挺好的，说是过两天就回去，让您放心。"

皇帝点点头，嘱咐赵光义将姨妈找个好地方安葬，便回了宫廷。

翌日，赵光义送葬去了。心儿给元佐做完了针灸，便悄悄来到书房门口，取钥匙再次将门锁打开，闪身进了书房，将门关好。这次她直接来至那幅山水画前面，抬手将画掀起，果然见到画的背后是一道暗门。她推了推那暗门，暗门却死死闭着，动也不动，她又将暗门观察了一番，见暗门的上部似乎有一个圆形机关,不仔细看根本看不出来,便按了按那机关,暗门倏地洞开。她猫着腰钻了进去,原来里面是一个夹层,夹层里黑乎乎的,她摸索了半响,终于摸到一只箱子,便将那箱子搬了出来。仔细一看,正是前几日晚间赵光义搬到这里的那只楠木大箱!

她把箱子打开,见里面果真有一件金光闪闪的龙袍,心儿不禁冷笑一声,将龙袍拿出,见箱子底部有一张折叠的白纸,将白纸取出来仔细一看,这正是她要寻找的东西——赵光义的府兵分布图!她早就听说赵光义招募了十万府兵,这些府兵分散在多处藏匿集训,皇帝至今未曾发现。这张图将府兵的一百多个藏匿集训点的地理位置、人数、负责人等标注得清清楚楚,一目了然。她将图纸叠好放入怀中,又将龙袍放到原处,然后将箱子重新丢入墙壁夹层中,关好暗门,用画盖好。一切恢复原样后,便悄悄走出了书房……

回到客房,见到韩琚和德媖,心儿便将怀中的图纸取出交到韩琚手中,要他和德媖迅速离开此处回到宫廷将图纸交给皇帝。韩琚知道事情紧急,便将图纸装入衣袋之中,匆匆走了。德媖不肯走,非要同心儿一起离开。心儿便对她说:"你先去马房牵马到门口等我吧,我收拾一下便走。"

德媖答应一声便去了马房。心儿小心地环视一圈,确定附近没人慌忙将那钥匙就近丢至一棵大树下,又去元佐房间看了看他,为他留下一瓶丹药,嘱咐他的侍女按时给他服用,便又返回客房,匆匆收拾好东西正要离开,却见赵光义推门进来了。

赵光义在送葬途中感觉有些头晕,便向家丁交代了一下,自己骑着马先回来了。想让心儿给他诊治一下,便来到客房寻找心儿,正好见她拎着东西要走的样子,便当场拦住她道:"怎么,心儿姑娘,你这是要走吗?"

心儿道:"正是,元佐的身子已基本康复,我刚才去看了他,留了一瓶丹药给他,他只要吃上些日子就会彻底好的。我已经没必要再在这里住下去,告辞了!"说罢,闪身要走。

赵光义急忙上前拽住她的胳膊,一脸恳切道:"不,心儿,你不要走!

你留下来好吗？如今符蓉已殁，你讨厌的姨妈也不在了，我这府中正缺一个女主人，你留下来做我的王妃岂不正好！元佐说他很喜欢你，也想让你做他的娘亲。说实话，我这么多年从来没有放下过你，经常做梦梦到和你在一起，心儿，相信我好吗？我会对你好的，我会让你过上比皇后还荣耀一百倍的日子！心儿，相信我，留下来，留下来吧！"一双俊美邪魅的眼睛目光灼灼地看住她，苦苦恳求着她，切切期待着她。

心儿却丝毫不为所动，冷若冰霜地严词说道："放开我！来之前你答应过我，与我保持至少三尺远的距离，你违规了！放开我，马上放开！"

"不，不放，这次我绝不会再放你走的！违规便违规吧，我赵光义从来就不是个循规蹈矩之人！"赵光义似下足了决心，一只大手死死扣住心儿的胳膊，说什么也不肯放开。

心儿两束目光锐利如刀，直直看着他道："你若再不放手，我便对你不客气了！"

"不客气，你能怎样？要对我捅刀子吗，来啊，本王不怕！"赵光义迎着她的目光，对着她挺起胸膛，一副无所畏惧、宁愿花下死的样子。

心儿将一只手伸进衣袋中，抓起一把东西，向着赵光义的脸猛地一扬。赵光义只觉一片白雾状的粉末向着自己劈头盖脸地袭来，瞬间两只眼睛便被迷住，什么也看不到了，只觉双眼一阵火辣辣地刺痛！

他"啊呀"惨叫一声，双手蒙住眼睛，大喊道："什么东西？疼死我了！"

心儿冷冷一笑道："这是硝石粉，也叫防狼散，我劝你还是赶紧去拿水洗洗吧，否则，你这双眼睛可就废掉了！"

赵光义愣了片刻，急忙捂着眼睛向着水房狂奔而去……

心儿拎上自己的东西，匆匆来到府门口，德媖正牵着马在等候她。二人翻身上马，打马向着紫云观飞驰而去……

第二日，朝堂之上，皇帝见赵光义两只眼睛血红血红，哭丧着脸，一副凄惨懊丧的样子，便关切问道："光义，你是不是还在为王妃和姨妈的去世而伤心啊，一定要节哀啊，国事为重，家中之事就不要再多想了！"

赵光义躬身拱手道："是是是，皇兄说得对。臣弟不会再为家事伤心难过了，会多考虑国家大事，为皇兄分忧。"

皇帝颔首道："这便对了，光义啊，前一阵子大宋同南唐交战，虽然胜了，但也损失了不少兵马，朕听说你这几年招募了大量府兵，足足有十万人马，眼下大宋正是用兵之际，不如你将府兵贡献出来，将他们全部编入禁军之中，也算是你为国效力、为朕分忧了，你看如何？"

赵光义心中一惊，急忙跪倒叩首："皇兄，臣弟怎么会屯有十万府兵呢？没有那么多，那都是谣传，皇兄勿要轻信！"

皇帝凝眸看他良久，龙颜一沉道："光义，不要再隐瞒了！人做事，天在看，做过的事情是瞒不住的！你的十万府兵分散在十座城池一百个地方，汴京两处，在西郊和北郊各五千人，洛阳三处，各一万五千人，还有安阳五处，南阳五处，这些都要朕一一说出来你才肯承认吗？"

赵光义额上的冷汗涔涔而下，一颗心慌成一团，叩头不已道："臣弟错了，臣弟承认，全都承认，不过，臣弟招募这些府兵并无图谋不轨之意，不过是想保证开封府的安全而已，皇兄莫要多想。"

皇帝威严道："多年以来府兵数量都没有超过一万的。既然你已经承认，便只留五千府兵，其余的全部并入禁军，由高怀德和张永德二人负责此事，你要积极配合，不可阻拦！"

赵光义急忙叩头称是。高怀德和张永德也出列应诺。

散朝后，赵光义气急败坏地回到府中，检查了书房，才知道那张藏在箱底的图纸已经被盗。这才意识到原来心儿竟和皇帝是一条心的，串通一气来算计整治他的。于是他气冲冲骑上马来到紫云观，想找心儿算账，不料却见道观门前已被一队禁军密密守住。

他想冲进去，几名侍卫"唰"地在他面前横住长枪将他拦下，威严道："陛下有令，任何人不经陛下允许都不许踏入紫云观！"

"那你们把心儿叫出来，我有话跟她讲。"赵光义只好说道。

侍卫面无表情道:"心儿姑娘说了,不见任何客人,王爷请回吧!"

赵光义气得攥紧双拳,将牙齿咬得咯咯直响,血红着眼睛跺着脚道:"心儿,你这个妖女,原来你一直和他一条心!我发誓,我绝不会让你们得逞的!"

赵光义打马一溜烟儿回了自己府中,当晚便召集了十多名被他收买的官员以及他的几十名幕僚,聚在一起商议对策。

大臣卢多逊沉着脸道:"要不我们逼宫吧,逼迫皇上册立您为太子。本来这就是太后的意思,他这样无视太后的遗诏,收缴了您的兵马,架空了您,根本没有道理!"

他的一位幕僚当即表示反对:"不可,皇上手中有大量兵马,还有不少忠于他的老臣,我们要对付他,还需智取。王爷您别忘了,您手里还有一位下毒高手程德玄在宫里呢!不如让他伺机而动……"

赵光义沉吟着点点头,阴狠狠说道:"哼,皇兄,你对我不仁,便休怪我对你不义了!都是你逼我的……"

## 第四十一章

## 烛影斧声

这一年的新年，皇帝是在紫云观度过的。大年夜，赵光义称身体不爽，未像往年一样到宫廷里吃年夜饭。皇帝陪着皇后以及几个儿女匆匆吃了几口，便放下筷子，借口要到市井之间微服私访几日，便身着便衣只身骑马来到紫云观，同心儿一起度过了新年。

心儿自然是满心欢喜，两个人恩恩爱爱、缠缠绵绵地度过了大年夜。第二日，心儿起了个大早，亲自下厨，为皇上做了自己的拿手美食——水晶黄金包和七彩长寿卷。

许久没有吃到这两样食物了，皇帝喜得眼角眉梢都是笑纹，左手拿了黄金包，右手拿了长寿卷，吃得津津有味，一迭声地赞道："嗯，好吃，好吃，这味道朕思念了好久好久，今天终于又吃到了！"

心儿见他吃得如小孩子一般放肆随意，禁不住"扑哧"笑出声来："看你的样子，好像饿了八天似的，慢些吃，有的是呢！"

"什么好东西，这么香？"德媖和韩珪突然手拉手出现在门口，德媖瞪着那美食，笑吟吟脆声喊道。边说边冲了过来，二话不说就抓起小包子向口里送。

皇帝慌忙伸出双手拦她，急道："德媖，不许抢！这是朕的，是心儿专门做给朕做的！"

德媖却不管不顾地硬是抢着吃，皇帝竟真的同她争抢了起来。两个人好似一对天真烂漫的小孩子。

心儿和韩珪看着这搞笑的父女俩,乐不可支地笑弯了腰。

吃完早膳,德媖和韩珪来到院中跳舞耍剑,把道姑们都吸引了来,德媖和韩珪同她们一起手拉手围成一个圆圈,手舞足蹈,又唱又跳。不一会儿,心儿同皇上也加入进来,同大家一起载歌载舞,玩得不亦乐乎。

到了晚上,德媖和韩珪又带领大家一起放焰火。一束束焰火冲到半空,开出一朵朵流光溢彩、美轮美奂的旋转盛放着的烟花。心儿同皇上手拉手站在人群之中,脸上的笑容如焰火般灿烂欢欣。

子夜时分,大家尽性散去。皇上和心儿躺到床上,皇上翻身半拥着心儿,在她耳畔温声说道:"心儿,这是朕有生以来过得最开心最幸福的一个新年!朕答应你,以后每一个新年朕都会在你身边相陪着度过!"

心儿伸手点了一下他的嘴唇笑道:"不许食言啊!"

"不食言,这一次朕说话算话!"皇上神色郑重道。

"若是食言怎么办?"心儿笑吟吟看着他在夜色中如星子般荧荧闪烁的眸子道。

"若是食言,你便吃掉朕!"

"好,那我现在便吃掉你!"她笑着吻住他,轻轻咬住他温暖的唇……

狂热欢爱了许久,他微微喘息着将她抱在怀中,幽幽说道:"说真的,心儿,朕是再也不想和你分开了!这次回去后,朕马上把朝堂上所有的事情处理一下,等一切告一段落,朕就把新帝确定下来,然后便功遂身退,同你一起双宿双飞,归隐山林……"

她在他怀中放松地微微闭着眼睛,身子软软地蜷缩着,乖乖地听他说话,并不多言。

只听他接着幽幽说道:"只是立太子的事恐怕不会太顺利,朕一直很踌躇,这新皇帝到底由谁来做最好。德昭年岁不小,可资质一般,又吃不得辛苦,不足以成大事;德芳倒是聪慧勤勉,可惜年岁尚小,未经历练,若是立他为新帝,恐怕震慑不住群臣;可若是让光义登上宝座,朕又有些不甘心，也怕他不能广施仁政……唉，真是难哪！心儿，此事你有何建议？"

心儿打了个哈欠道："此等事情心儿不想插手，还是由陛下定夺吧，陛下若是也定不了，就交给老天来定吧；凡事老天自有安排。心儿困了，陛下还是早点儿睡吧！"

皇帝思忖了片刻，道："好，你说得有理。尽人事，听天命。不想了，睡觉！"于是二人相拥着安然睡去。

第二日清晨，吃过早膳后，皇帝便要回宫廷去。心儿将一枚带有琉璃套子的银针样的东西塞入他手中，道："这是我研制的'测毒仪'，只需用里面的银针测一下，若是有毒，银针会变成黑色，无论什么样的毒都能测出来。以后皇上所有的入口之物务必要用此物测了以后再食用。"

皇帝点点头，将测毒仪装入衣袋："好，听你的。你也要听话，尽量不要出门，乖乖地待在观中，要特别注意安全。为了避免不必要的麻烦，这段时间朕就不常过来了，若有急事，朕会令德媖过来告知你，你这里有任何事，也可以派侍卫及时通知朕。"

二人拥抱了良久，恋恋不舍地分开……


这年正月，李煜及其夫人小周后被押送到京城。皇帝处理了一阵子收复南唐善后之事，不久便突然下诏令赵光义率领众官到洛阳行宫见驾，说是要在西京洛阳视察一阵子，还要在洛阳南郊举行祭天活动，并准备迁都洛阳，命大臣们好好考虑一下迁都之事。

赵光义一听就慌了，急忙找来卢多逊等多名大臣商议对策。卢多逊认为迁都之举不过是皇帝用来挟制晋王的一个计策，迁都之后，晋王必会留在开封，晋王多年经营的人脉便会全部作废，更没有任何力量与之抗衡，说不定，等迁都成功之后，皇帝便会立德昭或德芳为太子，晋王的皇帝梦可就泡汤了，所以他建议晋王率领百官反对迁都。赵光义认为卢多逊所言极是，便亲自到洛阳行宫劝说皇帝，反对迁都。

反对迁都的理由说了八点，比如西京洛阳地区衰败，宫殿不完备，百官官署尚不完善等等。身边的大臣官员也多次进谏劝阻。皇帝却一概不听，似乎铁了心要将都城迁至洛阳。最后，连赵普也被赵光义动员了过来劝阻皇帝。此时，皇帝心中才算彻底明白，赵光义的势力已经盘根错节，大到几乎无法抗衡的地步，自己的两个儿子绝不是他的对手，事到如今，也只有将势就势，要么利用他，要么除掉他了。

皇帝沉下脸对赵光义道："迁都洛阳还不算完，朕认为长久之计是将都城迁到长安。"

赵光义叩头恳切说道："长安经过唐末五代的战乱，比洛阳更加破败，更加不可行，望皇兄三思！"

皇帝道："朕想将都城西迁，并无别的原因，不过是想凭借高山大河的险要地利来阻挡敌人，借此裁掉大量军队，效仿周朝、汉朝的办法来安定天下。"

赵光义道："治国安邦的根本在于德政而不在于天险。孟子早就说过'天时不如地利，地利不如人和'。望皇兄三思再三思！"

皇帝思忖良久，颔首道："好吧，你既然如此说，百官也极力劝阻，迁都之事就暂且搁下吧。只是，光义，你要记住自己刚才所说的话，治国安邦的根本在于德政。无论何时，都不要失德，都要以仁德治国。"

赵光义出了一身的冷汗，暗暗长出一口气，忙叩首一迭声地应诺。

迁都之争闹到四月中旬方告结束。回到宫廷后，皇帝便亲自教授二皇子德芳文韬武略，以及治国安邦之策，并让他协助自己处理一些政务。宋皇后看在眼里，喜在心上，私下以为皇帝定是有心要将德芳册立为太子。

赵光义也分外恐慌起来，私底下几次密会太医程德玄，令他尽快寻机会下手。程德玄明白这次下毒的目标是当今皇帝，不禁有些心惊胆战，苦着脸对赵光义躬身作揖道："晋王爷，非是微臣胆小怕事违逆王爷，只是皇上龙体康健，这阵子连个头疼伤寒也未曾患过，即便偶有小恙，太医院也不只微臣一名太医，实在是难以下手！"

赵光义将五千两银票塞到他手中，低声而厉色道："本王知道你医术高明，人又机敏异常，若是下了决心行事，没有做不成的。只要做成了，本王还会重重赏你，但若是你迟迟不肯为本王做事，就休怪本王对你不客气！你的一家老小可还住在本王赠你的宅子里！"

程德玄脸色煞白，冷汗涔涔出了一头，急忙俯身诺诺应允。

日子又悠悠晃晃地过了半载，转眼到了开宝九年（976年）十月，这年的天气格外寒冷，刚到十月中旬便感觉如同进入了隆冬。皇帝不小心患了风寒，鼻塞头疼，卧床不起数日。王继恩便请了太医程德玄为皇上诊治。

十月二十上午，程德玄亲自熬了汤药，并端至皇帝寝殿，跪请皇帝趁热喝下。皇帝对程德玄摆了摆手，道："你把汤药放到床边案上，先下去吧！"

程德玄跪着恳切道："皇上还是趁热将药喝下吧，不然，等药凉了怕是要失效。"

皇帝将脸一沉道："你且退下，朕自会喝药，何必在此啰唆。"

程德玄忙应了声是，起身退了出去。

皇帝看了一眼那盛在高足青瓷碗里的汤药，伸手从衣袋里取出心儿给他的"测毒仪"，拔下外面的琉璃套子，将里面的银针探入药汤之中，见银针瞬间变作黑色，冷笑了一下，收起银针，起身将那碗汤药倒入了殿内的一盆龟被竹的花盆里。又令内监叫来德媃，对着德媃低低耳语几句，德媃便转身出了宫殿，乘上一匹马，直奔紫云观而去。

午后时分，德媃回来了，悄悄将两瓶丹药交给了皇帝，并对他低低耳语道："青瓷瓶里的是万毒消，白瓷瓶里的是三日醉，先青后白……"皇帝微笑颔首。

这日晚间，皇帝如常用过了晚膳，便起身来到万岁殿，临进殿前举头看了看天气，只见当夜天朗气清，月华如银，星光璀璨如同晶钻洒满天宇，不觉露出喜色，对身边的王继恩道："王继恩，朕今日觉得身子好多了，有许多话想跟晋王唠唠，你派人去将晋王叫来，再命人准备一些酒菜，我要同晋王在此殿内酌酒对谈。"

王继恩答应一声便去了。

皇帝挥了挥手，韩琚同张永德旋即从一旁的偏殿里走出，来至皇帝身边，韩琚低声说道："回皇上，都准备好了！"

皇帝微微颔首，低声道："你二人听到里面摔杯的声音，便可带兵进去将他拿下！记住，不可造次！"

二人应了一声，转身重新进入偏殿隐藏起来。

半个时辰后，晋王便坐到了皇帝对面。说来很是奇怪，赵光义刚刚坐下片刻，天气突然大变，夜空中阴霾四起，一场大雪骤然而至。雪片大如鹅毛，纷纷扬扬飘然落地。

两兄弟看到窗外纷飞的大雪，皆很震惊。

皇帝看了一阵子飞雪，朗声笑道："光义真是不凡之人，竟将一场大雪带来了！天呈异象，莫不是要有大事发生？"

赵光义怔了一下，也赔着笑道："皇兄说笑了，光义乃一介凡夫俗子，哪有什么能耐带来大雪。分明是皇兄的龙体要康复了，大雪是吉兆，是来给皇兄送福瑞的！"

皇帝大笑："光义还是这么会说话。也罢，瑞雪总是好的，大雪之夜咱们兄弟俩也正好酌酒畅谈一番，好久没有这样一起喝酒了，今夜咱们俩尽性畅饮，不醉不归！"

赵光义点头一迭声地称是。

皇帝向立在一旁的几名内监摆了摆手，几名内监便都退下，将门掩上，立在门外不远处，凝视着窗口。只见那糊着白棉纸的窗口被烛火映得荧红通明，皇帝和晋王相对而坐的影子颀长疏朗地映在窗上，如同剪影一般翩然灵动。

皇帝微微笑着，拎起纯银酒壶，将芳醇如玉的酒液缓缓斟入两只晶莹通透的高脚琉璃杯中，斟了满满两杯酒，将其中一杯送到赵光义手中。

赵光义持着酒杯的手微微颤抖。

皇帝温和地笑道:"一同光义你饮酒,朕就想起多年前你为朕挡的那杯毒酒,当时哥哥心中十分感动,心想,日后若有机会,一定要报答你这救命之恩。若是有人敢给你毒酒喝,朕也一定会为你挡下!"

说罢,一双星眸灼灼地看向赵光义。

赵光义的脸瞬间变了颜色,一双持着酒杯的手抖得更加厉害。

皇帝装作若无其事道:"来吧,一起饮了这一杯!"

赵光义闭了闭眼睛,仰头将那杯酒倒入口中,"咕咚"咽下。

"好好好!"皇帝赞道,"爽快,爽快!"一仰头也将杯中酒一饮而尽。

赵光义这才暗中松一口气,拎起酒壶,为皇帝和自己各自斟了一杯。

二人对饮了几杯,闲话了一番,脸颊都有些微微发烫,皇帝正色道:"光义,还记得小时候的事情吗?那时候家里穷,买不起酒喝,父亲嗜酒,便悄悄在衣柜里藏了半瓶酒,结果被你发现后偷着喝了,喝得一滴不剩,父亲气得用鞭子使劲儿抽你,朕挺身而出,挡在你面前,硬是被父亲打得皮开肉绽……"

赵光义笑了起来,欣然说道:"当然记得啊,当时我吓得直哭,大哥还不停地安慰我,说是一点儿也不疼。说来,大哥从小就没少护着小弟,我偷母亲的钱被打,大哥护着我,我被邻居的恶公子欺负,也是大哥护着我,我在私塾读书,淘气被先生追着打戒尺,也是大哥替我挨打……那时候我就想,等我长大了,一定要好好报答大哥的恩情……"

赵光义说着,眼中不自觉地含上泪水……

"你长大后,一直帮着大哥打天下,治理天下,为大宋真的是立下了汗马功劳,这些哥哥心里都是清清楚楚的,对你也十分感激,所以,尽管你这几年来有些事情做得过分,朕也都睁一只眼闭一只眼,放过了你……"皇帝看着他缓缓说道。

赵光义心中再次忐忑起来,突然站起身,退后几步,扑通跪倒在地,低头谢罪道:"臣弟有罪,恳请皇兄原谅!"

皇帝半眯起星眸,静静看了他良久,沉声说道:"你是有罪,而且不止一桩。孟昶是你害死的，花蕊夫人也因此而死。多年来，你觊觎帝位，私下里结交笼络大臣，招募杀手和兵马，妄图谋逆，取朕代之！你还令程德玄在朕的药中下毒。这些都是你干的！"

赵光义心内一阵阵恐惧，冷汗涔涔冒出，跪地叩首，浑身颤抖地谢罪道："臣弟知错，知错！望皇兄能大人不记小人过，饶过臣弟！"

皇帝幽幽叹了口气，盯着他道："太后的确是同朕提过兄终弟及的事，但她并未留什么遗诏，只说她不过提个建议，太子之事还是由朕来定。这便是事情的真相了。"

赵光义蹙眉听着，纵使心中百般不信，还是竭力装出一副追悔莫及的样子，霍然抬头，满脸泪痕，恳切追悔道："是臣弟错了，臣弟不该听信了流言，更不应该受恶妇蛊惑，臣弟真是罪大恶极！罪该万死！"

皇帝盯着他看了良久，向他招手道："你知道错了就好，坐过来吧！"

赵光义流着热泪起身，重新坐到皇帝的对面。

皇帝又与赵光义对饮了几杯，便似乎醉意醺然，趴到桌案上，口齿不清道："光义，你还记得吗？太后临终前说的……说的什么啊？朕困了，先眯一会儿，你且想想，想想……"说着，竟头一歪闭上眼睛，趴在桌上，呼呼打着鼾，似乎真的睡着了。

赵光义愣了一下，轻轻唤了两声："皇兄，皇兄……"皇帝还是毫无反应，似乎睡得香甜。

赵光义心中一阵紧急思虑，心想，今日即便是不被他杀死今后也没我好日子过了，不如干脆……唉，皇兄啊皇兄，都是你逼的，莫怪小弟狠毒了！想罢，咬了咬牙，便将手伸向袖袋，从里面掏出一个小纸包，迅速将里面的白色粉末倒入了皇帝面前的杯子里，又将那纸包飞快地放入袖袋，拎起酒壶为皇帝和自己各斟了满满两杯酒。

"皇兄，皇兄……"赵光义提高声音唤道。

皇帝怔了一下，忽地睁开眼睛，抬起头来，看着赵光义。

赵光义端起酒杯，笑道："看样子皇兄是困了，来，臣弟同您一起饮了这最后一杯酒,您便歇息去吧!"

皇帝端起酒来,温声道:"不急……你想起来了吗,太后临终前说了什么?"

赵光义恭顺道:"想起来了,母后临终前说的是要我们两兄弟同心同德,兄友弟恭。"

皇帝朗声笑道:"没错,她老人家的确是要我们两兄弟同心同德,兄友弟恭。朕身为长兄,更应该为你做出榜样才对。今日这酒你要朕喝酒,朕便喝了。"说罢,将那酒举到唇边,做出一副要饮下的样子,同时用一双星眸深深看着赵光义。

皇帝本计划着要将杯子狠狠摔到地上,到时韩珪和张永德便会破门而入,将对他下毒、屡教不改的贼子赵光义拿下,此事便可就此终结。

不想此时,赵光义看到皇帝那亮闪闪充满自信和杀气的目光,突然间心里一个惊雷,陡地意识到自己似乎又下错了一招棋。他开始意识到,皇兄是何其聪明的人,今晚的这一切不过是个骗局,皇兄肯定是早已在附近埋伏下了兵将,只要他一个信号,接下来就会有兵将冲出将他剁成肉酱的!

怎么办?赵光义心里开始有些发慌,头脑却异常清楚,电光火石间便已想到应对之策。

事到如今或许只有服软求告才能保住自己这条小命了!

皇帝手腕一动,正要摔杯,就在这关键的时刻,赵光义却突然间好似良心发现,冲着皇帝大喊一声:"皇兄不要!酒里……酒里有毒!"说罢,双膝跪倒,痛哭流涕……嘴里不停地呼喊,"光义错了,光义错了,是我鬼迷心窍,皇兄您饶过我吧!我错了,再不敢了!"

赵光义的这一招果然奏效,皇帝的心即刻软了下来,将那酒杯稳稳持在手上,微微一笑道:"光义,你终于还是醒悟了!"皇帝晃着那酒杯接着道,"你是朕的手足胞弟,朕也实在不忍心杀你。可朕也知你早有称帝之心,若朕真的饶过了你,想来你日后也定是容不下朕的。一山不容二虎,若是今日我们兄弟俩必须要死一个,那么朕愿意成全你!"说罢,头一仰便将杯中酒一饮而尽！

赵光义骇得目瞪口呆，脸色煞白地惊叫道："大哥，不要啊！"接着哭倒在地。虽然赵光义盼着这一刻已经盼了许多年了，可皇帝毕竟是他的亲哥哥，看着自己的同胞兄长喝下毒酒他亦是心内剧痛，痛不欲生，险些哭晕过去。

皇帝向他摆摆手，平和说道："光义，你莫悲伤了，这个皇帝朕做了将近十六年，已经做够了，朕也想到地府里去清静一下。朕死之后，你可以辅佐德芳登基，也可以自己称帝，一切由你决定吧。但无论如何，切记要以仁德治理天下。"

说罢，从桌案上取过镇纸玉斧和两册书卷，道："这三样东西是朕的三宝，镇纸玉斧、《道德经》以及《太极拳谱》，是朕年轻时陈抟老祖赠给朕的。朕将这几样东西视为珍宝，玉斧用来警诫自己，《道德经》用来修心治国，《太极拳谱》用来强身健体。今日朕将这三宝传给你，希望将来能对你有益。"

赵光义仍旧跪在地上痛哭不止。

皇帝又怔怔看了他良久，拾起玉斧"咚咚"凿着地面，大声说道："光义，切记，好为之，好为之，好为之……"

外面，王继恩等几名内监一直盯着那被烛火映得通明的窗口，只见里面的两个身影忽分忽合、忽动忽静，其中一个似乎起身跪地，过了一会儿又起来坐下，接着又跪地，像是在演皮影戏一般。突然间听到一阵玉斧凿地的声音，接着传来皇帝的一串喊声："好为之，好为之，好为之……"

除了皇帝与赵光义二人，谁也不知道里面到底发生了什么。

将近二更时分，守在外面的内监们才见赵光义从内殿里出来，怀中抱着几样东西，眼圈通红，面色惨白，似乎失魂落魄的样子，徐徐走到外面的雪地里，身子一歪，险些滑倒。王继恩急忙奔过去搀扶，赵光义摆摆手，低声道："不必管我，去看看皇上，有何异常情况发生，即刻禀报与我！"

王继恩忙躬身称是，迅速回到殿内。见皇帝已趴到桌案上，似是睡着了。王继恩招呼两名内监,将皇帝搀进内室,让他躺到床上,为他盖好锦被,见他打着鼾睡得香甜,内监们才悄悄出来,将门带好。

四更时分,守在外室的王继恩听不到里面的鼾声了,有些不放心,便悄悄进入内室,仔细察看了一番,却吃惊地发现:皇帝周身冰凉直挺,已经没了任何气息!

皇帝竟遽然驾崩了!

王继恩大惊失色,急忙命宫人到迩芙宫去通知皇后。宋皇后急急奔来,扑到皇帝身上放声痛哭。王继恩忙劝她节哀。

宋皇后强迫自己冷静下来,对王继恩道:"王大官,你速去福宁宫将皇子德芳唤来!"

王继恩应了一声,转身匆匆离去。来到殿外,犹豫了一下,便向着宫外狂奔而去,半个时辰后他来至开封府门口,却见门口坐着一个人。定睛一看,此人竟是程德玄。王继恩上前问道:"程太医,你为何坐在这里?"

程德玄道:"三更天时,我听到有人叫门说晋王召见,出门却没见到人影。起初还以为自己听错了,没想到如是者三次。我恐怕晋王真的有事找我,所以赶到这里,又不好意思在这时辰打扰晋王,所以才在这里坐着等候天亮。"

王继恩听后便道:"皇上驾崩了,快去禀报晋王爷!"二人便一起叩门入内……

听说皇帝已经驾崩,赵光义脸上现出复杂的表情。王继恩建议他速速进宫去,赵光义却犹豫了,低头说要再考虑一下。

王继恩便催促道:"王爷,请速进宫吧,若是时间久了,恐怕有人会抢到前面!"

程德玄也急急道:"是啊,晋王爷,别再犹豫了,事情已然如此,便勇往直前吧!"

赵光义跺了跺脚,说道:"好吧。事已至此,我已无退路了!"说完,转身随着王继恩和程德玄进入宫廷，直奔万岁殿而去。

殿内，宋皇后尚在亡者旁呆立，忽然见到来者竟不是德芳，而是赵光义，不觉一个错愕，心里忽地明白了即将发生的事情，便对随后进来的王继恩道："王大官，怎么不见德芳过来？"

王继恩忙道："已派人去请了，二皇子稍后便到。"

不一会儿，德芳果然来了，扑到皇帝身上痛哭不止。宋皇后将德芳扶起，看了一眼一旁的赵光义，只见赵光义脸上半点儿悲戚之色也无，反倒微微露着喜色。她忽然想起心儿曾对她嘱咐过的话："对赵光义不妨表面恭顺，万不可对他表露出敌意与排斥来，如此，或可保住圣人同皇子一世平安无虞。"

于是，她便对着赵光义微微屈了屈膝，柔声说道："我们母子的性命，以后便托付给官家了。"

赵光义点了点头，郑重说道："圣人不必担心，有光义在，定保你们母子富贵尊荣。"又对一旁的德芳道："德芳，叔父会封你为一字并肩八贤王，保你一世尊贵。"德芳微微茫然地看着赵光义……

公元 976 年十一月廿一，赵光义登基称帝，史称宋太宗，改国号太平兴国。


不久，赵光义即追封前妻符蓉为皇后，谥号懿德。之后，他便身着明黄璀璨的九龙皇袍，领了一队人马，带着凤冠霞帔来到了紫云观。想着只要心儿愿意，他便立即册封她为大宋新皇后。

不料，一入观门，但见观中冷冷清清，四处张着白纱雪幔，一些年轻道姑身着黑袍，眼圈泛红，似乎刚刚办完丧事。观主静明前来接驾，低头沉声道："陛下可是来找清心的吗？"

赵光义疑疑惑惑道："正是，心儿她在哪里？你让她出来，朕要她回宫，马上将她立为皇后！"

静明手捧拂尘，向他鞠了一躬道："陛下，清心她已不在人世了。"

赵光义大惊失色:"你说什么?心儿她怎么了?"

静明声音清晰道:"清心她已故去了。先帝驾崩的消息传来后,心儿她悲痛欲绝,就在当夜服毒自尽了。"

赵光义目瞪口呆,脸色煞白,眼前一黑,险些晕厥过去。缓了半晌,才流着泪说道:"心儿,你这个傻丫头,你真是傻得不能再傻了!"

赵光义坚持要到心儿的坟前去看一眼。静明便亲自带领他来到附近树林中的一株古松树下,只见这里果然堆着一座土坟,坟前立着一块石碑,上写"清心道长之墓"几个墨色大字。

墓前跪着一个女子,身着黑色道袍,绾着道姑常梳的圆形发髻,正在墓前哀哀痛哭。赵光义以为是个寻常小道姑,不料,那女子一回头,血红着双眼恨恨望着他。他这才认出此女竟是公主德媖。

赵光义一怔,惊道:"德媖,你怎么在这里?"

德媖血红着眼睛看着他,突然指着他恨恨说道:"赵光义,是你杀害了我父皇!心儿姑姑因我父皇而死,也是你间接杀害的!姑姑生前你就曾欺凌逼迫过她,你是个十恶不赦的罪人,罪人!你不配当皇帝,只配下地狱!"

"放肆!"赵光义恼怒地大喝一声。

静明急忙上前劝道:"陛下息怒,息怒!德媖她因为先帝和清心双双离世,悲痛欲绝,丧失理性,所以才口不择言,触怒了陛下,还请陛下恕罪!"

赵光义敛起怒火,故作大度道:"德媖,你失去亲人,心中悲痛,胡言乱语,朕不怪你,你速速回宫去,好好做你的公主吧!"

德媖却将如波冷目一横,决绝道:"我最爱的亲人已不在了,再回宫里也是了无生趣!德媖已经看破红尘,出家向道了!"

赵光义瞪了她一眼,不屑地说道:"不知好歹的死丫头,随你去吧!"便不再理会德媖,独自默默地对着坟墓祭拜了一刻,便领着人马回宫廷,安心做他的皇帝去了。

不久，韩珪也失踪了。赵光义听说他随着出家的德媖一起当了道士，二人结伴云游四海去了。赵光义觉得那韩珪本就是先皇的人，不会和他一条心，便对此事置之不理，任由他去。

# 第四十二章

## 功遂身退

第二年的阳春三月,烂漫缤纷的各种鲜花再次开满了华山沟沟壑壑,如霞似锦,蔚为壮观。一入此山,便如同进入世外桃源、仙界灵境一般,令人顿感心旷神怡,陶然忘忧。

这一日,阳光明丽,白云悠悠,在云台峰一片开得蓬勃绚烂的杏花树下,两对新人的一场双喜婚礼即将举行。花树周围聚集了几只仙鹤、孔雀,还有百灵鸟、喜鹊、春燕等各种羽毛亮丽、叫声清越的小鸟雀,它们围绕着两对打扮得娇美惊艳的新娘子叫个不休,仿佛在向新人们贺喜一般。一只孔雀还开了屏,张着七彩斑斓的硕大羽尾,似要和新娘子比美。

杏花树下,两对新人站成一排,微笑着等待婚礼的开始。两位新郎身着朱红色亮闪闪的云锦喜服,披散着头发,头上戴着翠竹枝叶编成的王冠,其中一位成熟英武、剑眉星眸,另一位年轻俊朗、眉清目秀;两位新娘身着朱红色缀满宝石晶珠的曳地轻纱云霓长裙,亦是披散着长发,头上戴着玫瑰与百合花扎成的艳丽花环,身姿如嫦娥,笑靥似春花,美得如同瑶池下凡的仙子一般。

没错,这两对新人正是赵匡胤和心儿、韩珪与德媖。如今他们有了新的名字:陶隐和沛瑶、木潇与桐欢。

身着雪白长袍和彩色花冠、打扮得如同小仙童一般的四名小道童立在两对新人身后,其中两名捧着新娘嫣红如云的裙摆,另外两名向新人们撒着鲜艳的花瓣。不远处的一株红彤彤的桃花树下，立着身着云白色宽松道袍的陈抟老祖同紫虚道长，他们俩满面春风、笑意盈盈地望着两对新人。还有一队小道童立在一旁，手中持着丝竹管弦等各种乐器吹奏着喜乐。

在一阵欢快的丝竹管乐和百鸟的婉转鸣叫声中，一名少年小道士以稚气而清亮的声音高声喊道："一拜天地——"

两对新人一起跪地低头向着高山虔诚叩拜。

"二拜师父——"

两对新人一起对着陈抟和紫虚深深跪拜。

"夫妻对拜——"

两对新人分成两组，各自对着自己的眷侣深情跪拜。

"礼成——"小道士笑着大喊一声。

一听此话，桐欢腾地站了起来，揉着膝盖道："可算结束了，跪得我腿都疼啦！"又抬手笑着招呼大家，"好啦好啦，咱们一起唱歌跳舞、玩个痛快吧！"

小道童们"呼啦"围了过来，嘻嘻哈哈地笑着闹着，大家手拉手围成一个大大的圆圈，欢快地跳起舞、唱起歌来……彩色的花雨漫天飞扬，欢声笑语响彻了整座华山……

站在桃树下的陈抟老祖眉开眼笑地从怀中掏出一只小银酒壶，大声喊道："陶隐老弟，过来同老道共饮一杯桃花醉吧！"

陶隐却只顾着与大家同乐，根本没听到他的声音。紫虚道长对着老祖盈盈笑道："行啦，您让他们好好玩乐一番吧，我来陪您喝酒！"

陈抟饮了一口美酒，捋了捋银须，笑着道："这个陶隐老弟啊，娶了媳妇就忘了师父啦，幸亏还有你这个高徒陪在我身边！哈哈哈哈……"

紫虚望着那无比幸福的两对新人，也开心笑道："有情人终成眷属，世间没有比这个更令人欢欣的了！"

陈抟却摇摇头："非也，非也，还有比有情人终成眷属更好的事，那便是得到自由，真正地摆脱万物束缚的自由自在！这可是那些个俗人理解不了也体会不到的境界!"

"正是,正是!能修到这个境界的便是神仙了!也只有师父您这样的人才能达此境界!"紫虚笑吟吟道。

从此,这两对新人便在云台观附近的一栋青瓦白墙的院落里长住了下来。房子是四个人亲手建造的,六间垂花门楼,四面抄手游廊,院子里置满竹柳松柏以及各样花草。简朴别致、景致清幽。每对夫妻各占三室,住在里面,岁月静好,其乐融融。

寻常日子里,沛瑶便带上桐欢一起到山外百姓家看病卖药,二人皆蒙了面纱,沛瑶行医治病,桐欢在一旁帮忙。二人治好了不少疑难杂症,时间一长,沛瑶便得了个雅号:蒙面女神医。陶隐和木潇则留在山里侍弄田地。陶隐本就是一把种庄稼和菜蔬的好手,木潇也勤快好学,两个男子将十几亩梯田侍弄得五谷丰登、瓜果飘香。一年四季的粮食、蔬菜和瓜果全道观的人一起吃也吃不完,还让道童们运到山外的集市上去售卖。四个人隐居华山的小日子过得甜甜蜜蜜、悠悠哉哉。

当然也有不顺心的时候。陶隐最怕的就是天黑透了还不见他的娘子回来。他总是一到太阳落山就到山道上去迎接夫人和女儿。有一次,二人回来得实在太晚,月亮都升上中天了,才见到二人优哉游哉地背着药箱迈着细步走回来。陶隐急了,拉长了脸对沛瑶道:"怎么这么晚才回,你是想让为夫急死吗?以后不许再出山去了,就在山里待着吧,我养活得起你!"

沛瑶连忙赔笑着道:"陶隐兄,真生气了啊!对不起对不起,以后我们早些回来便是!"

桐欢也嘻嘻笑着说:"父亲,别生气了!都怪女儿不好,我贪玩,拉着姑姑在大街上看杂耍来着,所以回来晚了些,以后再不敢了,真不敢了!"

陶隐冷哼一声,沉着脸迈开长腿向山内疾走。他比刚进山时清瘦了不少,脸膛被阳光晒得微黑红润,一双剑眉微微挑起,两只星眸炯炯有神,一头青丝披拂在肩头,越来越仙风道骨、洒脱健美,人也显得年轻起来,和木潇越长倒越像一对亲兄弟。

木潇也有烦心的时候。有一次，大清早起来，小两口就因为生不生孩子的问题吵了起来。木潇一直想要个孩子，桐欢却因为怕疼不愿意生。木潇气急冲她吼了两句，桐欢便抹着眼泪跑来向姑姑告状。

沛瑶急忙上前劝住桐欢，笑吟吟道："好啦好啦，别哭了，我倒觉得木潇说得有理，你们俩是该要个宝宝了！"

"凭什么非要我生宝宝，你和父亲怎么不生啊？"桐欢不依不饶道。

"我们不是年纪大了吗，生不动了。你和木潇还年轻，能生就生一个吧，有了宝宝才更像个家啊！"沛瑶开导她道。

一旁的陶隐也道："就是嘛！木潇没错，是你这丫头太胡闹了，还是抓紧时间生个宝宝吧，我和你姑姑还等着抱外孙呢！"

桐欢白了父亲一眼，小声嘟囔道："抱什么外孙，整天抱着媳妇不撒手，好像谁不知道似的！"

沛瑶的脸腾地红了，伸手就要打桐欢。桐欢冲着姑姑和父亲扮了个鬼脸，转身便跑，边跑边大声道："就说就说，谁让你们俩整天腻在一起，好得跟一对老鸳鸯似的……"

陶隐和沛瑶对视一眼，手牵上手。陶隐道："这死丫头，真是淘气！"

沛瑶道："她怎么说咱俩是老鸳鸯啊？我这样子老了吗？老了吗？"

陶隐道："不，你没老，我夫人是神仙，永远不会老！"

沛瑶笑起来："我才不是神仙呢，我会死的。"

陶隐笑道："你什么时候死，告诉我一声，我和你一起躺在同一只棺椁里，就埋在宋太祖的陵墓里。那陵墓你不是去过吗，感觉还行吧？"

沛瑶啐道："呸，太寒酸了，哪像皇帝的陵墓啊，里面什么值钱的物件也没有，恐怕盗墓贼都得骂你抠门儿！"

"哈哈哈，见素抱朴，少私寡欲嘛！生前如此，死后更不应该铺张浪费！"陶隐开怀大笑着道。

沛瑶也笑起来，脑子里闪过那天夜里不同寻常的经历……

太祖下葬的当晚，心儿便同韩珪、德媖一起手持铁锹、长梯等工具，悄悄来到皇家墓地，使足力气挖到半夜，终于挖出了一个通往墓底的洞口。三个人顺着长梯下到洞底。幸亏太祖的陵墓修建的时候一切从简，没有设置那些可以要人性命的机关暗道。三个人手执点燃的松油火把，像三个训练有素的盗墓贼一般很顺利地便找到了太祖的棺椁。

几个人合力将棺盖启开，见太祖正呼吸均匀地在里面睡着，面色已经恢复红润。三个人都长出了一口气。尤其是心儿，一颗提到嗓子眼儿的心这才放下。她伸出手拍了拍太祖的脸庞，口中轻轻唤道："匡胤，匡胤，醒醒，醒醒……"

赵匡胤倏地睁开眼睛，呆呆看着心儿，莫名其妙地嘟囔道："这是在哪里啊，怎么这么黑？"

心儿笑吟吟道："在阴曹地府里，我们是小鬼，阎王爷要见你呢！"

赵匡胤已回过神来，坐起身子，微微一笑道："哪有你这么漂亮的小鬼啊，小鬼都是很难看的！"

一旁的德媖道："你们俩快点儿吧，别在这地方调情说笑啦，快走吧，小心被守墓的士兵发现！"

赵匡胤便从棺木中翻身出来，几个人匆匆走到洞口，又顺着长梯爬至地面，接着将梯子扔下去，再将洞口用挖出的土重新掩埋好，便双双骑上马飞驰而去……

赵炅（赵光义称帝后改名赵炅）登基称帝后，快乐兴奋的情绪仅仅维持了几天就变作了丧气和悲伤。在得知心儿已为太祖殉情之后，他便再也高兴不起来了。

不久，在群臣的力荐之下，赵炅纳了一位李氏皇后和几名嫔妃。赵炅对她们的态度极其冷淡，很少令她们侍寝，这几个女人也不过是后宫里可怜可悲的摆设而已。

直到那日见到被关押的南唐国主李煜的宠妻小周后，他的眼睛才霍然一亮。这位国色天香的小周后并非因为美貌吸引了赵炅,而是她的眉眼和脸庞同心儿生得有七八分相似。尤其是微微低首弹琴的样子,与心儿像极了。于是,赵炅便对这位小周后产生了浓厚的兴趣,隔三岔五便召她入宫伴驾,一去就是好几日。小周后每每回到住处便大骂李煜无能,让自己的女人受凌辱却不能予以保护。李煜被骂得丧气痛心不已,只得躲到一旁叹着气写下一首又一首亡国诗。

不久后的一天夜里,李煜突然吐血身亡,其症状同当年的孟昶临死时一般无二。那小周后对其死因心知肚明,便再也不肯去宫里伴驾,还请求皇帝同意她到李煜的墓旁去守墓。不久后,小周后竟在李煜的墓前撞头而死。

当夜,赵炅便做了个噩梦,梦见自己两只手滴着鲜血,一个女子站在他面前厉声痛斥他:"赵光义,你这个恶魔!你又害死了两条人命!你什么时候才悔悟呢?太祖十分后悔当初没有亲手杀掉你,你分明就是个人渣!做皇帝,你不配!"他在万分惶惑中细看那女子的脸庞,只见那女子一会儿变成德媃,一会儿变成心儿,一会儿又变成宋皇后,忽而又变成花蕊夫人和小周后。突然之间,一个女子分裂幻化成一群女子,纷纷举着寒光闪闪的短刀冲着他兜头猛刺过来。一个激灵醒过来后,他发现自己已是满头满身的虚汗,头疼得似要裂开一般。

这日散朝后,他召见了宋皇后。宋皇后自太祖崩逝后,一直在迤芙宫中低调居住,平日里总是一身缟素,一张脸冷冷绷着,不见半丝笑纹。见了太宗亦是如此,只略略福一福身,并不主动说一句话。

赵炅盯着她看了片刻,道:"皇嫂,你就不能对着朕笑一笑吗?"

宋皇后冷冷淡淡道:"笑是需要有高兴的事发生的,太祖驾崩后,这人间对本宫来说再无一事可值得高兴,因此本宫也再笑不出来了。"

赵炅沉默半晌,看着她道:"昨夜朕做了个噩梦,梦见皇嫂指责于朕,还手持短刀行刺朕。"

宋皇后看了他一眼,嘴边浮起一丝讥讽的笑意:"是吗?常言道,不做亏心事，不怕鬼叫门。陛下是怕了吗？"

赵炅冷哼一声，从龙椅上站起来，负着手踱到她面前，道："朕有什么好怕的？不过是一个梦而已，难不成皇嫂真的有心谋害朕不成？"

宋皇后又是冷然一笑，从怀中掏出一个纸包，将纸包举到他面前，从容不迫道："我的确是想害死你，就用这包毒药！"

赵炅一个激灵，猛地将那纸包夺到手中，恨恨地看着宋皇后："这是什么？你这药从何而来？"

宋皇后不急不恼道："这个是牵机药，是我花了两千两银子从程德玄手里买过来的，他知道我想用这药来毒死皇上，我本以为程德玄不会卖我毒药，没想到这老家伙见钱眼开，犹豫了一下还是收了钱把药给我了。我还给了王继恩那老太监三千两银子，他也告诉了我当年一些你同先帝的事……"

"住口，宋华洋，你是活腻了吗？"赵炅暴怒地大喝一声，一张脸变得铁青而扭曲，猛地将那包药扔到宋皇后身上，接着横眉怒目道，"你如此胡说八道，不怕朕杀了你吗？"

宋皇后冷冷一笑，淡然道："自太祖驾崩后，我已经是死人一个了，要杀要剐随便你！"

赵炅冷哼一声，冲她气咻咻摆了摆手，宋皇后便迈着莲步退出去了。自此，宋皇后便被幽禁于迩芙宫中，直至至道元年（995年）四月，因病薨逝。终年四十四岁。宋皇后去世，赵炅竟然没有按照皇后的礼节来安葬她，甚至不允许诸位大臣服丧。

宋皇后被幽禁不久，备受皇宠的程德玄和王继恩便相继失踪。传说是被赵炅秘密杀死的。

太平兴国四年（979年），二十九岁的赵德昭突然死亡。历史上记载说，当年，赵德昭跟随宋太宗征伐幽州，晚上受到敌军的侵扰，太宗逃走，军中将士一时找不到太宗身在何处，有人便以为太宗已战死了，便谋划让赵德昭继任皇帝。太宗回宫后知道了此事，大为恼火，便找借口大声斥责了赵德昭。赵德昭回寝殿后便自杀身亡了。

实际上，赵德昭和赵德芳的存在一直是赵炅的心病。赵炅曾不止一次做过噩梦，梦里见到德昭忽然从龙椅上站起来，当着满朝文武的面指责他："赵光义，你这个乱臣贼子，是你害死了我父皇，抢了我的皇位！来人呀，把他乱刀剁死！"满朝文武举起刀剑纷纷向他砍来，吓得他一身冷汗地惊醒过来。这类的梦反复做了多次，他便召集几名亲信给他出谋划策，以找到借口和机会除掉德昭。便有奸臣出了一计，令赵德昭跟随赵炅征伐幽州，赵炅借敌军侵扰之机逃走，然后安排大臣假意谋划一出拥立德昭继位称帝的戏码，如此待赵炅回来后便可趁机大张旗鼓斥责赵德昭谋逆造反，妄图称帝，这样赵炅便有了名正言顺处置德昭的借口。可怜的德昭便这样被除掉了。

一年后，二皇子赵德芳也神秘死亡。那德芳是在夜里睡着睡着便死去了，很像当年的宋太祖，死得十分蹊跷。有后人猜测说宋皇后知道德昭的死同赵炅有关，生怕德芳也为其所害，便想办法弄到一包假死药，给了德芳，要他假死后逃到偏远之地，隐姓埋名，平安度过一生。

事实也的确如此。宋皇后给赵德芳的假死药是德媖通过德婷送到宋皇后手中的。德媖消失后一直同德婷有着秘密的书信联络。德媖通过德婷知道了德昭的死讯后，生怕德芳和宋皇后也惨遭杀害，便通过德婷将假死药秘密交到了宋皇后手中，希望宋皇后同德芳一起假死逃出宫去，还特意安排了兵士接应他们。但宋皇后怕她与德芳一起假死会被太宗怀疑，便把生机与自由留给了德芳，自己在宫中硬是坚持到了最后一刻。

先帝的两个儿子都死了，赵炅并不为他们伤心，真正让他伤痛的是他的长子赵元佐的发疯。

几个儿子中赵元佐与他长得最像，而且聪明伶俐，只是体质不好。不过自从那年被心儿治愈后，也再没犯过病。赵炅本打算立他为太子，培养他将来做皇帝。不料，那天赵炅因事斥责了三弟赵延美，又下令要将赵延美贬到偏远的房州。（赵延美也是赵炅的心中刺，大概是害怕他会效法当年的自己上演"兄终弟及"的一幕）一向与赵延美交好的元佐便替三叔苦苦求情，赵炅不允，还因此责怪了元佐一通，并且更加迁怒于赵延美，指责赵延美教坏了元佐，还故意在元佐面前暴打了赵延美一通，把赵延美打得浑身鲜血淋淋，并扬言若是赵延美再犯错便要杀了他。元佐自小就有病，心性脆弱，见不得流血杀戮之事。当年心儿也曾警告过赵炅，不能让元佐见到流血残忍之场景，否则，他的病还会再犯，但赵炅一时生气将这事给忘记了，于是元佐忧愤恐惧之下便犯了病，突然间狂笑不止，忽而又失声痛哭，直至昏厥过去。从此以后这孩子就丧失了理智，不停地胡言乱语，情绪失控。得知赵延美因病身亡后情况变得更加糟糕。甚至会不时指着赵炅的鼻子骂胡话，气得赵炅暴跳如雷，遂命人将元佐押进偏殿，幽禁起来。

赵炅为此头疼心痛不已。

做皇帝的这些年里，他几乎一天也没有好受过，一颗心每日都揪得紧紧的，夜里经常失眠，稍稍睡过去就会噩梦连连，头发也是大把大把地脱落。不到五十岁的人，已是白发苍苍、皱纹堆累，苍老得像是一个古稀之人。他觉得自己这些年分明是活在一座监牢里，一座用自己的恶行筑起的精神牢狱。

赵光义做皇帝二十年后。大宋皇宫里，宋太宗病歪歪地躺在榻上，已是白发苍苍，累累皱纹堆积满脸。一个月前，他患了一场怪病，头痛不止，手脚发麻，几乎无力下床，所有的太医都诊治无效，病情反而越来越重，几乎说不出话来。于是，三皇子赵元侃便令臣子们在全国各地寻访名医，召进宫中来为父皇治病。

这一日，一名太监引着一位蒙面女子走进来，对太宗道："陛下，这位是蒙面女神医名叫沛瑶，她听说陛下病了，特意进宫来为您诊治。"

太宗抬起眼睛看了看她，微微点点头，向太监挥了挥手，太监便下去了。

女医将药箱放下,从里面取出一支银针,对太宗道:"陛下,我要为您施针灸了,可能会有些疼,您忍一下吧!"说罢,手持银针向着太宗的中庭穴狠狠一扎。太宗只觉身子猛地一痛,想大叫一声,却是口中嘶哑,发不出任何声音来。女医又用银针扎了他的太阳穴和耳门穴等多个穴位。太宗只觉得一阵阵剧痛一波波袭来,张口想叫人,却怎么也发不出声音,手脚也麻木得几乎失去知觉。他只能愠怒地瞪着女医,竟觉得这女医的声音和眼睛有些熟悉,似乎在何处见过,却怎么想不起来了。

忽然间,女医一抬手将头上的面纱撩开,冲着他微微笑了一下。太宗猛地惊住,目瞪口呆、惊愕万分地看着她……

女医冲他咧嘴一笑,俯到他耳畔低声而清晰地说道:"没错,我是心儿!"

太宗吃惊得简直不敢相信自己的眼睛,又说不出任何话来,只得呆若木鸡地瞪着她。只听她在他耳畔缓缓说道:"我没有死,他也没有死。我们当年都是诈死的,他还好好地活着呢!是他派我来惩治你的。我要让你在生不如死的折磨中好好反省一下自己的罪孽……怎么,你还不承认自己的罪孽吗?当初,是太祖一时心软放过了你,还把皇位让给了你,希望你能好好地治理天下,造福百姓,善待亲人。开始几年你表现得倒不错,文韬武略,统一了南方,又灭掉了北汉,可你却不懂兵法,又刚愎自用,致使伐辽惨败,杨家将士惨死,你守内虚外,致使大宋积贫积弱,百姓遭殃。你还残害亲人,虐待宋皇后,暗杀皇子德昭,德芳也莫名死去,赵延美更是被你逼迫得抑郁而死,你的长子赵元佐也因此受刺激精神错乱!你的心真是太狠毒了,辜负了太祖对你的一番期望。所以,我必须对你进行惩治!"说罢,举起银针对着他的眉心狠狠刺去!

太宗已是面无人色,浑身颤抖,又动弹叫喊不得,只能瞪大眼睛、张大嘴巴呆呆看着她。

扎完了针灸,女医从容收拾起医箱,把面纱重新覆到面上,然后冲着太宗笑了笑,便转身来到外室,对着那位太监道:"我已为陛下治疗完毕,本来他的寿命只余三个月,现在看来可以再活一年。"说罢,便告辞而去。

自此,太宗便日夜瘫在床上,全身麻痹动弹不得,也说不出话,发不出声音,只是不停地流泪、叹气。如是一年后,终于驾崩而逝。

大宋皇宫内哭声震天乱作一团的时候,华山之中确是一派静谧祥和、鸟语花香。

陶隐站在一片葡萄架下采摘葡萄。木潇给他打下手。一串串紫莹莹的"水晶珠子"被小心翼翼剪下枝头,再用清水洗过,一颗一颗摘下来,放到特制的木桶里,准备酿成葡萄美酒。今年要多酿一些,因为夫人沛瑶和老祖陈抟都喜爱饮那美酒。

沛瑶在一旁忙着晾晒药材,嘴边噙了一丝甜美而安然的笑意。她依旧那般年轻貌美、清丽出尘,一双大眼睛灵慧动人,仿佛时光的辗转在她脸上留不下任何痕迹。这令陶隐公都有些害怕了,经常捧着她的面孔说:"难不成我的夫人真的是位神仙吗?你永远是一副少女的模样,而我却越来越老,这可如何是好?夫人会不会嫌弃我这个老头子啊?"

沛瑶只好笑着安慰他:"不会的,你并没有老啊,你这叫成熟,男人越成熟才越有味道!"

附近的水塘边,桐欢在浣洗衣裳,一旁蹲着一个十来岁的小女孩,在玩着水盆里的几条小银鱼。

小女孩是桐欢和木潇的女儿,名叫如画,生得眉目如画,冰雪可爱。

如画玩腻了小鱼儿,便抬起头来,细声细气地对桐欢道:"娘亲,如画有个问题想问您?"

桐欢抬起头来,冲着女儿慈爱地一笑,道:"宝贝,你想问什么就问吧。"

如画道:"为什么娘亲管外祖父的夫人叫姑姑,而不叫娘亲呢?外祖父是娘亲的父亲,父亲的妻子不是应该叫娘亲的吗?"

桐欢咧着嘴笑道:"宝贝啊,这个事情说起来话可就长了,等你长大了娘亲再讲给你听好不好?"

如画瞪着一双水晶般澄澈的大眼睛道:"可是如画已经长大了,娘亲就讲给我听吧,如画最爱听故事了!"

桐欢便笑盈盈道:"好吧,我的小如画的确已经长大了,娘亲就把外祖父和外祖母的故事讲给如画听!许多年以前啊,外祖母是个特别漂亮又特别聪慧的小姑娘,十六岁的时候被山匪抢劫到了一个道观里,随后被一位年轻英俊的大英雄给救了,这个大英雄就是你的外祖父,从此啊,他们两个就相爱了……"

桐欢讲得绘声绘色,把如画听得几乎入了迷。

刚讲到一半,沛瑶就兴冲冲迈着莲步过来了,冲着母女俩高声说道:"桐欢、如画,你们俩干吗呢?快回去吃葡萄吧!如画,你外公给你留了好大一盆呢!你不是最爱吃葡萄吗?"

如画不耐烦地说道:"外祖母,不要打搅人家好不好,人家正听娘亲讲故事呢!这个故事好好听啊,真是太有意思啦……"